AF210507

Jean Paul

Die unsichtbare Loge

Eine Lebensbeschreibung

Jean Paul: Die unsichtbare Loge. Eine Lebensbeschreibung

Erstdruck: Berlin (Karl Matzdorff) 1793. Der Text folgt hier der zweiten verbesserten Auflage: Berlin (G. Reimer) 1822.

Neuausgabe mit einer Biographie des Autors
Herausgegeben von Karl-Maria Guth
Berlin 2016

Der Text dieser Ausgabe folgt:
Jean Paul: Die unsichtbare Loge, in: Jean Paul: Werke. Herausgegeben von Norbert Miller, Nachwort von Walter Höllerer, Band 1, 8.–9. Tausend, München: Carl Hanser, 1970.

Die Paginierung obiger Ausgabe wird hier als Marginalie zeilengenau mitgeführt.

Umschlaggestaltung von Thomas Schultz-Overhage unter Verwendung des Bildes: Gustave Moreau, Die Erziehung des Achilles

Gesetzt aus der Minion Pro, 11 pt

Verlag: Henricus - Edition Deutsche Klassik GmbH
Mörchinger Str. 33, 14169 Berlin, info@henricus-verlag.de
Druck: Libri Plureos GmbH, Friedensallee 273, 22763 Hamburg

Die Ausgaben der Sammlung Hofenberg basieren auf zuverlässigen Textgrundlagen. Die Seitenkonkordanz zu anerkannten Studienausgaben machen Hofenbergtexte auch in wissenschaftlichem Zusammenhang zitierfähig.

ISBN 978-3-8430-8607-3

Bibliografische Information der Deutschen Nationalbibliothek

Die Deutsche Nationalbibliothek verzeichnet diese Publikation in der Deutschen Nationalbibliografie; detaillierte bibliografische Daten sind im Internet über www.dnb.de abrufbar.

Der Mensch ist der große Gedankenstrich

im Buche der Natur

Auswahl aus des Teufels Papieren

Erster Teil

Entschuldigung

bei den Lesern der sämtlichen Werke in Beziehung auf die
unsichtbare Loge

Ungeachtet meiner Aussichten und Versprechungen bleibt sie doch eine geborne Ruine. Vor dreißig Jahren hätte ich das Ende mit allem Feuer des Anfangs geben können, aber das Alter kann nicht ausbauen, nur ausflicken, was die kühne Jugend aufgeführt. Ja man setze sogar alle Kräfte des Schaffens ungeschwächt, so erscheinen ihnen doch nicht mehr die vorigen Begebenheiten, Verwicklungen und Empfindungen des Fortsetzens wert. Sogar in Schillers Don Carlos hört man daher zwei Zeiten und zwei Stimmen. –

Noch ein Werk, die biographischen Belustigungen unter der Hirnschale einer Riesin, steht in der Reihe dieser Sammlung ohne Dach und Baurede da – aber es ist auch das letzte; – und sind denn zwei unausgebaute Häuserchen so gar schwer zu verzeihen in einem Korso von Gebäuden aller Art – von Gartenhäusern – großen Sakristeien, wenn auch ohne Kirchen – Irren- und Rathäusern – kleinen Hörsälen – vier Pfählen – Dachstuben – Erkern – und italienischen Kellern? – Wenn man nun fragt, warum ein Werk nicht vollendet worden, so ist es noch gut, wenn man nur nicht fragt, warum es angefangen. Welches Leben in der Welt sehen wir denn nicht unterbrochen? Und wenn wir uns beklagen, daß ein unvollendet gebliebener Roman uns gar nicht berichtet, was aus

Kunzens zweiter Liebschaft und Elsens Verzweiflung darüber geworden, und wie sich Hans aus den Klauen des Landrichters und Faust aus den Klauen des Mephistopheles gerettet hat – so tröste man sich damit, daß der Mensch rund herum in seiner Gegenwart nichts sieht als Knoten, – und erst hinter seinem Grabe liegen die Auflösungen; – und die ganze Weltgeschichte ist ihm ein unvollendeter Roman. –

Baireuth, im Oktober 1825.

Jean Paul Friedrich Richter.

Vorrede zur zweiten Auflage

Wer einigen wohlwollenden Anteil an den kleinen Haus-, ja Studierstubenfesten der Schriftsteller nimmt: der läuft gewiß ihre Vorreden zu zweiten Auflagen mit Vergnügen durch; denn in diesen feiern sie ihr Buch-Jubiläum und haben darin fast nichts zu sagen als das Angenehmste, nämlich von sich. Wenn der Schriftsteller in der Vorrede zur Probier-Auflage sich so gar matt und scheu handhaben muß und aus weit getriebner und doch unentbehrlicher Bescheidenheit so viele Besorgnisse und Zweifel (sie betreffen seine Gaben) an den Tag zu legen hat: wieviel ungebundner und heiterer geht es dagegen her nach dem Übergange des Jubel-Autors aus der streitenden Kirche der ersten Vorrede in die triumphierende der zweiten, und der Jubilarius bringt sich selber ohne Angst sein Ständchen und sein vivat und vivam!

Gegenwärtiger Schreiber ist auf diesem Bogen selber im Begriffe, zu jubilieren und ein Familienfest mit einem seiner liebsten Kinder – eben dem gegenwärtigen Buche, seinem romantischen Erstling – zu begehen, und redet hier zur zweiten Auflage vor.

– Aber mitten im Feste erwägt er wohl, daß ein Autor wie er auf diese Weise am Ende mehr Vorreden als Bücher macht – z.B. zu *einem* dreimal aufgegangnen Hesperus drei Vorreden als Morgenröten – und daß folglich beinahe des Redens mehr ist als des Machens. Das Alter spricht ohnehin gern von sich; aber nachteilig genug vermehren sich eben mit den Jahren die neuen Auflagen und mithin die Vorreden dazu, worin man allerlei über sich vorbringt.

Das wenige, was ich hier von mir selber zu sagen habe, beschränkt sich auf das gewöhnliche vorrednerische Eigenlob und auf den als Lobfolie untergelegten Eigentadel.

Stehende Verbesserungen aller meiner Auflagen blieben auch hier die Land- oder Buch-Verweisungen von faulen Tag- oder Sprachdieben oder Wortfremdlingen und die Ausrottung falscher Genitiv-S und Ungs. – Ferner auf allen Blättern, wo es nottat, wurden Lichter und Schatten und Farben gehoben oder vertieft, aber nur schwach; und da bloß meistens in komischen Stellen. Denn wenn ich hätte – um mit dem Lobe fortzufahren – an den ernsten stärken oder ändern wollen, welche die Natur und die Liebe und das Große in uns und über uns malen: so hätt' ich es in meinem spätern Alter nicht zu machen vermocht, indem ich bei jenen Stellen schon Gott danken muß, daß ich sie nur das erste Mal gemacht. Diese Not wird sich erst recht zeigen – so daß ich lieber und leichter nach den vier gedruckten Flegeljahren noch so viele neue, als ich Jahre habe, gäbe –, wenn ich einmal den dritten oder Schlußband dieser Loge bauen muß; und ich wünschte herzlich, irgendein anderer Nachahmer von mir als ich selber übernähme die Last.

Denn die Gründe liegen offen da. Der Verfasser dieses blieb und arbeitete nach den im 19ten Jahre geschriebnen Skizzen noch neun Jahre lang in seiner satirischen Essigfabrik (Rosen- und Honigessig lieferte aus ihr die Auswahl aus des Teufels Papieren), bis er endlich im Dezember 1790 durch das noch etwas honigsauere Leben des Schulmeisterlein Wutz[1] den seligen Übertritt in die unsichtbare Loge nahm: so lange also, ein ganzes horazisches Jahrneun hindurch, wurde des Jünglings Herz von der Satire zugesperrt und mußte alles verschlossen sehen, was in ihm selig war und schlug, was wogte und liebte und weinte. Als es sich nun endlich im achtundzwanzigsten Jahre öffnen und lüften durfte: da ergoß es sich leicht und mild wie eine warme überschwellende Wolke unter der Sonne – ich brauchte nur zuzulassen und dem Fließen zuzusehen – und kein Gedanke kam nackt, sondern jeder brachte sein Wort mit und stand in seinem richtigen Wuchse da ohne die Schere der Kunst. Gerade ein lange zugedrücktes übervolles Herz bewahrt in seiner

Flut mehr das Richtige und Gemäßigte als ein immer offen gelaßnes, sich leer rinnendes in seiner Ebbe, das Wellensprünge machen muß für die nächste Buchhändlermesse. Ach! man sollte alles Beste, zumal des

---

1 Es steht am Ende des zweiten Bandes der Loge; wurde aber früher als diese gemacht; und das Schulmeisterlein zog denn als Logemeister und Altmeister und Leithammel meinen romantischen Helden Gustav, Viktor, Albano etc. voran.

Gefühls, nur *einmal* aussprechen! – Die *Blüten* der Kraftbäume sind schmal und haben nur zwei einfache Farben, die weiße und rote, Unschuld und Scham; hingegen die *Blumen* auf ihren dünnen Stengeln sind breiter als diese und schminken sich mit brennenden Farben. – Aber jedes erste Gefühl ist ein Morgenstern, der, ohne unterzugehen, bald seinen Zauberschimmer verliert und durch das Blau des Tags verhüllt weiterzieht …

Ich gerate hier beinahe in dasselbe blumige Unwesen durch Sprechen darüber; aber eben wieder aus der angeführten Ursache, weil ich über die jungfräuliche Kraft und Schönheit, womit frische Gefühle zum ersten Male reden, schon so oft und besonders in Vorreden gesprochen (ich verweise in dieser zur zweiten Auflage der Mumien auf die neueste zur zweiten Auflage der grönländischen Prozesse); und so beweiset sich der Satz schon dadurch, wie er sich ausspricht.

Man wird vielleicht dem Verfasser es nachsehen, daß er seinen ersten Roman zwei Jahre zu früh geschrieben, nämlich schon in seinem 28ten; aber im ganzen, gesteht er selber, sollte man Romane nicht vor dem Jahre schreiben, wo der alte Deutsche seinen spielte und ihn sogleich in Geschichte durch Ehe verwandelte, nämlich im 30ten Jahre. An Richardson, Rousseau, Goethe (nicht im lyrischen Werther, sondern im romantischen Meister), an Fielding und vielen bewährt sich der Satz. – Der Verfasser der unsichtbaren Loge hatte von Lichtenberg so starke Bußpredigten gegen die Menschenunkunde der deutschen Romanschreiber und Dichter gelesen und gegen ihre so große Unwissenheit in Realien ebensowohl als in Personalien, daß er zum Glück den Mut nicht hatte, wenigstens früher als im 28ten Jahre das romantische Wagstück zu übernehmen. Er fürchtete immer, ein Dichter müsse so gut wie ein Maler und Baumeister etwas wissen, wenn auch wenig; ja er müsse (die Sache noch höher getrieben) sogar von Grenzwissenschaften (und freilich umgrenzen alle Wissenschaften die Poesie) manches verstehen, so wie der Maler von Anatomie, von Chemie, Götterlehre und sonst. – Und in der Tat hat sich niemand so stark als Goethe – der unter allen bekannten Dichtern die meisten Grundkenntnisse in sich verknüpft, von der Reichspraxis und Rechtslehre an durch alle Kunststudien hindurch bis zur Berg- und Pflanzen- und jeder Naturwissenschaft hinauf – als den festen und zierlichen Pfeiler des Grundsatzes hingestellt, daß erst ein Dichter, welcher Licht in der einen und andern Sache hat, sich kann hören lassen, so daß sichs hier verhielte mit den Dichtungen wie mit

16

den Pflanzen, welche bei aller Nährung durch Wärme, Feuchte und Luft doch nur Früchte ohne Geschmack und Brennstoff bringen, wenn ihnen das Sonnen*licht* gebrach.

Glücklicherweise hat sich freilich seitdem – seit dem eingegangnen Predigtamte Lichtenbergs und anderer Prosaisten – sehr vieles und zwar zum wahren Vorteile der Dichter geändert. Menschenstudien vorzüglich werden ihnen von Kunstverständigen und Leihlesern willig erlassen, weil man dafür desto mehr im Romantischen von ihnen erwartet und fodert. Daher sind sogenannte Charaktere – wie etwa die vorkömmlichen bei Goethe, oder gar bei Shakespeare, ja wie nur bei Lessing – gerade das, wodurch sich die neueren Roman- und Drama-Dichter am wenigsten charakterisieren, sondern es ist ihnen genug – sobald nur sonst gehörige Romantik da ist –, wenn die Charaktere bloß so halb und halb etwa etwas vorstellen, im ganzen aber nichts bedeuten. Ihre Charaktere oder Menschen-Abbilder sind gute Konditor- oder Zuckergebilde und fallen, wie alle Kandis- und Marzipanmänner, sehr unähnlich, ja unförmlich, aber desto süßer aus und zerlaufen mild auf der Zunge. Ihre gezeichneten Köpfe sind gleichsam die Papierzeichen dieser höhern Papiermüller und bedürfen keiner größern Ähnlichkeit mit den Urbildern als die Köpfe der Könige von Preußen und Sachsen auf dem preußischen und sächsischen Konzept-Papiere, die und deren Unähnlichkeit man erst sieht, wenn man einen Bogen gegen das Licht hält. Da nun gerade neue Charaktere so schwer und ihrer nur so wenige zu erschaffen sind, wenn man sich nicht zu einem Shakespeare steigern kann, hingegen neue Geschichten so leicht zu geben, zu deren Zusammensetzungen schon vorgeschriebene Endreime der Willkür die organischen Kügelchen oder den Froschlaich darbieten: so wird durch stehende Wolkengestalten von Charakteren, welche unter dem Anschauen flüssig aus- und einwachsen und sich selber eine Elle zusetzen und abschneiden, dem Dichter unglaubliche Mühe und Zeit, die er fruchtbarer an Begebenheiten verwendet, im Schaffen erspart, und er kann jede Messe mit seinem frischen Reichtum neuer Geschichten und alter Charaktere auftreten; er ist der Koch Andhrimmer (in der nordischen Mythologie) und hat den Kessel Eldhrimmer und kocht das Schwein Sährimmer, das jeden Abend wieder lebendig wird, und bewirtet damit die Helden in Walhalla jeden Tag.

Dieser romantische Geist hat nun in Romanen und Trauerspielen eine Höhe und Vollkommenheit erreicht, über welche hinaus er ohne Selbstverflüchtigung schwerlich zu gehen vermag, und welche man in der ganz gemeinen Sprache unbedenklich schon Tollheit oder Wahnwitz nennen kann, wenn auch nicht in der Kunstsprache. Von den Trauerspielen an des ohnehin nicht verstandreichen Werners bis hinauf zu dem Yngurd und der Albaneserin des verstandüberreichen Müllners regiert ein seltner, luftiger, keines Bodens bedürftiger Wahnwitz die Charaktere und dadurch sogar einen Teil der Geschichte, deren Schauplatz eigentlich im Unendlichen ist, weil verrückte und verrückbare Charaktere jede Handlung, die man will, motivieren und rücken können. Sogar bei den größten Genien anderer Völker und früherer Zeiten sucht man Kunst-Verrückungen und Anamorphosen und Anagrammen des Verstandes, wie z.B. in des gedachten Proselyten Luther oder Attila, umsonst. Sogar ein Sophokles glaubte, von seinen erbsüchtigen Kindern des Alterwahnwitzes angeklagt, sie durch ein so verstandreiches Trauerspiel wie der Ödipus zu Boden zu schlagen; aber in unserer Zeit würde wohl ein deutscher Sophokles vor Gericht den Beweis seines Verstandes durch kein anderes Gedicht führen als durch eines, worin er seinen Haupt-Charakteren den ihrigen genommen hätte.

Dieser romantische Kunst-Wahnwitz schränkt sich glücklicherweise nicht auf das Weinen ein, sondern erstreckt sich auch auf das Lachen, was man Humor oder auch Laune nennt. Ich will hier der Vorreden-Kürze wegen mich bloß auf den kraftvollen Friedrich *Hoffmann* berufen, 18 dessen Callotische Phantasien ich früher in einer besondern Vorrede schon empfohlen und gepriesen, als er bei weitem weniger hoch, und mir viel näher stand. Neuerer Zeit nun weiß er allerdings die humoristischen Charaktere – zumal in der zerrüttenden Nachbarschaft seiner Morgen-, Mittag-, Abend- und Nachtgespenster, welche kein reines Taglicht und keinen festen Erdboden mehr gestatten – zu einer romantischen Höhe hinaufzutreiben, daß der Humor wirklich den echten Wahnwitz erreicht; was einem Aristophanes und Rabelais und Shakespeare nie gelingen wollen. Auch der heitere *Tieck* tat in frühern Werken nach diesen humoristischen Tollbeeren einige glückliche Sprünge, ließ aber als Fuchs sie später hangen und hielt sich an die Weinlese der Bacchusbeeren der Lust. – –

Dieses wenige reiche hin, um zu zeigen, wie willig und freudig der Verfasser den hohen Stand- und Schwebepunkt der jetzigen Literatur anerkenne. Unstreitig ist jetzo die Belladonna (wie man die Tollkirsche nennt) unsere Muse, Primadonna und Madonna, und wir leben im poetischen Tollkirschenfest. Desto erfreulicher ist es, daß auch die Lesewelt diese poetische Hinaufstimmung auf eine freundliche Weise begünstigt durch ihre Teilnahme, und daß sie, wie das Morgenland, Verrückte als Heilige ehrt, und was sie sagen, für eingegeben hält. Überhaupt eine schöne Lorbeer- und Kirschlorbeerzeit! – –

Bei allen neuen zweiten Ausgaben wird es dem Verfasser, der sie so gern zu recht verbesserten machen möchte, von neuem schmerzhaft, daß keine seiner Dichtungen ein um- und eingreifendes Kunsturteil über Charaktere und Geschichte und Sprache jemal hat erobern können. Mit einem allgemeinen Lobe bis zur Übertreibung und mit einem ähnlichen Tadel bis zu einer noch größern ist einem rechtschaffenen Künstler nicht gedient und geholfen. Natürlicherweise wurden zweite Auflagen noch weniger beurteilt und geprüft als erste, und der Verfasser sah jeden Abend vergeblich auf ein Lob seiner Strenge gegen sich selber auf. Wie gern er aber bessert und streicht – noch mehr als ein Wiener Schauspieldirektor, der bloß fremde Stücke zerstückt – und wie emsig er aus jedem bedornten oder gestachelten Tadel, sei er entweder Rose oder Wespe, den Honig der Besserung saugt, dies könnte ein Kunstrichter erfahren, ohne mehr Bücher zu lesen als zwei, nämlich die zweite Ausgabe neben der ersten; ja sogar aus einem einzigen könnte er alles wegbekommen, wenn er einen Herrn Verleger bloß um gefällige Vorzeigung des letzten, mit weisen Runzeln und mit Druck- und Dintenschwärze zugleich durchfurchten *Alt*-Exemplars ersuchte: der Mann würde im Buchladen sich wundern über das Bessern, ihm so gerade gegenüber.

Aber, wie leider gesagt, gegenwärtig wird in Deutschland wenig Belletristisches rezensiert, und die Taschenkalender sind hier wohl die einzigen Ausnahmen von Belang, nämlich ihre verschiedenen kleinen Aufsätze und die verschiedenen kleinen Urteile dazu.

Es ist eigentlich ziemlich spät, daß ich erst nach 28 Jahren sage, was die beiden Titel des Buchs sagen wollen. Der eine *»unsichtbare Loge«* soll etwas aussprechen, was sich auf eine verborgne Gesellschaft bezieht, die aber freilich so lange im Verborgnen bleibt, bis ich den dritten oder Schlußband an den Tag oder in die Welt bringe. Noch deutlicher läßt sich der zweite Titel »*Mumien*« erklären, der mehr auf meine Stimmung, so wie jener mehr auf die Geschichte, hindeutet. Überall werden nämlich im Werke die Bilder des irdischen Vorüberfliegens und Verstäubens, wie ägyptische Mumien und griechische Kunst-Skelette, unter den Lustbarkeiten und Gastmahlen aufgestellt. Nun soll aber die Poesie mehr das Entstehen als das Vergehen zeigen und schaffen und mehr das Leben auf den Tod malen als das Gerippe auf das Leben. Der Musenberg soll als der höchste, alle Wolken überflügelnde Berg, der uns sowohl den Himmel als die Erde heller schauen läßt und zugleich die Sternbilder und den blumigen Talgrund uns näher bringt, dieser soll der Ararat der im Wasser arbeitenden und schiffbrüchigen Menschheit sein; wie sich in der Mythe[2] Deukalion und Pyrrha aus der Sündflut auf dem Parnassus erretteten. So verlangt es besonders unser Goethe und dichtet danach; die Dichtkunst soll nur erheitern und erhellen, nicht verdüstern und bewölken. – Und dies glaub' ich auch; ja ohne eine angeborne unwillkürliche – was man eben Hoffnung und Erinnerung nennt – wäre keine Wirklichkeit zu ertragen, wenigstens zu genießen. –

Aber ebenso gewiß ist es, daß gerade die Jugend, diese lebendige Poesie, mitten unter ihren Blütenästen (für sie aber schon Fruchtäste) und auf ihren sonnigen warmen Anhöhen nichts lieber dichtet und gedichtet liest als Nachtgedanken; und nicht nur vor der liebekranken Jungfrau, sondern auch vor dem liebestarken Jüngling – der darum einem Schlachttode weit begeisterter entgegenzieht als ein Alter – schweben die Gottesäcker als hangende Gärten in Lüften, und sie sehnen sich hinauf. Die Jugend kennt nur grüne blumige Grabhügel, aber das Alter offne Gräber ohne grünende Wände.

Diese jugendliche Ansicht komme nun dem Verfasser, der in einem für ihn noch jugendlichen Alter schrieb, bei seinen zu häufigen Grablegungen und seinen Nachtstücken der Vergänglichkeit in diesem Werke zugute. – Indes ist hier eben eine nicht zu furchtsame Rechtfertigung notwendig; denn da wir doch einmal alle in der immer vernichtenden und vernichtet-werdenden Zeit fortschwimmen und wir auf den kleinen Gräbchen jeder Minute in das große der letzten Stunde steigen müssen: so kann hier kein scheues Seitwärtsschielen der Poesie – was etwa bei Übeln gelten könnte, die nur einzelne und nur zeitweise ergreifen –, sondern bloß ein tapferes Aufwärtsschauen dichterisch und erquickend werden. Die Poesie mache nur keck die Erdgruft auf, aber sie zeige auch, wie sie zwischen zwei Halbhimmeln liegt und wie wir aus dem zugedeckten uns dem aufgedeckten zudrehen. – Und wenn wir nur als spielende Eintagmücken, eigentlich Einabendmücken in den Strahlen der untergehenden Sonne uns sonnen und dann senken: so geht nicht bloß die Mücke, auch die Sonne unter; aber im weiten Freien der

20

2   Ovid. Metamorph. VI.

Schöpfung, wo kein Erdboden sich dazwischenstellt, haben Sonnen und Geister keinen Untergang und kein Grab.

Und so mögen denn diese zwei Mumien, weniger mit neuen Gewürzen zur Fortdauer einbalsamiert als hie und da mit den Zeichen-Binden anders eingewickelt, sich wieder der frühern Zuziehung und Einladung zu den Gastmahlen der Leser zu erfreuen haben! Und die dritte oder Schlußmumie soll nachgeschickt werden – als die dritte Parze im schönen griechischen Sinne –, wenn nicht den Mumien-Vater selber vorher das Schicksal zur großen Mumie macht. Also im einen und im andern Falle kann es an einer dritten Schlußmumie nicht fehlen.

Baireuth den 24ten Jun. 1821.

Jean Paul Fr. Richter.

Vorredner

in Form einer Reisebeschreibung

Ich wollte den Vorredner anfangs in Sichersreuth oder Alexandersbad bei Wonsiedel verfertigen, wo ich mir das Podagra wieder in die Füßen hinunterbaden wollte, das ich mir bloß durch gegenwärtiges Buch zu weit in den Leib hinaufgeschrieben. Aber ich habe mir meinen Vorredner, auf den ich mich schon seit einem Jahre freue, aus einem recht vernünftigen Grunde bis heute aufgespart. Der recht vernünftige Grund ist der Fichtelberg, auf welchen ich eben fahre. – Ich muß nun diese Vorrede schreiben, damit ich unter dem Fahren nicht aus der Schreibtafel und Kutsche hinaussehe, ich meine, damit ich die grenzenlose Aussicht oben nicht wie einen Frühling nach Kubikruten, die Ströme nach Ellen, die Wälder nach Klaftern, die Berge nach Schiffpfunden, von meinen Pferden zugebröckelt bekomme, sondern damit ich den großen Zirkus und Paradeplatz der Natur mit allen seinen Strömen und Bergen auf einmal in die aufgeschlossene Seele nehme. – Daher kann dieser Vorredner nirgends aufhören als unweit des Ochsenkopfs, auf dem Schneeberg.

Das nötigt mich aber, unterweges mich in ihm an eine Menge Leute gesprächsweise zu wenden, um nur mit ihm bis auf den Ochsenkopf hinauf zu langen; ich muß wenigstens reden mit Rezensenten – Weltleuten – Holländern – Fürsten – Buchbindern – mit dem Einbein und der Stadt Hof – mit Kunstrichtern und mit schönen Seelen, also mit neun Parteien. Es wird mein Schade nicht sein, daß ich hier, wie es scheint, in den Klimax meiner Pferde den Klimax der Poeten verflechte ...

Der Wagen stößet den Verfasser dermaßen, daß er mit Nro. 1, den Rezensenten, nichts Vernünftiges sprechen, sondern ihnen bloß erzählen will, was sein guter grauer Schwiegervater begeht – nämlich alle Tage seinen ordentlichen Mord und Totschlag. Ich geb' es zu, viele Schwiegerväter können hektisch sein, aber wenige sind dabei in dem Grade offizinell und arsenikalisch als meiner, den ich in meinem Hause – ich hab's erst aus Hallers Physiologie T. II. erfahren, daß Schwindsüchtige mit ihrem Atem Fliegen töten können – statt eines giftigen Fliegenschwamms mit Nutzen verbrauche. Der Hektiker wird nicht klein geschnitten, sondern er gibt sich bloß die kleine Mühe, den ganzen Morgen statt einer Seuche in meinen Stuben zu grassieren und mit dem Schirokkowind seines phlogistischen Atems aus seiner Lunge der Fliegen ihre anzuwehen; aber die Rezensenten können sich leicht denken, ob so kleine Wesen und Nasen, die sich keinen antimephitischen Respirator vom Herrn Pilatre de Rozier applizieren können, einen solchen abscheulichen Schwaden auszuhalten fähig sind. Die Fliegen sterben hin wie – Fliegen, und statt der bisherigen Mücken-Einquartierung hab' ich bloß den guten giftigen Schwiegervater zu beköstigen, der mit ihnen auf den Fuß eines Mücken-Freund-Hein umgeht. Nun glaub' ich, den ordentlichen guten Rezensenten einem Schwiegervater von solchem Gift und Wert gleichsetzen zu dürfen; ja ich möchte jenen bei der Hand anfassen und, auf den grassierenden Phthisiker hindeutend, ihn anfeuern und fragen: »ob er nicht merke, daß er selber gar nicht zu verachten sei, sondern daß er – wenn der Hektikus, mit seinen Lungenflügeln das feinste und nötigste Miasma unter die Fliegen wehend, ein edles seltenes Glied in der naturhistorischen Welt vorstelle – ein ebenso nützliches in der literarischen ausmache, wenn er, in der Gelehrtenrepublik auf- und abschleichend, das summende Insektengeflügel mit seinem ätzenden Atem so treffend anhauche, daß es krepiere wie eine Heuschreckenwolke –; ob er dieses und noch besseres, möcht' ich den Rezensenten fragen, nicht merke und nicht daraus schließe, daß der Vorredner zu der *unsichtbaren Loge* dies zehnmal weitläufiger haben werde?« –

Er hat es aber natürlicherweise viel kürzer, weil ich sonst auf den Ochsenkopf hinaufkäme mitten in der Vorrede, ohne nur der *Weltleute* gedacht zu haben, geschweige der andern.

Diese wollen nun die zweite Nummer und Sprosse meines *Aufklimmers* abgeben – Campe wirft nicht ungeschickt durch dieses Wort den Klimax aus seinen und meinen Büchern –; allein ich werde wenig mehr bei ihnen anzubringen haben als eine Rechtfertigung, daß ich mich in meinem Werke zu oft anstellte, als macht' ich mir aus der Tugend etwas und aus jener Schwärmerei, die so oft den Namen Enthusiasmus trägt. Ich besorge wahrhaftig nicht, daß vernünftige Leute meine Anstellung gar für Ernst ansehen; ich hoffe, wir trauen beide einander zu, daß wir das Lächerliche davon empfinden, statt der *Namen* der Tugenden *diese* selber haben zu wollen – und heutzutage sind die wenigsten von uns zu den tollen Philosophen in Lagado (in Gullivers Reisen) zu rechnen, die aus Achtung für ihre Lunge die *Dinge* selber statt ihrer *Benennungen* gebrauchten und allemal in Taschen und Säcken die Gegenstände mitbrachten, worüber sie sich unterhalten wollten. Aber ob man mir nicht eben dies verdenken wird, daß ich Namen so oft gebrauche, die nicht viel modischer als die Sache selber sind und deren man sich in Zirkeln von Ton, so wie der Namen »Gott, Ewigkeit«, gern enthält, darüber lässet sich disputieren. Inzwischen seh' ich doch auf der andern Seite auch, daß es mit der Sprache der Tugend wie mit der lateinischen ist, die man jetzo zwar nicht mehr *gesprochen,* aber doch *geschrieben* duldet und die deswegen längst aus dem Mund in die Feder zog. Ich berufe mich überhaupt auf einsichtige Rezensenten, ob wir dichtenden Schriftsteller ohne tugendhafte Gesinnungen, die wir als *poetische Maschinen* gebrauchen so wie die ebenso fabelhafte Mythologie, nur eine Stunde auszukommen vermögen und ob wir nicht zum Schreiben hinlängliche Tugend haben müssen als Wagenwinde, Steigeisen, Montgolfiere und Springstab unsrer (gedruckten) Charaktere – widrigenfalls gefallen wir keiner Katze; und es ergeht den armen Schauspielern auch nicht anders. Freilich Autoren, die über Politik, Finanzen, Höfe schreiben, interessieren gerade durch die entgegengesetzten Mittel – Eben damit kann sich ein Schreiber decken, der in seine Charaktere das, was die Poeten und Weiber ihr Herz nennen, eingeheftet; es muß drin hangen (nicht nur in geschilderten, auch in lebenden Menschen), es mag Wärme haben oder nicht; ebenso versieht der Büchsenmacher die *Windbüchsen* so gut mit einer *Zündpfanne* wie Feuergeschoß, ob gleich nur mit *Wind* getrieben wird ... Es kann wahrlich um den ganzen Fichtelberg kein so kalter pfeifen als gerade im Holzweg, wo eben mein Wagen mitten im Auguste geht ...

Mit Nro. 3, den Holländern, wollt' ich mich in meinem Kasten zanken wegen ihres Mangels an poetischem Geschmack: das war alles. Ich wollte ihnen vorwerfen, daß ihrem Herzen ein Ballenbinder näher liege als ein Psalmist, ein Seelenverkäufer näher als ein Seelenmaler, und daß das ostindische Haus keinem einzigen Poeten eine Pension auswerfen würde als bloß dem alten Orpheus, weil seine Verse Flüsse ins Stocken sangen und man also sein Haberrohr und seine Muse anstatt der belgischen Dämme gebrauchen könnte. Ich wollte den Niederländern den kaufmännischen Unterschied zwischen Schönheit und Nutzen nehmen und ihnen es hinunterschreiben, daß Armeen, Fabriken, Haus, Hof, Äcker, Vieh nur das Schreib- und Arbeitszeug der Seele wären, womit sie einige Gefühle, worauf alle Menschentätigkeit ausläuft, errege, erhebe und äußere, daß den indischen Kompagnien Schiffe und Inseln dazu dienten, wozu den poetischen Reime und Federn taugten, und daß Philosophie und Dichtkunst die eigentlichen Früchte und Blüten am Baume des Erkenntnisses ausmachten, aber alle Gewerb- und Finanz- und Staat-Wissenschaften und Kameralkorrespondenten und Reichsanzeiger bloß die einsaugenden Blätter wären und der Splint, der Wurzeln-Efeu und das unter dem Baume treibende Aas. – Ich wollt' es sagen; ließ es aber bleiben, weil ich besorgte, die Deutschen merkten es, daß ich unter Holländern bloß – sie selber meine; denn wie käm' ich auch sonst unter die mit Tee ausgelaugten belgischen Schlafröcke? – Ich habe ohnehin wenig mehr zu fahren und viel noch abzufertigen.

Ich untersag' es den europäischen Landständen, mein Werk Nro. 4 einem Fürsten zu geben, weil er sonst dabei *einschläft;* welches ich – da ein *fürstlicher* Schlaf nicht halb so spaßet wie ein *homerischer* – recht gern geschehen lasse, sobald die europäischen Landstände das Gesetz wie ein Arcuccio[1] so über die Landeskinder wölben, daß sie der Landesvater im Schlafe nicht erdrücken kann, er mag sich darin werfen, wie er will, auf die Seiten, auf den Rücken oder auf den Bauch.

26

---

1   Das ist ein Gehäuse in Florenz – in Krünitz' ökon. Enzykl. 2. B. ists abge-
      bildet –, worin die Mutter bei Strafe das Kind unter dem Säugen legen
      muß, um es nicht im Schlummer zu erquetschen.

Da hundert Buchbinder Nro. 5 mich unter den Arm und in die Hände nehmen werden, um mich ganze Wochen früher zu *lesen* als zu *beschneiden* und zu *pressen* – gute Rezensenten täten gewiß das Widerspiel –: so müssen die guten Rezensenten auf die Buchbinder warten, die Leser auf die Rezensenten und ich auf die Leser, und so darf ein einziger Unglückvogel uns alle verhetzen und in den Sumpf ziehen; aber wer kanns den Buchbindern verbieten als ich, der ich in dieser *Nachricht an Buchbinder* mein Buch für dergleichen Binder eigenhändig konfisziere?

Mit dem Einbein, der sechsten Nummer, viel zu reden, wie ich verhieß, verlohnt der Mühe gar nicht, da ich das Ding selber bin und noch überdies der einbeinige Autor heiße. Die Höfer (die Einwohner der Stadt Hof, der 7ten Nr.), worunter ich hause, mußten mich mit diesem anti-epischen Namen belegen, weil mein linkes Bein bekanntlich ansehnlich kürzer ist als das andre und weil noch dazu unten mehr ein Quadrat- als Kubikfuß dransitzt. Es ist mir bekannt, Menschen, die gleich den ostindischen Hummern eine kurze Schere neben der langen haben, können allerdings sich mit der chaussure behelfen, die ihre Kinder ablegen; aber es ist ebenso unleugbar, daß das Zipperlein einem solchen Mann dennoch an beiden Füßen kneift und diesen den verdammtesten spanischen Stiefel anschraubt, den je ein Inquisit getragen.

Ich hätte gar nicht sagen sollen, daß ich mit meinem lieben Hof in Voigtland schriftlich am Fichtelberge sprechen wollte, da ichs mündlich kann und mein eigener Kerl daraus her ist. Mein Wunsch und Zweck in einem solchen Werke wie diesem ist und bleibt bloß der, daß diese betagte und bejahrte Stadt den Schlaf, den ich ihr darin mit den harten Federn einer Gans einflößen will, auf den weichen dieses Tiers genießen möge ...

27   – Endlich hab' ich nun den Ochsenkopf. –

Diese Zeile ist kein Vers, sondern nur ein Zeichen, daß ich droben war und da viel tat: meine Sänfte wurde abgeschnallet und ich mit geschlossenen Augen hineingeschafft, weil ich erst auf dem Schneeberg, der Kuppel des Fichtelgebirgs, mich umsehen will ... Unter dem Aussteigen strömte vor meinem Gesicht eine ätherische Morgenluft vorüber; sie drückte mich nicht mit dem schwülen West eines Trauerfächers, sondern hob mich mit dem Wehen einer Freiheitfahne ... Wahrhaftig ich wollte unter einem Luftschiffe ganz andre Epopöen und unter einer

Täucherglocke ganz andre Feudalrechte schreiben, als die Welt gegenwärtig hat ...

Ich wünschte, Nro. 8, die Kunstrichter würden in meiner Sänfte mitgetragen und ich hätte ihre Hände; ich würde sie drücken und sagen: Kunstrichter unterschieden sich von Rezensenten wie Richter von Nachrichtern – Ich würde ihnen gratulieren zu ihrem Geschmack, daß er, wie der eines Genies, dem eines Kosmopoliten gleiche und nicht bloß *einer* Schönheit räuchere – etwa der Feinheit, der Stärke, dem Witze –, sondern daß er in seinem Simultantempel und Pantheon für die wunderlichsten Heiligen Altäre und Kerzen dahabe, für Klopstock und Crebillon und Plato und Swift ... Gewisse Schönheiten, wie gewisse Wahrheiten – wir Sterbliche halten beide noch für zweierlei – zu erblicken, muß man das Herz ebenso ausgeweitet und ausgereinigt haben wie den Kopf ... Es hängt zwischen Himmel und Erde ein großer Spiegel von Kristall, in welchen eine verborgne neue Welt ihre großen Bilder wirft; aber nur ein unbeflecktes Kindes-Auge nimmt sie wahr darin, ein besudeltes Tier-Auge sieht nicht einmal den Spiegel ... Nur *einen* öffentlichen Richter, den mein Herz verehrt, schenke mir dieses Jahr, und wär' er auch wider mich parteiisch; denn ein parteilicher dieser Art fället ein lehrreicheres Urteil als ein unparteiischer aus der Wochentag-Kaste.

Über den *Plan* eines Romans (aber nicht über die *Charaktere*) muß man schon aus dem ersten Bande zu urteilen Befugnis haben; alle Schönheit und Ründe, mit der die folgenden Bände den Plan aufwickeln, nimmt ja die Fehler und Sprünge nicht weg, die er im ersten hatte. Ich wüßte überhaupt keinen Band und kein Heft, worin der Autor recht hätte, den Leser zu ärgern. Die Nähe des Schneeberges hindert mich, es zu beweisen, daß die französische Art zu erzählen (z.B. im Candide) die abscheulichste von der Welt und daß bloß die umständliche, dem Homer oder Voß oder gemeinen Manne abgesehene Art die interessanteste ist. Ferner käm' ich auf dem Schneeberg an, eh' ichs nur halb hinaus bewiesen hätte, daß wir Belletristen (ein abscheulicher Name!) insgesamt zwar den Aristoteles für unsern magister sententiarum und seine Gebote für unsre 39 Artikel und 50 Dezisionen halten sollten – daß wir aber doch für nichts von ihm so viele Achtung zu tragen hätten als für seine drei Einheiten (die ästhetische Regeldetri), gegen die nicht einmal Romane sündigen sollten. Der Mensch interessiert sich bloß für *Nachbarschaft* und *Gegenwart;* der wichtigste Vorfall, der in Zeit oder

28

Raum sich von ihm entfernt, ist ihm gleichgültiger als der kleinste neben ihm; so ist er, wenn er die Vorfälle erlebt, und mithin auch so, wenn er sie *lieset*. Darauf beruht die Einheit der Zeit und des Orts. Also der Anfang in der Mitte einer Geschichte, um daraus zum anfangenden Anfang zurückzuspringen – das zeitwirre Ineinanderschütteln der Szenen – Episoden – so wie das Knüpfen mehrer Hauptknoten, ja sogar das Reisen in Romanen, das den Maschinengöttern ein freies, aber uninteressantes Spiel erlaubt – – kurz alle Abweichungen von dem *Tom Jones* und der *Klarissa* sind Sekunden und Septimen im Aristotelischen Dreiklang. Das Genie kann zwar alles gutmachen; aber Gutmachen ist nicht aufs beste machen, und glänzende verklärte Wundenmale sind am Ende doch Löcher am verklärten Leibe. Wenn manche Genies die Kraft, die sie aufs Gutmachen übertretner Regeln wenden müssen, in der Befolgung derselben arbeiten ließen: sie täten mehr Wunder als der heilige Martin, der ihrer nicht mehr bewerkstelligte als zweihundertundsechs – Goethe in seiner Iphigenie und Klinger in seiner Medea tuns vielleicht dem heiligen Martin zuvor …

– – Gegenwärtig trägt man das Einbein (mich) über den Fichtelsee und über zwei Stangen, die statt einer Brücke über diese bemooste Wüste bringen. Zwei Fehltritte der Gondelierer, die mich aufgeladen, versenken, wenn sie geschehen, einen Mann in den Fichtelsumpf, der darin an seinem Vorredner arbeitet und der mit acht Nummern Menschen gesprochen und dessen Werk zum Glück schon in Berlin ist … Berge über Berge werden jetzo wie Götter aus der Erde steigen, die Gebirge werden ihre Arme länger ausstrecken und die Erde wird wie eine Sonne aufgehen und dann wird ihre weiten Strahlen *ein* Menschen-Blick verknüpfen und meine Seele wird unter ihrem Brennpunkt glühen … Nach wenigen Schritten und Worten ist die Vorrede aus, auf die ich mich so lang gefreuet, und der Schneeberg da, auf dem ich mich erst freuen soll. – Es ist gut, wenn ein Mensch seine Lebensereignisse so wunderbar verflochten hat, daß er ganz widersprechende Wünsche haben kann, daß nämlich der Vorredner dauere und der Schneeberg doch komme.

– – In diesen Gegenden ist alles still, wie in erhabnen Menschen. Aber tiefer, in den Tälern, nahe an den Gräbern der Menschen steht der schwere Dunstkreis der Erde auf der einsinkenden Brust, zu ihnen nieder schleichen Wolken mit großen Tropfen und Blitzen, und drunten wohnt der Seufzer und der Schweiß. Ich komme auch wieder hinunter, und ich sehne mich zugleich *hinab* und *hinauf*. Denn der irre Mensch – die ägyptische Gottheit, ein Stückwerk aus Tierköpfen und Menschen-Torsos – streckt seine Hände nach entgegengesetzten Richtungen aus und nach dem ersten Leben und nach dem zweiten: seinen Geist ziehen *Geister* und *Körper*. So wird der *Mond* von der *Sonne* und *Erde* zugleich gezogen, aber die Erde legt ihm ihre Ketten an, und die Sonne zwingt ihn bloß zu Ausweichungen. Diesen Widerstreit, den kein Sterblicher beilegt, wirst du, geliebter Leser, auch in diesen Blättern finden; aber vergib ihn mir wie ich dir. Und ebenso habe für unverhältnismäßige Ausbildung die Nachsicht des Menschenkenners. Eine unsichtbare Hand legt den Stimmhammer an den Menschen und seine Kräfte – sie über-schraubt, sie erschlafft Saiten – oft zersprengt sie die feinsten am ersten – nicht oft nimmt sie einen eilenden Dreiklang aus ihnen – endlich wenn sie alle Kräfte auf die Tonleiter der Melodie gehoben: so trägt sie die melodische Seele in ein höheres Konzert, und diese hat dann hinie-den nur wenig getönet. – – –

... Ich schrieb jetzt eine Stunde nicht; ich bin nun auf dem Schneeberg, aber noch in der Sänfte. Erhabne Paradiese liegen um mich ungesehen, wie um den eingemauerten Menschengeist, zwischen dem und dessen höherem Mutterland der dunkle Menschenkörper innen steht; aber ich habe mich so traurig gemacht, daß ich in das schmetternde Trommeten- und Laubhüttenfest, das die Natur von einem Gebirge zum andern be-geht, nicht hineintreten will: sondern erst wenn die Sonne tiefer in den Himmel gesunken und wenn in ihren Lichtstrom der Schattenstrom der Erde fällt, dann wird unter die stummen Schatten noch ein neuer beglückter stiller Schatten gehen. – – Aufrichtiger zu sprechen, ich kann bloß von euch – ihr schönern Leser, deren geträumte, zuweilen erblickte Gestalten ich wie Genien auf den Höhen des Schönen und Großen wandeln und winken sah – nicht Abschied nehmen; ich bleibe noch ein wenig bei euch, wer weiß, wann und ob die Augenblicke, wo unsre Seelen über einem zerstiebenden Blatte sich die Hände geben, je wieder-kommen – vielleicht bin ich hin, vielleicht du, bekannte oder unbekannte teure Seele, von welcher der Tod, wenn er vorbeigeht und die unter Körnern und Regentropfen gebückte Ähre erblickt, bemerkt: sie ist schon zeitig. – Und gleichwohl was kann ich jenen Seelen in den Au-genblicken des Abschieds, die man so gern mit tausend Worten überla-den möchte und eben deswegen bloß mit Blicken ausfüllt, noch zu sagen haben oder zu sagen wissen, als meine ewigen Wünsche für sie: findet auf diesem (von uns Erdball genannten) *organischen Kügelchen,* das mehr *begraset* als *beblümet* ist, die wenigen Blumen im Nebel, der um sie hängt – seid mit euren elysischen Träumen zufrieden und begehret ihre Erfüllung und Verkörperung (d.h. Verknöcherung) nicht; denn *auf der Erde ist ein erfüllter Traum ohnehin bloß ein wiederholter* – von außen seid, gleich eurem Körper, von Erde, und bloß innen beseelt und vom Himmel; und haltet es für schwerer und nötiger, die zu lieben, die euch verachten, als die, die euch hassen – und wenn unser Abend da ist, so werfe die Sonne unsers Lebens (wie heute die draußen) die Strahlen, die sie vom irdischen Boden weghebt, an hohe goldne Wolken und (als wegweisende Arme) an höhere Sonnen; nach dem müden Tage des Lebens sei unsre Nacht *gestirnt,* die heißen Dünste desselben schlagen sich nieder, am erkälteten hellen Horizont ziehe sich die *Abendröte* langsam um *Norden* herum, und bei *Nord-Osten* lodere für unser Herz die neue *Morgenröte* auf …

… Nun tritt auch die Erdensonne auf die Erdengebirge und von diesen Felsenstufen in ihr heiliges Grab; die unendliche Erde rückt ihre großen Glieder zum Schlafe zurecht und schließet ein Tausend ihrer Augen um das andre zu. Ach welche Lichter und Schatten, Höhen und Tiefen, Farben und Wolken werden draußen kämpfen und spielen und den Himmel mit der Erde verknüpfen – sobald ich hinaustrete (noch *ein* Augenblick steht zwischen mir und dem Elysium), so stehen alle Berge von der zerschmolzenen Goldstufe, der Sonne, überflossen da – Gold-adern schwimmen auf den schwarzen Nacht-Schlacken, unter denen Städte und Täler übergossen liegen – Gebirge schauen mit ihren Gipfeln gen Himmel, legen ihre festen Meilen-Arme um die blühende Erde, und Ströme tropfen von ihnen, seitdem sie sich aufgerichtet aus dem uferlosen Meer – Länder schlafen an Ländern, und unbewegliche Wälder an Wäldern, und über der Schlafstätte der ruhenden Riesen spielet ein gaukelnder Nachtschmetterling und ein hüpfendes Licht, und rund um die große Szene zieht sich wie um unser Leben ein hoher Nebel. – – Ich gehe jetzo hinaus und sink' an die sterbende Sonne und an die entschlafende Erde.

Ich trat hinaus – –

Auf dem Fichtelgebirg, im Erntemond 1792.

Jean Paul

Erster Sektor

Verlobung-Schach – graduierter Rekrut – Kopulier-Katze

Meines Erachtens war der Obristforstmeister von *Knör* bloß darum so
unerhört aufs Schach erpicht, weil er das ganze Jahr nichts zu tun hatte
als *ein*mal darin der Gast, die Santa Hermandad und der teure Dispen-
sationbullen-Macher der Wildmeister zu sein. Der Leser wird freilich
noch von keiner so unbändigen Liebhaberei gehört haben, als seine war.
Das wenigste ist, daß er alle seine Bediente aus dem Dorfe Strehpenik
verschrieb, wo man durch das Schach so gut Steuerfreiheit gewinnt als
ein Edelmann durch einen sächsischen Landtag, damit er (obwohl in
anderem als katonischen Sinne) ebenso viele Gegner als Diener hätte –
oder daß er und ein oberysselscher Edelmann in Zwoll mehr Postgeld
verschrieben als verreiseten, weil sie Schach auf 250 Meilen nicht mit
Fingern, sondern Federn zogen – Auch das kann man sich gefallen
lassen, daß er und die Kempelsche Schachmaschine Briefe miteinander
wechselten und daß des hölzernen Moslems Konviktorist und Adjutant,
Herr v. Kempele, ihm in meinem Beisein aus der Leipziger Heustraße
im Namen des Muselmanns zurückschrieb, dieser rochiere – Man wird
seine Gedanken darüber haben, daß er noch vor zwei Jahren nach Paris
abfuhr, um ins Palais royal und in die Société du Salon des Echecs zu
gehen und sich darin als Schachgegner niederzusetzen und als Schach-
sieger wieder aufzuspringen, wiewohl er nachher in einer demokratischen
Gasse viel zu sehr geprügelt wurde, da er im Schlafe schrie: gardez la
Reine – Bloß frappieren kanns einen und den andern, daß seine Tochter
ihm nie einen neuen Hut oder eine neue Soubrette, die ihn ihr ansteckte,
anders abgewann als zugleich mit einem Schach – – Aber darüber
wundert und ärgert sich alles, was mich lieset, Leute von jedem Geschlecht und jedem Alter, daß der Obristforstmeister geschworen hatte,
seine Tochter keiner andern Bestie in der ganzen Ritterschaft zu geben,
als einer, die ihr außer dem Herzen noch ein Schach abgewänne – und
zwar in sieben Wochen.

Sein Grund und Kettenschluß war der: »Ein guter Mathematiker ist
ein guter Schachspieler, also dieser jener – ein guter Mathematiker weiß
die Differentialrechnung zehnmal besser als ein elender – und ein guter
Differentialrechenmeister versteht sich so gut als einer aufs Deployieren

und Schwenken[1] und kann mithin seine Kompagnie (und seine Frau vollends) zu jeder Stunde kommandieren – und warum sollte man einem so geschickten, so erfahrnen Offizier seine einzige Tochter nicht geben?« – Der Leser hätte sich gewiß sogleich ans Schachbrett hingesetzt und gedacht, der Zug einer solchen Quaterne aus dem Brette, wie die Tochter eines Obristforstmeisters ist, sei ja außerordentlich leicht; aber er ist verdammt schwer, wenn der Vater selbst hinter dem Stuhle passet und der Tochter jeden Zug angibt, womit sie ihren König und ihre Tugend gegen den Leser decken soll.

Wers hörte, begriff gar nicht, warum die Frau Obristforstmeisterin, welche lange Gesellschaftdame einer Gräfin von Ebersdorf gewesen, bei ihrem feinen Gefühl und ihrer Frömmigkeit eine solche Jägerlaune dulde; sie hatte aber eine herrnhutische durchzusetzen, welche begehrte, daß das erste Kind ihrer Tochter Ernestine für den Himmel sollte groß gezogen werden, nämlich: acht Jahre *unter der Erde* – »Meinetwegen achtzig Jahre«, sagte der Alte.

Ob man gleich in jedem Falle Teufelsnot mit einer Tochter hat, man mag Abonnenten an sie anzulocken oder abzutreiben haben: so hatte doch Knör bei der Sache seinen wahren Himmel auf Erden – unter so vielen Schachrittern, die sämtlich seine Ernestine bekriegten und verspielten. Denn mit einem Kopfe, in den der Vater Licht, und mit einem Herzen, in das die Mutter Tugend eingeführt hatte, eroberte sie leichter, als sie zu erobern war; daher ärgerte und spielte sich an ihr eine ganze Brigade ehelustiger Junker halb tot. Und doch waren unter ihnen Leute, die auf allen nahen Schlössern den Namen *süßer Herren* behaupteten, weil sie keine – *Matrosensitten* hatten, wie man in Vergleichung mit dem *Seewasser* unser schales *süßes* nennt.

Aber ich und der Leser wollen über die ganze spielende Kompagnie wegspringen und uns neben den Rittmeister von *Falkenberg* stellen, der bei dem Vater steht und auch heiraten will. Dieser Offizier – ein Mann

1 Das wüßt' er nicht, wenn ers nicht aus den neuen Taktikern, Herrn *Hahn* und Herrn *Miller*, hätte, die den jungen Offizier die Differentialrechnung lehren, damit es ihm nicht schwer werde, mitten im Treffen beim Deployieren und Schwenken die Grundwinkel herauszurechnen. – Ebenso hab' ich hundertmal ein Buch schreiben und darin die armen visierenden Billardspieler in den Stand setzen wollen, bloß nach einigen Auflösungen aus der Mechanik und höheren Mathesis mit zugemachten Augen zu stoßen.

voll Mut und Gutherzigkeit, ohne alle Grundsätze als die der Ehre, der, um sich nichts hinter seine Ohren zu schreiben, die sonst bei einiger Länge das *schwarze Brett* und der *Kerbstock* empfangner Beleidigungen sind, lieber andre Christen hinter die ihrigen schlug, der feiner handelte, als er sprach, und dessen Kniestück ich nicht zwischen diesen zwei Gedankenstrichen ausbreiten kann – warb in dieser Gegend so lange Rekruten, bis er selber wollte angeworben sein von Ernestinen. Er haßte nichts so sehr als Schach und Herrnhutismus; indessen sagte Knör zu ihm: »abends um 12 Uhr fingen, weil er so wollte, die sieben Spiel-Turnierwochen an, und wenn er nach sieben Wochen um 12 Uhr die Spielerin nicht aus dem Schlachtfelde ins Brautbette hineingeschlagen hätte: so tät' es ihm von Herzen leid, und aus der achtjährigen Erziehung brauchte dann ohnehin nichts zu werden.«

Die ersten 14 Tage wurd' in der Tat zu nachlässig gespielt und – geliebt. Allein damals hatten weder andre gescheite Leute noch ich selber jene hitzigen Romane geschrieben, wodurch wir (wir habens zu verantworten) die jungen Leute in knisternde, wehende *Zirkulieröfen* der Liebe umsetzen, welche darüber zerspringen und verkalken und nach der Trauung nicht mehr zu heizen sind. Ernestine gehörte unter die Töchter, die bei der Hand sind, wenn man ihnen befiehlt: »Künftigen Sonntag, so Gott will, werde um 4 Uhr in den Herrn A–Z, wenn er kommt, – verliebt.« Der Rittmeister biß im Artikel der Liebe überhaupt weder in den gärenden Pumpernickel der physischen – noch in das weiße kraftlose Weizenbrot der parisischen – noch in das Quitten- und Himmelbrot der platonischen, sondern in einen hübschen Schnitt Gesindebrot der ehelichen Liebe: er war 37 Jahre alt.

Sechzehn Jahre früher hatt' er sich einen Bissen vom gedachten Pumpernickel abgeschnitten: seine Geliebte und sein und ihr Sohn wurden nachher vom ehrlichen Kommerzien-Agenten *Röper* geheiratet.

Wir Belletristen hingegen könnens recht sehr bei unsern Romanen gebrauchen, daß es unserem Magen und unserer Magenhaut guttut, wenn wir in *einem* Nachmittage jene vier Brotsorten auf einmal anschneiden; denn wir müssen aller Henker sein, um allen Henker zu schildern; wie wollten wirs sonst machen, wenn wir im nämlichen Monat aus dem nämlichen Herzen, wie aus dem nämlichen Buchladen (ich ärgere hier Herrn Adelung durchs Wort »nämlichen«) Spottgedichte – Lobgedichte – Nachtgedanken – Nachtszenen – Schlachtgesänge – Idyllen – Zotenlieder und Sterbelieder liefern sollen, so daß man hinter und vor uns erstaunt übers Pantheon und Pandämonium unter *einem* Dache – mehr als über des Galeerensklaven Bazile nachgelassenen Magen, in welchem ein Mobiliarvermögen von 35 Effekten hausete, z.B. Pfeifenköpfe, Leder, Glasstücke und so fort.

Wenn die beiden jungen Leute am Schachbrett saßen, das entweder ihre Scheidewand oder ihre Brücke werden sollte: so stand der Vater allemal als Markör dabei; es war aber wirklich nicht nötig – nicht bloß weil der Rittmeister so erbärmlich spielte und seine Gegenfüßlerin so philidorisch; auch darum nicht, weil ihr die weibliche Kleiderordnung ohnehin verbot, matt oder verliebt zu werden (denn am Ende kehren Weiber und Ruderknechte allzeit eben den Rücken dem Ufer zu, an das sie anzurudern streben) – sondern aus einem noch sonderbarern Grunde war der Auxiliarforstmeister zu entraten: die Ernestine wollte nämlich um alles gern schachmatt werden, und *eben deswegen* spielte sie so gut. Denn aus Rache gegen das zögernde Schicksal arbeitet man gerade Dingen, die von ihm abhängen, absichtlich entgegen und wün-
schet sie doch. Die beiden kriegenden Mächte wurden zwar sich einander immer lieber, eben weil sie einander einzubüßen fürchteten; gleichwohl stands in den Kräften der weiblichen nicht, nur *einen* Zug zu unterlassen, der gegen ihre doppelseitigen Wünsche stritt: in fünf Wochen konnte der Werbeoffizier nicht *einmal* sagen: Schach der Königin. Die Weiber spielen ohnehin dieses Königspiel (wie andre Königspiele) recht gut … Da aber das eine Digression der Natur zu sein scheint und doch keine ist: so kann eine schriftstellerische daraus gemacht werden, aber erst im 20ten Sektor; weil ich erst ein paar Monate geschrieben haben muß, bis ich den Leser so eingesponnen habe, daß ich ihn werfen und zerren kann, wie ich nur will.

Wäre die Liebe des Rittmeisters von der Art der neuern gigantischen Liebe gewesen, die nicht wie ein aufblätternder Zephyr, sondern wie ein schüttelnder Sturmwind die armen dünnen Blümchen umfasset, welche sich in den belletristischen Orkan gar nicht schicken können: so wäre das wenigste, was er hätte tun können, das gewesen, daß er auf der Stelle des Teufels geworden wäre; so aber wurd' er bloß – böse, nicht über den Vater, sondern über die Tochter, und nicht darüber, daß sie das Schachbrett nicht zum Präsentierteller ihrer Hand und ihres Herzens machte, oder daß sie gut gegen ihn spielte, sondern darüber, daß sie *so sehr* gut spielte. So ist der Mensch! – und ich ersuche den Menschen, meinen Rittmeister nicht auszulachen. Freilich – hätt' ich die weiblichen Reize und die Rolle Ernestinens gehabt und hätt' ich ihm, indes er seine Kontraapproche aussann, ins betretne Gesicht geschauet, auf dessen gerundetem Munde der Schmerz über unverdiente Kränkung stand, der so rührend an Männern von Mut aussieht, sobald ihn nicht die Gichtknoten und Hautausschläge der Rache verzerren: so wär' ich rot geworden und wäre wahrhaftig geradezu mit der Königin (und mir dazu) ins Schach hineingefahren: denn was hätt' ich da geliebt als strenge Selberbüßung?

Beinahe hätte am 16. Junius Ernestine diese Büßung geliebt, wie man aus ihrem Briefe sogleich ersehen soll. Denn allerdings ist eine Frau imstande, zweimal 24 Stunden lang eine und dieselbe Gesinnung gegen einen Mann (aber auch gegen weiter nichts) zu behaupten, sobald sie von diesem Manne nichts vor sich hat als sein Bild in ihrem schönen Köpfchen; allein steht der Mann selber unkopiert fünf Fuß hoch vor ihr: so leistet sie es nicht mehr – ihre wie eine besonnete Mückenkolonne spielenden Empfindungen treibt auseinander, widereinander und ineinander ein Fingerhut voll Puder am besagten Mann zu viel oder zu wenig – eine Beugung seines Oberleibs – ein zu tief abgeschnittener Fingernagel – eine sich abschälende schurfichte Unterlippe – der Puder-Anschrot und Spielraum des Zopfs hinten auf dem Rock – ein langer Backenbart – alles. Aus hundert Gründen schlag' ich hier vor den Augen des indiskreten Lesers Ernestinens Brief an eine ausgediente Hofdame in der Residenzstadt *Scheerau* auseinander: sie mußte jede Woche an sie schreiben, weil man sie zu beerben gedachte und weil Ernestine selber einmal so lange bei ihr und in der Stadt gewesen war, daß sie recht gut eilftausend Pfiffe mit wegbringen konnte – drei Wochen nämlich.

»Die vorige Woche hatt' ich Ihnen wirklich nichts zu schreiben als das alte Lied. Unser Gespiele ennuyiert mich unendlich, und es dauert mich nur der Rittmeister; es hilft aber bei meinem Vater kein Reden, sobald er nur jemand haben kann, den er spielen sieht. Wär's nicht besser, der gute Rittmeister ließe seinen Kutscher, der den ganzen Tag in unserer Domestikenstube schnarcht, aufwecken und anspannen und führ' ab? Seit dem Sonntage martern wir uns nun an *einer* Partie herum, und ich habe mir schon den Ellenbogen wund gestützt – abends soll sie zu Ende.

Abends um 12 Uhr. Er verliert's allemal mit seinen Springern und durch meine Königin. Wenn er einmal geheiratet hat: so will ich ihm seine Fehlgriffe und meine Kunstgriffe zeigen. Ich bin recht verdrüßlich, gnädige Tante.

Den 16. Jun. In vier Tagen bin ich von meinem Spieler und Schachbrett los, und ich will dieses nicht zusiegeln, bis ich Ihnen schreiben kann, wie er sich gegen seine müde und unschuldige Korbflechterin benommen. Heute spielten wir oben im sinesischen Häuschen. Da die Abendröte, die gerade in sein Gesicht hineinfiel, verwirrte Schatten unter die Figuren warf und da mich sein rechter Zeigefinger dauerte, der von einem Säbelhiebe eine rote Linie hat und der auf der Schachbande auf lag: so kam ich aus Zerstreuung wahrhaftig um meine Königin, und das abscheuliche Kindtaufgeläute des sinesischen Glockenspiels ließ mir fast kein Dessein – zum Glück kam mein Vater wieder und half mir ein wenig ein. Ich führte ihn nachher in unsern neuen Anlagen im Wäldchen herum, und er erzählte mir, glaub' ich, die Historie seines linierten Fingers; er ist gegen seinesgleichen sehr wild, aber dabei ungemein verbindlich gegen Frauenzimmer.

Den 18. Jun. Seit gestern sind wir alle etwas lustiger. Abends brachten zwei Unteroffiziere fünf Rekruten, und da man sagte, es wär' ein Mensch darunter, der eine ganze geschlagene Armee zum Lachen brächte, gingen wir alle mit hinunter. Unten erzählte der Mensch gerade halblaut einem andern Rekruten ins Ohr, er habe ein eingesetztes Gebiß von lauter falschen Schneidezähnen, und sie fielen alle bis auf einen Eckzahn heraus, wenn er eine Patrone anbisse; er habe aber bloß das Handgeld wegkapern wollen. Er schraubte unsertwegen den Hut vom Kopf ab, aber eine weiße Mütze, die sich bis über die Augenbrauen hereinsenkte, zerrete er noch tiefer nieder: ›zög' er sie ab‹, sagt' er, ›so käm' er in seinem Leben nicht zum Regiment.‹ Der eine Unteroffizier fing an zu lachen und sagte: ›Er tuts bloß, weil er drei abscheuliche Muttermäler darunter hat, weiter nichts‹ – und ein Kamerad streifte ihm heimlich die Mütze von hinten herunter. Kaum war zu unserem Erstaunen ein Kopf daraus vorgesprungen, der an beiden Schläfen zwei brennende Muttermäler wies, eine Silhouette mit einem natürlichen Haarzopf und gegenüber zwei Iltis-Schwänzchen: so faßte zu unserm noch größeren Erstaunen der Rittmeister den bemalten Kopf an und küßte ihn so heftig wie seinen leiblichen Bruder und wollte sich totlachen und totfreuen. ›Du bist und bleibst doch der Doktor *Fenk!*‹ sagt' er. Er muß sehr vertraut mit dem Rittmeister sein und kommt unmittelbar von *Oberscheerau.* Kennen Sie ihn nicht? Der Fürst lässet ihn als Botaniker und Gesellschafter mit

38

seinem natürlichen Sohn, dem Kapitän von *Ottomar,* nach der Schweiz und Italien reisen, wie Sie schon wissen werden. Er setzt tolle Streiche durch, wenns wahr ist, was er schwört, daß dieses seine 21te Verkleidung sei und daß er ebenso viele Jahre habe. Er sieht übel aus; er sagt selber, sein breites Kinn stülpe sich wie ein Biberschwanz empor und der Bader rasier' ihm im Grunde die halbe Wüste gratis, so viel wie zwei Bärte – seine Lippen sind bis zu den Stockzähnen aufgeschnitten, und seine kleinen Augen funkeln den ganzen Tag. Er spaßet auch für Leute, die nicht seinesgleichen sind, viel zu frei.« – –

– Ernestine silhouettiert hier den äußern Menschen des Doktors, der wie viele indische Bäume unter äußern Stacheln und dornigem Laub die weiche kostbare Frucht des menschenfreundlichsten Herzens versteckte. Ich werd' ihn aber ebenso gut zeichnen können wie die Briefstellerin. Da Humoristen wie er selten schön sind – weibliche Humoristinnen noch weniger – und da der Geist sich und das Gesicht zugleich travestiert: so würde ja, sagt' er, seine schönste Kleidung keinem Menschen etwas nützen – ihm selber und den Schönen am wenigsten – als bloß den Schnitthändlern. Daher waren seine Montierstücke in zwei Fächer gesondert, in kostbare (damit die Leute sähen, daß er die elenden nicht aus Armut trüge) und in eben diese elenden, die er meistens mit jenen zugleich anhatte. Stachen nicht die Klappen-Segel der schönsten gestickten Weste allemal aus einem fuchsbraunen Überrock heraus, der fast in seiner Haar-Mause verschied? Hart' er nicht unter einem Hut für 1$^1/_2$ Ld'or einen schimpflichen Zopf aufgehangen, den er für nicht mehr erstanden als für drei hiesige Sechser? Freilich wars halb aus Erbitterung gegen diesen so geschmacklosen Krebsschwanz des Kopfes, gegen dieses wie ein Tubus sich verkürzendes und verlängerndes Nacken-Gehenk an der vierten gedankenvollen Gehirnkammer. Sein Schreib-Geschirr mußte schöner als sein Eß-Geschirr und sein Papier feiner als seine Wäsche sein; er konnte nirgends schlechte kleine Federn leiden als bloß auf seinem Hute, den sein Bette – und seine den Ehelosen natürliche Unordnung – sozusagen in einen adeligen Federhut umbesserte; indessen setzte er seinen Bettfedern in den Haaren gute Seekiele hinter den Ohren an die Seite – der Prinzipalkommissarius hätte sie auf dem Reichstag mit Ehren hinter seine stecken können! –

Um aber keinen Anzugs-Sonderling und Kleider-Separatisten zu machen, ließ er sich von Jahr zu Jahr nach den besten Moden des Narrheit-Journals abkonterfeien und schützte vor, er müsse den Leuten doch zeigen, daß er oder sein Kniestück vielleicht gleichen Schritt mit den neuesten Elegants zu halten wüßten. – Der untere Saum seines Überrocks war gleich dem Menschen oft aus Erde gemacht; allein er drang darauf, man sollt' es ihm sagen, was es verschlüge, wenn ers leibhaftig wie der Strumpfwürker triebe, dessen Historie ich sogleich erzählen will, um nur nicht ohne alle Moral zu schreiben. Der Mann hatte nämlich das Gute und Tolle an sich, daß er den kotigen Anschrot, womit sich sein Überrock besetzte, wenn er seine Strümpfe in die Stadt auf seinem Rücken ablieferte, niemals herausbürstete oder ausrieb: sondern er griff in eine breite Schere und zwickte damit den jedesmaligen Schmutzkragen und kotigen Horizont mit Einsicht herunter – je länger es nun regnete, desto kürzer schürzte sich sein Frack hinauf, und am kürzesten Tage ging der Epitomator wegen des unerhörten Wetters im kürzesten Überrock herum, in einer niedlichen Sedez-Ausgabe der vorigen Langfolio-Ausgabe. Die Moral, die ich daraus holen kann, möchte die Frage sein: sollte ein gescheiter Staat, der doch gewiß siebzigmal klüger ist als alle Strumpfwürker zusammengenommen, die ja selber nur Glieder desselben sind, den eingesäumten Strumpfwürker nicht dadurch am besten einholen, daß er auch seine schmutzigen Glieder (Diebe, Ehebrecher etc.), statt lange an ihnen zu reiben und zu säubern, mit dem Schwerte oder sonst frisch herunterschnitte? ...

Der Doktor Fenk zerstreuete durch launigen Trost die einsamen Flüche, die sein Freund Rittmeister statt der Seufzer tat. Er sagte, er habe an Ernestinen mehr als einmal über einen besonders guten Zug, den er getan, kein andres Erschrecken bemerkt als ein freudiges. Er wolle sein Reisegeld daransetzen, daß sie, da sie ihn liebe, einen Pfiff in ihrem Kopfe großbrüte, der die Treppe zum Brautbette zimmern werde – er riet ihm, sich zerstreuet und achtlos anzustellen, damit er sie nicht im Ausbrüten des Pfiffes ertappe und wegstöre – er fragte ihn: »Kennst du den *kleinen Dienst* der Liebe vollkommen?« – Kein Deutscher verstand Metaphern weniger als der Rittmeister. »Ich meine«, fuhr er fort, »kannst du denn nicht der listigste Vokativus von Haus aus sein? – Kannst du nicht die Schachfigur, die du ziehen willst, lange fassen, um deine Hand lange über deiner Schachmiliz zu behalten und die Generalissima mit der Hand irre und verliebt zu machen? – Kannst du nicht deine Positionen jede Minute gegen diese Feindin wechseln und besonders Anhöhen suchen, weil ein stehender Mann einer sitzenden Frau schöner vorkommt als einer stehenden? Ich und sie sollten dich bald auf den Stuhl zurückgebogen, bald vorwärts, bald links, bald rechts gerankt, bald im Schatten, bald ihre Hand, bald ihren Mund fixierend erblicken im Spiele. Ja du solltest drei oder vier Bauern ins Zimmer herunterstoßen, bloß um dich zum Aufheben nachzubücken, damit etwa dein schwellendes Gesicht auf ihr Herz Eindrücke machte und damit du das Blut in deinen und ihren Kopf zugleich emportriebest. Laß deinen Zopf eine Achtels-Elle dem Hinterkopfe näher oder ferner schnüren, falls etwa diese Schnürung und diese Elle sich bisher eurer Ehe entge-gengesetzt hätte.« Der arme Rittmeister begriff und tat vom ganzen Dienstreglement kein Jota, und dem Doktor wars ebenso lieb; denn er redete aus Humor in nichts lieber als in den Wind. Ernestine schreibt in ihrem Briefe fort:

»Morgen gehen gottlob meine Karwochen zu Ende, und es ist ein Glück für den Rittmeister, der alle Tage empfindlicher wird, daß nur der Doktor da ist, der über jede gezogne Figur einen Einfall weiß. Sein Witz, sagt er, beweise, daß er selber jämmerlich spiele, weil gute Spieler über und unter ihrem Spielen niemals ein Bonmot hätten.

Den 20. Jun. um 3 Uhr. Heute abends um 12 Uhr werd' ich endlich vom Schach-Fußblocke losgeschlossen. Er will an der Definitiv-Partie – nennt sie Fenk – den ganzen Tag spielen; er lässet aber, weil er aus seinen Tags-Kampagnen den Ablauf der nächtlichen errät, nachts den Kutscher mit dem Wagen halten, um sogleich wie ein Leichnam traurig abzufahren. Er sollte mir nur nicht zumuten, so schlecht zu spielen wie er. Er ist aber in allem so hastig und hält vor allen Vorstellungen die Ohren zu.

Um 12 Uhr nachts. Ich bin außer mir. Wer hätt' es von meinem Vater geglaubt? Mein Spiel konnte kaum besser stehen – es war auf meines Vaters Sekundenuhr, die neben dem Schachbrett lag, schon viel über halb Zwölf – er hatte nur drei Offiziere und ich noch alle meine – ohn' ein Wunderwerk war er in 18 Minuten matt – eine fliegende Röte spannte einmal ums andre sein ganzes Gesicht – wir wurden zuletzt ordentlich beklemmt, und selbst der Doktor sagte kein lustiges Wort mehr – bloß mein weißes Miezchen marschierte schnurrend auf dem Spieltisch herum – kein Mensch denkt natürlicherweise auf die Katze, und er bietet mir im Spiele das erste Schach – nun mocht' er (oder war ichs? denn ich schlage zuweilen auch solche Pralltriller auf dem Tische) mit den Fingern einen auf der Bande machen – wie der Blitz fährt die Bestie, die es für eine Maus halten muß, darauf hin und schmeißet uns

42

das ganze Spiel um und da sitzen wir! Stellen Sie sich vor! Ich halb
froh, daß ihm diese Mittelsperson die Beschämung des förmlichen
Korbes abnimmt – er mit einem Gesicht voll Trostlosigkeit und Zorn
– mein Vater mit einem voll Verlegenheit und Zorn – und der Doktor,
der in der Stube mit den zehn Fingern herumschnalzet und schwört:
›der Rittmeister hätt’ es gewonnen, so gewiß wie Amen!‹ Kein Mensch
wich mit seiner Fußsohle von der Stelle, der Doktor blieb keine Minute
auf der seinigen und warf sich endlich in einem Enthusiasmus, den
unsre verlegne Stille immer mehr erhob, vor einer weißen Amorbüste,
vor einem Miniaturporträt meines Vaters und vor seinem eignen Bilde
im Spiegel auf die Knie hin und betete: ›Heiliger Herr von Knör! heiliger
Amor! heiliger Fenk! bittet für den Rittmeister und schlagt die Katze
tot! Ach würdet ihr drei Bilder lebendig: so würde Amor gewiß die
Gestalt des Doktor Fenks annehmen, und der lebendig gewordene Amor
würde die Hand des lebendig gewordenen Knörs ergreifen und ihr die
der Spielerin geben – seine gäbe ihre dann vielleicht weiter. Ihr Heiligen!
bittet doch für den Rittmeister, der gewonnen hätte!‹ – Das ist aber
nicht wahr, und zum Unglück war nur der Termin zu einem neuen
Spiele zu kurz.« …

Da nun der Iltis-Doktor (ich selber erzähle als Autor wieder) aufstand
und wirklich die Hand von Knör in Ernestinens ihre legte und sagte,
er sei der Amor – da überhaupt durch die Versicherungen des Doktors
und durch die Unentschiedenheit des Spiels die Ehre des empfindlichen,
von Menschen und Katzen geneckten Spielers ebensoviel zu verlieren
hatte als die Liebe desselben – da ich in einem ganzen Sektor zeige, daß
Falkenberg vom ältesten Adel im ganzen Lande war – und da zum
Glück im Obristforstmeister die Sitten seiner rohen Erziehung (wie bei
mehren Landedelleuten) halb unter dem Firnis der Sitten seines feinern
Umgangs verborgen lagen wie seine alten Möbel unter modischen: so
ging der elektrische Enthusiasmus des Doktors in großen Funken in
des Vaters Busen über, und Knör legte hingerissen die Hand Ernestinens,
die zum Scheine erstaunte, in des Rittmeisters seine, ders im Ernste tat
– und der Bräutigam drängte und warf sich in einem Sturm von
Dankbarkeit an den Hals des neugebornen Schwiegervaters, eh’ er, weil
seine Ehre mehr als seine Liebe triumphierte, etwas kälter die geschickte
Hand nachküßte, welche ihm bisher diesen doppelten Triumph entzogen.

– ––

Dies verdachte ihm die Inhaberin der Hand; aber ich verdenk' es wieder ihr; mit welchem Grund will sie dem Manne, der gar keine Seele, seine eigne kaum und eine weibliche nie erriet, ansinnen, daß er seine Weisheitzähne und seinen Philosophen-Bart soll so außerordentlich lang gewachsen tragen, wie der geneigte Leser beide trägt, dem es freilich nicht erst hier vorgedruckt zu werden braucht – er merkte alles schon vor drei guten Stunden –, daß hinter der Kopulierkatze etwas stak und steckte, Ernestine nämlich selber.

Es war so … Ich brauch' es aber dem Leser kaum zu berichten, da ers schon längst gewußt, daß Ernestine die Kitt- und Heftkatze vier Abende vorher täglich privatissime auf den Tisch stellte und sie abrichtete, auf die Finger loszufahren, wenn sie trillerten – und ich freue mich, daß der Scharfsinn des Lesers kein gewöhnlicher ist, weil er weiter mutmaßet; denn sie ließ also auch am letzten Abend das Kleisterälchen von Katze als Leimrute nachschleichen, versenkte es bis um $11^1/_2$ Uhr in ihren Schoß und hob endlich mit dem Knie diesen Katzen-terminus medius aus dem Schoße auf den Spieltisch, und der terminus tat nachher das Seinige. – Armer Rittmeister!

Nachdenklich ist es aber. Denn wenn auf diese Art Weiber Anordnung für Zufall und Zufall für Anordnung auszumünzen wissen – wenn sie schon vor den Verlöbnissen (folglich nachher noch mehr) in die erste Linie gegen die Männer, wie Kambyses gegen die Ägypter[2], Bundeskatzen stellen, die wie Untergötter ex machina das männliche Spiel umwerfen und das weibliche aufstellen – wenn unter hundert Menschen nur fünf Männer sind, welchen tierische Katzen oder gar menschliche ausstehlich sind, und nur zehn Weiber, denen sie es nicht sind – wenn also ganz offenbar die besten Weiber entsetzliche Bündel Männergarn unter den Armen halten, Hasengarne, Steckgarne, Spiegelgarne, Nacht- und Hänggarne: was soll da das Einbein[3] machen, das am nämlichen Tag,

44

2   Kambyses eroberte Pelusium mit Sturm, weil er unter seine Soldaten heilige Tiere, Katzen u.s.w., mengte, auf welche die ägyptische Garnison nicht zu schießen wagte und an die sie statt der Pfeile Gebete abschickte.

3   Das Einbein bin ich selber. Ich habe die Vorrede, die man wird überschlagen haben, und diese Note, die nicht zu überschlagen ist, gemacht, damit es einmal bekannt werde, daß ich nicht mehr habe als *ein* Bein, wenn man das zu kurze wegrechnet, und daß sie mich in meiner Gegend nicht anders nennen als das Einbein oder den einbeinigen Autor, da ich doch Jean Paul heiße. Siehe das Taufzeugnis und die Vorrede.

wo es einen Roman zu schreiben anfing, zugleich einen zu spielen anhob und so beide wie auf einem Doppelklavier nebeneinander zu Ende führen wollte? Am vernünftigsten, seh' ich, mach' ich, wenn meine Frau den ganzen Tag am Bärenfange steht und Zweige darauf wirft, damit ich hineinstolpere, nur durchaus keinen – Bären, obwohl auch keinen Affen. Nein! ihr gefügigen gedrängten Geschöpfe! ich setze mirs noch einmal vor und gelob' es einer von euch hier öffentlich im Druck. Geschäh' es dennoch, daß ich die eine nach den Flitterwochen quälen wollte: so les' ich bloß diesen Sektor hinaus und rühre mich mit dem kommenden Gemälde eurer ehlichen Pilatus, das ich deswegen hieher trage – wie nämlich der dümmste Mann sich für klüger hält als die klügste Ehefrau; wie diese vor ihm, der vielleicht außer dem Haus vor einer Göttin oder Götzin auf den Knien liegt, um beglückt zu werden, gleich dem Kamele auf die ihrigen sinken muß, um befrachtet zu werden; wie er seine Reichskammergericht-Erkenntnisse und seine Plebiszita nach den sanftesten, nur mit zweifelhafter Stimme wie verloren gewagten Gegengründen mit nichts versüßet als mit einem »wenn ichs nun aber so haben will«; wie eben die Träne, die ihn bezauberte im freien Auge der Braut, ihn entzaubert und ganz toll macht, wenn sie aus dem ankopulierten fällt, so wie in den arabischen Märchen alle Bezauberungen und Entzauberungen durch Besprengen mit Wasser geschehen – wahrhaftig das einzige Gute ist doch dies, daß ihr ihn recht betrügt. Ach! und wenn ich mir erst denke, wie weit ein solcher Ehe-Petz gegangen sein muß, bis ihr so weit ginget, daß ihr, um nicht von ihm gefressen zu werden, euch (wie man auch bei den Waldbären tut) gar ohnmächtig anstellet; und der Petz schritt mit seinen müßigen Tatzen um die Scheintote herum! …

»In meinem Alter soll das Einbein schon anders pfeifen!« sagt der verheiratete Leser; allein ich bin selber schon neun Jahre älter als er, und noch dazu unverheiratet.

Zweiter Sektor oder Ausschnitt

Ahnen-Preiskurant des Ahnen-Grossierers – der Beschäler und Adelbrief

Es gibt in der ganzen entdeckten Welt keine verdammtere Arbeit als einen ersten Sektor zu schreiben; und dürft' ich in meinem Leben keine andern Sektores schreiben, keinen zweiten, zehnten, tausendsten, so wollt' ich lieber Logarithmen oder publizistische Kreisrelationen machen als ein Buch mit ästhetischen. Hingegen im zweiten Kapitel und Sektor kommt ein Autor wieder zu sich und weiß recht gut im vornehmsten Cercle, den es vielleicht gibt (Knäsen sitzen in meinem), was er mit seinen schreibenden Händen anfangen soll und mit seinem Hute, Kopfe, Witz, Tiefsinn und mit allem.

Da ich durch das Ehepaar, von dessen Verlobung durch Schach und Katze wir sämtlich zurückkommen, mir in neun Monaten den Helden dieses Buches abliefern lasse: so muß ich vorher zeigen, daß ich nicht unbesonnen in den Tag hineinkaufe, sondern meine Ware (d.i. meinen Helden) aus einem recht *guten* Hause, um kaufmännisch zu reden, oder aus einem recht *alten,* um heraldisch zu sprechen, ausnehme. Denn der 46 reichsfreien Ritterschaft, den Landsassen und den Patriziern muß es hier oder nirgends gesagt und bewiesen werden, daß mein Heldlieferant, Herr von Falkenberg, von älterem Adel ist wie sie alle; und zwar von unechtem.

Nämlich Anno 1625 war Mariä Empfängnis, wo sein Urgroßvater sich ungemein besoff und dennoch aus dem Glücktopfe die volle Hand mit etwas Außerordentlichem herausbrachte, mit einem zweiten Adeldiplom. Denn es trank mit ihm, aber siebenmal stärker, ein gescheiter Roßtäuscher aus Westfalen, auch ein Herr *von Falkenberg,* aber nur ein Namenvetter; ihre beiden Stammbäume bestreiten und anastomosierten sich weder in Wurzelfäserchen noch in Blättern. Ob nun gleich der Sippschaftbaum des Westfälingers so alt und lang im Winde und Wetter des Lebens dagestanden war, daß er mit manchem Veteranen auf den Bergen Libanon und Ätna zugleich aus der Erde vorgeschossen zu sein schien, kurz, obgleich der Roßhändler 64schildig war, indes der Urgroßvater zu seiner größten Schande und zu dessen seiner, der ihn in seinen Roman mithineinnimmt, wirklich sowohl Zähne als Ahnen mehr nicht zählte als 32: so wars doch noch zu machen. Der alte Westfale war nämlich der Stammhalter und die Schlußvignette und das hogarthische Schwanzstück seines ganzen historischen Bildersaals; nicht einmal in beiden Indien, wo wir alle unsre Vettern haben und erben, hatt' er noch einen. Darauf fußte der Urgroßvater, der ihm sein Adeldiplom abzufluchen und abzubetteln suchte, um es für sein eignes auszugeben: »Denn wer Teufel weiß es«, sagte er, »dir hilft es nichts, und ich heft' es an meines.« Ja der Ahnen-Kompilator, der Urgroßvater, wollte christlich handeln und bot dem Roß- und Ahnentäuscher für den Brief einen unnatürlich schönen Beschäler an, einen solchen Großsultan und Ehevogt eines benachbarten Roß-Harems, wie man noch wenige gesehen. Aber der Stammhalter drehte *langsam* den Kopf hin und her und sagte kalt »ich mag nicht« und trank Zerbster Flaschenbier. Da er ein paar Gläser von Quedlinburger Gose bloß versucht hatte, fing er schon an, über das Ansinnen zu fluchen und zu wettern; was schon etwas versprach. Da er etwas Königslutterischen Duckstein, denk' ich, daraufgesetzt hatte (denn Falkenberg hatte einen ganzen Meibomium de cerevisiis, nämlich seine Biere, auf dem Lager): so ging er gar mit einigen Gründen seines Abschlagens hervor, und die Hoffnung wuchs sehr.

Als er endlich den Breslauer Scheps im Glase oder in seinem Kopfe so schön milchen fand: so befahl er, das Luder von einem elenden Beschäler in den Hof zu führen – – und da er ihn etwa zwei- oder dreimal mochte haben springen sehen: so gab er dem Urgroßvater die Hand und zugleich die 128 Ahnen darin. Da nun der Falkenbergische Urgroßvater das erkaufte Adelpatent, das einige Ahnenfolgen tausendschildiger Motten fast aufgekäuet hatten, mit einem Pflasterspatel, weil es porös wie ein Schmetterlingfittich war, auf neues Pergament aufstrich und aufpappte, Buchbinderkleister aber vorher: so tat, kann man leicht denken, das Pergament seiner ganzen adeligen Vorwelt den nämlichen Dienst der Veredlung, den der Beschäler in Westfalen der Roßnachwelt leistete, und über hundert begrabene Mann, an denen kein Tropfen Blut mehr adelig zu machen war, kamen wenigstens zu adeligen Knochen. Also brauchen weder ich noch irgendeine Stiftdame uns zu schämen, daß wir mit dem künftigen jungen Falkenberg so viel Verkehr haben, als man künftig finden wird. – Übrigens möcht' ich nicht gern, daß die Anekdote weiter auskäme, und einem Lesepublikum von Verstand braucht man dies gar nicht zu sagen. –

Die Hochzeit-Luperkalien hab' ich samt ihrem längsten Tage und ihrer kürzesten Nacht niemals hersetzen wollen; – doch den Einzug darauf wollt' ich gut beschreiben. Allein da ich mich gestern zum Unglück mit dem Vorsatze ins Bett legte, heute morgen das Schach- und Ehepaar mit drei Federzügen aus dem Brautbette ins Ehebette zu schaffen, das 19 Stunden davon steht, nämlich im Falkenbergischen Rittersitz *Auenthal* – und da ich ganz natürlich nur mit drei kleinen Winken das wenige schildern wollte, das wenige Pfeifen, Reiten und Pulver, womit die guten Auenthaler ihre gnädige Neuvermählten empfingen: so ging die ganze Nacht in meinem Kopfe der Traum auf und ab, ich sei selber ein heimreisender Reichsgraf und der Reichs-Erb-Kasperl und würde von meinen Untertanen, weil sie mich in 15 Jahren mit keinem Auge gesehen, vor Freuden fast erschossen. In meiner Grafschaft wurde natürlicherweise tausendmal mehr Bewillkommunglärm und Honneurs gemacht als im Falkenbergischen Feudum; ich will deswegen die Honneurs für den Rittmeister weglassen und bloß meine bringen.

Erstes Extrablatt

Ehrenbezeugungen, die mir meine Grafschaft nach meiner Heimkehr von der grand tour antat

Wenn gräfliche Untertanen einem Grafen seine sechs *nicht natürlichen Dinge*[1] nehmen: so weiß ich nicht, wie sie ihn besser empfangen können. Nun ließen mir die meinigen kein einziges nicht natürliches Ding.

Sie nahmen mir das erste unnatürliche Ding ohnehin weg, den *Schlaf.* Da ich von Chalons nach Straßburg, so watend langsam, als wär' ich schwanger, gefahren war, um von da aus so donnernd, daß ich mehr hüpfte als saß, meinen Läufer umzufahren: so wär' ich um Flörzhübel (den ersten Marktflecken in meiner Grafschaft) für mein Leben gern schlafend (und war das nicht im Traume so leicht zu machen?) vorübergeflogen; allein gerade an der Grenze und einer Brücke, da ich die Augen bergunter auf- und bergauf zumachte, wurd' ich überfallen, nicht mör-

---

1   Darunter meinen die Ärzte 1) Wachen und Schlafen, 2) Essen und Trinken, 3) Bewegung, 4) Atmen, 5) Ausleerungen, 6) Leidenschaften.

derisch, sondern musikalisch, von 16 Mann besoffnem Ausschuß, der schon seit früh 7 Uhr mit dem musikalischen Gerümpel und Ohrenbrechzeug hier aufgepasset hatte, um mich und meine Pferde zu rechter Zeit mit Trommeln und Pfeifen in die Ohren zu blessieren. Glücklicherweise hatten die Sturm-Artisten den ganzen Tag zum Spaße oder aus Langweile vorher mehr getrommelt als aus Ernst und Liebe nachher. Unter dem ganzen Weg, während Orchester und Kaserne neben meinen Pferden ging, zankt' ich mich aus, daß ich Flörzhübel vor 17 Jahren zu einer Stadt habilitiert und graduiert hatte, – »Ich meine nicht deswegen«, sagt' ich zu mir, »weil nachher das landesherrliche Reskript dem Flörzhübel das Stadtrecht und seiner Gendarmerie die Monturen wieder auszog, oder deswegen, weil wir die überzähligen Monturen in Kassel versteigern wollten – sondern weil sie mich jetzt nicht schlafen lassen, welches doch das *erste nicht natürliche* Ding bleibt.«

Essen ließen sie mich gar nicht, weils das zweite unnatürliche Ding eines regierenden Herrn ist. Sann mir nicht der flörzhübelsche Restaurateur, der für mich das ganze gekochte und gesottene *Mußteil* meiner Grafschaft ans Feuer gesetzet hatte, geradezu am Kutschenfußtritt an, ich sollte anbeißen, und da ich ihn – wir Großen setzen nicht ungern den Pöbel durch Verschmähen beneideter Kost in ein hungriges Erstaunen – mit eignem Munde nur um eine Biersuppe ansprach: machte da nicht der Restaurateur eine eitle Miene und sagte: »im ganzen Hotel hätt' er keine; und hätt' er sie: so sollten ihm doch die künftigen Traiteurs nicht nachsagen, er habe unter so vielen jus und bouillons seinem gnädigsten Herrn nichts präsentiert als einen Napf Biersuppe«?

Um das dritte Ding, um die *Bewegung* und *Ruhe* zugleich, hätte mich bei einem Haare die Ehrenpforte meines Begräbnisdorfes gebracht, maßen sie mich beinahe erschlug, weil sie und die musizierende Galerie auf ihr hart hinter meinem letzten Bedienten einpurzelten, aber zur Freude der Grafschaft keinem Menschen etwas zerbrachen als dem Bader die Glas-Schröpfköpfe, die er der Ehrenpforte angesetzt und vorgestreckt hatte, damit doch etwas daranhinge, worein die nicht schlechte Illumination zu stecken wäre. Ich wollte schon an und für sich etwas toll werden über die satirischen Schröpfvasen, die ich für satirische Typen und Nachbilder meines gräflichen Ausschröpfens der vollen Allodial- und Feudaladern nehmen wollte, und ich fragte den Schultheiß, ob er dächte, es fehle mir echter Witz; allein sie taten sämtlich Eide, an Witz wäre bei der ganzen Ehrenpforte gar nicht gedacht worden.

Luft, das vierte nicht natürliche Ding eines Reichs-Erb-Kasperls, hätt' ich schon haben können; denn bloß etwa des kurzen Mißbrauchs wegen, den die Instrumente und Lungen meiner Vasallen von einem so herrlichen Elemente machten, hätt' ich wahrlich nicht mich und den Luftsektor um mich so fest in meinen Wagen eingesperrt, als ich wirklich tat – ich muß das ausdrücklich sagen, damit nicht der gute Kelzheimer Kantor sich einbilde, es habe mir nicht gefallen, daß mir sein musikalisches Feuerrohr, seine Trompete, doppelt aus dem Schalloch, sowohl seines Kirchturms als seines Körpers, dermaßen entgegenstach, daß die melodischen Luftwellen aus beiden mir vier Äcker weit entgegengingen, indes noch dazu unten im Turm seine Frau die Glocken melkte, als würd' ich begraben und nicht sowohl empfangen als verabschiedet – wie gesagt, des musikalischen Ehepaars wegen hätt' ich den Wagen gar nicht zugeschlossen; aber der Todesgefahr wegen; denn ein freudiges Pikett Fronbauern schoß mir aus 17 Vogelflinten und einem paar Taschenpuffern sowohl Ehrensalven als einige Ladstöcke entgegen.

Sitzt ein Graf einmal ohne vier nicht natürliche Dinge da: so darf er an das fünfte gar nicht denken, an *Ausleerung;* der Sphinkter aller, selbst der *größten* Poren bleibt samt der Wagentüre zu. Es war also kein Wunder, da ich gar kein Hephata zu irgendeinem Porus sagen konnte, daß ich auffuhr: »Den Henker hab' ich davon von meinem Sitzen auf der Grafenbank in Regensburg, wenn ich hier auf dem Kutschkissen hocken muß und nichts – verrichten kann, nicht einmal …«

Echte *Leidenschaft,* die das sechste nicht natürliche Ding des Menschen ist, wird von nichts so leicht erstickt als von einem atlassenen Hundekissen, auf dem die Pfarrer, Schuldiener und Amtleute, die ein Reichs-Erb-Kasperl hat, ihm die Carmina überreichen, die sie auf ihn haben fertigen lassen: denn darüber ist weder zu lachen, noch zu greinen, noch zu zanken, noch zu loben, noch zu reden.

Meine Lehnleute und Hintersassen, die mir so viel von meinen sechs unnatürlichen Dingen abfischten, gaben mir eben dadurch die Hälfte des ersten wieder, das *Wachen* – sie hatten sich aber meinetwegen so in Schweiß gesetzt, daß ich ihrentwegen auch darin lag. Da ich aufwachte: dacht' ich anfangs, es wär' ein Traum; aber bei mehrem Aufwachen merkt' ich, daß es, die Namen ausgenommen, die gestohlne Geschichte meiner Nachbarschaft war. Freilich ärgert michs so gut, als würde die *Illumination* und der musikalische *Lärm* meinetwegen veranstaltet, daß die Untertanen beide bloß in der boshaften Absicht machen, ihren großen oder kleinen Regenten durch Ekel und Plage wieder auf seine Reise zurückzujagen; was sie offenbar den orientalischen Karawanen abgelernt, die gleichfalls durch *Trommeln* und *Feuerschlagen* wilde Tiere sich vom Leibe halten.

Dritter Sektor oder Ausschnitt

Unterirdisches Pädagogium – der beste Herrnhuter und Pudel

Jetzo geht erst meine Geschichte an; die Szene ist in Auenthal oder vielmehr auf dem Falkenbergischen Bergschlosse, das einige Ackerlängen davon lag. Das erste Kind der Schachamazone und des sterbenden Fechters und Rittmeisters im Schach war *Gustav,* welches nicht der erhabene schwedische Held ist, sondern meiner. Sei gegrüßet, kleiner Schöner, auf dem Schauplatze dieses Lumpenpapiers und dieses Lumpenlebens! Ich weiß dein ganzes Leben voraus, darum beweget mich die klagende Stimme deiner ersten Minute so sehr; ich sehe an so manchen Jahren deines Lebens Tränentropfen stehen, darum erbarmet mich dein Auge so sehr, das noch trocken ist, weil dich bloß dein Körper schmerzet – ohne Lächeln kommt der Mensch, ohne Lächeln geht er, drei fliegende Minuten lang war er froh. Ich habe daher mit gutem Vorbedacht, lieber Gustav, den frischen Mai deiner Jugend, von dem ich ein Landschaftstück ins elende Fließpapier hineindrücken soll, bis in den Mai des Wetters aufgehoben, um jetzo, da alle Tage Schöpfungtage der Natur sind, auch meine Tage dazu zu machen, um jetzo, da jeder Atemzug eine Stahlkur ist, jeder Schritt vier Zolle weiter und das Auge weniger vom Augenlid verhangen wird, mit fliegender Hand zu schreiben und mit einer elastischen Brust voll Atem und Blut! –

Zum Glück bleibt es vollends vom 2ten bis zum 27ten Mai (länger beschreib' ich nicht daran) recht hübsches Wetter; denn ich bin ein wenig ein meteorologischer Clair voyant, und mein kurzes Bein und mein
langes Gesicht sind die besten Wetterdarmsaiten in hiesiger Gegend.

Da Erziehung weit weniger am innern Menschen (und weit mehr am äußern) ändern kann, als Hofmeister sich einbilden: so wird man sich wundern, daß bei Gustav gerade das Gegenteil eintrat; denn sein ganzes Leben klang nach dem Chorton seiner überirdischen, d.h. unterirdischen Erziehung. Der Leser muß nämlich aus seinem ersten Sektor noch im

Kopfe haben, daß die herrnhutisch gesinnte Obristforstmeisterin von Knör ihre Tochter Ernestine nur unter der Bedingung sich selber durch das Schach ausspielen ließ, daß der gewinnende Bräutigam in den Ehepakten verspreche, das erste Kind acht Jahre unter der Erde zu erziehen und zu verbergen, um dasselbe nicht gegen die Schönheiten der Natur und die Verzerrungen der Menschen zugleich abzuhärten. Vergeblich stellte der Rittmeister Ernestinen vor: »so verzög' ihm ja die Schwiegermutter den Soldaten zu einer Schlafhaube, und man sollte nur warten, bis ein Mädchen käme.« Er ließ auch wie mehre Männer den Unmut über die Schwiegermutter ganz am Weibe aus. Aber die Alte hatte schon vor der Taufe einen himmlischschönen Jüngling aus *Barby* verschrieben. Der Rittmeister konnte wie alle kraftvolle Leute das herrnhutische Diminuendo nicht ausstehen; am meisten redete er darüber, daß sie so wenig redeten; sogar das war nicht nach seinem Sinne, daß die herrnhutischen Wirte ihn nicht sowohl überschnellten als zu sehr überschnellten.

Allein der Genius – diesen schönen Namen soll er vorjetzt auf allen Blättern haben – lag nicht an jenen das Herz einschraubenden Krämpfen des Herrnhutismus krank, und er nahm bloß das Sanfte und Einfache von ihm. Über seinem schwärmerischen trunknen Auge glättete sich eine ruhvolle schuldlose Stirne, die das vierzigste Jahr ebenso *unrastriert* und ungerunzelt ließ wie das vierzehnte. Er trug ein Herz, welches Laster, wie Gifte Edelsteine, zerbrochen hätten; schon ein fremdes von Sünden durchackertes oder angesäetes Gesicht beklemmte schwül seine Brust, und sein Inneres erblaßte vor dastehenden Schmutzseelen, wie der Saphir an dem Finger eines Unkeuschen seinen Blauglanz verlieren soll.

Gleichwohl mußte eine solche vieljährige Aufopferung für ein Kind sogar auf eine so schöne Seele wie des Herrnhuters schwer und hart aufdrücken; aber er sagte: »o welche himmlische Anlässe hab' er dazu, die er aber nur seinem Gustav, der gewiß mit Gottes Hülfe so aufblühe, wie er hoffe, künftig vertraue; und niemand solle sich doch über sein scheinbares Selbst-Hinopfern zu einem wahren tiefen *Erden*-Leben wundern.« – Und in der Tat werden feinere Leser, die weit denken, hoff' ich, nicht sich wundern, sondern vielmehr sich anstellen, als fänden sie ein solches Erzieh-Heldentum eben recht natürlich. Übrigens ist wohl die Tugend der meisten Menschen mehr nur ein Extrablatt und Gelegenheitgedicht in ihrem Zeitung- und Alltagleben; allein zwei, drei und mehre Genien sind doch vorhanden, in deren epischem Leben die

Tugend die Heldin ist und alles übrige nur Nebenpartie und Episode und deren Steigen vom Volke mehr angestaunet als bewundert werden kann.

Die ersten dunkeln Jahre lebte Gustav mit seinem Schutzengel noch in einem überirdischen Zimmer; er trennte ihn bloß von den heillosen Kipperinnen und Wipperinnen der Kindheit, denen wir ebenso viele lahme Beine als lahme Herzen zu danken haben – Mägden und Ammen. Ich wollte lieber, diese Unhuldinnen erzögen uns im zweiten Jahrzehend als im zweiten Jahr.

Der Genius zog darauf mit seinem Gustav unter eine alte ausgemauerte Höhlung im Schloßgarten, von der es der Rittmeister bedauerte, daß er sie nicht längst verschütten lassen. Eine Kellertreppe führte links in den Felsenkeller und rechts in diese Wölbung, wo eine Kartause mit drei Kammern stand, die man wegen einer alten Sage die Dreibrüder-Kartause nennte; auf ihrem Fußboden lagen drei steinerne Mönche, welche die ausgehauenen Hände ewig übereinander legten; und vielleicht schliefen unter den Abbildern die stummen Urbilder selber mit ihren untergegangnen Seufzern über die vergehende Welt. Hier waltete bloß der schöne Genius über den Kleinen und bog jeden knospenden Zweig desselben zur hohen Menschengestalt empor.

Elende Umständlichkeit, z.B. über die Lieferanten der Wäsche, der Betten und Speisen, werden mir Frauenzimmer am liebsten erlassen; aber sie werden begieriger sein, wie der Genius erzog. Recht gut, sag' ich, er befahl nicht, sondern *gewöhnte* und *erzählte* bloß. Er *widersprach* weder sich noch dem Kinde, ja er hatte das größte Arkanum, ihn gut zu machen – er wars selbst. Ohne dieses Arkanum könnte man ebensogut den Teufel zum Informator dingen als sich selber, wie die Töchter schlimmer Mütter zeigen. Der Genius glaubte übrigens, beim ersten Sakramente (der Taufe) gehe die Bildung des Herzens an, beim zweiten (Abendmahl) die des Kopfes.

Von guten Menschen hören ist so viel als unter ihnen leben, und Plutarchs Biographien wirken tiefer als die besten Lehrbücher der Moralphilosophie zum Gebrauche – akademischer Lehrer. Für Kinder vollends gibts keine andere Sittenlehre als Beispiel, erzähltes oder sichtbares; und es ist erzieherische Narrheit, daß man durch Gründe Kindern nicht diese Gründe, sondern den Willen und die Kraft zu geben meinet, diesen Gründen zu folgen. O tausendmal glücklicher als ich neben meinem Tertius und Konrektor lagst du, Gustav, auf dem Schoße, in den Armen und unter den Lippen deines teuern Genius, wie eine trinkende Alpenblume an der rinnenden Wolke, und sogest dein Herz an den Erzählungen von guten Menschen groß, die der Genius sämtlich Gustave und *Selige* nannte, von denen wir bald sehen sollen, warum sie mit Schwabacher gedruckt sind! Da er gut zeichnete, so gab er ihm, wie Chodowiecki dem Romanenmacher, die Zeichnung jeder Geschichte und umbauete den Kleinen mit diesem orbis pictus guter Menschen wie der allmächtige Genius uns mit der großen Natur. Aber er gab ihm die Zeichnung nie *vor*, sondern *nach* der Beschreibung, weil Kinder das Hören zum Sehen stärker zieht als das Sehen zum Hören. Ein anderer hätte zu diesem pädagogischen Hebebaum statt der Reißfeder den Fiedelbogen oder die Klaviertaste genommen; aber der Genius tat es nicht; das Gefühl für Malerei entwickelt sich wie der Geschmack sehr spät und bedarf also der Nachhülfe der Erziehung. Es ist der frühesten Entwicklung wert, weil es das Gitter wegnimmt, das uns von der schönen Natur absondert, weil es die phantasierende Seele wieder unter die äußern Dinge hinaustreibt und weil es das deutsche Auge zur schweren Kunst abrichtet, schöne Formen zu *fassen*. Die Musik hingegen trifft schon im jüngsten Herzen (wie bei den wildesten Völkern) nachtönende Saiten an; ja ihre Allmacht büßet vielmehr durch Übung und Jahre ein. Gustav lernte daher als Taubstummer in seiner taubstummen Höhle so gut zeichnen, daß ihm schon in seinem dreizehnten Jahre sein Hofmeister saß, ein schöner Mann, der weiter unten im Buche auftreten muß.

Und so floß beiden ihr Leben sanft in der Katakombe wie eine Quelle davon. Der Kleine war glücklich; denn seine Wünsche langten nicht über seine Kenntnisse hinaus, und weder Zank noch Furcht rissen seine stille Seele auseinander. Der Genius war glücklich; denn die Ausführung dieses zehnjährigen Baues wurd' ihm leichter als der Entschluß desselben; der Entschluß drängt alle Schwierigkeiten und Entbehrungen auf einmal vor die Seele. Die Ausführung aber stellet sie weit auseinander und gibt uns erst das Interesse daran durch die sonderbare Freude, ohne die man bei tausend Dingen nicht ausdauerte – etwas unter seinen Händen täglich wachsen sehen.

Für beide Menschen war es gut, daß unten in diesem moralischen Treibhaus ein Schulkamerad des Gustavs mit wohnte, der zugleich ein halber Kollaborator und Adjunktus des Genius war, indes von der ganzen Erziehung wegen gewisser Mängel seines Herzens nur schlechten Vorteil zog, ob er gleich so gut wie Gustav zu den Tieren mit zwei

Herzkammern und mit warmen Blute gehörte. – Wenn ich sage, daß der größte Fehler des Mitarbeiters war, daß er keinen Branntwein trinken wollte, so sieht man wohl, daß er *klein,* wie Gustav *groß gezogen* werden sollte, weil er der netteste schwärzeste – Pudel war, der jemals über der Erde mit einer weißen Brust herumgesprungen war. Dieser verständige Hund und Unterlehrer lösete den Oberlehrer oft im Spielen ab; zweitens konnten die meisten Tugenden nicht sowohl *von* als *an* ihm durch Gustav ausgeübt werden, und er hielt dazu die nötigen *ungleichnamigen* Laster bereit: – im Schlaf biß der Schulkollege leicht um sich nach lebendigen Beinen, im Wachen nach abgezauseten.

In diesem unterirdischen Amerika hatten die drei Antipoden ihren Tag, d.h. es war ein Licht angezündet, wenn es oben bei uns Nacht war – Nacht, d.h. Schlaf hatten sie, wenn bei uns die Sonne schien. Der schöne Genius hatte des äußern Lärms und seiner Tagausflüge wegen es so eingerichtet. Der Kleine lag dann unten in seiner Kartause, während sein Lehrer Luft und Menschen genoß, mit *zugeschnürten* Augen, weil dem Zufall und der Kellertür nicht zu trauen war. Zuweilen trug er den schlafenden verhüllten Engel in die frische Luft und in die beseelenden Sonnenstrahlen hinauf, wie Ameisen ihre Puppen den Brutflügeln der Sonne unterlegen. Wahrlich wär' ich der zweite oder dritte Chodowiecki: so ständ' ich jetzo auf und stäche zu meinem eignen Buche den Auftritt in schwedisches Kupfer, nicht bloß wie unser herausgetragner blaßroter Liebling unter seiner Binde in einem gegitterten Rosenschatten schlummert und, ähnlich einem gestorbenen Engel, im unendlichen Tempel der Natur still mit kleinen Träumen seiner kleinen Höhle vor uns liegt – Es gibt noch etwas Schöners, du hast deine Eltern noch, Gustav, und siehst sie nicht; deinen Vater, der mit dem von der Liebe verdunkelten Auge neben dir steht und sich freuet über den reinern Atem, der die kleine Brust beweget, und darüber vergisset, wie du erzogen wirst – und deine Mutter, die an dein Angesicht, auf welchem die zweifache Unschuld der Einsamkeit und der Kindheit wohnt, die liebehungrigen Lippen presset, die ungesättigt bleiben, weil sie nicht reden und nicht schmeicheln dürfen ... Aber sie drückt dich aus deinem Schlummer heraus, und du mußt nach einer kurzen Zeit wieder in deine Platos-Höhle hinunter.

Der Genius bereitete ihn lange auf die Auferstehung aus seinem heiligen Grabe vor. Er sagte zu ihm: »Wenn du recht gut bist und nicht ungeduldig und mich und den Pudel recht lieb hast: so darfst du sterben.

Wenn du gestorben bist: so sterb' ich auch mit, und wir kommen in den Himmel« (womit er die Oberfläche der Erde meinte) – »da ists recht hübsch und prächtig. Da brennt man am Tage kein Licht an, sondern eines so groß wie mein Kopf steht in der Luft über dir und geht alle Tage schön um dich herum – die Stubendecke ist blau und so hoch, daß sie kein Mensch erlangen kann auf tausend Leitern – und der Fußboden ist weich und grün und noch schöner, die Pudel sind da so groß wie unsere Stube – im Himmel ist alles voll Seliger, und da sind alle die guten Leute, von denen ich dir so oft erzählet habe, und deine Eltern«, (deren Abbilder er ihm lange gegeben hatte) »die dich so lieb haben wie ich und dir alles geben wollen. Aber recht gut mußt du sein.« – »Ach wenn sterben wir denn einmal?« fragte der Kleine, und seine glühende Phantasie arbeitete in ihm, und er lief unter jeder solchen Schilderung zu einem Landschaftgemälde, worin er jede Grasspitze betastete und befragte.

Auf Kinder wirkt nichts so schwach als eine Drohung und Hoffnung, die nicht noch vor abends in Erfüllung geht – bloß solange man ihnen vom künftigen Examen oder von ihrem erwachsenen Alter vorredet, so lange hilfts; daher manche dieses Vorreden so oft wiederholen, daß es nicht einmal einen augenblicklichen Eindruck mehr erzeugt. Der Genius setzte daher den langen Weg zur größten Belohnung aus kleinern zusammen, die alle den Eindruck und die Gewißheit der großen verstärkten und die im folgenden Sektor stehen.

Apropos! Ich muß es nachholen, daß es unter allen Übeln für Erziehung und für Kinder, wogegen das verschriene Buchstabieren und Wichsen golden ist, kein giftigeres, keinen ungesundern Mißpickel und keinen mehr zehrenden pädagogischen Bandwurm gibt als eine – Hausfranzösin.

Vierter Sektor oder Ausschnitt

Lilien – Waldhörner – und eine Aussicht sind die Todes-Anzeigen

Auf allen meinen Gedächtnisfibern (diesen Denkfäden und Blättergerippen von so manchem schlechten Zeug) schläft keine schönere Sage als die aus dem Kloster *Corbey:* – wenn der Todesengel daraus einen Geistlichen abzuholen hatte: so legte er ihm als Zeichen seiner Ankunft eine weiße *Lilie* in seinem Chorstuhl hin. Ich wollt', ich hätte diesen Aberglauben. Unser sanfter Genius ahmte dem Todesengel nach und sagte dem Kleinen: »Wenn wir eine Lilie finden: so sterben wir bald.« Wie alsdann der Himmellustige, der noch keine gesehen, überall darnach suchte! Einmal, da sein Genius ihm den Genius des Universums nicht als ein metaphysisches Robinets-Vexierbild, sondern als den größten und besten Menschen der Erde geschildert hatte: zog sich ein nie dagewesenen Wohlgeruch um sie herum. Der Kleine fühlt, aber sieht nicht; er tritt zur Klause hinaus und – drei Lilien liegen da. Er kennt sie nicht, diese weißen Juniuskinder; aber der Genius nimmt sie entzückt von ihm und sagt: »Das sind Lilien, die kommen vom Himmel, nun sterben wir bald.« Ewig zitterte die Rührung nach spätern Jahren noch vor jeder Lilie in Gustavs Herzen fort, und gewiß gaukelt einmal in seiner wahren Todesstunde eine Lilie als das letzte glänzende Viertel der verlöschenden Monderde vor ihm.

Der Genius hatte vor, ihn am ersten Junius, seinem Geburttage, aus der Erde zu lassen. Aber um seine Seele noch höher zu spannen (vielleicht zu hoch), ließ er ihn in der letzten Woche noch zwei heilige Vorfeste des Sterbens erleben. – Als er ihm nämlich die Seligkeiten des Himmels, d.h. der Erde mit seiner Zunge und mit seinem Gesichte vorgemalet hatte, besonders die Herrlichkeiten der Himmel- und Sphärenmusik: so endigte er mit der Nachricht, daß oft schon zu Sterbenden, die noch nicht oben wären, dieses *Echo* des menschlichen Herzens hinuntertönte und daß sie denn eher stürben, weil davon das weiche Herz zerflösse. In das Ohr des Kleinen war Musik, diese Poesie der Luft, noch nie gekommen. Sein Lehrer hatte längst ein sogenanntes Sterbelied gemacht; in diesem bezog natürlicherweise Gustav alles, was es vom zweiten Leben sagte, auf das erste, und sie lasen es oft, ohne es zu singen. Aber in der letzten Woche erst fing der Genius auf einmal an, seine milde Lehrstimme zu der noch weichern Singstimme des herrnhutischen Kirchengesanges zu verklären und das sehnsüchtige Sterbelied vorzutragen, indes er durch Veranstaltungen sich oben von einem Waldhorne – dieser Flöte der Sehnsucht – begleiten ließ; und die ziehenden Adagio-Klagen sanken durch die dämpfende Erde in ihre Ohren und Herzen wie ein warmer Regen nieder …

Gustavs Auge stand in der ersten Freudenträne – sein Herz drehte sich um – er glaubte, nun stürb' es an den Tönen schon.

O Musik! Nachklang aus einer entlegnen harmonischen Welt! Seufzer des Engels in uns! Wenn das Wort sprachlos ist, und die Umarmung, und das Auge, und das weinende, und wenn unsre stummen Herzen hinter dem Brust-Gitter einsam liegen: o so bist nur du es, durch welche sie sich einander zurufen in ihren Kerkern und ihre entfernten Seufzer vereinigen in ihrer Wüste! –

Wie bei einem wahren Sterben näherte der Genius seinen Zögling in diesem nachgeahmten auf der Stufenleiter der fünf Sinne dem Himmel. Er schmückte den scheinbaren Tod zum Vorteile des wahren mit allen Reizen aus, und Gustav stirbt einmal entzückter als einer von uns. Anstatt daß andere uns die Hölle offen sehen lassen: verhieß er ihm, er werde wie Stephanus an seinem Sterbetage den Himmel schon offen sehen, eh' er in ihn aufsteige. – Dies geschah auch. Ihr unterirdisches Josaphats-Tal hatte außer der erwähnten Kellertreppe noch einen langen waagrechten Kreuzgang, der am Fuße des Bergs ins Tal und ins Dörfchen darin offen stand, und den zwei Türen in verschiedenen Zwischenräumen versperrten. Diese Türen ließ er in der Nacht vor dem ersten Junius, als bloß die weiße Mondsichel am Horizonte stand und wie ein altergraues Angesicht sich in der blauen Nacht nach der versteckten Sonne wandte, mitten in einem Gebete unvermerkt aufziehen – – und nun siehst du, Gustav, zum ersten Male in deinem Leben und auf den Knien in das weite, 9 Millionen Quadratmeilen große Theater des menschlichen Leidens und Tuns hinein; aber nur so wie wir in den nächtlichen Kindheitjahren und unter dem Flor, womit uns die Mutter gegen Mücken überhüllte, blickest du in das Nachtmeer, das vor dir unermeßlich hinaussteht mit schwankenden Blüten und schießenden Feuerkäfern, die sich neben den Sternen zu bewegen scheinen, und mit dem ganzen Gedränge der Schöpfung! – – O! du glücklicher Gustav; dieses Nachtstück bleibt noch nach langen Jahren in deiner Seele wie eine im Meere untergesunkne grüne Insel hinter tiefen Schatten gelagert und sieht dich sehnend an wie eine längstvergangne frohe Ewigkeit ... Allein nach wenigen Minuten schloß der Genius ihn an sich und verhüllte die suchenden Augen mit seinem Busen; unvermerkt liefen die Himmeltüren wieder zu und nahmen ihm den Frühling.

In zwölf Stunden steht er darin; aber ich werde ordentlich beklemmt, je näher ich mich zu dieser sanften Auferstehung bringe. Es rührt nicht bloß daher, daß ich nur ein einziges Mal in meinem Leben einen solchen des Himmels werten Geburttag wie Gustavs seinen in meinem Kopfe auf- und untergehen lassen kann, einen Tag, dessen Feuer ich an meinem Pulse fühle und wovon nur Widerschein aufs Papier herfällt – auch nicht bloß daher kommt es, daß nachher der schöne Genius ungekannt von Autor und Leser wegziehet – sondern daher am meisten, daß ich meinen Gustav aus der stillen Demantgrube, wo sich der Demant seines Herzens so durchsichtig und so strahlend und so ohne Flecken und Federn zusammensetzte, hinauswerfe in die heiße Welt, welche bald ihre Brennspiegel auf ihn halten wird zum Zerbröckeln, aus seiner Meerstille der Leidenschaften heraus in den sogenannten Himmel hinein, wo neben den Seligen ebenso viele Verdammte gehen. – Aber da er alsdann auch der großen Natur ins Angesicht schauen darf: so ists doch nicht sein Schicksal allein, was mich beklommen macht, sondern meines und fremdes, weil ich bedenke, durch wieviel Kot unsere Lehrer unsern innern Menschen wie einen Missetäter schleifen, eh' er sich aufrichten darf! – Ach hätte ein Pythagoras, statt des Lateinischen und statt der syrischen Geschichte, unser Herz zu einer sanft erhebenden *Äolsharfe*, auf welcher die Natur spielet und ihre Empfindung ausdrückt, und nicht zu einer lärmenden *Feuertrommel* aller Leidenschaften werden lassen – wie weit – da das Genie, aber nie die Tugend Grenzen hat und jeder Reine und Gute noch reiner werden kann – könnten wir nicht sein! –

So wie Gustav eine Nacht wartet, will ich auch meine Schilderung um eine verschieben, um sie morgen mit aller Wollust meiner Seele zu geben.

Fünfter Sektor oder Ausschnitt

Auferstehung

Vier Priester stehen im weiten Dom der Natur und beten an Gottes Altären, den Bergen, – der eisgraue Winter mit dem schneeweißen Chorhemd – der sammelnde Herbst mit Ernten unter dem Arm, die er Gott auf den Altar legt und die der Mensch nehmen darf – der feurige Jüngling, der Sommer, der bis nachts arbeitet, um zu opfern – und endlich der kindliche Frühling mit seinem weißen Kirchenschmuck von Blüten, der wie ein Kind Blumen und Blütenkelche um den erhabenen Geist herumlegt und an dessen Gebete alles mitbetet, was ihn beten hört. – Und für Menschen*kinder* ist ja der Frühling der schönste Priester.

Diesen Blumenpriester sah der kleine Gustav zuerst am Altar. Vor Sonnenaufgang am ersten Junius (unten wars Abend) kniete der Genius schweigend hin und betete mit den Augen und stummzitternden Lippen ein Gebet für Gustav, das über sein ganzes gewagtes Leben die Flügel ausbreitete. Eine Flöte hob oben ein inniges liebendes Rufen an, und der Genius sagte, selber überwältigt: »Es ruft uns heraus aus der Erde, hinauf gen Himmel; geh mit mir, mein Gustav.« Der Kleine bebte vor Freude und Angst. Die Flöte tönet fort – sie gehen den Nachtgang der Himmelleiter hinauf – zwei ängstliche Herzen zerbrechen mit ihren Schlägen beinahe die Brust – der Genius stößet die Pforte auf, hinter der die Welt steht – und hebt sein Kind in die Erde und unter den Himmel hinaus ... Nun schlagen die hohen Wogen des lebendigen Meers über Gustav zusammen – mit stockendem Atem, mit erdrücktem Auge, mit überschütteter Seele steht er vor dem unübersehlichen Ange-sicht der Natur und hält sich zitternd fester an seinen Genius ... Als er aber nach dem ersten Erstarren seinen Geist aufgeschlossen, aufgerissen hatte für diese Ströme – als er die tausend Arme fühlte, womit ihn die hohe Seele des Weltall an sich drückte – als er zu sehen vermochte das grüne taumelnde Blumenleben um sich und die nickenden Lilien, die lebendiger ihm erschienen als seine, und als er die zitternde Blume tot zu treten fürchtete – als sein wieder aufwärts geworfnes Auge in dem tiefen Himmel, der Öffnung der Unendlichkeit, versank – und als er sich scheuete vor dem Herunterbrechen der herumziehenden schwarz-roten Wolkengebirge und der über seinem Haupt schwimmenden Länder – als er die Berge wie neue Erden auf unserer liegen sah – und als ihn umrang das unendliche Leben, das gefiederte neben der Wolke fliegende Leben, das summende Leben zu seinen Füßen, das goldne kriechende Leben auf allen Blättern, die lebendigen, auf ihn winkenden Arme und Häupter der Riesenbäume – und als der Morgenwind ihm der große Atem eines kommenden Genius schien und als die flatternde Laube sprach und der Apfelbaum seine Wange mit einem kalten Blatt bewarf – als endlich sein belastet-gehendes Auge sich auf den weißen Flügeln eines Sommervogels tragen ließ, der ungehört und einsam über bunte Blumen wogte und ans breite grüne Blatt sich wie eine Ohrrose versil-bernd hing ...: so fing der Himmel an zu brennen, der entflohenen Nacht loderte der nachschleifende Saum ihres Mantels weg, und auf dem Rand der Erde lag, wie eine vom göttlichen Throne niedergesunkene Krone Gottes, die *Sonne*. Gustav rief: »Gott steht dort« und stürzte mit

62

geblendetem Auge und Geiste und mit dem größten Gebet, das noch ein kindlicher zehnjähriger Busen faßte, auf die Blumen hin …

Schlage die Augen nur wieder auf, du Lieber! Du siehest nicht mehr in die glühende Lavakugel hinein; du liegst an der beschattenden Brust deiner Mutter, und ihr liebendes Herz darin ist deine Sonne und dein Gott – zum ersten Mal sieh das unnennbar holde, weibliche und mütterliche Lächeln, zum ersten Male höre die elterliche Stimme; denn die ersten zwei Seligen, die im Himmel dir entgegengehen, sind deine Eltern. O himmlische Stunde! Die Sonne strahlt, alle Tautropfen funkeln unter ihr, acht Freudentränen fallen mit dem milderen Sonnenbilde nieder, und vier Menschen stehen selig und gerührt auf einer Erde, die so weit vom Himmel liegt! Verhülltes Schicksal! wird unser Tod sein wie Gustavs seiner? Verhülltes Schicksal! das hinter unsrer Erde wie hinter einer Larve sitzet und das uns Zeit lässet, *zu sein* – ach! wenn der Tod uns zerleget und ein großer Genius uns aus der Gruft in den Himmel gehoben hat, wenn dann seine Sonnen und Freuden unsere Seele überwältigen, wirst du uns da auch eine bekannte Menschenbrust geben, an der wir das schwache Auge aufschlagen? O Schicksal! gibst du uns wieder, was wir niemals hier vergessen können? Kein Auge wird sich auf dieses Blatt richten, das hier nichts zu beweinen und nichts dort wiederzufinden hat: ach wird es nach diesem Leben voll Toter keiner bekannten Gestalt begegnen, zu der wir sagen können: willkommen? …

Das Schicksal steht stumm hinter der Larve; die menschliche Träne steht dunkel auf dem Grabe; die Sonne leuchtet nicht in die Träne. – Aber unser liebendes Herz stirbt in der Unsterblichkeit nicht und vor dem Angesichte Gottes nicht.

Sechster Sektor oder Ausschnitt

Gewaltsame Entführung des schönen Gesichts – wichtiges Porträt

Das Erstaunen Gustavs, zu dem ihn den ganzen Tag ein Gegenstand nach dem andern anstrengte, und die Entbehrung des Schlafs endigten seinen ersten Himmeltag mit einem Fieberabend, den er würde verweint haben, auch ohne einen Grund. Aber er hatte einen: sein Genius war während des Tumultes im Garten mit einem sprachlosen Kusse von dem Liebling fortgezogen und hatte nichts zurückgelassen als der Mutter ein Blättchen. Er hatte nämlich ein Notenblatt in zwei Hälften zerschnitten; die eine enthielt die Dissonanzen der Melodie und die Fragen des Textes dazu, auf der andern standen die Auflösungen und die Antworten. Die dissonierende Hälfte sollte sein Gustav bekommen; die andere behielt er: »Ich und mein Freund«, sagt' er, »erkennen einmal in der wüsten Welt einander daran, daß er Fragen hat, zu denen ich Antworten habe.« Auch den Pudel, der immer größer wurde, nahm er mit ... Wo werden wir dich wiedersehen, unbekannter schöner Schwärmer? Du erfährst es nicht, wie dein verwaiseter Zögling abends rufet und schluchzet nach dir, und wie ihm der neue gestirnte Himmel nicht so gefället als seine Stubendecke mit dir, und wie ihm die Lichtkerzen jedes Zimmer zur stillen Höhle ummalen, in der er dich geliebt hatte und du ihn. Ebenso bücken wir uns am Lebens-Abend an alten Gräbern unsrer frühen Freunde, die niemand bedauert als wir; bis endlich den letzten Greis aus dem liebenden Zirkel ein fremder Jüngling beerdigt; aber keine einzige Seele erinnert sich der schönen Jugend des letzten Greises! –

Am Morgen war er wieder gesund und froh; die Sonne trocknete sein Auge aus, und das Nebelbild seines Genius zog in der Hülle der letzten Nacht sich weit zurück. Es tut mir leid, daß ichs seinen Jahren und seinem Charakter beizumessen habe, daß er, die Abendstunden der schmerzlichsten Sehnsucht ausgenommen, ein wenig zu leicht das Bild eines Freundes durch nähere Bilder in den Hintergrund verschieben ließ. Alle Blumen waren jetzo Spielzeug für ihn, jedes Tier ein Spielkamerad und jeder Mensch ein Vogel Phönix; jede Himmelsveränderung, jeder Sonnenuntergang, jede Minute überschüttete ihn mit Neuigkeiten.

Es war ihm wie vornehmen Kindern, die aufs Land hinauskommen; alles begucken, betasten, bespringen sie in der neuen Erde und dem neuen Himmel. Denn es ist ein unbeschreibliches Glück für stiftfähige Kinder, daß ihre Eltern, die sonst aus der Natur sich wenig machen, sie dennoch zwischen hohen Zimmern und hohen Häusern, die nicht 38 Quadratschuhe vom Himmel sichtbar lassen, wie in Treibgärten mit hohen Mauern erziehen, damit die Natur ihnen so wenig als ihre Eltern unter die Augen komme; dadurch erhält sich ihr Gefühl für beide ebenso unverhärtet über der Erde, als würden sie wirklich unter ihr erzogen; ja sie sehen den Sonnenaufgang zum ersten Male fast noch später als Gustav, – auf der Postkalesche oder in Karlsbad. –

Seine Eltern ließen ihn als einen Neugebornen ungern von der Seite, kaum in den Schloßgarten und nicht zum Berg hinunter, wo ihm die

Poststraße gefährlich war. Auch hatt' er aus seiner unterirdischen Schulpforte eine gewisse Verlegenheit mit heraufgebracht, die mittelmäßige Menschen und fast sein Vater für Einfalt nehmen, welche aber höhere Menschen, sobald sie in Gesellschaft eines nicht stieren, sondern überfüllten schwärmerischen Auges wie bei ihm erscheint, für das Ordenkreuz ihres Ordenbruders halten. Gleichwohl bereueten es seine Eltern acht Tage darauf, nicht, ihn eingesperrt, sondern, ihn hinausgelassen zu haben.

Die Obristforstmeisterin von Knör und ein Faszikel Herrnhuter und Herrnhuterinnen waren mit ihr gekommen, den Zögling des Grabes zu hören; ein Grummetschober alter Fräulein hatte schon vier Wochen vorher eingesprochen, und jetzo wieder, um nur ein solches Wunderkind ansichtig zu werden. Die herrnhutischen Brüder waren lebhaft und frei mit Anstand; die Schwestern mauerten sich sämtlich um eine Standuhr, deren Gehäuse mit Engeln als Hornisten gerändert war – sie waren von den Hornisten nicht wegzubringen. Beizubringen war ihnen auch nichts; Maul und Augen machten sie auch nicht auf, und der Rittmeister wurde schwarz vor verhaltenem Ärger. Endlich tippte die Lippe einer Schwester an ein Weinglas, die andern tippten nach – so viel die eine vom Gebacknen abknickte, so viel bröckelten die andern sich zu – *ein* Zuck regte die ganze obligate Kompagnie dieser auf zwei Füße gestellten Schafe. Der Fräuleinschober hingegen hieb in alles ein; im Flüssigen und Festen war er wie ein Amphibium zu Hause, sie hatten in ihrem kauenden und klappernden Leben nie etwas gereget als die Zunge. – Als nun für so viele Zuschauer das Wundertier her sollte: wars – weg. Alles wurde ausgestöbert, langverlorne Dinge wurden gefunden, in alles hineingeschrien, in jeden Winkel und Busch – kein Gustav! Der Rittmeister, dessen anfangende Betrübnis immer eine Art Zorn war, ließ die ganze sehlustige Schwesterschaft sitzen; die Rittmeisterin aber, deren Betrübnis noch weichere Teile angriff, setzte sich kosend zu ihr. Als aber alle ängstliche, fragende, laufende Gesichter immer trostloser zurückkamen und als man gar hinter dem offnen Schloßtor, wo der Kleine abgerißne Blumen in kleine beschattete Beete steckte, diese noch naß von seinem Begießen fand: so zerknirschte die Verzweiflung die Gesichter der Eltern; »ach der Engel ist gewiß in den Rhein gestürzt«, sagte sie, er aber sagte nichts dagegen. Zu einer *andern* Zeit hätt' er einen solchen Fehlschluß mit den Füßen zerstampft; denn der Rhein floß eine halbe Stunde vom Schlosse; aber hier schloß in beiden die Angst, die weit tollere Sprünge

49

tut als die Hoffnung. Ich rede hier deswegen von einer andern Zeit, weil mir bekannt ist, wie sonst der Rittmeister war: nämlich aus Mitleiden aufgebracht gegen den Leidenden selber. Niemals z.B. fluchten seine Mienen mehr gegen seine Frau, als wenn sie krank war (und ein einziges schnelles Blutkügelchen stieß sie um) – klagen sollte sie dabei gar nicht – war das, auch nicht seufzen – war auch das, nur keine leidende Miene machen – gehorchte sie, überhaupt gar nicht krank sein. Er hatte die Torheit der müßigen und vornehmen Leute, er wollte stets fröhlich sein.

Hier aber, da einmal sein Glücktopf in Scherben lag, versüßete ein fremder Seufzer seinen eignen und seinen Zorn über die unachtsame Hausdienerschaft und über den dürren Schwester- und Grummetschober.

Als das Kind die Nacht ausblieb und den ganzen Vormittag und als man gar im Walde auf der Kunststraße sein Hütchen antraf: so verwandelten sich die Stiche der Angst in das forteiternde Schmerzen dieser Stichwunden. Gegen keine Gemüterschütterung ist ein guter Gegenbeweis so schwer zu führen als gegen die Angst; ich führe daher gar keinen seit Jahr und Tag, sondern ich gebe ihr das Ärgste, was sie behauptet, sofort willig zu und falle dann bloß die andere Gemütbewegung, die aus dem besorgten Ärgsten kommen kann, mit der Frage an: »Und wenns nun wäre?«

Jeder Fliegenschwamm im Walde wurde breitgetreten und jeder Baumspecht aufgejagt, um den Kopf zum Hut zu finden – aber vergeblich; – und am dritten Tage ging der Rittmeister, dessen Gesicht eine Ätzplatte des Schmerzes war, ohne Absicht zu suchen so vertieft im Walde herum, daß er einen mit Koffern und Bedienten ausgelegten Reisewagen durch das Gebüsch schwerlich hätte fliegen sehen, wenn nicht daraus wie ein Freuden-Donnerschlag die Stimme seines verlorenen Sohnes ihn erschüttert hätte. Er rennt nach, der Wagen schießet voraus, und im Freien sieht er ihn schon hinter seinem Schlosse stäuben. Außer sich kommt er in Schloßhof angestürmt, um nachzusprengen und um es – bleiben zu lassen. Denn oben an der Haustüre stand die in einen Knäul zusammengelaufne Schloß-Genossenschaft schon um den Gustav, die Schloßhunde bellten, ohne einen gescheiten Grund zu haben, und alles sprach und fragte so, daß man gar keine Antwort des Kleinen vernahm. Der vorbeifliegende Wagen hatte ihn ausgesetzt. Am Halse hing in einem schwarzen Bande sein Porträt. Seine Augen waren rot und feucht von den Qualen der Heimsucht. Er erzählte von langen langen Häusern, wofür er Gassen hielt, und von seinem Schwesterchen, das mit ihm gespielet, und vom neuen Hute; es wär' aber keine Seele daraus klug geworden, hätte nicht der Koch eine entfallne Karte zu seinen Füßen erblickt. Diese las der Rittmeister und sah, daß er sie nicht lesen sollte, sondern seine Frau. Er verdolmetschte es aus dem mit weiblicher Hand geschriebenen Italienischen so:

»Kann sich denn eine Mutter bei einer Mutter entschuldigen, daß sie ihr Kind ihr so lang entzogen? Wenn Sie mir auch meinen Fehler nicht vergeben: ich kann ihn doch nicht bereuen. Ich traf Ihren lieben Kleinen vor drei Tagen im Walde irrend an, wo ich ihn in meinen Wagen stahl, um ihn vor schlimmern Dieben zu bewahren und um seine Eltern aus-zufinden. – Ach, ich will es Ihnen nur sagen: ich hätt' ihn auch mitge-nommen, wenn auch beides nicht gewesen wäre. O nicht, weil er so himmlisch schön, sondern weil er so ganz, sogar bis auf die Haare, wie mein teuerer verlorner *Guido* aussieht, kann ich ihn kaum lassen. Ach es sind schon viele Jahre, daß mir das Schicksal auf eine sonderbare Art mein liebstes Kind lebendig aus dem Schoß genommen. Ihres kommt heute wieder, meines vielleicht nie! – Das Hals-Gehenk verzeihen Sie. Das Porträt werden Sie für seines halten, so ähnlich ist er meinem Sohn; aber es ist das meines Guido. Sein eignes ließ ich mir auch malen und behalt' es, um das Ebenbild meines Guten doppelt zu haben. Sollt' ich einmal Ihren Gustav aufgeblüht zu Gesicht bekommen: so würd' ich ihn lange anschauen, ich würde denken: so muß mein Guido jetzt auch aussehen, so viel Unschuld wird er auch im Auge haben, so sehr wird er auch gefallen. – Ach meine Kleine weint, daß ihr Spielgenosse wieder wegfahren soll – und ich tu' es auch; sie gibt nur einen Bruder, aber ich einen Sohn zurück. Mögen Sie und er glücklicher sein! – Meinen Namen schenken Sie mir.«

Sie rieten alle über die Verfasserin hin und her. Der Rittmeister allein sagte traurig nichts; ich weiß nicht, ob aus Kummer über die Erinnerun-gen an seinen ersten verlornen Sohn, oder weil er gar wie ich über die ganze Sache dachte. Ich vermute nämlich, der verlorne Guido ist eben sein eignes Kind; und die Briefstellerin ist die Geliebte, die ihm der Kommerzien-Agent Röper aus den Händen gewunden hatte. Ich werde erst nachher sagen warum.

Gustavs Schönheit kann man erstlich aus der Vernunft oder von vornen dartun, zweitens von hinten. Sein Treibhaus, das ihn auferzog und zudeckte, bleichte ganz natürlich seine Lilienhaut zu einem weißen Grund, auf welchen zwei blasse Wangenrosen oder nur ihr Widerschein und die dunklere feste Rosenknospe der Oberlippe geblasen waren. Sein Auge war der offne Himmel, den ihr in tausend fünfjährigen und nur in zehn funfzigjährigen Augen antrefft; und dieses Auge wurde noch dazu von langen Augenwimpern und von etwas Schwärmerischen verschleiert oder verschönert. Endlich hatten weder Anstrengung noch Leidenschaften ihren Waldhammer und die scharfen Lettern desselben in dieses schöne Gewächs geschlagen, und ihm war noch kein Todesurteil, das seinen Fall bezeichnet, in seine Rinde eingeschnitten. Alles Schöne aber ist sanft; daher sind die schönsten Völker die ruhigsten; daher verzerret heftige Arbeit arme Kinder und arme Völker.

Es ist aber noch kein Jahr, daß ich Gustavs Schönheit von hinten beweisen kann. Denn da der Auktionproklamator damals mein intimster Freund war: so beging er mir zu Gefallen den kleinen Schelmenstreich, daß er die Gemälde und Kupferstiche gerade an einem Tage versteigerte, wo der Maskerade wegen kein Mensch gerade von der großen Welt aus Unterscheerau in die Versteigerung kam, mich ausgenommen; ich erstand für Sündengeld tausend Dinge. Die ganze Stadt und Vorstadt hatte zu diesem Schutthaufen von Möblen zugetragen und war Verkäuferin und Käuferin zugleich. In dieser Auktion erschienen alle europäische Potentaten, aber elend gezeichnet und koloriert; und ein Edelmann von bon sens hielt seine beiden Eltern feil und wollte sie als gute Kniestücke verstechen – in Rom verhandelten umgekehrt die Eltern die Kinder, aber in natura. Der Edelmann hoffte, ich würde auf seinen Papa und seine Mama bieten; aber ich war bei nichts der Mehrbieter als bei Gustavs Porträt, das er auch losschlug. Der Edelmann hieß – Röper, von dem ich oben gesagt, daß er an *einem* Tage Ehemann und Stiefvater geworden.

Und hier hängst du ja, Gustav, mir und meinem Schreibtisch gegenüber, und wenn ich über etwas sinne, so stößet mein Auge immer auf dich. Viele tadeln mich, mein kleiner Held, daß ich dich hier zwischen Shakespeare und Winckelmann (von Bause) aufgenagelt; aber hast du nicht – das bedenken zu wenige – einen Nasen-Schwibbogen, auf dem schwere und hohe Gedanken ruhen, einen solchen, der oft unter der Hand des Todes sich noch schöner wölbt, und hast du nicht unter dem Knochen-Architrav ein weites Auge, durch das die Natur wie durch eine Ehrenpforte in die Seele zieht, und ein *gewölbtes* Haus des Geistes und alles, womit du deine in Kupfer gestochne Nachbarschaft verdienest und aushältst?

Der Leser sollte wissen (es geschieht aber weiter hinten), was mich jetzo nötigt, meinen Sektor plötzlich auszumachen und einzusperren ...

Zweites Extrablatt

Strohkranzrede eines Konsistorialsekretärs, worin er und sie beweisen, daß Ehebruch und Ehescheidung zuzulassen sind

Ich gesteh' es hier, unser aufgeklärtes Jahrhundert sollte man das ehebrechende nennen. Ich sagte allerdings einmal auf dem Marktplatz zu Marseille, ich hielt' den Bettel für recht, den Ehebruch – schon weit vor München sagt' ich, man sollte an die Mutterkirche des Ehebettes noch ein Ehefilial stoßen – im Obersächsischen sagt' ich, wenn jene Gräfin ein ganzes Jahr fortgebar, jeden Tag etwas: so wäre noch jetzo bei Gräfinnen wenigstens das *vorhergegangene* Jahr zu haben – in den zehn deutschen Kreisen drückt' ich mich gewiß auf zehn verschiedene Arten aus; – – aber es war damals nirgends der Ort, die Sache klar aus der Physiologie darzutun, als bloß hier.

Sanktorius wars[1], der sich auf einen delphischen Nachtstuhl setzte und da die Wahrheit aussaß, daß der Mensch alle 11 Jahre einen neuen Körper umbekomme – der alte wird wie der deutsche Reichs-Körper stückweise flüchtig, und es bleibet von der ganzen Mumie nicht so viel sitzen, als ein Apotheker klein geschabt in einem Teelöffel eingeben will. *Bernoulli* widersprach gar diesem ganz und rechnete uns vor, Sanktorius stolpere, denn nicht in 11, sondern in 3 Jahren dampfe der eine Zwilling-Bruder weg und schieße der andere an. Kurz Russen und Franzosen wechseln den Körper öfter als das Hemd des Körpers, und eine Provinz bekommt allzeit neue Leiber und einen neuen Provinzial miteinander, in 3 Jahren, wie gesagt.

Die Sache ist gar nicht gleichgültig. Denn es ist sonach unmöglich, daß ein Kahlkopf, der sein Ehejubiläum begeht, an seinem ganzen Leibe auf ein Stückchen Haut hellersgroß hinweise und anmerke: »Mit diesem Läppchen Haut stand ich vor 25 Jahren auch am Altar und wurde samt

---

1   In Hallers großer Physiologie steht es, daß der Mensch nach *Sanktorius* alle 11 Jahre den alten Körper fahren lasse – nach *Bernoulli* und *Blumenbach* alle 3 Jahre – nach dem Anatomiker *Keil* jedes Jahr.

dem übrigen an meine jubilierende Frau hinankopuliert.« Das kann der Jubelkönig unmöglich. Der Ehering ist zwar nicht herunter, aber der Ringfinger längst, um welchen er saß. Im Grunde ists ein Streich über alle Streiche, und ich berufe mich auf andre Konsistorialsekretäre. Denn die arme Braut steigt freudig mit der Statua curulis von einem Bräutigamkörper unter den Betthimmel und denkt – was weiß sie von guter Physiologie –, am Körper habe sie etwas Solides, ein eisernes Stück, ein Immobiliargut, kurz einen Kopf mit Haaren, von denen sie einmal sagen könne: an meinen und an meiner Haube sind sie grau geworden! Das hofft sie; indes schafft unter ihrem Hoffen der Schelm von einem Körper seine sämtliche Glieder, wie ein Student sein verschuldetes Studentengut, nach 3 Jahren infinitesimalteilchenweise bei Nacht und Nebel fort. – Wendet sie sich am Neujahrabend um: so liegt im Ehebette bloß ein Gipsabguß oder eine zweite Auflage neben ihr, die der vorige Körper von sich darin gelassen und in welcher kein altes Blatt der alten mehr ist. Was soll nun eine Frau, wenn der Kubik-Inhalt des Brautbettes und der des Ehebettes so verschieden sind, von der Sache denken? – ich meine, wenn z.B. ein ganzes weibliches Konsistorium (z.B. die Frau Konsistorialpräsidentin, die Vizepräsidentin, die Konsistarialsekretärin) nach 3 Jahren auf dem Kopfkissen ein ganz anders männliches Konsistorium antrifft, als das aufgelöste war, das die Ehe versprach: was soll eine Frau da anstellen, die, wenns eine Konsistorial-Hälfte ist, recht gut weiß quid juris? Sie, sag' ich, die es hundertmal über dem Essen gehört haben muß, daß eine solche Entweichung des männlichen Körpers eine verfluchte *bösliche Verlassung* oder desertio malitiosa ist, die sie von ihren Ehepflichten ganz losknüpfet – und es kann vollends eine solche Strohwitwe gar Lutherum de causis matrimonii gelesen haben und sich daraus entsinnen, daß er einer böslich Verlassenen nach einem oder einem halben Jahre eine neue Ehe nicht verbeut ... Sich in besagte neue Ehe zu begeben, wird offenbar die erste Pflicht und Absicht einer solchen Verlassenen sein; da aber der neue restierende Ehemanns-Körper nichts für den fortgedünsteten kann: so wird sie es, um ihn nicht zu kränken, ohne sein Wissen und ohne Rachsucht tun, wenn er etwan auf der Börse ist – oder auf dem Katheder – oder auf der Messe – oder zu Schiffe – oder hinter dem Sessiontisch oder sonst aus.

Inzwischen ist der Mann kein Narr, sondern so viel hat er von der Physiologie allemal innen, daß auch die Frau ihren Körper ebensooft als ihre Mägde tausche; mithin braucht er auf nichts zu passen. Nov.

22. c. 25. reicht ihm das Recht der Ehescheidung schon, wenn sie auf *eine* Nacht von ihm gelaufen; hier aber ist die Konsistorialrätin gar auf immer weggedünstet und repetiert noch dazu in jedem Dreijahr diese Wegdünstung, – sie, die doch nach »Langens geistlichem Recht« dem Konsistorialrat, ders selber in seiner Büchersammlung hat, nachziehen müßte, wenn er Landes verwiesen würde, gesetzt sogar, in den Ehepakten hätte sie sich ausbedungen, zu Hause zu bleiben. So redet *Lange* mit den Männern aus der Sache. In der großen Welt, wo echte Keuschheit und Vielwissen und also auch Physiologie zu Hause ist, traktierte man den Punkt längst mit Anstand und Verstand und trieb Gewissenhaftigkeit weit. Denn da ein Mann allda an seiner Gemahlin 3 Jahre nach dem Vermählungfest nicht ein Apothekerlot Blut, nicht eine dünne Vene, worins läuft, mehr von der alten auszuspüren hofft; da er mithin die weggewanderten Teile seiner guten Gemahlin an jeder andern viel eher und sicherer wiederzufinden glaubt als an ihr selbst; da er also vielmehr Liebe zur ankopulierten für eigentlichen Ehebruch *an* ihr und *mit* ihr halten muß – und, genau genommen, ists auch so –: so ists ihm jetzo hauptsächlich um reine Sitten zu tun; er lässet also zwar derjenigen Sammlung von Pulsadern, Nervenknoten, Fingernägeln und edlern Teilen, die man insgemein seine Frau benennt, seinen Namen, seinen halben Kredit und seine halben Kinder, weil man überhaupt in der großen Welt ungern öffentliche Verbindungen öffentlich aufhebt und lieber am Ende an tausend aus Luft geflochtenen Ketten geht; aber *das* gestattet ihm seine Achtung für Moral und Publikum nicht, eine und dieselbe Wohnung – Tafel – Gesellschaft mit einer Frau zu haben, die einen andern Körper hat; er erscheint sogar (welches vielleicht zu skrupulös ist) ungern mit ihr öffentlich und enthält sich wenigstens in seinem Hause alles dessen, wozu er oder Origenes sich unfähig machten.

Es sind schlechte abgefärbte Katheder, die mir den Einwurf machen können, die verehelichten Seelen blieben ja doch zurück, wenn die Leiber verrauchten. Denn mit der Seele (also mit dem Gedächtnis, mit dem Denkvermögen, sittlichen Vermögen u.s.w.) lässet man sich heutzutage wenig oder nicht kopulieren, sondern mit dem, was um sie herumhängt. Zweitens ist es ja bei jedem Materialisten auf der philosophischen Börse zu erfahren, daß die Seele nichts ist als ein Wassersprößling des Körpers, der also bei Mann und Frau mit dem Leib zugleich weggeht. Man braucht es aber gar nicht, sondern man darf nur *Humen* beifallen, welcher schreibt, die Seele wäre gar nichts, sondern bloße Gedanken leimten sich wie Krötenlaich aneinander und kröchen so durch den Kopf und dächten sich selbst. Bei solchen Umständen kann das Brautpaar Gott danken, wenn sein Paar kopulierter Seelen nur so lange halten will, wie die zwei Paar Tanz-Handschuhe des Hochzeitballs. Auch sieht man es am Vormittag nach den Flitterwochen.

Also, wie gesagt, alle Kanonisten können die Woche, wo Mann und Frau zum Ehebrechen schreiten darf, nicht weiter hinausschieben als ins vierte Jahr nach der Verlobung; allein für Leute von Welt und von Stand ist das hart und zu rigoros, zumal wenn sie aus ihrem »Keil« (dem Anatomiker) wissen, daß schon in *einem* Jahre der ganze alte Körper wegtauet, – bloß elende 16 Pfund Fleischgewicht ausgenommen. Daher warens oft meine Gedanken, daß ich, wenn ich meinen Ehebruch schon ins erste Jahr verlegte (wie's viele tun), wirklich nur sehr wenigen Pfunden meiner Gattin, die 107 hat, untreu würde, den 16 Pfund nämlich, die noch restierten.

Auf den nämlichen Körpertausch, worauf man seinen Ehebruch gründet, muß das Konsistorium seine Scheidung gründen. Denn wenn Leute oft 9, 18 Jahre nach der Trauung offenbar noch in der Ehe beisammen bleiben, indes alle Physiologen wissen, daß zwei neue Ehekörper und zwar ohne priesterliche Einsegnung beisammen sind: so ist nun das Konsistorium verbunden, dreinzusehen und dreinzuschlagen und die zwei fremden Leiber zu scheiden durch ein paar Dekrete. Daher wird man auch niemals hören, daß ein gewissenhaftes Konsistorium Schwierigkeiten macht, Christen, die schon in der Ehe sind, zu trennen; man wird aber auch von der andern Seite ebensowenig hören, daß es solche, die sich die Ehe bloß versprochen, ohne die größten Schwierigkeiten scheide –: eben ganz natürlich; denn dort bei der langen Ehe ist wahrer Ehebruch durch die Scheidungbulle abzuwenden, weil unkopulierte Leiber da sind; hier aber bei der Verlobung sind die Körper, die den Vertrag gemacht, noch völlig da, und sie müssen erst lange in der Ehe leben, bevor sie zur Scheidung taugen. Das ist die wahre Auflösung eines Scheinwiderspruchs, der so viele Schwache schon verleitet hat, uns sämtlich im Konsistorio für sportelsüchtig, mich für den Markör und unsre grünen Sessiontische für grüne Billarde zu halten, um welche sich Präsident und Räte mit langen Queues herumtreiben, um die Partien auszuspielen; ach, ein Konsistorialsekretär schneidet ohnehin mehr Federn als Geld.

Warum wird uns überhaupt nicht von den Pastoren jedes eingepfarrte Ehepaar, das über 3 Jahre beisammen geschlafen, einberichtet, damit mans scheide zu rechter Zeit? Eine solche Scheidung, wozu man keine weitern Gründe braucht als den, daß die zwei Leute lange beisammen waren, hat in allen Ländern ja keine andere Absicht als die, daß sie nachher sich wieder ordentlich kopulieren lassen mit den erneuerten Leibern. Das Konsistorium und ich fahren am fatalsten dabei, falls die Sache sich nicht etwa bessert, wenn der neue Minister den Thron besteigt. Wahrlich, ein solches geistliches Landeskollegium legt oft die lange Säge an und zersägt Eheblöcher oder Betten, in denen Ehepaare 21 Jahre lang gehauset hatten, die in so langer Zeit wenigstens siebenmal (alle drei Jahre sind Ehebruch und Ehescheidung fällig) wären zu scheiden und zu trauen gewesen: was für Sportelneinbuße, da wir die Scheidungkosten, die wir hätten versiebenfachen können, vervierfachen mußten! Es ist ohnehin an einer solchen Scheidliquidation wenig, weil sie bekanntlich moderiert wird, und zwar vom Konsistorium selber. Man gebraucht noch dazu im Konsistorialzimmer die Vor- und Nachsicht, daß ich allemal den Sportelzettel, wenn ihn das geschiedne Paar abgezahlt hat, nach 15, 20 Jahren wieder extrahiere und dem Konsistorialboten und Pfennigmeister von neuem mitgebe, nicht sowohl um die Sporteln zweimal einzukriegen (welches Nebensache ist), als um zweimal darüber zu quittieren, falls das getrennte Paar die erste Quittung etwa verloren hätte, und auch, um es vor einer dritten Zahlung sicherzustellen. Man will dem Paare alles leicht machen, wenn man es in mehren und großen Terminen zahlen lässet.

... Und heute vor drei Jahren kopulierte man mich für meine Person auch ... aber die damalige Strohkranzrede war zu schlecht ...

Siebenter Sektor oder Ausschnitt

Robisch – der Star – Lamm statt der obigen Katze

Nach einer solchen Entführung schränkte man Gustavs Spieltheater und Lustlager ganz auf den Wall des Schlosses ein; in die wogende Flur und ins Dörfchen Auenthal, das wohl eine $^1/_{17}$ deutsche Meile davon ablag, durft' er nur hinein – sehen. Dieses blumige Empor-Eiland umkreiste er den ganzen Tag, um jeden roten Käfer niederzuschlagen, jedes mar-

moriorte Schneckenhäuschen von seinem Blatte abzudrehen und überhaupt alles, was auf sechs Füßen zappelte, einzufangen in seinem eignen
Kerker. Auf Kosten seiner unerfahrnen Finger unternahm er anfangs
auch die Biene an ihrem Hinterleibe aus ihrem Freudenkelche zu ziehen.
Die bunten Arrestanten drängte er nun – wie Fürsten alle Menschen-
klassen in *eine* Hauptstadt – sämtlich in einen schönen Salomons-
Tempel oder in eine *Silberschlag*-Noachitische Arche von Pappendeckel
mit mehr Fenstern als Mauer zusammen. Der Baumeister dieses vierten
salomonischen Tempels war nicht, wie bei dem ersten, der Teufel oder
der Wurm Lis[1], sondern ein Mensch, der leicht beiden glich, der sogenannte Kammerjäger *Robisch.* Dieser Hintersasse des Rittmeisters besuchte jährlich die besten Zimmer und Gärten des ganzen Landes, um
beide nicht sowohl von ihren *schlimmsten* als von ihren *kleinsten* Bewoh-
nern zu säubern – von Mäusen und Maulwürfen. Ich will die Gelehrten-
Republik eben nicht bereden, daß dieser Mausschächter so viele unterirdische Maulwürfe aus der Welt fortschickte, als jährlich schriftstellerische hineintreten, um sich auf die Hinterfüße zu setzen und dann mit
den Vorderfüßen, die an beiden Maulwurfarten Menschenhänden gleichen, in den Buchläden und auf dem Leipziger Buchhändlermarkte ihre
Erdhäufchen als kleine Musenberge aufzuwerfen; – inzwischen bezahlt
wurde Robisch gerade so, als habe der Kammerjäger alles Ungeziefer
verjagt. Denn die Leute glaubten, wenn man diesen Kelchvergifter der
Nagetiere erbose und nicht bezahle: so mach' er Moses' Wunder nach
und verdoppele durch dagelassene Kolonien das Ungeziefer, das man
seinem Königs- und Blutbann entziehe. Ich will von dieser morastigen
Seele, die sich nie meinem Gustav näher wälze, mich wegbegeben, wenn
ich geschrieben habe, daß er oft im Falkenbergischen Hause war, daß
er, wenn Fremde da waren, den Extra- und Kasualbedienten, und wenn
Rekrutenwildpret zu fangen war, für den Rittmeister den Leithund
machte, und daß er sich an den kleinen Gustav mit seinen Fabrikaten
drängte. Ein solches Anhäkeln an Kinder ist ohne elterliche Kindlichkeit
zweideutig. Kinder aber lieben Bediente besonders; und Gustav vollends,
der schlechterdings auch später nicht vermochte, jemand zu hassen,
den er in seiner Kindheit lieb gehabt; von allen Untaten, die Robisch
an ihm verübt hätte, wäre gleichwohl das Band der Dankbarkeit für das

1   Nach den Rabbinen half der Teufel den Tempel mit bauen, und der Wurm
      nagte die Steine zurecht.

elende Insektenstockhaus, das den Wall entvölkerte, nicht entzwei gegangen.

Was in der salomonischen Schloßkirche war und sumsete, sollte Zucker fressen, weil Kinder ihn für das Vortisch- und Nachtisch-Essen ansehen; und es wären die schönsten Inhaftaten verhungert, wenn nicht ihr Fronvogt, Gustav, vom Kammerjäger noch einen Starmatz zum Geschenk bekommen hätte; denn den Matz ließ er auch in das Pantheon hineinspringen, und der fraß alles, was nichts zu fressen hatte ... Wenn ich hier unter die Flügeldecken der Insekten und in den Schnabel des Matzes die nächsten Reflexionen und die kühnsten Winke versteckt habe: so hoff' ich, man finde sich in dergleichen schön.

Außer mir hatte wohl niemand Gustavs Namen so oft im Schnabel als der Star, der gleich Hofleuten nichts weiter im Kopfe hatte als ein nomen proprium. Der Kleine dachte, der Star denke und sei so gut ein Mensch wie Robisch und liebe ihn für alles; daher konnt' er sich nicht satt an ihm hören und lieben. Er konnte sich eben an nichts satt umarmen. Bloß lebendige Geschöpfe waren sein Spielzeug. Der Pachter hatte dazu noch ein schwarzes Lamm gesellt, das er mit einem roten Band und mit Brotrinden um den Wall herumlockte. Das Lamm mußte wie ein Dorfkomödiant alle Rollen machen, bald mußt' es der Genius, bald der Pudel sein, bald Gustav, bald Robisch. So spielte also unser Freund seine ersten Erdenrollen Solo und war zugleich Regisseur, Einbläser und Theaterdichter. Solche Komödien, die sich Kinder *machen,* sind tausendmal nützlicher als die, die sie *spielen,* und wären sie aus *Weißes* Schreibtisch: in unsern Tagen, wo ohnehin der ganze Mensch Figurant, seine Tugend Gastrolle und seine Empfindung lyrisches Gedicht wird, ist diese Verrenkung der armen Kinderseelen vollends gefährlich. Indes ist es zuweilen auch nicht wahr: denn ich machte den vollständigen Filou bloß ein-, zwei- oder dreimal in meinem Leben, aber wirklich noch, eh' ich zum erstenmal gebeicht hatte.

Die Verordnung, die ihn nicht vom Schloßberg hinunterließ, unterschied sich von den Verordnungen unserer transzendenten Eltern, der Obrigkeit, dadurch rühmlich, daß sie erstlich der Partei bekannt gemacht, und zweitens daß sie wenigstens 14 Tage lang gehalten wurde. Gustav hätte für sein Leben gern sich und das Lamm vom Walle hinab an den Fuß des Berges getrieben. – Da nun der Rittmeister aus Quistorps peinlichen Beiträgen wußte, daß man an die Stelle der *Verstrickung* oder Konfination (Einsperrung auf den Wall) die Distrikt- oder *Gebieträu-*

mung setzen kann: so diktierte er die letzte Strafe statt der ersten und sagte: »Kann man denn nicht das Lamm des Pachters Regel (Regina) mitgeben, solang sie da am Berge weidet? Meinetwegen kann der Junge mittreiben, wenn ich ihn nur immer im Gesicht behalte.« Ich muß es noch abwarten, was die Reichsritterschaft dazu sagen oder schreiben wird, daß ein Ehrenmitglied derselben, mein Held, nachmittags um 4 Uhr sich allemal eine lange Haselgerte abdrehte und damit ein Ochsenjunge wurde und neben der eilfjährigen Strößners Regina die Schaf- und Rindherde und das Lamm am Band mit solchem Stolze und mit solchen Jupiters-Augenbrauen austrieb, daß er leicht andeutete, er lenke den ganzen Stall und die Reichsritterschaft solle ihm nur jetzo kommen.

Nur im tausendjährigen Reiche gibt es solche Nachmittage, wie Gustav an der Anhöhe, gleichsam auf dem Schoße der Erde hatte. Mein Vater hätte mich in die Zeichenschule senden sollen: könnt' ich nicht jetzt die ganze Landschaft in meinem Farbenstrom statt im Dintenstrom auffangen und hinausspiegeln? Wahrhaftig ich könnte jedes Gebüsch mit dem hineinschlüpfenden Vogel dem Leser in die Augen zurückspiegeln, jede lippenfarbige Rotbeere der Felsen-Abdachung, jedes von Anflug überwachsene Schaf und jeden Baum, den das Eichhörnchen mit zerbröckelten Tannzapfen umsäete. Inzwischen gibt es Dinge, an denen wieder die Iltishaare des Pinsels vergeblich bürsten, die aber schön aus meinem Kiele rinnen – das auf Genüssen schwimmende Auge Gustavs schifft leicht hinüber und herüber zwischen dem Lamme, dem hellen Blumengrund mit der Schatten-Landspitze und zwischen dem Zauber-Gesichte Reginens und braucht nirgend wegzublicken.

Warum sagt' ich ein Zauber-Gesicht, da es ein alltägliches war? – weil mein kleiner Apollo und Schafhirt mit trinkenden Augen auf dieses Gesicht wie auf eine Blume flog. Unter einer Hirnschale wie seine, zu welcher den ganzen Tag die weiße Flamme der Phantasie, und kein blaues Branntewein-Flämmchen des Phlegma auffackelte, mußte jedes weibliche Gesicht mitvergüldeten Reizen in Götterfarbe und nicht in Totenfarbe dastehen. Alle Schönen hatten bei ihm den Vorteil noch, daß er sie nicht seit zehn Jahren, sondern seit zehn Tagen sah. Indessen ist das nicht seine erste Liebe, sondern nur ein Frühgottesdienst, ein Vorfest, ein Protevangelium irgendeiner ersten Liebe, mehr nicht.

Zwei ganze Wochen trieb er sein Lamm auf die Weide, eh' sein Mut so weit stieg, daß er – nicht sich neben ihr Strickzeug hinsetzte, dies überstieg Menschenkräfte, sondern nur daß er – das Schaf an seinem postillon d'amour festhielt, nicht um es zu Reginen hinzuziehen, sondern um selber von ihm hingezogen zu werden; denn die beste Liebe ist am blödesten, wie die schlimmste am kühnsten. Wie ein stillender Mond legte sich alsdann, wenn sie mehr in seinen Gedanken als in seinen Augen war, ihr Bild an seine träumende Seele, und so viel war ihm genug. – Sein zweites Mittel, ihr Akzessist zu werden, war der runde Schatten eines tiefer unten schwankenden Lindenbaums, hinter dem die Abendsonne wie hinter einem Jalousieladen sich zersplitterte. Mit diesem Schatten rutscht' er nun der Regina immer näher; unter dem Vorwand, als mied' er die eine Sonne, rückte er einer andern rötern zu.

Von solchen kleinen Spitzbübereien läuft die Liebe über; sie werden aber alle erraten und alle verziehen; und sie werden oft mehr vom Instinkt als vom Bewußtsein eingegeben. Wenn freilich der Abend langsam aus dem Tal sich in die Höhe richtete – wenn die einschlummernde Natur in abgebrochenen Lauten des zu Bette gegangnen Vogels gleichsam noch ein paar Worte im halben Schlafe sagte – wenn das Glockenspiel am Halse der Herde, die unschuldige Blumen der Freude aus Wiesen pflückte, und der eintönige Guckguck und das verwirrte Abendgeräusch die Tasten der leisesten Saiten gedrückt hatten: so nahm sein Mut und seine Liebe um ein Namhaftes und nicht selten in *dem* Grade zu, daß er den Kuchen, den er für sie eingesteckt, öffentlich aus der Tasche holte und ohne Bedenken – ins Gras legte, um ihr wirklich den Antrag dieses Backwerks zumachen, sobald sie in der Dämmerung beim – Schloßtor auseinander mußten: hier stieß er ihr die Schenkung mit hastiger Verwirrung zu und sprang mit freudiger Beschämung davon. Gelang es ihm, ihr dieses Abendopfer zu insinuieren: so war jede Pulsader seines Arteriensystems ein entzückt klopfendes Herz (denn die Sprache und Freude seiner Liebe war Geben), und unter seiner Bettdecke pflanzte er die ganze Nacht kühne Plane auf morgen, die der Nachmittag-Glockenhammer mit *vier* Schlägen sämtlich – bis auf ihre Herz-Wurzel – in die Erde schlug. Sie tat immer das breite Halstuch ihrer Mutter um; daraus mußte sein Philosoph von Verstand ableiten, daß ihm später die großen Halstücher der Damen gefielen, die ich selber den vorigen Tändelschürzen des Halses vorziehe; aus dem nämlichen Grunde gefielen ihm wie mir auch breite Kopfbinden und breite Schürzen. Ich habe schon mit Philosophen L'hombre gespielt, die es umwandten und behaupteten, alles das gefalle ihm, nicht, weil das Zeug an der Schönheit (Reginens) war, sondern weil die Schönheit am Zeuge war.

Im Grunde schäm' ich mich, daß ich hier, während die zerrissendsten Bakkalaureen eintunken und den übrigen Bakkalaureen die feinsten Sponsalien von Königinnen und Marquisinnen ausmalen, meine Schreibmaterialien auf das Weiden und Verlieben zweier Kinder verwende. Beides lief bis in den Herbst hinein fort, und ich möchte es abschildern; aber, wie gesagt, die Scham vor den Bakkalaureen! – Und doch gönn' ich dir, winziger Träumer, so sehr diese weiße Sonnenseite deines Lebens an deinem Berge und dein Lamm und dein Auge! Und ich möchte so gern die Tage, die vor dir vorüberlaufen und deinen kleinen Schoß mit Blumen überlegen, zum Stehen bringen, damit der Leichenzug der bewaffneten Tage hinten halten müßte, die deinen Schoß entlauben können – dein Lusthölzchen lichten – dein Lamm stechen – deiner Regina Dienstgeld zur Magd geben!

Aber im Oktober fährt alles nach Unterscheerau; und die Kinder wissen noch nicht einmal, daß es Lippen und Küsse gibt!

O Wochen der vorersten Liebe! warum verachten wir euch mehr als unsre spätern Narrheiten? Ach an allen eueren sieben Tagen, die an euch wie sieben Minuten aussehen, waren wir unschuldig uneigennützig und voll Liebe. Ihr schönen Wochen! ihr seid Schmetterlinge, die aus einem unbekannten Jahre[2] herüberlebten, um unserem Lebens-Frühlinge vorzuflattern! Ich wollte, ich dächte von euch noch so enthusiastisch wie sonst, von euch, wo weder Genuß noch Hoffnung an Grenzen stockten! – Du armer Mensch! wenn der zarte weiße, die ganze Natur überzaubernde Nebel deiner *Kinderjahre* herunter ist: so bleibst du doch nicht lange in deinem Sonnenlichte, sondern der gefallene Nebel *kriecht* wieder als dichtere *Gewitterwolke* unten rings am Blauen herauf, und am *Jünglings-Mittage* stehest du unter den Blitzen und Schlägen deiner Leidenschaften! – Und *abends* regnet dein zerschlitzter Himmel noch fort! –

2   Die Schmetterlinge im Frühling haben sich (durch das Zölibat) aus dem vorigen Jahre hergefristet; die im Herbst sind Kinder des gegenwärtigen Jahres.

Achter Sektor

Abreise – weibliche Launen – zerschnittene Augen

Da die Edelleute und Waldratten im Sommer das Land, im Winter die Stadt bewohnen: so tats der Rittmeister auch; denn die schöne Natur (meint' er und sein Gerichthalter) läuft am Ende auf nichts als auf ein Inventarium von Bauern hinaus, deren Ellbogen und Schenkel in einer Scheide halb von Zwillich, halb von aufgeflicktem Leder stecken, auf Sumpfwiesen, auf Brachfelder und auf Schweinvieh, und es gibt da nichts zu empfinden als Gestank – in der Stadt hingegen ist doch ein Stück Fleisch zu haben, ein Spiel französischer Karten, einiger wahrer Spaß und ein Mensch. Es ist jugendliche Unduldsamkeit, einem Manne, der kein Gefühl für Musik und Gegenden hat, auch das für fremde Not und Ehre abzusprechen, besonders dem Rittmeister.

Noch viel wichtigere Gründe trieben ihn nach Scheerau; er suchte da 13000 Rtlr., eine Menge Rekruten und einen Hofmeister. – Den letzten zuerst! Seine Frau sagte: »Gustav muß jemand haben, es fehlt ihm noch an Lebensart!« Aber Hofmeistern fehlts nicht daran – diese Infanten aus dem Alumneum, die nichts hebt als eine Kanzeltreppe, die so lange die Seelenhirten des jungen Edelmanns sind, bis sie die Seelenhirten der Gemeinde werden, welche ihr Zögling regiert, diese Erzieh-Poussierer sind imstande, nicht bloß den Kopf des Junkers – wie der Vater hofft –, sondern auch den Rumpf desselben – wie die Mutter hofft – recht gut zu formen und zu glätten, erstlich ohne eigne Glätte, zweitens in Lehrstunden, drittens mit Worten, viertens ohne Weiber, fünftens auf eine sechste Art, dadurch, daß der Hofmeister das weiteste Löwenherz zu einem schläfrigen Dachsherzen einkrempt.

Der zweite metallische Sporn, der den Rittmeister nach der Stadt forttrieb, war das Geld. Niemand kam so leicht in den Fall, ein Gläubiger sowohl als ein Schuldner zu werden, als er: die halbe Nachbarschaft hatt' er, weil er weder sich noch andern etwas abschlug, zuletzt in seine *Gäste* und seine *Schuldner* verwandelt; aber jetzt verwandelte er darüber sich beinahe selber in beides, wenn nicht der Landesherr seinen zerrollenden Geldhaufen wieder aufbauete. Er mußte also nach der Residenz Oberscheerau die mißliche Bitte mitbringen, daß ihm jener 13000 Rtlr. nicht sowohl schenken oder leihen – das wäre zu machen gewesen –

als *bezahlen* möchte, als ein Kapitel von sieben Jahren. Der scheerauische Sophi hatte nämlich die Gewohnheit, keine Geliebte abzudanken, ohne ihr ein Landgut, oder ein Regiment, oder einen gestirnten Mann mitzugeben; – er ließ von einer Geliebten allzeit noch so viel übrig, daß noch eine Ehefrau für einen Ehetropfen daraus zu machen war, wie der Adler und Löwe (auch *Fürsten* der Tiere) allemal ein Stück vom Raube unverzehrt für anderes Vieh liegen lassen. Mithin trennte er sich auch von der Mutter seines natürlichen Sohnes – des Kapitän von Ottomar – auf dem Rittergute *Ruhestatt,* das er an *einem* Tage (mit Falkenbergs Gelde) kaufte und verschenkte.

Drittens wollte der Rittmeister in Scheerau seinen Unteroffizieren, die meistens da lagen, ein paar Schritte ersparen; denn er schlug zwar mit dem Stock so leicht wie eine Dame mit dem Fächer zu, aber er brach nicht gern einer Heuschrecke das sechste Bein aus, und daher schonte er die seiner Leute, die viere weniger hatten, um so mehr.

Endlich packen sie ein, die Falkenbergischen: wir wollen dabei sein. Da Falkenbergs Seele, wie Uhren und Pferde, nur unter dem Reisen nicht stockte: so war er am Abzugmorgen am frohesten und raschesten; liebte keine Fortschreitung durch *Sekunden,* sondern durch *Nonen;* fluchte über sämtliche Hände und Füße im Schloß, weil sie nicht flogen; drückte und stauchte das weibliche Schiff und Geschirr mit ehernen Händen in die nächste Schachtel hinein; und hatte keine andern abfahrenden Haarseile seiner ungeduldigen Langweile als seine Füße, die stampften, und seine Hände, mit denen er teils den Kutscher aus solchen Gründen, wie dieser die Pferde, auswichste, teils die Zurückbleibenden im Schlosse sämtlich recht gut beschenkte.

Die Rittmeisterin aber weiß alles so komplett und vernünftig zu tun, daß sie mit nichts fertig wird. Hätte sie drei Sprünge zu tun, um dem herunterplumpenden Monde auszuweichen: so streifte sie doch, eh' sie spränge, noch eine Falte aus der Fenstergardine heraus – beim Plätten wär's noch ärger. Gleich Gelehrten liegt sie neben dem Brotstudium noch einem Nebenstudium und Beiwerk ob und tut mit jeder Sache die benachbarten mit. »Ich kann nun einmal nicht so lüderlich sein wie andre Weiber«, sagte sie eben zum knirschenden Ehemann, der acht stumme Minuten ihr zusah. »Ich wollt' ins Teufels Namen lieber, du wärest die lüderlichste in der ganzen schriftsässigen Ritterschaft« – sagt' er. Da sie nun, sooft sie Sturm und unrecht hatte, bloß auf den zornigen Hyperbeln des andern ankerte, wie ich als appellatischer Sachwalter häufig muß: so bewies sie auch dasmal geschickt, daß an lüderlichen Frauen wenig wäre – und da einen hitzigen Rittmeister nichts noch mehr aufbringt als ein stolzer Beweis dessen, was er gar nicht leugnet: so gings wie allemal los – die Zungen-Streitflegel bewegten sich – seine Speicheldrüse, ihre Tränendrüse und beider Lebern mit Gallenblasen sonderten so viel ab, als in christlichen Ehestunden gesondert werden muß – aber 15 Minuten und 15 Packereien sogen wie Blutadern alle diese ehelichen Absonderungen wieder ein. Beim Abreisen hat kein Mensch Zeit, sich zu erbosen.

– Sie war auf meine Ehre eine recht gute Frau, aber nur nicht allemal, z.B. beim Abreisen am wenigsten: sie wollte erstlich dableiben und keifte in alle hörende Wesen hinein, zweitens wollte sie fort. Niemals, wenn ihr Mann am Morgen sich und seinem Hunde den Halsschmuck umlegte, um Besuche zu machen, begehrte sie mit (sie müßte denn die völlige Unmöglichkeit mitzukommen vorausgesehen haben): sondern wenn er am zweiten Tage nur ein Wort von einer Dame, die mit dagewesen, schießen ließ: so klagte sie ihm ihre Not: »Unsereine riecht nun den ganzen Sommer nicht aus dem Hause hinaus.« Wollt' er sie das nächste Mal mitzwingen: so war entsetzlich zu tun, es war zu bleichen, zu jäten, Fleischfässer und Serviettenpressen zuzuschrauben, Wäschzettel und alles zu machen, oder das vorzuschützen: »Ich bin am liebsten bei meinem Kleinen.« Allein ihre Absicht, die wenige errieten, war bloß, an zwei Orten auf einmal zu sein, in und außer dem Hause – und es ist für unsre Weiber schlimm, wenn unsre Philosophen und Männer nicht so viel einsehen, wie die katholischen Philosophen und Männer, die kombrischen, Ariaga, Bekanus, längst einsahen[1], daß der nämliche Körper leicht zur nämlichen Sekunde an zwei Orten oder mehren nicht nur auf einmal sitzen, reden, wachsen, sondern auch in der einen Stadt empfinden könne, indem er in der andern denkt, – zu gleicher Zeit in der Kirche lachen und in dem Theater weinen könne. – –

1 Affirmant idem corpus existens in duobus locis habere posse utrobique formas absolutes non dependentes – ita ut hic moveatur localiter, illic non, hic calidum sit, illic frigidum, etc. hic moriatur, illic vivat, hic eliceret actus vitales tum sensitivos tum intellectivos, illic non. *Voetii* disp. theol. T.I. p.432. Bekanus beschränkt es mit philosophischem Scharfsinn so weit, daß ein solcher Körper – also eine Frau – nicht an einem Orte fromm und zugleich am andern gottlos sein könne; dieses leuchtet mir auch ein.

Extrablättchen

Sind die Weiber Päpstinnen?

Alle Fragen dieses Blättchen tat ich an eine Äbtissin, die lieber Münzen als Fromme machen ließ. Ist nicht die dreifache Krone des Papstes jetzt auf den weiblichen Köpfen als eine vier-, fünffache da, und schossen nicht ihre Hüte in die Höhe wie Salat in den Hundstagen? – Ists nicht den Weibern selber schon bekannt, daß sie so untrüglich sind wie der Papst, und wenn dieser es mehr in dogmatischen als in historischen Dingen ist, wie die Jansenisten glauben, ist es bei den Päpstinnen nicht umgekehrt?- Und wer hat den Mut, eine zu widerlegen, die er nicht geheiratet? Der Papst ist Gottes Vizekönig oder gar Gott selbst, wenn dem *Felinus*[2] zu glauben; sind aber die Päpstinnen nicht bekannte Göttinnen? – Allerdings sagt ein Papst selbst, Klemens VI., daß er Engeln befehlen könne, jeden Kerl aus dem Fegefeuer in den Himmel zu spedieren[3]; brauchen aber unsre Päpstinnen Engel dazu? Bloß eine Woche brauchen sie, um uns ins Fegefeuer, und eine Stunde, um uns zurück in den Himmel zu werfen. – Marianus Soccinus, welcher behauptet[4], daß ein Papst aus Nichts Etwas, aus Unrecht Recht und aus allem Henker allen Henker machen könne, muß nur nicht glauben, daß unsre Päpstinnen es nicht auch vermögen, und sind ihm ihre Ohrenbeichten nicht erinnerlich? – Wer exkommuniziert seine Ketzer, oder dispensieret seine Rechtgläubigen öfter, Päpste oder Päpstinnen? – Und wer macht heutzutage, durchlauchtige Äbtissin, allmächtigere Augenbreven und Lippenbullen, wer kreieret mehr Heilige, mehr Selige und mehr Nuntien a und de latere? Petri Nachfolger oder Petri Nachfolgerinnen? – Päpste sollen sonst immerhin Königreiche weggeschenkt oder abgenommen haben; beherrschen nicht Päpstinnen diese Königreiche? – Päpste konnten von Amerika nichts verschenken als den Namen; ist aber nicht das, was einige Päpstinnen von diesem Lande uns mitteilen, etwas viel *Reelleres?* – Könige, die sonst von Päpsten gequält wurden, werden jetzt von Päpstinnen beglückt; und wenn jene höchstens einen oder ein paar

2 Wolfii lect. memorab. Cent. XVI. p. 994. etc.

3 loco cit.

4 loco cit.

Könige schufen, werden nicht die Könige unter den meisten europäischen Thronhimmeln von Päpstinnen gemacht, und zwar in niedlichem Taschenformat, bis sie aus der Taufschüssel nach und nach heranwachsen, daß sie so lang sind wie ich oder ihr Thron? – Küssen wir ihnen nicht den Pantoffel öfter als dem seligsten Vater, indem die zwei Arme vom Professor *Moskati* zu Padua längst als zwei Vorderfüße befunden worden, auf deren lederne oder seidne Schuhe wir alle Wochen unsre Lippen drücken? – Legen nicht Papst und Päpstin den alten *Namen* ab, wenn sie den Thron beschreiten, den der eine durch Alter, die andre durch Jugend behauptet? – Und wenns wahr wäre, daß Papst und Päpstin ursprünglich nur Bischöfe einer Provinz (eines Mannes) sein sollen und daß es weiter keine Päpstin gibt als die *gute Johanna:* würd' ich wohl gerade das Gegenteil öffentlich in einem Extrablättchen oder heimlich zu Ihnen zu sagen wagen, durchlauchtige Äbtissin? –

Ende des Extrablattes

Fortsetzung des vorigen Sektors

Während ich die Äbtissin befragte: kam ich von der wildlaunischen Rittmeisterin weg. Ich will setzen, ich oder der Leser hätten sie geheiratet: so würden wir zwar dem Himmel danken, an ihren Ringfinger unsern brillantierten Ring geschraubt zu haben; – aber doch würden wir uns täglich, wie man sieht, mit ihr herumzubeißen haben: so gewiß bleibts, daß nicht die weiblichen Laster, sondern die weiblichen Launen so viel Pferdestaub und Dornen in das Ehelager säen, daß oft der Satan darauf liegen möchte. –

Ohne Gustav, der so viel zuschleppt, kämen wir vor zehn Minuten nicht aus dem Schlosse. Mein Leser malt sich ihn wider meine Erwartung ganz falsch vor, traurig nämlich, weil er aus seiner Kindheit-Erdenwiege, aus seinem Adamsgarten und von seinem Abendberge weichen soll. So falsch! – Ein anderer Leser würde sich ihn freudig denken, weil für Kinder, denen noch jede andre Szene eine neue ist, Reisen die Schöpfung eines neuen Himmels und einer neuen Erde wird und weil die Phantasien eines Kindes noch keine kummerhaften sind. Scheerau mußte in seinen Vermutungen durchaus die Stadt mit langen Häusern sein, worin er mit seiner Schwester gespielt. Noch dazu wurde – was allen Kindern eine Naturalisationakte ist – sein Spielmagazin eingeschifft;

86

sogar den Starmatz, der als geschüttelter Hierarch in der salomonischen Filialkirche auf- und absprang, hielt er auf den stauchenden Knien. Jeden Winkel des Schlosses bedauerte er samt dem, was darin war, daß es nicht mit einsteigen dürfte; dieses ganze Konchyliengehäus kam ihm so eng, so abgegriffen, so abgeschossen vor! Leute, die wenig gereiset, schauen ihre Stube in den Augenblicken der Abreise – der Ankunft – und in den übrigen mit drei verschiedenen Gefühlen an; aber für Zugheuschrecken und Zuggeflügel sind die Kunststraßen und Residenz-straßen nur Korridore zwischen den Zimmern.

Schon eine halbe Stunde saß er auf dem nackten Kutschenkasten voraus, mit den Beinen in Gepäck eingekeilt und in zappelnder Erwartung, wann die Pferde den ersten Riß täten. Endlich wurde die Wagen-türe zugeworfen, und alles rollte dahin, den Berg hinab, den Gemeinde-anger hinüber, auf welchem der weißgeschälte Baum, der zur Kirchweih sich mit gerötelter Fahne und Bänderwimpeln noch einmal in die Erde bohren sollte, unserem Gustav ganz verächtlich wurde, der jetzt in Scheerau hundert schönern Maienbäumen und Kirchweihen entgegen-fuhr. – Aber als es vor der an Freuden *fruchtbaren Region* seines Berges vorüberging: so zog er vom Trauergerüste der gestorbnen Nachmittage, vom klingenden Vieh, das am Gipfel grasete, von einem Weideadjunktus, der ihm schlecht gefiel, vom zusammengetragenen Steinpferch, in den er sein Lämmchen gestellt, das nun ohne Band und ohne Liebe droben stand, und endlich vom Markstein, auf dem sonst seine Traute, seine Schöne strickte, davon freilich zog er die zurückgewandten Blicke seh-nend langsam weg. »Ach«, dacht' er, »wer wird dir Zitronenkuchen ge-ben und meinem Lämmchen Brotrinden? Ich will euch aber schon alle Tage recht viel herschicken!«

Es war ein reiner Oktobermorgen, der Nebel lag zusammengefaltet dem Himmel zu Füßen, der wegfliegende Sommer schwebte mit seinen blauen Schwingen noch hoch über den Ästen und Blumen, die ihn ge-tragen, und schauete mit dem weiten, still erwärmenden Sonnenauge den Menschen an, von dem er Abschied nahm. Gustav wollte aus dem Wagen, um den betaueten fliegenden Sommer, der zartgesponnen wie ein Menschenleben die Erde überzog, zusammenzuwickeln und mitzu-nehmen. Aber du, Mensch, hängst so oft als stinkende Pest- und Nebel-wolke in die reine Natur herein!

Denn sie mochten kaum eine Stunde gefahren sein, nach der er schon jedes Dorf für Scheerau hielt ... Ich will aber erst angeben, wo's war.

Bei Issig schrie er im Wald. »O! nun dort wird der schwarze Arm hineinlangen und mich hinausziehen!« Als sich der Alte noch darüber wunderte, woher der Kleine wüßte, daß jetzt eine Armsäule komme, die wirklich aus den Bäumen herauswies: so fings auf einmal darhinter an zu schreien: »Ach meine Augen, meine Augen!« Den Kleinen und die Mutter versteinerte der Schrecken; aber der Rittmeister stürzte sich aus oder durch den Wagen, zerstieß die Gläser und prallte in den Wald hinein – und an ein kniendes feines Kind hinan, aus dessen zerschnittenen Augen Tränen und Wasser liefen. »Ach tu mir nichts, ich kann nimmer sehen!« sagt' es und griff mit den Händchen um sich, um die Lanzette wegzuschlagen, die zu seinen Knien lag. »Wer hat dir denn das getan?« sagt' er mit der sanftesten, vom heftigsten Mitleid brechenden Stimme; aber eh' es sprach, kam ein altes verwüstetes Bettelweib näher und sagte, im Gebüsch wär' ein Bettler hingeschossen, ders Kind blenden hätte wollen, um darauf zu betteln. Allein das Kind krümmte sich mit größern Konvulsionen an seine Hand und sagte: »O! sie will mich wieder schneiden.« Der Rittmeister erriet die Spitzbüberei, schlitzte den nächsten Ast herab, peitschte die Elende mit verfehlender Wut ins Angesicht und lief mit dem Blinden auf dem Arm dem furchtsamen Wagen zu. Es war ein herzerdrückender Anblick, der unschuldige Wurm mit feinen Zügen und Bewegungen in Lumpen und mit rot eingerunzelten Augen! –

Neunter Sektor

Eingeweide ohne Leib – Scheerau

Nicht bloß Lügner und L'hombrespieler, sondern auch Romanenleser müssen ein gutes Gedächtnis haben, um die ersten 10 oder 12 Sektores gleichsam als Deklinationen und Konjugationen auswendig zu lernen, weil sie ohne diese nicht im Exponieren fortkommen. Bei mir steht kein Zug umsonst da; in meinem Buche und in meinem Leib hängen Stücke Milz; aber der Nutzen dieses Eingeweides wird schon noch herausgebracht. – Da ein Romanschreiber wie ein Hofmann bloß darauf hinarbeiten muß, daß er seinen Freund und Helden stürze und in geladene Gewitter führe: so bild' ich seit einem Quartale am Himmel hie ein graues Wölkchen, das schwindet, dort eines, das zerläuft; aber wenn ich

endlich alle Zellen des Horizonts unsichtbar elektrisiert habe: fass' ich den ganzen Teufel in ein Donnerwetter zusammen – nach dem Abdruck von 14 Bogen kann der Setzer das Krachen schon hören und setzen.–
– Im Grunde ist freilich kein Wort wahr; aber da andre Autoren ihre Romane gern für Lebensbeschreibungen ausgeben: so wird es mir verstattet sein, zuweilen meiner Lebensbeschreibung den Schein eines Romans anzustreichen.

Das Kind gab statt seiner Geschichte bloß die Klagen über seine Geschichte. Es schien über sieben Jahre alt, akzentuierte das Deutsche italienisch, und sein kränklich zarter, blaßroter Körper legte sich um seine Seele, wie ein bleiches Rosenblatt um das Würmchen darin. Sein Vater hieß Doktor Zoppo, kam aus Pavia, botanisierte sich aus Italien nach Deutschland und ließ die Kleinen unterwegs gelbe Blumen reißen. Der blinde Amandus wollte in diesem Walde auch Kräuter pflücken; aber die teuflische Augenärztin traf ihn, half ihm gelbe Blumen finden und lockte ihn damit so tief in den Wald hinein, daß sie ihm Kleider und Augen rauben konnte.

Gustav fragte ihn jede Minute, ob er noch nicht sähe, schenkte ihm sein Morgenbrot, damit er nicht mehr weinen sollte, und konnte seine Blindheit, da seine Augen so offen waren, nicht begreifen. Im nächsten Landstädtchen ließ sich Falkenberg rasieren und Amandus verbinden. Ich sah einmal auf der letzten Station vor Leipzig eine so reizende Querbinde über der Stirn und dem Auge eines Mädchens, daß ich wünschte, meine Frau würde von Zeit zu Zeit dorthin geritzt, weil es nett ausfällt; hingegen Amandus' Verband über zwei Augen machte ihn zu einem Kinde des Jammers.

Da Amandus in besserer Einkleidung und mit der traurigen Binde im Wagen saß: konnte Gustav gar nicht zu weinen aufhören und wollte ihm seinen Matz herauslangen und schenken; denn nicht die Größe, sondern die Gestalt des Leidens bestimmt das Mitleiden.

Wenige Menschen, die nach Scheerau fahren, werden das närrische Glück haben, daß ihnen zwei Stunden davor ein einsamer Magen ohne den Pertinenz-Menschen aufstößet; Falkenberg und seine Leute und Pferde hatten dieses Glück. Es kam angefahren der Magen, das dünne und dicke Gedärm, die Leber, worin die Fürsten ihre Galle sieden, die Lunge, deren Luftbläschen die fürstliche Gallenblase sind, wie die Luftröhre der Gallengang derselben ist, und das Herz; aber kein Leichnam kam mit; denn der Leichnam, der regierender Herr von Scheerau war, lag schon in der Erbgruft. Dieser ganze Magen verdaute so viel wie sein Gewissen, nämlich ganze Hufen Landes; und besser als sein dünner Kopf, dem Wahrheiten und Gravamina eine schwere Speise waren; die papinianische Magenmaschine blieb noch im Alter feurig, als schon alles andre kindisch war. Er ritt, kurz vor seinem Tode, stundenlang einen – Kammerherrn, den er wohl leiden konnte; gleichwohl schob er wie ein ganz Verständiger den Teller und das Glas weg, wenn nicht der alte rechte Inhalt in beiden war. Hinter dem Eingeweidesarge – dem Reliquienkästchen des Unterleibes – fuhren der Obristküchenmeister, einige Beiköche, der Hofkellereiadjunkt und noch größere Glieder des Hofetats – z.B. der Medizinalrat *Fenk*. Dieser und Falkenberg bemerkten einander nicht. Letzter stieß heute auf lauter Seltenheiten, auf den Doktor, den er in Italien, und den Fürsten, den er noch auf der Erde suchte. Die gekrönten insolventen Eingeweide, die ihm auf diese Weise das Geld nicht zahlten, verwickelten ihn nun mit dem Kronerben in ein Gläubigergefecht.

Der Leichenzug des fürstlichen Gedärms ging in die Abtei *Hopf,* wo das Erbbegräbnis derer fürstlichen Glieder war, die – wenn dem Plato ein Wort zu glauben ist – wahres Vieh sind und mit denen der Mensch, er überschnüre sie mit Ordenbändern oder Tragriemen, allemal seine Höllennot hat. Ich will der Darmkapsel nur drei Schritte nachziehen, weil der Medizinalrat jetzo – nach seiner lustigen Sitte, an allen Orten, in Theater- und Kirchenlogen und Gasthöfen, nur in seinem Museum nicht, zu schreiben – in der Begräbniskirche der Eingeweide seine Schreibtafel aufwickelte und Sachen hineinschrieb, die wahrhaftig so lauten: »Da Fürsten sich an mehren Orten auf einmal beerdigen lassen, wie sie auch so leben, so möcht' ichs auch – allein nicht anders als so: mein Magen müßte in die Episkopalkirche beigesetzt werden – meine Leber mit ihrer bittern Blase in eine Hofkirche – das dicke Gedärm in ein jüdisches Bethaus – die Lungenflügel in eine Simultan- oder doch Universitätkirche – das Herz in die triumphierende, und die Milz in ein Filial. Wenn ich aber erster Leichenprediger eines gekrönten Unterleibes wäre: so hätt' ich einen andern Gang; ich nähme den Schlund zum Eingange der – Trauerrede und den Blinddarm zum Beschluß! Und könnt' ich nicht in den drei Teilen der Predigt die drei Konkavitäten durchgehen, darin die edlern Teile des Körpers flüchtig berühren und endlich auf den letzten Wegen desselben mich weinend und preisend aus dem Staube machen? Denn so scherzt man hienieden.« Es gibt einen

poetischen Wahnsinn, aber auch einen humoristischen, den *Sterne* hatte;
aber nur Leser von vollendetem Geschmack halten höchste Anspannung
nicht für Überspannung.

Der Falkenbergische Reisezug kam in Scheerau abends an, abends,
der schönsten Zeit, um anzulangen, daher so viele abends in der andern
Welt anlangen. Gustav schien schon dort gewesen zu sein, während
seiner Entführung. Da aber von meinen Lesern die wenigsten der
Schönheit wegen nach Scheerau sind entführt worden und sie also die
Stadt nicht kennen: so soll sie ihnen der zehnte Ausschnitt vorzeigen.

Zehnter Sektor

Ober-, Unterscheerau – Hoppedizel – Kräuterbuch – Besuchbräune – Fürstenfeder

Es ist noch keinem Geographen und Oberkonsistorialrat das Unglück
begegnet, das Herr *Büsching* hatte, daß er in seinem topographischen
Atlas ein ganzes gutes Fürstentum ausließ, das auf der wetterauischen
Grafenbank mit sitzt und Scheerau heißet – das nach dem Reichsmatri-
kularanschlag $8/_9$ zu Roß und $9^2/_3$ zu Fuße und zum Kammerzieler 21
Fl. $1/_{19}$ Xr. gibt – das unter Karl IV. gefürstet wurde – das seine fünf
hübschen Landesstände hat, die allerhand zu sagen, aber nichts zu tun
haben, nämlich den Kommentur des deutschen Ordens, die Universität,
die Ritterschaft, die Städte und die Dörfer – und das unter andern
Einwohnern auch mich hat. Ich möchte nicht an der Stelle eines solchen
Schreib-Mannes sein, der sonst in jede Sackgasse mit seinem geographi-
schen Spiegel kriecht, um sie zurückzuspiegeln, der aber hier ein ganzes
Fürstentum samt seinen fünf paralytischen Landständen rein überbsprun-
gen hat; ich weiß, wie es ihn kränkt, aber nun, da ich mit der Welt
darüber gesprochen, ist ihm nicht mehr zu helfen.

Die Hauptstadt Scheerau besteht eigentlich aus zwei Städten, aus Neu-
oder Oberscheerau, wo der Fürst residiert, und aus Alt- oder Unterscheerau, wo der Rittmeister logiert. Ich meines Orts bin längst überzeugt, daß die Sachsenhäuser nicht halb so weit von den Frankfurtern
abstehen als die Altscheerauer von den Neuscheerauern, in Ton, Gesicht,
Kost und allem. Der Neuscheerauer hat Hofton genug, um Anstand
und Schulden und Wut zu außerhäuslichen Freuden zu haben, und

doch wieder zu viel Kanzleiton (weil alle höchste Landeskollegien da sind), um nicht überall steife Subordination entweder anzuerkennen oder abzufodern und um nicht aus dem Kammerherrn in den Kanzlisten und Rechnungrevisor zurückzufallen. Das sieht nun der Altscheerauer ein. Der Neuscheerauer hingegen sieht ein, daß jener folgende Züge hat: wenn in China die Mäuler einer Tischgenossenschaft sich wie ein Doppelklavier zu gleicher Zeit bewegen müssen; wenn in Monomotapa das Land dem Kaiser nachzuniesen pflegt: so gehe man nach Altscheerau, wo es noch viel besser ist; in derselben Minute müssen alle Gassen weinen, husten, beten, laxieren, hassen und pissen – ihre Konduitenliste sieht wie eine Partitur aus, aus der alle das nämliche Stück, nur mit verschiednen Instrumenten und Stimmen spielen – (bloß in der Musik regiert sie einiger wahre Freiheitgeist, und keiner bindet seinen Ellen- oder Fiedelbogen oder Tangenten sklavisch an seines Nachbars seinen) – sie hassen schöne Wissenschaften so sehr wie sich untereinander – unfähig, gesellschaftliches Vergnügen zu entbehren, zu veranstalten, zu genießen, unfähig zu wagen, einander offen zu hassen und zu lieben und zu ertragen, bohren sie sich in ihre Geldhügel und achten öffentlich den Reichsten und geheim den Verwandten oder gar niemand – ohne Geschmack und ohne Patriotismus und ohne Lektüre …

Ich mach' es aber gar zu toll; kein Leser wird hinter dem Rittmeister einen Fuß nach Unterscheerau setzen wollen. Ihr größter Fehler ist, daß sie nichts taugen; aber sonst sind sie fleißig, voll lauter Kaufleute, enthaltsam und fegen die Gassen und Gesichter hübsch. Residenzstädte haben wie Höfe Familienähnlichkeit; aber Landstädte haben – je nachdem nicht kaufmännische, militärische, juristische, bergmännische, seemännische Säfte in ihnen rinnen – ein verschiednes Vollgesicht und Halbgesicht.

Vor der überblechten Haustür des Professors der Moral *Hoppedizel* stieg die Falkenbergische Schiffgesellschaft aus ihrer fahrenden Arche; sie hielt in des Professors zweitem Stockwerk gewöhnlich ihr Winterquartier. Gleich hinter der Haustüre stieß der Rittmeister auf ein tolles Melodrama. Nämlich der Flößinspektor *Peuschel* lehnte sich an die Wand und vomierte und schimpfte; und wechselte mit beidem regelmäßig, wie mit Pentameter und Hexameter – Der Professor der Moral schrieb mit einem uneingetunkten Finger ruhig die Züge folgender Worte an die Wand, die er unaufhörlich ablas: »Ekelhaft wars wohl, verteufelt ekelhaft!« – Jeden andern hätte ein eintretender alter Freund wie Falkenberg sogleich in der ganzen Szene gestört; aber der Professor war nicht aus seinem Spaß zu ziehen, sondern hob seine Umhalsung in unverändertem Tone mit dem Rapport des gegenwärtigen Vorfalls an: »gegenwärtiger Herr Flößinspektor Peuschel«, begann Hoppedizel, »zeche gern, Wein nämlich – es habe nichts verfangen, daß die Frau Inspektorin« denn schonende Diskretion war nie auf Hoppedizels Lippen »ihn habe umbessern wollen durch einen lebendigen Frosch, den sie in seinem Weine krepieren lassen. Er selber habe daher heute Hand angelegt, ihm das Nippen zu verleiden. Denn er habe zum Glück einen Blasenstein – so dick wie eine Muskatellerbirn – aus einem Universitätkadaver geschnitten; den hab' er zu einer Trinkurne ausgebohrt und Herr Peuscheln weisgemacht, aus Lava sei sie; und heute habe er seinen vomierenden Freund echten ungarischen Ausbruch daraus saugen lassen; damit es ihn nun geekelt und zu einem andern Ausbruch genötigt hätte, hab' ers vor einem Paar Minuten dem Patienten klar dargetan, daß das vulkanische Spitzglas wahrer Harn- oder Nierenstein gewesen. Und er hoffe, sein Freund schlage sich das urinöse Steingut eine Zeitlang nicht aus dem Kopf.« Der Professor ging den Inspektor an, ihm den Gefallen zu tun und, sobald der Ekel nachließe, heute abends in der Gesellschaft des Herrn Rittmeisters zu einem Löffel voll Suppe dazubleiben.

Man komme noch so oft in gewisse Häuser, so erblickt man alles revidiert und umgesetzt und umgestürzt; aber im Hoppedizelschen am meisten; und des Rittmeisters Winterlager sah immer aus wie ein Gartenhaus im Winter. Menschen von feinem Gefühl bezaubern durch eine gewisse zärtliche Aufmerksamkeit auf *kleine* Bedürfnisse des andern, durch ein Erraten seiner leisesten Wünsche, durch eine stete Aufopferung ihrer eignen, durch Gefälligkeiten, deren seidenes Geflecht sich fester und sanfter um unser Herz herumlegt als das schneidende Liebeseil einer großen Wohltat. – Hoppedizel bediente sich weder des Flechtens noch Seiles und fragte nach nichts. Es war nicht Abwesenheit des feinen Gefühls, sondern Ungehorsam gegen dasselbe, daß er – wenn der Rittmeister die erste Woche Quartier und Verleiher verfluchte – dazu lachte.

Der zarte Amandus bewohnte den ganzen Abend das Siechbett, und Gustav kroch an seine Seite, um mit ihm zu spielen. Wie heitern uns im steinichten Arabien der hassenden Welt Kinder wieder auf, die einander lieben und deren gute kleine Augen und kleine Lippen und kleine Hände noch keine Masken sind!

94

Am andern Tage nahm beide Kinder ein Zufall wieder auseinander. Der Rittmeister führte sie durch alle Gassen der Stadt wie durch eine Bildergalerie und hielt endlich mit den zwei Herzensmilchbrüdern vor seines Freundes, des Doktor Fenks Hause still und sah sehnend das Gemälde desselben an – es bildete eine Doktors-Kutsche vor mit einem Arzt innen, mit dem Tode vorn, der in die Gabel eingespannt war, und mit dem Teufel oben, der auf dem Bock saß. – »Der gute Narr«, dacht' er, »könnt' auch einmal aus seinem Italien abziehen und seinen Freunden eine Freude machen!« Denn er wußte von seiner Ankunft nichts. »Mandus! Mandus! lauf rauf!« schrie plötzlich ein zappelndes Mädchen oben und kam selber gesprungen und zerrte und guckte am Kleinen. Der gutmütige Rittmeister wanderte gern aus dem großen Parterre den Kindern nach ins vertraute Haus, und seine Verwunderung über alle Zeichen der Rückkehr Fenks endigte nichts als der hereinbrechende Doktor selbst. Dieser prallte vom halben Wege zu seiner Umarmung auf den kleinen Blinden zurück und riß unter Tränen und Küssen die Bandage auf – besah die Augen lange am Fenster – und sagte nach einem tiefen Atemzug: »Gott Lob und Dank! er wird nicht blind!« Erst jetzt schlug der Doktor seine Arme mit doppelter Wärme um den Freund: »Verzeihs, es ist mein Kind!« Gleichwohl nahm er Amandus wieder ans Licht und beschauete ihn noch länger und sagte mit hinaufgezogenen Augenbrauen: »Bloß die Sclerotica scheint lädiert; die Okulistin zapfte die wässerige Feuchtigkeit heraus. In Pavia sah ichs alle Wochen an Hunden, denen die Zahnärzte (unsre medizinischen Lehnsvettern) die Augen aufschnitten und eine dumme Salbe daraufstrichen. Wenn nachher die Feuchtigkeit und das Gesicht von selber wiederkamen: so hatt' es die Salbe getan.«

Ich übergehe den Strom von gesprächiger und freudiger Ergießung beider Freunde, vor dem sie kaum mehr hörten und sahen, am wenigsten die Uhr – »Ach sie kommen!« sagte Fenk, nämlich die Gäste. – Da meine Leser Verstand genug haben: so können sie mich, hoff' ich, auserzählen lassen, eh' sie ihre Zornrute gegen den bildlichen Steiß des Doktors hinter dem Spiegel vorholen. –

Niemand als er haßte so brennend das Enge, das Unduldsame und Kleinstädtsche der Unterscheerauer, womit sie sich ein so kurzes Leben verkürzten und ein so saueres versäuerten. – »Mich ekelts, von ihnen gelobt zu werden«, sagt' er nicht bloß, sondern er erboste auch gern mit dem schlimmsten Anstrich seiner reinsten Sitten alles von einem

Tore zum andern; indes vermocht' er aus Herzens-Weichheit mehr nicht zu ärgern als die ganze Stadt in grosso, einen allein nie. Deswegen grassierte er am zweiten Morgen seiner Ankunft wie eine Influenza von einem Hause zum andern und bat alle Muhmen, Basen, Blut*feinde,* Leute, die ihn nichts angingen als die liebe Christenheit, z.B. den Flöß-inspektor Peuschel, den Lottodirektor Eckert mit seinen vier Spätbirnen von Töchtern, und was nur unterscheerauschen Atem hatte, das bat er sämtlich zusammen auf den Nachmittag, auf eine Reiseseltenheit, näm-lich auf ein Herbarium vivum, das er zeigen werde: »es sei kein leben-diges Kräuterbuch, sondern etwas ganz Besondres, und von den Glet-schern wäre das Beste her.«

Diese kamen eben jetzo alle – nicht weil sie das geringste nach einem Kräuterbuch fragten, sondern weil sie es doch sehen wollten und die Haushaltung des unbeweibten Doktors nebenbei. Ich muß den europäi-schen Höfen so viel gestehen, daß sich die Landsmannschaft und Basen-schaft mit Grazie hineinhustete, hineinfegte und -räusperte; und den vier Spätbirnen fehlt' es nicht an Welt, sondern sie machten statt der Verbeugung eine Vertiefung und bewegten sich sehr gut steilrecht. Der Hauswirt trug alsdann zwei lange Kräuterfolianten herein und sagte freundlich, er wolle gern alles herweisen – nun zündete er die Hölle an, in die er die Gesellschaft warf – er kroch mit Raupenfüßen und Schneckenschleim von Blatt zu Blatt des Buches sowohl als des Krautes – er zeigte nichts oberflächlich – er ging die Pistillen, die Stigmen, die Antheren eines jeden Gewächses genau durch – er sagte, er würde sie ermüden, wenn er weitläufiger wäre, und beschrieb also Namen, Land, Naturgeschichte eines jeden Grases ganz kurz – – alle Gesichter brannten, alle Rücken brühten sich, alle Fußzehen zuckten. – Vergeblich versuchte eine Base, dem blinden Amandus mit den Augen nachzulaufen, um nur etwas Animalisches zu ersehen; der Kräuterkenner befestigte sie an einen neuen Staubbeutel, den er gerade anpries. Schon bis an die Pentandria hatte er seinen Klub geschleift, als er sagte: »Der heutige Abend soll uns nahe um die Dodecandria finden; aber Schweiß und Fleiß kostets.« – Er wurde beim allgemeinen Jammer über einen solchen Fegfeuer-Nachmittag, dergleichen noch kein Scheerauer erlebt hatte, immer vergnügter und sagte, ihre Aufmerksamkeit feuere am meisten ihn an. – Gleichwohl ließen sich die botanischen Magistranden aus ei-nem Blatte ins andere martern und wollten verbindlich bleiben – bis der Rittmeister, ob er gleich den Scherz erriet, teufelstoll wurde und fort wollte. Der Doktor sagte: »den zweiten Folianten müßt' er ohnehin für eine andre Stunde versparen; aber er wünschte, sie kämen bald wieder, das soll' ihm erst ein Beweis sein, daß es ihnen heute gefallen.« Der bloße Gedanke an den zweiten Torturfolianten – wogegen der Theresianische Kodex mit seinen Folterabrissen nur ein Taschenkalender mit Monatkupfern ist – führte etwas von einem Fieberschauer bei sich. So hatten sie also einen ganzen halben Tag schändlich ohne eine Verleumdung, ohne eine Erzählung verloren, die hätte nach Haus können mitgebracht und von da weitergegeben werden. Die ältern Damen besuchten Konzerte und Bälle gewöhnlich, aber gar nicht, um gesehen zu 97 werden, sondern um zu sehen und darin physiognomische Fragmente zur Beförderung der *Menschenkenntnis,* obwohl nicht der *Menschenliebe,* auszuarbeiten; – ja sie besuchten auch ihre erklärten Feindinnen gern, wenn über eine abwesende Feindin loszufallen war, wie Wölfe, die einander fliehen, sich doch verbunden zum Tode eines andern Wolfs. Ich habe immer mit Vergnügen bemerkt, wie ein Paar Scheerauerinnen sich einander so herzlich und mit reiner Freundschaft dann mitteilen, wenn sie gerade das geheimste Schlimme von einer dritten auszupacken haben. Nur, wenn zwei auf dem Kanapee nicht mehr nebeneinander sitzen, sondern sich die Gesichter statt der Hüften zuwenden, so mag ich der nicht sein, den sie gerade handhaben.

Extrazeilen über die Besuchbräune, die alle

Scheerauerinnen befällt bei dem Anblick einer

fremden Dame

Männern schadet daselbst der Anblick einer fremden Dame wenig; bloß alle Friseure und Barbiere kommen später als sonst; auf dem Billard zeichnen die Queues oder die Tabakpfeifen ihre Gestalt in die Luft, und die Lehrer des löblichen Gymnasiums hören gar nicht darauf – Hingegen die Weiber! –

Auf der Insel *St. Kilda* geschieht, wenn ein Fremder da aus dem Schiff aussteigt, ein Unglück, das noch kein Philosoph erklären konnte – das ganze Land *hustet* seinetwegen[1]. Alle Dörfer, alle Körperschaften, alle Alter husten – kauft sich der Passagier etwas ein, so umhustet ihn der Nährstand – unter dem Tor tuts der Wehrstand; und der Lehrstand hustet in seine Lehren hinein. Es hilft gar nichts, zum Arzt zu gehen – der bellt selber ärger als seine Kunden und ist sein eigner Kunde ...

In Unterscheerau ist dasselbe Unglück, aber größer. Eine fremde Dame setze ihren netten Fuß in das Posthaus, in den Konzert- oder Tanzsaal, in irgendein Visitenzimmer: sogleich sind alle Scheerauerinnen genötigt zu *husten* und – was allzeit von einem schlimmen Hals her- kommt – *leiser* zu reden – allen fliegt die Bräune an, d.h. die angina vera. An den armen Damen erscheinen alle Zeichen der giftigsten Halsentzündung, *Hitze* (daher das Fächern), *Kälte,* schweres Atemholen, *Phantasien,* aufgeblähte Nasenflügel, steigender Busen. *Kühlende* Mittel, Wasser, *Entledigung* der Luftröhren tun den Patientinnen noch die besten Dienste. Ist aber (welches der Himmel abkehre) die eintretende Fremde die schönste – die bescheidenste – die reichste – die geehrteste – die am meisten gefeierte – die geschmackvolleste – so wird keine einzige Leidende im Krankensaale kuriert; ein solcher Engel wird ein wahrer Todesengel, und man sollte am Tor gar keine Fremde von Verdienst einpassieren lassen. –

Die Besuchbräune grassiert wie jede andre am meisten im Herbste und Winter unter den Winterlustbarkeiten und Wintergästen. – Diese Bräune schreibt Witz oder Verstand zwei Gründen zu: erstlich den *äu-ßern* oder Schalenverdiensten (innern nie); so glaubt auch *Unzer,* daß *Schaltiere* auf den *Hals* am meisten wirken, daher z.B. Austern schweres Schlucken, kalzinierte Krebse gegen Wasserscheu, Dunst von Krebsen Stummheit, Skorpionen Zungenlähmung wirken. – Der zweite Grund ist, daß Damen in einer Stadt wie auf einem Isolatorium wohnen und daß, wenn eine Fremde, die mit ihnen sich nicht in Rapport gesetzt, die manipulierten Clairvoyanten berührt, oder auch nur in der Ferne von ihnen steht, diese lauter häßliche Empfindungen in allen Gliedern spüren.

---

1   Sogar Kinder im Mutterleibe. S. Allgem. deutsche Bibl. Bd. 67. S. 138.

Ende der Extrazeilen

Den weggehenden Scheerauerinnen gab Fenk nach dem botanischen Gottesdienste noch die Nachricht als einen Altarsegen mit nach Haus, bei welchem er das Kreuzmachen ihnen selber überließ: »daß die beiden Kinder, die man gesehen, den Kleinen und die Kleine, keine andere Wiege gehabt als den Reisewagen; daß aber er gegenwärtig Pestilenziarius samt Medizinalrat geworden; jedoch nur Frauen kurieren wolle und mit der Zeit eine ehelichen, und er bitte inständig.« –

Wenn die Unterscheerauer etwas, das süß, sauer und toll zugleich scheint, vorbekommen: so horchen sie erstlich auf – dann lächeln sie an – dann sinnen sie nach – dann sehen sie es nicht ein – dann mutmaßen sie drei Tage darnach nichts Gutes – und endlich werden sie darüber recht aufgebracht. Fenk fragte nichts darnach und sagte von Zeit zu Zeit etwas, was sie nicht verstanden oder er selber nicht.

Er erklärte alsdann dem Rittmeister, und ich dem Leser, alles. Die aufgeklebten Kräuter, sagt' er, hielten von nun an alle Basen und Tröpfe und Visitenameisen von seiner Stube ab, wie umzäunender Hanf die Raupen vom Krautfeld. – Seine Reisegeschichte und ein paar Rätsel daraus zeig' er nur halb, weil man sich für die Menschen am meisten interessiere, an denen man noch etwas zu erraten suche, und die neugierigen Patientinnen würden die seinigen sein. – Ob er verheiratet sei, wiss' er selber nicht; und andere solltens auch nicht wissen, weil man ihn in alle Häuser, wo ein Warenlager von Töchtern steht, als Arzt hineinrufen werde, damit er als Bräutigam wieder herausgehe. – – Endlich nehm' er deshalb nur weibliche Kranke an, weil diese die häufigsten wären; weil man zu ihm für diese ausschließende Praxis ein besonderes Zutrauen fassen würde; weil dieses Zutrauen das ganze Dispensatorium eines Weiberdoktors sei; weil die meisten Krankheiten der Weiber bloß in schwachen Nerven und deren ganze Kur in Enthaltung von – Arzeneien bestände; weil Apotheken nur für Männer, nicht für Weiber wären und weil er sie ebensogern anbetete als kurierte.

Ein anderer Punkt war der, wienach er so geschwind nach Scheerau und so geschwind zum Medizinalrat gekommen. Es ist so: der Erbprinz, der jetzt auf dem hohen Thronkutschersitz mit dem Staatwagen zum Teufel fahren wird, liebt niemand; auf seiner Reise spottete er über seine Mätressen; seine Freundschaft ist nur ein geringerer Grad von Haß, seine Gleichgültigkeit ist ein größerer; den größten aber, der ihn wie

Sodbrennen beißet, hegt er gegen seinen unehelichen Bruder, den Kapitän von *Ottomar,* Fenks Freund, der zu Rom in der schönsten *natürlichen* Natur sowohl als *artistischen* geblieben war, um im *Genuß* und
Nachahmen der römischen *Gegenden* und *Antiken* zu schwelgen. Ottomar
schien ein Genie im guten Sinne und im bösen auch. Er und der Erbprinz ertrugen einander kaum in Vorzimmern und waren dem Duelle
oft nahe. Nun hasset der scheerauische Großfürst auch den armen Fenk,
erstlich weil dieser ein Freund seines Feindes ist, zweitens weil er dem
dritten Bruder des Erbregenten einmal das Leben und mithin die Apa-
nagengelder wiedergab, drittens weil der Fürst weit weniger (oder gar
keine) Gründe brauchte, um jemand zu hassen, als um zu lieben. –
Nun wäre der Doktor schon unter der vorigen Regierung, deren
Magen uns entgegenfuhr, gern Medizinalrat geworden; unter der künftigen Regierung, deren Magen sich noch in Italien füllte, war wenig zu
machen. Der Doktor suchte also sein Glück noch ein paar Wochen vor
der neuen Krönung festzupflanzen. Er fand den alten Minister noch,
der sein Gönner war und dessen Gönner der Erbprinz aus *dem* Grunde
wenig war, aus welchem Erbprinzen gewöhnlich glauben, daß sie die
Kreaturen des verstorbenen Vaters ebensowohl, nur delikater und
langsamer unter die Erde bringen müssen als wilde Völker, die auf den
Scheiterhaufen des Königs auch seine Lieblinge und Diener legen. Als
Fenk kam, machte ihn der *verstorbene* Regent zu allem, was er werden
wollte; denn es war so:
Da der selige Landesvater ein Landeskind im physiologischen Sinne
geworden war, d.h. wieder so alt, als er gewesen, da man ihm das erste
Ordenband statt eines Laufbandes umflochten, nämlich $6^1/_2$ Jahr: so
wurde dem Fürsten das ewige Unterschreiben seiner Kabinettdekrete
viel zu sauer und zuletzt unmöglich. – Da er indessen doch noch regieren mußte, als er nicht mehr schreiben konnte: so stach der Hofpetschier-
stecher seinen dekretierenden Namen so gut in Stein aus, daß er den
Stempel bloß einzutunken und naß unters Edikt zu stoßen brauchte: so
hatt' er sein Edikt vor sich. Auf diese Weise regierte er um 15 Prozent
leichter; – der Minister aber um 100 Prozent, welcher zuletzt aus
Dankbarkeit, um dem geschwächten Fürsten sogar das schwere Handhaben des Stempels abzunehmen, das schöne Petschaft (er zog es Michel-
Angelos seinem vor) selber in sein eignes Dintenfaß eintunkte; so daß
der alte Herr ein paar Tage nach seinem eignen Tode verschiedene
Vokationen und Reskripte unterschrieben hatte – aber dieser Poussier-

griffel und Prägstock der Menschen wurde der Legestachel und Vater der besten Regierbeamten und laichte zuletzt den Pestilenziarius.

Extragedanken über Regentendaumen

Nicht die Krone, sondern das Dintenfaß drückt Fürsten, Großmeister und Kommenturen; nicht den Zepter, sondern die Feder führen sie mit so vieler Beschwerde, weil sie mit jenem bloß befehlen, aber mit dieser das Befohlne unterschreiben müssen. Ein Kabinettrat würde sich nicht wundern, wenn ein gequälter gekrönter Skribent sich, wie römische Rekruten, den Daumen amputierte, um nur vom ewigen Namen-Malen, wie diese vom Kriege, loszukommen. Aber die regierenden und schreibenden Häupter behalten den Daumen; sie sehen ein, daß das Landeswohl ihr Eintunken begehrt, – das wenige Unleserliche aus Kabinettbefehlen, was man ihren Namen nennt, macht wie eine Zauberformel Geldkästen, Herzen, Tore, Kaufläden, Häfen auf und zu; der schwarze Tropfe ihrer Feder dünget und treibet oder zerbeizet ganze Fluren. Der Professor Hoppedizel hatte, da er erster Lehrer der Moral beim scheerauischen Infanten war, einen guten Gedanken, wiewohl erst im letzten Monat: könnte der Oberhofmeister nicht dem Unterhofmeister befehlen, daß er den Kron-Abcschützen, der doch einmal schreiben lernen müßte, statt unnützer Lehnbriefe lieber mitten auf jedem leeren Bogen seinen Namen schmieren ließe? – Das Kind schriebe ohne Ekel seine Unterschrift auf so viele Bogen, als es in seiner ganzen Regierung nur bedürfe – die Bogen legte man bis zur Krönung des Kindes zurück – und dann, fuhr er fort, wenn es genau überschlagen wäre, wie oft ein Kollegium seinen Namenzug jährlich haben müßte, wenn folglich am Neujahrtage die nötige Zahl signierter Ries Papier zum Gebrauche aufs ganze Jahr den Kollegien zugeteilt würde: was hätte nachher das Kind unter seiner Regierung für Not?

102

Ende der Extragedanken

Noch ein Wort: nach neun Wochen tat dem Doktor die Rache mit dem Kräuterbuche, wie jedem guten Menschen die kleinste, wieder wehe. »Das Herbarium«, sagte er, »ärgert mich, sooft ich hineinklebe; aber es ist gewiß wahr, ein Mann sei immerhin durch alle Residenzstädte be-

scheiden passiert: unter dem Tor seiner Vaterstadt fährt der Hochmut-
teufel in ihn und macht mit ihm die ersten Besuche – seine guten
Landsleute, will er haben, sollen während seiner Reise vernünftig geworden sein.«

Eilfter Sektor

Amandus' Augen – das Blindekuhspiel

Die Sympathie, welche Erwachsene in der ersten Viertelstunde *ablaktiert*,
fügt auch oft Kinder aneinander. Unser Paar lief einander täglich über
vierzigmal in die Arme und herzte sich. Ihr guten Kinder! seid froh,
daß ihr eure Liebe noch stärker ausdrücken dürfet als durch Briefe.
Denn die Kultur schneidet dem Ausdruck der Liebe das Gebet des
Körpers immer kleiner vor – diese hagere Gouvernante nahm uns
erstlich den ganzen Körper dessen weg, den wir lieben – dann die Hand,
die wir nicht mehr drücken dürfen – dann die Knöpfe und die Achseln,
die wir nicht mehr berühren dürfen – und von einer ganzen Frau gab
sie uns nichts zum Küssen zurück als (wie ein *Gewölle*) den Handschuh:
– wir manipulieren einander jetzt alle von ferne. – Amandus hing mit
seinem mehr weiblichen Herzen an Gustavs mehr männlichem mit aller
der Liebe, die der Schwächere dem Stärkern reichlicher gibt, als er sie
ihm abgewinnt. Daher liebt die Frau den Mann reiner; sie liebt in ihm
den gegenwärtigen Gegenstand ihres Herzens, er in ihr öfter das Gebilde
seiner Phantasie; daher sein Wanken kommt. Dieses Vorredchen soll
nur eine Anfurt zu einer kleinen Schlägerei zwischen unserem kleinen
Kastor und Pollux sein.

Sie waren nämlich ungern so lange auseinander, als die Augen auf-
und zugebunden wurden. Sooft der Verband wegkam, stellte sich Gustav
vor ihn und verlangte durchaus, er sollte ihn sehen, und tat seinen
Finger sich an die Nase und sagte: »Wo tipp' ich jetzt hin?« Aber er
examinierte den Blinden nicht sehend. Nach einer wöchentlichen Abwesenheit fuhr Amandus auf ihn zu: »Schieb mein Band auf«, sagte er,
»ich kann dich gewiß auch sehen wie meinen Katzenheinz!« Da Gustav
es aufgelüftet hatte und da er wirklich in das Auge des operierten
Freundes einging, ganz wie er war, mit allem, mit Rock, Schuhen und
Strümpfen: so war er froher als ein Patriot, dessen Fürst die Augen oder

103

den Verband aufmacht und ihn sieht. Er inventierte sein ganzes Bilder-kabinett vor seinen Augen mit einem ewigen »Guck!« bei jedem Stück. Aber weiter! Die Welt wird wenig davon wissen – die kleinen Partikel-chen derselben ausgenommen, die Kinder, von denen eben ich reden will –, daß diese bei Hoppedizel Blindekuh gespielet. Ein fatales Spiel! wenn Mädchen dabei sind, wie hier war, zumal so schlimme wie des Professors seine! Amandus ließ sich in das Spiel ein und rannte hinter seinem Schnupftuch, das weibliche Pfiffigkeit über seine Augen gefaltet hatte, im Zimmer umher, nichts fangend als entkörperte Kleider. Zum Unglück stießen die Mädchen unter dem Ofen, worunter sie gegen alle gute Spielordnung geschlichen waren, auf die volle Milchschüssel des Spitzhundes. Da sie nun damals zu wenige Moralphilosophen gelesen, obgleich deren genug gesehen hatten: so schoben sie, aus Mangel an reiner praktischer Vernunft, die Schüssel so weit leise vor, daß der greifende Häscher ohne Mühe hineintrampelte und drüberschlug. Gustav mußte als Kind ein wenig lachen. Auf ihn schoben es die Sünderinnen und riefen: »O du! wenn nun Amandus ein Unglück genommen hätte!« Er riß sich von den nassen Scherben auf und puffte dem Gustav, der ihn tröstend bei den Händen faßte, ein wenig hinten ans Schulterblatt, da, wo nach den Kompendien der Milchsaft mit dem Blut zusammen-rinnt. »Ich hab's doch nicht hingestellte«, sagt' er. – »Ja, ja! und hast mir nichts gesagt«, versetzte der Blinde und stieß ihn wieder, aber *hef-tiger* und doch *weniger* zornig. – »Schlag immer! ich hab' dir nichts getan«, und die Stimme brach meinem guten Helden – jener schlug wieder nach und sagte: »Ich bin dir auch gar nimmer gut«, aber so, als würd' er sogleich zu weinen anfangen. – »Ach du hast dir gewiß einen Splitter eingestochen?« fragte Gustav mit der mitleidigsten Stimme – mitten im Versuch zu einem neuen Stoße glitt die dünne Eisrinde vom erwärmten Herzen Amandus' herunter, er umfaßte den Unschuldigen und sagte unter hellen Zähren: »Du hasts ja nicht getan, und ich geb' dir all meine Spielware: schlag mich doch recht!« und schlug sich selber. –– Bloß die Empfindung der Liebe kämpft mit solchen bittersüßen Sonderbarkeiten. Amandus gestand oft, noch immer wandle ihn, wenn er jemand unrecht getan, mitten in seiner Kränkung darüber die Neigung an, fortzubeleidigen, um sich selber so weit fortzukränken, daß er endlich vor Schmerz sich mit der heißesten Liebe ans versehrte fremde Herz werfen müßte. Aber, o lieber Amandus! wenn gerade ein Pädagog in Gestalt einer Moral die Tür aufgemacht hätte! –

104

Man muß niemals glauben, als wollt' ich hier persönlichen Groll an sämtlichen Hofmeistern auslassen: denn erstlich hatt' ich gar niemals einen Hofmeister, zweitens war ich selber einer und ein rechter.

Zwölfter Sektor

Konzert – der Held bekommt einen Hofmeister von Ton

Ich habe mich in einen neuen Ausschnitt begeben, weil ich darin dem Leser eine neue Person zu präsentieren habe – den Hofmeister meines Helden.

Ich brauche keinen Menschen daran zu erinnern, daß der Rittmeister ein so närrisches, bald zu gefügiges, bald zu sprödes, moralisierendes, mutloses Ding, als ein Informator ist, in Scheerau suchte, damit sein Kind zu gleicher Zeit mit dem Lande einen Regenten bekäme. Nun hatt' er eine Pate da, welche advozierte, musizierte, badinierte, lorgnierte und Welt hatte; aber er hatte nicht den Mut, ihr in einem Pädagogium, dessen Schuljugend auf einen Mann belief, die Lehrstelle anzutragen. Ich will es nur heraussagen, daß ich selber diese Pate und diese neue Person bin; aber es wird meiner Bescheidenheit mehr zustatten kommen, wenn ich mich in einem Sektor, wo ich so viel zu meinem Lobe vorbringen muß, aus der ersten Person in die dritte umsetze und bloß sage Pate, nicht ich.

Diese Pate blies im Unterscheerauer Konzert, um mit der Flöte in die Sphärenstimme eines sehr jungen Fräuleins von Röper zu spielen, dessen Kehle sich oft kaum von der Flöte scheiden ließ. Die ganze Seele dieses Mädchens ist ein Nachtigallton unter Blütenüberhang; der Leib desselben ist eine fallende himmelreine Schneeflocke, die nur im Äther dauert und auf dem Kot des Bodens zerläuft. Dem Flötenisten fiel während den Pausen ein schönes, in phantasierende Aufmerksamkeit verlornes Kind in die Augen und auf das Herz: Gustav wars. Der erste Blick nach der Begleitung war auf die Nachbarschaft des Kindes, um den Eigner desselben zu finden – der erste Schritt, den die Pate tat, war zur andern Pate, zum Rittmeister, dessen Freundschaft mit mir bekannt genug ist. Das männliche Geschlecht ist glücklicher und neidloser als das weibliche, weil *jenes* imstande ist, zweierlei Schönheiten mit ganzer Seele zu fassen, männliche und weibliche; hingegen die Weiber lieben meistens nur die eines fremden Geschlechts. Ich hab' aber vielleicht zu viel Enthusiasmus für die *erhabne* männliche Schönheit, so wie für poetische Schwärmerei, ungeachtet ich wenigstens letzte selber nicht habe. Aus Gustav wirkte die doppelte Zauberei auf mich, ich vergaß alle Zauberinnen des Konzerts über den Zauberer; aber ich ward am Ende traurig, daß ich dem Schönen mehr Blicke als Worte abzuschmeicheln vermochte. Auf das Konzert gab ich, gleich andern Zuhörern, ohnehin nur so lange acht, als ich selber ein Mitarbeiter war oder als eine meiner Schülerinnen spielte; denn die Scheerauer Konzerte sind bloß in Musik gesetzte Stadtgespräche und prosaische Melodramen, worin die Sesselreden der Zuhörer wie gedruckter Text unter der Komposition hinspringen. Übrigens unterzeichnen wir auf unsere Konzerte mehr unserer Kinder als unserer selber wegen; die musikalische Schuljugend bekommt darin einen Tanz- und Tummelplatz ihrer Finger, und von meinen artistischen Katechumenen kantschuet wöchentlich wenigstens einer den Flügel. Ich frische die Eltern dazu an und sage, in einem solchen Konzertsaal lernen die Kleinen Takt, weil da nicht nur genug, sondern auch überflüssig Takt ist, indem jeder dasige Musikoffiziant seinen eignen originellen pfeift, hackt, streicht, stampft, den erstlich kein anderer neben ihm pfeift, hackt, streicht, stampft und den er zweitens selber von Minute zu Minute umbessert. »Und wenn auch das nicht wäre«, sag' ich, »so ist doch wahrer musikalischer Ausdruck im Überfluß da; jeder drückt darin seine Empfindungen, die der Verlegenheit, des Erstarrens, auf seinem Instrumente aus; und *Bachs* Regel, Dissonanzen stark und Konsonanzen schwach vorzutragen, weiß in einem Saale jeder, wo die Konsonanzen so sanft eingeschmolzen werden, daß man fast keine hört und nur die Dissonanzen zu vernehmen meint.«

Am andern Morgen flog ich unfrisiert zum Rittmeister und – da ich den guten Kleinen um keinen niedern Preis erhalten konnte – brachte ihn ganz ans erste Ziel seiner Reise hinan, nämlich das, einen Hofmeister mitzubekommen. Man muß nicht denken, daß ich Informator geworden, um Lebensbeschreiber zu werden, d.h. um pfiffigerweise in meinen Gustav alles hineinzuziehen, was ich aus ihm wieder ins Buch herauszuschreiben trachtete; denn ich brauchte es erstlich ja nur wie ein Romanen-Manufakturist mir bloß zu ersinnen und andern vorzulegen; aber zweitens damals wurde an eine Lebensbeschreibung gar nicht gedacht.

Mir ist weit weniger daran gelegen, meine scheerauischen Verhältnisse bekannt zu sehen, als der Welt; denn ich kenne sie schon. Aber die Welt nicht. Ich formierte eine Dreieinigkeit von Personen da: ich war Klaviermeister, Rechtskonsulent und Weltmann. Drei närrische Rollen! – Ich studierte in der Stadt, die sonst die größten *Juristen* und jetzo die kleinsten *Hunde* liefert, in Bologna, zwei ganz entgegengesetzte Lieferungen, wie Paris sonst die Universität aller europäischen *Theologen* war, jetzo der *Philosophen*. In Paris war ich auch, hätte auch da ein geschickter Parlamentsadvokat werden können; ich wollt' aber nicht und nahm nichts daraus mit (so wie aus Bologna und aus einigen deutschen Reichsstädten) als die schwarze juristische Kleidung, die ihren Grund hat; denn da unsere Klienten uns ernähren und bezahlen und mehr Recht und Not als Geld behalten: so trauern wir Patronen um sie schwarz; hingegen bei den Römern legten die Klienten, die mehr bekamen als gaben, für den Patronus, wenn es ihm schlimm erging, Trauerkleider an.

Zweitens war ich Klaviermeister, aber vielleicht kein gesetzter; denn ich verliebte mich im ersten Quartal in alle meine Schülerinnen (für Schüler dankte ich) und richtete mich nach meinen Stunden mit meinen Empfindungen. Ich hegte wahre Zärtlichkeit, erstlich gegen eine Dame von Rang, die ich nie kompromittieren werde – zweitens gegen ihre Schwester, eine Äbtissin, weil sie Generalbaß bei mir lernte – drittens gegen *** – viertens gegen die Hofkaplänin, die zwar hektisch, aber geschmackvoll ist und die eher zu viel als zu wenig Zieraten *an* (nicht *auf*) dem Klaviere liebte und es auf das schönste wichste, überzog und aufstellte – fünftens in die Residentin von Bouse, die gar nicht einmal die Sache weiß und an deren Hüften und Reizen ich ordentlich vor Bewunderung dumm wurde, bis ich zum Glück ihre allgemeine Koketterie und ihre Untreue gegen ihren Inkognito-Liebhaber verspürte – sechstens in den ganzen Scheerauer Hof, wo ich nach dem Recht der *toten Hand* den Empfang einer lebendigen Hand, die eine Schülerin der meinigen werden wollte, für eine Investitur zum ganzen Herzen und Vermögen ansah – siebentens sogar in ein wahres Kind, in Beata (die obgedachte Tochter von Röper), für welche ich alle Wochen einmal bei schlechtem Wetter und ebenso schlechtem Honorar aufs Land lief und bei der an gar nichts anders zu denken war als an Liebe – kurz in alles, in Laubknospen, Blütknospen, Blüten und Früchte verschießet sich ein Mensch, der ein Klaviermeister ist.

Nun kommt der Weltmann. Ich kann mich zwar meinen Lesern (wovon ich mir die Volkmenge und richtigere Tabellen wünschte) nicht persönlich zeigen; aber die Scheerauer, denen dieses Blatt vorkommt, werden hier aufgefordert, ihre Gedanken zu sagen und abzuurteln, ob ein Mann, der der großen Welt täglich drei Klavierstunden gibt, mehr ihr Lehrer als ihr Schüler ist. Anstand, Gang, geschmackvoller Anzug, Attitüden, steilrechte, waagrechte und quere, sind zwar nicht die geforderten Vorzüge des Autors, obwohl des feinen Gesellschafters, und können nicht gedruckt werden; aber ich verfechte nur so viel: bloß an einem Hofe lernt mans, zumal bei einigem Einfluß, und wenn man mitspielt, es sei am L'hombretisch oder am Klaviertisch[1], der, wie manche Brust am Hofe, unter der stummen Holzplatte ein holdes Saitenspiel verbirgt. Wenn man freilich wieder in seinem Museum auf- und abgeht, unter großen Büchern und großen Männern, begleitet von der ganzen republikanischen Vergangenheit, emporgerichtet zur tiefen Perspektive der unendlichen Welt hinter dem Grabe: so verachtet selber der Inhaber seine Konchylien-Vorzüge; er fragt sich: gibt es nichts Bessers als über seinen Körper (anstatt über Leidenschaften) Herr zu sein und ihn so leicht zu tragen wie nach den drei ersten Gläsern Champagner – seinen Ton in den allgemeinen Ton hineinzustimmen, weil an Höfen und Klavieren keine Taste über die andre hinausklingen darf – auf dem dünnen schaukelnden Brette der weiblichen Launen so fliegend wegzueilen, daß unsere Tritte die Schwankungen bloß begleiten – schön zu tanzen und zu gehen, soweit es mit *einem* langen Bein tunlich ist (denn freilich wenn ein Klaviermeister mit einem Kurzbein zu kämpfen hat: so mag der Henker auf beiden so zierlich aufstehen wie der Prinz von Artois) – kurz allen Verstand zu Narrheit zu sublimieren, alle Wahrheiten zu Einfällen, alle Kraftgefühle zu pantomimischen Nachäffungen? – – Nichts Bessers, fragt der Läufer im Museum, gibt es? –

– Etwas viel Bessers gibts: ein Informator zu werden in Auenthal bei so einem Himmel-Kinde, wie Gustav ist, und den ganzen Spuk drucken zu lassen. –

1   Ich meine ein in die Gestalt eines Tisches verstecktes Klavier.

Dreizehnter Sektor

Landestrauer der Spitzbuben – Scheerauer Fürst – fürstliche Schuld

Der Kronprinz, auf dessen Zahlen der Rittmeister wartete, war noch
auf der ausländischen Kunststraße, von der er auf den Thron wie auf
einen Turm hinauffuhr. Drei arme Spitzbuben hielten ihren Einzug
noch früher als er. Es kann erzählet werden: Seitdem Tode des
Höchstseligen – der Papst ist der Allerseligste – wurde eine Kirche um
die andre im Scheerauischen nicht ausgestohlen, sondern ausgekleidet;
die Kirchendiebe schälten bloß das Landtrauertuch, das unsere Kanzeln
und Altäre anhatten, wieder ab. Die Kirchner und Kantores fanden alle
Morgen skalpierte heilige Stätten, und die Pfarrer mußten darin stehen
in dem Frühgottesdienst. Nun hatte neulich der Geldgreifgeier, Kommerzien-Agent Röper, in der Maußenbacher Kirche Altar und Kanzel
am Bußtage mit einem Frack von schwarzem Tuch – buntes war ihm
nicht heilig und wohlfeil genug – übersohlen lassen. Diese schwarze
Emballage blieb daran als Landtrauer. Der alte Röper hatte mithin wenig
Schlaf mehr, weil er besorgte, die Kirchen-Greifgeier zögen dem Maußenbacher Altar das Ehrenkleid aus und nähmen den mit silbernen und
seidnen Lettern aufs Tuch genähten Schuldschein mit, welcher besagte,
wer alles hergeschenkt. Sein Gerichthalter *Kolb,* dem ein Diebfang Zo-
belfang und Perlenfischerei ist, umgab daher die Kirche mit allerlei
Falkenaugen; es wäre auch nichts gewesen, wenn nicht der Falkenbergische Bediente *Robisch* am Sonntage abends, sobald die Kirche zugeschlossen war, zum Schulmeister gesagt hätte: »er solle sie zulassen, er habe
die Kirchleute gezählt, und drei wären nicht mit herausgegangen.«
Kurz man blockierte den Tempel bis nachts und – zog glücklicherweise
drei versteckte Tuchkorsaren aus dem Andachtorte heraus. Am Morgen
erstaunt alles, die drei Kirchgänger fahren auf einem Leiterwagen zum
Scheerauer Tor hinein und haben sämtlich *schwarze* Röcke und Unter-
kleider an – abends sind sie verschwunden. Für den Hof (wenn er nicht
noch geschlafen hätte) wars ein häßlicher Prospekt, daß eine Räuberban-
de so gut wie er Hoftrauer angelegt und sich deswegen die Trauergarde-
robe aus Kirchen gestohlen hatte.

»Henken sollte man dich«, sagte der Rittmeister zu seinem Kerl –
»arme Diebe ins Unglück zu bringen, die keinem Menschen etwas

nehmen, sondern nur Kirchen.« – »Aber für solche Schufte« (sagt' ich)
»gehört doch auch keine Hoftrauer, schon des Aufwands wegen. Warum
darf man überhaupt nicht seinen leiblichen Vater[1], aber wohl den Landesvater betrauern? – Oder warum verstattet die Kammer den Landeskindern noch das Weinen, da doch das die Tränendrüsen des Staats
erschöpft und da die Tränen noch steuerfrei sind?« –

»Sie greifen zu weit«, sagte der Rittmeister; »gerade so wie bisher
muß die zeitige Regierung bleiben, wenn sie sich von allen vorigen
durch die Sorgfalt auszeichnen soll, womit sie über unsern Flor, über
alle unsere Pfennige und Pulsschläge wacht.«

»Die Negermarketender« (sagte der Doktor, aber unpassend genug)
»wachen noch mehr; denn einen Sklavenhandelsmann kümmert die
Unpäßlichkeit eines solchen Stück-Menschen oder Sklaven mehr als
seiner Frau ihre. Sogar Bewegung und Tanz soll sein menschlicher
Viehstand haben, und er prügelt ihn dazu.«

»Ackerbau«, (fuhr er fort) »Handel, Fabriken, Volksreichtum und
Volkswohlleben sogar, kurz die *Körper* der Untertanen kann der
schlimmste Despot erheben und nähren – aber für ihre *Seelen* kann er
nichts tun, ohne alles *wider* seine zu tun.«

Ich bin oft auf den Gedanken gefallen, ob nicht die Trauerordnungen
oder -abordnungen haben wollen, daß der pfiffige und traurige Staats-
bürger die Erlaubnis der Landtrauer benütze und seine Haustrauer mit
ihr zusammenwerfe. Könnt' er nicht seinen Einzelkummer über die
Sterblichkeit seiner Tanten, seiner Vettern aufheben, bis ein allgemeiner
einfiele, und so, wenn das Land den Kondolenzflor um Arm und Degen
gewickelt hätte, alles in Pausch und Bogen wegtrauern und sich hinter
dem nämlichen Flor über eine Landsmutter und eine Stiefmutter betrüben? Höfen wär's leicht. Ja könnten diese nicht in der Landestrauer ihre
Sippschaft gar voraus betrauern? Könnte man überhaupt nicht die
ganze Narrheit bleiben lassen? –

Mein neuer Landesherr stieg endlich aus dem Reisewagen auf den
Thron und verwechselte den Kutschenhimmel mit dem Thronhimmel.
Der Rittmeister hielt vor der Krönung eine Bittschrift bereit, worin er
so trotzig wie ein Sattler sein Geld verlangte; nach der Krönung hatte
der Fürst wie ein Demant so viel Feuerglanz aus seiner Krone und sei-

---

1   Im Scheerauischen war damals, wie in noch einigen Staaten, den Untertanen alle Trauer verboten.

nem Zepter eingeschluckt, daß sein Gläubiger vom Gerichthalter ein neues Memoriale machen ließ und bloß um die Zinsen anhielt. Da er nichts bekam, nicht einmal eine Resolution: so wollt' er mehr fordern. Denn er bedachte nicht, daß unsere regierende Brotherrn in Scheerau selten Geld haben. Wenn wir außerordentliche Gesandtschaften bekommen oder senden, wenn wir taufen oder begraben lassen, der Kriege gar nicht zu erwähnen: so haben wir wenig oder nichts als – Extrasteuern, diese metallischen Stützen und Klammern des mürben Thrones. In dem Kammerbeutel deuten wir, wie in der Heraldik, das Silber durch leeren Raum an.

Aber dem Schuldner und Gläubiger war bald geholfen. Letzter, der Rittmeister, marschierte als Cicerone mit seinem Gustav durch das Kadettenhaus und zeigte ihm alles, um ihm alles zu loben, weil er mit seinem Kopf einmal in einen Ringkragen hinein sollte – als der junge Fürst auch ankam und auch alle Gemächer besah, nicht um alles wieder auf dem nächsten Sattel zu vergessen, sondern um gar nichts zu bemerken. Es tat mir leid – denn ich war auch mitgekommen –, daß jeder Professor sich darauf verließ, der Regent zähle, wenn nicht jedes Haar auf seinem Haupte, doch jede Locke an seiner Perücke; denn er wurde nicht einmal meiner und meines Anstandes ansichtig; aber ganz natürlich, da ihm ein solcher Anstand in den feinsten Sälen aller Länder schon etwas Altes geworden war. Er trug – denn wie lang' war er vom Reisen heim? – den Fürstenhut mit der Ungezwungenheit eines Damenhutes; keine lange Regierung hatte noch die Krone finster hereingedrückt, und die *geraden* Menschen brachen sich in den Medien, Feuchtigkeiten und Häuten seines Auges noch nicht zu *krummen* Baugefangnen. Seine Worte bot er mit der Freigebigkeit eines Weltmanns noch wie Schnupftabak herum. Endlich erhielt auch Falkenberg eine Prise. Ich sehe meine beiden Prinzipale noch gegeneinander stehen – meinen adeligen und verborgenen Prinzipal mit dem festen, aber gehorchenden Anstande eines Soldaten, in Embonpoint und aufquellende Muskeln gedrückt, und mit dem leichtgläubigen Wohlwollen, das gutmütige Menschen für jeden hegen, der gerade mit ihnen spricht – den gekrönten und insolventen Prinzipal aber mit dem malerischen Anstand, worin jedes Glied sich in den andern hinein verbeugt und worin selbst die Stellung eine fortdauernde Schmeichelei ist, mit einem vielblätterigen Faltenwurf im lahmgespannten Gesicht, mit einer Gefälligkeit, die weder verweigert noch hält. Meine Pate sah die allgemeine Gefälligkeit des

112

Kronträgers für eine ausschließende gegen sich an; sie dachte, er tue seine Fragen, um eine Antwort zu haben; und als vollends mein gnädigster Fürst und Landesherr geäußert hatten: »der kleine Gustav sei *hier* an seiner Stelle, er interessiere durch sein air de reveur stärker, als man sich selber die Rechenschaft zu geben wisse, und man würde ihn, sobald er für diese Zimmer groß genug wäre, dem Vater mit 13000 Rtlr. Handgeld abkaufen«: so war der Rittmeister außer sich, oder vielmehr aus seiner Bitte; seine Bittschriften wurden Dankadressen; sein Wunsch war, daß ich schon acht Jahre Hofmeister bei ihm gewesen wäre; seine Hoffnung war, das Geld komme nach; und der wahre Vorteil war, daß der Sohn ins beste deutsche Kadettenhaus käme.

Man tut mir keinen Gefallen, wenn man ihn auslacht. Freilich schwur er auf seinem Schlosse, »Hofleuten traue er keine Hand breit und die ganze Nation stink' ihn an«; hingegen solchen Hofleuten, mit denen er gerade zu tun hatte, traut' er mehr – allein militärische Unwissenheit der Rechte ist bei ihm an vielem schuld; wie soll er als Soldat wissen, daß ein Fürst zu keiner Bezahlung verbunden ist? – Vielleicht ists nicht einmal allen Lesern so bekannt, als sie vorgeben werden. Ein Regent braucht aus drei Gründen nicht einen Heller zu bezahlen, den er seinen Landeskindern abgeliehen (borgte sein Herr Vater: so versteht sichs von selber). Erstlich: ein Gesandter, er sei vom ersten oder dritten Rang, stieße die ältesten Publizisten vor den Kopf, wenn er seine Schulden abträge; nun kann er, der ja der bloße Repräsentant und die abgedrückte Schwefelpaste des Regenten ist, unmöglich Rechte haben, die dem Urbilde abgehen, folglich wird nicht bezahlt. Zweitens: der Fürst ist – oder wir dürfen unsern akademischen Nachmittagstunden kein Wort mehr glauben – der wahre summarische Inbegriff und Repräsentant des Staates (wie wieder der Envoyé ein Repräsentant des Repräsentanten ist oder ein *tragbarer Staat* im kleinen) und stellet folglich jedes Staatsglied, das ihm einen Kreuzer leihet, so vor, als wenn ers selber wäre; mithin leihet er sich im Grunde selber, wenn ein solches zu seinem repräsentierenden Ich gehöriges Glied ihm leihet. Gut! man gesteht es; aber dann gestehe man auch, daß ein Fürst sich so lächerlich machen würde, wenn er seinen eignen Landeskindern wieder bezahlen wollte, als sich der Vater des Generals Sobouroff machte, der die Kapitalien, die er sich selber vorstreckte, sich ehrlich mit den landesüblichen Interessen heimzahlte und sich nach dem Wechselrecht bestrafte. Woher käm' es denn als aus der Verwandtschaft mit dem Throne und dessen Rechten, daß sogar Große im Verhältnis ihres Standes und ihrer Schuldenmasse fallieren dürfen? Oder warum ist ein gerichtliches Konsens- oder Hypothekenbuch der richtigste Hofadreßkalender oder almanac royal? –

Drittens: der geflickteste Untertan kann sich von seinem Fürsten Anstandbriefe oder Moratorien verschaffen; wer soll sie aber dem Fürsten geben, wenn ers nicht selber tut? Und tut ers Gewissens halber nicht: so kann er sich doch wenigstens alle fünf Jahre ein erneuertes *Quinquennell* bewilligen.

Einen vierten Grund wüßt' ich aber nicht.

Vierzehnter Sektor

Eheliche Ordalien – fünf betrogene Betrüger

Einen Hofmeister hatte Falkenberg also jetzt und die Hoffnung der 13000 Rtlr. und eine Kadettenstelle für seinen Sohn – Rekruten braucht' er nur noch. Auch diese führte ihm und seinen Unteroffizieren der Maulwurfs-Moloch Robisch reichlich zu; ich weiß aber nicht, was die Kerle wollten, daß sie, wenn Robisch seinen Kuppelpelz und sie ihr militärisches Patengeld hatten – mit letztem meistens davongingen. Im Maußenbacher Wald fielen Diebe den Transport an, und nach dem Ende der Schlacht waren Feind und Transport vom Schlachtfelde geflohen. Den Rittmeister drückt' es sehr, weil er, der für sich und seine Familie nicht die nützlichste Ungerechtigkeit beging, zuweilen auf dem Werbplatz eine kleine verstattete.

Dem stillen Gustav machte der laute Stadtwinter die längsten Stunden. Er sah keine weiße Kopfbinde und kein schwarzes Lamm vorbeitragen, ohne auf einem Seufzer hinüber zu seinem zauberischen Wall und unter seine Sommerfreuden zurückzufliegen. Wenn ihn die ungezogne Nachkommenschaft Hoppedizels für dumm hielt, weil er nicht listig, für stolz, weil er nicht laut war: so stillte er das Bluten seines Innern, das verlacht und geneckt wurde, mit dem Gedanken an die Menschen, die ihn geliebt hatten, an seinen Genius und an seine Schäferin. Um seinen Amandus hätt' er so gern eine andere als Hoppedizelische Nachbarschaft gehabt, so gern die Fluren und den freien Himmel seiner Heimat! – Er liebte das Stille und Enge neben sich und das Unermeßliche in der Natur. O wenn du bei mir bist, Trauter, wie will ich dich schonen und lieben! Dein Auge soll nie trübe neben meinem Lehrstuhle werden, dein Herz nie schwer! Du zarte Pflanze sollst nicht mit einschneidendem Bindfaden um mich wie um eine richtende Hopfenstange geschnüret sein, sondern mit lebendigen Efeuwurzeln sollst du selber mich als etwas Lebendiges umfassen!

Überhaupt hatte man im Hoppedizelischen Hause ein verdammtes Hundeleben, wie ich selber oft sah, wenn ich und der Hausherr einander über die ersten Prinzipien der Moral bloß moralisch bei den Haaren hatten: denn alles hatte da einander dabei, aber physisch, ein Hund den andern – die Knaben die Mädchen – die Dienerschaft einander – die Herrschaft die Dienerschaft – der Professor die Professorin, wovon ein merkwürdiges Faktum abgedruckt werden soll – und alle diese einander wechselseitig nach der Vermischrechnung. – Zum Unglück hatte Hoppedizel nie Achtung für irgendeinen Menschen (mithin Verachtung auch nicht); er borgte alles, besudelte alles, kompromittierte jeden, verzieh jedem und zuerst sich. Im Winterquartier des Rittmeisters waren die ölfarbigen Tapeten (Elle zu 24 Gr.) eine spanische Wand zwischen des Rittmeisters leerem Raum und zwischen der Wanzen Wandspalten; der Ofen war gut, aber wie der Babylonische Turm ohne Kuppel; die Zimmerdecke drohte (wiewohl gleich manchen Thronhimmeln schon lange ohne Schaden) einzubrechen und den größten Philosophen die Köpfe einzuschlagen, die von Stein auf dem Spiegeltische standen. Er hatte oft darum wenig Zartheit für die Leute, weil er sich darauf verließ, daß sie deren zu viele hätten, um die Unsichtbarkeit der seinigen zu rügen – in Unterscheerau machen wirs nicht anders. Aber nun kommt der Zufall, der uns alle eher daraus wegtrieb.

Der Professor hatte nämlich, wie die meisten Leute, keinen Geschmack in Möbeln; am liebsten stellte er die besten unter die elendesten, die feinste Pißvase unter ein Großvaterbett und gegenüber einem sandigen Waschgefäß, eine geputzte Livree seines Bedienten hinter versäumten Anzug seiner Kinder u.s.w. Nun beging er allemal einen Friedensbruch an seiner Frau dadurch, daß er nie leer heimkam; er hatte immer etwas erhandelt, das nichts taugte; er hatte die Schwachheit unzähliger Männer, sich weiszumachen, er verstände die Haushaltkunst so gut wie die Frau, wenn er nur anfangen wollte – Sachen, die man lange treiben sieht, glaubt man zuletzt selber treiben zu können – Sie hatte die Schwachheit unzähliger Weiber, sich vorzuschmeicheln, der Eheherr sei ein wahrer Ignorant im Haushalten und könn' es nicht einmal erlernen, wenn er auch wollte. »Red' ich in deine Büchersachen auch?« fragte die sehr grob verkörperte Professorin. Man konnt' es also bei jeder Möbelversteigerung oder auf jedem Jahrmarkt in einer Kalenderpraktika neben den Kriegen der großen Herren prophezeien, daß hier ein kleiner zwischen dem Ehepotentaten und der andern feindlichen Macht ausbrechen werde; weil diese seinen Kommerzien-Traktat nicht leiden konnte; das Ehepaar feierte dann seine olympischen Spiele der Zunge und Hände und konnte die Zeitrechnung der Ehe nach diesen Olympiaden abteilen.

Weiter! Unser neue Regent ließ – da das Volk in Italien den Palast des verstorbnen Papstes und Doge gratis erhält – die Möbeln seines Herrn Vaters um Weniges versteigern; er tats wie alle Kronprinzen aus Achtung gegen ihn, damit das Volk ein Andenken vom Seligen, wie das römische die Gärten von Cäsar, erben könnte. Der Professor wollte auch erben und erstehen. Er bot also zum Besten des Rittmeisters, in dessen Zimmer die Kommode, der Spiegel und die Sessel jämmerlich waren, nicht auf diese drei Dinge, sondern auf drei benachbarte – auf zwei schöne Bronze-Vasen mit Ziegenköpfen und Myrtenblättern für die elende Kommode, auf einen gerad- und spitzbeinigen Spiegeltisch unter den elenden Spiegel, auf eine prächtige Bergere zwischen die elenden Sessel. Es wurde ihm zugeschlagen. Sein erstes Wort, als er aus dem Auktionzimmer in seines trat, war an seine Frau: »Ist der Rittmeister droben? – Ich hab' schöne Dinge für ihn erstanden.« Jetzo sang sie schon den ersten Vers ihres Kriegliedes, ohne ein Kaufstück noch zu kennen. Er nannte ihr keines; denn er hatte das größte Unglück eines Ehemannes, nämlich Verachtung gegen seine Frau, so wie sie hingegen ihm gegen alle Menschen, sogar gegen die besten, beitrat, außer gegen sich nicht. Unter dem Abholen der Kaufstücke antwortete er auf den ersten Vers des Krieggesanges und nannte doch keines; und so antiphonierten sie bloß. Endlich wurden die Ziegenköpfe und Spitzbeine ins Haus gesetzt. Da ging das Kriegsgeschrei los: »Das ist dumm, dumm, dumm! Ei du dummer Mann du! das Zeug! den Bettel! wo waren heute deine fünf Sinne? *Ich* bezahle keinen Deut.« (sie war ohnehin nie Kassierer) »Und so teuer! Aber wenn man Kinder und Narren zu Markt etc.« Er sagt ganz kalt: »Lasse nur nichts drankommen und schaff es hinauf zum Rittmeister, mein Schatz!« Sie gehorchte den Augenblick; ging aber in seine Stube und öffnete alle Schleusen ihres rauschenden Zorns. Spät unter diesem Rauschen sagt' er endlich drohend: »Du weißt, Frau! ...« Nun wurde in ihrem Munde aus dem Wind ein Sturm. Er war kein Mann, den Zorn oder irgendeine Leidenschaft fortrissen, sondern ein echter Stoiker war er und immer bei sich; daraus lässet sichs erklären, warum er, da Epiktet und Seneka Stoikern den verbotnen innern Zorn durch den äußern Schein desselben zu ersetzen raten, um die Leute zu bändigen, sich sogar dieses zornigen Scheins befliß und gelassen seine Faust petrifizierte und diesen Knauf als eine *Leuchtkugel* auf diejenigen Gliedmaßen seiner Gattin warf, die ohne Licht in der Sache waren. Dieser stumpfe Wilsonsche Knopfableiter ihres Zorns zog erst die größten beredten Funken aus ihr hervor; und in der Tat ists in der Ehe wie in den alten Republiken, die (nach Homes Bemerkung) nie größere Redner trugen als in stürmenden kriegerischen Zeiten. Er machte das Sinnliche bloß zum Fahrzeug des Geistigen und begleitete seine Hand mit ausgewählten Bruchstücken aus Epiktets Handbuch: »Ich bin wahrlich ganz bei mir;« (sagt' er) »aber du schreiest gar zu sehr, wenn ich mich nicht dreinschlage.« Sein weltlicher Arm bewegte sich auf ihr fort. »Ich fahre immer fort« (fuhr er fort) – »inzwischen danke Gott, daß dein Mann so viel Gelassenheit hat, daß er alles abwägen kann, was er tut.« Sie wurde nicht eher kalt, als bis er hitzig wurde; dieses merkte sie daraus, wenn er wie Sokrates stumm wurde und seine Hand mit seiner herabgerissenen Schlafmütze bewaffnete und beflügelte. So heiß ihr vor seinem einschlagenden Gewitter seine stechende Sonnenfreundlichkeit vorkam: so unangenehm kalt war ihr nach demselben sein Gewölke; kurz beide spielten vor und nach dem Kampfe umgekehrte Rollen. Diesesmal traf ihr Zorn eine Wetterscheide an und zog sich ganz über den, der unter den ziegenköpfigen Vasen auf der Bergere saß, auf den Rittmeister. Dieser ließ auf die erste Zeitung dieses ekelhaften Krieges sein Wintergeräte in Scheerau einpacken und das Sommergeräte in Auenthal auspacken und ging – zwar.

Aber er wäre beinahe geblieben.

Übrigens wünsch' ich dieses geschilderte schlagfertige Ehepaar mit seinen Ehe- und Schlagringen nicht zu sehr von der feinern Ehewelt, die sich nie ausprügelt, verachtet zu sehen; denn wahrlich die ätzenden Giftworte, die das raffinierte Ehepaar einander zutröpfelt, das verhaltene, wie ein Blasenpflaster ziehende Kränken, womit sie einander wund und heil machen wollen, reißet die Wunde bloß tiefer unter der Haut und macht zwar nicht den Chirurgus, aber wohl den Doktor nötig.

Jetzt will ich berichten, warum der Rittmeister beinahe geblieben wäre.

Hoppedizel hatte außer ihm an einem Nachmittag fünf Leute bei sich, den Gerichthalter Kolb, den Flößinspektor Peuschel, einen alten Karmenmacher, einen Hofzimmerfrotteur und einen Hofjunker; denn was wird der Leser nach Zunamen dieses Volks fragen? Er zog erstlich den Gerichthalter beiseite und sagte zu ihm: »heute sollt' er einen Spaß machen und den vier andern Herren mit gefärbtem Wasser, das sie für Wein hielten, zutrinken, damit diese sich in wahrem Wein besöffen.« -- »Recht gut!« sagte der Gerichthalter, »sie sollen alle an den Gerichthalter gedenken.« Das nämliche sagte der Professor dem Flößinspektor, dem Karmenmacher u.s.w.; alle antworteten: »Recht gut! sie sollen alle an den Flößinspektor, an den Karmenmacher u.s.w. gedenken.« Jeder wollte vier Mann zum Narren haben; der Professor wollte fünf Mann dazu haben – allen gelang es.

Abends wurden fünf Körbe gefärbtes Wasser ins Zimmer getragen; jeder rückte hinter sein Schenktischchen und schraubte den Korkstöpsel vom Quasi-Wein ab. Die ersten Flaschen Bouteillenwasser wurden still von der Gesellschaft eingezogen; wahre Pfiffigkeit mußte der Lust- und Wasserpartie diesen Schein stufenweiser Berauschung vorschreiben.

Nun aber hob das Sonnensystem sein *Wasserziehen* an. »Der Wein könnte stärker sein«, sagte jeder und wollte jeden betrügen. Der Gerichthalter mit rosenroter Nasenknospe spritzte seinen Kadaver statt des Spiritus mit mehr Wasser aus, als er in seiner ganzen Ewigkeit a parte ante selbst getrunken oder gep·ss·t, oder aus fremden Augen gedrückt. Ein Mensch, der so wasserhaltig wie er wird, daß er sich schwer aufrecht erhält vor Nüchternheit, macht andern Trunkbündnern leicht glaublich, es sei vor Betrunkenheit; und alle lächelten sehr, da er lachte.

Der Flößinspektor Peuschel leitete einen ganzen Wasserschatz in den Magen und machte seine Blutadern zu Wasseradern; aber er ärgerte sich halb, daß er die andern mit seinem Schein-Gesöff betrügen mußte, und sehnte sich heimlich statt der verstellten Betrunkenheit nach echter.

Der Zimmerfrotteur mazerierte und laugte sich im Grunde durch das geschminkte Wasser aus und ersäufte beinahe sein gallisches Übel – so schluckte der Schadenfroh.

Dem Hofjunker, der sich fast den Magen entzweisoff, schlugs schlechter zu; drei Tage nachher schmolz er an einer incontinentia urinae hin. – Bloß durch den zellulösen Karmenmacher fuhr eine ganze aufgefärbte Sündflut ohne Schaden glatt hinein und hinaus; er sah aber munter und satirisch herum und lauerte darauf, wenn sein Nächster hinter den vier Tischen besoffen wäre.

Etwan eine flammende Scheune wäre mit ihren Walfisch-Bescheiden zu retten gewesen … Nun kam die Zeit, da jeder betrunken scheinen mußte, wer Spaß verstand – sie diskutierten und lallten widereinander mit überschweppender bäumender Zunge – der Junker und Frotteur streckten sich gar in die Stube als zwei Lagerbäume hin, und ihre bauschenden Unterleiber, sollte die Welt denken, lägen als Weinschläuche auf den Bäumen – der Amtmann machte die Augen zu, das Maul auf – der Karmenmacher stellte sich vor, am tollsten und plausibelsten würd' ers machen, wenn er erstlich gleich wahren Betrunknen vorschwüre, er sei nüchtern, und zweitens, wenn er so gegen die Bettpfoste umsänke, daß er ein wahres Löchelchen kriegte. Er hatte sich auch glücklicherweise eine Wunde verschafft, die größer war als seine Trunkenheit, und wollte aus Rache mit der Nachricht vorbrechen, er habe die Vierherren zum Narren und bloß Wasser gehabt – der Professor wollte auch alles heraussagen, wie alles und der Wein wäre – die andern wolltens auch und lachten schon sämtlich voraus: als zum Unglück der längst übersättigte Flößinspektor sich zum Frotteur abgeschlichen und diebisch statt eines Gegengiftes und Konfortativs gegen seinen nachgedruckten Wein die vorgebliche Originalausgabe desselben gekredenzt hatte aus des Frotteurs oder Reibers Kelch … es war auch Wasser darin wie in seinem – blitzschnell und halbnärrisch kredenzte er die Kelche aller Wassergötter – in allen war Wasser – da fuhr er mit allen heraus – und die ganze Marine kredenzte fliegend herum, und jeder sollt' es im Ernste sagen, ob er toll und voll wäre. – Leider war die ganze Spaßbrüderschaft nüchtern. Der Rittmeister, dem solche Scherze lieber waren als Fastnachthühner, verwandelte aus Liebe zur Moral die allgemeine Verstellung der Betrunkenheit in reine Aufrichtigkeit und vollführte es durch echten Wein. Als nachher das Fünfeck nach Hause hüpfte und diese fünf törichte Jungfrauen als fünf kluge, wiewohl mit der Wasser-Plethora, heimzogen, so sagt' er: »Bei meiner Seele! so etwas sollte man drucken lassen.« – – Und wahrhaftig, hier lässet man es ja drucken. –

Ich möchte gern von diesem Hoppedizel, eh' ich und der Leser aus seinem Hause ziehen, ein Medaillon, eine Abschattung zum Andenken mit uns nehmen; aber es grauet mir vor der Arbeit – lieber bossier' ich alle Charaktere dieses Werkchens in Papier oder Wachs als diesen Mann. Sein Charakter besteht aus hundert kompilierten Charaktern, seine

Kenntnisse aus allen Kenntnissen, sein Scharfsinn aus Skeptizismus, seine Laster aus Stoizismus, seine Tugend aus einem System über die Tugend und seine Handlungen aus Schnurren, Schnacken und Charakterzügen.

Dennoch oder demnach liebte ihn der Rittmeister, weil er ihn oft sah (er war fast jedem gram, der ihn nicht besuchte) und weil beide lustig waren und weil hundertmal Menschen einander lieben, ohne daß ein Teufel weiß warum. Falkenberg hätte sich für jeden Freund, selbst für den, der ihn erst berückt hätte, mit dem Behemoth selber geschossen – aus Ehre und Gutherzigkeit; der Professor hingegen zog reine Moral, gleichsam als reine Mathematik, der angewandten weit vor und handelte selten. Man erinnert sich daher gern an seine schöne Selbständigkeit in Grundsätzen, die er einmal in Auenthal als Gast bewies, da nachts um 12 Uhr statt des Rittmeisters aus dem aufgetürmten Schnee bloß der leere Gaul heimkam. – Ein andrer, z.B. der Rittmeister selber, wäre auf demselben Gaule aufgesessen und hinausgeritten, um den Ausgebliebenen zu suchen und zu retten; allein der Professor schneuzte nett das Talglicht und setzte sich an die trostlos fortweinende Ehefrau – welche schon früher bei einem bloßen kurzen Verspäten in jeder Nacht sich abängstigte, ob sie gleich an jedem Morgen darauf sich ausschalt – und sagte mit Fassung zu ihr: »sie möge nur weinen, so viel sie wolle, er erlaub' es gern; es schade wenig, erleichtere vielmehr das Herz; und wasche dabei die Augäpfel ab und breche zu heftiges Licht; die übrigen Tränen müßten ohnehin durch die Nasenhöhle in den Schlund und Magen sickern und dem Verdauen helfen; ihren Mann aber anbelangend, so könne das Schlimmste, was ihm zugestoßen, ohnehin nur sein, daß er erfroren wäre; er kenne aber halb aus Erfahrung kein sanfteres Sterben als das aus Kälte – denn es sei im Grunde so viel, als werde man gehenkt oder ersäuft; denn man sterbe am Schlagfluß.«

Aber, wie gesagt, der Rittmeister liebte und verließ ihn doch.

Funfzehnter Sektor oder Ausschnitt

Der funfzehnte Sektor oder Ausschnitt

Vor der Abreise gab ich allen, besonders der Residentin von Bouse, die geborgten Musikalien zurück; und dieser, die mir so viel aus Italien geliehen, lieh ich noch etwas Bessers aus Deutschland, meine Schwester Philippine nämlich: diese soll da die kleine Tochter der Residentin bilden helfen; aber sie wird unter den zarten Fingern einer solchen talentvollen Dame selber mehr gebildet werden, als sie bildet. Möge sie da nur nie ihr rasches, zitterhaftes, scherzendes und doch fehlendes Herz zu einem koketten umsetzen! Möge sie ihrer Laura (eben der Tochter der Residentin) das Joch der koketten Erziehung lüften, da das arme Kind beständig unter der Glasglocke des Fensters schmachtet, den Leib unter der Bettdecke in 4 Lot Fischbein einkeilt, die Händchen auch wieder nachts in die Handschuh-Hülsen sperret und das Köpfchen mit einem Blei an Haaren rückwärts gewöhnt. Bekanntlich lebt die Mutter, die Residentin, eine halbe Stunde von der Stadt zu Marienhof, im sogenannten neuen Schloß, das mit einem alten zusammenstößet, welches, glaub' ich, vermietet ist.

... Aber zu meinem Gefolge in dieser Lebensbeschreibung stoßen mit jedem Bogen, seh' ich, mehr Leute und machen mir das Lenken und Schwenken sauerer. Ich wollte lieber, ich wär' ein Reichstand und hätte Millionen zu regieren – und einzunehmen – als hier dieses fatale Menschen-Siebeneck, das mit Mühe in die rechten Ausschnitte zu treiben ist und worunter ich selber der widerhaarigste bin. Denn mir, als bloßem Lebensbeschreiber, stehen weder Reichskammergericht noch Exekutiontruppen gegen mein Siebeneck bei; wär' ich aber ein Reichstand, so täten sie schon manches – versprechen.

Unsern Abschiedwagen in Scheerau umgab die lustige Kälte des Professors – das arbeitsam Geschrei seiner Stoikerin – das zärtliche Lächeln des Pestilenziarius mit Iltisschwänzen – das gute Herz seines Söhnchens, das kaum mit Lügen von Gustav abzuschneiden war – und meine dankbaren Erinnerungen an unsichtbare Stunden, an geliebte Menschen und an alle meine Schülerinnen – – O daß doch der Mensch hier so viel vergehen sieht, eh' er selber vergeht.

Unterweges weinte Gustav im Wagen immerfort in unsere Gedankenstille hinein; aber der Alte, dem doch selber das Herz so leicht zerläuft, wurde endlich darüber toll und sagte zu mir: »Ich sehe immer mehr, daß mir ihn der Herrnhuter« (er meinte den Genius) »zu einer Milchsuppe eingerührt hat; und wenn Sie ihn nicht, Herr Hofmeister, ein bißchen kernhaft machen, so wird einmal ein weinerlicher Soldat herauskommen, der kaum zu einem Feldprediger taugt; denn auch der muß manchmal sich auf einen Kernfluch verstehen.« –

Den Herrnhuter brachte er im Kopfe nach dem Städtchen Issig, als folgendes Selbgespräch vor unserem Wagen vorbeiging: »Ich bin ein Esel und ein rechter Spitzbube von Hause aus, ich elender Schlingel. O ich Racker allzumal und verflucht-bekannter alter Höllenbrand! Sollte man mich denn nicht entzweisägen und braten, mich Teufel, mich Matz und Vieh!« sagte ein Schulknabe, den alle Schulkameraden umliefen und beklatschten. »Er spricht«, sagte mein Prinzipal, »wie eine herrnhutische Bestie, die sich heruntersetzt, um jeden andern noch mehr herabzusetzen.« Aber nicht im geringsten; ein armer Teufel wars, der Hunger hatte und Humor, und für welchen die ganze Schule Brotkrumen und Äpfel zusammengeschossen hatte, wenn er ihr den Gefallen täte und auf sich entsetzlich schimpfte ...

– – Schönes Auenthal! dein Schnee ist schon weg? –

123

Sechzehnter Sektor

Erzieh-Vorlegblätter

Da ich meine Pretiosen (Manuskripte warens) und meine Effekten (das Güterbuch derselben war über dreißig Zeilen dick) und mein Väterliches und Mütterliches (das war ich selber) in meiner Wohn- und Schulstube herumgestellet hatte; da ich schon vorher mit drei langen Schritten an meine Fensteraussicht getreten war, die in einer Windmühle, in der Abendsonne und einem Starenhäuschen an einer Birke bestand: so konnte ich sogleich ein ausgemachter Hofmeister sein, und ich durfte nur anfangen; – ich konnte jetzt die ganze Woche ernsthaft aussehen und meinen Zögling auch dazu nötigen – alle meine Worte konnten Wochenpredigten, alle meine Gesichter Gesetztafeln sein – ich hatte sogar zwei Wege vor mir, ein Narr zu sein: ich konnte eine unsterbliche Seele sich halbtot deklinieren, konjugieren, memorieren und analysieren lassen im Lateinischen – ich konnte aber auch seine junge Zirbeldrüse in höhere Wissenschaften eintunken und versenken, so sehr, daß sie ganz aufschwölle und sich groß anschluckte von Logik, Politik und Statistik – ich konnte mithin (wer wehrte es) die Beinwände seines Kopfes zu einem dürren Bücherbrett aushobeln, den lebendigen Kopf zu einem Silhouettenbrett, woran sich gelehrte Köpfe abschatten, entzweidrücken; sein Herz hingegen ließ sich verarbeiten aus einem

Hochaltar der Natur zu einem Drahtgestell des alten Testaments, aus einer Himmelkugel zu einem engen Paternosterkügelchen der Frömmelei, oder gar zu einer Schwimmblase der Weltklugheit – wahrhaftig, ich konnte ein Tropf sein und ihn zu einem noch größern machen …

Dich Trauten! Dich Arglosen, Freundlichen, der du dich mit deinem ganzen Schicksal, mit deiner ganzen Zukunft in meine Arme warfst! – O es tut mir schon wehe, daß so viel von mir abhängt! –

Da aber vom Hofmeister meiner künftigen Kinder ebensoviel abhängt: so will ich für ihn hier folgende Erzieh-Vorlegblätter drucken lassen, die er nicht übelnehmen kann, weil ich den guten Mann ja noch nicht kenne und nicht meine.

»Mein lieber Herr Hofmeister!

Wär' ich der Ihrige: so setzten Sie sich gewiß nieder und schrieben mir folgende recht gute Regeln auf:

Die Naturgeschichte sei das Zuckerbrot, das der Schulmeister dem Kinde in der ersten Stunde in die Tasche steckt, um es anzuködern, – so auch Geschichten aus der Geschichte. – Aber nur nicht komme die Geschichte selber! Was könnte nicht diese hohe Göttin, deren Tempel auf lauter Gräbern steht, aus uns machen, wenn sie uns zum ersten Male dann anredete, wann unser Kopf und Herz schon offen wären und beide die großen Wörter ihrer Ewigkeitsprache – Vaterland, Volk, Regierform, Gesetze, Rom, Athen – verständen! – Was Herrn Schröckh anlangt, der noch ehrliche Gelehrtenhistorie und reine Waisenhaus-Moral mit beigeschaltet, so schneiden Sie mir, Herr Hofmeister, nur nicht aus seinem Buche die Kupferblätter mit heraus, und am englischen Einband ist mir auch gelegen.

Geographie ist ein gesundes Voressen der kindlichen Seele; auch Rechnen und Geometrie gehört zum frühen wissenschaftlichen Imbiß; nicht weil sie denken lehren, sondern weil sie es nicht lehren (die größten Rechenmeister und Differentialisten und Mechaniker sind oft die seichtesten Philosophen) und weil die Anstrengung dabei die Nerven nicht schwächt, wie Rechenrevisoren und Algebraisten beweisen.

Philosophie aber oder Anspannung des Tiefsinns ist Kindern tödlich oder knickt die zu dünne Spitze des Tiefsinns auf immer ab. – Tugend und Religion in ihre ersten Grundsätze bei Kindern zurückzerspalten, heißet, einem Menschen die Brust abheben und das Herz zerlegen, um ihm zu zeigen, wie es schlägt. – Philosophie ist keine Brotwissenschaft, sondern geistiges Brot selber und Bedürfnis; und man kann weder sie noch Liebe lehren; beide, zu früh gelehrt, entmannen Leib und Seele.

Es gefället mir, daß Sie selber erklärten, Sie würden das Französische dem Lateinischen, das Sprechen den grammatischen Regeln (d.h. den Laufwagen den Theorien von der Muskelbewegung) vorausschicken und die toten Sprachen später vornehmen, weil sie mehr durch den *Verstand* als durch das *Gedächtnis* gefasset werden. Latein wird zum Teil darum so schwierig, weil es so frühzeitig vorkommt; im funfzehnten Jahre tut man darin mit einem Finger, wozu man früher die Hand brauchte.

Abscheulich ists, daß auch schon unsere Kinder lesen und sitzen und den Steiß zur Unterlage und Basis ihrer Bildung machen sollen. Das *belehrende* Buch ersetzt ihnen den Lehrer nicht, das *belustigende* das gesündere Spielen nicht; die Dichtkunst ist für ein *unbärtiges* Alter noch zu unverständlich und ungesund; der Lehrer, der *vorlieset,* muß erbärmlich sein, wenn er nicht weit nachdrücklicher *spricht.* Kurz keine Kinderbücher!

In ein pädagogisches Stammbuch würden wir beide schreiben: Vergeblich tadeln ist schlimmer als gar nicht tadeln – Fehler, die das Alter nimmt, nehme der Lehrer nicht, der dauerhaftere zu bekämpfen hat, u.s.w. Ihr Katechismus sei Plutarch und Feddersen (aber ohne seinen elenden Stil); d.h. keine Moralien, sondern Erzählungen darnach – und noch dazu in keiner besondern Stunde, sondern zur rechten, damit der Kopf meiner Kinder nicht ein *Vokabelnsaal* von Moralen, sondern ihr Herz eine durchglühte *Rotunda* der Tugend werde.

Da der blöde, enge, ängstliche Anstand der dümmste und unnatürlichste ist, so lehren Sie den Kindern den besten, wenn Sie ihnen keinen *befehlen;* von Natur achten sie weder silberne Sterne noch silberne Köpfe – gewöhnen Sie ihnen dergleichen nicht ab.

Meine größte Bitte ist – die ich viele Jahre vorher drucken lassen –, daß Sie der spaßhafteste Mann in meinem Hause sind; Lustigkeit macht Kleinen alle wissenschaftliche Felder zu Zuckerfeldern. Meine müssen bei Ihnen durchaus nach ihrem *Wohlgefallen* scherzen, reden, sitzen dürfen. Wir Erwachsene ständen den abscheulichen Schulzwang unserer Abkommenschaft keine Woche aus, so vernünftig wir sind; gleichwohl muten wir es ihren mit Ameisen gefüllten Adern zu. Überhaupt: ist denn die Kindheit nur der mühselige *Rüsttag* zum genießenden *Sonntag* des spätern Alters, oder ist sie nicht vielmehr selber eine *Vigilie* dazu, die ihre eigne Freuden bringt? Ach, wenn wir in diesem leeren niederregnenden Leben nicht jedes *Mittel für den nähern Zweck* (wie jeden Zweck für ein entferntes Mittel) ansehen: was finden wir denn hienieden? – Ihr Prinzipal (ein abscheuliches Wort!) hat sich auf seine Verlobung ebensosehr gefreuet als auf seine Hochzeit.

Spielender Unterricht heißt nicht, dem Kinde Anstrengungen ersparen und abnehmen, sondern eine Leidenschaft in ihm erwecken, welche ihm die stärksten aufnötigt und erleichtert. Nun taugen dazu durchaus keine unlustigen Leidenschaften – z.B. Furcht vor Tadel, vor Strafe etc. –, sondern freudige; spielend würden alle Mädchen von Scheerau das Arabische erlernen, wenn ihre Liebhaber in keiner andern Sprache an sie schrieben als in dieser synonymischen. Hoffnung des Lobs ist es, das Kindern (das Lob äußerer Vorzüge ausgenommen) weit weniger schadet als Tadel und gegen welches sich keines, am wenigsten das beste, verstecken kann. Ich will Ihnen hier sagen, was mein eigner Hofmeister für Erzieh-Ränke anwandte: er nähte sich ein Zifferbuch; in diesem gab er jedem Glied seines Lyzeums (19 waren es) für jede Arbeit eine große oder kleine Zahl; diese Zahlen erwarben, wenn sie auf eine gewisse festgesetzte Summe gestiegen waren, einen Adel- und Fleißbrief, worauf man sein Lob mit nach Hause nahm. Da Belohnungen kraftlos werden, die zu *oft* oder erst *von weitem* kommen: so setzte er auf diese geschickte Art den Weg zur *entfernten* Belohnung aus täglichen kleinen zusammen. Wir konnten ferner unsere Zahlen zusammensparen; und Kinder heftet nichts so sehr an Fleiß als ein *wachsendes Eigentum* (von Ziffern oder von Schreibbüchern). Solche Zahlen wegstreichen war Strafe. Er machte uns alle dadurch so fleißig, besonders mich, daß ich wenige Jahre darauf imstande war, eine Biographie zu schreiben, die noch jetzt gelesen wird.

Reden Sie mit meinen Lieben nie kurz, nie allgemein, sondern sinnlich, und *erzählen Sie so ausführlich wie Voß seine Idyllen.*

So hab' ich die Poussiergriffel und Formzeuge an meinem Gustav gebraucht, wahrhaftig nicht, um ihn seiner Lebensbeschreibung, die ich verfaßte, sondern dem Leben anzupassen; ich wollt' aber, der Henker holte das Menschenherz, das für eigne Kinder nicht tun will, was es für ein fremdes tat.

Meine Töchter hingegen, werter Herr Hauslehrer, die ältern sowohl als die jüngern, geb' ich Ihnen nicht in die nämliche Schulstunde – Mädchen könnten mit Knaben ebensogut Schlafzimmer als Schulstube teilen – und in gar keine. Ein Hofmeister, der Mädchen zu erziehen wüßte (und Sie könnens), müßte so viel Welt, so viel Weiberkenntnis, so viel Witz, so viel launige Gewandtheit bei ebenso vieler Festigkeit besitzen – inzwischen erzieht eine recht gescheite Gouvernante die meinigen: häusliche Arbeit unter dem Auge einer gebildeten Mutter.

Ehe ich diese geheime Instruktion beschließe, merk' ich noch an, daß sie ganz unnütz ist – erstlich für Sie, weil ein Mann von Genie auch mit jeder andern Methode allmächtig bleibt, zweitens für den lahmen Kopf, weil er Kindern die Geisteskräfte, er mags machen, wie er will, wie ein alter Schlafgenoß einem jungen die körperlichen, stets auszehren wird. Ich habe überhaupt diesen pädagogischen Schwabenspiegel lange vor meinen Kindern in die Welt vorausgeschickt – mithin gar nicht für Sie, sondern für ein Buch.« –

Nämlich für dieses.

Um meinem Prinzipal zu zeigen, was ich in der Erziehung getan hätte, sagt' ich so: »Der Superintendent in Oberscheerau hat einen Wachtelhund, *Hetz* genannt, den er für keine Menagerie Schoßhunde weggibt. Nun sollte man denken, der Mann, da er Beichtkinder, eigne Kinder und Weine und indianische Hühner genug hat, wäre gut daran; aber falsch: Hetz leidet es nicht. Denn sobald die Suppe auf dem Tische raucht: so umschifft Hetz den Tisch, springt in die Höhe – seine Schnauze liegt dann wasserpaß in einer Ebene mit der Rehkeule – und billt und stochert mit dem Kopfe an jedes Knie so sehr, besonders ans geistliche, daß der Mann seines Orts wie in einem Fegefeuer fortschlucket und häufig nicht weiß, käuet er Zucker oder Salz. Es rettete ihn nicht, daß er oft den Hund selber anboll; die Radikalkur dagegen aber wäre bloß die, Hetzen nie einen Bissen zu geben. Er hielt es auch oft tagelang: aber in der nächsten Mahlzeit bewarf er aus Vergessen oder Unwillen den Plagegeist mit einem Knochen. Dieser einzige Knochen verhunzte den ganzen Hund. Dem Seelenhirten ist, besorg' ich, so lange nicht zu helfen, bis Hetz, der von selbst sich nicht ändert, etwa verreckt. Mir hingegen begegnet Hetz mit Vernunft und Schonung: warum? – Solang ich an jenem Tische aß, schenkt' ich Hetzen keine Faser, ohne Ausnahme. Auf Hetze und Menschen wirkt *Festigkeit* allmächtig. Wer keinen Hund erziehen kann, Herr Rittmeister, kann auch kein Kind erziehen; ich würde Hofmeister, welche in mein Brot wollten, an keinen Probierstein streichen als an den, daß sie mir Eichhörnchen und Mäuse zähmen müßten: wers am besten verstände, zög' ein, z.B. *Wildau* wegen seiner Bienenzähmung.« – – Aber meine gnädige Pate lachte nie herzhaft über meine oder Fenkische Scherze; hingegen über einen Hoppedizelischen lachte sie sehr, und doch hat sie uns beide lieber.

Wenn ich noch zwei Erzieh-Idiotismen – wovon der eine ist, daß ich den Witz meines Zöglings so stark als seinen Verstand übte, der zweite daß ich lauter Autores aus Zeitaltern von unedlen Metallen mit ihm traktierte – in einem Extrablatt werde gerettet haben: so gehen wir weiter in sein Leben hinein.

Extrablatt

Warum ich meinem Gustav Witz und verdorbne Autores zulasse und klassische verbiete, ich meine griechische und römische?

Ich muß vorher mit drei Worten oder Seiten beweisen, daß und warum das Studium der Alten niedersinke[1] und daß es zweitens wenig verschlage.

Wir sind bekanntlich jetzt aus den philologischen Jahrhunderten heraus, wo nichts als die lateinische Sprache an Altären, auf Kanzeln, auf dem Papier und im Kopfe war und wo sie alle gelehrte Schlafröcke und Schlafmützen von Irland bis Sizilien in einen Bund zusammenknüpfte, wo sie die Staatsprache und oft die Gesellschaftsprache der Großen ausmachte, wo man kein Gelehrter sein konnte, ohne ein Inventarium alles römischen und griechischen Hausrats und einen Küchen- und Waschzettel dieser klassischen Leute im Kopfe zu führen. Jetzt ist unser Latein Deutsch gegen das eines Camerarius, ders also nicht nötig gehabt hätte, seinen schmalkaldischen Krieg griechisch abzufassen; jetzo wird selten eine Predigt lateinisch, geschweige wie sonst griechisch geschrieben und kann also nicht wie sonst ins Lateinische sondern bloß ins Deutsche übersetzt werden. In unsern Tagen drängt keine Frau mehr ihren eingepuderten infulierten Kopf durch das klassische enge Kummet, wenns nicht Hermes' Töchter tun. Dieses war meinem Leser noch eher bekannt als mir, weil ich jünger bin – so wie uns beiden auch das jetzige bessere Kommentieren, Rezensieren und Übersetzen der Alten bekannt genug ist. Nur wuchs mit dem *Werte* ihrer Verehrer nicht die *Zahl* dieser

1   Diese Bemerkung über den Verfall hat seit 20 Jahren, wenn nicht in Frankreich, doch in Deutschland viel von ihrer Ausdehnung verloren.

Verehrer; alle andre Wissenschaften teilen sich jetzt in eine Universal-monarchie über alle Leser; aber die Alten sitzen mit ihren wenigen philologischen Lehnleuten einsam auf einem S. Marino-Felsen. Es gibt jetzo nichts als Vielwisser, die alles gelesen haben, nur die Alten nicht.

Der Geschmack am *Geiste* der Alten muß sich so gut abstumpfen als der an ihrer *Sprache*. Ich behaupte nicht, daß man in den klassischen Papageien-Jahrhunderten diesen Geist besser fühlte als jetzo; denn Vossius hing am Lukan, Lipsius am Seneka, Kasaubon am Persius; ich sage nicht, daß damals ein Faust, eine Iphigenie, eine Messiade, ein Damokles geschrieben wurden wie jetzt. Allein ich rede vom jetzigen Geschmack des Volks, nicht des Genies.

Wenn der Geist der Alten in ihrem geraden festen Gang zum Zweck bestand, in ihrem Hasse des doppelten dreifachen Manschetten-Schmucks, in einer gewissen kindlichen Aufrichtigkeit: so muß es uns immer leichter werden, diesen Geist zu fühlen, und immer schwerer, ihn in unsre Werke zu hauchen; mit jedem Jahrhundert müssen in un-serm Stile die Ein-, Über- und Rücksichten mit unserm Lernen schim-mernd wachsen; die Fülle unserer Komposition muß ihre Ründe verweh-ren; wir putzen den Putz an, binden den Einband ein und ziehen ein Überkleid über das Überkleid; wir müssen den weißen Sonnenstrahl der Wahrheit, da er uns nicht mehr zum ersten Male trifft, in Farben zersetzen, und anstatt daß die Alten mit *Worten* und *Gedanken* freigebig waren, sind wir mit *beiden* sparsam. Gleichwohl ists besser, ein Instru-ment von sechs Oktaven zu sein, dessen Töne leicht unrein und inein-ander klingen, als ein Monochord, dessen einzige Saite sich schwerer verstimmt; und es wäre ebenso schlimm, wenn jeder, als wenn niemand wie *Monboddo* schriebe.

Mit unserer Unfruchtbarkeit an Werken im alten Stil nimmt zugleich der Geschmack für diese Werke zu. Die Alten fühlten den Wert der Alten – nicht; und ihre Einfachheit wird bloß von denen genossen, von denen sie nicht erreicht werden, von uns. Ich denke, aus diesem Grunde: die griechische Einfachheit ist von der der Morgenländer, Wilden und Kinder[2] nur durch das höhere Talent verschieden, womit das heitere

2   In der Erzählung des Kindes ist die nämliche Verschmähung des Putzes, der Seitenblicke und der Kürze, dieselbe Naivetät, die uns oft Laune zu sein scheint und keine ist, und dasselbe Vergessen des Erzählers über die Erzählung, wie in den Erzählungen der Bibel, der ältern Griechen etc.

130

griechische Klima jene Simplizität auszeichnete. Das ist die *angeborne*, nicht erworbene. Die *künstliche* erworbene Einfachheit ist eine Wirkung der Kultur und des Geschmacks; die Menschen des 18ten Jahrhunderts waten erst durch Sümpfe und Gießbäche zu dieser Alpen-Quelle hinauf; wer aber droben bei ihr ist, verlässet sie nie mehr, und nur Völker, nicht einzelne können von Monboddos Geschmack zu Balzacs seinem herabfallen. Dieser erworbne Geschmack, den das junge Genie immer antastet und das bejahrte meistens bekennt, muß von Messe zu Messe durch die Übung an allem Schönen bei Einzelwesen empfindlicher und schärfer werden: die Völker selber aber verlieren sich jedes Jahrhundert weiter von den Grazien weg, die sich, wie die homerischen Götter, in Wolken verstecken. Die Alten konnten mithin die natürliche Einfachheit ihrer Hervorbringungen so wenig empfinden, als das Kind oder der Wilde die der seinigen. Die reinen einfachen Sitten und Wendungen eines Älplers oder Tirolers bewundert weder der eigne Besitzer, noch sein Landsmann, sondern der gebildete Hof, der sie nicht erreichen kann; und wenn die römischen Großen sich am Spielen nackter Kinder labten, mit denen sie ihre Zimmer putzten: so hatten die Großen, aber nicht die Kinder die Labung und den Geschmack. Die Alten schrieben also mit einem unwillkürlichen Geschmack, ohne damit zu lesen – wie die jetzigen genievollen Autoren, z.B. Hamann, mit weit mehr Geschmack lesen als schreiben – daher jene Speckgeschwülste und Hitzblattern an den sonst gesunden Kindern eines Plato, Äschylus, sogar eines Cicero; daher beklatschten die Athener keine Redner mehr als die Antithesen-Drechsler und die Römer die Wortspieler. Zur übermäßigen Bewunderung Shakespeares fehlte ihnen nichts als Shakespeare selber. Eben deswegen konnten diese Völker, wie das Kind, von der natürlichen Einfachheit zum gleißenden, lackierten Witzeln heruntergehen.

Zweitens versprach ich auf drei Seiten zu behaupten, daß die Vernachlässigung der Alten wenig schade. Denn was nutzet denn ihre Bearbeitung? Sie werden wie die Tugend weit weniger gefühlt und genossen, als man sagt[3]. Das Vergnügen an ihnen ist die richtigste Neuner-Probe des besten Geschmacks; aber dieser beste Geschmack setzt eine solche geistige Aufschließung für alle Arten von Schönheiten, ein solches Rein- und Schönmaß aller innern Kräfte voraus, daß nicht bloß *Home* Ge-

131

---

3   Was die Neuern im Geschmack der Alten schreiben, wird wenig verstanden; und die Alten selber sollen so häufig verstanden werden?

schmack unvereinbar mit einem bösen Herzen findet, sondern auch daß ich nächst dem Genie, das ihn nach Entladung seiner geistigen Vollsaftigkeit immer bekommt, nichts Seltners kenne als ihn, den vollendeten Geschmack. O ihr Konrektoren und Gymnasiarchen, die ihr über die Devalvation der Alten winselt und greint, wenn sie noch Augen hätten, sie würden über euere Valvation weinen! – O es gehören andre Herzen und Seelenflügel (nicht bloße Lungenflügel) dazu, als in euren pädagogischen Rümpfen stecken, um einzusehen, warum die Alten Plato den Göttlichen nannten, warum Sophokles groß und die Anthologen edel sind! Die Alten waren Menschen, keine Gelehrten; was seid ihr? Und was holt ihr aus ihnen? ...

Copiam vocabulorum – In mittlern Jahrhunderten war auch jeder kleine Nutzen der Alten ein großer; aber jetzt im 18ten, wo alle Völker gradus ad parnassum in den Musen-Granit eingehauen, kommt es auf zwei Treppen mehr oder weniger nicht an. Haben denn die jetzigen Nationen nichts im alten Geschmacke geschrieben? – Wär' es so: so würden ohnehin Muster, die sich in keinen Ebenbildern vervielfältigt haben, leicht zu entraten sein; es ist aber nicht einmal so, und die Omarsche Verbrennung aller Alten könnte uns nur ein wenig mehr entreißen, als wenn man den ganzen noch stehenden Herbstflor von einigen griechischen Tempeln und andern Ruinen umbräche: wir würden doch noch Häuser im griechischen Geschmack bekommen. Die Muster haben ja selber ohne Muster geschrieben, und Polyklets Bildsäule wurde nach keiner Polyklets Bildsäule geregelt. Trotz dem Studium der geschriebenen Antiken lag sonst in Deutschland und liegt noch in Italien die dichtende Schöpferkraft auf dem Siechbett.

Wer wie *Heyne* die alten Sprachen zur *formalen* Ausbildung der Seele dingen will: der vergisset, daß jede Sprache es kann, und daß eine unähnlichere, wie die orientalischen, es noch besser kann, und daß diese Ausbildung uns zuweilen so teuer zu stehen kommt als manchem Baron sein Französisches. Die Griechen und Römer wurden Griechen und Römer ohne die formale Bildung von griechischen und lateinischen Autoren – sie wurden es durch Regierung und Klima.

Es ist ein Unglück für das Schönste, was der menschliche Geist geboren hat, daß dieses Schönste unter den Händen der Primaner, Sekundaner und Tertianer zerrieben wird – daß das Scholarchat glauben kann, die bessere Ausgabe oder die bessern Nominal- und Real-Erklärungen setzten die jungen Gymnasiasten mehr instand, die erhabenen klassischen

Ruinen zu fassen, als eine bessere von Druckfehlern gesäuberte Ausgabe des Shakespeares und die beigefügten Novellen nebst den Noten einen Schulmann oder Franzosen instand setzen würden, die Augen vor diesem englischen Genius aufzuschließen – daß sonach das Scholarchat sich einbildet, einen Hämling oder Täufling erhalte nichts kalt gegen die Reize einer Kleopatra als die Hüllen dieser Reize – und daß die Scholarchate nicht mir und der Natur nachgehen[4]. – –

Die Natur erzieht nämlich unsern Geschmack durch vorragend Schönheiten für feinere; der Jüngling zieht den Witz der Empfindung vor, den Bombast dem Verstand, den Lukan dem Virgil, die Franzosen den Alten. Im Grunde hat dieser minderjährige Geschmack nicht darin unrecht, daß er gewisse niedere Schönheiten stärker empfindet als wir, sondern daß er die damit verbundnen Flecken und höhere Reize schwächer empfindet als wir alle; denn wir würden nur desto vollkommner sein, wenn wir zugleich mit dem jetzigen Gefühl für das griechische Epigramm das verlorne Jugend-Entzücken über das französische verknüpfen könnten. Man sollte also den Jüngling sich an diesen Leckereien, wie der Zuckerbäcker seinen Lehrjungen an andern, so lange sättigen lassen, bis er sich daran überdrüssig und für höhere Kost hungrig genossen hätte; – jetzo aber übersetzt er sich umgekehrt an den Alten satt und bildet und reizet damit seinen Geschmack für die Neuern. In unserer Autoren-Welt erscheinen die traurigen Folgen davon, daß Scholarchate den Anfang mit dem Ende machen und von Schriftstellern, die bloß dem zartesten besten Geschmacke die letzte Rûnde geben, den gymnasiastischen aus dem Groben wollen hauen lassen und so weder der Natur folgen noch mir.

Die Scholarchate besorgen freilich, »dadurch käme unter die jungen Leute mehr Witz, als schicklich ist, wenn man den Seneka, Epigrammen und verdorbne Autores lese«. Meine erste Antwort ist, daß die Konstitution des Deutschen robust und gesund genug ist, um dem Fleckfieber des Witzes weniger ausgesetzt zu sein als andre Völker. Z.B. das witzige Buch »Über die Ehe« oder Hamanns Schriften machen wir durch tausend reine Werke wieder gut, wo der Witz nicht darin ist. Ich habe daher oft gedacht, so wie der Deutsche von seinen Vorzügen wenig weiß, so weiß er auch von dem nichts, daß er nicht überflüssigen Witz hat, ob-

---

4   Fühlen denn alle Deutsche die Messiade, die der deutschen Sprache und biblischen Geschichte kundig sind?

gleich die Rezensenten mir und den Verfassern der Romane diesen Überfluß oft genug vorwerfen. Aber ich und diese Verfasser verlangen unparteiische Richter hierüber; sogar diese sonst unbedeutenden Rezensenten selber sind hierin einem Seneka und Rousseau, die beide den witzigen Stil verdammten, bekämpften und doch haschten, zu ihrem Ruhm so wenig ähnlich, daß sie den Fehler des Witzes strenge an andern rügen und glücklich selber vermeiden. 134

Meine zweite Antwort ist tiefer: eh' der Körper des Menschen entwickelt ist, schadet ihm jede künstliche Entwicklung der Seele; philosophische Anstrengung des Verstandes, dichterische der Phantasie zerrütten die junge Kraft selber und andre dazu. Bloß die Entwicklung des Witzes, an die man bei Kindern so selten denkt, ist die unschädlichste – weil er nur in leichten flüchtigen Anstrengungen arbeitet; – die nützlichste – weil er das neue Ideen-Räderwerk immer schneller zu gehen zwingt – weil er durch Erfinden Liebe und Herrschaft über die Ideen gibt – weil fremder und eigner uns in diesen frühen Jahren am meisten mit seinem Glanze entzückt. Warum haben wir so wenig Erfinder und so viele Gelehrte, in deren Köpfen lauter *unbewegliche* Güter liegen und die Begriffe jeder Wissenschaft klubweise auseinandergesperrt in Kartausen wohnen, so daß, wenn der Mann über eine Wissenschaft schreibt, er sich auf nichts besinnt, was er in der andern weiß? – Bloß weil man die Kinder mehr Ideen als die Handhabung der Ideen lehrt und weil ihre Gedanken in der Schule so unbeweglich fixiert sein sollen wie ihr Steiß.

Man sollte *Schlözers* Hand in der Geschichte auch in andern Wissenschaften nachahmen. Ich gewöhnte meinem Gustav an, die Ähnlichkeiten aus entlegnen Wissenschaften anzuhören, zu verstehen und dadurch selber zu erfinden. Z.B. alles Große oder Wichtige bewegt sich langsam: also gehen gar nicht die orientalischen Fürsten – der Dalai Lama – die Sonne – der Seekrabben; weise Griechen gingen (nach Winckelmann) langsam – ferner tut es das Stundenrad – der Ozean – die Wolken bei schönem Wetter. – Oder: im Winter gehen Menschen, die Erde und Pendule schneller. – Oder: verhehlt wurde der Name Jehovas – der orientalischen Fürsten – Roms und dessen Schutzgottes – die sibyllinischen Bücher – die erste altchristliche Bibel – die katholische – der Vedam etc. Es ist unbeschreiblich, welche Gelenkigkeit aller Ideen dadurch in die Kinderköpfe kommt. Freilich müssen die Kenntnisse schon vorher da sein, die man mischen will. Aber genug! der Pedant versteht und billigt mich nicht; und der bessere Lehrer sagt eben: genug!

Siebzehnter Sektor

Abendmahl – darauf Liebemahl und Liebekuß

O geliebter Gustav! die ausgewinterten Tage unserer Liebe schlagen in meinem Dintenfasse wieder in Blüten aus, indem ich sie vorzeichne! Hast du, Leser, irgendeinen Frühling deines Lebens gehabt, und hängt noch sein Bild in dir: so leg es im Wintermonat des Lebens an deinen warmen Busen und gib seinen Farben Leben, wie Erwärmung das unsichtbare Frühlinggemälde des Ofens enthüllt und belebt – denk dir alsdann deine Blumentage, wenn ich unsere zeichne … Unsere vier kleinen Wände waren die Staketen eines reichern Paradieses, als sich durch einen Augarten ausstreckt, unser Kirschbaum am Fenster war unser Dessauisches Philanthropinwäldchen, und zwei Menschen waren glücklich, ob sie gleich befahlen und gehorchten. Das Maschinenwerk des Lobes, das ich in dem Regulativ meinem Hofmeister so sehr anpries, legt' ich beiseite, weil es nicht an einen, sondern an eine ganze Schule anzusetzen ist: mein Paternosterwerk war seine Liebe zu mir. Kinder lieben so leicht, so innig; wie schlimm muß ders treiben, den sie hassen! Auf der Skala meiner Strafen-Karolina oder Theresiana standen – statt der pädagogischen Ehren- und Leibesstrafen – Kälte, ein trauernder Blick, ein trauernder Verweis und die höchste, das Drohen, fortzugehen. Kinder von zartem Herzen und von einer immer durch den Wind aufgehobnen Phantasie wie Gustav sind am leichtesten zu wenden und zu drehen; aber auch ein einziger falscher Riß des Lenkseils verwirrt und verstockt sie auf immer. Besonders sind die Flitterwochen einer solchen Erziehung so gefährlich wie die in der Ehe mit einer feinfühlenden Frau, bei welcher ein einziger kakochymischer Nachmittag durch keine künftigen Jahr- und *Tagzeiten* wieder auszutilgen ist. Ich wills nur bekennen: eben einer solchen sensitiven Frau wegen bin ich Hofmeister geworden. Da die Weiber (hieß es in mir) in einem auffallenden Grade alle Vollkommenheiten der Kinder haben – die Fehler derselben schon weniger –: so kann ein Mensch, der an den so weit auseinanderstehenden Ästen der Kinder sein Gespinste anzukleben und anzuziehen weiß, d.h.

der sich in Kinder schicken kann, so sehr schlimm unmöglich fahren als andre, wenn er – heiratet.

Wo der Tadel das Ehrgefühl des Kindes versehrte, da unterdrückte ich ihn, um meine Kollegen in der Runde durch das Beispiel zu lehren, daß das Ehrgefühl, das *unsere* Tage nicht genug erziehen, das Beste im Menschen sei – daß alle andre Gefühle, selbst die edelsten, ihn in Stunden aus ihren Armen fallen lassen, wo ihn das Ehrgefühl in seinen emporhält – daß unter den Menschen, deren Grundsätze schweigen und deren Leidenschaften ineinanderschreien, bloß ihr Ehrgefühl dem Freunde, dem Gläubiger und der Geliebten eine eiserne Sicherheit verleihe.

Sieben Tage früher, als recht war, kommunizierte mein Gustav; denn das Konsistorium – die Ferne der Pfarrherren, die Pönitentiaria der Gemeinden und die Widerlage der Regierung – schickte uns mit Vergnügen als geistige Fastendispensation oder Alters-Erlaß (venia aetatis) diese sieben Tage, um welche sein Kommunion-Alter zu leicht war, für ebensoviel Gulden geschenkt aufs Schloß heraus. Mein Zögling mußte also – der geschickteste Religionlehrer saß vergeblich zu Hause – wöchentlich zweimal zum dummen Senior *Setzmann* in Auenthal abmarschieren, der zum Glück kein Jurist wie ich war und in dessen Pfarrwohnung ein Rudel Katechumenen die Schnauzen in geronnene Katechismus-Milch stecken mußten – Gustav brachte statt des Tier-Rüssels einen zu kurzen Mund mit.

Gleichwohl war der Senior Setzmann nicht übel; auf einem Parlaments-Wollensack hätt' er sich zu einem Redner gesessen, d.h. zu einem Ding, das unter den Personen, die ihm anfangs nicht glauben, zuerst seine eigne überredet – Ein Redner ist so leicht zu überreden, als er überredet – Der Senior war jeden Sonntag in den ersten Stunden nach der Predigt fromm genug; er kann zwar verdammt werden, aber bloß Mangel an Predigten würd' es tun und der an Bier. Eine vernünftige Betrunkenheit kommt beides dem *aszetischen* und dem *poetischen* Enthusiasmus unglaublich zustatten. *Die* Leser sind meine Freunde nicht, welche sagen, aus bloßem Ärger und Neid – daß mein Gustav seine Stunden hörte – schrieb' ich es hier in die Welt hinaus, daß der Keller die Pauls- und Peterskirche des Seniors war – daß seine Seele, wie geflügelte Fische, nur so lange emporflog, als die Schwingen eingeölet waren – daß er immer betrunken und gerührt zugleich erschien und eher nicht in den Himmel hineinbegehrte, als bis er ihn nicht mehr sehen konnte. Hermes und Oemler sagen, ich würde Ärgernis vermeiden – obgleich das *Beispiel* Setzmanns ein größeres geben muß als der *Spaß* darüber –, wenn ichs lateinisch vortrüge, daß die aquae supra coelestes seiner Augen allemal seine zwei Schuh tiefern humores peccantes begleiteten.

Gustav ging an wehenden Frühlingnachmittagen auf jungem Grase zu ihm und freuete sich unterwegs auf zwei hübsche Dinge –: erstlich auf diesen Missionar der heidnischen Dorfjugend selber, dessen schwärmerischer Atem Gustavs Ideen, deren jede ein Segel war, wie ein Sturmwind bewegte und der besonders in der letzten, sechsten Woche, wo er die jungen *Sechswöchner* über den Leisten des *sechsten Hauptstücks* schlug, meines Gustavs *Ohren so verlängerte,* daß zwei *Flügel* daraus wurden, die mit seinem Köpfchen davongingen. – Zweitens spitzte dieser sich auf eine *breite Binde* über einem breiten Halstuch und dergleichen Schürze, welches alles noch dazu so blütenweiß war wie er und am schönsten Leibe in der ganzen Pfarrei saß – an *Reginens* ihrem, welche darin sich auf das zweite Kommunizieren vorbereitete. So etwas, mein Gustav, machte dich ganz natürlich aufmerksamer als zerstreuet – und wenn mir das Scholarchat nur eine halbe solche Muse statt des Bauchkissens meines lecken Konrektors auf dem Lehrstuhle entgegengestellt hätte: Himmel! ich würde gelernt haben, ferner memoriert, ferner dekliniert, desgleichen konjugiert, und endlich exportiert! – Deshalb war es zweitens eben keine Hexerei, Gustav – da bloß dein Ohr der *Windseite* vom Pastor entgegenlag, das Auge aber der *Sonnenseite* von Reginen –, daß du wenig dir aus der halben Stunde machtest, die der Senior darüber gab, um sein Gewissen zum Narren zu haben. Er hielt, um den Frais- und Zentherrn und Feimer im Herzen, das Gewissen, stille zu machen, seine Kinderlehren eine halbe und seine Predigten dreiviertel Stunden länger als die ganze Diözes. Der Mensch tut lieber mehr wie seine Pflicht als seine Pflicht.

Da Gustav nicht wußte, daß Mädchen nichts über sehen und alles überhören: so war ihm der ganze Katechismus ein Liebebrief, in dem er sich mit ihr unterredete. Wenn sie dem Senior zu antworten hatte: wurd' er rot; »der Senior«, dacht' er, »kann sein Fragen und Quälen nicht verantworten«, und sein Sehnerve wurzelte auf ihrem Gesichte.

Da die Falkenbergischen kein besonderes Kommunizierzimmer mit samtnen Dielen hatten: so ging meine Pate, der Rittmeister, an der Spitze ihrer Lehnleute um den Altar; also auch Gustav.

Am Beichtsonnabend – O ihr stillen Tage meiner frömmsten Entzückungen, geht wieder vor mir vorüber und gebt mir euere Kinderhand, damit ich euch schön und treu beschreibe! – Am Sonnabend ging Gustav nach dem Essen – schon unter demselben konnt' er vor Liebe und Rührung seine Eltern kaum ansehen – die Treppe hinauf, um nach einer so schönen Sitte den Seinigen seine Fehler abzubitten. Der Mensch ist nie so schön, als wenn er um Verzeihung bittet oder selber verzeiht. Er ging langsam hinauf, damit seine Augen trocken und seine Stimme fester würde, aber als er vor die elterlichen kam, brach ihm alles wieder, er hielt lange in seiner glühenden Hand die väterliche, um etwas zu sagen, um nur die drei Worte zu sagen: »Vater, vergib mir«; aber er fand keine Stimme, und Eltern und Kind verwandelten die Worte in stille Umarmungen. Er kam auch zu mir ... in gewissen Verfassungen ist man froh, daß der andre in der nämlichen ist und also unsre vergibt ... Ich wollt', Gustav, ich hätte dich jetzt in meiner Stube. – Wenn Kinder sich Gott – nicht wie Erwachsene als ihresgleichen, nämlich als ein Kind, sondern – als einen Menschen denken: so ist das für ihr kleines Herz genug. Gustav ging nach diesen Abbitten wankend, zitternd, betäubt, wie wenn er das sähe, was er dachte – Gott –, in die verlassene Kindheithöhle hinab, wo er unter der Erdrinde erzogen wurde und wo seine ersten Tage und ersten Spiele und Wünsche begraben lagen. Hier wollt' er knien und in dieser zerbrochnen Andachtstellung, worin der Genius der Sonnen und Erden in jener vielleicht frömmsten Zeit unsers Lebens alle gefühlvolle Kinder erblickt, seine ganze Seele in einen einzigen Laut, in einen einzigen Seufzer verwandeln und sie opfern auf dem Dankaltar; aber dieser größte menschliche Gedanke riß sich wie eine neue Seele von seiner los und überwältigte sie – Gustav lag, und sogar seine Gedanken verstummten ... Aber die Stimme wird gehört, die in der Brust bleibt, und der Gedanke gesehen, der zurücksinkt unter den Strahlen des Genius; und in der andern Welt betet der Mensch seine hiesigen verstummten Gebete hinaus. – – –

Am Abende dieses heilig-seligen Tages trug eine wiegende Ruhe auf ihren sichern Händen sein überfülltes Herz; er schlug nicht gewaltsam die kurzen Kinder- und Menschen-Arme um die Freude, sondern diese schloß die Mutterarme leis' um ihn. Dieser Zephyr der Ruhe wehte – anstatt daß der Orkan des Jauchzens den Menschen durch und wider alles reißet – noch am Pfingsttage spielend um sein Leben voll kleiner Blüten, und sein Wesen lag wie auf einer sanft tragenden Wolke, da die heitere Pfingstsonne ihn fand; aber als der Blumengeruch der geschmückten Brust, das Gefühl des pressenden, rauschenden Anzugs, das Glockengeläute, dessen fortlaufende Töne wie goldne Fäden um alle einzelne Auftritte liefen und sie in *einem* verbanden, der Birkenduft und das grüne Helldunkel der Kirche, sogar das Fasten, da all dies seine Gefühle und seine Blutkügelchen in fliegende Kreise warf: so stand in seiner Brust eine angezündete Sonne; das Bild eines tugendhaften Menschen brannte nie in so großen, über die Wolken hinaustretenden Umrissen vor ihm als da! – –

Aber der Abend! – Die kleinen Kommunikanten spazierten da mit leichterem Herzen und vollerem Magen in sittsamen Gruppen herum und fühlten Essen und Putz. Gustav – von dessen Flammen das Abendessen einiges überlegt hatte, wiewohl sich noch eine sanfte Glut verhielt – wandelte seinen Garten, da sein Kopf kein Tanzplatz, sondern eine Moosbank froher Gefühle war, langsam auf und ab und zog die eingeschlafnen Tulpenblätter auseinander, um aus diesem Blumenkerker manches verspätete Bienchen loszulassen. Endlich lehnte er sich an den Türstock des hintern Gartentürchens und sah sehnend über die Wiesen ins Dörfchen hinab, wo die gereiheten Eltern zusammen plauderten und den Kindern mütterlich-eitel nachschaueten, welche heute zum ersten und wohl zum letzten Male spazieren gingen, weil Bauern und Morgenländer nur Sitzen lieben. Da rückte ein scheues Bauerkinder-Pikett behutsam um die Gartenmauer herum, weil dasselbe den alten Starmatz, den Gustav heute mit seinem Bauer ins Freie getragen, gern näher hören wollte in seiner echt-ironischen Laune voll derber Schimpfwörter. Kinder sind in fremden Kleidern und an fremden Orten sich fremd; aber Gustav hatte seinen Leitton, um mit ihnen ins Gespräch überzugehen, zum Glücke bei der Hand, den Matz, mit welchem er bloß in eines zu geraten brauchte. Und alles gelang; und die redenden Künste des Vogels machten bald die Konversation so allgemein und unbefangen, daß man über alles mit allen sprechen konnte. Gustav fing an Geschichtchen zu erzählen, aber vor einem jüngern und billigern Publikum als ich; seine Geschichtchen erdachte und erzählte er im nämlichen Augenblick, und seine Phantasie stieß mit ihren Flügeln im unermeßlichen Tummelplatz an nichts. Überhaupt erfindet man gescheitere Contes unter dem Sprechen als unter dem Schreiben, und Madame d'Aunoy, die ich lieber heiraten als lesen möchte, würde uns großen

Kindern bessere Feenmärchen gegeben haben, wenn sie solche vor den Ohren der kleinen erfunden hätte.

Unter dem Vorwande des Niedersetzens lud und bat er sein ganzes Hör-Publikum auf einen Altan, der um einen Lindenbaum im Garten samt einer Treppe geflochten und gewölbet war ... Ich lasse so zeitig meine Leser nicht herab; denn Bienen, Bildschnitzer und ich lieben Linden sehr, jene des Honigs, diese des weichen Holzes und ich des weichen Namens und des Duftes wegen.

Aber hier ist noch etwas ganz anders zu lieben – Drei Kommunikantinnen horchten zur offnen Gartentür hinein und verdoppelten von weitem den Hörsaal: mit einem Worte, Regina war darunter und ihr Bruder schon mit droben; die Galerie oder die Logen mußten endlich – da das Hinaufrufen nichts half – das weibliche Parterre hinaufzerren. Ich erzähle selber jetzt feuriger nach; kein Wunder, daß auch Gustav es tat. Regina setzte sich am weitesten von ihm, aber ihm gegenüber. Er fing eine ganz frische Historie an, weil das bureau d'esprit viel stärker geworden. Ein elendes blutjunges Mädchen – Kinder wollen in der Geschichte am liebsten Kinder – malte er vor, eines ohne Abendbrot, ohne Eltern, ohne Bett, ohne Haube und ohne Sünden, das aber, wenn ein Stern sich putzte und herunterfuhr, unten einen hübschen Taler fand, auf dem ein silberner Engel aufgesetzt war, welcher Engel immer glänzender und breiter wurde, bis er gar die Flügel aufmachte und vom Taler aufflog gen Himmel und dann der Kleinen droben aus den vielen Sternen alles holte, was sie nur haben wollte, und zwar herrliche Sachen, worauf der Engel sich wieder auf das Silber setzte und sehr nett da sich zusammenschmiegte. – Welche Flammen schlugen unter dem Schaffen aus Gustavs Worten heraus, aus seinen Augen und Mienen in die Zuhörerschaft hinein. Noch dazu stickte nebenbei der Mond die Lindennacht auf dem Fußboden mit wankenden Silber-Punkten – eine verspätete Biene kreuzte durch den glühenden Kreis und ein schnurrender Dämmerungvogel um einen bekränzten Kopf – auf dem Doppel-Grund von Lindengrün und Himmelblau zitterten Blätter neben den Sternen – der Nachtwind wiegte sich auf dünnem Laube und auf Goldflittern der geputzten Regina und bespülte mit kühlen Wellen ihre Feuerwange und Gustavs Flammenatem ... Aber wahrhaftig ich behaupte, *den* Katheder brauchte er nicht einmal, so herrlich waren Katheder und Redner. Wie konnt' ihm dieser nötig sein, da er der Braut Christi und seiner eignen erzählte; da der ganze heutige Tag mit seinem blendenden

Nimbus wieder aufstand; da er das Mitleid in die Brust der unbefangenen Kinder einführte und aus ihren Augen es wieder vorpreßte; und da er gewisse weibliche sich benetzen sah ... Seine eignen zergingen in Wonne, und er dehnte sein Lächeln immer weiter auseinander, um damit sein Auge zu bedecken, das sich schon schöner bedecket hatte. – –

»Gustav!« hatt' es schon zweimal vom Schlosse her gerufen; aber in dieser seligen Stunde hörte es keiner; bis zum dritten Male die Stimme nahe unten im Garten erklang. Die betäubte geheime Gesellschaft rollte die Treppe hinab; – neben Gustav verweilte nur noch Regina unter der dunkeln Laube, um eiligst mit ihrer Schürze die Spuren der Erzählung aus den Augen zu bringen und mit einer Nadel sich etwas hinaufzu-stecken – er stand dem Gesichte, auf dem so viele schöne Abendröten seines Lebens untergegangen waren, so nahe und so stumm und hielt sie ein wenig, als sie nachwollte – wäre sie stille gestanden, so hätt' er sie nicht halten können; aber da sie riß: so umfaßte er sie fester und im größern Bogen – ihr Ringen vereinigte beide, aber seiner trunknen Seele ersetzte die Nähe den Kuß – das Sträuben führte seine zuckende Lippen an ihre – aber doch erst als sie seine Brust von ihrer wegstemmte und seine mit der Nadel zerritzte, dann erst strickte er sie mit unaus-sprechlicher vom eignen Blute berauschter Liebe an sich und wollte ihren Lippen ihre Seele aussaugen und seine ganze eingießen – sie standen auf zwei entfernten Himmeln, zueinander über den Abgrund herüber-gelehnt und einander auf dem zitternden Boden umklammernd, um nicht loslassend zwischen die Himmel hinunterzustürzen ...

... Könnt' ich seinen ersten Kuß tausendmal brennender abmalen: ich tät' es; denn er gehört unter die *ersten Abdrücke* der Seele, unter die Maiblumen der Liebe, er ist die beste mir bekannte *Dephlegmation* des erdigen Menschen. Nur ist es in diesem deutschen und belgischen Leben nicht möglich zu machen, daß der Mensch über fünf oder sechs Male zum ersten Male küsse. Später sieht er allezeit in seine Sachdefinition, die er von einem Kusse im Kopfe hat, ordentlich hinein und zitiert den Paragraphen, wo's steht; der ganze Inhalt des dummen Paragraphen ist aber der, die eigentliche Sache sei ein Zusammenplätten roter Häute. Wahrlich ein Autor von Gefühl kann sich nicht niedersetzen und beden-ken, daß ein Kuß eines von den wenigen Dingen ist, die nur genossen werden, wenn unter dem Geistigen das Körperliche nicht vorschmeckt – ohne daß ein solcher Autor von Gefühl (es ist niemand als ich) die ausfilzet, die nicht so viel Verstand haben wie er – er filzet nicht bloß die Herren *Veit Weber* und *Kotzebue,* in deren Schriften zu viele Küsse stehen, sondern auch andre Leute aus, in deren Leben zu viele kommen, namentlich ganze Pickenicks, die einander nach dem Tischgebet die Wangen mit den Lippen abbürsten und anschröpfen. Kommt es gar so weit, daß diese schöne Lippenblüte unsers Gesichts sich an Häuten von Schafen und von Seidenraupen, an Handsandalen, zerknüllen muß: so will ein Autor von so viel Empfindung der leidenden Partei die Hände und der tätigen die Lippen wegschneiden ...

Ich begieße den vom letzten Kusse erhitzten Leser mit diesem kalten Wasserschatze wirklich nicht deshalb, um mit ihm so umzuspringen wie das Schicksal mit mir; denn dieses hat sichs einmal zum Gesetz gemacht, jedesmal wenn ich mitten im *Freudenöl* solcher Auftritte wie der Gustavische – oder auch nur der Beschreibung solcher Auftritte – stehe, mich sogleich in Salzlaken und Vitriolöle unterzutauchen. Sondern ich wollte gerade umgekehrt *die* häßliche Empfindung über den Tausch entgegengesetzter Szenen dem Leser halbieren, die der arme Gustav ganz bekam, da es unten rief:

»Wollt ihr gleich!« Die Rittmeisterin legte in den Ton mehr Beleidigendes, als mein unschuldiger Gustav noch zu fühlen verstand. Die Liebhaberin verliert in solchen Überraschungen den Mut, den der Liebhaber bekommt. Die ersten Versikel des abgefluchten Strafpsalms durchlöcherten das Ohr der schuldlosen Regina, welche stumm und weinend aus dem Garten schlich und so den freudigen Tag trübe beschloß. Die sanftern Verse erfaßten den Geschichtdichter, der seine Contes moraux ästhetisch und mit Pathos[1] auszumachen vorhatte und nun selber von einem fremden Pathos erwischt wurde. Ernestinens Herz, Lippen und Ohren waren hinter den strengsten Gittern erzogen; daher wich ihre so melodische Seele (bei einem bloßen Kuß) in eine fremde harte Tonart aus; sie gab vom *schönsten* Mädchen nichts zu, als: »Ein gutes Mädchen ists.« Überhaupt ist mir die Frau, die gewisse Fehltritte einer andern sehr schonend beurteilt, mit ihrer Duldung verdächtig:

---

1 Gustavs Mut zum Kuß ist übrigens natürlich. Unser Geschlecht durchläuft drei Perioden des Muts gegen das schöne – die erste ist die kindliche, wo man beim weiblichen Geschlecht noch aus Mangel an Gefühl etc. wagt – die zweite ist die schwärmerischer wo man dichtet, aber nicht wagt – die dritte ist die letzte, wo man Erfahrung genug hat, um freimütig zu sein, und Gefühl genug, um das Geschlecht zu schonen und zu achten. Gustav küßte in der ersten Periode.

eine ganz reine weibliche Seele erzwingt an sich höchstens die Miene dieser Toleranz für eine weniger reine.

Auf unschuldige Lippen drückte Gustav den ersten und letzten Kuß; denn in der Pfingstwoche zog die Schäferin nach Maußenbach als Schloß-Dienstbote. Wir werden nichts mehr von ihr hören. – So wird es durch das ganze Buch fortgehen, das wie das Leben voll Szenen ist, die nicht wiederkommen. Nun tritt schon die Sonne höher an Gustavs Lebenstage und fängt an zu stechen – eine Blume der Freude um die andre bückt sich schon vormittags zum Schlummer nieder, bis nachts um 10 Uhr der gesenkte Flor mit verschwundnen Blüten schläft …

Achtzehnter Sektor

Scheerauische Molukken – Röper – Beata – offizinelle Weiberkleider – Oefel

Ich würde närrisch handeln und schreiben, wenn ich – da uns alle, Leser sowohl als Einwohner dieser Biographie, Scheerau so nahe angeht; da Gustav, der Held, dahin als Kadett kommt; da ich, der Hofmeister, daraus komme; da Fenk, der Doktor, noch daselbst ist und da Fenk in dieser Geschichte noch wichtig werden kann – drei Papiere von Dr. Fenk trotz aller dieser Gründe nicht einrückte. Die Rede ist von *zwei* Zeitungsartikeln und *einem* Brief, die der Pestilenziar geschrieben.

Ich weiß gewiß, daß es einigen hohen Fremden, die durch die scheerauischen höhern Zirkel gereiset, bekannt ist, daß der Doktor eine Zeitung schreibt, die nicht gedruckt wird, nämlich eine geschriebne Gazette oder Nouvelles à la main, wie mehre Residenzstädte sie haben. Dörfer haben gedruckte Neuigkeiten, kleine Städte mündliche, Residenz-städte schriftliche. Das Papier ist Fenks Marforio und Pasquino, der seine satirischen Arzneien austeilt.

Seinen *ersten* Zeitungartikel flecht' ich ein, schon bloß des Journals für Deutschland wegen. Dieses so platte und so wortreiche Journal – denn sonst wär' es weder *von* noch *für* Deutschland geschrieben – rückte eine gute Abhandlung von mir nicht ein, die ich über den außer-ordentlichen Handelflor in Scheerau eingeschickt, weil vielleicht keine Regierung in Deutschland weniger bekannt ist als die scheerauische. Wahrhaftig man sollte denken, dieses Fürstentum verstecke sich wie ein Walfisch unter die Eisrinde der Polarmeere, so unbekannt sind die wichtigem Nachrichten von ihm; z.B. solche wie die, daß wir Scheerauer seit der neuen Regierung den ganzen ostindischen Handel und die Molukken an uns gezogen, von denen wir jetzo unsere Gewürze selber holen, welche letzte die Regierung eigenhändig dazu aus Amsterdam verschreibt. – – Aber das steht ja eben im ersten Zeitungsartikel.

Nro. 16

Gewürzinseln und Molukken in Scheerau

Der Brandenburger Weiher bei Baireuth ist ein ausgegrabner Landsee von 500 Tagwerken, und vor einigen Monaten saß ich eine Stunde darin; denn man trocknet ihn jetzt zum Besten seiner bleichen Küstenbewohner aus. Der scheerauische Weiher, an dem vier Regenten weitergraben ließen, hat 129 Tagwerke mehr und ist für Deutschland wichtig: denn durch seine aërostatischen Dünste wird er so gut wie das Mittelländische Meer das Wetter in Deutschland ändern, sobald der Wind über beide geht. Die Ebbe und Flut muß genau genommen sogar auf einer Träne oder im Saufnäpfchen eines Zeisigs stattfinden, wie viel mehr auf einem solchen Wasser: – die Diözes von Inseln, die diesen Teich so putzt und furniert, z.B. Banda, Sumatra, Zeylon und das schöne Amboina, die großen und kleinen Molukken, traten erst unter der jetzigen Regierung aus dem Wasser – oder vielmehr ins Wasser. Herrn Buffon, wenn er noch lebte, und andre Naturforscher müßt' es frappieren, daß die Inseln auf dem Scheerauischen Ozean nicht durch Auftürmungen von Korallen entstanden – auch nicht durch Erdbeben, die den Dromedar-Rücken des Meergrundes aus dem Wasser aufkrümmten – selber durch keinen Vulkan in der Nähe, der diese Berge ins Wasser hineingesäet hätte; denn Sumatra, die großen und die kleinen Molukken wurden bloß in kleinen Partien auf unzähligen Schubkarren und Leiterwagen an die Küsten herbeigeschoben – und weil auf den Karren Steine, Sand, Erde und alle Ingredienzien einer hübschen Insel waren, so brachten die Fronbauern, landesherrliche sowohl als ritterschaftliche, die ebenso viele (Tabak-) rauchende und Inseln bildende Vulkane waren, in kurzem die Molukken fertig, indes die ritterschaftlichen Brücken über landesherrliche Wasser noch nicht angefangen sind.

Die Absicht des Landesherrn ist, den ganzen ostindischen Handel bei Asien in Scheerau so bei der Hand zu haben wie eine Rappémühle – und ich denke, wir haben ihn; nur mit dem Unterschiede, daß die scheerauischen Gewürzinseln noch besser sind als die holländischen. Auf den letzten muß man erst das Reifen des Pfeffers, der Muskatnüsse etc. abpassen; aber auf unsern liegt schon alles reif und trocken da, und man darfs nur ans Essen reiben: das macht, weil wir alle diese Früchte schon ganz zeitig aus – Amsterdam verschreiben. Es ist nämlich so:

»Entweder alles oder nichts ist ein Regale. Der Rechtskundige kann es nicht billigen, daß die Fürsten, wiewohl sie die kostbarsten, aber seltensten Produkte zu ihren Regalien erheben, gleichwohl die gemeinen, aber desto ergiebigern in den Händen der Landeskinder lassen und dadurch den Fiskus schwächen. Der Jurist findet bei den südasiatischen Fürsten, so despotisch sie sonst sind, mehre Folgerichtigkeit, welche nicht das Wild, oder Salz, oder Bernstein, oder Perlen, sondern das ganze Land und den ganzen Handel nehmen und beide bloß jährlich verpachten. Die deutschen Fürsten haben hiezu größere Befugnis als alle andre; denn alle europäische Reiche haben indische Besitzungen, haben ein Neu-England, Neu-Frankreich, Neu-Holland; aber ein Neu-Deutschland hat das Alt-Deutschland nicht, und das einzige Land, welches ein Fürst noch wegzunehmen hat, ist sein eignes, man müßte denn aus Polen oder der Türkei ein Neu-Österreich, Neu-Preußen etc. zu machen wissen.

Allein dieses sah bisher kein Regent als der scheerauische ein, der diese Grundsätze seinem geheimen Kabinette vorlegte, aber schon vor dem Abstimmen seinen Entschluß gefasset hatte: daß nun die Leute alles Gewürz bei ihm nehmen sollten. Er selber schafft nun, gleich der Natur, auf seinen Molukken die Gewürze, die sein Land isset, indem er sich durch den Kommerzien-Agenten von Röper den Samen dieser Gewürze – Pfeffer-Körner, Nüsse etc., aber nicht zum Pflanzen, sondern zum Kochen – aus Amsterdam spedieren lässet. Daher umschnüret (weil die Molukken bei der Gewürz-Defraudation litten) ein Pfeffer- und Zimt-Kordon von Kadetten und Husaren das Land; niemand könnte eine Muskatnuß einschwärzen als die Muskattaube in ihrem dicken Gedärm. Alles, was meine scheerauische Leser aus den Läden nehmen, der Kaufladen mag einem großen Hause gehören, das mehr Schiffe und Reisediener auf den Beinen erhält als ich Setzer, oder er mag von einem armen Höker gemietet sein, dessen Schilderung mich schon dauert, dessen Strazza eine Schiefertafel ist und dessen Kapitalbuch eine schmierige Stubentür und dessen Kaufmannsgüter nicht zu Schiffe, sondern als Landfracht unter dem Arme oder auf der Achse, d.h. an einem Stocke auf der Achsel gebracht werden – in beiden Fällen käuet der scheerauische Leser Erzeugnisse aus Molukken, die vor seiner Nase sind. –

Einer, der dergleichen beurteilen kann, fället nachher dem Gewürz-Inspektor von Herzen bei, welcher im scheerauischen Intelligenzblatte schreibt, 1) daß jetzt das Land Pfeffer und Ingwer um niedrigern Preis erhalten könnte, weil bloß der Fiskus imstande wäre, sie in größern, mithin in wohlfeilern Partien zu beziehen – 2) daß der Regent jetzt vermögend sei, diese Leckereien, die unsern Beutel über Indien leeren, unter allen Deutschen zuerst den Scheerauern abzugewöhnen, indem er bloß den Preis beträchtlich zu steigern brauchte – 3) und daß eine neue Dienerschaft ihr Brot hätte.

Ich brauch' es nicht zu verteidigen, daß unser Fürst – da die russische Kaiserin Dörfern das Stadtrecht gibt – Schutt-Hügeln das Inselrecht erteilt, oder daß er ihnen ostindische Namen schenkt, da jeder Tropf von Schiffer bei der größten Insel, die er noch dazu mehr entdeckt als macht, Patenstelle vertreten darf. Unser Sumatra ist über $1/4$ Quadrat-viertelstunde groß und hat hauptsächlich Pfeffer – die Insel Java ist noch größer, aber noch nicht fertig – auf Banda, das dreimal so groß als der Konzertsaal ist, liefert die Natur Muskatnüsse, auf Amboina Gewürznelken – auf Teidor steht ein artiges Landhaus eines bekannten Scheerauers (des Doktors hier selber) – die kleinen Molukken, die in den Weiher hineinpunktiert sind, kann ich samt ihren Produkten in die Westentasche stecken, sie haben aber ihr Gutes. – Wer noch in keiner Seestadt, in keinem Hafen war: der kann hieher in den Scheerauer reisen und selber nachmittags ein Zeuge davon werden, was in unsern Tagen der Handel ist, den die verbundnen Hände aller Völker heben – hier kann er sich einen Begriff von Kauffahrteiflotten machen, von denen er so viel, aber nur blind gelesen und die er hier wirklich über unsere Teich segeln sieht – er kann die sogenannte Gewürzflotte des Herrn Kommerzien-Agenten von Röper sehen, die gleich einem hitzigen Klima die nötigen Gewürze, die er verschrieben, unter alle Inseln austeilt – er kann auch auf arme Teufel stoßen, die auf ein wenig Floßholz sich aus Ostindien die wenigen Kaufmannsgüter abholen, die sie kreuzerweise absetzen – am Hafen und Ufer, wo er selber steht, kann er bemerken, was der Küstenhandel ist, den da sogenannte Fratschler-Weiber mit Pfeffer- und Welschen-Nüssen im kleinen treiben.«

Ende von Nro. 16

Das zweite Stück der Fenkischen Zeitung ist eine Schilderung eben dieses Kommerzien-Agenten von Röper ohne seinen Namen. Wenn der Leser diese Abschweifung gelesen hat: so wird er sagen, es war gar keine.

Nro. 21

Ein unvollkommner Charakter, so für Romanenschreiber im Zeitungkomptoir zu verkaufen steht

Im Roman gefallen wie in der Welt keine vollkommen-gute Menschen; aber auch auf der andern Seite wird einer weder Lesern noch Nebenmenschen gefallen, der ganz und gar ein Schelm ist – bloß halb oder dreiviertel muß ers sein, wie alles in der großen Welt, Lob und Zote und Wahrheit und Lüge.

149   Im Zeitungkomptoir steht ein halber Schelm und wird allen Romanschreibern im Scheerauischen um das wenige, was sie dafür geben können, verkäuflich erlassen. Ich versichere die Herrn Schreiber, daß ich etwa nicht die Unvollkommenheiten dieses Schelms übertreibe, um ihn teuerer abzusetzen; der Inhaber nimmt den Schelm wieder zurück, wenn er nicht Bosheit genug hat.

Dieser unvollkommne Charakter wurde im Kirchenstaat gezeugt und an der Grenze von Unter-Italien geboren; und kaufte sich, nach seiner Taufe und Mündigkeit, Hecheln und Mausfallen. Die wenigsten Deutschen wissen, daß sie die Italiener, bei denen dieser Handelzweig blühet, reich auskaufen. Unser Charakter schwang sich bald von einem Hechel-Kommissionär zu einem Hechel-Associé empor; er verfertigte die Mausfallen, die er aus Italien bezog, in Deutschland, und die Mauslöcher waren sein Ophir und die Flachsfelder seine Münzstädte. Die Hechel, die er vor dem Einkauf seines Adeldiploms an gegenwärtigen Tiermaler verkaufte, schlug er ihm für sechstehalb Gulden los.

Er muß schon vor seiner Geburt in der andern Welt in einem großen Hause gehandelt haben; denn er brachte eine Kaufmann-Seele schon fertig mit. Es war nicht klug von mir, daß ichs nicht eher erzählet habe, daß er als Knabe von neun Jahren in seiner Blatterkrankheit einen kleinen Kaufladen aufsperrte und mit dem Pockengifte feil hielt, das man aus seiner Apotheke, nämlich von seinem Körper nahm zum Ein-impfen. Er gab keine Blatter umsonst her, sondern verlangte sein Geld dafür und sagte, er sei ein Pocken-Sämereihändler, aber noch ein junger Anfänger. Diesen Handel mit eigner Manufaktur legt' ihm bald der Arzt und die Natur, und der Doktor sagte, er sei so teuer wie ein Apotheker. Daher wollt' er sogar selber einer werden.

Er wurd' auch einer, aber nach dem mecklenburgischen Idiotikon; denn in diesem heißet jeder Materialladen eine Apotheke. Nämlich in Unterscheerau änderte er die Religion und den Nährzweig und bauete sich einen Laden, der bloß für Käufer Hechel und Mausfalle war. Hier hielt er sich einen Ladenjungen, ein Küchenmensch, einen Friseur, einen Barbier und einen Vorleser des Morgensegens – alle diese Personen machten nur *eine* Person aus, seine eigne; diese war und tat wie ein Ensoph alles.

150

Da bei unserem Schelm als einem unvollkommnen Charakter Tugen-den in Fehler vererzt sein müssen – ich würd' ihn sonst keinem Roman-Bauherrn antragen –: so nehme man mirs nicht übel, daß ich auch seine weiße Seite neben seine schwarze bringe, wie man auf böheimischen Tafeln immer weiße und schwarze Gerichte nebeneinander stellet.

Er ging damals Sonntags aus seinem Laden bei aller erlaubter Spar-samkeit doch gut gekleidet heraus. Seinen Hut, seine Ringfinger und seine Weste bordierte echtes Gold; seinen Magen und seine Waden spann der Seidenwurm ein und seinen Rücken das englische Schaf. Es ist ganz der menschlichen Bosheit gemäß, das Verschwendung zu nen-nen, was hier seltene verheimlichte Wohltätigkeit war; alles, was der unvollkommne Charakter anhatte, waren – Pfänder; denn um die Leute vom Verpfänden abzubringen, drohte er jedem, jedes Pfand, worauf er leihe, würd' er so lange anziehen, als es bei ihm stände. Auf diese Art hielt er manchen ab, und die Kleidung dessen, bei welchem menschen-freundliches Warnen nichts verfing, legte er wirklich Sonntags nach dem Essen an. Es war daher weniger Mangel an Geschmack als an Geiz und Härte, daß er an sich, so wie mehre Dienst-Personen, so auch mehre Kleider vereinigte und so bunt aufschritt wie ein Regenbogen oder wie eine Kleidermotte, die sich von Tuch zu Tuch durchfrißt.

Da ich so gewiß weiß, daß Verschwendung ihn nicht verunzierte, so sehr es den Anschein hat: so will ich allen Anschein durch die Nachricht wegnehmen, daß er jeden Sonnabend sein Pfund Fleisch im Zölibate kaufte, aber – denn sonst bewiese es noch nichts – nicht aß. Er aß allerdings eines und mit dem Löffel; aber es war vom vorigen Sonnabend. Der unvollkommne Charakter holte nämlich jeden Sonnabend sein Andachtfleisch aus der Bank und veredelte und dekorierte damit sein Sonntag-Gemüs. Aber er nahm nichts zu sich als den vegetabilischen Teil. Am Montag hatt' er den tierischen noch und würzte mit ihm ein zweites Gemüs – am Dienstage arbeitete das abgekochte Fleisch mit neuem Feuer an der Kultur eines frischen Krautes – am Mittwoch mußt' es vor ihm mit matten Fettaugen auf einer andern Kräutersuppe liebäugeln – und so ging es fort, bis endlich der Sonntag erschien, wo das ausgelaugte Fleischgeäder selber zum Essen, aber in einem andern Sinne, kam und Röper das Pfund wirklich aß. Ebenso kann man mit einem Pfund Leibnizischer, Rousseauischer, Jakobischer[1] Gedanken ganze Schiffkessel voll schriftstellerischen *Blätterwerks* kräftig kochen.

Diese Sparsamkeit legierte der unvollkommne Charakter noch mit einigem Betrug. Er interpolierte die Güter, die er gut bekam, und schrieb zurück, er habe sie schlecht bekommen, sie wären so und so und er könnte sie nur um den halben Preis gebrauchen. Ein Drittel des Preises

1   Friederich Jakobi in Düsseldorf. Wer an seinem Woldemar – das Beste, was noch über und gegen die Enzyklopädie geschrieben worden – oder an seinem Allwill – wodurch er die Stürme des Gefühls mit dem Sonnenschein der Grundsätze ausgleicht – oder an seinem Spinoza und Hume – das Beste über, für und gegen Philosophie – die zu große Gedrungenheit (die Wirkung der ältesten Bekanntschaft mit allen Systemen) oder den Tiefsinn oder die Phantasie oder einige Züge, die gewisse *seltnere* Menschen heben, bewundert: einem solchen wird dabei das erste Anbellen, unter welchem Jakobi in den Tempel des deutschen Ruhms treten mußte, sehr widrig ins Ohr fallen; aber er muß sich nur erinnern, daß in Deutschland (nicht in andern Ländern) neue Kraftgeister immer an der Tempelschwelle anders empfangen werden (z.B. von bellenden Dreiköpfen) als im Tempel selber, wo die Priester sind; und sogar einem Klopstock, Goethe, Herder ging es nicht anders. Aber vollends du armer *Hamann* in Königsberg! Wie viele Mardochais haben in der Allgemeinen deutschen Bibliothek und in andern Journalen an deinem Galgen gezimmert und an deinem Hängstrick gesponnen! – Inzwischen bist du doch glücklicherweise nur scheintot vom Galgen gekommen.

spielt' er so dem Kaufmann geschickt genug aus der entfernten Tasche. Waren, Fässer, Säcke, die in seinem Hause nur ein Absteig-Quartier hatten und weiterreisen mußten, gaben ihm den Transito-Zoll durch ein kleines Loch heraus, das er in sie hineinmachte, um das wenige daraus sich zu entrichten, was dem Fuhrmann aufgebürdet werden konnte, wenns fehlte. – Er legte ein Münzkabinett oder Hospital für arme invalide amputierte Goldstücke an. Andern verrufenen Münzen gab er den ehrlichen Namen, den sie verloren, wieder und zwang seine Faktore, sie als legitimiert und rehabilitiert anzunehmen. Ein Goldstück mochte noch so schlecht in sein Haus gekommen sein, er dankte es wie einen Offizier nie ohne Avancement ab. So decken solche edlere Seelen sogar die Mängel des Geldes mit dem Mantel der Liebe zu.

Auf diese Art breiteten sich seine Kaufmanns- und Feldgüter immer mehr aus, und in seinem von der freundschaftlichen Wärme des Publikums angebrüteten Herzen regte sich, wie ein Ei-Infusiontierchen, ein federloses durchsichtiges mattes Ding, das er Ehre nannte. Der unvollkommne Charakter ließ sich also einen Charakter als Kommerzienrat kommen.

Jetzt, da er die Ehre recht beim Flügel und aufs Papier befestigt hatte, konnt' er sie eher beleidigen als vorher, als er sie noch nicht unter seinen Papieren besaß. Er machte also seine Lieberklärung dem reichsten und geizigsten Vater einer schönen Tochter, welche die Liebe gegen einen Offizier zum letzten Schritte hingerissen hatte. Die Tochter haßte seine Lieberklärung; aber der Charakter mit Hülfe des Vaters bemächtigte sich ihrer sträubenden Hand, zog sie daran zum Altar, schraubte den Ring ihr an und pfählte ihre Hand in seine. Ihr zweites Kind war sein erstes.[2]

Da indessen seine Ehre sich nach diesem Blutverlust und diesen Ausleerungen schlecht auf den Füßen erhalten konnte: so mußt' er daran denken, ihr ein recht stärkendes Amulett, ein Ignatius-Blech, einen Lukas- und Agathazettel umzuhängen – *ein Adeldiplom*. Sie wurde aus der Reichshofrats-Kanzlei von Wien auch glücklich hergestellt.

2   Gebe doch der Himmel, daß der Leser alles versteht und sich hier nur einigermaßen noch der ersten Sektoren erinnert, wo ihm erzählt wurde, daß die Frau des Kommerzien-Agenten Röper die erste Geliebte des Rittmeisters Falkenberg gewesen und dem Agenten ihren Erstgebornen von dem Rittmeister als Morgengabe zugebracht.

152

Da er nicht mit seiner Frau, sondern nur mit seinen Gläubigern *Güter-Gemeinschaft* hatte: beurlaubte er sich vom Kaufmannstande mit einem unschuldigen Falliment und rettete sich und sein reines Gewissen und die Güter seiner Frau und seine eigne auf seinen Landgütern, um da seinem Gott zu dienen.

Ich meine seinen Göttern. – Freunde hatte übrigens der unvollkommne Charakter nicht. Seine Begriffe von Freundschaft waren zu edel und hoch und verlangten die reinste uneigennützigste Liebe und Aufopferung vom Freunde; daher ekelten ihn die niedrigen Tröpfe um ihn an, die nicht sein Herz, sondern seinen Beutel verlangten und die ihn bloß an sich drückten, um etwas aus ihm herauszudrücken. Er konnte einen solchen Eigennutz nicht einmal vor sich sehen, und sein Haus litt daher, wie die menschliche Luftröhre oder wie Sparta, nichts Fremdes in sich. Er glaubte mit *Montaigne*, man könne nicht mehr als *einen* Freund, so wie *eine* Geliebte, recht lieben; daher schenkt' er sein Herz einer einzigen Person, die er unter allen am höchsten schätzte – seiner eignen nämlich – diese hatt' er geprüft; ihre uneigennützige Liebe gegen ihn selber vermochte ihn, daß er Ciceros Ideal erreichte, welcher schrieb, daß man für den Freund alles, sogar das Schlimme tun könne, was man für sich nicht täte.

Er ist der größte Stoiker im Scheerauischen; er sagt nicht bloß, an allen Vergnügungen sei nichts: sondern er verachtet auch alle zeitliche Güter, weil sie ihn nicht glücklich machen können. Diese Verachtung derselben ist vom heftigsten Bestreben nach ihnen wohl nicht zu trennen, weil ein Weiser, wie die Stoiker in der Note[3] sagen, ein Leben, in dessen Mobiliarvermögen nur eine Kratzbürste oder ein Stallbesen drüber ist, einem Leben, dem bloß dieses wenige fehlte, vorziehen wird, ob er gleich nicht durch jenes glücklicher wird. Daher legt der unvollkommne Charakter auf die kleinsten Effekten, wie der alte Shandy auf die kleinsten Wahrheiten, einen so großen Wert wie auf die größten; daher muß er mit den Nußschalen heizen, mit abgelösten Siegeln siegeln, auf fremde leere Briefräume eigne Briefe schreiben etc. Der unvollkommne Charakter hat hierin Ähnlichkeit mit dem Geizigen, der mit ähnlichen Kleinigkeiten wuchert und den keine Gründe widerlegen können: denn wenn

---

3   Si ad illam vitam, quae cum virtute degatur, *ampulla* aut *strigilis* accedat, sumturum sapientem eam vitam potius quo haec adjecta sint nec beatiorum tamen ob eam causam fore. Cic. de finib. bonor. et mal. Lib. IV.

ich einen Groschen nicht wegwerfen darf, so darf ich auch keinen Pfennig, keinen halben Pfennig, keinen $^1/_{100000}$ Pfennig; die Gründe sind dieselben.

Im Menschen liegt ein entsetzlicher Hang zum Geiz. Den größten Verschwender könnte man zu noch etwas Schlimmern, zum größten Knicker machen, wenn man ihm so viel gäbe, daß *er* es für viel und der Vermehrung wert hielte; und umgekehrt. So will der Wassersüchtige desto mehr Wasser, je höher er davon geschwollen ist; mit seinem Wasser fället zugleich der Durst darnach.

Der unvollkommne Charakter dankt dem Himmel für zweierlei, erstlich daß er in keinen Geiz, zweitens in keine Verschwendung gefallen sei – daß er seiner Frau und seinem Kinde nichts versagt, alles gibt und bloß dummen Leuten, die Stoff zur Verschwendung behalten wollen, diesen Stoff aus den Händen nimmt, wie die alten Deutschen, Araber und Otaheiter nur Fremde, nie aber Inländer bestehlen – daß er keusch ist und lieber die Geldkatze eines Kaufmanns als den Gürtel der Venus löset – daß er Armen ganz anders beispringen wollte, wenn er so viel Pfennige hätte wie der und der – daß er aber gleichwohl sein bißchen sich so wenig wie der Traurige seinen Kummer nehmen lasse und daß er einmal am Jüngsten Tage werde befragt werden, ob er mit seinen Pfunden (Sterling) gewuchert. – –

Dieser verkäufliche Charakter im Zeitungkomptoir ist wie ein englischer Missetäter Ware und Verkäufer zugleich und will vom Romanschreiber nichts für sein ganzes Wesen haben als gratis den Roman, in den er geworfen wird.

So weit Fenk, der alle Menschen trug, aber keinen Unmenschen, keinen Filz. Ich habe diesen unvollkommnen Charakter für meine Biographie an mich gehandelt (denn er selber existiert auch biographisch unter dem Namen Röper); es fehlet ihr ohnehin an echten Schelmen merklich; ja wenn ich auch Röpern mit den Teufeln der epischen Dichter vergleiche und mich mit den Dichtern selber: so sind wir beide doch nicht sehr groß.

Wenn die Leser einen Brief vom Doktor Fenk hätten, der seine vorige Härte entschuldigte – der uns an Scheerau, an den Doktor und an eine mir so liebe Person erinnerte und der zum Ganzen recht paßte: so würden sie den Brief in die Lebensbeschreibung mit einknüpfen. Ich habe den nämlichen Brief und das nämliche Recht; und schicht' ihn hier ein.

Fenk an mich

»Nimm den armen Überbringer dieses zum Klienten an; der Maußenbacher hat seine Saug- und Schöpfwerke dem armen Teufel eingeschraubt und zieht. Die sämtlichen Spitzbuben von Advokaten in Scheerau dienen ihm gegen keinen reichen Edelmann zu Patronen, den sie einmal zu ihrem eignen zu bekommen wünschen.

Ich bin zwar selber täglich in Maußenbach und advoziere; aber der Knicker nimmt keine uneigennützigen Gründe an; und sonst hat Röper für alles andre Gefühl und Vernunft. Es wird einmal eine Zeit kommen, wo man unsre vergangne Dummheit so wenig begreifen wird als wir künftige Weisheit, ich meine, wo man nicht bloß, wie jetzo, keine Bettler, sondern auch keine *Reichen* dulden wird.

Vom Vater einer schönen Tochter zwingt man sich gut zu denken. Ich nötige mich auch: an deiner Klavierschülerin Beata sahest du nur die grünen Blätter unter der Knospe; jetzo könntest du die aufbrechenden Rosenblätter selber sehen und den Duft-Nimbus darum. Eine solche Tochter eines solchen Vaters! Das heißt, die Rose blüht auf einem schwarzen, im Schmutze saugenden Wurzelgeflecht.

Ich bin dort, sie zu heilen; der Alte will für sein Geld was haben; aber in Maußenbach bedenkt kein Mensch, daß der Abt Galiani, den man vier Tage vor meiner Abreise aus Italien begrub, gesagt hat, daß die Weiber ewige Kranke sind. Jedoch bloß an Nerven; die Gefühlvollsten sind die Kränklichsten; die Vernünftigsten oder Kältesten sind die Gesündesten. Wenn ich ein Fürst wäre: ich resolvierte fürstlich und setzte in einem allerhöchsten Reskript Hausarrest darauf, wenn eine Frau auch nur einen einzigen Medizinlöffel austränke. Ihr armen hintergangnen Geschöpfe, warum habt ihr so viel Zutrauen zu uns Männern überhaupt und zu uns Doktoren insbesondere und lasset es euch gern gefallen, daß wir, die Arzneigläser wie in einer Reiheschank verzapfend, euch auf einem Medizinwagen so lange spazieren fahren, bis wir euch auf den Leichenwagen abladen? … So sagt' ich manchmal zu ihnen; und dann nahmen sie alle Arzneien noch lieber ein, die ich ihnen verordnete.

156

Die einzigen Arzneien, die Weibern mehr nützen als schaden, sind höchstens Kleider. Nach vielen Naturforschern verlängert das Mausern das Leben der Vögel; aber auch das der Weiber, setz' ich dazu, die allemal so lange siechen, bis sie wieder ein neues Gefieder anhaben. Aus der Therapeutik lässet sichs schlecht erklären; aber wahr ists; und je vornehmer eine ist, mithin je kränklicher, desto öfter muß sie sich mausern, wie auch der Sumpfsalamander sich alle fünf Tage häutet. Ein weiblicher Krebs, der auf eine neue Schale wartet, hockt erbärmlich in seinem Loche. Jedes Gift kann ein Gegengift werden; und da gewiß ist, daß Kleider Krankheiten geben können, z.B. die Hektik, Pest etc.: so müssen sie unter Anleitung eines vernünftigen Arztes auch Krankheiten heben können. Ein aufgeklärter Medikus wird meines Bedünkens, wenn die Hällische Hausapotheke, d.i. die Kleiderkommode, nichts hilft, aus keiner Apotheke als aus dem Auerbachischen Hofe in Leipzig rezeptieren. Da du mancher Preßhaften damit beispringen kannst: so will ich dir aus meiner weiblichen materia medica folgende offizinelle Halstücher, Kleider etc. hersetzen:

Stahlarzneien sind Stahlrosetten und Stahlketten. Der Stahl- und Magenschild des atlassenen Gürtels erwärmt den Magen und andre intestina sehr.

Die Edelsteine, die sonst aus Apotheken gegeben wurden, sind noch jetzo äußerlich gut zu gebrauchen.

Blumenbouquets, sobald sie von Seide sind, sind probate Arzneipflanzen und stärken durch den Geruch das Gehirn.

Schals sind Brustarzneien, und nicht ein roter Faden (welches Aberglaube ist), sondern ein Halsband mit einem Medaillon ist nach neuern Ärzten kranken Hälsen dienlich.

Mit der peruvianischen Rinde wird viel betrogen, aber echte ist ein Rock à la peruvienne.

Da alle Wunden nach der neuern Chirurgie durch bloße *Bedeckung* geheilet werden: so tut statt des englischen Taftpflasters bloßer Taft am Leibe dieselben Dienste.

157

Ein neuer Visitenfächer ist bei starken Ohnmachten unentbehrlich; ob aber ein Muff unter die erweichenden Mittel, falsche Touren unter die Haarseile, und ein Sonnenschirm unter die kühlenden Mittel, und eine Kleidgarnitur unter die Bruchbänder und Bandagen gehöre – das können ein oder dreihundert Beispiele noch nicht erweisen.

Wir halten uns lieber daran, daß ein Frisierkamm ein Trepan gegen Kopfübel, eine Repetieruhr gegen intermittierenden Puls und ein Ballkleid ein Universale gegen alles ist.

So ist also, scherzhaft zu reden, der Damenschneider ein Operateur, sein Nähfinger ein Arzneifinger, sein Fingerhut ein Doktorhut …

… Warum vergaß ich dich, edle Beata? Dich heilt eine Parüre nicht; und wenn künftig einmal dein schönes Herz erkrankte – so würde nichts es heilen als das beste Herz, oder es stürbe. – –

Wundere dich über mein Feuer nicht. Ich komme gerade von ihr und vergesse alle Fehler, die ich vor vierzehn Tagen noch von ihr wußte. Mädchen, die oft krank sind, gewöhnen sich eine Miene von geduldigem Ergeben an, die ›zum Sterben schön‹ ist. Ich habe ihren Lieblingausdruck unterstrichen, aber nur von ihrer Zunge kann er im schönsten sterbenden sinkenden Laute fließen. Diese Geduld gewöhnet ihr außer ihren ewigen Kopfschmerzen auch ihr Vater an, der sie gleich sehr quält und liebt und der ihr zu Gefallen (nach dem Egoismus des Geizes) eine Welt abschlachtete. Wenn die *Seele* mancher Menschen (sicher auch diese) zu zart und fein für diese Morast-Erde ist: so ist es auch oft der *Körper* mancher Menschen, der nur in Kolibri-Wetter und in Tempe-Tälern und in Zephyrn ausdauert. Ein zarter Körper und ein zarter Geist reiben einander auf. Beata hängt, wie alle von dieser Kristallisation, ein wenig zur Schwärmerei, Empfindsamkeit und Dichtkunst hin; aber was sie in meinen Augen hoch hinaufstellt, ist ein Ehrgefühl, eine demütige Selberachtung, die (meinen wenigen Bemerkungen nach) ein Erbteil nicht der Erziehung, sondern des gütigsten Schicksals ist. Diese Würde sichert ohne prüde Ängstlichkeit die weibliche Tugend. Wenn man aber dieses weibliche point d'honneur erst einerziehen, ja einpredigen muß – ach wie leicht ist nicht eine Predigt besiegt! – Weiber, die sich selber achten, umringt eine so volle Harmonie aller ihrer Bewegungen, Worte, Blicke! … Ich kann sie nicht schildern, aber die sind zu schildern, die der Rose gleichen, welche unten, wo man sie nicht bricht, die längsten und härtesten Dornen hat, aber oben, wo man sie genießet, sich nur mit weichen und umgebognen verpanzert.

Ich weiß nicht, ob es dir etwas Altes ist, daß Töchter ihren Müttern jede Wahrheit und alle Geheimnisse sagen; mir ists etwas Neues, und nur eine beste Tochter, wie Beata, kann es.

Vor vierzehn Tagen erinnerte ich mich eines Fehlers von ihr nicht so schwach als heute, welcher der ist, daß sie zu wenig Freude an der

– Freude und zu große an traurigen Phantasien hat. Es gibt zu weiche Seelen, die sich nie freuen können (so wie nie beleidigt fühlen), ohne zu weinen, und die ein großes Glück, eine große Güte mit einem seufzenden Busen empfangen. Wenn aber diese vor rohen Seelen stehen, die den verborgnen Dank und die stumme Freude nicht erraten können: so werden sie gezwungen, nicht Empfindung, aber den Ausdruck derselben vorzuheucheln. Beatens Vater will für jedes seiner Geschenke, deren Wert er bis zu Apothekergranen auswiegt, eine springende Freude; sie hingegen fühlt höchstens später darauf eine; die Erscheinung irgendeines lichten Glücks selber blitzet ihr auf einmal über alle traurige Tage hin, die wie Gräber in ihrer Erinnerung liegen. Auch an dieser Beata seh' ichs wieder, daß der weibliche Leib und Geist zu zart und zu wallend, zu fein und zu feurig für geistige Anstrengung sind und daß beide sich nur durch die immerwährende Zerstreuung der häuslichen Arbeit erhalten; die höhern Weiber erkranken weniger an ihrer Diät als an ihren exzentrischen Empfindungen, die ihre Nerven wie den Silberdraht durch immer engere Löcher treiben und sie aus Fadennudeln in geometrische Linien zerdehnen. Eine Frau, wenn sie *Schillers* Feuerseele hätte, stürbe, wenn sie damit eines seiner Stücke machte, im fünften Akte selber mit nach.

Ich verstehe deine verliebte Fragartikel recht gut: freilich steigt der geheime Legationrat von *Oefel* hier oft aus. Er scheint zwar keine zärtlichern Geschäfte hier zu haben als kaufmännische und vom Kommerzien-Agenten nichts verschrieben zu fodern als Pfeffer für Zeylon und Muskatnüsse für Sumatra, folglich seine Tochter und ihre Güter am allerwenigsten. – Desgleichen ist die *Ministerin,* dieser Zoll- und Almosenstock voll männlicher Herzen, zwar auch mit da und hat Oefels angeöhrtes oder gehenkeltes schon an ihren Reizen hängen; aber der Teufel trau' geheimen Legationräten, zumal Oefeln. Ich sage dir, er mag Beaten kapern oder nicht, so wundert mich jedes. Du wirst dich freilich damit trösten, lieber Jean Paul, daß du erstlich größere Reize hast als er und zweitens gar nicht weißt, daß du die Reize hast, welches in der Konversation viel tut. Es ist wohl etwas daran; denn Oefel will nicht sowohl gefallen als bloß zeigen, daß er gefallen könnte, wenn er nur wollte, und er erlaubt sich daher alle Launen, bloß damit man etwas zu tadeln und zu vergeben und er gutzumachen habe; er ist auch – weil ein Hofmann und ein Demant außer der Härte noch reine Farbenlosigkeit haben müssen, um fremde Farben und Lichter treuer nachzustrahlen

– sogar zu einem Hofmann zu eitel und kauft sich mit fremder Gunst nur seine eigne. Ich will dich mit noch mehr ›Zwars‹ trösten, bis ich meine Aber hole. Beata sieht zwar aus, als ob sie sich alle Minuten frage: ›warum bewunder’ ich ihn nicht?‹; die Ministerin sieht aus, als ob sie jene alle Minuten frage: ›warum beneidest du mich nicht, da mein Lehnmann ein Forte-Piano mit hundert Zügen und Tritten ist wie ich selber?‹ – denn er behält keine Stellung und kann sich in jede wagen; jede Bewegung scheint aus der andern herzufließen; seine Seele ändert ebenso spielend wie der Körper die Positionen und biegt sich, wie ein Springbrunnen bei Wind, in die entlegensten Materien hinüber; ihn macht nichts irre, er jeden; er weiß hundert Eingänge zu einer Predigt, fängt an, um anzufangen, bricht ab, um abzubrechen, und weiß selber nicht eher als seine Zuhörer, was er will – – kurz es ist ein Nebenbuhler, lieber Paul! – Ich kann jetzt das versprochene Aber nicht recht hereinbringen.

Aber obgleich meine schöne Patientin ihn so kalt überblickt wie einen, der uns ein Kleid anprobiert, so setzt er doch das Gegenteil voraus und wirft Leuchtkugeln zu seiner Erhellung und Dampfkugeln zu ihrer Verfinsterung in sie und sticht schon im voraus die Münzstempel für seine künftige Eroberung-Medaillen. – Männer oder Männchen wie Oefel haben einen solchen Überfluß von Treue, daß sie ihn nicht *einer,* sondern unter tausend Weibern verteilen müssen; Oefel will ein ganzes weibliches Sklavenschiff kommandieren: er fragt dabei nach dir so wenig wie nach der Ministerin, die ihn liebt, weil es ihr letzter Liebhaber ist, und die er liebt, erstlich weil er an ihrem Triumphwagen, vor welchem sonst mehre Tröpfe eingespannt waren, gern als Gabelpferd allein ziehen will, zweitens weil sie mehr List und weniger Empfindung als er besitzt und ihn beredet, es sei gerade umgekehrt.

Da ich nun unsere Beata, die du gern in dein Leben und in dein Buch hineinhaben möchtest, in das Leben und das Buch des Oefels (er ist auch über einem) verflechte, so hab’ ich, trauter Paul, dem alten Röper so viele Kabinett-Predigten darüber gehalten, daß die Kränklichkeit seiner Tochter nicht durch *einen,* sondern durch ein paar hundert Ärzte zu besiegen sei, d.h. durch Gesellschaft – daß der Alte ihr eine Gesellschaft oder vielmehr sie einer geben will, ohne selber für eine die Alimentengelder auszugeben. Er will sie auf irgendein Beet des Hofgartens verpflanzen: ›Sie soll auch Welt mitkriegen‹, sagt er und hat selber keine. Er würde, wenn er dürfte, die ganze weibliche Welt von ihren

Altären und Bilderstühlen und Präsidentenstühlen und ordentlichen Sesseln auf Melkstühle und Werkstühle und Schemel herabziehen und drücken; gleichwohl sollen seiner Tochter durch Juden und durch Diamant-Pulver Facetten oder Glanzecken angeschliffen werden, die er selber hasset. Ist sie am Hofe, so sieht sie nachher der Legationrat alle Tage – und Jean Paul hat nichts.

Dieser Jean fragte mich auch pfiffigerweise, ob er nicht Gerichthalter beim Vater der besagten Tochter werden könne, weil er, der Jean, von dem Abdanken des jetzigen gehört habe – Herr *Kolb* (eben der Gerichthalter) ist aber noch da, zankt sich noch, sagt jede Woche: ›Wenn jeder *die* Streiche von Röper wüßt', die ich‹ …; Röper sagt jede Woche: ›Wenn jeder *die* Streiche von Kolb wüßte, die ich‹ …, und so sind beide aneinander durch wechselseitige Besorgnisse geleimt. – – Jetzt ist ohnehin nicht daran zu denken; denn in vierzehn Tagen lässet sich der alte Röper von seinem Rittergute huldigen. Ein Geiziger scheuet sich, zu ändern und zu wagen.

›Warum lässest du deine gute Schwester so lange im giftigen Hüttenrauche des Hofes stehen? Ist das, was sie dort gewinnen kann, wohl so viel wert wie das, was sie mitbringt und dort verlieren kann, ihr reines, weiches, obgleich flüchtiges Herz? Auf meinen Reisen dacht' ich anders, aber jetzt in der Einsamkeit ist mir ein kokettes Insekt, eine kokette Krebsin, die bald vor-, bald rückwärts kriecht, die ihre große und kleine Scheren immer aufsperrt und sie immer wieder erzeugt, wenn man sie abgerissen, die in der Brust statt des Herzens einen Magen trägt und doch kaltblütig ist wie alle Insekten, eine solche inkrustierte Krebsin ist mir widerlicher als eine schalenlose in der Mause der Empfindsamkeit, die zu weich ist und aus der Romanschreiber die empfindsame Krebsbutter machen. Empfindelei bessert sich mit den Jahren, Koketterie verschlimmert sich mit den Jahren. – Warum schaffst du deine Philippine nicht nach Haus?‹ Auf diese Fragen hat mir Jean Paul nicht geantwortet; ich aber auf seine: denn ich räche mich nicht; ich wünschte vielmehr, besagter Paul drückte Beatens Finger heute an unrechte Finger mehr als auf die rechten Tasten und jetzt im Lenz-Alter sähe sie sich neben dem Klavier fragend nach Paulo um und überleuchtete ihn mit dem blauen Himmel ihres weiten Auges; der arme Teufel, eben der Paul, würde sich nicht mehr kennen und dann sagen: ›Ohn' ein schönes Auge geb' ich für alles andre Schöne nicht einen Deut, geschweige mich; aber über ein Himmels-Augenpaar vergess' ich alle benachbarte Reize und alle benachbarte Fehler und den ganzen *Bach* und *Benda*, wie er ist, und meine *Mordanten* und die falschen Quinten und weit mehr.‹ Leb wohl, Vergeßlicher!

Dr. Fenk.«

Wir verstehen uns, herzlicher Freund; wer selber einmal Satiren geschrieben hat, vergibt alle Satiren auf sich, zumal die boshaftesten, bloß die dummen nicht. Aber, ob es der Doktor gleich im Scherze verfochten hat, so muß ich doch solche Leser, die weit von Scheerau wohnen, ohne Rücksicht auf mich benachrichtigen, daß der besagte Legationrat Oefel die unbedeutendste Haut ist, die wir beide nur kennen, wie er denn bloß unter Weibern weniger, aber unter Männern allzeit verlegen ist und im kleinen Zirkel viel mehr als im großen, zu geschweigen, daß er immer *die* Aufmerksamkeit aufsucht und auch erjagt, welche bescheidne Leute geschickt vermeiden, die allgemeine nämlich. Wenn ihm diese überall gelingt: so soll er sie doch nicht in meinem Buche haben … Die folgende Sache ist freilich unmöglich – zumal meiner verdammten lang- und kurzbeinigen oder *spondäischen* Stellage und Konsole wegen, auf die mein übrigens von Kennern beurteilter Torso gelagert ist – – aber ausmalen kann sich doch ein Mensch die unmögliche Sache, welche diese ist, daß ich mich einmal Beaten mit einer Lieberklärung zeigte und so – wider eigne Erwartung – selber der Held dieser Lebensbeschreibung und sie die Heldin würde – – ich bin ordentlich verdutzt, denn ich wollte wahrhaftig nur sagen und setzen, daß ich bei Röper Gerichthalter würde und hernach im Grunde – weil ich jeden Gerichttag zärtlich wäre, oder eine zärtliche Bestie, wie eine Frau sich ausdrückt, die mehr zum *schönen* als *schwachen* Geschlecht gehört – gar sein Schwiegersohn – Mit Freuden wollt' ich dem so guten Leser, der Mitfreude fühlt, alles biographisch beschreiben und ihn ergötzen … Aber, wie gesagt, die Sache ist fatalerweise wohl unmöglich, so weit ich in die Zukunft schauen kann; und dies bloß eines verdammten unsymmetrischen Drahtgestelles wegen, das doch der, den sein Unglück darauf geheftet, durch tausend Glasuren und Rasuren wieder gutmachen will und auf welchem ja Epiktet gleichfalls lange stand.

Im Feuer bin ich ganz aus meinem biographischen Plan herausgegangen; es sollte bisher der Lesewelt geschickt verhalten werden (und glückte auch), daß alle diese Avantüren noch nicht alt sind und daß in kurzem das Leben dieser Personen mit meiner Lebensbeschreibung davon

Hand in Hand gleichzeitig gehen werde – – jetzt aber hab' ich alles losgezündet – Es muß nun überhaupt ein neuer Sektor angefangen werden, worin mehr Vernunft ist ...

Neunzehnter Sektor

Erbhuldigung – Ich, Beata, Oefel

Vierzehn Tage nach Fenks Brief ... Ist aber auf Leser zu bauen? – Ich weiß nicht, wohers beim deutschen Leser kommt, ob von einem Splitter im Gehirn oder von ergossener Lympha oder von tödlichen Entkräftungen, daß er alles vergisset, was der Schriftsteller gesagt hat – oder es kann auch von Infarktus oder von versetzten Ausleerungen herrühren: genug der Autor hat davon die Plackerei. So hab' ichs schon auf einer Menge Bogen dem Leser durch Setzer und Drucker sagen lassen (es hilft aber nichts), daß wir 13000 Taler beim Fürsten stehen haben, welche kommen sollen – daß ich zwar keine Jura studiert, daß ich aber doch, während ich mich zum Advokaten examinieren lassen, manchen hübschen juristischen Brocken weggefangen, der mir jetzo wohl bekommt – daß Gustav Kadett werden soll und ich Gerichthalter werden will – daß Ottomar unsichtbar und sogar unhörbar ist – und daß mein Prinzipal zu viel verschleudert! – –

Leider freilich: denn solang' er noch ein Zimmer oder einen Pferdestand ohne tierischen Kubik-Inhalt weiß: so hängt er seine Angelrute nach Gästen ein. Er ist wie die jetzigen Weiber nirgends gesund als im gesellschaftlichen Orkan und Visiten-Dickicht – er und diese Weiber steigen aus einem solchen lebendigen *Menschen-Bad* so verjüngt und neugeboren wie aus einem *Ameisen-* und *Schnecken-Bad.* Er kann sich nie schmeicheln, hier nur die geringste Ähnlichkeit (geschweige mehr) mit dem Kommerzien-Agenten Röper zu haben, der in der Einsamkeit eines Weisen und Rentierers stille nachdenkt über Hausprozesse und rückständige Zinsen und der es weiß, daß sein Schloß nur Schenk- und Kruggerechtigkeit besitzt und also niemand über Nacht beherbergen darf. – Falkenberg! hör auf den Biographen! Ziehe deinen Beutel, dein Schloßtor und dein Herz zuweilen zu! Glaube mir, das Schicksal wird deine großmütige Seele nicht schonen, das rennende Glück wird dein weiches Herz mit seinem Rade überfahren und zerschneiden, um sein

Lottorad hinter seiner Binde vor einem Röper auszuladen! O Freund! es wird dir alles nehmen, was du dem fremden Elend oder der eignen Freude geben willst, nicht einmal den Mut wird es dir lassen, dein beschämtes Herz mit seinen Wunden an einem Freunde zu verbergen! – und wie soll es dann deinem Sohn ergehen? –

Und doch! – ich tadle dich nur *vorher;* aber *nachher,* wenn du dich einmal unglücklich gemacht durch Glücklich-Machen: so findest du Achtung in jedem guten Auge, Liebe an jeder guten Brust!

... Also vierzehn Tage nach Fenks Briefe, als mein Zögling schon achtzehn Jahre, aber noch ohne die Kadettenstelle war, saß bei meinem Prinzipal ein bureau d'esprit böheimischer Edelleute und hatte feurige Pfingst-Zungen und März-Bier. Ich hatte nichts, war aber mit drunter: ich konnt' es meinem guten Rittmeister nie abschlagen, sondern vermehrte, wenn nicht die Gesellschafter – man schätzet Menschen von einer gewissen zu großen Feinheit erst dann am meisten, wenn man von ihnen weg ist unter Menschen von einer gewissen Grobheit –, doch die Leute. Manche Menschen sind wie er Visiten-Preßknechte und können nicht genug Leute zusammenbitten, ohne zu wissen weswegen, ohne sie zu lieben; Taubstumme lüde Falkenberg ein. Es hat für die Leser Folgen, daß ich sagte: »Heute lässet sich Röper huldigen.« Falkenberg, der gern Böses von andern sprach und ihnen nichts als Gutes tat und der seinen abwesenden Erbfeinden, d.h. Geizigen, gern Erbsen auf den Weg streuete und diese doch wieder wegfegte, wenn jene fallen wollten, dieser war froh über meinen Gedanken und über seinen : »Wir sollten«, sagt' er, »ihm (Röper) zum Ärgernis heute alle hinreiten.« – In sechs Minuten saß das trinkende bureau d'esprit und der Hofmeister auf den Gäulen; Gustav nicht: er war für ein schöneres Schwärmen gemacht als für ein lautes. Daher verwickelte Gustavs *inneres Leben* mich oft bei seinem Vater, der *äußeres* forderte, in den verdrüßlichen und vergeblichen Versuch, daß ich ihm beibringen wollte, worin eigentlich der hohe Wert seines Sohnes läge – für einen Hofmeister, der auf Ehre hält, ist dergleichen zu fatal.

Wir sahen auf unsern Pferden *Maußenbach,* das vor seinem adeligen Bojaren stand und ihm die Feudal-Krone auf seinen italienischen Kopf setzte. Neben dem gehuldigten Lehenherren stand sein Justiz-Department, sein Akzis-Kollegium, seine geheime Landesregierung, sein Departement der auswärtigen Angelegenheiten – nämlich Herr *Kolb,* der Gerichthalter, der alle diese Kollegien vorstellte. Dieses Miniatur-Ministerium des Miniatur-Souveräns hatte auf einer Wiese – das konnten wir von weitem sehen – einen langen Brief in der Hand, woraus es den Leuten alles vorlas, was zu beschwören war; die hundert Hände der Eidgenossenschaft zogen sich dann durch die härtenden zwei Hände Röpers und Kolbes hindurch und versprachen, dem Edelmann gern zu gehorchen, falls er seines Orts versprechen wollte, zu befehlen.

Aber nach *Freud*' kommt Leid, nach Erbhuldigung ein bureau d'esprit … Im achtzehnten Jahrhundert sind allerdings viele Menschen erschrocken und sehr, z.B. die Jesuiten, die Aristokraten, auch Voltaire und andre große Autores erschraken oft ziemlich – aber es erschrak doch keiner im ganzen aufgehellten Jahrhundert so als der Kommerzien-Agent, da er sah, was kam; da er sah 15 Menschenköpfe und 15 Roß-köpfe zwischen einem Artillerietrain von Hunden oben über den Berg hinunterziehen, die sämtlich in seinem Schlosse nichts zu suchen hatten, aber zu finden genug. Da aber auch zweitens niemand im achtzehnten Jahrhundert seltner zu Hause war als er – er war es zwar, hockte aber hinter Spiegelglas-Fenstern wie hinter Brandmauer und Schanzkorb, weil sie ihm wie ein Gyges-Ring die Sichtbarkeit benahmen –, so hätt' er sich helfen und für so viele Säugetiere ebenso viele Meilen entfernt sein können; aber auf der Wiese wars nicht zu machen. Ein fröhlicher Mensch, und wär' es ein Geiziger, will Fröhliche machen: Röper erschrak – erstaunte – resignierte – und empfing uns freudiger, als wir errieten. Er blieb im Geben heute, *weil* er einmal im Geben war.

Denn seine Lehnleute, die heute den Verstand verschworen hatten, sollten ihn auch vertrinken; einige sauer erworbene und ebenso sauer schmeckende zwei Eimer hatt' er als Gefangne aus ihrem Burgverlies am Kröntage losgelassen – er hatte die Fässer ihnen mit doppelter Kreide weniger *angeschrieben* als getünchet und *leuteriert* und Fleckku-geln von Kreidenerde so lange in Hängbettchen darein eingesenkt gehabt, daß das Gesöff fast am Ende zu gut war, um verschenkt zu werden. Der Filz sucht zu ersparen, sogar indem er verschenkt. Übrigens sprang er mit seinen Lehn-Untertanen zutraulicher und freigebiger um als mit uns geadelten Gästen; – »so handelt ein Mann stets, der keinen Adelstolz besitzt«, sagt der Rezensent; aber »so handelt der Knicker stets, dem geringere, aber silberhaltige Leute lieber sind als standmäßige nehmende Gäste und der einen eignen Bedienten über einen fremden Freund und über den Stand die Nutzbarkeit hinaufsetzt«, sag' ich. – Luise, die Kommerzien-Agentin von Röper, legte jeder Bier-Arche ihres Mannes noch eine kleine Schaluppe zu; seine Geschenke waren ihr allemal ein Vorwand, geheime Zusätze dazu zu machen. Nur befahl sie dem Dorfrichter, ein wachsames Auge darauf zu haben, daß ihr von der Bierhefe nichts verloren gehe. Die Natur hatte ihr eine freie liebende Seele gegeben; aber eben diese Liebe für ihren Mann ließ ihr von seinen Fehlern wenigstens den Schein.

Du treues Herz! Lasse mich einige Zeilen bei deiner ehelichen Uneigennützigkeit verweilen, die alle eigne Wünsche für Sünden und alle Wünsche ihres Mannes für Tugenden hält, und der kein Lob gefället als eines auf den, welchen du übertriffst! Warum bist du nicht einer Seele zugefallen, die dich nachahmt und kennt und belohnt? Warum waren dir für deine Aufopferungen, für deine Herzensrisse hienieden keine schmerzstillenden Tropfen als die beschieden, die deinetwegen aus den schönen Augen deiner Tochter fallen? – Ach du erinnerst mich an alle deine Leidens-Mitschwestern. – Ich weiß es zwar aus meiner Seelenlehre recht gut, ihr armen Weiber, daß euere Leiden nicht so groß sind, als ich mir sie denke, eben weil ich sie denke und nicht fühle, da der Blitz, der in der Ferne der Vorstellung zu einer Flammen-Schlange wird, in der Wirklichkeit nur ein Funke ist, der durch mehre Augenblicke schießet; aber kann sich ein Mann, ihr weiblichen Wesen, die Seelen-Schwielen und Brüche denken, die sein grober, von Waffen gehärteter Finger in euere weichen Nerven drücken muß, da er nicht einmal so sanft mit euch umgeht, wie ihr mit ihm, oder er selber mit saftvollen glatten Raupen, die er nur mit dem ganzen Blatte, worauf sie liegen, wegzutragen wagt? … Und vollends eine Luise und eine Beata! – Aber wäre Jean Paul nur euer Gerichthalter, wie ihm der Alte zugesagt, er wollt' euch trösten genug …

Es ist aber auf den Alten schlecht zu bauen: schleicht er nicht in ganz Unterscheerau umher und voziert im voraus alle Advokaten zu seiner Gerichthalterei, um uns Rechtsfreunde durch die Hoffnung, unter ihm zu dienen, vom Entschlusse wegzubringen, gegen ihn zu dienen? – Inzwischen muß ers doch mit *einem* ehrlich meinen, der ich wohl bin.

Als die böheimische Ritterschaft und ich von der Wiese ins Schloß eintraten: so stieß sie und ich auf etwas sehr Schönes und auf etwas sehr Tolles. Das Tolle saß beim Schönen. Das Tolle hieß Oefel, das Schöne hieß Beata. Der Himmel sollte einem Autor eine *Zeit* geben, sie zu schildern, und eine *Ewigkeit,* sie zu lieben; Oefeln kann ich in drei Terzien ausmalen und auslieben. Es gereichte mir und ihr zur Ehre, daß sie in ihrem alten Klavier-Lehrer sogleich den Bekannten wiederfand; aber es gereichte mir zu keiner Freude, daß sie am Bekannten nichts Unbekanntes entdeckte und daß sie bei meinem Anblick sich nicht erinnerte, aus einem Kind ein Frauenzimmer geworden zu sein. – Es gibt ein Alter, wo man Schönen doch verzeiht, wenn sie uns auch nicht bemerken und nicht annehmen. O ich verzieh dir alles, und der größte Beweis ist der, daß ich davon spreche. – Der junge Jüngling bewundert und begehrt zugleich, der ältere Jüngling ist fähig, bloß zu bewundern. Beatens Empfindungen und Worte sind noch der blendend weiße und reine frische Schnee, wie sie vom Himmel gefallen sind: noch kein Fußtritt und kein Alter hat diesen Glanz beschmutzt. Sie wurde noch schöner, weil sie heute tätiger war als sonst und ihre schönen Schultern den Lasten der Mutter lieh; die blasse *Mond-Aurora,* die sonst auf ihren Wangen den ganzen Himmel weiß ließ, überfloß ihn mit einem Rosen-Widerschein; auch die fremde Freude, für die sie heute tätig war, gab ihr das erhöhte Kolorit, das sie sonst durch eigne verlor. – Die Mädchen wissen nicht, wie sehr sie Geschäftigkeit verschönere, wie sehr an ihnen und den Taubenhälsen das Gefieder nur schillere und spiele, wenn sie sich bewegen, und wie sehr wir Männer den Raubtieren gleichen, die keine Beute haben wollen, welche festsitzt.

Ihre Mutter sagte mir freudig die Ursache, weswegen der Legationrat dasitze: er hatte Beaten eine Einladung von der Residentin von Bouse gebracht, auf ihr Landgut zu kommen, wo meine Schwester auch ist. Das neue Schloß Marienhof liegt eine halbe Stunde von der Stadt; am neuen hat Oefel das alte innen, das vielleicht durch geheime Türen mit jenem zusammenhängt. Er gab unhöflicherweise zu erraten, ohne sein feines Intrigieren – d.h. er machte, wie die Advokaten, über den schmalsten Bach eine Brücke statt eines Sprunges – wär' es hinkend gegangen. Unmöglich kann ein solcher eitler Narr von seinem Herzen einen Schiefer-Abdruck in einen so edlen Stein, als Beata ist, ausprägen. Wenn sie auch der Faselhans künftig alle Nachmittage im neuen Schlosse umlagert, wie er tun wird: so kann ich mich doch darauf verlassen – ja ich wollte dafür schwören. Ein Haselant seiner Größe kann zwar ein paar eckige begrasete Landfräulein (wie heute geschah) zu einem verliebten Erstaunen über seine Glockenpolypen-Drehungen, über seinen Mut, über seinen Verstand (d.h. Witz) und seine Unverschämtheit zwingen, statt Damen und Schönen bloß zu sagen Weiber – das kann er und mehr, sag' ich; aber von Beatens Herz werden ihn ewig alle ihre

Tugenden trennen; sie wird neben seiner Liebe zur Ministerin seine zu ihr selber gar nicht sehen und nicht glauben; sie wird ihre Seele keinen Oefelschen empfindelnden Floskeln öffnen, die, wie das falsche Geld, bald zu groß sind, bald zu klein. – Sie wird vielmehr finden, mit einem ehrlichen Jean Paul sei mehr anzufangen; sie wird, hoff' ich, besagtem Paul die Ähnlichkeit, die er mit Oefel in einigen Vorzügen haben mag, gern verzeihen, da er ohne seine Fehler ist und mit einem treuen bescheidenen Herzen vor ihr steht, das kaum den Mut hat, ihr das feinste Goldblatt des Lobes leise aufzuhauchen, und welches schweigt, auch mißverstanden, und zurückweicht, auch ohne versucht zu haben ... Sie wird in ihrem Urteile gerade so von den alten Landfräulein abweichen wie ich von den jungen Landjunkern, die mit dasaßen. Denn Oefels Erscheinung nahm ihnen allen vorigen Witz und Verstand, und sein quecksilberner Anstand goß alle ihre Glieder mit Blei aus; sie zogen in einer Falkenbeize, wo ein solcher Vogel die weiblichen Herzen stieß, ihre plumpen Schwingen an sich und bewunderten vermöge der männlichen Aufrichtigkeit statt der weiblichen Reize seine – Hingegen Jean Paul blieb, wie er war, und ließ sich nichts anhaben.

Ich würde manchen deutschen Kreis auf die Vermutung einer heimlichen Eifersucht bringen, wenn ich gar nichts zum Lobe Oefels sagte: er versprach am nämlichen Nachmittag meinem Zögling einen großen Dienst. Er hielt sich nämlich, ob er gleich das alte Schloß neben der Residentin zur Miete hatte, nicht darin, sondern im Scheerauer Kadettenhause auf und rückte von Zimmer zu Zimmer, um – da ihm sein hoher Stand verbot, sich sonderbar zu kleiden – wenigstens sonderbar zu handeln; er wollte da Menschen studieren, um sie in Kupfer stechen zu lassen. Er setzte nämlich einen Roman als eine kurze Enzyklopädie für Erbprinzen und Kronhofmeister auf und schrieb auf den Titel »Der Großsultan« – Dieser Fenelon machte den Harem seines Telemachs zu einem Spiegelzimmer, das den ganzen weiblichen Scheerauer Hof widerspiegelte, sein Werk war ein Herbarium vivum, eine Flora von allem, was auf und am Scheerauer Throne wächset, vom Fürsten an bis, wenn er sich noch erinnert, zu mir. Wenns erscheint, verschlingen wirs alle, weil er uns selber darin verschlungen. Die Rezensenten werden nichts darin finden, sondern sagen: »Triviales Zeug!« – Da er nichts tat, was er nicht vorher und nachher aller Welt vortrompetete: so hatt' es sogar mein Rittmeister gehört, daß er beim Kadettengeneral so lange und so fein intrigiert hatte, bis er statt eines aufsehenden Offiziers die Zimmer des Kadettenschulhauses bewohnen und wechseln durfte; und so kam unser Fürst diesem Menschen-Naturforscher ebenso mit einer menschlichen Menagerie zu Hülfe, wie Alexander dem Aristoteles mit einer tierischen. Der Rittmeister trat also mit seiner siegenden Menschenfreundlichkeit zu ihm und bat ihn, sich für seinen Gustav beim Kadettengeneral geschickt zu verwenden, damit er einmal unter dessen Fahne käme. Der Protektor Oefel sagte, nunmehr sei es schon so gut als richtig; er entzückte sich selber mit der Vorstellung, einen unter der Erde erzognen Sonderling zum Stubenkameraden und zum sitzenden Urbilde zu bekommen.

Die Strahlenbrechung zeigt Schiffern das Land allezeit um etliche hundert Meilen näher, als es liegt, und stärkt durch so einen unschuldigen Betrug sie mit Hoffnung und Genuß. Aber auch in der moralischen Welt ist die wohltätige Einrichtung, daß Fürsten und ihre Ministerien uns *Bittsteller* (so will Campe statt Supplikant hören) dadurch froh und munter erhalten, daß sie uns durch eine Augen-Täuschung die Hofstellen, Ämter, Gnaden, die wir haben wollen, allezeit um einige hundert Meilen oder Monate näher – wir können sie mit der Hand erlangen, denken wir – sehen lassen, als sie wirklich sind. Diese Täuschung der Annäherung ist auch alsdann nützlich und gewöhnlich, wenn die geistliche oder weltliche Bank, die den Sitzern auf der langen Expektantenbank näher gewiesen wird, am Ende gar bloß eine – Nebelbank ist.

»Der Kommerzien-Agent«, sagte unterwegs der Rittmeister zu mir, »ist doch kein so übler Mann, als sie ihn machen – und der Legationrat braucht nur vollends in die Jahre zu kommen.« –

Zwanzigster Sektor

Das zweite Lebens-Jahrzehend – Gespenstergeschichte – Nacht-Auftritt – Lebensregeln

Oefel hielt Wort. Vierzehn Tage darauf schrieb uns der Professor Hoppedizel, er werde den neuen Kadetten abholen. – – Nun wurde unser bisheriger Wunsch unsre Pein. Gustavs und mein Bund sollte auseinandergedehnt und verrenkt werden; jedes Buch, das wir nun zusammen lasen, kränkte uns mit dem Gedanken, daß es jeder allein zu Ende bringen würde; ich wollte meinem Gustav kaum etwas mehr lehren, dessen Ausbau ich an fremde Architekten übergeben mußte, und jeder schöne Blumenplatz war uns die Gartentür des Edens, die ein bewaffneter Cherub abschloß. Die Sturmmonate seines Herzens rückten nun auch näher. Ich hatte ohnehin den Flügeln seiner Phantasie nicht Federn genug ausgerissen und ihn aus seiner Einsamkeit nicht oft genug verjagt. In dieser trieb seine Phantasie ihre Wurzeln in alle Fibern seiner Natur hinein und verhing mit den Blüten, die seinen Kopf auslaubten, die Eingänge des äußern Lichts. –

Wahrhaftig weder der klappernde Mentor noch seine Bücher, d.h. weder die Gartenschere noch die Gießkanne sättigen und färben die Blume, sondern der Himmel und die Erde, zwischen denen sie steht – d.h. die Einsamkeit oder Gesellschaft, in der das Kind seine ersten Knospen-Minuten durchwächset. Gesellschaft treibt im Alltagkind, das seine Funken nur an fremden Stößen gibt. Aber Einsamkeit zieht sich am besten über die erhabnere Seele, wie ein öder Platz einen Palast erhebt; hier erzieht sie sich unter befreundeten Bildern und Träumen harmonischer als unter ungleichartigen Nutzanwendungen. Um so mehr haben General-Akziskollegien darauf zu sehen, daß große poetische Genies – im Grunde taugt keines zu einem gescheiten Kammer- oder Kanzleiverwandten – vom zehnten Jahre bis zum fünfunddreißigsten in lauter Besuch-, Schreib- und Votierzimmern herumgehetzt werden, ohne in eine stille Minute zu kommen; sonst ist keines in einen Archivar oder Registrator umzusetzen. Daher hält auch das Marktgetöse der großen Welt allen Wuchs der Phantasie so glücklich am Boden.

Daran dacht' ich oft und warf mir manches vor. Würde nicht (hielt ich mir vor) ein gründlicherer Schulkollege deinen Gustav, wenn er mit dem Rücken auf dem Grase liegt und in den blauen Himmelkrater hinaufzusinken oder auf Flügeln an den Schulterblättern durch das All zu schwimmen träumt, mit dem Spazierstock an ein Buch von Nutzen treiben? Und, sagt' ich, wenn ich zum gründlichern Kollegen sagte, es sei einerlei, woran eine kindliche Phantasie sich aufwinde, ob an einem lackierten Stäbchen, oder an einer lebendigen Ulme, oder an einem schwarzen Räucherstecken: würde der Kollege nicht witzig versetzen, eben deshalb, es sei also einerlei? –

Inzwischen besäß' ich meines Orts auch Witz; ich würde auf die Replik verfallen: »Glauben Sie denn, Herr Konfrater, daß unter dem größten Spitzbuben und dem größten komischen Dichter, den Sie vertieren, ein Unterschied ist? – Allerdings; ein guter Plan des Cartouche ist von einem guten Plan des Dichters Goldoni darin verschieden, daß der erste die Komödie selber ausführet, die der letzte von Schauspielern ausführen lässet.«

Gustav war jetzt in der Mitte des schönsten und wichtigsten Jahrzehends der menschlichen Flucht ins Grab, im zweiten nämlich. Dieses Jahrzehend des Lebens besteht aus den längsten und heißesten Tagen; und – wie die heiße Zone zugleich die Größe und den Gift der Tiere mehrt – so kocht sich an der Jünglingglut zwar die Liebe reif, die Freundschaft, der *Wahrheit-Eifer,* der Dichtergeist, aber auch die Leidenschaften mit ihren Giftzähnen und Giftblasen. In diesem Jahrzehend schleicht das Mädchen aus ihren durchlachten Jahren weg und verbirgt das trübere Auge unter derselben hängenden Trauerweide, worunter der stille Jüngling seine Brust und ihre Seufzer kühlt, die für etwas Nähers steigen als für Mond und Nachtigall. Glücklicher Jüngling! in dieser Minute nehmen alle Grazien deine Hand, die dichterischen, die weiblichen und die Natur selber, und legen ihre Unsichtbarkeit ab und schließen dich in einen Zauberkreis von Engeln ein. Ich sagte: selber die Natur; denn an ihr glühen noch höhere Reize als die malerischen; und der Mensch, für dessen Auge sie ein meilenlanges *Kniestück* voll Zaubereien war, kann ihr ein Herz mitbringen, das aus ihr ein Pygmalions-Gebilde macht, welches tausend Seelen hat und mit allen eine umschlingt … O sie kehrt niemals, niemals wieder, die zweite Dekade des armen Lebens, die mehr hat als drei hohe Festtage: ist sie vorüber, so hat eine kalte Hand unsre Brust und unser Auge berührt; was noch in diese dringt, was noch aus ihnen dringt, hat den ersten Morgenzauber verloren, und das Auge des alten Menschen öffnet sich dann bloß gegen eine höhere Welt, wo er vielleicht wieder Jüngling wird!

Drei Tage, eh' der Professor kam, war Gespensterlärm im Schloß; zwei Tage vorher währte er noch fort; einen Tag zuvor machte der Rittmeister Anstalten zur Entdeckung der Schelmerei. Er hatte einen Wasserscheu vor Gespenstergeschichten und gab jedem Bedienten, der eine wie Bokaz erzählte, als ein Honorar seiner Novelle nach der Bogenzahl Prügel. Die Rittmeisterin ärgerte ihn durch ihren Leichtglauben, und sie bekam oft den Blick von ihm, den Männer werfen, wenn die Hoffnungen oder Befürchtungen ihrer Weiber Hasensprünge wie Erdhalbmesser tun. – Sie hatte nachts ein dreifüßiges Gehen durch den Korridor gehört, ein Blitz war durch ihr Schlüsselloch gefahren, und

eine andre Taschenuhr als ihre hatte 12 geschlagen, und alles war verflogen.

Er lud also seine Doppelpistolen, um den Teufel mit dem Pulver, das
er nach Milton früher als die Sineser erfunden, anzufallen; sein Gustav
mußte mit dabei sein, um mutig zu werden. Die Schloßuhr schlug 11,
es kam nichts – sie schlug 12, wieder nichts – sie schlug 12 noch einmal
ohne Hülfe des Uhrwerks: jetzo wickelte sich auf dem Schloßboden ein
hieroglyphisches Gepolter heran, drei Füße traten die vielen Treppen
herab und erschüttern den Korridor. Er, der selten in *Leiden*, aber immer
in *Gefahren* mutig war, ging langsam aus dem Zimmer und sah im
langen Gange nichts als die ausgeblasene Hauslaterne an der Haupt-
treppe; etwas ging im Finstern auf ihn zu – und indem er auf das
stumme Wesen feuern wollte, rief er: »Wer da?« Plötzlich blitzte fünf
Schritte von ihm – und hier faßte der Tetanus der Angst Gustavs Nerven
– das Licht einer Blendlaterne auf ein Gesicht, das in der Luft hing und
das sagte: »Hoppedizel!« Der wars; warf sein Stiefelholz und andern
Apparat dieser Farce weg, und niemand hatte etwas darwider als der
Rittmeister, weil er seinen Mut nicht beweisen konnte, und die Rittmeisterin, weil sie keinen bewiesen hatte.

– Aber in Gustavs Gehirn riß dieses in der Luft hangende Gesicht
mit der Ätznadel ein verzerrtes Bild hinein, das seine Fieberphantasien
ihm einmal wieder unter die sterbenden Augen halten werden. Bloß
heftige Phantasie, nicht Mangel an Mut schafft die Geisterfurcht; und
wer jene einmal in einem Kinde zum Erschrecken aufwiegelte, gewinnt
nichts, wenn er sie nachher widerlegt und sie belehrt: »Es war natürlich.«
Daher fürchten sich in der nämlichen Familie nur einige Kinder, d.h.
die mit geflügelter Phantasie – daher zieht Shakespeare in seinen Gei-
sterszenen die Haare des Ungläubigen in der Frontloge zu Berge, offenbar vermittelst seiner aufgewiegelten Phantasie. – Die Geisterfurcht ist
ein außerordentliches Meteor unserer Natur, erstlich wegen ihrer
Herrschaft über alle Völker; zweitens weil sie nicht von der Erziehung
kommt; denn in der Kindheit schauert man zugleich vor dem großen
Bären an der Türe und vor einem Geiste zusammen, aber die eine Furcht
vergeht, warum bleibt die andre? – Drittens des Gegenstandes wegen:
der Geisterfurchtsame erstarret nicht vor Schmerz oder Tod, sondern
vor der bloßen *Gegenwart* eines ganz fremdartigen Wesens; er würde
einen Mond-Insassen, einen Fixstern-Residenten so leicht wie ein neues
Tier erblicken können, aber in den Menschen wohnt ein Schauer

gleichsam vor Übeln, die die Erde nicht kennt, vor einer ganz andern Welt, als um irgendeine Sonne hängt, vor Dingen, die an unser Ich näher grenzen ...

Ich mußte den einfältigen Professor-Spaß aufschreiben, weil er nach zwei Tagen um den fliegenden Gustav folgende Szene erzeugte, die ihm ebensogut das Herz zerquetschen als erheben konnte.

In der Frist vor seiner Abreise trug er sein schweres Herz und schweres Auge an alle Orte, die er liebte und verließ, in das heilige Grab seiner Kinderjahre, unter jeden Baum, der ihm die Sonne genommen, auf jeden Hügel, der sie ihm gezeigt hatte – er ging zwischen lauter Ruinen des sanften Kinderlebens hindurch; über seinem ganzen Jugendparadies lag die Vergangenheit wie eine Flut; vor ihm, hinter ihm zog sich das Marsch- und Ackerland, worein das Schicksal so bald den Menschen treibt ... Das war die Minute, wo ich vor der Sonne, die wie er von dannen ging, und vor der ganzen großen Natur, die mit unsichtbaren Händen den blinden Menschen in weite, reine, unbekannte Regionen hebt, meinem geliebten Schüler das Bild seines Guido[1], das ich ihm bisher entzog, ans Herz drückte; in solchen Minuten sind Worte nicht nötig, aber jedes, das man spricht, hat eine allmächtige Hand: »Hier, Gustav«, (sagt' ich) »hier vor dem Himmel und der Erde und vor allem Unsichtbaren um den Menschen, hier übergeb' ich dir aus meinen bewahrenden Händen fünf große Dinge in deine: – ich übergebe dir dein unschuldiges Herz – ich übergebe dir deine Ehre – den Gedanken an das Unendliche – dein Schicksal – und deine Gestalt, die auch um Guidos Seele liegt. Die großen Stunden stehen nicht auf der Erde, die dich fragen werden, ob du diese fünf großen Dinge erhalten oder verloren hast – aber sie werden einmal deine künftige Seele mit deiner jetzigen vergleichen – – ach! laß mich an mich nicht denken, wenn du alles verloren hast!« ...

Ich ging und umarmte ihn nicht; die besten Gefühle haften stärker, wenn man ihnen nicht erlaubt, sich auszudrücken. Er blieb, und seine Gefühle wendeten sich an Guidos Bild; aber das konnte ihn nicht an seine eigne Gestalt erinnern – denn eine Mannsperson kann 20 Jahre alt werden, ohne ihre Zähne, und 25 Jahre, ohne ihre Augen-Wimpern zu kennen, indes ein Mädchen dahinter kommt vor der Firmelung –,

---

1   Das Bild des verlornen Kleinen, das er an seinem Halse von der Entführerin mitbrachte, und das ihm so ähnlich sah.

sondern das Bild regte alles, was in ihm von dem Andenken und der Liebe gegen seinen Genius, den ersten Erzieher, schlummerte, wieder auf; ja er fand am Bilde lauter Ähnlichkeiten mit seinem weggeflohenen Freunde aus und sah dessen Gestalt im gemalten Nichts wie in einem Hohlspiegel.

Sein Gehirn brannte wie eine glimmende Steinkohlenmine im Traume auf dem Kopfkissen fort. Ihm kams darin vor, als zerlief' er in einen reinen Tautropfen und ein blauer Blumenkelch sög' ihn ein – dann streckte sich die schwankende Blume mit ihm hoch empor und höb' ihn in ein hohes hohes Zimmer, wo sein Freund, der Genius, oder Guido mit dessen Schwester spielte, dem der Arm, sooft er ihn nach Gustav ausstreckte, abfiel und dem die Schwester ihn wieder reichte. Auf einmal knickte die Blume zusammen, und niederfallend sah er drei weiße Mondstrahlen seinen Freund in den Himmel ziehen, der die Blicke abwärts gegen den Gefallnen drehte. Er erwachte – außer dem Bette am offnen Fenster lehnend, das über den Garten ins schlafende Auenthal sah. Der Himmel sank in einem stummen Strahlen-Regen nieder – am leuchtenden Universum regte sich nichts als die Strahlen-spitzen der Fixsterne – die Häuser standen wie Grabmäler, in denen die Sterblichen ausschliefen – die Träume gingen in den geschlossenen Sinnen der Sterblichen aus und ein, und der Tod trat zuweilen ein Haupt und den Traum darin entzwei. Der Himmel schien Gustaven an sein Fenster gesunken. »O kehr um, komm wieder, Geliebter!« (rief er, durch Traum und Gegenwart dahingerissen) – »o du warst da, du suchest mich! Erscheine mir, töte mich! – Ach du tausendfach Geliebter! sende mir von deinem Himmel wenigstens deine Stimme!« – Unverse-hends schnitt etwas vor dem Fenster die Luft entzwei und rief »Gustav«, und im fernen Weiterfliegen riefs zweimal höher herab »Gustav, Gustav«. Ein Eisberg fiel auf seine starrende Haut in der ersten Sekunde; aber in der zweiten glühte er wieder an, gab seine Arme dem Tode und dem Freunde und schlug das Auge an einer Luftstelle unter dem Mondblen-den ein, um etwas zu sehen. – Die zwei Welten waren nun für ihn in eine zusammengefallen; gefaßt erwartete er den Freund aus der Welt hinter den Sonnen und wollte an seine Ätherbrust stürzen mit einer von Erde. Er glühte sich ab, und ging endlich mit dem Schaudern der Seele und der Haut ins Bett zurück. Aber lange werden von dieser Stunde her, wie von der Gegend eines Gewitters die Winde, die Bewe-gungen seiner Seele wehen.

– – Der alte Starmatz tats vermutlich, der, so viel ich weiß, aus dem
Bauer entkommen war. Gustav erfuhr es nicht. Ob eine Seele Wellen
gleich einem Setzteich, so hoch wie Hemd-Jabots, oder gleich dem
Ozean solche wie Alpen schlage, das ist zweierlei; ob diese hohen Bewegungen ein Star erregt oder ein Seliger, das ist einerlei.

Der Professor lehrte ihm unter meinen Ohren güldne Brokardika der
Menschenkenntnis, die er durch das Lehren selber übertrat – z.B.: Nicht
bloß die Liebe, sondern auch der Haß der Menschen ist veränderlich,
und beide sterben, wenn sie nicht wachsen. – Die meisten reden bloß
gegen die Laster, die sie selber haben. – Je größer das Genie, je schöner
der Körper ist, desto mehr verzeiht ihnen die Welt; je größer die Tugend
ist, desto weniger verzeiht sie ihr. – Jeder Jüngling denkt, keiner gleiche
ihm in Gefühlen etc.; aber alle Jünglinge gleichen sich. – Man muß sich
nie entschuldigen; denn nicht die Vernunft, sondern die Leidenschaft 177
des andern zürnt auf uns, und gegen diese gibt es keinen Grund als die
Zeit. – Die Menschen lieben ihre Freuden mehr als ihr Glück, einen
guten Gesellschafter mehr als den Wohltäter, Papageien, Schoßhunde
und Affen mehr als nützliche Lasttiere. – Man errät die Menschen, wenn
man ihnen keine Grundsätze zutraut; und der Argwöhnische hat allemal
recht, er errät, wenn nicht die *Handlungen* des andern, doch seine *Gedanken;* die *Niederlagen* des Schlimmen und die *Versuchungen* des Guten.
– Die Sünde gegen den heiligen Geist, die dir keiner vergibt, ist die gegen
seinen Geist, d.h. gegen seine Eitelkeit; und der Schmeichler gefället,
wenn nicht durch seine Überzeugung, doch durch seine Erniedrigung
etc.

Es gibt gewisse Regeln und Mittel der Menschenkenntnis, die der
bessere höhere Mensch verschmäht und verdammt, und die gerade
diesen nicht erraten helfen und die ihn weder belehren noch erforschen.
– Der Professor riet noch meinem Gustav, sein Gesicht zu formen,
Tugend auf demselben zu silhouettieren, es vor dem Spiegel auszuplätten
und es mit keinen heftigen Regungen zu zerknüllen. Ich weiß es selber,
für Weltleute ist der *Spiegel* noch das einzige Gewissen, das ihnen ihre
Fehler vorhält und das man, wie das Gehirn, ins große und kleine einteilen muß; das große Gewissen sind Wand- und Pfeilerspiegel, das
kleine steckt in Etuis und wird als Taschenspiegel herausgezogen; für
die Weltleute; aber für dich, Gustav? – du, der du den obigen Dekalogus
für Spitzbuben nicht annehmen, nicht einmal verstehen oder nützen
kannst – denn man nützt und versteht nur solche Lebensregeln, von

denen man die Erfahrungen, worauf sie ruhen, so durchgemacht, daß man die Regeln hätte selber geben können – du, den ich gelehrt, daß Tugend nichts sei als *Achtung* für das fremde und für unser Ich, daß es besser sei, an keine Laster als an keine Tugend zu glauben, daß die Schlimmsten nur ihre eigne Kaste und die Besten noch eine mehr kennen? … Wenn Gustav nicht gegen jene Lehren, die meistens Wahrheiten sind, und gegen den Lehrer aufgefahren wäre; wenn er nicht geschworen hätte, daß diese ekelhafte Kanker-Philosophie nie über eine Ecke seines Herzens sich spinnen und kleben sollte: so hätt’ ich von ihm nicht einmal so gut gedacht als von der Residentin von Bouse, der das System des *Helvetius* so schön wie sein Gesicht vorkommt; denn in ihrem Stande hat oft das beste Herz die schlimmste Philosophie.

Es wird kaum die Mühe verlohnen, daß ichs hersetze, daß der Spitzbube Robisch zum Henker gejagt wurde, weil er einen entwischten Rekruten für einen neuen ausgab und verrechnete. Wenn ich sagte: zum Henker gejagt, so satirisierte ich; denn zum Herrn von Röper wars, der keine Bediente annimmt als die, welche Livree-Polyhistore wie Robisch sind, d.h. zugleich Jäger, Gärtner, Schreiber, Bauern und Bediente. –

Einundzwanzigster oder Michaelis-Sektor

Neuer Vertrag zwischen dem Leser und Biographen – Gustavs Brief

»Ziehe hin, Geliebter«, (sagt’ ich) »den das Welt-Meer mitnimmt; das Sonnenbild deines verborgen fühlenden Herzens lächle aus dem Meergrund und schwimme mit dir! Dein junges Herz bringest du nicht mehr nach Auenthal! – O daß doch die Früchte am Menschen ein andres Wetter haben müssen als seine Blüten – statt des Hauches des Lenzes den Stich des Augusts und den Sturm des Herbstes!« Ich dachte dies, solange sein Wagen in meinen Augen blieb; nachher ging ich in die Gartenhöhle hinunter zu den zwei Mönchen; und als ich dachte: in euerer kalten Stein-Brust wohnt kein Wunsch, kein Sehnen, kein Schmerz, kein – Herz: »Eben darum«, sagt’ ich in anderem Sinn.

Heute ist Michaelis, und heute – ich kann mich nicht länger verstellen – *bejährt* sich seine Abreise. Heute fängt zwischen mir und dem Leser ein ganz neues Leben an, und wir wollen ruhig alles miteinander vorher ausmachen.

Erstlich bin ich zwar ein Jahr hinter Gustavs Leben zurück; aber in acht Wochen gedenk' ich solches erschrieben zu haben. Ich verhoffte freilich schon vor einem halben Jahre, nun käm' ich ihm nach; aber ein Leben ist leichter zu führen als zu schildern, zumal gut stilisiert. Überhaupt kann ein Autor – ein guter – leichter die Sterne des Himmels zählen als seine zukünftigen Bogen, die auch Sterne sind. Schlüßlich erwartet man, daß die Literatur-Zeitung wenigstens so viel bedenke, daß ich ein Rechtsfreund bin und unmöglich für sie so viel zu schreiben vermag wie für ganze Kollegien, Fakultäten und höchste Reichsgerichte. Kennt die Literatur-Zeitung meine entsetzlichen Arbeiten? Man muß meinen Speiseschrank voll Manualakten gesehen haben, in denen noch dazu kein Wort steht, weil ich sie erst aus der Papiermühle holen ließ, oder man muß in meiner Gerichthalterei in Schwenz, worin die 12 Untertanen und der Lehn- und Gerichtherr selber Bauern sind, gewesen sein, um von mir nicht mehr zu fordern als jährlich ein Buch. Wer ist um ganz Scheerau derjenige Sachwalter, der in einem Prozesse dient, welcher mit nächstem – der Teufel müßte sein Spiel haben – zum Wetzlaer Tor unter die Sessiontische des Reichskammergerichts, das von gutem Stil weiß, dürfte hingetrieben werden? Und doch diente der Prozeß, wie Peter der Große, von unten auf und bestieg, wie die Styliten-Sekte, immer höhere Stühle.

Zweitens – oder das ist noch erstlich: ich kann folglich, gleich den Juden, nur am Sabbat oder Sonntag auf die Plastik meines Seelen-Fötus denken, an Wochentagen wird nichts geschrieben – als zwar auch Biographien, aber nur von Schelmen, man meint Protokolle und Klaglibelle.

Zweitens oder drittens bin ich der Insaß eines Schulmeistertums. – Der gute Rittmeister wollte mich, da sein Sohn zur Tür hinaus war, mit Personalarrest belegen, der bei mir zugleich Realarrest ist, weil mein Mobiliar-Vermögen in meinem Körper und mein Immobiliar-Vermögen in meiner Seele besteht; ich sollte auf seinem Schlosse so lange advozieren und satirisieren, als ich wollte. Es wäre zu wünschen, sein alter Gerichthalter verbliche: so würde ich der neue; denn abdanken kann sein gutes Herz – dem doch mein spitzbübisches, an Hoffeinheiten verwöhntes den Mangel der letzten nicht allemal vergeben mag – keinen Menschen. Behalte deinen gesunden Nord-Ost-Atem, behalte deine

Hände mit dem prügelnden Stab Wehe und deine Zunge mit ihrem Paar Donnerwettern und tausend Teufeln, mein Falkenberg!

Ich blieb auch bei ihm im Winter; aber heuer im Frühjahr zog ich an den Ort herab, wo ich dieses schreibe – in die obere Stube des Auenthaler Schulmeister Sebastian *Wutz*[1]. Ich hatte vielleicht die drei vernünftigsten Gründe von der Welt dazu; ich schwind' erstlich nirgends mehr ein als in einem Vatikan voll öder Klüfte, in Sara-Wüsten von leeren Zimmern; ein Eßsaal mit seiner Möblen-Armut ist für mich ein Patmos, und bloß in kleinen Stübchen wird man größer. Der Mensch sollte von Jahr zu Jahr in immer kleinere Zellen kriechen, bis er in die kleinste schlüpfte, d.h. ins engste Loch dieses gequetschten Silberdrahts. – Der zweite Grund war Herr *Fortius* (in Morhof. Polyhist. L. II. c. 8.), welcher Gelehrten anrät, alle halbe Jahre die Städte zu wechseln, damit sie besser schrieben – und in der Tat schreibt man besser nach jeder Veränderung, und wäre es eine des Schreibepults. Ohne solche auffrischende Luft schreibt sich die Seele so tief in ihren Hohlweg hinein, daß sie darin steckt, ohne Himmel und Erde zu sehen. Aus gegenwärtigem Werke könnte vielleicht etwas werden; aber jeden Monat und jeden Sektor muß ich in einer andern Kajüte schreiben. –

Der dritte und vernünftigste Grund ist meine Schwester: sie ist wieder von der Residentin von Bouse zurück, erstlich, weil sie ihre Stelle einer schönen Bücherpatientin leer zu machen hatte, der guten Beata nämlich, welche der Vater, der Doktor, der Liebhaber – der dumme Oefel (er wird aber gar nicht begünstigt) – endlich mitten in diese Zusammenströmung aller Freuden und Visiten hinberedeten; – zweitens ist meine Schwester da, weil ichs so haben wollte, aber Schwester, Schwester, warum hab' ich dich nicht eher aus diesem übersinternden Mineral-Strudel gerissen? Warum hast du dich so verändert? Wer kann dich zurück verändern? Wer will dir aus dem Herzen scheuern deine Gedanken an fremde Blicke, deine Gier, bewundert, aber nicht geliebt zu werden, deine Gefallsucht, welche Liebe nur erregen, nicht erwidern will, und alles das, was dein Herz unterscheidet von deinem vorigen

---

1 Den ganzen Lebenslauf seines Vaters, Maria Wutz, hab' ich dem Ende des zweiten Bandes beigegeben. Allein ob er gleich eine Episode ist, die mit dem ganzen Werke durch nichts zusammenzuhängen ist als durch die Heftnadel und den Kleister des Buchbinders: so sollte mir doch die Welt den Gefallen erweisen und ihn *sogleich* lesen nach dieser Note.

Herzen und von Beatens ewigem? – – Mit meiner Schwester wollt' ich also nicht gern das Schloß verengern, auf dem sie übrigens alle Tage ein paar Stunden versitzet.

Jetzt hab' ich dem Leser beigebracht, woran er ist: wir wenden uns wieder zu Gustavs Wagen und sind alle zufrieden, Leser, Setzer und Schreiber.

Gustav fuhr in einer Trunkenheit des Schmerzes, die der schöne Himmel in Tränen auflösete, nach Scheerau und hielt jede Schwalbe und Biene, die unserem Schlosse zuflogen, für glücklich; die nächsten zehn Jahre hingen als zehn Vorhänge vor ihm düster nieder, »und liegen«, fragt' er sich, »Totengerippe, Raubtiere oder Paradiese hinter den Vorhängen?« – Was ohne Vorhang vor ihm saß und dozierte, sah er auch nicht, den Professor. Zwei Stunden vor Scheerau schrieb er mir mit jener flammenden Dankbarkeit, die aus dem Menschen nur in seinem zweiten Jahrzehend so strahlend bricht. Wie bei allen Seelen, die sich mehr von innen heraus als von außen hinein verändern, stand in ihm der Barometer seines Herzens oft unbeweglich auf demselben Grade. Die Regenwolken und den Regenbogen in seinem innern Himmel brachte er nach Scheerau mit; er trug sein überhülltes Herz in das weite widerhallende Kadettenhaus und in dessen Jahrmarktlärm auf den Treppen und in das Kadetten-Feldgeschrei wie unter die Schläge einer Kupferschmiede und Walkmühle hinein – er wurde noch trauriger, aber mit mehr Schmerzen.

Das Merkwürdige im Zimmer, das er betrat und bewohnte, waren nicht drei Kadetten – denn sie waren Kurrent-Menschen, Scheidemünze und prosaische Seelen, d.h. lustig, witzig, ohne Gefühl, ohne Interesse für höhere Bedürfnisse und von mäßigen Leidenschaften –, sondern der Stuben-Ephorus, Herr von Oefel, der mit dem Degen wie eine gespießte Fliege mit der Nadel lief. Oefel fing ihn sogleich zu beobachten an, um ihn abends zu beschreiben; – in Gesellschaften aber beobachtete er jeden, nicht um fremde Pfiffe zu erlauschen, sondern um seine vorzuweisen. So lobte er auch, ohne zu achten, und schwärzte an, ohne zu hassen: glänzen wollt' er bloß.

Unter diesen Verhältnissen, ehe Gustav den schweren Gang über Schmerzen zu Geschäften tat, kam der Trost in der Gestalt der Erinnerung zu ihm, und Gustav sah, was er nicht hätte vergessen sollen – seinen *Amandus,* seinen Kindheitfreund. Aber der gute Jüngling trat vor ihn nicht in der ersten Gestalt eines Blinden, sondern in der letzten eines Sterbenden; er hatte die Nervenschwindsucht, die alles sein Mark aus der noch stehenden Rinde ausgezogen hatte – an der Rinde grünte nichts mehr als hängende Zweige mit fahlem gesenkten Laub. Er bereitete sich auf kein Amt und kein Leben vor, sondern erwartete und wollte empfangen an der Schwelle des Erbbegräbnisses den Tod, der die Treppe heraufstieg. – Aber daß seine Seele in einer lebendigen Wunde lag, daran kann uns nichts wundern als das *Geschlecht*; denn die schönsten weiblichen Seelen wohnen selten anders; aber die Männer schonen diese Wunde nicht; es erweicht sie gegen ein so weiches Geschlecht der Anblick nicht, daß die meisten nicht von einem Tage zum andern, sondern von einem Schmerze zum andern leben und von einer Träne zur andern ...

In Gustav wohnte das zweite Ich (der Freund) fast mit dem ersten unter *einem* Dache, unter der Hirnschale und Hirnhaut; ich meine, er liebte am andern weniger, was er sah, als was er sich dachte; seine Gefühle waren überhaupt näher und dichter um seine Ideen als um seine Sinne; daher wurde oft die Freundschaft-Flamme, die so hoch vor dem Bilde des Freundes emporging, durch den Körper desselben gebogen und abgetrieben. Daher empfing er seinen Amandus, weil überhaupt eine Ankunft weniger erwärmt als ein Abschied, mit einer Wärme, die aus seinem Innern nicht völlig bis zu seinem Äußern reichte – aber Oefel, der beobachtete, hatte mit sechs Blicken heraus, der neue Kadett sei adelstolz.

Unter allen Kriegs-Katechumenen hatte Gustav die meiste Not. Aus einer stillen Kartause war er in ein Polter-Zimmer verbannt, wo die drei Kadetten ihm den ganzen Tag die Ohren mit Rapierstößen, Kartenschlägen und Flüchen beschossen – aus einer Dorfburg war er in ein Louvre geworfen, wo die Trommel das Sprachorgan und die Sprachmaschine war, wodurch das Scholarchat mit den Schülern sprach, wie die Heuschrecke allen ihren Lärm mit einer angebornen Trommel am Bauche macht. Zum Essen, zum Schlafen, zum Wachen wurden sie wie das Parterre eines Dorfkomödianten zusammengetrommelt. Im Marschschritt und hinter dem Kommandowort erstieg diese Miliz den Speisesaal als ihren Wall und nahm von der Festung nichts weg als die Mundportion auf einen halben Tag. Der Kommandozuck riß sie von ihren Stühlen auf und lenkte sie zur Zitadell wieder hinaus. Man konnte nachts die Schritte eines einzigen Kadetten zählen, und man wußte die aller übrigen, weil der kommandierende Luftstoß diese Räder auf einmal trieb. – Eben deswegen, ich meine, weil der Dank vor dem Essen ordentlich kommandiert wurde, hatte das ganze Korps die gleiche Andacht; keine Sekunde sprach einer länger mit Gott als der andre. Ich weiß nicht, in welchem scheerauischen Regimente der Kerl stand, der einmal bei der Kirchenparade, wo der Offizier die Seelen einmal zu Gott kommandierte, die er sonst zum Teufel gehen hieß, so sehr wider vernünftige Subordination verstieß, daß er wenigstens vier Minuten länger dem Himmel auf seinem frommen Knie dankte als der Flügelmann – ich sag' es deswegen, weil ich nachher, als der Beter darüber Fuchtel bekam, öffentlich die Frage tat, ob nicht eben auf diese Weise den Kompagnien die Logik beizubringen wäre, die ihnen so nötig ist wie die Schnurrbärte und noch nützlicher, da man diese, aber nicht jene zu wichsen braucht. Könnte man nicht kommandieren und das Wörtchen »macht« weglassen: »Macht den Vordersatz – macht den Hintersatz – macht den Schluß«? So wär' ich nicht zu tadeln, wenn ich mir eine Kompagnie kaufte und sie die drei Teile der Buße etwa so durchmachen ließe: bereuet – glaubt – bessert – nämlich euch, oder sonst soll das liebe … in euch fahren, wie jüngere Offiziere beisetzen.

Der östreichsche Soldat hatte bis Anno 1756 zweiundsiebzig Handgriffe zu lernen, nicht um damit den Feind zu schlagen, sondern den – Satan.

In dieser Stimmung, worin Gustav gegen Krieg und seine Kameraden war, schrieb er mir einen Brief, dessen Anfang hier wegbleibt, weil unser Briefsteller dabei allemal so kalt wie beim Empfang zu sein pflegte.

*

184

– –– »Das Exerzieren und Studieren machen mich zu einem ganz andern Menschen, aber zu keinem glücklichern. Ich ärgere mich oft selber über meine Weichheit, über meine Augen, aus denen ich die Spuren ingeheim wegzuwaschen suche, und über mein Herz, das bei Beleidigungen, die ich jetzo häufig, aber gewiß ohne Absicht der Beleidiger erfahre, nicht hart aufschwillt, sondern sich zusammenpreßt, wie zu einer großen Träne über die unheilige Welt. Meine Stubenkameraden, unter denen ich nichts höre als Rapiere und Flüche, lachen mich über alles aus. Sogar dieses Blatt schreib' ich nicht unter ihnen, sondern unter freiem Himmel im *stillen Lande*[2] zu den Füßen und auf dem Fußgestell einer Blumengöttin, von welcher Arm und Blumenkorb abgebrochen sind. Der gute Herr von Oefel ist unterdessen im alten Schlosse bei der Residentin.

Sobald ich nicht arbeite, drückt jedes Zimmer, jedes Haus, jedes Gesicht auf mich herein – Und doch, wenn ichs wieder tue – zwar wenn trübes Wetter ist, wie in voriger Woche, mach' ich mein mathematisches Reißzeug so gern wie ein Schmuckkästchen auf; aber wenn ein Flammenmorgen unter dem Geschrei aller Vögel, sogar der *gefangenen,* von den Dächern in unsere Gassen niedersinkt, wenn der Postillon mich mit seinem Horn erinnert, daß er aus den eckigen, spitzigen, verwitternden, unorganisch zusammengeleimten Schutthaufen der getöteten Natur, die eine Stadt heißen, nun hinauskomme in das pulsierende, drängende, knospende Gewühl der nicht ermordeten Natur, wo eine Wurzel die andre umklammert, wo alles mit- und ineinander wächset und alle kleinere Leben sich zu *einem* großen unendlichen Leben ineinander schlingen: da tritt jeder Bluttropfen meines Herzens zurück vor den Pechkränzen, Trancheekatzen und vor den Wischkolben, womit die Artillerie unsere blauen Morgenstunden ausstopfet. – Dennoch vergess' ich die grünende Natur und die Kontraminen, womit wir sie in die Luft aufschleudern lernen, und sehe bloß die langen Flöre, die an den Stangen aus dem Hause eines Färbers gegenüber in die Höhe fliegen, schon wie Nächte über den Gesichtern armer Mütter hängen, damit der Tau des Jammers im Dunkeln hinter den Leichen falle, die wir am Morgen machen lernen. – – Ach! seitdem es keinen Tod mehr *für,* sondern nur *wider* das Vaterland gibt; seitdem ich, wenn ich mein Leben preisgebe, keines errette, sondern nur eines binde: seitdem muß ich wünschen, daß man mir, wenn mich der Krieg einmal ins Töten hineintrommelt, vorher die Augen mit Pulver blindbrenne, damit ich in die Brust nicht steche, die ich sehe, und die schöne Gestalt nicht bedaure, die ich zerschnitze, und nur sterbe, aber nicht töte ... O da ich noch aus Kartausen, noch aus Ihrem Studierzimmer in die Welt hinaussah, da breitete sie

2   So hieß der englische Garten um Marienhof, den die Gemahlin des verstorbenen Fürsten mit einem romantischen, gefühlvollen, über Kunstregeln hinausreichenden Geiste angelegt. Der Kummer gab ihr den Namen und die Anlage des stillen Landes ein. Jetzt ist ihrer sterbenden Seele selbst dieses Land zu laut, und sie lebt verschlossen. Diejenigen Leser, die nicht da waren, will ich mir durch eine Beschreibung des Gartens verbinden.

vor mir sich schöner und größer aus mit wogenden Wäldern und flammenden Seen und tausendfach gemalten Auen – jetzo steh' ich auf ihr und sehe das kahle Nadelholz mit kotigen Wurzeln, den schwarzen Teich voll Sumpf und die einmähige Wiese voll gelbes Gras und Abzuggräben. –

Vielleicht könnt' ich aber doch meine Träume, den Menschen zu nutzen, mehr verwirklichen, wenn ich eine andre Laufbahn einschlüge und statt des Schlachtfeldes den Sessiontisch wählen und den Zweck der Aufopferung veredeln dürfte[3]... Die rote Sonne steht vor meiner Feder und bewirft mein Papier mit laufenden Schatten: o du wirkst stehend, Himmeldiamant, und machst licht wie der Blitz, aber ohne seinen mörderischen Knall! Die ganze Natur ist stumm, wenn sie erschafft, und laut, wenn sie zerreißet. Große, im Abendfeuer stehende Natur! der Mensch sollte nur deine Stille nachahmen und bloß dein schwaches Kind sein, das deine Wohltaten dem Dürftigen hinausträgt!

Wenn Sie heute von Auenthal zu den im Sonnengolde wogenden Fenstern unsers Schlosses aufsehen: so schauet jetzt meine Seele auch hinüber, aber mit einem Seufzer mehr.« etc.

Die Offiziere sehen ein, daß Gustav keiner werden will; aber er hat seinen ganzen Vater wider sich, der bloß den stürmenden Krieger liebt und ruhigere Geschäftmänner ebenso verschmäht, wie diese den noch ruhigern geschäftlosen Gelehrten verachten. –

---

3   Ich kann nichts dafür, daß mein Held so dumm ist und zu nützen hofft. Ich bins nicht, sondern ich zeige unten, daß das Medizinieren eines kakochymischen Staatskörpers (z.B. bessere Polizei-, Schul- und andre Anstalten, einzelne Dekrete etc.) dem Arzneieinnehmen des Nerven-Schwächlings gleiche, der gegen die *Symptome und nicht gegen die Krankheitmaterie* arbeitet und der sein Übel bald wegschwitzen, bald wegbrechen oder weglaxieren oder wegbaden will.

Zweiundzwanzigster oder XVIIII. Trinitatis-Sektor

*Der echte Kriminalist – meine Gerichthalterei – ein Geburttag
und eine Korn-Defraudation*

Als ich am Donnerstag darauf meinen Gustav besuchen und ein wenig
belehren will: hat ihn Herr von Oefel aus einer Ursache, die bloß ein
ganzer Sektor vor- und auswickeln kann, mit einigen Husaren an die
Grenze verschickt, wo sie einen Frucht-Kordon bildeten, der kein Korn
hinaus- und keinen Pfeffer hereinließ. Da die meisten Bewegungen des
Volks sich von *peristaltischen* anfangen: so wollten es manche feine
Leute gerochen haben, der Landesvater täte die Sache, damit seine
Landskinder etwas zu brocken und zu beißen hätten.

Ich bekam aber am Ende die größte Teufelei damit, und man soll es
jetzo hören, aber nur von vornen an.

Nämlich so: das große Rittergut *Maußenbach* hat, wie bekannt, die
Obergerichtbarkeit, obgleich ich und der Rittergutbesitzer, Herr Kommerzien-Agent von Röper, darüber aus entgegengesetzten Gründen ärgerlich sind. Ich bin ärgerlich, weil ich das Leben, wenigstens die Ehre
von einigen hundert Menschen nicht in den Händen eines ganzen römischen Volks, sondern eines Amtmanns etc. sehe; – der Erb-, Lehn-
und Gerichtherr ist ärgerlich, weil der Blutbann nichts einträgt, da es
mehr kostet, das Richtschwert schleifen zu lassen, als alles abwirft, was
damit in den Beutel hineinzumähen ist. »Ehebruch ist für eine malefizi-
sche Obrigkeit noch das einzige!« sagt der Erbherr. – Ganz das Gegenteil
sagte sein Gerichthalter *Kolb;* hohe Frais war seine hohe Oper, peinliche
Akten waren ihm Klopstocks Gesänge und ein Scherge sein Orest und
Sancho Pansa – Er hätte die Welt in zwei Reihen zerteilet, in die auf-
hängende und in die aufgehangne Reihe, und er wäre Kriminalist geblieben – Ein unrasierter Malefikant im Karzer war ihm ein sinesisches
Goldfischchen in einer gläsernen Bowle, beide wurden Gästen vorgestellt
– Freie Spitzbuben-Pürsch nur in ein paar Weltteilen wäre seine Sache
und Lust gewesen – Mich haßte er auf den Tod, weil ich ihm einmal
einen vom Tode ins Zuchthaus wegdefendieret hatte – Er besaß die
Sterbelisten aller Hingerichteten und eine Matrikul oder ein genealogi-
sches Saatregister aller Räuber (Ehrenräuber ausgenommen), die in allen
deutschen Kreisen zu ernten standen, und wahre Spitzbuben waren für

ihn, was für den biographischen Plutarch gutgesinnte Menschen. Kurz er war ein echter Kriminalist, ganz wie ihn die alten deutschen oder neuen englischen Gesetze haben wollen; denn nach beiden soll jeder bloß von seinesgleichen gerichtet und verdammt werden; Kolben aber mußte jeder Spitzbube und Mörder für einen ebenso großen halten, und Inkulpat konnte mithin sagen, daß er die Rechtswohltat genösse, von einem seinesgleichen gerichtet zu werden. Ich kenne nicht viele ebenbürtige Malefizräte und Fakultisten, auf welche dieses anzuwenden wäre.

Das verdroß Röpern ungemein; denn sein Malefizrat zog ihm alle Monate einen kostensplitterigen Fraisfall zu; und hohen Frais-Gericht-herrn ist doch nicht sowohl mit der Einfangung als Beerbung der Inqui-siten gedient. Kurz als der Amtmann eine neue Galgenrekruten-Aushe-bung im Maußenbacher Walde vorzunehmen gedachte – woran *vielleicht* Robisch schuld war –: so stellte Herr von Röper diese Dieb-Preßgänge dadurch ab, daß er seinem Malefizrat so viel Grobheiten antat, als dazu vonnöten waren, daß der Amtmann nichts tun konnte als abdanken.

Er tat doch noch etwas, der Schelm, er malte meine Wenigkeit ab. Da er mein *Defensorat* nicht vergessen konnte, so verwaltete er das *Fiskalat* und sagte zu Röpern, ich taugte nichts, ich wäre ein Mensch, der ihn und mehre Edelleute haßte und der den feinsten Hofton hätte; Paul nähme jeden Prozeß von Untertanen gegen ihre Lehnherrn an und hätte selber einmal gegen den Herrn Kommerzien-Agenten die Feder geführet. – Du elender Kolb! warum sollen Einbeine das nicht tun? – Meine wichtigsten Prozesse sind noch heute keine andern. – Und warum soll nicht gar ein Vorschlag wirklich werden, den ich sogleich tun will? Der, daß man nach dem Muster der Armen-Advokaten Untertanen-Advokaten einführt, die bloß gegen Patrimonialgerichte wie die Malte-serritter gegen Ungläubige fechten. –

Ich hab' es aus Röpers eignem Munde; denn kurz, er installierte mich doch zum Maußenbacher – Amtmann, die Advozier- und Lesewelt er-staune, wie sie will. Die Kolbischen Angriffe waren eben meine Wendel-treppe zu diesem Gerichtstuhle. Mein Gerichtprinzipal muß zu seinen ewigen Kämpfen mit allen Instanzen und Edelleuten einen juristischen Taureador, einen hitzigen Federmesser-Harpunierer haben; Kolb sagte aber, ich wäre einer. Zweitens präsentierte mir Herr von Röper den Gerichtstuhl, weil ich weder ritt (des kurzen Beines wegen) noch fuhr (des seekranken Magens wegen) und mithin zur Justizpflege ohne den

Pferde-Nachtrab, den sein Stall bisher zu apanagieren hatte, gegangen kam. Für Rezensenten und deren Redakteurs wird der Wink kein Schade sein, daß sie bedenken mögen, daß sie von nun an Papier nehmen und einen Mann rezensieren, der nicht etwa wie sie nichts ist, sondern einen, der so gut richtet wie sie, aber über ein reelleres Leben als das literarische, und der solche Rezensenten selber henken kann, wenn sie in seinem Gerichtsprengel etwas anders stellen als Ehre.

Jetzt kommt die Hauptsache. Ich war zum erstenmal als Richter in Maußenbach und trat meine Amtmannschaft an. Es ging alles recht gut, ich und Untertanen wurden einander vorgestellt, und ich hatte an diesem Tage über fünfhundert Hände in meiner. Freilich muß ich noch manches saure Gesicht wegscheuern, das sie mir mit machen, weil sie es meinem weniggeliebten Prinzipal machen; denn Volk und Adel liegen nicht bloß in Rom, sondern auch in heutigen Dörfern stets einander in Haaren und Zöpfen und fechten über Schuldensachen. Außer meiner Gerichthalterei feierte heute noch etwas seinen Geburttag – der Verleiher derselben, Röper; wir aßen also recht gut, zweierlei Dingen zu Ehren; erstlich weil das von ihm aufgelöste Parlament in mir heute wieder zusammenberufen und zweitens weil der Berufer vor vielen Jahren geboren worden. Ich kann sagen, mir war wohl dabei trotz meiner Verschiedenheit von dem Wiedergebornen – von dir ist gar nicht die Rede, Luise und Gerichtprinzipalin! – Welches lahme Herz schlüge nicht mit deinem in sympathetischer Harmonie zusammen, wenn es dein Auge über das Vergnügen deines Mannes und von Wünschen für sein Leben glänzen sieht. – Sondern von deinem Eheherrn selber red' ich: er sei nun, wie er will, mir ist es unmöglich, von einem Manne, mit dem ich unter *einer* Stubendecke sitze, das Schlimme zu denken, das ich bisher von ihm gehört oder auch geglaubt, und es ist wahrlich nicht einerlei, ob uns ein Tisch oder eine Kunststraße trennt. Wenn du einen Menschen von Hörensagen hassest: so gehe in sein Haus und sehe zu, ob du, wenn du in seinen Gesprächen so manchen freundlichen Zug, in seinem Betragen gegen das Kind oder Weib, das er liebt, so manches Zeichen der Liebe aufgefunden hast, ob du da mit dem hineingebrachten Hasse wieder hinausgehest. War gegenwärtiger Verfasser in seinem Leben gegen etwas eingenommen, so waren es die Großen; seitdem er aber in seinen Klavierstunden zu Scheerau Gelegenheit gehabt, mit manchem Großen unter einem Deckengemälde zu stehen, seitdem er selbst unter diesen Riesen mit herumspringt: so sieht er, daß ein Minister, der ein Volk drückt, seine Kinder lieben und daß der Menschenfeind am Sessiontisch ein Menschenfreund am Nähpult seines Weibes sein kann. So haben die Alpenspitzen in der Ferne ein kahles steiles Ansehen, in der Nähe aber Platz und gute Kräuter genug.

Ich gesteh' es also, da nach altväterischer Sitte (an Geburttagen bei Hofe speist' ich dergleichen nie) eine Biskuit-Torte aufgetragen wurde, auf der das Vivat und der Name Röper mit Typen von Mandeln aufgesäet zu lesen und zu essen war – da ferner der Inhaber des Namens zwar sagte: »Solche dumme Streiche machst du nun«, aber sogleich das Auge voll bekam und beifügte: »Schneid unsern Leuten draußen auch einen Bissen« – ich gestehe, sagt' ich, ich wünschte alsdann manche Sage von ihm aus meinem Gedächtnis, die sich mit dem lapidarischen Mandelstil nicht wohl vertrug, und ich hätte besonders etwas darum gegeben, die Krebse am allerliebsten, wenn er, weniger um das Steingut in ihren Köpfen besorgt, seine Luise nicht angebrummt hätte, die in der Freude einige Beiträge zu seiner Krebs-Daktyliothek verschüttet hatte. – Ich will nur aufrichtig sein: der Henker hätte mich holen müssen, wenn ich hart wie ein Krebsauge hätte bleiben wollen, da du, meine Musik-Schülerin, geliebte Beata, welche aus der Hofluft[1], wie andre Blumen aus der mephitischen, nichts eingesogen als zartere Reize und höhern Schmelz, da du, holde Schülerin, mit dem weiblichen Gefühle des väterlichen Ansehens hingingest und dem Vater, mit dem Munde auf seiner Hand, die aufrichtigsten Wünsche brachtest und da du erst am Halse deiner Mutter, die euch beide mit Blicken der Liebe überschüttete, dein Herz in ein näheres übergossest ...

Erst jetzo kommt die versprochne Hauptsache – nämlich mein Gustav. Ich wollt', er wär' ausgeblieben. Er tritt vor zwei Husaren voraus, die einen Kornwagen eskortierten. Der Wagen wollte sich über der Grenze – das Fürstentum Scheerau stößet wie der menschliche Verstand überall auf Grenzen – abladen; die zwei Husaren wollten sich bestechen lassen, es war alles gut; aber Gustav wars nicht; der Kondukteur, der Pachter, hatte die Schleichware für Röperisches Gut ausgegeben – und vor Röper sträubte sich der ganze Gustav schon vom Vater her zurück. Zweitens lebte er jetzt mit der Tugend im Brautstand und in den Flitterwochen, wo man gute Werke und moralische hors d'oeuvre für einerlei nimmt

190

---

1 Der Leser muß sich erinnern, daß sie von der Residentin von Bouse bloß zur Feier des väterlichen Geburtstags hierhergereiset war.

und wo zugleich Stil und Tugend zu viel Feuer haben. Kurz der Pachter und Wagen mußten zurück; und der Kadett war ins Geburttagzimmer getreten, um es mit überwallendem Hasse gegen Röperische Betrügereien anzusagen. – Aber war er dies imstande, als er mich nach vielen Wochen und meine Schülerin zum ersten Male sah und unter die fröhlich geröteten Gesichter trat, aus denen er auf einmal Blut und Freude jagen wollte? – Er konnte nichts als mich beiseite ziehen und mir alles entdecken; aber das Belauschen und das anfahrende corpus delicti entdeckten dem Kommerzien-Agenten das nämliche. Er geriet ohne weiteres in eine schimpfende Wut gegen den Kadetten, den die Sache, wie er sagte, nichts angehe, und steigerte sich so lange darin, bis ihm ein Heilmittel gegen das ganze Unglück beifiel. Ich mußte mit ihm vor die Haustür hinaus, und er sagte mir, ich würde als sein Amtmann leicht einsehen, daß man das Getreide für das Getreide seiner Pächter ausgeben müßte, weil der Fürst mit einem Beamten kein Schonen hätte. Das letzte sah ich als sein neuer Amtmann ein, daß der geizige Arsenikkönig, der den Ämter-Handel, Justiz-Unfug und ähnliches duldete, doch auf Ungehorsame gegen ihn wie ein giftiger Wind zufährt; aber das sah ich nicht ein, daß eine zweite Betrügerei der Verhack und Advokat der ersten sein müsse. Zu unserem Gefechte stieß endlich der Gegenstand desselben, der Pachter selber, der mit zerrüttetem Gesicht und mit der stotternden Bitte zulief, »Ihro Gnaden sollten es nicht ungnädig vermerken, daß er in der Angst *sein* Korn für Ihro Gnaden *Ihres* ausgegeben hätte«. Nun war der Knoten auseinander: mein Prinzipal hatte bisher bloß seine glücklich über die Grenze gebrachte Schleichware mit der ertappten fremden vermengt. Dem Pachter hielt er sogleich als gesunder Moralist die Bosheit vor, auf einmal ihn, das Land und den Fürsten zu betrügen, »und er wünschte, er bräche jetzt das Schreiben der Regierung auf, er würde ihn auf der Stelle ausliefern«. Zu meinem Gustav eilt' er hinein und warf ihm mit der Hitze der verkannten Unschuld so viel Grobheiten entgegen, als man von einem beleidigten Halb-Millionär erwarten kann, da Besitzer des Goldes, wie *Saiten* von Gold, am *allergröbsten* klingen. Mich dauerte mein lieber Gustav mit seiner Tugend-Plethora; ihn dauerte das Unglück des armen Pachters; und Beaten dauerte unsere allseitige Beschämung. Mit reißenden Gefühlen floh Gustav aus einem stummen Zimmer, wo er vom weichsten Herzen, das noch unter einem schönen Gesicht gezittert, von Beatens ihrem, die Blumen kindlicher Freude weggebrochen und herabgeschlagen hatte.

Im Grund ging jetzt der Henker erst los – nämlich das Röperische Gebelle gegen das Falkenbergische Haus und gegen dessen abscheuliche Verschwendung und gegen den Kadetten. Beata schwieg; aber ich nicht: ich wäre ein Schelm gewesen (ein größerer, mein' ich), wenn ich dem Rittmeister die Verschwendung in *dem* Sinne, worin sie der Gegner nahm, hätte beimessen lassen – ich wäre auch dumm (oder dümmer) gewesen, wenn ich ihn nicht in meinem ersten Amtmanns-Aktus an Widerstand zu gewöhnen getrachtet hätte, sondern erst im zehnten, zwanzigsten – – – Aber das Öl, das ich herumfließen ließ, um seine Wellen zu glätten, tropfte statt ins Wasser ins Feuer. Es half uns beiden wenig, daß uns meine Schülerin mit den silberhaltigsten Stellen aus Bendas *Romeo* anspielte – der alte Spaß war nimmer zurückzubringen – wir zuckten und lenkten vergeblich an unsern Gesichtern, Röper sah wie ein indianischer Hahn aus und ich wie ein europäischer. – Ich hatte vorgehabt, gegen Abend nach Mondaufgang etwas sentimentalisch zu sein in Beisein von Beaten, da sie mir ohnehin der Hof entriß; ich weiß gewiß, ich hätte hinlänglich empfunden und gefühlt; ich würde unter einem Schatten oder Baum mein Herz hervorgenommen und ge-sagt haben: »prenez«; ja ich schien sogar heute Beaten mir weit näher heranzuziehen als sonst, welches bei allen Mädchen gelingt, mit deren Eltern man die Geschäfte teilt. – – Das war nun sämtlich zum Henker; ich mußte kalt und zähe davongehen wie ein Kammergerichtbote und empfand schlecht. War der neue Amtmann verdrießlich, den man in sein Amt hineingeärgert hatte: so wars sein Prinzipal noch mehr, der in sein Jahr hineingezankt geworden. So hinkte ich davon und sagte unter dem ganzen Weg zu mir: »So und mit *dem* Gesicht und Aussehen ziehest du also, glücklicher Paul, von deiner Maußenbachischen Gericht-halterei heim, von der du schon in deinen Sektoren voraus geplaudert.

–– Du brauchst meinetwegen nicht aufzugehen, Mond, ich brauche dein Puder-Gesicht heute nicht – der einzige verdammte Korn-Karren! und der Fürst! – und der Filz dazu! und auch die Jünglingtugend! – Ich wollt', daß ihr alle … Wär' ich aber nur so gescheit gewesen und hätte gleich vormittags gefühlt und hätte vor dem Essen etwas von 193 meinem Herzen vorgezeigt, nur ein Herzohr, nur eine Faser.«

»Ei! Herr Amtmann!« (fuhr mir mein Wutz entgegen) »wieder da? Hats hübsche Ehebrüche gegeben, Hurenfälle, Raufereien, Injurien?«

»Bloß einige Injurien«, sagt' ich.

Dreiundzwanzigster oder XX. Trinitatis-Sektor

Andrer Zank – das stille Land – Beatens Brief – die Aussöhnung – das Porträt Guidos

Noch am heutigen Sonntag hab' ichs nicht heraus, warum Gustav fünf Tage später in Scheerau eintraf, als er konnte; er wich sogar meinen Erkundigungen ängstlicher als listig aus. Oefel ließ sich alles rapportieren und machte daraus ein paar Sektores in seinem Roman, den ich und der Leser hoffentlich noch zu sehen bekommen. Ich wollte, seiner käme eher als meiner in die Welt, so könnt' ich den Leser darauf verweisen oder vielleicht einige Anekdoten daraus nehmen. Gustav schien ein geistiges Wundfieber zu haben. Er trug sein vom bisherigen Bluten erkältetes Herz zu Amandus, um es an des Freundes heißer Brust wieder auszuwärmen und anzubrüten und um die Achtung gegen sich selber, die er nicht aus der ersten Hand bekommen konnte, aus der zweiten zu erhalten. Und dort erhielt er sie stets – aus einem besonderen Grunde. In seinem Charakter war ein Zug, der ihn, wenn er unter einer Brüdergemeinde wäre, längst als Wildenbekehrer aus ihr nach Amerika hinabgerollet hätte: er predigte gern. Ich kann es anders sagen: seine quellende Seele mußte entweder strömen oder stocken, aber tropfen konnte sie nicht – und wenn sich ihr denn ein freundschaftliches Ohr auftat: so regnete sie nieder in Begeisterung über Tugend, Natur und Zukunft. – Dann wehte eine heitere frische Luft durch seine Ideenwelt – die niedergestürzten Ergießungen deckten den schönen lichten tiefblauen Himmel seines Innern auf, und Amandus stand unter dem offnen Himmel entzückt. Dieser, dem die Übermacht seines herzlich Geliebten ein Postament war, das ihn nicht belastete, sondern emporhob, genoß im fremden Wert seinen eignen; ja in seinem minder ausgelichteten Kopf entstand noch größere Wärme, als im redenden war, wie etwa *dunkles* Wasser sich unter der Sonne stärker als *helles* erwärmt. Gustav erzählte ihm den Vorfall und sprach mit ihm so lange über sein Recht und Unrecht dabei, bis sein Schmerz darüber weggesprochen war; dies ist das freundschaftliche *Besprechen* des innern Schadenfeuers. Bloß Liebe und ein wenig Schwäche war es, daß Amandus mit größerer Teilnahme eine herausgeweinte als eine hervorgelachte Träne aus dem geliebten fremden Auge wischte; er kam deswegen, um sich das Interesse an fremdem Kummer zu verlängern, noch einmal auf die Sache und tat die zufällige Frage, wo mein Held die übrigen fünf Tage war. Gustav überhörte es ängstlich und rot – jener drang heftiger an – dieser umfaßte ihn noch heftiger und sagte: »Frage mich nicht, du quälest dich nur.« – Amandus, dessen hysterisches Gefühl nicht so fein als konvulsivisch war, feuerte sich erst recht damit an – Gustavs Herz war innigst bewegt, und daraus kamen die Worte: »O! Lieber, du kannst es nie erfahren, von mir nie!« – Amandus war wie alle Schwache leicht zur Eifersucht in Freundschaft und Liebe geneigt und stellte sich beleidigt ans Fenster. – Gustav, heute nachgiebiger und wärmer durch das Bewußtsein seiner neuesten Vergehung in der Korn-Anklage, ging hin zu ihm und sagte mit nassen Augen: »Hätt' ich nur keinen Eid getan, nichts zu sagen« – Aber an Amandus' Seele waren nicht alle Stellen mit jenem feinen Ehrgefühl bekleidet, an welchem Wort- und Eidbruch fressender Höllenstein ist. Auch setzten in ihm wie in allen Schwachen die Bewegungen seiner Seele, sogar wenn die Ursache dazu gehoben war, wie die Wellen des Meers, wenn auf den langen Wind ein entgegenblasender folgt, noch die alte Richtung fort. – Er sah also weiter durchs Fenster und *wollte* vergeben, mußt' aber die mechanisch aufspringenden Wellen allmählich zusammenfallen lassen. Hätte Gustav sich weniger um seine Vergebung beworben: so hätt' er sie früher bekommen; beide schwiegen und blieben. »Amandus!« rief er endlich im zärtlichsten Ton. Keine Antwort und 195 kein Umkehren. Auf einmal zog der einsame Gequälte das Porträt des verlornen und ihm ähnlichen Guido, das in seinen schönen Kindheittagen über seine Brust gehangen worden und das er ihm heute zu zeigen willens gewesen, vom Schmerze übermannt, hervor und sagte mit zerschmelzendem Herzen: »O du gemalter Freund, du geliebtes Farben-Nichts, du trägst unter deiner gemalten Brust kein Herz, du kennst mich nicht, du vergiltst mir nichts, – und doch lieb' ich dich so sehr. – Und meinem Amandus wär' ich nicht treu?« – – Er sah plötzlich im Glase dieses Porträts sein eignes mit seinen Trauerzügen nachgespiegelt: »O blicke her;« (sagte er in einem andern Tone) »ich soll diesem gemalten Fremden so ähnlich sehen, sein Gesicht lächelt in einem fort, schau aber in meines!« – und er richtete es auf, und weit offne, aber in Tränen schwimmende Augen und zuckende Lippen waren darauf. – – Die Flut der Liebe nahm beide in fester Umfassung hinweg und hob sie – und als Amandus erst darnach seine halbeifersüchtige Frage: »er habe geglaubt, das Porträt sei Gustavs« mit Nein und mit der ganzen Geschichte beantwortet erhielt: so tat es keinen Schaden; denn die Bewegungen seines Herzens zogen schon wieder im Bette der Freundschaft hin.

Nach solchen Erweiterungen der Seele bietet eine Stube keine angemessenen Gegenstände an; sie suchten sie also unter *dem* Deckengemälde, von dem nicht ein gemalter, sondern ein lebendiger Himmel, nicht Farbenkörner, sondern brennende und verkohlte Welten niederhängen, und gingen hinaus ins *stille Land,* das keine halbe Stunde von Scheerau liegt. Ach, sie hättens nicht tun sollen, wenn sie ausgesöhnet bleiben wollten!

Willst du hier beschrieben sein, du stilles Land, über das meine Phantasie so hoch vom Boden und mit solchem Sehnen hinüberfliegt – oder du stille Seele, die du es noch in der deinigen bewachst und nur ein irdisches Bild davon auf die Erde geworfen hast? – Keines von beiden kann ich; aber den Weg will ich nachzeichnen, den unsre Freunde dadurch nahmen, und vorher teil' ich noch etwas mit, das den sonderbaren Ausgang ihres Spaziergangs gebar.

Ich wußte ohnehin nicht recht, wohin ich den Brief tun sollte, welchen Beata sogleich nach meiner und ihrer Rückkehr von Maußenbach an meine Schwester schrieb. Sie war in den wenigen Tagen, die sie mit meiner Philippine bei der Residentin zugebracht, ihre Freundin geworden. Die Freundschaft der Mädchen besteht oft darin, daß sie einander die Hände halten oder einerlei Kleiderfarben tragen; aber diese hatten lieber einerlei freundschaftliche Gesinnungen. Es war ein Glück für meine Schwester, daß Beata keine Gelegenheiten hatte, ihrem sie halb bestreifenden Widerschein von Gefallsucht zu begegnen; denn Mädchen erraten nichts leichter als Gefallsucht und Eitelkeit, zumal an ihrem Geschlecht.

»Liebe Philippine,
ich habe bisher immer gezögert, um Ihnen einen recht muntern Brief zu schreiben – Aber, Philippine, *hier* mach' ich keinen. Mein Herz liegt in meiner Brust wie in einer Eisgrube und zittert den ganzen Tag; und doch waren Sie hier so freudig und niemal betrübt als bei unserem Abschiede, der fast so lange währte wie unser Beisammensein: ich bin wohl selber schuld? Ich glaub' es manchmal, wenn ich die lachenden Gesichter um die Residentin sehe oder wenn sie selber spricht und ich mir in ihrer Stelle denke, was ich ihr mit meinem Schweigen und Reden scheinen muß. Ich darf nicht mehr an die Hoffnungen meiner Einsam-

keit denken, so sehr werd' ich von den Vorzügen fremder Gesellschaft beschämt – Und wenn mich eine Rolle, die für mich zu groß ist, freilich niederdrückt: so weiß ich mit nichts mich aufzurichten, als daß ich ins stille Land wegschleiche: – da hab' ich süßere Minuten, und mir gehen oft die Augen plötzlich über, weil mich da alles zu lieben scheint und weil da die sanfte Blume und der schuldlose Vogel mich nicht demütigen, sondern meine Liebe achten; – dann seh' ich den Geist der trauernden Fürstin einsam durch seine Werke wandeln, und ich gehe mit ihm und fühle, was er fühlet, und ich weine noch eher als er. Wenn ich unter dem schönsten blauesten Tage stehe: so schau' ich sehnend auf zur Sonne und nachher rings um den Horizont herum und denke: ›Ach wenn du deinen Bogen hinabgezogen bist, so hast du doch auf keine Stelle der Erde geschienen, auf der ich ganz glücklich sein könnte bis zu deinem Abendrot; – und wenn du hinunter und der Mond herauf ist: so findet er, daß du mir nicht viel gegeben.‹ ... Teure Freundin! verübeln Sie mir diesen Ton nicht; schreiben Sie ihn einer Krankheit zu, die mich allemal hinter diesem Vorboten anwandelt. O könnt' ich Sie mit meinem Arme an mich ketten: so wär' ich vielleicht auch nicht so. Glückliche Philippine! aus deren Munde schon wieder der Witz lächelnd flattert, wenn noch über ihm das Aug' voll Wasser steht, wie die einzige Balsampappel in unserem Park Gewürzdüfte ausatmet, indes noch die warmen Regentropfen von ihr fallen. – Alles ziehet von mir weg, Bilder sogar; ein totes stummes Farbenbild hinter einer Glastür war der ganze Bruder, den ich zu lieben hatte. Sie können nicht fühlen, was Sie haben oder ich entbehre – jetzo scheidet sogar sein Widerschein von mir, und ich habe nichts mehr vom geliebten Bruder, keine Hoffnung, keinen Brief, kein Bild. – Ich vermisse dieses Porträt zwar seit meiner Rückkehr von Maußenbach; aber vielleicht ists schon länger weg; denn ich hatte mich bisher bloß einzurichten; vielleicht hab' ichs selber mit unter die Bücher, die ich Ihnen gab, verpackt – Sie werden mich benachrichtigen. Ich weiß gewiß, in unserem Hause war noch ein zweites, etwas unähnlicheres Porträt meines Bruders; aber seit langem ists nicht mehr da.« etc.

*

Natürlich! denn der alte Röper hatt' es publice versteigert, weil es das von Gustav war. – Aber wir wollen wieder ins stille Land unsern beiden Freunden nach.

Sie mußten vor dem alten Schlosse vorbei, das wie eine Adams-Rippe das neue ausgeheckt, das seinerseits wieder neue Wasseräste, ein sinesisches Häuschen, ein Badhaus, einen Gartensaal, ein Billard u.s.w., hervorgetrieben hatte. Im neuen Schlosse wohnte die Residentin von Bouse, die diesen architektonischen Fötus das ganze Jahr nicht zweimal bewunderte. Hinter dem zweiten Rücken des Schlosses fing sich der englische Garten mit einem französischen an, den die Fürstin stehen lassen, um den Kontrast zu benützen oder um den zu vermeiden, in welchem sich ein brillantierter Gala-Palast neben die patriarchalische Natur im Schäferkleide postiert. Wer nicht vor den beiden Schlössern vorbei wollte: konnte durch ein Fichtenwäldchen in den Park gelangen und vorher in eine Klausnerei, deren Väter der alte Fürst und sein Favorit-Kammerherr gewesen waren. Beide waren in ihrem Leben nicht einen halben Tag allein gewesen, außer wenn sie sich auf einer Jagd oder *sonst* verirrten; – daher wollten sie doch allein sein und setzten deswegen (was fragten sie darnach, daß sie ein Plagiat und einen Nachdruck der vorigen Baireuther Eremitage veranstalteten?) neun Häuserchen aufs Papier, nachher auf den Tisch und endlich auf die Erde, oder vielmehr neun bemooste Klafter Holz. In diesen ausgehöhlten Vexier-Klaftern steckte sinesisches Ameublement, Gold und ein lebendiger Hofmann, wie man etwa in lebendigen Baumstämmen auf eine lebendige Kröte mit Erstaunen stößet, weil man nicht sieht, wo ihr Loch ist. Die Klafter umrangen eine Klause, die man – weil am ganzen Hof keine Seele zu einem lebendigen Einsiedler Ansatz hatte – einem hölzernen anvertraute, der still und mit Verstand darin saß und so viel meditierte und bedachte, als einem solchen Manne möglich ist. Man hatte den Anachoreten aus der Scheerauischen Schulbibliothek mit einigen aszetischen Werken versehen, die für ihn recht paßten und ihn zu einer Abtötung des Fleisches ermahnten, die er schon hatte. Die Großen oder Größten werden entweder repräsentiert oder repräsentieren selber; aber sie *sind* selten etwas; andere müssen für sie essen, schreiben, genießen, lieben, siegen, und sie selber tun es wieder für andre; daher ist es ein Glück, daß sie, da sie zum Genuß einer Einsiedelei keine eigne Seele haben und keine fremde finden, doch hölzerne Geschäftträger, welche die Einsiedelei für sie genießen, bei Drechslern auftreiben; aber ich wünschte nur, die Großen, die nie mehr

Langweile erleiden als bei ihrer Kurzweile, ließen auch vor ihre Parks, vor ihre Orchester, ihre Bibliotheken und ihre Kinderstuben solche feste und unbelebte Geschäft- und Himmelträger oder Genuß-Curatores absentis und Schönwetterableiter machen und hinstellen, entweder in Stein gehauen oder bloß in Wachs bossiert.

In die Decke der Klause sollte (wie an der Decke der Grotte beim Kloster S. Felicita) hinlängliche Baufälligkeit, sechs Ritzen und ein paar Eidechsen, die daraus fallen, eingemalet werden. Der Maler war auch schon auf Reisen, blieb aber so lange darauf und aus, daß sich die Sache zuletzt selber hinaufmalte und gleich offnen Menschen nichts war, als was sie schien. Allein als die künstliche Einsiedelei sich zu einer natürlichen veredelt hatte, war sie längst von allen vergessen. Ich halt' es daher mehr für Persiflage als für reine Wahrheit, daß der Kammerherr – wie so viele Oberscheerauer sagten – Holzwürmer hätte zusammenfangen und in den Stuhl des Eremiten impfen lassen, damit die Tiere statt der Haarsägen und Trennmesser daran arbeiteten und den Sessel früher antik machten – wahrhaftig das Gewürm beißet jetzo Stuhl und Mönch um! Noch lächerlicher ists, wenn man einem vernünftigen Mann weismachen will, anfangs hätte der architektonische Kammerherr ein künstlich laufendes Räderwerk mit einem Mausfell kuvertiert und papillotiert, damit die Kunst-Eidechse oben eine Korrespondenz-Maus unten hätte und so für Symmetrie hinten und vorn gesorgt wäre, hernach hätte der Herr sich der Natur genähert und über eine lebendige rennende Maus ein künstliches zweites Mausfell als Überrock und Frack gezogen, damit Natur und Kunst ineinander steckten – lächerlich! Mäuse fahren zwar stets um den Einsiedler herum, aber sicher nur in *einer* Unterzieh-Haut …

Unsere zwei Freunde sind weit von uns und schon im sogenannten langen Abendtal des Parks, durch welches aus der untergehenden Sonne ein schwebender Goldstrom fiel. Am westlichen, sanft erhöhten Ende des Tales schienen die zerstreuten Bäume auf der zerrinnenden Sonne zu grünen; am östlichen sah man über die Fortsetzung des Parks hinüber bis ans glühende Schloß, auf dessen Scheiben sich die Sonne und das Abend-Feuerwerk verdoppelten. Hier sah die alte Fürstin allemal den ersten Untergang der Sonne; dann hob sie ein sanft aufgewundner Weg auf das hohe Gestade dieses Tals, wo der Tag noch in seinem Sterben war und noch einmal mit dem brechenden Sonnen-Auge väterlich den großen Kinderkreis anblickte, bis ihm seine Nacht das Auge zudrückte und diese in ihren mütterlichen Schoß die verlassene Erde nahm.

Gustav und Amandus! hier versöhnet euch noch einmal – der rote Sonnenrand steht schon auf dem Rande der Erde – das Wasser und das Leben rinnen fort und stocken unten im Grabe – nehmet euch an den Händen, wenn ihr auf das zerstörte *Ruhestatt*[1] hinüberschauet und auf seine stehende Kirche, das Bild der unglücklichen Tugend – oder wenn ihr auf die *Blumeninseln* blickt, wo jede Blume auf ihrem grünen Weltteilchen einsam zittert und ihr kein Verwandter entgegenschwankt als ihr gemalter Schatten im Wasser – drückt euch die Hände, wenn euere Augen fallen auf das *Schattenreich,* wo heute Licht und Schatten wie Leben und Schlafen nebeneinander und ineinander zitternd flatterten, bis die schwarze Schattenflut über allem, was an der Erde blinket, steht und den Tod nachspielt – und wenn ihr an des *stummen Kabinetts* dreifachem Gitter Alphörner und Äolsharfen lehnen sehet: so müssen euere Seelen die Harmonien im Einklang nachbeben … Es ist eine elende rhetorische Figur, die ich aufstelle, daß ich hier so lange an- und zugeredet habe: sind denn nicht die zwei Freunde in einem größern Enthusiasmus als ich selbst? Ist nicht Amandus über freundschaftliche Eifersucht emporgehoben und hält eigenhändig das heutige angeredete Porträt des unbekannten Gustavischen Freundes vor sich hin und sagt: »Du könntest der Dritte sein«? Ja legt er nicht in der Begeisterung das

Bild ins Gras, um mit der linken Hand Gustav zu fassen und mit der

1   Diese wenigen Partien beschreib' ich nur kurz: *Ruhestatt* ist ein abgebranntes Dorf mit stehender Kirche, die beide bleiben mußten, wie sie waren, nachdem die Fürstin den Einwohnern Platz und alles eine Viertelstunde davon mit den größten Kosten und durch Hülfe des Herrn von Ottomars, dem es gehört und der noch nicht da ist, vergütet hatte. – Die *Blumeninseln* sind einzelne abgesonderte Rasenerhöhungen in einem Teiche, jede mit *einer* andern Blume geputzt. – Das *Schattenreich* besteht in einem mannigfaltigen Schatten-Gegitter und -Geniste, durch großes und kleines Laubwerk, durch Äste und Gitterwerk, durch Büsche und Bäume verschieden auf den Grund von Kies, Gras oder Wasser gemalt. Sie hatte die tiefsten und die hellsten Schattenpartien angelegt, einige für den abnehmenden Mond, andre für das Abendrot. – Das *stumme Kabinett* war ein schlechtes Häuschen mit zwei entgegengesetzten Türen, über deren jeder ein Flor hing und die durchaus keine Hand aufschließen durfte als die der Fürstin. Noch jetzo weiß man nicht, was darin ist, aber die Flöre sind zerstört.

rechten auf ein Zimmer des neuen Schlosses zu deuten, und gesteht er nicht: »Hätt' ich auch in der rechten das, was ich liebe: so wären meine Hände, mein Herz und mein Himmel voll, und ich wollte sterben«? Und da man nur in der größten Liebe gegen einen Zweiten von der gegen einen Dritten sprechen kann: können wir unserem Amandus mehr ansinnen, der hier auf dem Berge seine Verliebung in Beaten bekennt? – –

Das Unglück war, daß sie eben selber heraufstieg, um am Sterbebette der Sonne zu stehen – noch schöner als die, die ihre Augenlust war – immer langsamer gehend, als wollte sie jeden Augenblick still stehen – mit einem Auge, das erst sah, nachdem sie es einigemal schnell auf- und zugezuckt – kein lebender europäischer Autor könnte Amandi Entzückung vormalen, wenn es dabei geblieben wäre; – aber ihr kleines Erstaunen über die zwei Gäste des Berges floß plötzlich in das über den dritten auf dem Grase über. Eine hastige Bewegung gab ihr das brüderliche Bild, und sie sagte, unwillkürlich zu Amandus gekehrt. »Meines Bruders Porträt! Endlich find' ichs doch!« – Aber sie konnte nicht vorbeigehen, ohne aus jenem weiblichen feinen Gefühl, das in solchen Manual-Akten zehn Bogen durchhat, ehe wir das erste Blatt gelesen, zu beiden zu sagen: »sie dankte ihnen, wenn sie das Bild gefunden hätten« – Amandus bückte sich tief und erboset, Gustav war weg, als stände sein Geist auf dem Berg Horeb und hier bloß der Leib – sie wandelte, als wär' es ihre Absicht gewesen, gerade über den Berg hinüber, mit den eignen Augen auf dem Bilde und mit den vier fremden auf ihrem Rücken …

»Jetzt sind ja deine fünf Tage heraus, und ohne deinen Meineid«, sagte Amandus erzürnet, und die hohe Oper des Sonnen-Untergangs rührte ihn nicht mehr; Gustaven hingegen rührte sie noch stärker; denn das Gefühl, Unrecht zu leiden, floß mit dem irrigen Gefühle, Unrecht angetan zu haben – zarte Seelen geben in solchen Fällen dem andern allzeit mehr Recht als sich –, in *eine* bittere Träne zusammen, und er konnte kein Wort sagen. Amandus, der sich jetzt über seine Versöhnung ärgerte, wurd' in seinem eifersüchtigen Verdachte noch dadurch befestigt, daß Gustav in der pragmatischen Relation, die er ihm von der Maußenbacher Avantüre gemacht, Beaten völlig ausgelassen; allein diese Auslassung hatte Gustav angebracht, weil ihn beim ganzen Vorfall gerade der Zarten Gegenwart am meisten schmerzte und weil vielleicht in seinem wärmsten Innersten eine Achtung für sie keimte, die zu zart und heilig war, um in der freien harten Luft des Gesprächs auszudauern. »Und sie war natürlich neulich mit in Maußenbach?« sagte der Eifersüchtige im fatalsten Tone. – »Ja!« aber so viel vermochte Gustav nicht beizufügen, daß sie da kein Wort mit ihm gesprochen. Dieses dennoch unerwartete Ja zerstückte auf einmal des Fragers Gesicht, der seinen Stumpf in die Höhe gehalten (falls die Hand wäre abgeschossen gewesen) und geschworen hätte: »es brauche weiter keines Beweises – Gustav halte Beaten sichtlich in seinem magnetischen Wirbel – schweig' er nicht jetzt? Ließ er ihr das Bildnis nicht sogleich? Wird sie, da sie die Kopien verwechselte, nicht auch die Originale verwechseln, da sie sich alle vier so gleichen u.s.w.?«

Amandus liebte sie und dachte, man lieb' ihn auch, und man merke, wo er hinauswolle. Er hatte Delikatesse genug in seinen eignen *Handlungen,* aber nicht genug in den *Vermutungen,* die er von fremden hegte. Er hatte nämlich oft an der medizinischen Seite seines Vaters die sieche Beata in Maußenbach besucht; er hatte von ihr jene freimütige Zutraulichkeit erfahren, die viele Mädchen in siechen Tagen immer äußern, oder in gesunden gegen Jünglinge, die ihnen tugendhaft und gleichgültig auf einmal vorkommen; das gute Partizipium in *dus,* Amandus, mutmaßte daher nach einigem Nachdenken, daß ein Brief, den Beata als ein Spezimen aus Rousseaus Heloise auf feinem Papier – auf grobes schreibt keine – verdolmetschet hatte und der an den seligen St. Preux geschrieben war, an das Partizipium selber gerichtet wäre. Mädchen sollten daher nichts vertieren; Amandus war in einen Liebhaber vertiert.

In Gustavs wogendem Kopf brach endlich *die* Nacht an, die außer ihm vortrat; Stürme und Mondschein waren in seiner nebeneinander, Freude und Trauer; er dachte an einen unschuldigen, vom Verdacht angefressenen Freund, an das eingebüßte Porträt, an die Schwester, mit der er einmal in seiner Kindheit gespielt hatte, an den unbekannten abgemalten Freund, der also der Bruder dieses schönen Wesens sei u.s.w. – Amandus brach einseitig auf; Gustav folgte ihm ungebeten, weil er heute nichts als verzeihen konnte. Noch unter dem Hinuntergehen rangen Haß und Freundschaft mit gleichen Kräften in Amandus, und erst ein Zufall war einem von beiden zum Siege vonnöten – der Haß errang ihn, und der Auxiliar-Zufall war, daß Gustav parallel an Amandus' Seite ging. Gustav hätte voraus- (oder höchstens hintennach-)schleichen sollen, zumal mit seiner freundschaftlich gebeugten Seele:

203

so hätte die Freundschaft vermittelst seines Rückens gesiegt, weil ein Menschenrücken durch den Schein von Abwesenheit mehr Mitleiden und weniger Haß mitteilt als Gesicht, Brust und Bauch … Man kann die Menschen gar nicht oft genug von *hinten* sehen

Ihr Bücherleser! keift nicht mit dem armen Amandus, der sein morsches Leben verkeift. Ihr solltet nur nachsehen, wie in einem Nervenschwächling der Sitz der Seele ist, verteufelt hart, ausgepolstert mit keinen drei Rindhaaren, einschneidend wie eine Schlittenpritsche; kurz alle mir bekannte Ich sitzen weicher – – Dennoch wird mein Mitleiden gegen den wunden Schelm durch ganz andre Dinge als durch seine harte steinige Zirbeldrüse der Seele erregt: es sind Dinge, die den Leser weich machen würden und zu denen ich mich trotz meines Austunkens nur leider noch nicht habe hinzuschreiben vermocht! –

Überhaupt versteck' ichs vergeblich, wie sehr es meiner Historie noch mangelt an wahrem Mord und Totschlag, Pestilenz und teuerer Zeit und an der Pathologie der Litanei. Ich und der Bücherverleiher finden hier das ganze weiche Publikum im Laden, das aufpasset und schon das weiße Schnupftuch – dieses sentimentalische Haarseil – heraushat und das Seinige beweinen *will* und abwischen und doch bringt keiner von uns viel Rührendes und Totes … Von der andern Seite bleibt mir wieder die besondere Not, daß das deutsche Publikum seinen Kopf aufsetzt und sich nicht von mir ängstigen lassen will; denn es bauet darauf, ich 204 könne als bloßer platter Lebensbeschreiber es zu keinem Morde treiben, ohne welchen doch nichts zu machen ist. Aber ist denn nur der Romanen-Fabrikant mit dem Blut- und Königsbann beliehen, und ist nur *sein* Druckpapier ein Greveplatz? – Wahrhaftig Zeitungschreiber, die keine Romane schreiben, haben doch von jeher eingetunkt und niedergemacht, was sie wollten, und mehr, als rekrutieret war – Geschichtschreiber ferner, diese Großkreuze unter den gedachten Kleinkreuzen (denn aus 100 Zeitung-Annalisten extrahier' ich höchstens *einen* Geschichtschreiber als Absud), sind fortgefahren und haben so viel umgebracht, als der Plan ihrer historischen Einleitungen, ihrer Abrégés, ihrer Kaiserhistorien und Reichsgeschichten durchaus erforderte … Kurz ich bin nicht zu entschuldigen, wenn ich hier gar nichts tot und interessant mache; und ich erschlage am Ende aus Not einen oder ein paar Lakaien, die noch dazu außer Scheerau kein Henker kennt.

Ich fahre aber in meiner Geschichte fort und rücke aus des Pestilenziarius Nouvelle à la main folgenden Artikel in meine für mehre Weltteile geschriebene Nouvelle à la main herein:

»Es bestätigt sich aus Maußenbach, daß der dasige Bediente Robisch Todes verfahren ist wie seine Mäuse. Sein Tod hat zwei medizinische Schulen gestiftet, wovon die eine verficht, sein Sekten stiftender Tod komme von zu vielem Prügeln, und die andre, vielmehr von zu wenigem Essen.«

Es ist nicht ein Wort daran wahr; der Mensch hat zwar Striemen und Appetit, lebt aber noch dato, und der Zeitungartikel ist erst seit einer Minute von mir selber gemacht worden. Das kühne Publikum ziehe sich aber daraus auf immer die Witzigung, daß es keinen Lebensbeschreiber reize und aufbringe, weil auch *der* durch die Kelchvergiftung seines Dintenfasses und durch das Rattenpulver seiner Streusandbüchse Robische und Fürsten und jeden umwerfen und auf den Gottesacker treiben könne; es lerne daraus, daß ein rechtschaffenes Publikum stets unter dem Lesen beben und fragen müsse: »Wie wirds dem armen Narren (oder der armen Närrin) ergehen im nächsten Sektor?« – –

Vierundzwanzigster oder XXI. Trinitatis-Sektor

Oefels Intrigen – die Infammachung – der Abschied

Schlecht genug ergehts ihm, wenn das fragende Deutschland anders unsern Gustav meinte. Oefel ist daran schuld. Ich will aber dem erschrocknen Deutschland alles eröffnen; die wenigsten darin wissen, warum dieser ein Romanschreiber und ein Legationrat ist.

Kein empfindsamer Offizier – im Kadettenhause trug er Uniform – hat weniger Kugeln und mehr Hemden und Briefe gewechselt als Oefel. Letzte wollt' er an alle Leute schreiben; denn seine Briefe ließen sich lesen, weil er selber las, und zwar belletristische Sachen, die er noch dazu nachmachte. Er war nämlich ein schöner Geist, hatte aber keinen andern. Sämtliche französische Buchhändler sollten eine närrische Dankadresse an ihn erlassen, weil er ihr sämtliches Zeug einkaufte – sogar gegenwärtige Lebensbeschreibung, worin er selber steht, wird einmal wieder bei ihm stehen, wenn er von ihrer Ausgabe und von ihrer Übersetzung ins Französische hört. Sich selber, Leib und Seele nämlich, hatt' er schon in alle Sprachen übersetzt aus seinem französischen Mutter-Patois. Die schönen Geister in Scheerau (vielleicht auch mich) und in Berlin und Weimar verachtete der Narr, nicht bloß weil er aus Wien war, wo zwar kein Erdbeben einen Parnaß, aber doch die Maulwurfs-Schnäuzchen von hundert Broschüristen Duodez-Parnäßchen aufstießen und wo die daraufstehenden Wiener Bürger denken, der Neid blicke hinauf, weil der Hochmut herunterguckt – sondern er verachtete uns sämtlich, weil er Geld, Welt, Verbindungen und Hofgeschmack hatte. Der Fürst Kaunitz zog ihn einmal (wenns wahr ist) zu einem Souper und Ball, wo es so zahlreich und brillant zuging, daß der Greis gar nicht wußte, daß Oefel bei ihm gespeiset und getanzt. Da sein Bruder Oberhofmarschall und er selber sehr reich war: so hatte niemand in ganz Scheerau Geschmack genug, seine Verse zu lesen, als der Hof; für *den* waren sie; der konnte solche Verse wie die Graspartien des Parks ungehindert durchlaufen, so klein, weich und beschoren war ihr Wuchs – zweitens gab er sie nicht auf Druckpapier, sondern auf seidnen Bändern, Strumpfbändern, Bracelets, Visitenkarten und Ringen heraus. Unter andern Flöhen, die auf dem Ohrentrommelfell des Publikums auf- und abspringen und sich hören lassen, bin auch ich und donnere mit; aber Oefel ahmte keinen von uns nach und verachtete dich sehr, mein Publikum, und setzte dich Höfen nach: »Mich«, sagt' er, »soll niemand lesen, wenn er nicht jährlich über 7000 Livres zu verzehren hat.«

Künftigen Sommer reiset er als Envoyé an den **schen Hof ab, um die Unterhandlungen wegen der Braut des Fürsten, die schon neben ihrer Wiege angesponnen und abgerissen wurden, neben ihrem Doktor-Grahams-Bette wieder anzuknüpfen. Der Fürst mußte sich im Grunde mit ihr vermählen, weil ein gewisser dritter Hof, der nicht genennt werden darf, sie dadurch einem vierten, den ich gern nennen möchte, entziehen wollte. Man glaube mir aber, es glaubt kein Mensch am ganzen Hofe des Bräutigams, daß er an den Hof der Braut verschickt werde, weil dort etwa schöne Geister und schöne Körper gesuchte Ware sind: wahrhaftig in beiden Schönheiten war er von jedem zu überbieten; aber in einer dritten Schönheit war ers nur leider nicht, die einem Envoyé noch nötiger und lieber als die moralische ist – im Geld. An einem insolventen Hof hat der Fürst die erste und der Millionär die zweite Krone. Ich habe oft den verdammten Erbschaden des scheerauischen Fürstentums verflucht und besehen, daß selten genug da ist, und wir hälfen uns gern durch einen Nationalbankerutt, wenn wir nur vorher Nationalkredit bekämen. Aber außer diesem Fürstentum hab' ich auf meinen Reisen folgende vier Regionen nirgends angetroffen als am Ätna selber: erstlich die *fruchtbare* und zweitens die *waldige* Region unten am Throne, wo Früchte und grasendes und jagdbares Pöbelwild zu haben ist, drittens die *Eisregion* des Hofes, die nichts gibt als Schimmer, viertens die *Feuerregion* der Thronspitze, wo außer dem Krater wenig da ist. Ein Thron-Krater kann selber Goldberge einschlucken, verkalken, auswerfen als Lava.

Zum Unglück gefiel ihm Gustav, weil er seine jugendliche Menschenfreundlichkeit für ausschließende Anhänglichkeit an sich ansah, seine Bescheidenheit für Demütigung vor Oefelscher Größe, seine Tugenden für Schwachheiten. Er gefiel ihm, weil Gustav für die Poesie Geschmack und folglich, schloß er, für die seinige den größten hatte: denn Oefels *adeliges Blut* lief wider die Natur in einer dünnen *poetischen Ader,* und in einer *satirischen* dazu, dacht' er. Vielleicht fand auch Gustav in seinen Jahren des Geschmacks, wo den Jüngling die poetischen kleinern Schönheiten und Fehler entzücken, zuweilen die Oefelschen gut. Wie nun schon Rousseau sagt, er könne nur den zum Freund erwählen, dem seine Heloise gefalle: so können Belletristen nur solchen Leuten ihr Herz verschenken, die mit ihnen Ähnlichkeit des Herzens, Geistes und folglich des Geschmackes haben und die mithin die Schönheiten ihrer Dichtungen so lebhaft empfinden als sie selber.

Was indessen Oefel an Gustav am höchsten schätzte, war, daß er in seinen Roman zu pflanzen war. Er hatte in der Kadetten-Arche siebenundsechzig Exemplare studiert, aber er konnte davon keines zum Helden seines Buchs erheben, zum *Großsultan,* als das achtundsechzigste, Gustav.

Und der ist gerade mein Held auch. Das kann aber unerhörte Leselust mit der Zeit geben, und ich wollte, ich läse meine Sachen und ein andrer schriebe sie.

Er wünschte meinen Gustav zum künftigen Erben des ottomanischen Throns auszubilden, ihm aber kein Wort davon zu sagen, daß er Großherr würde – weder im Roman noch im Leben; – er wollte alle Wirkungen seines pädagogischen Lenkseils niederschreiben und übertragen aus dem lebendigen Gustav in den abgedruckten. Aber da setzte sich dem Bileam und seiner Eselin ein verdammter Engel entgegen; Gustav nämlich. Oefel wollte und mußte aus dem Kadettenhause, wo seine Zwecke befriedigt waren, ins alte Schloß zurück, wo neue seiner

warteten. Erstlich aus dem alten Schloß konnt' er leichter in die karte-
sianischen Wirbel des neuen, der Visiten und Freuden springen und
sich von ihnen drehen lassen; – zweitens konnt' er da mit seiner Geliebten, der *Ministerin,* besser zusammenleben, die alle Tage hinkam und
welche der Liebe die Tugend und die Liebe der Assembleen-Jagd aufop-
ferte – drittens ist die zweite Ursache nicht recht wahr, sondern er 208
machte sie der Ministerin nur weis, weil er noch eine dritte hatte, welche
Beata war, die er in ihrem Schlosse aus dem seinigen zu beschießen,
wenigstens zu blockieren vorhatte. – – Fort mußt' er also; aber Gustav
sollte auch mit.

»Das ist den Augenblick zu machen«, (dachte Oefel) »er soll mich
am Ende selber um das bitten, um was ich ihn bitte.« Ihm war nichts
lieber als eine Gelegenheit, jemand zu seinem Zweck zu lenken – das
Lenken war ihm noch lieber als das Ziel, wie er in der Liebe die Krieg-
züge der Beute vorzog. Er hätte als Gesandter aus Krieg Frieden und
aus Frieden Krieg gemacht, um nur zu unterhandeln. – Er zog, um
Gustaven nahezukommen, seine erste Parallele, d.h. er stach ihm mit
seiner spitzen Zunge ein schönes Bild der Höfe aus: daß sie allein das
savoir vivre lehren und alles und das Sprechen, wie denn auch die
Hunde, je kultivierter sie sind, desto mehr bellen, der Schoßhund mehr
als der Hirtenhund, der wilde gar nicht – daß durch sie ein Paradieses-
Strom von Freuden brause – daß man da an der Quelle seines Glücks,
am Ohre des Fürsten und am Knoten der größten Verbindungen stehe
– daß man intrigieren, erobern etc. könne. Es war in Oefels Plan, dem
kleinen Großsultan nicht einmal die Möglichkeit, ins alte Schloß mitzukommen, zu verraten: »Um so mehr reiz' ich ihn«, dacht' er. Es ging
aber nicht mit dem Reizen, weil Gustav noch nicht aus den poetischen
Idyllen-Jahren, wo der aufrichtige Jüngling Höfe und Verstellung hasset,
in die abgekühlten hinüber war, wo er sie sucht. Oefel studierte, wie
Hofleute und Weiber, nur Einzelwesen, nicht den Menschen.

Nun wurde die zweite Parallele gezogen und der Festung schon näher
gerückt. Er ging einmal an einem Vormittage mit ihm in den Park
spazieren, als er gerade die *Residentin* da zu treffen wußte. Während er
sie unterhielt, beobachtete er Gustavs Beobachten oder errötendes
Staunen, der noch in seinem Leben vor keiner solchen Frau gestanden
war, um welche sich alle Reize herumschlangen, verdoppelten, einander
verloren, wie dreifache Regenbogen um den Himmel. Und du, Blumen-
Seele, Beata, deren Wurzeln auf dem irdischen Sandboden so selten die

rechte Blumenerde finden, standest auch dabei, mit einer Aufmerksamkeit auf die Residentin, die eine unschuldige Maske deiner kleinen Verwirrung sein sollte. – Gustav brachte für seine große keine Maske zustande. Oefel schrieb diese Verwirrung nicht wie ich der gegenseitigen Erinnerung an die Guido-Bilderstürmerei, sondern die Gustavische der Residentin, und die weibliche sich selber zu.

»So hab' ich ihn denn, wo ich ihn haben will!« sagt' er und ließ sich von ihm bis ins alte Schloß bereiten. »A propos! Wenn wir nun beide dablieben!« sagt' er. Die aus anderen Gründen herausgeseufzete Antwort der Unmöglichkeit war, was er eben begehrte. »Gleichviel! Sie werden mein Legationsekretär!« fuhr er mit seinem feinen, auf Überraschung lauersamen Blicke fort, den er eigentlich niemal mit einem Augenlide bedeckte, weil er stets alles zu überraschen glaubte.

– Es lief aber einfältig für Oefel ab: Gustav wollte nicht, sondern sagte: *nie!* sei es nun aus Furcht vor Höfen, vor seinem Vater, aus Scham der Veränderung, aus Liebe der Stille; kurz Oefel stand dumm vor sich selber da und sah den schwimmenden Stücken seines gescheiterten Baurisses nach. Es ist wahr, es blieb ihm doch *der* Nutzen daraus, daß er den ganzen Schiffbruch in seinen Roman tun konnte – nur aber der Sekretär war fort! – Er hatte ihn auch nicht unvernünftig schon im voraus zum Gesandtschaft-Sekretariat voziert; denn an den Scheerauer Thron ist eine Leiter mit den tiefsten und den höchsten Ehrensprossen angelehnt, die Staffeln aber stehen sich so nahe, daß man mit dem linken Beine auf die unterste treten und doch die höchsten noch mit dem rechten erspannen kann – wir hätten ja beinahe einmal einen Oberfeldmarschall erschaffen. Zweitens hängt und picht an Höfen wie in der Natur alles zusammen, und Professores sollten es den kosmologischen Nexus nennen; jeder ist Last und Träger zugleich; so klebt am Magnet das eiserne Lineal, an diesem ein Linealchen, an diesem eine Nadel, an dieser Feilstaub. Höchstens nur was *auf* dem Throne oben sitzt und was *unter* ihm unten liegt, hat nicht Nexus genug mit der wirksamen Kompagnie: so werden in der französischen Oper nur die fliegenden *Götter* und schiebenden *Tiere* von Savoyarden gemacht, alles übrige von der ordentlichen Truppe.

Also mußte Oefel die dritte Parallele ziehen und daraus auf den Kadetten schießen. Er machte ihm nämlich seine Uniform täglich um einen Daumen spannender und knapper, um ihn aus ihr hinauszuängstigen. Er hatte ihn schon neulich in dieser Absicht zum Getreide-Kordon versenden helfen, wo dem warmen, nur an mildes Geben gewöhnten Jüngling scharfe Neins neue und harte Pflichten waren; aber nun wurde der Dienst von unten auf noch mehr erschwert, und die militärischen Übungen zerbrachen beinahe seinen feinen porzellanenen Leib, so oft und strenge schleppte ihn der Romancier in die Gesellschaft des Vaters aller Friedenschlüsse, nämlich des Kriegs. –

Wie schmerzlich mußte die rauhe Außenwelt seine wunde *innere* berühren! Vor ihm stand, seit seinem Zerfallen mit seinem sterbenden Liebling, fest jener Trauerabend mit seinen Tränen und wich nicht; auf sein verlassenes Herz schimmerte noch die blutrote Sonne und ging nicht unter. – Der stumme Abschied seines Amandus, der ihn und andre Wünsche verlor, die abnehmenden Herbsttage seines Lebens und die vorige Liebe drückten sein Auge und Herz zum Trauern zusammen. Die Freundschaft duldet Mißhelligkeiten weniger als die Liebe; diese kitzelt damit das Herz, jene spaltet es damit. Amandus, der ihn so mißverstanden und betrübet und doch dessen innigste Liebe nicht verloren hatte, verzieh ihm alles bis abends um 5 Uhr – dann hört' er (oder es war ihm genug, wenn er sichs nur dachte), daß Gustav den Park (und mithin die Spaziergängerin) besucht hatte – dann nahm er seine Versöhnung bis auf 11 Uhr abends zurück – dann legte die Nacht und der Traum wieder einen Mantel auf alle Fehler der Menschen und auf diesen. Abends um 5 Uhr fing es von vornen an. Lacht ihn aus, aber ohne Stolz, und mich und euch auch; denn alle unsre Empfindungen sind – ohne ihre Löwen- und Narrenwärterin, die Vernunft – ebenso toll, wenn nicht in unserem Leben, doch in unserem Innern! – Aber endlich hatte er seine Verzeihung so oft zurückgenommen, daß ers bleiben lassen wollte, falls nur Gustav anklopfte und von ihm alle die Beschuldigungen anhörte, welche er ihm zu verzeihen vorhatte. Man schiebt oft das Vergeben auf, weil man das Vorwerfen aufzuschieben gezwungen ist. – Aber, trauter Amandus, konnt' er denn kommen, Gustav, und ließ ihn der Romancier? –

Letzter triebs noch weiter und kartete es listig ab, daß Gustav, dieser Großsultan, dieser Held zweier gut geschriebner Bücher, an einem Abend, wo der Kadettengeneral großes Souper gab, vor dessen Haus kam als – Schildwache. Beim Henker! wenn die schönsten Damen vorfahren, die bekannte Residentin – die mit einem zufälligen Blick unsre gute Schildwache *ausbälgte* und ausgestopft unter ihrer Hirnschale aufstellte – und ihr Gesellschaftfräulein Beata, und wenn man vor solchen

Gesichtern das Gewehr präsentieren muß: so will mans viel lieber strecken und überhaupt statt stehen knien, um nicht sowohl den Feind zu verwunden als die Freundin ... Beim Henker! ich werde hier mehr Witz gehabt haben, als wohl gern gesehen wird; aber es versuch' es einmal ein lebhafter Mann und schreib' über die Liebe und entschlage sich des Witzes! – Es geht fast nicht. – Ich behaupt' es nicht und widerleg' es nicht, daß Oefel vielleicht aus den Träumen Gustavs, die immer sprechend und oft nach dem Erwachen nachwirkend waren, die Namen der gedachten weiblichen Schönheit-Ambe mag vernommen haben. Der Romanschreiber hat also einen Vorteil vor dem Lebensbeschreiber (ich bins) voraus: er schläft neben seinem Helden.

Er ängstigte seinen und unsern Helden, ders aber nur im ästhetischen, nicht im militärischen Sinne war, mit der Herbstheerschau; denn jeder kleine Fürst spielt dem großen Soldaten auf der Gasse nach neben noch kleinern Kindern; daher haben wir Scheerauer eine niedliche Taschen-Landmacht, eine tragbare Artillerie und eine verjüngte Kavallerie. Es macht ein Landesherr ohnehin einen Spaß, wenn er einen Menschen zu einem Rekruten macht: es widerfährt dem Kerl nichts, sondern nur Bewegung soll er haben, weil jetzt[1] unsre wichtigern Kriege, wie sonst die italienischen, in nichts bestehen als in Marschieren, aus Ländern in Länder. So bestehen auch die Feldzüge auf dem Theater bloß in wiederholten Märschen um das Theater, aber in kürzern. Ich ging vor einem Jahre zum Scherze $^1/_2$ Stunde neben einem Regimente her und machte mir weis: »Jetzt tuest du im Grunde einen halbstündigen Feldzug gegen den Feind mit; aber die Zeitungen gedenken deiner schwerlich, ob du und das Regiment gleich durch diese kriegerische Vexier-Prozession ebensoviel Landplagen abwenden als die Klerisei durch geistliche singende Prozessionen.«

Er ängstigte ihn, sagt' ich; er schilderte die Heerschau nämlich: »Friedrich II. tat kleinere Wunder, als man da vom Kadetten-Korps fordern wird! Mehr Blessierte als Blessierende wird es geben! Unter allen Zelten und Kasernen wird man reden von der letzten Scheerauer Heerschau!« Gustav hatt' es im kleinen Dienst längst so weit gebracht, daß er imstande war, mit der Fortifikation seines Leibes wenigstens *einen* zu verwunden, diesen Leib selber. – Ich werde die Angst der Welt sicher nicht vermindern, wenn ich noch erzähle, daß Gustav regelmäßig

---

1 Nämlich 1791.

alle sieben Wochen auf fünf Tage verreiset, woraus seine Freunde und der Biograph selber gerade so klug werden als die ältesten Leser – daß Oefel ihm durch geheimes Intrigieren seinen Urlaub so sauer machte, daß er ihn um diesen Preis kein zweites Mal begehren konnte – daß Gustav vom letzten Verreisen an den Dr. Fenk einen Brief von *Ottomar* heimbrachte, den man zwar dem Leser nicht vorenthalten wird, von dessen Überkommung man ihm aber nichts entdecken kann, weil man selber nichts davon weiß.

Aus allen diesen Dornen und aus der blessierenden Heerschau rettete unsern Gustav eine fremde Infamie. Nach der gedachten Rückkehr wurde in Oberscheerau ein Offizier, dessen Namen und Regiment man hier aus Schonung seiner vornehmen Familie unterdrücken will, für ehrlos erklärt, weil er mit Spitzbuben Verbindung gehabt. Als der Profos ihm in der Mitte des Regiments, das er entehret hatte, den Degen und das Wappen zerknickte und die Uniform abriß und ihm alles nahm, was den gebückten Menschen noch in die Höhe richtet im Unglück: so stürzte Gustav, dessen Ehrgefühl sogar aus den Wunden eines fremden blutete und der noch nie den schwarzen Anblick einer öffentlichen Bestrafung erlebt hatte, in Ohnmacht zusammen; sein erster Laut nach der Belebung war: »Soldat gewesen auf ewig! – Wenn der arme Offizier unschuldig war oder wenn er besser wird: wer gibt ihm die ermordete Ehre wieder? – Nur der untrügliche Gott kann sie nehmen; aber der Kriegsrat sollte nichts nehmen als das Leben! – Die Bleikugel, aber nicht die Infamie!« rief er wie in einer Verzuckung. Ich denke, er hat recht. Zwei Tage war er krank, und seine Phantasien schleiften ihn in die Räuber-Katakomben des Infamierten hinein – – zum neuen Beweis, daß die Fieberbilder der armen, aus dem Krankenbette ins Grab hineingefolterten Menschen nicht immer die Steckbriefe und Abdrücke ihres Innern sind! – Gemarterte Brüder! wie lieb' ich euch jetzt und den sanften Gustav in dieser Minute, wo meine Phantasie unter euch alle hineinblickt, wie ihr, vom Zickzack des Schicksals herumgetrieben, mit eueren Wunden und Tränen müde nebeneinander stehet, einander umfasset, einander beklagt und einander – begrabet! –

Solang' er krank war und phantasierte: hing Amandus an seinen glühenden Augen und litt so viel wie er und vergab ihm alles. – Als der Doktor Fenk versicherte, am Morgen sei er genesen: so kam Amandus am Morgen nicht und wollte wieder hartherzig sein.

Oefel genoß den Sieg seines Plans. Er trug sich selber die Einlenkung des alten Falkenbergs auf und schrieb eigenhändig an den Mann. Da er mit Dinte den guten Vater auf den mosaischen Berg stellete, hinter dem Berg den Prospekt des gelobten Landes der Gesandtschaft, und mitten ins Kanaan den jungen Legationsekretär: so hatte der gute Mann die Freude vieler Eltern, die ihre Kinder gern das werden sehen, was sie selber zu werden hasseten oder nicht vermochten. Er kam zu mir mit dem Briefe und ritt unter mein Fenster. – Alles, was Gustav noch innerlich gegen seine Versetzung ins alte Schloß zu sagen hatte, war, daß die schöne Beata im neuen wohnte, welches vom alten bloß durch eine halbierte Mauer abgeschieden war, und daß er Amandus' Verdacht bewährte. Aber zum Glück verfiel er *nach* dem Entschlusse auf den eigentlichen Beweggrund, der ihm denselben eingegeben hatte und der Veredlung und Erweiterung seines Wirkkreises war: »er könnte«, sagte er, »nach der Ablösung vom Gesandtschaftposten in einem Kollegium angestellet werden und da dem liegenden Lande aufhelfen u.s.w.« Kurz die größte Schönheit Beatens hätt' ihn nun nicht dahin bringen können, sie zu – meiden.

Überhaupt schälte ihn der Romanschreiber so eifrig aus seiner militärischen Hülse, daß man, da er, wie Ehemänner und Fürsten, den Zügel öfter im passiven *Munde* als in den aktiven *Händen* hatte – hätte denken sollen, er werde gelenkt, um zu lenken; aber ich denk' es nicht.

Gustav legte den Abschiedsbesuch bei Amandus ab. Ein gutes Mittel, dem zu vergeben, den eine eingebildete Beleidigung auf uns erbitterte, ist, ihm eine wahre anzutun – Gustav dachte in den freiwilligen Umwegen von Gassen, durch die er zu seinem gekränkten Amandus ging, an Beata, die nun seine Wandnachbarin wurde, an die Liebe und den Verdacht seines Freundes, an die Unmöglichkeit, den Verdacht zu heben; und da gerade um 6 Uhr vom eisernen Orchester um den Stephansturm die abendliche Sphärenmusik in die Gassen niederfloß: so sank sein Herz in die Töne hinein, und er brachte seinem Freunde das weichste mit, das es außer der Brust Beatens gab. Ich und der Leser haben hierüber unsre Gedanken: eben diese versöhnliche Weichheit schrieb sich bloß vom versteckten Bewußtsein her, daß er halb den Verdacht der Nebenbuhlerei verdiene; denn sonst hätt' er, von Stolz gehoben, dem andern zwar auch vergeben, aber ihn darum nicht stärker geliebt. – Er fand ihn in der schlimmsten Stimmung für seine Absicht – in der freundschaftlichsten nämlich; denn in Zärtlich-Kranken ist jede Empfindung ein gewisser Vorbote der entgegengesetzten, und alle haben abwechselnde Stimmen. Amandus war im Anatomier-Zimmer seines Vaters – der Sonnenstrahl fiel vor seinem Untergang in die leere Augenhöhle eines Totenschädels – in Phiolen hingen Menschen-Blüten, kleine Grundstriche, nach denen das Schicksal den Menschen gar ausziehen wollte, Menschchen mit verhängendem großen Kopf und großen Herzen, aber mit einem großen Kopfe ohne einen Irrtum und einem großen Herzen ohne einen Schmerz – auf einer Tafel lag eine schwarze Färbers-Hand, an deren Farbe der Doktor Proben machen wollte … Welche Nachbarschaft für eine *Aussöhnung* und einen *Abschied!* Drei Blicke machten und versiegelten *jene* – schon Blicke reden in dieser nackten Entkörperung der Seelen eine zu schreiende Sprache –; aber als Gustav *diesen,* vom schönsten Enthusiasmus über Verdacht und Furcht hinübergehoben, seinem Freunde ansagte; als er ihm, der noch nichts davon begriff, seine neue Wandnachbarschaft und den Verlust der alten kundtat: – zerflogen war der Freund, und ein schwarzer Feind sprang aus seiner Asche heraus – diese Minute benützte der Tod und schlug die letzten Wurzelfasern seines wankenden Lebens gar entzwei … Gustav stand zu hoch, um zu zürnen – aber er mußte sich noch höher stellen – er fiel um ihn und sagte mit entschlossener reiner Stimme: »Zürne und hasse, aber ich muß dir vergeben und dich lieben – mein ganzes Herz mit allem seinem Blut bleibet deinem getreu und sucht es auf in deiner Brust – und wenn du mich auch künftig verkennest: so will ich doch alle Wochen kommen, ich will dich ansehen, ich will dir zuhören, wenn du mit einem Fremden redest, und wenn du mich dann mit Haß anblickst: so will ich mit einem Seufzer gehen, aber dich doch lieben – ach ich werde alsdann daran denken, daß deine Augen, da sie noch zerschnitten waren, mich schöner anblickten und besser erkannten … o stoße mich nicht so weg von dir, gib mir nur deine Hand und blicke weg.« –

»Da!« sagte der zertrümmerte Amandus und gab ihm die kalte schwarze – Färbers-Faust … Der Haß überlief wie ein Schauer das liebreichste Herz, das sich noch in einer menschlichen Brust verblutete – Gustav zerstampfte auf der Erde seine Liebe und seinen Haß und ging verstummt mit erstickten Empfindungen aus dem Hause und am andern Tage aus Oberscheerau.

Kaum hatte Amandus den gemißhandelten Jugendfreund über die Gasse zittern sehen: so ging er in sein Zimmer, hüllte sich mit dem

Kopfkissen zu und ließ, ohne sich anzuklagen oder zu entschuldigen, seine Augen so viel weinen, als sie konnten. Wir werden es hören, ob er sein krankes Haupt wieder vom Kopfkissen erhob und wann er wieder von Gustav ins stille Land *begleitet* wurde, aus dem er ihn zurückzustoßen suchte. O der Mensch! – warum will dein so bald in Salz, Wasser und Erde zerbröckelndes Herz ein anderes zerbröckelndes Herz zerschlagen – Ach eh' du mit deiner aufgehobnen Totenhand zuschlägst: fällt sie ab in den Gottesacker hin – ach eh' du dem feindlichen Busen die Wunde gegeben, liegt er um und fühlt sie nicht, und dein Haß ist tot oder auch du.

Fünfundzwanzigster oder XXII. Trinitatis-Sektor

Ottomars Brief

Wenn wir Ottomars Brief gelesen: so wollen wir uns an Gustavs neues Theater stellen und ihm zuschauen. Im folgenden Briefe herrscht und tobt ein Geist, der wie ein Alp alle Menschen höherer und edler Art drückt und oft bewohnt und den bloß – so viel er auch holländische Geister überwiege – ein *höherer Geist* übertrifft und hinausdrängt. Viele Menschen leben in der *Erdnähe*, einige in der *Erdferne*, wenige in der *Sonnennähe*. – Fenk sehnte sich so oft nach seinem Ottomar, zumal nach seinem Stillschweigen von einigen Jahren, und er sprach so oft von ihm gegen Gustav, daß es gut war, daß die Adresse des Briefes von fremder Hand und an Doktor Zoppo in Pavia war: sonst hätte der Doktor sogleich gegen die erste Zeile des Briefes gesündigt.

»Nenne, ewiger Freund, meinen Namen dem Überbringer nicht; *ich* muß es tun. Auf meinem letzten Lebensjahre liegt ein großes schwarzes Siegel; zerbrich es nicht, halte die Vergangenheit für die Zukunft – ich mache sie zur Gegenwart für dich, aber jetzo noch nicht – und wenn ich stürbe, ich träte vor dich und sagte dir mein letztes Geheimnis der Erde.

Ich schreibe dir, damit du nur weißt, daß ich lebe und daß ich im Herbste komme. Mein Reisedurst ist mit Alpen-Eis und Seewasser gelöscht; ich ziehe nun heim in meine Ruhestatt, und wenn mich dann unter meiner Haustüre wieder über die Berge hinüberverlangt: so denk' ich: in den Guadiana- und in den Wolgastrom sieht das nämliche lechzende Menschenherz hinein, das in dir neben dem Rheine seufzet, und was auf die Alpen und auf den Kaukasus steigt, ist, was du bist, und wendet ein sehnendes Auge nach deiner Haustüre herüber. Wenn 217 ich aber hier sitze und alle Morgen auf den Nachtstuhl gehe und froh bin, daß ich hungrig, und nachher, daß ich satt werde, und wenn ich alle Tage Hosen und Haarnadeln ausziehe und anstecke: ach! was ists denn da am Ende? Was wollt' ich denn haben, wenn ich in meiner Kindheit auf dem Stein meines Torwegs saß und sehnend dem Zug der langen Straße nachsah und dachte, wie sie fortliefe, über Berge schösse, immer immerfort …? und endlich? … Ach alle Straßen führen zu nichts, und wo sie abreißen, steht wieder einer, der sich rückwärts herübersehnt. – Was wollt' ich denn haben, wenn mein kleines Auge sonst auf dem Rhein mitschwamm, damit er mich hinnähme in ein gelobtes Land, in welches alle Ströme, dacht' ich, zögen, ach sonst, wo ich nicht wußte, daß er, wenn er manches schwere Herz getragen, neben mancher zerquetschten Gestalt vorbeigebrauset, die nur er von ihren Qualen erlösen konnte, daß er dann wie der Mensch sich zersplittere und zertrümmert einsickere in *holländische* Erde? – Morgenland, Morgenland! auch nach deinen Auen neigte sich sonst meine Seele wie Bäume nach Osten: – ›Ach wie muß es da sein, wo die Sonne aufgeht!‹ dacht' ich; und als ich mit meiner Mutter nach Polen reiste und endlich in das nach Morgen liegende Land und unter seine Edelleute, Juden und Sklaven trat … Weiter gibts aber auf dieser optischen Kugel kein Morgen-Sonnenland als das, welches alle unsere Schritte weder *entfernen* noch *erreichen.* Ach ihr Freuden der Erde alle, ihr sättigt die Brust bloß mit Seufzern und das Auge mit Wasser, und in das arme Herz, das sich vor euerem Himmel auftut, gießet ihr eine Blutwelle mehr! Und doch lähmen uns diese paar elenden Freuden, wie Giftblumen Kindern, die damit spielen, Arme und Beine. Nur keine Musik, diese Spötterin unserer Wünsche, sollt' es geben: fließen nicht auf ihren Ruf alle Fibern meines Herzens auseinander und strecken sich als so viele saugende Polypenarme aus und zittern vor Sehnsucht und wollen umschlingen – wen? was? … Ein ungesehenes, in andern Welten stehendes Etwas. Oft denk' ich, vielleicht ists gar nichts, vielleicht geht es nach dem Tode wieder so, und du wirst dich aus einem Himmel in den andern sehnen – und dann zerdrücke 218 ich unter diesem phantastischen Unsinn die Klaviersaiten, als wollt' ich aus ihnen eine Quelle auspressen, als wär' es nicht genug, daß der Druck dieses Sehnens die dünnen Saiten meines innern Tonsystems verstimmt und absprengt ...

In Rom wohnte ein Maler, der Kirche von S. Adriano gegenüber, der unter dem Regen sich allemal unter die Dachrinnen stellte und sich toll lachte; der sagte oft zu mir: ›Einen Hundetod gibts nicht, aber ein Hundeleben.‹ Fenk! nimm wenigstens, was der Mensch wird oder tut: so gar gar wenig! Welche Kraft wird denn an uns ganz ausgebildet, oder in Harmonie mit den andern Kräften? Ists nicht schon ein Glück, wenn nur *eine* Kraft wie ein Ast ins Treibhaus eines Hör- oder Büchersaals hineingezogen und mit partialer Wärme zu Blüten genötigt wird, indes der ganze Baum draußen im Schnee mit schwarzen harten Zweigen steht? Der Himmel schneiet ein paar Flocken zu unserem innern Schneemann zusammen, den wir unsre Bildung nennen, die Erde schmelzt oder besudelt ein Viertel davon, der laue Wind löset dem Schneemann den Kopf ab – das ist unser gebildeter innerer Mensch, so ein abscheuliches Flickwerk in allem unseren Wissen und Wollen! Vom Einzelwesen auf die ganze Menschheit mag ich gar nicht übergehen; ich mag nicht daran denken, wie ein Jahrhundert untergeegget und untergeackert wird zur Düngung des nächsten – wie nichts sich zu etwas runden will, wie das ewige Bücherschreiben und Aufschlichten des Scibile kein Ziel, kein Ende hat und alle nach entgegengesetzten Richtungen graben und laufen! – Was tut der Mensch? Noch weniger, als er weiß und wird. Sage mir, was verrichten denn vor dem fürstlichen Porträt über dem Präsidentenstuhl, oder gar vor einem verschnittenen regierenden Gesicht selbst, dein Scharfsinn, dein Herz, deine Schnellkraft? Die zurückgepreßten ineinander sich krümmenden Zweige drücken das Fenster des Winterhauses, der Regent lässet in der compotière ihre Frucht vor seinem Teller vorübergehen, der blaue Himmel fehlet ihnen, das Gescheiteste ist noch, daß sie verfaulen! – Was tun denn die edelsten Kräfte in dir, wenn Wochen und Monate verströmen, die sie nicht brauchen, nicht rufen, nicht üben? Wenn ich oft so der Unmöglichkeit zusah, in allen unsern monarchischen Ämtern ein ganzer, ein edel tätiger, ein allgemeinnützlicher Mensch zu sein – selbst der Monarch kann nicht mit denen unendlich vielen schwarzen subalternen Klauen und Händen, die er erst als Finger oder Griffe an seine Hände anschienen muß, etwas vollendet Gutes tun – sooft ich so zusah, so wünscht' ich, ich würde gehenkt mit meinen Räubern, wär' aber vorher ihr Hauptmann und rennte mit ihnen die alte Verfassung nieder! ... Geliebter

Fenk! *dein* Herz reißet mir niemand aus *meiner* Brust, es treibet mein bestes Blut, und nie kannst du mich verkennen, ich sei so unkenntlich, als ich wolle! Aber, o Freund, es kommen Zeiten heran, wo dir dieses Verkennen doch leichter werden kann!

Verhüllter Genius unserer verschatteten Kugel! ach wär' ich nur etwas gewesen, hätte meine Gehirnkugel und mein Herz nur, wie Luther, mit irgendeiner dauerhaften, weit wurzelnden Tat das Blut abverdient, das sie rötet und nährt: dann würde mein *hungriger Stolz satte Demut*, vier niedrige Wände wären für mich groß genug, ich sehnte mich nach nichts Großem mehr als nach dem Tode und vorher nach dem Herbst des Lebens und Alters, wo der Mensch, wenn die Jugend-Vögel verstummen, wenn über der *Erde* Nebel und fliegender Faden-Sommer liegt, wenn der *Himmel* ausgeheitert, aber nicht brennend über allem steht, sich entschlafend auf die welken Blätter legt. - - - Lebe wohl, mein Freund, auf einer Erde, wo man weiter nichts Gutes tun kann als in ihr liegen; im *nächsten* Herbst sind wir aneinander!«

*

Zu diesem Briefe, der meine ganze Seele nimmt und meine Irrtümer sowohl als meine Wünsche erneuert, kann ich nichts mehr sagen, als daß heute der erste Mensch in dieser Geschichte auf einem Berg begraben worden ist. Wenn ich nach vier oder fünf Sektoren von seinem abendrötlichen Tode rede: so werden schon die Züge seiner Gestalt bleicher und zerrissen sein, sowohl im Sarge als im Herzen der Freunde! 220

Extrablatt

Von hohen Menschen – und Beweis, daß die Leidenschaften ins zweite Leben und Stoizismus in dieses gehören

Gewisse Menschen nenn' ich *hohe* oder Festtagmenschen, und in meiner Geschichte gehören Ottomar, Gustav, der Genius, der Doktor darunter, weiter niemand.

Unter einem hohen Menschen mein' ich nicht den geraden ehrlichen festen Mann, der wie ein Weltkörper seine Bahn ohne andere Abirrungen geht als scheinbare – noch mein' ich die feine Seele, die mit weissagendem Gefühl alles glättet, jeden schont, jeden vergnügt und sich aufopfert, aber nicht wegwirft – noch den Mann von Ehre, dessen Wort ein Fels ist und in dessen von der Zentralsonne der Ehre brennenden und bewegten Brust keine anderen Gedanken und Absichten sind als Taten außer ihr – und endlich weder den kalten von Grundsätzen gelenkten Tugendhaften, noch den Gefühlvollen, dessen Fühlfäden sich um alle Wesen wickeln und zucken in der fremden Wunde und der die Tugend und eine Schöne mit gleichem Feuer umfasset – auch den bloßen *großen* Menschen von Genie mein' ich nicht unter dem *hohen,* und schon die Metapher deutet dort waagrechte und hier steilrechte Ausdehnung an.

Sondern den mein' ich, der zum größern oder geringem Grade aller dieser Vorzüge noch etwas setzt, was die Erde so selten hat – die Erhebung über die Erde, das Gefühl der Geringfügigkeit alles irdischen Tuns und der Unförmlichkeit zwischen unserem Herzen und unserem Orte, das über das verwirrende Gebüsch und den ekelhaften Köder unsers Fußbodens aufgerichtete Angesicht, den Wunsch des Todes und den Blick über die Wolken. Wenn ein Engel sich über unsern Luftkreis stellte und durch dieses trübe mit Wolkenschaum und schwimmendem Kot verfinsterte Meer herniedersähe auf den Meergrund, auf dem wir liegen und kleben – wenn er die tausend Augen und Hände sähe, die geradeaus *waagrecht* nach dem Inhalte der Luft, nach Gepränge, fangen und starren; wenn er die schlimmern sähe, die *schief* niedergebückt werden gegen den Fraß und Goldglimmer im morastigen Boden, und endlich die schlimmsten, die *liegend* das edle Menschengesicht durch den Kot durchziehen; – wenn dieser Engel aber unter den Seetieren einige aufrecht gehende hohe Menschen zu sich aufblicken sähe – und er wahrnähme, wie sie, gedrückt von der Wassersäule über ihrem Haupte, umstrickt vom Geniste und Schlamm ihres Fußbodens, sich durch die Wellen drängten und lechzeten nach einem Atemzuge aus dem weiten Äther über ihnen, wie sie mehr liebten als geliebt würden, das Leben mehr ertrügen als genössen, gleich fern von stehendem Emporstaunen und rennendem Geschäftleben Hände und Füße dem Meerboden ließen und nur das aufwärts steigende Herz und Haupt dem Äther außer dem Meere gäben und auf nichts sähen als auf die Hand, die das Gewicht des Körpers, das den Täucher mit dem Boden verbindet, von ihm trennt und ihn aufsteigen lässet in sein Element ... o dieser Engel könnte diese Menschen für untergesunkne Engel halten und ihre Tiefe bedauern und ihre Tränen im Meer ... Könnte man die Gräber eines Pythagoras (dieser schönsten Seele unter den Alten) – Platos – Sokrates' – Antonins (aber nicht so gut des großen Kato oder Epiktets) – Shakespeares (wenn sein Leben wie sein Schreiben war) – J.J. Rousseaus und ähnlicher in *einem* Gottesacker zusammenrücken: so hätte man die wahre Fürstenbank des *hohen Adels* der Menschheit, die geweihte Erde unserer Kugel, Gottes Blumengarten im tiefen Norden. – – Aber warum nehm' ich mein weißes Papier und durchstech' es und bestreu' es mit Kohlenstaub oder Dintenpulver, um das Bild eines hohen Menschen hineinzustäuben; indes vom Himmel herab das große, nie erblassende Gemälde herunterhängt, das Plato in seiner Republik vom tugendhaften Manne aus seinem Herzen auf die Leinwand trug.

Die größten Bösewichter sind einander am unkenntlichsten; hohe Menschen einander in der ersten Stunde kenntlich. Schriftsteller, die darunter gehören, werden am meisten getadelt und am wenigsten gelesen, z.B. der selige Hamann. Engländer und Morgenländer haben diesen Sonnen-Stern öfter auf ihrer Brust als andre Völker.

Ottomar führte mich auf die Leidenschaften: ich weiß, daß er, wenigstens sonst, nichts so haßte als Köpfe und Herzen, die von der stoischen Stein-Rinde überzogen waren – daß er in seine Pulsadern Katarakten hineinwünschte und in seine Lungenflügel Stürme – daß er sagte, ein Mensch ohne Leidenschaft sei noch ein größerer Selbstling als einer mit heftigen; einen, den das nahe Feuer der sinnlichen Welt nicht entzünde, flamme das weite Fixsternlicht der intellektuellen noch viel weniger an; der Stoiker unterscheide sich vom abgenutzten Hofmann nur darin, daß die Erkältung des ersten von innen nach außen fortgehe, die des andern aber von außen nach innen ... Ich weiß nicht, obs bei dem innen brennenden, außen glatteisenden Hofmann so ist; aber beim Glase ists so, daß es, wenn es von außen und nach dem glühenden Kern zu erkaltet, hohl und zerbrechlich wird; es muß umgekehrt sein ...

Alle Leidenschaften täuschen sich nicht über die *Art* oder den *Grad*, sondern über den *Gegenstand* der Empfindung; nämlich so:

Darin irren unsere Leidenschaften nicht, daß sie irgendeinen Menschen hassen oder lieben – denn sonst verfiele alle moralische Häßlichkeit und Schönheit –; auch darin nicht, daß sie über etwas jammern oder frohlocken – denn sonst wär' auch die kleinste Freuden- oder Kummerträne über Glück und Unglück unerlaubt, und wir dürften nichts mehr wünschen, nicht einmal wollen, nicht einmal die Tugend. – Auch irren die Leidenschaften über den *Grad* dieser Ab- und Zuneigung, dieses Freuens und Betrübens nicht; denn sobald ihnen die Sinne und die Phantasie den Gegenstand mit tausendmal größeren moralischen oder physische Reizen oder Flecken vorlegen, als sie andre sehen: so muß doch das Lieben und Hassen nach Verhältnis des äußern Anlasses zunehmen, und sobald irgendein äußerer Reiz den geringsten Grad von Liebe und Haß rechtfertigt: so muß auch der vergrößerte Reiz den vergrößerten Grad der Leidenschaft rechtfertigen. Die meisten Gründe gegen den Zorn beweisen nur, daß die vermeintliche moralische Häßlichkeit des Feindes mangle, nicht, daß sie da sei und er doch zu lieben – die meisten Gründe gegen unsre Liebe beweisen nur, daß unsre Liebe weniger den Grad als den Gegenstand verfehle u.s.w. Nicht bloß ein mäßiger, sondern der höchste Grad der Leidenschaften würde zulässig sein, sobald sich ihr Gegenstand vorfände, z.B. die höchste Liebe gegen das höchste gute Wesen, der höchste Haß gegen das höchste böse. Da aber alle Gegenstände dieser Erde die Beschaffenheit nicht haben, die solche Seelenstürme in uns verdienen kann; da also das Größte, was uns zu sich reißen oder von sich stoßen kann, in andern Welten stehen muß: so sieht man, daß die größten Bewegungen unsers Ich nur vielleicht außerhalb des Körpers ihren vergönnten geräumigern Spielraum antreffen.

Überhaupt ist Leidenschaft subjektiv und relativ: die nämliche Willensbewegung ist in der stärkern Seele unter größern Wellen nur ein Wollen und in der schwächern auf der glattern Fläche ein innerer Sturm. Unser ewiges Wollen fließet immerfort durch uns und in uns, wie ein Strom, und die Leidenschaften sind nur die *Wasserfälle* und Springfluten dieses Stroms; sind wir aber zur Verdammung derselben bloß durch ihre Seltenheit befugt? Ist nicht dem kleinen Bach das Flut, was dem Strom nur Welle ist? – Und wenn wir im Feuer unsre Kälte und in der Kälte unser Feuer schelten: wo haben wir recht? Und gibt die Dauer des Scheltens das Recht? –

Ich fühle Einwürfe und Schwierigkeiten voraus, ja ich weiß es und fühle, daß auf dieser umwölkten Regen-Kugel uns nichts gegen die äußern Stürme einbauen und bedecken kann, als das Besänftigen der innern – gleichwohl fühl' ich auch, daß alles Vorige wahr ist.

Sechsundzwanzigster oder XX. Trinitatis-Sektor

Diner beim Schulmeister

Wenn ein Autor wie ich so viele Wochen hinter seiner Geschichte zu-
rückgeblieben, so denkt er: mag der Henker den heutigen Post-Trinitatis
auch gar holen – ich will also darin von nichts reden als vom heutigen
Post-Trinitatis, von meiner Schwester, meiner Stube und von mir. Wenige Geschichtschreiber werden heute hinter ihren Dintenfässern einen
solchen guten Tag haben wie ihr Zunftgenoß.

Ich sitze hier in des Schulmeister Wutzens Empor-Stube und halte
seit einem Vierteljahr meinen Arm als Armleuchter zum Fenster hinaus
mit einem langen Licht, um in die zehn deutschen Kreise hineinzuleuch-
ten. Ich werde in jedem Herbst und Winter alle meine Sektores wie den
heutigen am Morgen um $4^1/_2$ Uhr bei Licht zu machen anfangen; denn
wie die erhabne Finsternis vor Mitternacht den Menschen über die Erde
und ihre Wolken hinaushebt: so legt uns die nach Mitternacht wieder
in unser Erd-Nest herein – schon nach 12 Uhr nachts fühl' ich neue
Lebenslust, die so zunimmt, wie das herübergegossene Morgenlicht die
Finsternis verdünnt und durchsichtig macht. Gerade die feinsten und
unsichtbarsten Fühlfäden unserer Seele laufen wie Wurzeln unter der
groben Sinnenwelt fort und werden von der entferntesten Erschütterung
gestoßen. Z.B. wenn der Himmel gegen Osten licht- und wolkenlos,
gegen Westen mit Wolkenschläuchen verhangen ist: so kehr' ich mich
scherzhafterweise mehr als zehnmal um – steh' ich gegen Osten, so
fliegen alle innern Wolken aus meinem Geiste weg – fahr' ich gegen
Westen um, so hängen sie sich wieder um ihn her – und auf diese Art
zwing' ich durch schnelles Umdrehen die entgegengesetztesten Empfindungen, vor mir ab- und zuzulaufen.

An logische Ordnung ist in diesem Lust-Sektor gar nicht zu gedenken;
einige geschichtliche soll zu finden sein. Nur wird mancher Gedanke
mit tausend Schimmerecken von meiner Lichtschere erdrückt werden,
wenn ich das Licht schneuze, oder in meiner Tasse ersaufen, wenn ich
gestrigen Kaffee daraus trinke. Dem Publikum ist letzter mehr anzuraten:
unter allen warmen Getränken ist kalter Kaffee zwar vom abscheulichsten
Geschmack, aber doch von der geringsten Wirkung. Der schlafende Tag
wird schon wie eine schlafende Schöne, in der die Morgenträume glühen,

rot und muß bald das Aug' aufschlagen. Sein erstes wird – poetisch zu reden – sein, daß er meine Schwester weckt und mit ihr als Schlafgenoß in meine Stube tritt. Ich sollte wie ein mährischer Bruder ein paar tausend Schwestern haben, so lieb' ich sie überhaupt alle. Wahrlich manchmal will ich mit den stößigen Satyrs-Bockfüßen gegen das gute weibliche Geschlecht ausschlagen und lass' es bleiben, weil ich neben mir die kleinen Kirchenschuhe meiner Philippine sehe und mir die schmalen weiblichen Füße hineindenke, welche in so manches Dornengeniste und manche Gewitterregenlache, die beide leicht durch die dünnen weiblichen Fußtapeten dringen, treten müssen. Die *leeren* Kleider eines Menschen, zumal der Kinder, flößen mir Wohlwollen und Trauern ein, weil sie an die Leiden erinnern, die das arme Einschiebsel darin schon muß ausgestanden haben; und ich hätte mich einmal in Karlsbad leicht mit einer Böhmin ausgesöhnet, wenn sie mich ihre Hauskleidung, ohne daß sie darin war, hätte beschauen lassen ....

Diese Punkte stellen verrollte Zeitpunkte vor. Jetzt sind die Blinden heil, die Lahmen gehen, die Tauben hören – wach ist nämlich alles; unter meinen Füßen zerhämmert der Schulmeister schon den Sonntagzucker; meine Schwester hat mich schon viermal ausgelacht; der Senior Setzmann hat schon aus seinem Fenster meinem Hausherrn die nötigsten heutigen Religionedikte zugepfiffen; die Uhr ist, wie Hiskias Sonnenuhr, von der Wunderkraft des dekretierenden Pfeifens eine Stunde zurückgegangen, und ich kann eine länger schreiben; – bin aber dadurch mit meinem Pinsel aus meinem Morgen-Gemälde gekommen. Die Sonne steht meinem Gesichte gegenüber und macht mein biographisches Papier zu einem blanken Mosis-Angesicht; daher ists mein Glück, daß ich ein Federmesser und Östreich oder Böhmen oder das Jesuiter-Deutschland nehme – nämlich Homannische Karten davon – und mit dem Messer diese Länder über meinem Fenster aufnagele und einpfähle; ein solches Land hält allemal die *Morgensonne* so gut ab und wirft so viel *Schatten* herüber, als hätt' ich die Tändelschürze oder das *Pallium* eines Fenstervorhangs daran.

Meine Feder fährt nun im *Erdschatten* des Globus so fort: Wutz führt in seinem Hause nicht drei gescheite Stühle, keine Fenstervorhänge und Hautelisse-Tapeten. Indes mein viel zu prunkendes Ameublement in Scheerau steht: letz' ich mich hier an dem jämmerlichsten und sage, ein Fürst weiset kaum in einer Kunst-Einsiedelei ein elenderes vor. Sogar den Kalender schreiben wir uns, ich und mein Hausherr, eigenhändig, wie Mitglieder der Berliner Akademie – aber mit Kreide und an die Stubentüre; jede Woche geben wir ein Heft oder eine Woche von unserem Almanach und wischen die Vergangenheit aus. Auf dem vierschrötigen Ofen können drei Paare tanzen, die er wie die jetzigen Tragödien trotz der unförmlichen Zurüstung und Breite schlecht erwärmen würde. Es muß beiläufig noch zu Hand- und Taschenöfen kommen, wenn man einmal aus den Bergwerken statt der Metalle das Holz, womit man sie jetzt ausfüttert, wird holen müssen …

Ein Schöps wird entsetzlich geprügelt, nämlich sein toter Schenkel – die zinnernen Patenteller der zwei Wutzischen Kinder werden abgestaubt –– mein Silber-Besteck wird abgeborgt – das Feuer knackt – die Wutzin rennt – ihre Kinder und Vögel schreien. – – Alle diese Zurüstungen zu einem viel zu großen Diner, das heute unten gegeben wird, hör' ich in mein Studierzimmer herauf. Vielleicht sind solche Zurüstungen dem Range der beiden Gäste, die das Traktement annehmen sollen, angemessener als dem Stande der beiden Schulleute, die es geben. Gegenwärtigem Geschichtschreiber und seiner Schwester dürfen sie nämlich ein Essen geben und selber mit am Tische sitzen. Der Schulmeister hatte viel von seinem ausgeräumten Ameublement eine Woche lang in meine Stube einpfarren dürfen, weil die seinige endlich nach langem Bittschreiben – denn das Konsistorium sieht Reparaturen an der sichtbaren wie an der unsichtbaren Kirche nicht gern – reformiert, d.h. repariert, nämlich geweißet wurde. – Daher invitierte er mich (aus Hofton) zum Dinieren, und ich nahm (ebenfalls aus Hofton) die Karte an.

Ich werde den Sektor erst abends ausschreiben, teils um mir nicht die Eßlust wegzudenken, teils um mir draußen noch einige zu erhinken, wo ich noch dazu ein paar Emmerlinge und die Kirchenleute singen hören kann. Überhaupt ist der Nachsommer, der heute mit seinem schönsten himmelblauen Kleide und der Orden-Sonne darauf auf den Feldern draußen steht, ein stiller Karfreitag der Natur; und wenn wir Menschen höfliche Leute wären: so gingen wir da öfter ins Freie und begleiteten den verreisenden Sommer höflich bis an die Türe. Ich seh' es voraus, ich würde mich heute an der milden Sonne, die ein sanft um uns schleichender Mond geworden ist, und die im Nachsommer den weiblichen Artikel verdient, nicht satt sehen können, wenn ich nicht mein Auge nach Scheeraus Berge richten, müßte, wo meine Guten wohnen und von wannen heute mein Doktor mich besuchen wird. – –

Unter die Erde ist nun der Tag und seine Sonne. Komme glücklich heim, geliebter Freund! Auf den Silber-Grund, den der Mond auf deinem Weg anlegt, male deine Seele das verlorne Eden der Jugend, und der schwarze Schatten, den du und dein scheues Roß auf den Strahlenboden werfen, müsse euch nachschwimmen, aber nicht voraus! –

Warum sind die meisten Einwohner dieses Buchs gerade Fenks Freunde? – Aus zwei recht vernünftigen Gründen. Erstlich verquickt sich das humoristische Quecksilber, das aus ihm neben der Wärme des Herzens glänzt, mit allen Charakteren am leichtesten. Zweitens ist er ein *moralischer Optimist.* Zehn metaphysische Optimisten würd' ich für *einen* moralischen auszahlen, der nicht *ein* Kraut, wie die Raupe, sondern einen ganzen Blumenflor von Freuden, wie der Mensch, zu genießen weiß – der nicht fünf Sinnen, sondern tausend hat für alles, für Weiber und Helden, für Wissenschaften und Lustpartien, für Trauer- und Lustspiele, für Natur und für Höfe. – – Es gibt eine gewisse höhere Toleranz, die nicht die Frucht des Westfälischen Friedens noch des Vergleichs von 1705, sondern die eines durch viele Jahre und Besserungen gesichteten Lebens ist – diese Toleranz findet an jeder Meinung das Wahre, an jeder Gattung des Schönen das Schöne, an jeder Laune das Komische und hält an Menschen, Völkern und Büchern die Verschiedenheit und Eigentümlichkeit der Vorzüge nicht für die Abwesenheit derselben. Nicht bloß das Beste muß uns gefallen; auch das Gute und alles. –

Als die Leute aus der kleinen und ich aus der großen Kirche zurück waren, fing man im Wutzischen Hause das Dinieren an. Unser Brotherr empfing das Gast-Paar mit seiner gewöhnlichen Freundlichkeit und mit einer ungewöhnlichen dazu; denn er hatte heute aus seiner Kirchenkollekte – er kroch nach dem Gottesdienst in alle Stühle und zog alle unter dem Einlegen niedergefallnen Pfennige magnetisch an sich – eine ansehnliche Silberflotte von 18 Pfennigen mitgebracht. Die Pracht des Mahls erdrückte in dieser Stube das Vergnügen nicht. Messer und Gabel waren, wie schon gesagt, von Silber und von mir; aber wer sollte nicht damit mit Vergnügen an einer Tafel agieren, wo der Braten und die Sauce aus *einer* – Pfanne gespeiset werden? – Unsere Schaugerichte waren vielleicht für einen Kurfürsten zu kostbar: denn sie bestanden nicht etwa aus Porzellan, Wachs oder aus Alabaster-Sämereien auf Spiegelplatten und waren nicht etwa bloß wenige Pfund schwer: sondern die beiden Schaugerichte wogen sechzig und waren vom nämlichen

Meister und von der nämlichen Materie wie die Kurfürstenbank, von Fleisch und Blut, nämlich Wutzens Kinder. Ein geistlicher Kurfürst würde vor Vergnügen keinen Bissen essen können, wenn er, wie wir, neben seiner Riesen-Tafel ein Zwerg-Täfelchen mit seinen Kleinen darum stehen hätte. Ihr Tisch war nicht viel größer als eine Heringschüssel; sie sahen aber auf Verhältnis und speiseten auf dem lilliputischen Tafel-Service, wovon sie seit Weihnachten mehr spielenden als ernsthaften Gebrauch gemacht hatten. Die Kleinen waren außer sich, ihr Fleisch auf Oblaten von Tellern und mit Haarsägen von Messern zu zerschneiden; – Spiel und Ernst flossen hier wie bei essenden Schauspielern ineinander; und am Ende sah ich, daß es bei mir auch so war und daß mein Vergnügen von erkünstelter Kleinheit und Armseligkeit käme.

An der großen Tafel ging – andere Tafeln kehren es um – das individuelle Gespräch bald ins allgemeine über; ich und der Kantor sagten jeden Augenblick der Preuße, der Russe, der Türk und verstanden (gleich dem Premierminister) unter der Nation den Regenten derselben. – Ich hatte heute eine solche besondre Freude an erbärmlichen Sitten, daß ich mir jeden Bissen hineinpredigen ließ und daß ich über zwanzig Gesundheiten trank. Frauenzimmer von Stande können sonst nicht so leicht wie Männer sich zu unfrisierten Leuten herunterbücken, am wenigsten zu solchen von weiblichem Geschlecht; aber meine Schwester verdienet, daß ihr Bruder ihr in seinem Buche das Lob der schönsten liebreichsten Herablassung erteilt. Je weiblicher eine Frau ist, desto uneigennütziger und menschenfreundlicher ist sie; und *die* Mädchen besonders, die das *halbe* menschliche Geschlecht lieben, lieben das *ganze* von Herzen. Z.B. von der Residentin von Bouse weiß man nicht, schenkt sie Armen oder Männern mehr. Alte Jungfern sind geizig und hart. – Mein Doktor und eine Flasche Wein kamen als Nachtisch. Da er im gegenwärtigen Buche alle Wochen lieset: so will ich ihn darin lieber schelten als preisen. Am besten ists, ich webe hier ein Zwitterding, was ihn bei manchen weder lobt noch tadelt, ein – seine herzliche Zuneigung gegen das weibliche Geschlecht, die zwischen gefühlloser Galanterie und Feuer-Liebe mitten innen steht. Diese nämliche Zuneigung stehet unserem Geschlechte gut, aber dem weiblichen nicht, und meine Schwester ist doch von diesem. Die Sache kam bloß von ihrem linken Ohre her. Das Ohrgehenk hatte sich durch das Ohrläppchen durchgerissen; sie hätte aber füglich bis auf den Montag warten können, wo ihr Bruder das Läppchen ihr, wie einem jüdischen Knecht, auf die geschickteste

Weise würde durchlöchert haben. Allein heute sollte es sein, und sein Doktorhut war der Bettschirm ihrer Absicht. Es hätte gemalet werden sollen, wie der arme Pestilenziarius das Ohrläppchen zwischen den drei Vorderfingern scheuerte und rieb - wie ein offizinelles Blatt, an das man riechen will -, um es geschwollen und unempfindlich zu machen. Nichts ist mir und dem Medizinalrat gefährlicher, als wenn wir nur mit zwei, drei Fingern an ein Frauenzimmer picken und anstreichen - mit dem ganzen Arm hinanzukommen, ist für uns ohne alle Gefahr; so wie etwa die Nesseln weit mehr brennen, leise bestreift als hart gefasset. Vielleicht ists mit diesem Feuer wie mit dem elektrischen, das durch die Fingerspitzen mit größerem Strome in den Menschen fährt als durch eine große Fläche. - Meine Schwester ging weiter und brachte einen Apfel; der Doktor mußte mit seinen Pulsfingern den roten Ohrzipfel an den Apfel pressen und dann eine Zitternadel oder was es war durch dieses Sinnwerkzeug, das die Mädchen weit seltener als das *nächste* spitzen, drücken - nun konnte hinangeschnallet und hineingeknöpfet werden, was dazu paßt. Der Stahl kettete beinahe den Künstler selber an ihr Ohr. »Mit nichts strickt eine Schöne uns mehr an sich, als wenn sie uns Anlaß gibt, ihr eine Gefälligkeit zu tun«, sagte der Doktor selber und erfuhr es selber. Daher klagte der Operateur und Ohren-Magnetiseur, es sei schwer, eine Schöne zu heilen und doch nicht zu lieben, und seine erste Patientin hab' ihn beinahe zu einem Patienten gemacht. Gegen den Doktor hab' ich nichts; er sei immer ein Weltbürger in der Liebe - aber, Schwester, ich wollte, du wärest schon zu Bette, weil ich keine Minute, in der ich nur drei Schritte auf- und abtue, sicher bin, daß du nicht in meine Sektoren schielest und liesest, was ich an dir tadle! - Ach ich tadle weniger als ich bedaure deine so niedlich um fremden und eignen Kummer spielende Laune und dein aus den weichsten Fibern gesponnenes Herz, daß die blanke Krone *scheuer Weiblichkeit,* die alle diese Vorzüge erst putzt und hebt, in den volkreichen Zimmern der Residentin ein wenig schwärzlich angelaufen ist, wie Silber im sumpfigen Holland, und daß deiner Tugend, der nichts fehlet, die Gestalt der Tugend fehlt! - Ihr Eltern! euere Jungen machen sich in der Hölle kaum schwarz; aber für euere Töchter und ihren *schneeweißen* Anzug ist kaum der Himmel gescheuert und sauber genug!

Sie sind selten schlechter als ihre Gesellschaft, aber auch selten besser. Dieser geistige Wein zieht den Obstgeschmack der Evas- und Paris-

Äpfel, die um ihn liegen, ein; er schmeckt alsdann noch gut, aber nur wie Wein nicht.

Der Doktor gab mir über Gustavs Lage viel Licht, das zu seiner Zeit den Lesern wieder gegeben werden soll. –

Eine gewisse Person, die fast alle vierzehn Tage nachlieset, was ich geschrieben, ist satirisch und fragt mich, auf welchem Bogen, ob auf dem Bogen Aaa oder Zzz, der fernere Liebehandel zwischen Paul und Beata bearbeitet werde – sie fragt ferner, obs dem Leser schon erzählt ist, daß der kokettierende Paul Verse, Schattenrisse, Sträußer und Adagios seitdem gemacht, um sein Herz auf diesen Deserttellern, auf diesen durchbrochnen Fruchttellern, in diesen Konfektkörbchen zu bringen und zu präsentieren – diese fatale mokante Personage fragt endlich, ob es der Welt schon berichtet ist, daß aber Beata sich nichts ausgebeten als das *leere* Körbchen und den leeren Desertteller ... Im Grund' ärgert mich diese Maliz niemal; aber der Doktor Fenk und der Leser haben offenbar die boshafteste Geschicklichkeit, Herzens-Sachen falsch zu stellen und zu sehen – Wahrhaftig es war bisher lauter Scherz, meine vorgegebene Liebe; und wenn sie keiner war: so müßte sie einer werden, weil ich einen so schönen und so verdienstvollen Nebenbuhler, als ich, wie es scheint, an Gustav bekommen soll, nicht einmal überflügeln und verdunkeln möchte, wenn ich auch könnte oder dürfte, wie doch wohl nicht ist ...

231

Ende des ersten Teils 232

Zweiter Teil

Siebenundzwanzigster oder XXI. Trinitatis-Sektor

Gustavs Brief – Fürst mit seinem Frisierkamm

Nun ist Gustav im alten Schlosse – sein Schauplatz hob sich bisher täglich, von der Erdhöhle in eine Ritterburg, dann in ein Kadetten-Philanthropin, endlich in ein Fürstenschloß. Der reiche Oefel mietete es, weil es an das neue anstieß, wo der Blocksberg der großen Welt von Scheerau war. Die Residentin von Bouse hatte beide von ihrem Bruder geerbt, der hier unter ihren Küssen und Tränen verschied. Die Natur hatte ihr alles gegeben, was das eigne Herz erhebt und das fremde gewinnt; aber die Kunst hatte ihr zu viel gegeben, ihr Stand ihr zu viel genommen – sie hatte zu viele Talente, um an einem Hofe andre Tugenden zu behalten als männliche; sie vereinigte Freundschaft und Koketterie – Empfindung und Spott – Achtung der Tugend und Philosophie der Welt – sich und unsern Fürsten. Denn dieser war ihr erklärter Liebhaber, welchem sie ihr Herz mehr aus Ehre als aus Neigung ließ. Sie war zu etwas Besserem gemacht als zu schimmern; allein da sie zu nichts Gelegenheit hatte als zum Schimmer: so vergaß sie, daß es jenes Bessere gebe. Aber wer zu etwas Höherem geboren ist als zur Welt- oder Hofglückseligkeit: der fühlt in bittern Stunden seine versäumte Bestimmung. – Es wird sich hieher eine neue Ursache anzugeben schicken, die Oefeln aus Scheerau warf: er sollte und wollte auf fürstlichen Befehl für den Geburttag der Residentin ein Drama auf der Drehscheibe seines Pultes auskneten. Das Drama sollte Beziehungen haben. Auf dem Liebhabertheater zu Oberscheerau – wo der Fürst nicht wie auf dem Kriegtheater Figurant, sondern erster Akteur war und wo er eine ordentliche Hoftruppe ersetzte und *ersparte* – sollte es vom Fürsten, von Oefel und einigen andern gespielt werden. Der Fürst hatte noch Augen, die Residentin anzublicken, noch eine Zunge, sie zu lieben, noch Tage, es ihr zu beweisen, noch ein Theater, ihr zu huldigen: gleichwohl haßte er sie schon, weil sie zu edel für ihn war; denn seine Theaterrolle sollte (wie unten gedruckt werden soll) mehr ihm als ihr Dienste tun. – Oefel (welcher Ambassadeur und Hoftheaterdichter und

235

Akteur auf einmal war, weil ein schlechter Unterschied ist) malte in sein Drama Beaten hinein und wollte ihr durch ihr Abbild schmeicheln und verhoffte, sie werde mit agieren und ihr Porträt zu ihrer Rolle machen. Alles dies glaubte er von Gustav auch; aber unten werden wir eben sehen.

Gustav fühlte im alten Schlosse – indes über seine Ohrennerven alle Visitenräder gingen und alle Besuch-Prozessionen um seine Augen schwärmten – sich toten-allein. Er arbeitete sich in seine künftige Bestimmung hinein. Mehr als funfzig Gesandtschaftschreiber werden daher denken, er lernte Briefe und Herzen aufmachen, Weiber und Berichte dechiffrieren, Amour, Cour und Spitzbübereien machen – die funfzig Schreiber irren; sie werden ferner denken, er lernte klein schreiben, um das Porto zu schwächen, ferner Chiffern und Titel machen, ferner wissen, wessen Name im öffentlichen Instrument, das an drei Potenzen kommt, zuerst stehe – und daß jede Potenz in ihrem Instrument zuerst stehe – sie haben recht; aber er tat mehr: er lernte in der Einsamkeit die Gesellschaft ertragen und lieben. Fern von Menschen wachsen *Grundsätze;* unter ihnen *Handlungen.* Einsame Untätigkeit reift außer der Glasglocke des Museums zur geselligen Tätigkeit, und unter den Menschen wird man nicht *besser,* wenn man nicht schon *gut* unter sie kommt.

Seine Geschäfte gingen in schöne Unterbrechungen über. Denn vor seinem Fenster draußen stand die schöne und fast kokette Natur von Paris-Äpfel umhangen und mitten in ihr eine Spaziergängerin, die die Äpfel alle verdiente. Wer kann es sein als – Beata? – Ging sie in den Park: so wars ihm ebenso unmöglich, ihr nachzuspazieren, als ihr nicht nachzuschauen durchs Fenster, und seine Augen suchten aus dem Gebüsche alle vorbeiblinkende Bänder heraus. Wandelte sie rückwärts mit dem Gesichte gegen seine Fenster: so trat er nicht bloß von diesen, sondern auch von den Vorhängen so weit wie möglich zurück, um ungesehen zu sehen. Vielleicht (aber schwerlich) kehrten sich die Rollen 236 um, wenn er nach ihr sich auf ihre Gänge wagte, die für ihn Himmelwege waren. Eine herabgewehte Rose, die er einmal in der dunkelsten Nacht unter ihrem Fenster aufhob, war eine Ordenrose für ihn, ihr welker Honigkelch war das Potpourri seiner schönsten Träume und seines Freudenflors: – so legest du, hohes Schicksal, für den ewigen Menschen seinen Himmel oft unter ein falbes Rosenblatt, oft auf den Blütenkelch eines Vergißmeinnichts, oft in ein Stück Land von 305000 Quadrat-Meilen. –

Wer zu viel verziehen hat: will sich nachher rächen. Gustavs Freundschaft gegen Amandus war in eine so hohe *Flamme* aufgeschlagen, daß sie notwendig Asche auf ihren Stoff herunterbrennen mußte. Wenn er Beaten nachblickte, blickte er auf Amandus zurück und tadelte sich so oft, daß er anfangen mußte, sich zu rechtfertigen. Was vom Aschenberg, worunter seine Liebe glimmte, abgetragen wurde, wurde dem Aschenberge seiner Freundschaft zugeschüttet. Gleichwohl würde er zu jeder Stunde für Amandus alles geopfert haben, was das Volk Freuden nennt; – denn in der neuen Zeit einer ersten Freundschaft werden Opfer noch wärmer gesucht, als in der spätern gebracht, und der Geber ist beglückter als der Empfänger. O! die rechte Seele hat nicht bloß die Kraft, sondern auch die Sehnsucht, aufzuopfern. – Das Leben, das Gustav jetzo von Frühling und Garten und von Wünschen der Liebe umgeben genoß, soll er selber malen in seinem Briefe an mich. Diesen Brief werden freilich die verwerfen, die vor dem Natur-Schauspiel als kalte Zuschauer, als entfernte Logen-Pächter stehen; aber es gibt bessere und seltnere Menschen, die sich für hineingerissene Spieler halten und jede Grasspitze für beseelt ansehen, jedes Käferchen für ewig und das unbändige Ganze für ein unendliches schlagendes Adersystem, in welchem jedes Wesen als ein saugendes und tropfendes Ästchen zwischen kleinern und größern pulsiert und dessen volles Herz Gott ist. – –

*

Gustavs Brief

»Heute stieg ich zum zweiten Male aus meiner Höhle in die unendliche Welt – alle meine Adern fluten noch vom heutigen Nachmittage, mein Blut möchte sich mit den Erden um die Sonnen drehen und mein Herz mit den Sonnen um das funkelnde Ziel, das neben dem Schöpfer steht ...

Die Nachtluft, die mein Licht umkrümmt, kühlet mich vergeblich ab, wenn ich nicht die brennende Brust vor dem Auge des Freundes aufdecke und ihm alles sage. Ich nahm nachmittags mein Reißzeug, womit ich bisher statt der Landschaften die Festungen, die sie verwüsten, schaffen müssen, und ging ins stille Land hinaus. Der Erdball glitt so leise wie der Schwan unter den Blumeninseln, an die ich mich lagerte, durch den Äther-Ozean dahin, der freundliche Himmel bückte sich tiefer zur Erde nieder, es war dem Herzen, als müßt' es im stillen weiten Blau zerfließen, als müßt' es von fernen ein verhalltes Jauchzen hören, und es sehnte sich nach arkadischen Ländern und nach einem Freund, vor dem es zerginge – – Ich setzte mich mit der Reißfeder auf einen künstlichen Felsen neben dem See und wollte meine Aussicht zeichnen – die einander umarmenden Erlenbäume, die das Ende des umgekrümm- ten Sees zuhüllten und belaubten – die bunte Reihe der Blumeninseln, um deren jede schon ein doppeltes Blumenstück ihrer geschmückten Insulanerin gemalet schwamm, nämlich das bunte Blumenbild, das unter dem Wasser zum Spiegel-Himmel hinabging, und der Schattenriß, der auf dem zitternden Silbergrunde schwankte – und die lebendige Gondel, der Schwan, der zu meinen Füßen sich in hungriger Hoffnung drehte; – – aber als die ganze hoch aufgerichtete Natur mir saß und mich mit ihren Strahlen ergriff, die von einer Sonne zur andern reichen: so betete ich an, was ich nachfärben wollte, und sank Gott und der Göttin zu Füßen …

Ich stand auf mit gelähmter Hand und übergab mich dem steigenden Meere, das mich hob. – Ich ging an alle Ecken der großen Tafel mit Millionen Gedecken für riesenhafte Gäste und für unsichtbare; denn meine Brust war noch nicht voll, und ich ließ die Wellen, die hinein- schlugen, leidend in mir steigen. – Ich drängte mich in den tiefsten Schatten der Schattenwelt, in welcher die in einen Stern zergangene Sonne entlegner schimmerte. – Ich ging im Fichtenwald vor dem Gezänk der Kohlmeise und vor dem einsamen Wüstenlaut der Drossel vorüber unter die singende Lerche hinaus. – Ich ging im langen Abendtal an dem bewohnten Bach hinauf, und ein entzücktes Wesenchor wandelte mit mir, die hineingetauchte Sonne und die Mücke mit ihren Schritt- schuh-Füßen liefen neben mir auf dem Wasser weiter, die großäugige Wasserlibelle floß auf einem Weidenblatte dahin, ich watete durch grünes aus- und einatmendes Leben, umflogen, umsungen, umhüpft, umkrochen von freudigen Kindern kurzer warmer Augenblicke. – Ich stieg auf den Eremitenberg, und meine Brust war noch nicht von dem Weltstrome voll, dem sie leidend offen stand. – – – Aber dort richtete sich die liegende Riesin der Natur vor mir auf, in den Armen tausend und tausend saugende Wesen tragend – und als meine Seele vom Ge- dränge der unzähligen, bald in Mückengold gefaßter Seelen, bald in Flügeldecken gepanzerter, bald mit Zweifalter-Gefieder überstäubter, bald in Blumenpuppen eingeschlossener Seelen angerühret wurde in einer unendlichen, unübersehlichen Umarmung – und als sich vor mir über die Erde legten Gebürge und Ströme und Fluren und Wälder, und als ich dachte, alles dieses füllen Herzen, die die Freude und die Liebe bewegt, und vom großen Menschenherzen mit vier Höhlungen bis zum eingeschrumpften Insektenherzen mit einer und bis zum Wurmschlauch nieder springt ein fortschaffender, ewiger, eine Zeugung um die andre entzündender Funke der Liebe …

… Ach dann breitete ich meine Arme hinaus in die flatternde zuckende Luft, die auf der Erde brütete, und alle meine Gedanken riefen: o wärest du sie, in deren weitem wogenden Schoß der Erdball ruht, o könntest du wie sie alle Seelen umschließen, o reichten deine Arme um alles wie ihre, die da beugen das Fühlhorn des Käfers und das bebende Gefieder des Lilien-Schmetterlings und die zähen Wälder, die da streicheln mit ihrer Hand das Raupenhaar und alle Blumen-Auen und die Meere der Erde, o könntest du wie sie an jeder Lippe ruhen, die vor Freude brennt, und kühlend um jeden gequälten Busen schweben, der seufzen will. – – Ach, hat denn der Mensch ein so schmales versperrtes Herz, daß er vom ganzen Reiche Gottes, das um ihn thront, nichts lieben, nichts fühlen kann, als was seine zehn Finger fassen und fühlen? Soll er nicht wünschen, daß alle Menschen und alle Wesen nur *einen* Hals, nur *einen* Busen haben, um sie alle mit einem einzigen Arm zu umschließen, um keines zu vergessen und in gesättigter Liebe nicht mehr Herzen zu kennen als zwei, das liebende und das geliebte? – Heute wurd' ich mit der ganzen Schöpfung verbunden, und ich gab allen Wesen mein Herz …

Ich kehrte mich nach Osten gegen das neue Schloß und gegen Auenthal. Hinter dem Auenthaler Wald brausete durch einen zerbrochnen Regen-Schwibbogen ein aufgerichteter Ozean – ich stand hier einsam in einer weiten Stille – ich wandte mich zur heruntergegangnen Sonne, ich dachte daran, daß ich sie einmal für Gott gehalten, und es fiel heute schwer auf mich, daß ich den, ders war, bisher so selten gedacht – ›O Du, Du!‹ rief so nahe an ihm mein ganzes Wesen – aber allen Sprachen und allen Herzen und allen Gefühlen entfällt vor ihm die Zunge, und Beten ist Verstummen, nicht bloß mit den Lippen, auch mit dem Gedanken … Aber der große Geist, der die Schwäche des guten Menschen kennt, hat ihm Mitbrüder herabgesandt, damit der Mensch sich vor dem Menschen öffne und vor ihnen das Gebet, in dem er verstummte, vollende. – –

O Freund meiner schönsten Jahre! der du Dankbarkeit und Demut in meinem Innersten befestigt hast, diese hab' ich empfunden, als ich auf dem Eremitenberg mich einsam über das geschaffne Gewürm erhob und fühlte, was der Mensch fühlt, aber nur er auf der Erde – als ich einsam vor dem bis in das Nichts hinausreichenden großen Spiegel, an den sich das Insekt mit Fühlhörnern stößet, mit Menschenaugen knien konnte, vor dem Spiegel, aus dem der unendliche Sonnen-Riese flammt ... Nein! In Erdfarben und auf der Leinwand von Tierfellen und auf allem, was vor mir liegt, ist bloß das *Bild* des Ur-Genius; aber im Menschen ist nicht sein Bild, sondern er selbst ...

Die Sonne glühte noch halb über dem Erdball, der sie zerschnitt; aber ich sah sie durch mein zerrinnendes Auge nicht mehr, vergangen, verstummt, verhüllt, versunken im treibenden, flammenden, reißenden, uferlosen Meere um mich ...

Die Sonne nahm den entzückten Tag mit hinunter; und jetzo steht der Äther-Diamant, den die Nacht schwarz einfasset, der Mond, über diesen zugehüllten Szenen und strahlet wie andre Diamanten den entlehnten Schimmer aus ... O du stille Mitternacht-Sonne! du schimmerst, und der Mensch ruht, deine Strahlen besänftigen das irdische Toben, deine herunterrinnenden Funken wiegen wie ein schimmernder Bach den liegenden Menschen ein, und der Schlaf bedeckt dann wie eine Graberde das ruhende Herz, das trocknende Auge und das schmerzenlose Angesicht ... Leben Sie wohl, und die weiße Luna-Scheibe zeige Ihnen alle Paradiese der vergangnen und alle Paradiese der zukünftigen Jugend ...

Gustav.«

*

So weit war er, als Oefels Bedienter mit einem Paket an ihn in seine Stube trat, welches leichter als die kälteste Nachtluft und der wärmste Brief die Bewegungen seiner Seele anhielt und abkühlte. Ein Brief vom Doktor lag mit der Nachricht darin, daß die Frau von Röper ihm in Maußenbach gegenwärtiges *Porträt* mitgegeben, das ihre Tochter für ihr eignes verlornes gehalten, auf dessen Rücken aber der Name Falkenberg stehe, der alle übrige Ähnlichkeiten widerlege. So lieb ihm das

Porträt war, so ärgerlich wars ihm, da es nun ein neuer Beweis seiner Vermutung war, Mutter und Tochter hasseten ihn wegen des Korn-Avertissements. Die Spinne des Hasses, die bei jedem Menschen über eine Ecke der Herzkammer ihr Gespinste hängt – nur überspinnen große Kanker in manchen alle vier Kammern mit ihren fünf Spinnwarzen –, lief auf ihren Fäden hervor, die Amandus erschüttert hatte, und verlangte Fang; kurz die kalte Färber-Hand berührte sein Herz und macht' es ein wenig kälter gegen seinen Amandus, dessen seines durch das zurückgehende Porträt wärmer geworden war. Die gestörte Liebe macht den besten Menschen nicht besser, bloß die glückliche.

In sieben Minuten war alles vorbei; denn im geistigen Menschen ist die nämliche herrliche Einrichtung wie im physischen, daß um eine bittere, scharfe Idee so lange andre Ideen als mildere Säfte zufließen, bis sie ihre Schärfe verdünnt und ersäuft haben. Das Porträt wurde nun die zweite gefundene Rose; es war angehaucht mit Leben und Rosenduft durch die schönsten Augen und Lippen, die auf ihm gewesen waren.

Jetzo sah er Beata einige Zeit nicht im Garten, aber dafür den Fürsten mit und ohne die Residentin. – Gehet beide aus dem stillen Lande in euer rauschendes! Ihr genießet doch die schöne Natur nur als eine größere Landschaft, die in euerem Bilderkabinett oder an der Leinwand euerer Operntheater hängt, oder als eine nur breitere Tafel- und Kamin-Verzierung, wo euch die Felsen von Bimsstein und die Bäume von Moos geformet vorkommen, höchstens als den größten englischen Park, der neuerer Zeiten in Europa an irgendeinem Hofe anzutreffen ist. – In allen Sessionzimmern war wegen der Kanikularferien Arbeit-Windstille – im Winter könnte man wegen der Kälte Frostferien erlauben und ebensogut einen Winterschlaf der Geschäfte als die Sommer-Sieste derselben in Gebrauch setzen, wie denn auch die bekannten Tiere beider Extreme wegen aus Scheu vor ihrer Wasserscheu zu Hause bleiben müssen – mithin konnte der Minister leichter mit dem Fürsten abkommen, und beide waren länger da. Ohne mich würde der Leser nie erfahren, warum das fürstliche Dasein Anlaß war, daß Beata das stille Land gegen ihr stilles Zimmer vertauschte. So wars: Unser Fürst ist zwar ein wenig hart, ein wenig geizig und weidet seine Herde öfter mit dem *Hirtenstabe* als mit der *Hirtenflöte;* aber er wird ebensogern ein Schäfer in einem schönern Sinne und geht gern vom Throne, wo ihn die Landeskinder anbeten, zu jeder Staffel desselben herunter, um selber ein schönes anzubeten – er kann zwar das Volk, aber keine Schöne seufzen hören; er wendet emsiger eine gesellschaftliche Verlegenheit als eine Teuerung ab; er bleibet lieber den Landständen als seinem Gegenspieler etwas schuldig und bauet keine abgebrannte Stadt, aber eine eingerissene Frisur willig wieder auf. Kurz der Landesvater und der Gesellschafter sind in seinen Herzkammern Wandnachbaren, aber Todfeinde. Dieser Gesell- 242 schafter subdividierte sich wieder in zwei Liebhaber, in den kurzen und in den langen. Seine lange oder weitergrünende Liebe besteht in einer kalten verachtenden Galanterie und in dem Vergnügen an der Feinheit, an dem Witze und an der Grazie, womit er und der geliebte Gegenstand ihre gegenseitigen Siege zu verzieren wissen. Seine kurze Liebe besteht in seinem Vergnügen an jenen Siegen, insofern sie jene Dekoration nicht haben. Damit man dieses unschuldige Pasquill auf *einen* nicht für Satire auf die meisten Großen halte, so will ich so fortfahren –

Lange Liebe hegte er gegen die Residentin, von deren Gunstbezeugun- gen man nicht sagen konnte: das ist die unschuldigste – die erste – die letzte. Eine solche Immobiliarliebe durchflocht er zu gleicher Zeit mit hundert kursorischen Sekunden-Ehen oder Liebschaften, und über dem schleichenden Monatzeiger der langen fixen Liebe oder Ehe wirbelte sich der fliegende Terzienweiser der abbrevierten Ehen unzähligemal um.

Darwider hatte die Residentin nichts – sie konnte auf dieselbe Weise durchflechten – darwider hatte er nichts.

In diesen kurzen Ehen tun die Großen vielleicht manches Gute, über welches Moralisten zu leicht wegsehen, die lieber ihre Druckbögen als die Geburtlisten voll haben wollen. Gleich jungen Autoren lassen junge Große ihre ersten Ebenbilder anonym oder unter geborgten Namen erscheinen; und ich kann zu Montesquieus Bemerkung, daß das *Namen- geben* der Bevölkerung nütze, weil jeder seinen fortzupflanzen trachte, nichts setzen als meine eigne, daß die *Namenlosigkeit* ihr noch besser forthelfe. In der Tat geht es hierin den erhabensten Personen wie den griechischen Künstlern, die unter die schönsten *Statuen,* womit ihre Hand *Tempel* und *Wege* ausschmückte, ihren Vaternamen nicht setzen durften; indessen findet der pfiffige Phidias auch seine Nachahmer, der statt des Namens sein altes *Gesicht* an der Statue Minervens einhieb.

Der Fürst hatte im Sinn, Beaten, die ihm zu viel Unschuld und zu wenig Koketterie zu haben schien, eine kurze Liebe anzubieten. Ihr Widerstand machte, daß er auf eine längere dachte. Unter den Augen der Residentin waren vor ihm alle ihre Sinne gesichert, nur das Ohr 243 nicht – im Park keiner. Die Residentin, die wußte, daß ihr Geist sich für jede Minute in einen neuen Körper umwerfen könne, indes ihre Nebenbuhlerin nicht mehr hatte als einen, in welchem noch dazu weiter nichts als Unschuld und Liebe steckte, diese sah die ganze Sache mit keinen andern Augen an als mit satirischen. So weit wars, als der Fürst in dem Hundtags-Interregnum kam und am andern Morgen statt des Zepters nichts in der Hand hatte als den Frisierkamm und den Kopf der Residentin. Er hatte es an seinem Hofe Mode gemacht; jeder Kammerherr bis auf den Hofdentisten herunter hatte seitdem seine preteuse de tête, um an ihrem Kopfe so viel zu lernen, als er am Kopfe einer schönern preteuse auszuüben hatte – Es war ebenso notwendig, daß man frisierte, als daß man frisiert war.

Ich könnt' es in der Note sagen, daß eine preteuse de tête ein Mädchen in Paris ist, das an einem Tage hundertmal frisieret wird, weils die Innung daran lernen will – unmöglich kann es unter ihrer Hirnschale so viele Veränderungen und Versuche geben als über derselben – die Koalition und Einkindschaft der unähnlichsten Frisuren ist so groß, Dappieren und Auskämmen kommen hintereinander so schnell, oder Aufbauen und Umreißen, daß es nur auf dem Kopfe der Göttin der Wahrheit noch ärger zugehen kann, den die Philosophen frisieren und aufsetzen, oder in ganzen Staatkörpern, an denen die Regenten sich üben.

Am nämlichen Morgen, wo unserer die Regentin coiffierte, sagte er der träumerischen Beata, am andern Tage komm' er mit dem Friseur zu ihr. Die Residentin sagte nichts als: »Die Männer können alles, aber das Leichte selten; sie wirren leichter zehn Prozesse als zehn Haare ein.« Beata konnte nicht reden – nachts konnte sie nicht schlafen. Ihr ganzes Innere entsetzte sich vor des Fürsten Frostgesicht und stechendem Feuerblick, der (so wenig sie es deutlich dachte) die *Präliminarsiege* im neuen Schlosse so abzukürzen brannte, als wär' er im Palais royal. Am andern Morgen hatte sich ihr Wunsch, krank zu werden, beinahe in die Überzeugung, es zu sein, verwandelt. Sie sah mit lebenssatter Leerheit zum Fenster in das stille Land hinaus, in dem zwei Kinder des Hofgärtners eine bunte Glaskugel herumkegelten, als der Kanarienvogel, der auf den Achseln des Fürsten wohnte und der ihn wie eine Mücke umflog, von seinem Kopf, der durch sechs Fenster von ihr geschieden war, auf ihren geflattert kam. Sie zog den Kopf mit dem Vogel hinein – aber auch mit dem Inhaber des Tiers, der sogleich ohne Bedenken kam und sagte: »Bei Ihnen hat man das Schicksal, zu verlieren – aber meinem Vogel können Sie die Freiheit nicht nehmen«. Leuten seiner Art entflie-ßet dies alles ohne Akzent; sie reden mit gleichem Tone vom Sternen- und vom Kutschen-Himmel und von der Bewegung beider.

Ohne Umstände wollt' er ihr den Pudermantel umtun; sie nahm ihn aber aus andern Rücksichten selber um und sagte, sie wäre schon für den ganzen Tag aufgesetzt bis aufs Pudern. Allein sie mochte ihren Weigerungen immerhin die schönsten Gestalten umgeben, die ihr sein Stand und die von ihrer Mutter anerzogene Hochachtung gegen sein Geschlecht befahlen: am Ende sah sie, sein Widerlegen sei nicht viel besser als sein Frisieren. Als er das letzte anfing und so nahe vor ihr stand, sah sie wieder das Gegenteil. Jedes Haar wurd' an ihr zu einem Fühlfaden, und ihr war, als berührte er ihre wunden Nerven, als ginge mit ihm eine flammende Hölle um sie. Auf einmal quoll ihre Bangigkeit, nach den Gesetzen der weiblichen Natur, von der mittlern Stufe zur höchsten auf – ich möchte wissen, obs von seinen eigennützigen Stel-lungen kam, die ihm nichts halfen, oder von einem Kusse, als der Ein-nahme der Benefizkomödie, die er zu seinem Besten aufführte, oder von ihrem Blick auf die Pyramide des Eremitenbergs, der ihre zagende Brust mit dem *Bilde* und *Ebenbild* ihres Bruders überfüllte – genug sie sprang fieberhaft auf, und nach den Worten: »sie hätte so gewiß verspro-chen, der Residentin den Hut aufsetzen zu helfen, und wäre noch hier!« erwartete sie gewiß, daß ihn dieser demütig-stolze Vorwurf forttriebe. Er war nicht fortzutreiben. Dieses Mißlingen zerriß ihre zarten Kräfte, und sie lehnte sich wankend mit dem Arme und frisierten Kopfe an die Tapete. Er, vielleicht gelangweilt oder froh, sie an seine Nachbarschaft gewöhnt zu haben, nahm seinen Vogel und sie und führte sie selber zur Residentin; hier holte er mit ihr das Belachen der Benefizkomödie nach und so fort.

Indessen hatten sich dennoch die Qualen des äußern Kopfs in die Migräne des innern aufgelöset; sie blieb von der Tafel und – solang' er dasmal da war – auch aus dem Parke.

Welches letzte zu erweisen nicht sowohl als zu erklären war.

Achtundzwanzigster oder Simon Judä-Sektor

Gemälde – Residentin

Vorgestern (den 26. Oktober) war dein Namentag, Amandus! Hast du wohl in deinem Leben einen mit freudigen Augen gefeiert? Hast du je am Ende eines Jahrs gesagt: möge das neue ebenso sein? – Ich will nicht darauf antworten, um nicht trauriger zu werden …

Gustav sah nichts mehr im Garten, als was er nicht suchte, den Fürsten und dergleichen; er trug unnötiges, d.h. verliebtes Bedenken, sich bei jemand über Beatens Unsichtbarkeit zu erkundigen – bei den zwei Gärtners-Kindern ausgenommen, die nichts wußten, als daß Beata, wie er, noch immer mit ihnen tändle und sie beschenke. Vielleicht gab sie ihnen, weil er ihnen gab; denn er gab ihnen, weil sie es tat. Die einzigen Reliquien von ihr, ihre Spazierwege, zogen ihn desto öfter an sich. O wäre doch der Kies weicher oder das Gras länger gewesen, damit beide ihm den matten Abriß einer Spur, daß sie dagewesen, aufgehoben hätten; so würde dieser Dornengarten seiner Unsichtbaren seinen Wünschen noch größere Flügel, und seiner Wehmut größere Seufzer gegeben haben. Denn ich muß es nur einmal dem Leser und mir gestehen, daß er jetzt in jenem schwärmerischen, sehnenden, träumenden Zustand war, der *vor* der erklärten Liebe ist. Dieser Traumflor muß über ihm gelegen haben, da er einmal statt des Schlangenbachs im *Abendtal,* den er zeichnen wollte, die schöne Statue der Venus, die aus diesen Wellen gezogen schien, abgerissen hatte; und zweitens, da er nicht sah, wer ihn sah – die Residentin. Er kam ihr vor wie ein schönes Kind, das fünf Fuß hoch gewachsen ist; er konnte mit allen seinen innern Vorzügen noch nicht imponieren, weil auf seinem Gesicht noch zu viel Wohlwollen und zu wenig Welt geschrieben war. Mit jener scherzhaften Koketten-Freimütigkeit, die die erstgeborne Tochter der Koketten-Geringschätzung des männlichen Geschlechts ist, sagte sie: »Ich geb' Ihnen für die *Zeichnung* das *Original*« und nahm die erste und besah sie mit schöner (über etwas anders) denkenden Bewunderung. Oefel, dem ers erzählte, schalt ihn, daß er nicht fein gesagt hatte: »*Welches Original?*« Denn er hatte zur lebendigen Venus nichts gesagt.

Er war es auch nicht imstande; denn sie stand vor ihm mit allen Reizen, die einer Juno bleiben, wenn man ihr die holde Farbe der ersten

Unschuld nimmt, mit ihrem Plümagen-Walde, den ihr in Unterscheerau hundert nachtragen, weil sie mit wenigen meiner Leserinnen, die auch mehr Federn *aufsetzen,* als sie in ihrem Leben Federn *schließen* werden, so viel herausgebracht haben, daß jede Juno eine Göttin und jede Göttin eine Juno sein und daß man Damenköpfe und Klaviere stets *bekielen* müsse.

Sie fragte ihn nach dem Namen seines Zeichenmeisters (des Genius); seinen eignen sagte sie ihm selbst. Sie konnte Achtung sich erwerben, bei allen ihren Fehltritten, und ihre Sünden und der Teufel schienen ihr nur als Kammermohren nachzutreten; ihr Gesicht wie ihr Benehmen trug das innere Bewußtsein ihrer nachgebliebnen Tugenden und ihrer Talente. Gleichwohl merkte sie an der scheuen Ehrfurcht, die Gustav weniger ihrem Stande und Werte als ihrem Geschlecht erwies, daß er wenig Welt habe. Sie verließ alle Umwege und ging ihn geradezu um eine Abzeichnung des ganzen Parks für ihren Bruder in Sachsen an. Ich nenne das Bitte, was sie eigentlich allemal im scherzhaften Tone einer Kabinettordre an Männer komponierte – und man konnte ihren weiblichen Ukasen nichts entgegensetzen als männliche.

Eine Frau trage dir nur einmal ein Geschäft auf: so bist du mit Leib und Seele ihr; alle deine sauern Tritte, alle deine Mühwaltungen für sie legen sich an ihrem Bilde, das du an die Beinwände deines Kopfes ausgebreitet, als Reize an. Eine retten – rächen – lehren – schützen ist fast nicht viel besser (bloß ein wenig) als sie schon lieben. Gustav hörte nie eine willkommnere Bitte. Den Park riß er in kurzem ab, und er konnte den Vormittag kaum erwarten, an dem er ihn überreichen durfte. Wir wissen alle, was er in der Residentin Zimmer noch außer der Residentin zu erblicken suchte – aber alles, was er außer ihr da fand, war die kleine Elevin (Laura) der abwesenden Beata am Silbermannischen Klavier.

Die Residentin heftete einen langen Blick in die Zeichnung. »Haben Sie« (sagte sie) »Stücke von unserem Hofmaler gesehen? Sie sollten sein Schüler werden und er Ihrer – er hat noch kein schönes Porträt gemalt und noch keine schlechte Landschaft – Sie machen einen schönern Fehler und geben dem Bewohner, was Sie der Landschaft nehmen – in Ihrer Zeichnung sind die Statuen schöner als der Garten – – behalten Sie Ihren Fehler und verschönern Sie Menschen« und sah ihn an. Meines geringen artistischen Erachtens – denn man ließ noch keines aller meiner Stücke als Akzessist in eine Bildergalerie, auch suche ich mit mehr Ehre

247

solche Ausstellungen lieber öffentlich zu rezensieren als zu bereichern – ist gerade das Gegenteil wahr, und mein Held macht (gleich seinem Biographen) weit bessere Landschaften als Porträte. – »Versuchen Sie es«, fuhr sie fort, »mit einem lebendigen Original« – er schien verlegen über die Absicht ihres Rats – »nehmen Sie eines, das Ihnen so lange sitzt, als der Maler selber sitzt.« – Oefels Eitelkeit mit Gustavs Voreiligkeit hätten hier eine dumme Höflichkeit zusammenbringen können – »Hier! das darin mein' ich« – und sie wies auf einen Spiegel; jetzt wollt' er doch mit der palingenesierten Höflichkeit herausfahren, ihre Gestalt sei über seinem Pinsel, als sie zum Glück dazufügte – »Malen Sie sich und zeigen Sie mirs.« – Über eine zufällig verschluckte Sottise wird man ebenso rot wie über eine herausgestoßene – du schöner, rotglühender Gustav!

Daher schreib' ich hier für Kinder, die noch nicht auf Winterbällen getanzt, diesen Titel aus der Kleiderordnung heraus: Leuten, die euch eine Erklärung geben wollen, eine in den Mund zu legen, ist ebenso unhöflich als mißlich.

»Ich will Ihnen nur zeigen warum«, sagte sie und ging mit ihrer Hand 248 den halben Weg zu seiner und wieder zurück und nahm ihn mit durch ihr Lesekabinett, durch ihr Bücherzimmer in ihr Bilderkabinett. Wenn sie ging: konnte man selber kaum gehen; weil man stehen wollte, um ihr nachzusehen. Bilder waren neben ihr noch schwerer anzuschauen. Sie wies ihm im Kabinett eine bunte Kette Abbilder, welche die berühmtesten Maler von sich mit eigner Hand gemalet hatten und welche die Residentin aus der Galerie zu Florenz kopieren lassen. »Sehen Sie, wenn Sie ein berühmter Maler würden – und das müssen Sie werden –, so hätt' ich Ihr Porträt noch nicht in meiner Sammlung.« Auf dem Fenster lag der steilrechte weibliche Sonnenschirm, ein grüner Spazierfächer, den er vor einem gesessenen Gericht für Beatens ihren eidlich erkläret hätte – Einige Heuwägen von Wouvermans *Gras*, einige Zentner von Salvatore Rosas *Felsen* und eine Quadratmeile von Everdingens *Gründen* hätt' er hingeschenkt für den bloßen Fächer.

Aber das ihm abgedrungne Versprechen, sich selber zu malen, wurde einem Natursohne wie er, welchem die Kunst noch keine Eitelkeit gegeben, zu erfüllen äußerst schwer. Hundert jetzige Jünglinge zeigen mehr Kraft, sich in einer Gesellschaft vor dem Spiegel zu besehen, als er hatte, es in der Einsamkeit zu tun. Er fürchtete ordentlich, er begehe in einem fort die Sünde der Eitelkeit.

Auf diese Weise wird mein Held, der sich aus dem Spiegel zu holen sucht, von drei Zeichenmeistern auf einmal besehen und gemalet: von dem Lebensbeschreiber oder mir – vom Romancier oder Herrn von Oefel, der in seinen Roman ein Kapitel setzt, worin er von Gustavs Liebe gegen die Bouse anonymisch handelt – und vom Maler und Helden selber. So muß er denn wohl wohl getroffen werden.

Von Oefels Roman »Großsultan« erscheinet in der Hofbuchhandlung künftige Messe nichts als das erste Bändchen; und es wird dem minorennen Publikum, das unsre meisten Romane lieset und macht, angenehm zu hören sein, daß ich in den Oefelschen Großsultan ein wenig geblickt und daß darin die meisten Charaktere nicht aus der elenden *wirklichen* Welt, die man ja ohnehin alle Wochen um sich hat und so gut kennt wie sich selber, sondern meistens aus der *Luft* gegriffen sind, diesem Zeughaus und dieser Baumschule des denkenden Romanmachers; denn wenn (nach dem System der Dissemination) die *Keime* des wirklichen Menschen neben dem Samenstaub der Blumen in der *Luft* herumflattern und aus ihr, als dem Repositorium der Nachwelt, von den Vätern müssen niedergeschlagen und eingeschluckt werden: so müssen Autoren noch vielmehr die *Zeichnungen* von Menschen aus der Luft, wo alle epikurische *Abblätterungen* wirklicher Dinge fliegen, sich holen und auf das Papier schmieden, damit der Leser nicht brumme.

Einige Tage war die von Bouse nicht zu sprechen, als das Original seine Kopie zu ihr tragen wollte. Endlich schickte sie nach beiden. Sein Gesicht wurde dem gemalten sehr unähnlich, als sein Blick bei dem Eintritt auf seine physiognomische Schwester fiel, die mit der kleinen Bouse am Klaviere sang, auf Beata. Wir armen Teufel, die wir nicht an Stammbäumen, sondern von Stammgebüsch herauswuchsen, werden von vier Wänden so nahe aneinander gerückt, daß wir uns *warm* machen; hingegen die veloutierten Wände der Großen halten ihre Insassen so sehr als Stadtmauern auseinander, und es ist darin wie in Wirtzimmern, wo unser Interesse nur einige vom ganzen Haufen ablöset. Beata fuhr also fort; und er fing an: für ihn wars so viel, als säh' er sie durch das Fenster im Garten. Sein Porträt fand die günstigste Rezensentin. Sie flog damit durch einige Zimmer hindurch. Gustav konnte nun seine Augen dahin tun, wo seine Ohren längst waren: sein einziger Wunsch war, die Elevin wäre außerordentlich dumm und sänge alles falsch, bloß damit die reizende Diskantistin ihr öfter vorsänge. Es war jenes göttliche »Idolo del mio cuore« von *Rust,* bei dem mir und meinen Bekannten allemal ist, als würden wir vom lauen Himmel Italiens eingesogen und von den Wellen der Töne aufgelöset und als ein Hauch von der Donna eingeatmet, die unter dem Sternen-Himmel mit uns in *einer* Gondel fährt ... Durch solche verderbliche Phantasien bring' ich mich im Grunde um allen wahren Stoizismus und werde noch vor dem dreißigsten Jahre achtzehn Jahre alt. –

250 Um so leichter kann ich mir denken, wie es dem jungen Gustav war, der Augen und Ohren so nahe an der magnetischen Sonne hatte: wahrhaftig tausendmal lieber will ich (ich weiß recht gut, was ich wage) mit der Schönsten im Fürstentum Scheerau ganz durch letztes fahren und sie nicht nur *in,* sondern auch (was weit schädlicher ist) *aus* dem Wagen heben; – noch mehr: lieber will ich ihr das Beste, was wir aus dem poetischen und romantischen Fache haben, gerührt vorlesen – ja lieber will ich mich mit ihr aus einem Redoutensaale in den andern tanzen und sie, wenn wir sitzen, fragen, ob sie heiter ist – und endlich (stärker kann ichs nicht ausdrücken) lieber will ich den Doktorhut auftun und ihre matte Hand an den Aderlaßstock mit meiner anschließen, indes sie, um nicht den Blutbogen über dem Schnee-Arm zu erblicken, mir in einem fort erblassend in das Auge schauet – – lieber, versprech' ich, will ich (Wunden hol' ich mir freilich mehre und weitere als das Aderlaßmännchen im Kalender) alles das tun, als die Schönste *singen* hören; dann wär' ich leck und weg; wer wollte mir helfen, wer wollte meine Notschüsse hören, wenn sie in der ruhigsten Stellung den rechten Schnee-Arm weich über irgend etwas Schwarzes hinschneiete, die Knospe der Rosen-Lippen halb voneinander schlösse, die tauenden Augen auf ihre – Gedanken senkte und darein verhüllete, wenn der weiche Dunen-Busen[1] wogend wie ein weißes Rosenblatt auf den Atem-Wellen läge und mit ihnen auf- und niederflösse, wenn ihre Seele, sonst in den dreifachen Überzug der Worte, des Körpers und der Kleider geschlagen, sich aus allen Hüllen wände und in die Wellen der Töne stiege und im Meer des Sehnens untersänke ...? Ich spräng' nach.– – –

1 Denn bekanntlich ist die männliche Brust viel härter und unbiegsamer und dem ähnlich, was zuweilen von ihr umschlossen wird. – Sonderbar ists, daß die Eltern ihre Töchter Dinge mit allem Gefühle *singen* lassen, die sie ihnen nicht erlaubten vorzulesen.

Gustav war noch im Nachspringen begriffen, als die Residentin mit zwei Porträten wiederkam. »Welches ist ähnlicher?« sagte sie zu Beata und hielt ihr beide entgegen und heftete ihr Auge statt auf die drei Gesichter, die zu vergleichen waren, bloß auf das, welches verglich. Das mitkommende war nämlich das echte brüderliche und verlorne, um das 251 Beata an meine Philippine geschrieben hatte. »O mein Bruder!« sagte sie mit zu viel Bewegung und Akzent (welches zu vergeben ist, da sie erst vom Klavier herkam); unter dem schnellen Ergreifen erschrak sie so lange, bis sie mit einem ungezwungnen Blick über den Rücken des Bildes heruntergeglitscht war und keinen Namen darauf gefunden hatte. Von solchen Erdstäubchen hängt das Pochen des menschlichen Herzens oft ab: den Zentnerdruck der ganzen Lebens-Atmosphäre trägt und hebt es, allein unter dem schwülen Atem einer gesellschaftlichen Verlegenheit fällt es kraftlos zusammen. Wer nicht hat, wohin er sein *Haupt* hinlegt, leidet oft kleinere Pein, als der nicht hat, wo er seine – *Hand* hinlege.

»Ich dachte, Ihr Bruder wäre ein weitläuftiger Verwandter von Ihnen«, sagte die Residentin vielleicht boshaft-doppelsinnig, um sie in die Wahl irgendeines Sinnes zu verstricken. Allerdings standen der Residentin alle Worte, Ideen und Glieder so behend zu Gebote, daß die *Kraft* in Beatens und Gustavs Verstand und Tugend kaum, wie sonst in der Mechanik, zureiche, die *Geschwindigkeit* zu ersetzen. Aber Beata erzählte standhaft, ohne Entschuldigung, ohne Übergänge alles von diesen Bildern, was die Leser aus meinem Munde wissen. Gustav hätte eine solche Erzählung nicht liefern können. Die Nachricht, wie es in der Residentin Hände gekommen, vergaß die Residentin zu geben, weil sie hundert Antworten dazu wußte; Beata vergaß sie zu verlangen, weil sie das eben merkte.

»Für Ihr Gesicht« – sagte sie im lustigsten Tone, in dem sie ohne Bedenken das Gute von ihren Reizen sagte, das andre im ernsthaften davon sprachen – »könnt' ich Ihnen keines geben als mein eignes; das muß ich aber meinem *Bruder* in Sachsen samt dem Garten schicken – malen können Sie es mit zum Park, damit beide Stücke *einen* Meister hätten.« Dem scherzhaften Tone ist weit schwerer etwas abzuschlagen als dem ernsthaften – höchstens nur wieder im lustigen; aber zu diesem waren in Gustav alle Saiten abgerissen. Beata hatte die Anspielung auf den Park nicht verstanden; Bouse brachte die ganze Landschaftzeichnung und fragte sie, was ihr am meisten gefiele. Diese war für das Schattenreich und Abendtal (warum ließ sie den Eremitenberg aus?). »Aber die 252

Menschen im Garten?« – fuhr sie fort (die arme Inquisitin heftete ihren stillen Blick fester aufs Abendtal); – »besonders die schöne Venus hier im Abendtal?« – Sie mußte endlich reden und sagte unbefangen: »Der Bildhauer wird sich nicht über den Zeichner zu beschweren haben, aber vielleicht der Maler über den Bildhauer; vielleicht hat auch bloß der *Frost* diese *Venus* ein wenig verdorben.« Die Residentin machte durch ihr Lachen und ihr *witziges* Anblicken Gustavs ein Bonmot daraus, *sie* ein wenig rot, *ihn* flammendrot, sie durch letztes wieder röter und vollends durch die Antwort: »So würde mein *Bruder* auch denken, wenn er die Venus *so* bekäme; Sie tun mir aber den Gefallen, meine Liebe, und sitzen unserm Herrn Maler mit, so kommt in unsern Park eine schönere Venus. Es ist mein Ernst. Die zwei nächsten Morgen geben Sie unsern Gesichtern, Herr von Falkenberg!« Die Gute schwieg; Gustav, der schon eingewilligt hatte, mit seinem Pinsel Bousens Antlitz zu verdoppeln, wäre bei einem Haare mit der Anmerkung losgebrochen, Beaten ihres vermög' er nicht mit seinem nachzudrucken. Zum Glück fiel ihm ein, daß sie sich zur Tafel ankleiden würde – – (Am Sonntag über acht Tage muß ich meinen Sektor mit »Denn« anfangen – –).

Neunundzwanzigster oder XXII. Trinitatis-Sektor

Die Ministerin und ihre Ohnmachten – und so weiter

Denn er war in jenem grünen Gewölbe, das Scheeraus größte Schönheiten umfing, in Bousens Zimmer, nur vormittags; nachmittags und später rauschten durch dasselbe die Ströme des Vergnügens, aus den Freudenkelchen von Freuden-Najaden ausgeschüttet. Der halbe Hofstaat fuhr aus Scheerau her. Bekanntlich hat dieser, indes das Volk nur *Sabbate* hat, lauter *Sabbatjahre,* und die nähern Diener des Fürsten suchen sich von den Dienern des Staates dadurch auszuzeichnen, daß sie gar nichts arbeiten; so wurden auch schon in den alten Zeiten den Göttern nur Tiere, die noch nichts *gearbeitet* hatten, auf den Altar gelegt. Ich weiß es recht gut, daß mehr als einer der paralytischen großen Welt Arbeit zumutet, die nämlich, sich und andre in einem fort zu amüsieren; diese ist aber so herkulisch schwer und nützt alle Kräfte so sehr ab, daß es genug ist, wenn sie sämtlich nach einer Fête morgens bei dem Auseinanderfahren oder am Tage darauf sich verstellen und sagen: »Bei alledem wars heute ein deliziöser Abend und überhaupt alles so brillant!« Große Quartanten-Theologen haben längst bewiesen, daß Adam *vor dem Falle* kein Vergnügen aus dem *Essen* und *andern* Vergnügungen geschöpfet habe – unsre Großen sind vor ihrem Falle ebenso schlimm daran und verrichten alles das in ihrer Unschuld, ohne den geringsten Spaß dabei zu haben. Ich wollt', ich könnte dem Hofstaat helfen. – –

Ein Mensch, der eine festgesetzte Arbeitstunde (und wäre sie nur 30 Minuten lang) hat, siehet sich für emsiger an als einer, der gerade heute seinem 12stündigen Pensum 30 Minuten abgebrochen. Oefel warf sich selber seine übertriebene Anspannung vor und sagte, er wüßte sich nicht zu entschuldigen, daß er jeden Morgen *eine* volle Stunde schreibe am »Großsultan«. Erst darnach waren die ernsthaften Geschäfte des Tages zu Ende; er ließ sich nun zum *ersten Male* frisieren und einstäuben, um als *Tagschmetterling* gegen alle Toilettenspiegel anzuflattern; auf den Blumenkopf der Défaillante (so hieß noch die Ministerin) ließ er sich nieder. Alsdann ließ er sich zum *zweiten Mal* frisieren und beflügeln, um als bestäubter *Dämmerung-* und *Nachtschmetterling* zwischen den Spielmarken und Schaugerichten und ihren Ebenbildern herumzusausen. Ich würde auf dieses Gleichnis nicht gekommen sein, wenn mich nicht sein gehörntes und in eine Kapsel zusammenlaufendes Abendhaar auf die Raupen der Nachtschmetterlinge geführet hätte, denen auch hinten ein Horn oder Zopf ansitzt – den Tagraupen sitzt nichts an, so wie sein abbreviertes aufgestecktes Morgenhaar es verlangte, damit sie diesem glichen.

Da ich die Ministerin die Défaillante genannt, und da man ihr überhaupt die Einfalt zutrauen konnte, als ob sie dem Legationrat treuer 254 wäre als er ihr, so will ich alles sagen und für sie reden. Die Eitelkeit, die ihn wie eine eingeschränkte Monarchin beherrschte, regierte wie eine uneingeschränkte über sie – sie hatte und machte italienische Verse, Epigrammen und alle schöne Künste – und es ist stadtkundig, daß sie, weil sie aufgehört hatte, zur schönen *Natur* zu gehören, sich unter die Werke der schönen *Künste* warf und sich aus einem Modell durch Schminke in ein *Gemälde* veredelte, durch Pantomime in eine *Aktrice,* durch Ohnmachten in eine *Statue.*

Das letzte ist der Kardinalpunkt – sie starb wöchentlich und öfter, wie jede wahre Christin, nicht ihrer Keuschheit wegen, sondern sogar vor ihrer Keuschheit, ich meine ein paar Minuten – sie und ihre Tugend fielen hintereinander in Ohnmacht. Wenn ich über so etwas nicht weitläufig bin: so bin ich nicht wert, eine Feder zu schneiden, und der Henker soll meine Produkte holen. – Die Tugend also war bei der Ministerin so verdammt schlimm daran wie bei einem Kind die junge Lieblingkatze. Ich will von Tagzeiten gar nicht reden, sondern nur von Wochentagen: ich will setzen, an jedem Tage hätte ein andrer Antichrist und Erbfeind ihrer Tugend statt der Visitenkarte seinen Leib geschickt: so hätt' es etwa so gehen können: am Montag war ihre Tugend im strahlenlosen Neumond für Herrn v. A. – am Dienstag im Vollmond für Herrn v. B., der sagte: »Zwischen ihr und einer Devote ist kein Unterschied als das Alter« – am Mittwoch im letzten Viertel für Herrn v. C., der sagt: »je la touche dejà«, nämlich ihre âme – am Donnerstag im ersten Viertel für Herrn v. D., der sagt: »Peut-être que« – – und so fort mit den übrigen Feinden der Woche; denn jeder Gegner sah, wie seinen eignen Regenbogen, so an ihr seine eigne Tugend. Ehre und Tugend waren bei ihr keine leeren Wörter, sondern hießen (ganz gegen die Kantische Schule) der *Zeit-Zwischenraum zwischen ihrem Nein und ihrem Ja*, oft bloß *der Ort-Zwischenraum*. Ich sagte oben, sie hatte immer eine Ohnmacht, wenn der *Montag* ihrer Tugend war. Es lässet sich aber erklären: ihr *Körper* und ihre *Tugend* sind an *einem* Tag und von *einer* Mutter geboren und wahre Zwillinge, wie die Gebrüder Kastor und Pollux – nun ist der *erste,* wie Kastor, menschlich und sterblich, und die *andre,* wie Pollux, göttlich und unsterblich – wie nun jene mythologische Brüderschaft es pfiffig machte und Sterblichkeit und Unsterblichkeit gegeneinander halbierten, um miteinander in Gesellschaft eine Zeitlang tot und eine Zeit lang lebendig zu sein: so macht es ihr Körper und ihre Tugend ebenso listig, beide sterben allezeit miteinander, um nachher miteinander wieder zu leben. – Das artistische Sterben solcher Damen lässet sich noch von einer andern Seite anschauen: eine solche Frau kann über die Stärke und die Proben ihrer Tugend eine *Freude* haben, die bis zur Ohnmacht gehen kann; ferner über die Leiden und Niederlagen derselben eine *Betrübnis,* die auch bis zur Ohnmacht reichen kann: nun denke man sich, ob eine Frau beim vereinigten Anfall von zwei Gemütbewegungen, wovon jede allein schon töten kann, noch aufrecht zu verbleiben vermöge. – Bekanntlich stirbt die Ehre der Damen von Welt so wenig wie der König von Frankreich, und es ist das eine bekannte Fiktion; wenigstens ist dieser Ehre der Tod, wie den Frommen, ein Schlaf, der über 12 Stunden nicht dauert. Ich kenne an unserem Hofe eine Art Ehre oder Tugend, die gleich einem Polypen an nichts stirbt; sie kann, wie die alten Götter, verwundet, aber nicht umgebracht werden – gleich Hornschrötern zappelt sie an der Nadel und ohne alle Nahrung fort – Naturforscher von Stand tun oft einer solchen Tugend, wie *Fontana* den Aufgußtierchen, tausend Martern an, an denen bürgerliche weibliche Tugenden sogleich verscheiden: nichts! kein Gedanke von Sterben. – – Es ist eine wohltätige Anordnung der Natur, daß gerade in den höhern Damen die Tugend eine solche achilleische Lebens- oder Wiedererzeugkraft hat, damit sie erstlich leichter die einfachen und doppelten Brüche, Knochensplitterungen und Gliederabnehmungen und überhaupt das Schlachtfeld jenes Standes ausdauere – zweitens damit jene Damen (im Vertrauen auf die Unsterblichkeit und lange Lebenslinie ihrer Tugend) ihren Freuden, deren physische Grenzen ohnehin so enge sind, wenigstens keine moralischen zu setzen brauchen.

Ich komme wieder zu den tugendhaften Ohnmachten oder erotischen Sterben der Ministerin zurück; ich will mich aber nicht dabei aufhalten, daß ich etwa sagte, wie die alte Philosophie die Kunst sterben zu lernen sei, so sei es auch die französische Hof-Philosophie, nur aber angenehmer – oder daß ich witzigerweise sagte: qui (quae) scit mori, cogi nequit – oder daß ich Senekas Ausspruch über Kato auf die Ministerin zöge: majori animo repetitur mors quam initur; sondern ich erzähle bloß, warum sie überall in Oberscheerau die Défaillante heißet – bloß darum, weil ein gewisser Herr auf die Frage, wie sie einen wichtigen Prozeß trotz dem versäumten Präklusiontermin doch gewonnen hätte, doppelsinnig erwiderte: en défaillant ...

Ich komme zurück ... Aber ich wäre ein glücklicher Mann, wenn die Zeit sich niedersetzte und mich heranließe; so aber setz' ich ihr, in einer Entfernung von mehren Monaten, nach; die Avantüren-Fracht wird täglich schwerer; ich muß Papier zu einer doppelten Geschichte – zu der jetzt geschriebnen und zu der jetzt vorfallenden – haben, ich ängstige mich ab, und am Ende werd' ich mit Mühe gelesen! – Ist mir aber zu helfen? – –

Amandus lag damals auf dem härtesten Bette von der Welt – die Dornen- und Stein-Matrazen der alten Mönche fühlen sich dagegen wie Eiderdunen an –, auf dem Krankenbette; sein ödes Auge ruhte oft auf der Stubentüre, ob sie kein Gustav öffne, ob nicht der Tod in der Gestalt einer Freude, einer Aussöhnung eintrete und die Blume seines Lebens mit einem Liebe-Druck gelinde niederlege; – aber Gustav lag von seiner Seite auf einem Zauberbette, an das ihn ein besserer Gott als Vulkan mit unsichtbaren Kettchen heftete; kaum regen konnt' er sich unter seinem Drahtgeflecht.

Am Morgen, wo er sich vorbereitete, der Residentin das Porträt und die Visite zu machen, zündete Oefel um ihn eine Menge Raketen des Witzes an und gestand ihm mit *der* Zufriedenheit, mit welcher ein Belletrist stets die Armut an leiblichen Gütern und die schwerere an geistigen, an Verstand etc., erträgt, so viel geradezu, er habe an Gustav die Neigung zur – Residentin vielleicht eher entdeckt als beide Interessenten selbst. Jede Gustavische Verneinung war ein neues Blatt in seinen Lorbeerkranz. »Ich will aufrichtiger sein«, sagt' er; »ich will mein eigner Verräter werden, weil ich keinen fremden habe. Im Zimmer, wo Sie einen Altar haben, steht einer für mich; es ist ein Pantheon[1]; Sie knien mehr vor einem Gott als einer Göttin – ich aber finde da meine Venus (Beata). Ihr mangelt zu einer Mediceischen nichts als die – *Stellung;* ich weiß aber nicht, *welche* Hand ich ihr dann in dieser Stellung küssen würde.« … Vor Gustavs reiner Seele flog zum Glück dieser Klumpe von boue de Paris vorbei, in die an Höfen sogar gute Menschen ohne Bedenken treten; selber Schriftstellern aus dieser Zone hängt dieser Schmutz noch an.

Ihm gefiel an Beaten (und an jedem Mädchen) nichts als dieses, daß er, wie er dachte, ihr gefalle; er würde die fünfhundert Millionen Weiber auf der Erde alle lieben, wenn er ihnen allen gefiele, er wieder keine einzige, wenn er keiner einzigen. Er erzählte jetzt dem Gustav, durch welches Fenster er im Winterhaus von Beatens Herzen ihre Liebe zu ihm habe blühen sehen. Außer einem gewissen Tropf, den ich in Leipzig gekannt, und außer einer Katze, die neun Leben hat, hatte kein Mensch mehre Leben als er – er büßte eines ein: sogleich hatt' er wieder ein frisches, ich meine, er hatte mehr Ohnmachten als ein andrer Einfälle. Einen solchen Vexier-Selbstmord konnt' er begehen, wenn er wollte und wenn er ihn in seinen Dramen so nötig hatte als ein rührender Theaterdichter; am häufigsten aber taten er und der Tropf in Leipzig sich diesen Tod in effigie an, wenn sie unter einem Bündel Frauenzimmer *das* herauszuvisitieren hatten, das in sie am verliebtesten war. Denn sie unterschieden, sagten die beiden Tröpfe, sich sämtlich voneinander nicht im Dasein, sondern im Grade der Liebe gegen beide Ohnmächtige. Der größte Schrecken über den pantomimischen Schlagfluß ist, sagte

---

1   Im römischen Pantheon standen nur *zwei* Götter, der Mars und die Venus.

das ohnmächtige Paar, das Notariatsiegel der größten Liebe. Da also Oefel vor drei Wochen Beaten seinen Sondier-Tod vormachte: so zitterte unter allen Schal-Fichus, die da waren, kein so zartes und mitleidiges Herz als ihres, das weder fremden Betrug noch eigne Härte kannte. Gleichgültig legte sich Oefel in den optischen Tod; verliebt stand er wieder auf, und er hätte mit seiner scheinbaren Ohnmacht beinahe eine wahre gewirkt. »Ich konnte sie nur seitdem nicht darüber sprechen«, 258 sagt' er. Gustav kämpfte mit einem großen Seufzer nicht über Oefels gefühllose Eitelkeit, sondern über sich selbst und über Oefels Glück. »O Beata, in dieser Brust« – redete sie sein Innerstes an – »hättest du ein verschwiegneres und aufrichtigeres Herz gefunden, als das ist, das du ihm vorziehest – es würde sein Glück verborgen haben, wie jetzt seine Seufzer – es wäre dir ewig treu geblieben – ach es wird dir doch treu bleiben!« – Dennoch empfand er das Ekelhafte in Oefels Eitelkeit nicht ganz, weil ein Freund sich unserem Ich so sehr inokuliert und damit verwächset, daß wir seine Eitelkeit so leicht wie unsre eigne und aus gleichen Gründen übersehen.

Da es meinem Gustav im Buche wie im Leben gehen kann, so hätt' ich folgende Anmerkung noch eher machen sollen: niemand war leichter zu verkennen als er – alle Strahlen seiner Seele brach die Wolkenhülle milder Demut, ja seitdem Oefel ihm Stolz auf dem Gesichte vorgeworfen, sucht' er gerade so demütig auszusehen, als er war – sein Äußeres war still, einfach, voll Liebe, ohne Ansprüche; aber auch ohne durchbrechenden Witz und Humor – Phantasie und Verstand arbeiteten in ihm, wie in einem einsamen Tempel, Altarblätter mit großen Maßen und ließen mithin nicht, wie andre, Dosenstücke und Medaillons von der Zunge purzeln – er war, was Descartes von der Erde glaubt, eine inkrustierte Sonne, aber unter den phosphoreszierenden Lichtern des Hofes ein dunkler Erdkörper – er war das äußere Gegenteil von Ottomar, der mit seiner Sonne seine Kruste durchgebrannt hatte und nun vor den Leuten stand blitzend, knisternd, glühend, anreißend, einäschernd und ausbrütend – Gustavs Seele war ein gemäßigtes Land ohne Stürme, voll Sonnenschein ohne Sonnenhitze, ganz mit Grün und Knospen überzogen, ein magisches Italien im Herbst; Ottomars seine aber war ein Polarland, das sengende lange Tage, lange Eis-Nächte, Orkane, Eis-Berge und Tempische Täler-Fülle durchstrichen. – –

Der Gustavischen Bescheidenheit kam also nichts natürlicher vor, als daß Beata einen, der seinen Geist und Körper so gut zu zeigen wußte, über ihn stellte, der beides nicht konnte und der dazu einmal ihren Vater halb tot geärgert hatte. Sein Blut ging mithin langsam traurig, da er zur Residentin schlich. Es war ihm, als könnt' er heute sie als seine Freundin ansehen – das tat er wirklich halb, als sie ihm noch dazu ein ebenso trauriges Air und Gesicht entgegentrug, dem ähnlich, in dem eine Frau eine Woche nach dem Verlust ihres Geliebten mit leeren Augen und erkälteten Wangen am meisten rührt. Es sei, sagte sie, der Sterbetag ihres jüngsten Bruders, den sie und der sie am meisten geliebt. Sie ließ sich in Trauerkleidung malen. Nichts wirkt stärker als der Lustige, der einmal in die Halbtöne des Kummers fällt. Gustav hatte überhaupt zu viel Zuneigung für Menschen, in deren Ohren das Trauergeläute irgendeines Verlustes widertönte; ein Unglücklicher war ihm ein Tugendhafter. Die Residentin sagte ihm, sie hoffe, er werde den heutigen Kummer aus ihrem wirklichen Gesichte wegmalen und ihn bloß ins gemalte bannen – sie habe deswegen diese Zerstreuung auf heute verlegt – morgen sei ihr gewiß besser – sie spielte nachlässig mit der bloßen rechten Hand einige Tänze, aber nur ein paar Takte und mit vergeblichem Kampfe gegen ihren Trübsinn – er sollte ihr etwas erzählen, eh' er anfinge, damit er nicht einem Gesicht, das sie nur ein paar Tage im Jahr trüge, ein ewiges Leben in seinen Farben gäbe. Aber er hatte noch am Hofe weder Stoff noch Manier zu erzählen gewonnen – endlich fiel sie auf seine unterirdische Erziehung. Bloß ihrem *heutigen* Gesichte war er so etwas in dem Wolkenbruch von Herzergießung, den er seit Amandus' Groll entbehret hatte, zu erzählen fähig. Da er fertig war, sagte sie: »Zeichnen Sie nur; Sie hätten mir etwas anders erzählen sollen.«

Sie nahm ihre kleine Laura auf den Schoß – dem Fürsten, der ein leidenschaftlicher Tiermaler ist, mußte sie statt mit der Kleinen mit einem Seidenpudel sitzen – welche Gruppe fällt aber jetzt sein Auge, sein Herz und seine Zeichenfeder an, um diese drei Dinge zu verrücken! Sie zittern wenigstens alle, indem die Mutter die Händchen der Laura in eine malerische und kindliche Umschlingung legt – indem sie schweigend, traurend, mit den Lippenwellen gegen den Kummer des Auges streitend, ihm denkend in das seine blickt und mit der nächsten Hand das Haar der Kleinen spielend krümmt – – Wahrhaftig zehnmal dacht' er: wenn ein Engel einen Körper umtun wollte, der menschliche wäre nicht zu schlecht dazu, und er könnte in dieser *Reise-Uniform* in jeder Sonne erscheinen!

Seine Zeichnung wurde so treffend, daß der Residentin vielleicht ein paar Unähnlichkeiten lieber gewesen wären – sie hätten größere Ähnlichkeit ihres zweiten Bildes in ihm angesagt. Sie kam jetzt durch sanfte, nicht wie sonst scherzhaft-springende Übergänge von seinem Maler-Lohn und von den Nachteilen seiner Erziehung auf die Vorbereitungen zu seiner Legationrolle – sie deckte ihm, aber mit langsamer vertraulicher Hand, seinen Mangel an Welt auf – sie bot ihm ihren Zutritt zu sich an und lud ihn zum Souper auf morgen ein. – »Aber vormittags«, setzte sie lächelnd hinzu, »kommen Sie nicht schon; Beata will durchaus nicht gemalet sein.«

– – Der Leser hat im ganzen Buche noch nicht drei Worte reden oder schreiben dürfen: jetzt will ich ihn ans Sprachgitter oder ins Parloir lassen und seine Fragen nachschreiben. »Was hat denn« – fragt er – »die Residentin vor? Will sie aus Gustav ein gezähntes Kammrad schnitzen, das sie in irgendeine unbekannte Maschine setzet? – Oder bauet sie den Jägerschirm und zwirnt die Prallnetze, um ihn zu fällen und zu fangen? – Wird sie wie jede Kokette dem ähnlich, der ihr nicht ähnlich werden will, wie nach *Platner* der Mensch das, was er empfindet, so sehr wird, daß er sich mit der Blume bückt, und mit den Felsen hebt?«

– – Der Leser bemerke, daß der Leser selber hier Witz hat, und gehe weiter! – –

»Oder« (geht er also weiter) »geht die Residentin nicht so weit, sondern will sie aus Edelmut, worüber man oft die optischen Kunststücke ihrer Koketterie verzeiht, den schönsten uneigennützigsten Jüngling aus den schönsten uneigennützigsten Gründen aufsuchen und ausbilden? – Oder könnens nicht auch alles bloße Zufälle sein – und nichts leuchtet mir so ein –, an welche sie, als Rennerin durch Lusthaine, die flatternde Schlinge eines halben Planes fliehend befestigt, ohne in ihrem Leben am andern Tag nach dem strangulierten Fang der Dohnenschnait im mindesten zu sehen? – Oder irr' ich gänzlich, lieber Autor, und ist vielleicht von allen diesen Möglichkeiten keine wahr?« – Oder, lieber Leser, sind sie alle auf einmal wahr, und du errätest darum eine Launenhafte nicht, weil du ihr weniger Widersprüche als Reize zutrauest? – Der Leser bestärket mich in meiner Bemerkung, daß Personen, die niemals die Gelegenheit haben konnten, der großen Welt tägliche Klavierstunden zu geben (wie z.B. leider der sonst treffliche Leser), zwar alle *mögliche* Fälle irgendeines Charakters vorzurechnen, aber nicht den *wirklichen* auszuheben vermögend sind. – Übrigens verlasse sich der Leser auf mich (der ich schwerlich ohne Grund Vorzüge verkleinern würde, die mir selber ansitzen), übrigens hat er die Armut an gewissen konventionellen Grazien, an gewissen leichten modischen und giftigen Reizen, die ein Hof nie versagt, weit weniger zu bedauern, als andre Höflinge – der Autor wünschte, nicht darunter zu gehören – ihren Reichtum an dergleichen Gift-Spezies wirklich zu beklagen haben; denn auf diese Art blieb er ein ehrlicher und gesunder Mann, der Herr Leser; aber wer ihn kennt, würde der Bürge gewesen sein, daß er, falls alle Bänder und Zügel der großen Welt an ihm gezuckt und gezogen hätten, außer seiner Ehrlichkeit auch seine Unähnlichkeit mit den Leuten von Ton behalten hätte, die die Mißhandlung des schönsten Geschlechts mit verlorner *Stimme* und verlornen *Waden* büßen, wie (nach den ältesten Theologen) die Weiber-Versucherin, die Schlange, die vorher *reden* und *gehen* konnte, durch die aktive Verführung *Sprache* und *Beine* verscherzte? ...

Dreißigster oder XXIII. Trinitatis-Sektor

Souper und Viehglocken

Heut' arbeit' ich im Hemd wie ein Hammerschmied, so abscheulich lang und schwer ist der dreißigste Sektor. – Da Gustav von Oefel erfuhr, daß ein kleines Souper bei der Residentin so viel heiße wie bei uns das größte, so teilte er in seinem Kopf, eh' er es zieren half, Personen und Rollen aus, und sich die längste: – den einzigen Fehler beging er allemal, daß, wenn er endlich auf die Bühne kam und spielen sollte, er nicht spielte. Eh' er in eine große Gesellschaft ging, wußt' er Wort für Wort, was er sagen wollte; kam er wieder heraus, so wußt' er (in der Kulisse) auch, was er hätte sagen sollen – aber gesagt hatt' er darin weiter nichts. Es kam nicht von Menschenfurcht; denn es war ihm fast leichter, etwas Kühnes als etwas Witziges zu sagen; sondern davon kams, daß er das Gegenteil einer Frau war. Eine Frau lebt mehr außer als in sich, ihre fühlende Schnecken-Seele legt sich fast *außen* um ihre bunte Körper-Konchylie an, sie zieht ihre Fühlfäden und Fühlhörner nie in sich zurück, sondern betastet damit jedes Lüftchen und krümmt sie um jedes Blättchen – mit drei Worten: das Gefühl, das der Arzt *Stahl* der Seele von der ganzen Beschaffenheit ihres Körpers zuschreibt, ist bei ihr so lebendig, da sie in *einem fort* fühlt, wie sie sitzt und steht, wie das leichteste Band aufliegt, welchen Zirkelbogen die gekrümmte Hutfeder beschreibt – mit zwei Worten: ihre Seele fühlt nicht nur den *Tonus* aller empfindlichen Teile des Körpers, sondern auch den der unempfindlichen, der Haare und der Kleider – mit *einem* Worte: ihre innere Welt ist nur ein Weltteil, ein Abdruck der äußern.

Bei Gustav aber nicht; seine innere Welt steht weit abgerissen neben der äußern, er kann von keiner in die andre, die äußere ist nur der Trabant und Nebenplanet der innern. Seiner Seele – in den Gehirn-Weltglobus, den der Hut bedeckt, eingesperret – verbauen die bunten eignen Gewächse, auf denen sie sich wiegt und vergisset, die Aussicht auf die Gegenstände jenseits ihres Körpers, die nur dünne Schatten auf ihre Gedanken-Auen werfen; sie *sieht* also die äußere Welt nur dann, wenn sie sich ihrer *erinnert;* dann ist diese in die innere versetzt und verwandelt. Kurz Gustav beobachtet nur das, was er denkt, nicht was er empfindet. Daher weiß er niemals seine Ideen und Worte mit den vorüberschießenden Ideen und Worten andrer Leute zu amalgamieren. Der Hofmann schraubt auf und zu, und die Kaskaden seines Witzes springen und schimmern – Gustav hingegen wirft erst den Eimer in den Ziehbrunnen und will darin den Trunk mit der Zeit herausdrücken. – Eine feinere Ursache geb' ich unten an.

Oefel rühmte ihm am Morgen dieses wichtigen Souper so viel von Beaten vor, er würde heute ihr coeur so sehr im Gleichgewichte mit dem esprit der Residentin sehen, – daß er alles Sehen verwünschte und einen zweiten Grund bekam, sein schweres Herz ins stille Land zu tragen. Sein erster war: er schickte sich allemal zu einer großen Gesellschaft dadurch an, daß er vorher in die größte ging – unter den großen blauen Himmel. Hier unter kolossalischen Sternen, an der Brust der Unendlichkeit, lernt man sich erheben über metallene Sterne neben das Knopfloch genäht; von der Betrachtung der Erde bringt man Gedanken mit, durch die man die Erdstäubchen, die man Menschen nennt, kaum wirbeln sieht – und die farbigen Gold-Insekten, womit sich das Gewächsreich musivisch stickt, werden von der Gold- und Juwelenstickerei der Hofpracht nicht übertroffen, nur nachgeahmt. – Gegenwärtiger Verfasser stattete allemal dem großen Erd- und Himmelzirkel einen Besuch *vor* und einen *nach* dem Besuche ab, den er einem kleinern Cercle machte, damit der große die Eindrücke des kleinen verhütete und verlöschte.

Ich werde rot, wenn ich mir denke, wie unbehülflich sich mein Gustav durch zwei Vorzimmer in einen Salon mag haben führen lassen, wo wenigstens schon an sieben Spieltischen Streiter saßen. Feinheit der Denkart ist Anlage, Feinheit des Ausdrucks ist eine Frucht, wozu nicht gerade Hofgärtner nötig sind; aber Feinheit des äußern Anstands ist nirgends zu holen als da, wo sie alles gilt in der *großen* Welt voll *Mikrokosmen.* Sollt' ich von letzterer Feinheit mehr aufzuweisen haben, als man gewöhnlich bei meinem Advozier-Stand sucht: so bin ich nie so eitel, sie aus etwas anderem abzuleiten als aus meinem Leben am Scheerauer Hof. – Die Residentin (Beata ohnehin nicht) spielte selten, und mit Recht: eine Frau, die mit ihrem Gesichte andre Herzen gewinnen kann als lackierte auf der Karte und die den Männern einen andern Kopf nehmen kann als den auf Metalle gedrückten, tut übel, wenn sie sich mit dem Kleinern begnügt, sie müßte denn mit den schönsten Fingern taillieren und coupieren können, die ich noch in weiblichen Handschuhen und Ringen gesehen. Vor dem funfzigsten Jahre sollte keine spielen und nach ihm nur die, die der Mann und die Tochter verspielen sollte. – Hingegen der poetische Gladiator, Herr von Oefel, diente unter der Armee, die (nach dem Modejournal) in jeder Winternacht 12000 Mann stark ist in den vordern deutschen Reichskreisen – nämlich mit und gegen L'hombre-Spieler. Die Residentin war eine brillante *Sonne,* der immer Beata als *Abendstern* nachzog. Sanfter holder Hesperus am Himmel! du wirfst deine Strahlen-Silberflitter auf unser Erden-Laub und schließest leise unser Herz für Reize auf, die so sanft wie deine sind! Alle Sommerabende, die mein Auge in Träumen und Erinnerungen auf deinen über mich erhöhten Unschuld-Auen verlebte, belohn' ich dir, versilberter schönster Tautropfe in der blauen Äther-Glockenblume des Himmels, indem ich dich zu einem Bilde der schönen Beata mache! – O könnt' ich doch ihre Heiligengestalt aus meinem Herzen heben und hieher auf meine Blätter legen, damit es der Leser sähe, nicht bloß begriffe, wie von der junonischen Bouse, aus der alle weibliche Reize brechen, selber seltene Uneigennützigkeit, doch aber *Unschuld* und weibliche bescheidne *Zurückgezogenheit* nicht, wie von ihr alle diese hölzernen Strahlen abfallen, wenn sich neben ihr mehr verhüllt als zeigt Beata, welche über die heftigsten weiblichen Wünsche den innern Sieg erhält und doch weder Sieg noch Kampf verrät – die, ohne Bousens Trauer-Hülse und Trauerspielen, ein erweichtes Herz dir gibt und deinen Blick unwiderstehlich beherrschet – und mit der du im Mondschein gehen kannst, ohne *sie* oder den Nachthimmel auf der Erde minder zu genießen! – Gustav fühlte noch mehr als ich; und ich fühle in meinen biographischen Stunden wieder mehr als sonst in meinen musikalischen. – –

Bei Gelegenheit! wenn sie essen: werd' ich auch die übrigen Gäste abfärben. Unter dem gesellschaftlichen Tumult, der sowohl Gustavs Sinnen als Ideen betäubte, fiel freilich nur Beatens halbes Sonnenbild in seine Seele. Aber nachher freilich! – Vorher aber lagen beide mit der Residentin unter dem Fensterbogen, die ironisch Gustaven vor Beaten entschuldigte, daß er heute nicht mit dem Pinsel gekommen – eine Menge zufälliger Zwischenredner zu geschweigen. Die Residentin wurde ihnen entrissen; die nahe und einsame Stellung nötigte beide zum Sprechen und Beaten zum Bleiben. Gustav, der schon vor der Assemblee im Kopfe hatte, was er sagen wollte, sagte nichts. Aber Beata endigte 265 das vorige Gespräch über das Abzeichnen und sagte: »Wenn Sie mich nicht schon entschuldigt haben, so kann ich mich nicht entschuldigen.« Ein andrer von mehr Wendung hätte geradezu Nein gesagt und so im Scherze, der keine Verlegenheit zuließ, die Fäden der Vogelspinne um das arme Kolibri herumgewunden. – Gustav hatte zu starke Gefühle, um hier zu scherzen. An einer Menge schwerer Materien, wovon euch alle Handhaben abbrechen, hält bloß die des Scherzes fest, und ihr könnt sie damit regieren; besonders wenn ihr mit Mädchen unter Fensterbögen sprecht.

Gustav suchte längst Gelegenheit, Beaten andre Teile seiner Seele zu zeigen, als damals in der Korn-Sache zum Vorschein gekommen; jetzo hätt' er die Gelegenheit, obwohl keine Mittel gehabt, wenn nicht der Park mit dem Abend-Schmuck sich vor das Fenster gelagert hätte. Aber Natur-Schönheit war die einzige Sache, worüber er mit andern Schönheiten begeisternd und begeistert sprechen konnte; – und er konnte am frischesten alle Weltreize in *einen* Morgen zusammendrängen, wenn er seinen Eintritt aus der Erde hinauf in das hohe Weltgebäude beschrieb. Auf jedes Wort und Bild, das er sagte, oder sie zurückgab, war eine Seele geprägt, die sie einander zugetrauet hatten. Plötzlich schwieg er mit weiten glänzenden Augen – ihm war, als gehe in seiner Seele ein Zauber-Mond auf und scheine über ein weites dämmerndes Land und ein Engel seiner Kindheit steh' im Blütenlande und nehm' ihn in seine Arme und drück' ihn so an sich, daß das Herz an ihm zerflösse ... Und worauf ruhte dieses innere Landschaftstück? – Worauf das berühmte

Straßburger Uhrwerk ruht – auf einem Tierhals: dieses liegt nämlich auf einem Pegasus-Nacken; seines trugen die Hälse des zufällig vor dem Schlosse heimgehenden Weideviehs, an denen solche Glocken hingen, die denen der Herde *Reginens* ähnlich klangen und die mithin die ganze Jugendszene mit ihren Tönen wieder in seine Seele setzten … In einer solchen Stimmung hätt' er in einer National-Versammlung *geredet;* auch machte der Tumult, der beide einfaßte, sie einsamer und vertraulicher: kurz er erzählte ihr mit Feuer und historischen Auslassungen seine Schäferei mit *einem* Lamm auf dem Berg. – Dieses Schwärmen steckte sie (wie jedes alle Weiber) so sehr an, daß sie anfing – zu *schweigen.*

Die Not zwang beide, jetzt einen äußern Gegenstand (wie ein Schwert im fürstlichen Bett) zwischen ihre zusammenfließenden Seelen zu bringen – sie sahen auf die beiden Gärtners-Kinder unten hinab, und zwar so begierig, daß sie nichts sahen. Der Junge sagte: »Mich hat das Fräulein (Beata) so lieb« und streckte beide Arme auseinander – das Mädchen sagte: »Mich hat der Herr (Gustav) so groß lieb, wie das Schloß« – »und mich«, replizierte er, »so groß wie den Garten« – »und mich«, exzipierte das Mädchen, »so groß wie die ganze Welt.« Darüber konnten die Flügel des Jungen nicht hinaus, und hätten seine Schwanzfedern über den Katheder-Horst hinausgestochen. Jedes zählte dem andern die Liebepfänder, die es von den oben über gegenseitiges Lob erfreueten Zuhörern erhalten hatte, und sagte bei jedem Stück: »Hast du das g'kriegt?« –

Mit jenem hastigen Sprung der Kinder zu einem neuen Spiel sagte das Mädchen: »Jetzo mußt du der Herr (Gustav) sein; und ich will das Fräulein (Beata) sein. Jetzo will ich dich liebhaben, nachher mußt du mich.« Sie strich ihm sanft die Backen und dann die Augenbraunen und endlich die Arme und manipulierte den Herrn. »Jetzo mich!« sagte sie mit schnell herunterhängenden Armen. Der Junge warf seine Arme so eng um ihren Hals, daß die zwei Ellenbogen sich durchschnitten und schürzten und als überflüssige Bandschleifen über den Liebeknoten hinausragten; er küßte sie derb. Plötzlich fand ihre kritische Feile einen verdammten Anachronismus an diesem historischen Schauspiele, und sie sagte fragend: »Ja, der Herr und das Fräulein haben sich ja nicht lieb?« –

Das war zu viel für die Frontloge oben, die zugleich das Auditorium und das *Original* der kleinen Spieler war, und die *Kopie* derselben zu werden in Gefahr geriet. Gustav hielt das Augenlid gewaltsam offen, damit es das Wasser, worin sein Auge stand, zu keiner sichtbaren auf die Wange fallenden Träne vereinigte – und die gerührte Beata ließ, ohne oder mit Absicht, ihre Rose abgeknickt zu Boden zittern: er bückte sich nach ihr lange und ließ seine Träne verborgen wegsinken; aber da er ihr die Rose gab und beide furchtsam die gesenkten Augen auf der Blume versteckten und hefteten und da sie ein herspringender Tropf unterbrach: so standen plötzlich ihre aufgeschlagnen Augen einander wie der aufgehende Vollmond der untergehenden Sonne gegenüber und sanken ineinander, und in einem Augenblick unaussprechlicher Zärtlichkeit sahen ihre Seelen, daß sie einander – suchten.

Der springende Tropf war Oefel, der Beatens Arm haben wollte, sie in den Speisesaal zu führen. Jetzt, Leser, trag' ich dir statt lebendiger Rosen (wie unser Seelen-Paar ist) lauter in Butter gesottene Rosen auf. Sechs- oder siebenundzwanzig Gedecke, glaub' ich, waren. Ich will hier statt eines Küchenzettels einen Passagierzettel der Gäste verfertigen. Erstlich waren am Tische und im Schlosse zwei keusche Menschen – Beata und Gustav; welches ein Beweis ist, daß schöne Seelen an allen Orten wachsen, sogar an den *höchsten:* so ließ der Kaiser Joseph jährlich einige *Nachtigallen* in den Augarten werfen, damit man da was hörte.

Nro. 2 war der Fürst, der in seinem kurzen Leben mehr Weiber in der Nähe gesehen als der *Ochs Apis,* dessen Leben doch so lang war wie das ägyptische Alphabet. Er war an dieser Tafel, was er auf seinen Reisen an mancher table d'hôte nicht zu sein vermochte, der Bruder Redner und der *Hauptwind* unter 63 andern Nebenwinden. Seine Krone hatten sämtliche Damen auf.

Nro. 3 war sein apanagierter Bruder, den der gekrönte haßte, nicht weil er zu viel Volkliebe hatte und verdiente, sondern weil er einmal todkrank war und nicht starb, sondern von der Apanage fortlebte. Das Gerippe dieses Bruders würde den Fürsten, wie ein jedes Gerippe Ägypter und Griechen, zu einem freudigern Genuß des Gastmahls überredet haben.

Nro. 4 war ein Michaelisritter aus Spaa (Herr v. D.), dessen Ordenstern in Scheerau noch Strahlen abschickte, nachdem er in Paris längst vernichtet war. So sagt Euler, daß ein Fixstern am Himmel noch wegen seiner *Entfernung* sein Schimmern fortsetzen kann, ob er gleich längst eingeäschert worden.

Nro. 5 war Cagliostro, der unter so vielen *pointierenden* Köpfen das Schicksal der Ärzte und Gespenster und Advokaten hatte, daß seine öffentlichen *Spötter* zugleich seine geheimen *Jünger* und Klienten sind.

Nro. 6 war mein Gerichtherr von Röper, der, weil er mit dem Fürsten etwas zu sprechen hatte, dageblieben war. Er war der einzige im ganzen Eßkonvent, der zweierlei tat: *erstlich* daß er alle Weinsortiments des Bousischen Wein-Inventariums sich reichen ließ, um von allen Weingütern der Residentin denjenigen deutlichen oder doch klaren Begriff in seinen Magen zu bringen, worauf die ältern Logiken so sehr dringen – *zweitens* daß er einen so großen Wert auf das frikassierte, marinierte etc. Essen legte, als wenn ers gäbe und nicht bekäme, und immer höflicher und *gebückter* wurde, je satter und voller er wurde, gleich einer Wurst, die sich *krümmt,* wenn man sie *füllet.*

Nro. 7, 8, 9 waren zwei grobe Regierungräte ** und ein grober Kammerpräsident *, wovon die zwei ersten den ganzen Hof verachteten, weil er keine andern *Pandekten* im Kopfe hatte als *literarische,* und der dritte, weil er sich es ausmalte, wie viel Pensionen und Gagen der ganze Hof ohne die Kammer, d.h. ohne ihn wohl hätte, und sämtliche drei, weil sie glaubten, sie hielten den Thron, ob sie gleich nichts hätten tragen können als in Salomons Tempel das – eherne Meer.

Nro. 10 war die Residentin, die sich nach dem Tone eines jeden stimmte und doch durch ihren eignen sich von allen Weibern unterschied – gleich dem König Mithridates redete sie die *Sprachen* aller ihrer *Untertanen.*

Nro. 11, 12 war eine durchreisende Äbtissin und eine verwittibte Fürstin von **, die ihrem Stande gemäß einsilbig und hautain waren.

Nro. 13 war die Défaillante, deren größte Reize und Anziehkraft in den kleinen Füßen angebracht waren, wie in den zwei Füßen eines armierten Magneten. Der Kopf, ihr zweiter Pol, stieß ab, was der untere zog.

Nro. 00000 gehen mich nichts an; es waren alte, in den Schminksalpeter eingepökelte Damen-Gesichter, denen aus dem Schiffbruch ihres untergesunknen Lebens nichts geblieben war als ein hartes Brett, auf dem sie noch sitzen und herumfahren, nämlich der Spieltisch.

Nro. 00000 gehen mich auch nichts an; es waren eine Garbe Hofdamen, verschnittene Spaliergewächse an den Tapeten, oder vielmehr Einfassunggewächse um fruchtbare Beete – sie hatten Witz, Schönheit,

Geschmack und Betragen, und wenn man zur Flügeltür hinaus war, hatte mans schon wieder vergessen.

Nro. 0000 war eine Kompagnie Hofleute, mit roten und blauen Ordenbändern durchschnitten, welche an ihnen wie die rote und blaue Farbe des Spiritus in Thermometern stehen, damit man ihr *Steigen* besser sehen könne – die gleich dem Silber *glänzten* und alles, was sie berührten, *schwarz* machten – die keinen höhern und breitern Himmel sich denken konnten als den Thronhimmel und keinen größern Tag im Jahr als einen Courtag – die in ihrem Leben weder Väter waren, noch Kinder, noch Ehegatten, noch Brüder, sondern bloß Hofleute – die Verstand hatten ohne Grundsätze, Kenntnisse ohne Glauben daran, Leidenschaften ohne Kräfte, satirisches Gefühl der Torheiten ohne Haß derselben, Gefälligkeit ohne Liebe und Freimütigkeit zum Spaß – deren Echtheit man wie die des *Smaragds* daran prüft, daß sie wie er *kalt* bleiben, wenn man sie mit dem Munde erwärmen will – und die, die Wahrheit zu sagen, der Satan schildern mag und nicht ich …

Oefel war zwischen Beata und die Ohnmächtige eingemauert; Gustav wars ihnen gegenüber zwischen zwei kleine witzige Dämchen: aber er vergaß die Nachbarschaft seiner Arme über die seiner Augen. Aus Oefels Gliedern schossen Witzfunken, als wenn ihn die Seide, die ihn umlag, elektrisieren hälfe. Die Ohnmächtige war ihrer Lehnherrschaft über ihn so gewiß, daß sie es für keinen Lehnfehler ansah, wenn ihr Lehnmann Beaten, seiner Teller-Nachbarin, die schönsten Dinge sagte; »Er wird sich« (dachte sie) »ärgern genug, daß er aus Höflichkeit nicht anders kann.« Dem Herrn von Oefel war am Ende nie um etwas anders zu tun als um den Herrn von Oefel; er lobte, nicht um seine Achtung, sondern um seinen Witz und Geschmack auszukramen; er unterdrückte weder Schmeicheleien noch Satiren, wenn sie gut und ungegründet waren; er tadelte die Weiber, weil er beweisen wollte, er erriete sie, und weil er das für schwer hielt; und ich halte ihn für einen Narren.

Drei Bergbohrer setzte er gewöhnlich an einem Mädchenherzen an, um eine Lücke darein zu bringen, in die er das Schießpulver legte, womit er die vererzte Liebeader aus dem Mädchen hervorsprengen wollte. Seine erste Miniergrube, die er heute wie allemal im weiblichen Herzen lud, war bei Beaten, daß er mit ihr lange von ihrem Anzug sprach – es ist ihnen, behauptete er, einerlei, ob man von ihren Gliedern oder ihren Kleidern redet; aber ich behaupte, die Häßliche trägt ihren Anzug als ihre *Frucht,* die Kokette als die bloße *Gartenleiter* oder den *Obstbrecher* und die Gute als das *Laub* der Frucht. Beata trug ihn wie Eva als Laubwerk.

Zweitens stellte er um Beaten die Schlag- und Garnwände der Metaphern, um sie darin zu jagen – er behauptete, wie die Mädchen das *singen,* was sie nie sagen würden (gleich denen, die zu stammeln aufhören, wenn sie zu singen anfangen), so lassen sie in Bildern und Allegorien alle die Geständnisse ihres Innern aus sich winden, die man ihnen mit eigentlichen Worten nie abföchte, ob es gleich einerlei wäre – ich hingegen behaupte, diese taugen nichts und die, die so viel taugen als Beata, können nicht mit Worten gefangen werden, weil ihre Gedanken nie schlimmer sind als ihre Worte. Freilich aus einem Zimmer (oder Herzen), wo es innen brennt und raucht, lodert die Flamme aus der ersten Öffnung heraus, die du aufmachst.

Seine dritte Behauptung und List war, Männer fühlten den Wert des Einfachen und das Erhabene der Aufrichtigkeit und der geraden Versicherung »ich habe dich lieb«, aber Mädchen wollten tournure und Feinheit und Umschweife in diese Versicherung, die türkische Briefstellerei durch gewachsene Blumen wär' ihnen lieber als die mit poetischen, eine tätige Schmeichelei lieber als eine wörtliche – ich aber behaupte, daß er recht hat. Daher ließ er z.B. seine Repetieruhr vor der Ohnmächtigen allemal die Stunde ihres letzten Rendezvous repetieren, und er gefiel ihr unendlich; daher sah er eine allemal, wenns zu machen und zu merken war, schielend hinter dem Rücken im *Spiegel* an – daher steckt' er gegen Beaten voll Teufeleien, die ich fast alle nennen sollte. Zwei nenn' ich auch. Er erinnerte sich erstlich, daß er sich zu vergessen und auf ihre Hand die seinige im Feuer des Redens zu legen habe; darauf stellt' er sich, als besänn' er sich, als nähm' er seiner Hand ein Lot ums andre in der Absicht, sie unvermerkt wegzuheben, sobald sie mehr nicht wöge als ein Fingerglied – »So handelt« (sagt' er zu sich) »feinere Delikatesse immer; und ich werd' es sehen, was sie verfängt.« Seine zweite Teufelei war, daß er in der Spiegelplatte, woran er saß, ihr Gesicht (seinem eignen gab er statt des Preises nur das Akzessit) anschielte und bewunderte, da er doch das Original näher hatte. Eine Schäferin von Porzellan trieb Schäfchen über den Spiegel: »Ich habe noch keine schönere Schäferin unter Glas gesehen«, sagt' er doppelsinnig; »aber ich ein schöneres Schaf«, sagte die Défaillante und meinte ihn.

Diese Spiegelplatte kam mit ihrer Schäferin, die über ein umblümtes Ufer in das gläserne Wasser sah, und mit ihrem Lamm und Schäfer fast

dem Gustavischen Kindheitspiele nahe. Beatens Auge verlor sich unwillkürlich zwischen diese Blumen und nahm ihr Ohr mit sich, in welches
der Legationrat vergeblich mit seinem krieglistigen Witze einzubrechen
trachtete. Gustavs Augen suchten und mieden nur – Augen, nicht Szenen; aus dem gesellschaftlichen Gewühl, unter dem seine innern Flügel
erlagen, konnt' er nur durch einen Springstab von außen in die Höhe.
Denn die ausgenommen, die ihm ähnlich war, ritzten und beizten die
andern alle, die es nicht waren, sein Inneres so sehr mit ihren Tischre-
den, daß er nie in größerer Beklemmung war als heute. Ich will das
fliegende Tischgespräch, das die Tugend betraf, in Gedankenstrichen
abgemarket hersetzen, weil mehre Köpfe daran sprachen, wie am Bauern-
Tischgebet die ganze Familie antiphonierend betet.

»Man hat keine Tugend, sondern nur Tugenden – Die Weiber haben
sie, die Männer bekriegen sie – Tugend ist nichts als eine *ungewöhnliche
Höflichkeit* – Tugend ist un peu de pavillon joint à beaucoup de culasse[1];
mais le moyen de n'être que l'un ou que l'autre? – Sie ist, wie die 272
Schönheit, überall anders; die Köpfe sind hier spitz, dort breit; so ists
mit den Herzen, die darunter sind – Schönheit und Tugend zanken und
lieben sich wie ein Paar Schwestern, und doch geben sie einander ihren
Putz (bezog sich) – Man denkt nie so gern an die Tugend, als wenn
man die Rosenmädchen in Salency sieht – Sie wird auch an andern
Orten *gekrönt* (bezog sich wieder) u.s.w.«

Kurz jeder Ton und Blick erwies nicht, sondern setzte es schon voraus,
daß Tugend nichts wäre – als der Ökonomus des Magens, die Konvik-
toristin der Sinne, die Offiziantin und Tochter des Körpers. Der Liebe
gings wie der Tugend. »Die Julie des Jean Jaques« (sagte einer) »ist wie
tausend Julien oder wie Jean Jaques selber: sie beginnt mit Schwärmen,
endigt mit Beten – aber das Fallen ist zwischen beiden.«

Niemand, als wer einmal in Gustavs Lage war, wer einmal das verhee-
rende Bestürmen seiner tiefsten Überzeugung von der Möglichkeit und
Göttlichkeit der Tugend in einem Kreise witziger und entscheidender
Leute von Stande erlitt; wen unter solchen Erschütterungen, deren jede
ein Riß in die Seele ist, sein eignes Unvermögen kränkte, solche Tugend-
und Heiligen-Stürmer zu beschämen, geschweige zu bekehren; wen
unter diesen *Herodes*-Beschimpfungen seiner *Heilandin* nicht einmal

---

1 Bekanntlich heißet an einer Doublette der in der Fassung versteckte Kiesel
   oder Bergkristall culasse, und der darauf blühende Demant pavillon.

der Stolz aufrichtete, der zwar gern mit uns auf unserm besondern Zimmer isset, aber an der table d'hôte aus unserem Innern eilt – – bloß also wer in solchen Lagen keuchte, kann sich Gustavs Alpdrücken in der seinigen denken.

Selbst Beatens Angesicht, das die Partei der Tugend und der Liebe nahm, konnt' ihn nicht gegen jene persiflierenden Frostgesichter decken, aus denen, wie aus Gletscher-Spalten bei wechselnder Witterung, schneidende Winde bliesen und die das Herz *zerphilosophierten* und das Gefühl des eignen Werts zerrissen. In Gustavs Alter machen die Gustave zwei grundfalsche Schlüsse – sie suchen erstlich unter jeder tugendhaften Zunge ein tugendhaftes Herz, zweitens aber auch unter jeder schlimmen ein schlimmes.

Gustav würde wenig darnach gefragt haben, daß er nicht viel antworten, geschweige fragen konnte, wären ihm nicht zwei Ohren gegenüber gesessen, die etwas Bessers wert waren, als was sie zu hören bekamen. Er glitschte allemal neben der rechten Taste hinaus und griff Konsonanzen, wo Dissonanzen in der Partitur geschrieben standen, und umgekehrt. Bald erstaunte er über die fremden freimütigen Lizenzen, bald erstaunten seine Nachbarn über seine; und Witz wär' ihm leichter gewesen, als einen Ton zu treffen, der ihm bald zu kühn, bald zu feig vorkam. – Das wars aber nicht eigentlich: sondern sein wichtiger Fehler, der wie ein Fußblock seine Füße hielt, war,

daß er logisch richtig dachte. –

Den Fehler haben viele; und ich selber mußte mich viele Vormittage üben und mit der Seele voltigieren, eh' ich einigermaßen unzusammenhängend und hüpfend denken konnte nur wie ein halber Narr. Ich hätt' es am Ende doch zu nichts gebracht, wenn ich mich nicht zu Weibern in die Schule und auf die Schulbank gesetzet hätte. Diese denken weit weniger logisch, und wer bei ihnen den guten Ton nicht erlernt, aus dem ist nichts zu machen – als ein deutscher Metaphysiker. Antworten sie wohl jemals Ja oder Nein, statt dessen, was nicht zur Sache gehöret? Drücken sie sich über das Wichtigste bedachtsam und mit prozessualischen Weitläuftigkeiten aus oder über das Frivolste frivol? Hören und üben sie Persiflieren ungern, oder legen sie – Ballköniginnen und Gouvernanten der bureaux d'esprit freilich ausgenommen – wohl je den geringsten Akzent, *Accent* und Wert auf ihre Tisch-, Nachttisch-, Spiegel- und andre Reden? Oder legen sie einen auf Wahrheiten? Zum Glück nimmt diese Feinheit des Tons, die das Fakultätsiegel und der Handwerkgruß der Weiber ist, mit der Feinheit der Stoffe zu, die eine umhat. Ein paar kleine deutsche Städte, etwa Unterscheerau u.a., müssen sich mir nicht entgegenwerfen, wo freilich die dasigen Weiber, die sich lieber Damen nennen hören, mit nichts Laute von sich geben als mit dem artikulierten Fächer und Schlepprock, den Insekten gleich, deren Stimme nicht aus dem Munde, sondern aus dem schwirrenden Flugwerk und Bauchtrommelfell hervorsauset.

Viele muten mir zu, diese Ähnlichkeit des weiblichen und des Hoftons 274 gar hinaus zu beweisen: ich habe ja die Feder in der Hand und brauche bloß einzutunken. Ein Sopranist im guten Ton (ich werde des Wohlklangs wegen »Hof- und guter Ton« abwechselnd gebrauchen) wird stets den *Blitz* der Wahrheit durch Pointen so zuzuleiten und zu entkräften wissen, wie den *elektrischen* durch *Spitzen.* Der wirkliche Sopranist schneidet aus dem ewigen Zirkel der Wahrheit bunte Segmente und Bogen aus, die auf nichts hängen und ruhen, wie die farbigen herausgeschnittenen Fragmente des Regenbogens. Er ists, von dem man fordert, daß er wie Spiegelquecksilber alles, was vor ihm vorüberrennt, fremde Charaktere und eigne Meinungen, abfärbend abschatte und alles Äußere zeige und alles Innere berge. Wird es für einen Weltmann genug sein – es reiche immer für einen Gelehrten zu –, wenn er ein Feld ist, das satirische Dornen *umstecken,* und müssen diese nicht vielmehr statt des Raines alle Furchen *erfüllen* und mehr die *Frucht* als der *Zaun* des Ackers sein? Und wer anders als er und die Schwefelleber – die sich aber nur auf Metalle einschränkt – muß alle Heilige und alle Teufel *schwarz* zu präzipitieren wissen? – Allein Leute, die so hohe Forderungen zu machen wagen, bedenken nicht immer, daß nur ein Latitudinarier und Indifferentist aller Wahrheiten sie befriedigen könne, d.h. ein Mann, der gänzlich sich über den Katheder-Eiländer erhebt, welcher vielleicht jahrelang die nämlichen Meinungen und Hosen behält. Nichts verengert den Tanzplatz des Witzes so sehr, als wenn eigne Meinungen und Wahrheitliebe darin als feste dicke Säulen stehen. – –

Dieses sind eben die Mittel, wodurch Weltleute sowohl andre als sich selber im feinsten lächerlichen Lichte darzustellen wissen. Der Hofmann kann allerdings den deutschen Komödienstellern vorwerfen, daß sie das attische Salz und das feine Komische, das er stets an seiner Person zu haben weiß, unter ihren Schwielen-Händen meistens verfliegen lassen. Er, der Hofmann, macht sich stets auf eine feine, nie niedrige Weise lächerlich und würzet mit einem echten hohen Komischen, das seinem

hohen Stande anpaßt, seine Person leicht; aber er kann fragen: »Studieren
mich die deutschen Tröpfe, oder salzet Terenz, den sie studieren, seine

Charaktere so delikat wie ich meinen eigenen?« …

Ich denke, durch meine Verirrungen hab' ich den Umstand in meiner
Geschichte zureichend motiviert, daß Gustav am Ende, weil er niederlag
unter so schnell witzigen Damen und unter dem zu bescheidnen Gefühle
fremder Talente und etwa, weil von ihm die Residentin durch ihre Gesellschaft und Beata durch ihren Herrn Vater abgezogen wurde – sich
gar fortmachte. Aber draußen richtete sich unter dem kühlenden
Nachttau die hängende Blume erfrischt wieder auf; im stillen Lande
ging er vor dem viereckigen Schimmer, den die Wandleuchter ins Gras
herunter warfen, ohne Sehnen vorüber und drehte sich rund umher,
um alle Wände des weiten schwarzgemalten Ballhauses, wo das Schicksal
den Sonnen-Ball in große und den Erdball in kleine Kreise wirft, ins
Auge zu nehmen. Als er hier den großen *Schattenriß* des Tages, die
Nacht, wie den einer weggegangnen Freundin, kühlend und tröstend
an seinem Busen hatte: so dachte er, aber ohne Stolz: »O zu dir, große
Natur, will ich allzeit kommen, wenn ich mich unter den Menschen
betrübe; du bist meine älteste Freundin und meine treueste, und du
sollst mich trösten, bis ich aus deinen Armen vor deine Füße falle und
keinen Trost mehr brauche.« …

»Können Sie mich nicht berichten, wo hier der junge Herr von Fal-
kenberg logiert?« redete ein Nachtbote ihn an. Er überbrachte ihm einen
Brief, den er eilig im Fixsternlicht der fernen Wandleuchter durchlief.
Aber sie schienen heute lauter trübe Auftritte beleuchten zu sollen.
Amandus hatte ihm darin auf dem Deckbette seines Krankenlagers so
geschrieben:

Einunddreißigster oder XXIIII. Trinitatis-Sektor

Das Krankenlager – die Mondfinsternis – die Pyramide

»Wenn du wieder mein Freund geworden bist: so gehe zu deinem, der
bald sterben wird. Söhne dich aus mit mir, eh' ich in das ewig stille
Land ziehe, wie wir das letztemal taten, eh' wir in das irdische stille
Land hinausgingen. Ach unaussprechlich Geliebter! ich habe dich zwar

oft beleidigt, aber allezeit geliebt! O komm, lasse nicht den kurzen Atem meiner brechenden Brust, der auf dieser Erde aus lauter *unerfüllten* Seufzern bestand, mit dem letzten vergeblichen Seufzer nach dir versiegen. Du sahest mich das erste Mal, als meine Augen blind waren; sieh mich zum letzten Male, wenn sie es wieder werden!« –

Dieses Blatt riß ihn in dieser Stunde, wo ihm die Liebe eines Menschen so wohl tat, aus dem Schlosse fort, aber die Stellen des Herzens, an denen es ihn anfaßte, bluteten. Ein solcher Gang durch die Nacht beugt die Seele nieder, und seinen Freund sah er auf diesem kurzen Wege mehr als zehnmal sterben. Bei jedem Vogel, den sie aus dem Bette jagten, dacht' er: wie wirst du im Finstern dein Ästchen wiederfinden? – bei jedem zerfließenden Licht, das weit von ihm durch die Nacht wandelte, dacht' er: welchen Seufzern, welchen sauern Schritten wird es jetzt den langweiligen Steig beleuchten? und es war ihm, als säh' er das menschliche Leben gehen. Es machte ihn nicht fröhlicher, als er einige Sonnenwagen, von einem Sonnenhof aus Fackeln umlegt, die unnützen Gäste des Souper, das sie wie er verließen, so fliegend heimrollen sah, als führen sie einem sterbenden Freunde entgegen. Endlich wickelte sich die schlummernde Stadt aus den Schatten heraus; das Pharuslicht des Türmers und einige weit auseinander gesäete Lichter, die wahrscheinlich die lange Nacht eines Kranken trübe und ungeputzt abmaßen, fielen auf den Trauer-Grund seines Innern.

Leise pochte er am Krankenhause, leise wurde aufgemacht, leise stieg er hinauf; bloß die Uhr lärmte wie ein Trauergeläute ins stumme Trauerhaus, mit ihren zwölf Schlägen, die er da so oft gehört. – Ach im Bett litt eine Gestalt, der man alles verzeihen will und die man noch ein wenig zu lieben und zu erfreuen eilt, eh' sie sich nicht mehr regt. Nicht das schmutzige eingedorrte Krankengesicht, nicht die von Fiebern weggebeizte Lebensfarbe, nicht die Runzeln der Lippe waren es an Amandus (oder sind es an andern Kranken), was Gustavs Herz und Hoffnungen zerschnitt, sondern das schwer gedrehte, aufflackernde, wilde und doch ausgebrannte *verglasete* Krankenauge, in das alle Leiden der vorigen Nächte und die Nähe der letzten so leserlich geschrieben waren.

Amandus streckte ihm *seine* Totenhand weit heraus entgegen, als ob es möglich wäre, daß jemand anders als er sich noch an die *fremde* schwarze Färber- oder Totenhand erinnerte, die er ihm neulich gereicht. Für ihn war die Wiedervereinigung süßer als für Gustav, der hinter ihr die lange Trennung warten sah.

Der Morgen und die Freude hielten den Vorhang seines Lebens ein wenig im Niederfallen auf. Gustav trat als Krankenwärter an die Stelle der Krankenwärterin, erstlich weil diese alles so gut und mit so vielen Umständen und Randnoten zu machen wußte, daß sie noch in seine letzten Minuten Galle schüttete, zweitens weil es ja in der Stunde, wo die ganze Natur in Gesellschaft des Todes mit harten Griffen dem Menschen allen Putz und alle Kleidungstücke abzieht, die sie ihm geliehen, für die ohnmächtigen Freunde, die diese unerbittliche Hand nicht halten können, noch der einzige Trost ist, unter dem Entkleiden, Erfrieren und Einschlafen des Bekannten durch Lächeln, durch unbedingte Gefälligkeit gegen alle seine Launen, durch Erfüllung seines Eigensinns stille zu sein. – Auf solche Herz- und Liebedienste gegen arme Sterbende schauet man nach vielen Jahren mit mehr Zufriedenheit zurück als auf die gegen alle Gesunde auf einmal – und doch sind beide nur um ein paar Stunden verschieden; denn du steigest nicht oft in deinem Bette aus und ein, so bleibst du darin liegen ...

Lieber Tod! ich denke jetzt an mich. Wenn du einmal in meine Stube trittst: so erweise mir den Gefallen und schieße mich an meinem Secrétaire oder Schreibtische Knall und Fall tot; wirf mich, lieber Tod, nicht hinter die Vorhänge aufs Krankenbette und suche mit deinem Trennmesser langsam jede Ader, um sie vom Leben loszutrennen, so daß ich dir ganze lange Nächte ins zergliedernde Gesicht sehen muß oder daß unter deinem langen Seidenzupfen meines Seelenkleides alles herläuft und gesund zuschaut, der Rittmeister, der Pestilenziarius und meine gute Schwester. – Reitet dich aber der Henker, daß du keine Vernunft annimmst: so, lieber Tod – da *keine* Hölle ewig dauert – scher' ich mich auch nichts darum, um die letzte Schererei nach tausend Scherereien.

Der Doktor Fenk hatt' in seinem Gesicht nicht die Ängstlichkeit vor einem kommenden Verlust, sondern das Trauern über einen dagewesenen; er hielt seinen Sohn für ein zerschlagenes Porzellan-Gefäß, dessen Scherben man noch in der alten Zusammensetzung auf den Putzschrank stellt und das von dessen kleinster Erschütterung auseinanderfällt. Er verbot ihm daher nichts mehr. Er nahm sogar einige männliche Patienten an, »weil er zu Hause einen hätte und sich den Gedanken an ihn weg-kurieren wollte«. Der Kranke selber hörte schon den Abendwind seines Lebens wehen. Vor einigen Wochen glaubte er zwar noch, im Frühlinge könnt' er den Scheerauer Gesundbrunnen in Lilienbad trinken, und dann würd' es schon anders mit ihm werden. (Armer Kranker! es ist eher anders mit dir geworden.) Allein ein gewisses Fieberbild, das er nicht entdeckte, sprach ihm sein krankes Leben ab; und sein Aberglaube an diesen Traum war so fest, daß er seitdem seine Blumenstöcke nicht mehr begoß, seine Vögel weggab und alle Wünsche auslöschte, bloß den Wunsch nach Gustav nicht.

Es war am andern Tage gerade Markttag. Dieses Getöse hatte für seine der Todesstille geweihten Ohren zu viel Leben; und Gustav mußte sich an sein Bette setzen, damit er unter dem Sprechen und Hören nicht auf den Markt hinunterhorchte. Gustav erschrak, als er endlich lebhaft fragte: »ob er Beaten noch liebe.« Er wich dem Ja aus; aber Amandus raffte das wenige Leben, das noch in seinen Nerven wärmte, zusammen und sagte, wiewohl in langen Pausen zwischen jedem Satze: »Ach, nimm ihr dein Herz nicht – o! wenn du sie kenntest wie ich – ich war oft bei ihrem Vater – ich sah, wie sie mit stummer Geduld seine Hitze trug – wie sie die Fehler ihrer Mutter auf sich nahm – voll Güte, voll Sanftmut, voll Demut, voll Verstand – so ist sie – ach ohne ihr Bild wär' in meinem Leben wenig Freude gewesen – gib mir die Hand, daß du sie mehr liebest wie mich.« Er nahm sie selber; aber den Freund schmerzte das Nehmen.

Plötzlich drängte sich in seine eingesunkenen Wangen-Adern vielleicht die letzte Schamröte, die oft wie Morgenröte vor einer guten Tat voreilt: er verlangte seinen Vater her. An diesen tat er mit so viel Feuer, mit so viel Sehnsucht in Aug' und Lippe die Bitte, – – Beaten herzuholen, 279 die ja einem Sterbenden nicht die letzte Bitte versagen könne, daß sein Vater es auch nicht konnte; sondern versprach (trotz dem Gefühle der Unschicklichkeit), zu ihrer Mutter zu fahren und durch diese jene herzubereden und beide zu bringen. – Fenk wußte, daß in seiner ganzen Krankheit kein Abschlagen etwas verfing – daß er, wenn er ihn am letzten vergeblichen Wunsche gestorben sähe, den Gedanken nicht tragen könne, dem Leichnam die Todesminuten, die er noch ausschlürfte, verbittert zu haben – und daß Mutter und Tochter zu gut wären, um nicht gegen seinen Sohn zu handeln wie er: kurz er fuhr.

Als der Vater hinaus war, sah der Kranke unsern und seinen Freund mit einem solchen Strom von lächelnd versprechender Liebe an, daß Gustav von der treuen müden Seele, deren Scheiden so nahe war, den längsten Abschied dieses Lebens nehmen wollte: »Meine Lippen«, dacht' er, »sollen nur noch einmal gedrückt auf seinen liegen und meine Brust

auf seiner – nur noch einmal will ich den warmen Leichnam umschließen, da noch eine Seele darin mein Umfassen fühlt – nur noch einmal
will ich seinem wegziehenden Geiste, da ich ihn noch erreiche, nachru-
fen, wie ich ihn geliebt habe und lieben werde.« Unter diesen Wünschen
heiligte das schönste Weihwasser des Menschen sein Auge. Aber er
unterließ dennoch alles, weil er besorgte, unter diesem Sturm des letzten
Liebens ließen die gerissenen Bande des Körpers die bewegte Seele los
und an seinem Munde stürbe der Schwache …

Diese Zärtlichkeit, die sich selbst aufopfert und nicht aus der Nonnen-
zelle des Herzens tritt, gefällt mir mehr als ein belletristischer und
theatralischer Final-Orkan, wo man empfindet, um es zu weisen, um
eine Tränen- und Dinten-Fistel zu haben wie andre, um von seinen
Empfindungen, wie vom Schnupftuch, womit man sie trocknet, einen
Zipfel aus der Tasche herauszuhenken.

Der Doktor, von dem man in Maußenbach noch kein betrübtes Gesicht gesehen, gewann schon durch seine überflorte Heiterkeit seine
traurige Bitte. Mein Gerichtherr, der sein angebornes Mitleid allezeit
gewaltsam dämmte, weil es gleich einem Papagei sein Geld wegtrug,
überließ alles dem fremden wohltätigen Tränenstrom hier desto williger,
weil er ihm nichts davonführte als – auf eine Stunde Frau und Tochter.
Der schlimmere Mensch hat eine größere Freude über eine sich abge-
rungene gute Tat als der bessere. Röper schrieb selber an die Tochter
seinen Befehl, mitzufahren, und brachte die besten Gründe dafür aus
der natürlichen und der theologischen Moral kurz bei. Aber der beste
Grund, welchen der Doktor Beaten ins neue Schloß mitbrachte, war
ihre Mutter: ohne sie hätte sie ihre scheuen, politischen und weiblichen
Besorgnisse schwerlich überwältigt.

Sie kamen unter Gebeten in dem Sterbezimmer an, dieser Sakristei
eines unbekannten Tempels, der nicht auf dieser Erde steht. Ich fahre
fort, obgleich hier so manches meinem Herzen und meiner Sprache zu
groß wird … Als der Kranke die Geliebte seines sterbenden Herzens
sah: so schimmerten seine untergegangnen Jugendtage mit ihren goldnen
Hoffnungen tief unter dem Horizont hinauf wie das Abendrot der Juni-
ussonne gegen Mitternacht, er drückte dem schönen Leben noch einmal
die Hand, vom Hauch der letzten Freude glimmten noch einmal seine
blassen Wangen an, und der Engel der Freude ließ ihn am Seile der
Liebe langsam ins Grab hinab. – Ein Sterbender sieht die Menschen
und ihr Tun schon in einer tiefen Entfernung verkleinert; ihm sind

unsre kleinen Höflichkeitregeln wenig mehr – alles ist ihm ja nichts mehr. Er bat, ihn mit Gustav und Beata allein zu lassen; seine Seele hielt noch den sich niederbeugenden Körper; mit einer abgebrochnen, aber genesenen Stimme redete er das bebende Mädchen an: »Beata, ich werde sterben, vielleicht heute Nacht – in meinen schönern Tagen hab' ich dich geliebt, du hast es nicht gewußt – ich gehe mit meiner Liebe in die Ewigkeit – O Gute! reiche mir deine Hand« (sie tats) »und weine nicht, sondern spreche, ich habe dich so lange nicht gesehen und nicht gehört – Aber weinet ihr beide nur; euere Tränen machen mich nicht mehr weich, in meine heißen Augen kamen, solang ich liege, keine – o weinet sehr bei mir: wenn man träumt, man wein' auf einen Toten, so bedeutet es Gewinn. – – Ja, ihr zwei schönen Seelen, ihr findet niemand, der euch gleichen, der euere Liebe verdienen kann, ihr seid allein – O Beata, auch Gustav liebet dich und sagt es nicht – Wenn du dein schönes Herz noch hast, so gib es ihm, auf der ganzen Erde verdient nur ers, gib es ihm – du machest ihn und mich glücklich, aber gib mir kein Zeichen, wenn du ihn nicht lieben kannst.« Jetzt ergriff er noch die Hand Gustavs, dessen Gefühle gegeneinander wehende Stürme waren, und sagte mit aufgerichteten Augen der beglückenden Tugend: »Du unendliches gütiges Wesen! das mich zu sich nimmt, schenke diesen zwei Herzen alle schöne Tage, die mir vielleicht hier beschieden waren – ja nimm sie aus meinem künftigen Leben, wenn ich etwa in diesem keine mehr zu erwarten hatte.« Hier zog der fallende Körper die fliegende Seele zurück; ein Tropfen in seinem Auge verkündigte die schwere Erinnerung an seine zertrümmerten Tage; drei Herzen bewegten sich heftig; drei Zungen erstarrten; diese Minute war zu erhaben für den Gedanken der *Liebe* – bloß die Gefühle der *Freundschaft* und der andern Welt waren groß genug für die große Minute …

Ich bin jetzt nicht imstande, von den Folgen der letzten und von jemand anders zu reden als vom Sterbenden. Seine zurückgespannten Nerven bebten in einem entkräftenden Schlummer fort. Die erschöpfte, betäubte Beata ging mit ihrer Mutter ab. Gustav sah nichts mehr, kaum jene. Der Vater hatte keinen Trost und keinen Tröster.

Der Fieberschlummer währte fort bis nach Mitternacht. Eine totale Mondfinsternis hob den Himmel und zog das erschrockne Auge des Menschen empor. Gustav sah, bewegt und gequält, naß zu dem weltenhohen Erdschatten hinauf, der am Monde wie an einem Silhouettenbrette lag. Er verließ die Erde, sie wurd' ihm selber ein Schatten: »Ach!« dacht' er, »in dieser hohen fliegenden Schatten-Pyramide werden jetzt tausend rote Augen, wunde Hände und trostlose Herzen stehen und werden eingegraben, damit der Tote noch finstrer liege als der Lebendige. – Aber rückt denn nicht dieser Schatten-Polyphem (mit *einem* Mondauge) täglich um diese Erde herum, und wir bemerken ihn nur dann, wenn er sich auf unserem Mond anlegt ... Und so denken wir, der Tod komme nicht eher auf die Erde, als bis er *unsern* Garten abmähet ... und doch ist nicht ein Jahrhundert, sondern jede Sekunde seine Sense.«

282 ... Auf diese Art betrübte und tröstete er sich unter dem beflorten Mond – Amandus wachte ängstlich auf; beide waren allein; der Mond ruhte mit seinem Schimmer auf seinem kranken Auge; »Wer hat denn den Mond zerschnitten«, (sagt' er sterbheiß), »er ist tot bis auf ein Schnitzchen.« Auf einmal wurden die Stubendecke und die entgegengesetzten Häuser flammend rot, weil die Leichenfackeln mit einem Edelmann, der auf sein Erbbegräbnis gefahren wurde, durch die stumme Gasse zogen. »Es brennt, es brennt«, rief der Sterbende und suchte aus dem Bette zu eilen. Gustav wollt' ihm verbergen, wie ähnlich ihm der sei, der unten zum letzten Male über die Gasse ging; aber Amandus, ängstlich als wenn ihn der Tod erdrückte, wankte über das halbe Zimmer in Gustavs Arme ... eh' er die Leiche sah, legte ihn ein Nervenschlag *tot* in diese Arme ...

Gustav trug, so kalt wie der Tote, den Eingeschlafnen aufs verlassene Lager – ohne Träne, ohne Laut, ohne Gedanken setzte er sich ins verhüllte Mondlicht und ins herflimmernde Leichenlicht – der starre Freund ohne Bewegung lag ihm gegenüber – Amandus war eher als die Mondkugel aus dem *Erdschatten* geflogen – Gustav sah nicht auf den Toten, sondern auf den Mond (in der dichtesten Trauerstunde sieht man vom Gegenstande weg auf den kleinsten hin): »Streife nur hin«, dacht' er, »Schatten der Kugel aus Staub, du liegst noch über mir ... aber *ihn* erreicht deine Spitze nicht ... alle Sonnen liegen nackt vor ihm ... o Eitelkeit, o Dunst, o Schatten, wo ich noch bin.« ... Plötzlich schlug die Flötenuhr ein Uhr und spielte ein Morgenlied des ewigen Morgens, so aufrichtend, so herübertönend aus Auen über dem Mond, so schmerzenstillend, daß die Tränen, unter denen sein Herz ertrank, den Schmerzendamm umbrachen und sanftern, weniger tödlichen Empfindungen ein Bette ließen ... Es war ihm, als läge sein Körper auch ausgeleert neben dem kalten und seine Seele flöge auf der breiten, durch alle Sonnen gehenden Lichtstraße der vorausgeeilten nach ... er sah sie vorausziehen … er sah durch den Dunst der paar Jahre, die zwischen ihr und ihm selber lagen, deutlich hindurch …

Und mit seiner Seele im Gesicht trat er aus dem Totenzimmer in das Zimmer des Vaters und sagte mit irdischer Wehmut im Auge und himmlischer Heiterkeit im Angesicht: »Unser Freund hat unter der Mondfinsternis ausgekämpft und ist dort.« 283

– Ach sein Leben in seinem wurmstichigen Körper war ja eine wahre totale Mondfinsternis; sein Austritt aus dem Leben war der Austritt aus dem Erdschatten und sein Verweilen im Schatten nur kurz.

Gustav war durch kein Zureden im Trauerhause zu erhalten. Wenn dem Herzen der Körper zu enge ist: so wird es ihm auch die Stube. Er ging nach Marienhof. Unter dem blauen Gewölbe, an dem kristallisierte Sonnentropfen hängen, und unter dem kämpfenden Monde, der wie er von seiner *Beschattung rot* glühte, begegneten ihm Gedanken, die über die menschlichen Farben erhaben sind so wie über die Erde. Wer in solchen Stunden nicht die Kahlheit dieses Lebens und das Bedürfnis eines zweiten so lebendig fühlt, daß das Bedürfnis feste Hoffnung wird: mit diesem streite keiner über das Höchste unsers tiefen Lebens.

Unter dem Getümmel des Sterbetages, der ihn sonst in eine ganz dunkle Einsamkeit fortgetrieben hätte, ging er doch nach Marienhof; der Verstorbene hatte ihn gebeten, es zu machen, daß er sein Winterlager für seine Gebeine auf dem Eremitenberg bekäme, den er so oft bestiegen hatte und dessen Erscheinungen uns bekannt sind. Gustav hofft' es leicht von der Residentin auszuwirken, da sie ohnehin selten und nur gewisse Partien des stillen Landes betrat. Oefel sagte aber – am Morgen, wo er ihn bei seiner Bitte zu Rat zog, – gerade umgekehrt, wenn ihr um den Park und dessen bauliche Würden zu tun wäre: so müßte sie da etwas recht gern begraben lassen, weil es den besten englischen Gärten an Toten und wahren Mausoleen so sehr fehlte, daß sie bloß nachgemachte Vexier-Mausoleen hätten. Oefel erbot sich, einige Verzierungen in einem Geschmacke, daß sie der Hof goutierte, für das Grabmal zu entwerfen. Gustav war bloß heute zu weich, ihn heute zum ersten Male zu verachten. Wie ganz anders hörte die Residentin seiner Bitte und gedrängten Stimme zu, ob er gleich kein Zeichen seines Schmerzes zu geben arbeitete! Wie teilnehmend – mit einer Miene, als legte sie leise eine Rose in des Toten Hand – schenkte sie dem letzten das Stückchen Erde zum Ankerplatz! Wie schön begleiteten ihre vollen Augen dieses Geschenk mit dem Geschenk aus ihrem weichen Herzen! 284

Und als der fremde Kummer seinem eignen den Sieg wiedergab: mit welchem schönen Trost – nie ist die weibliche Stimme schöner als im Trösten – bestritt sie ihn! – Er fühlte hier den Unterschied zwischen Freundschaft und Liebe lebendig; und er gab ihr die *erste* ganz. Er war froh, den Gegenstand der *letzten* nicht da zu finden, weil er die Verlegenheit der ersten Blicke scheuete. Beata lag krank.

Er sperrte sich ein; er machte seine Brust jenem Schmerze auf, der nicht wohltätige blutende Wunden in sie schneidet, sondern ihr dumpfe Schläge gibt, jenem nämlich, der in dem Zwischenraum zwischen dem Todes- und dem Begräbnistage bei uns ist. Der letzte war am Sonntage, wo ich meinen Sektor betrübt bloß mit Ottomars Briefe ausfüllte und wo ich so traurig schloß. Ich tats gerade in der Stunde, wo der Entschlafne aus dem kleinen Sterbebette ins große Bette aller Menschen getragen wurde, wie die Mutter die auf Bänken entschlummerten Kinder in die größere Ruhestätte legt. Sonntags floh Gustav aus dem Schlosse, wo die lärmenden Staatswägen und Bedienten gleichsam über sein Herz gingen, mit eingehüllten Sinnen hinaus. Er fühlte zum ersten Male, daß er auf der Erde nicht einheimisch sei, das Sonnenlicht schien ihm das in unsere Nacht gewebte Dämmerlicht eines größern Monds zu sein. Ob er gleich jetzo seinem weggerückten Freunde sich auf dieser Erde weder nähern noch entziehen konnte: so sagte sein Schmerz doch, es würde ihm, wenn er auch nicht den Leichnam, nicht den Sarg, sondern nur das Grabes-Beet umfaßte, das auf diesen Samen einer schönern Erde drückte, es würde ihm Tröstung werden; und er stellte sich daher auf einen entfernten Hügel, um zu sehen, ob noch Leute auf dem Eremitenberge wären.

Sein Auge begegnete gerade dem größten Jammer, den es an diesem Abend für ihn hienieden gab: der durch den Abend hindurch blinkende weiße Sarg wurde herausgehoben – eine entzweifallende Rose, eine durchlöcherte Puppe, ein sich ausspannender Schmetterling, der jene als Würmchen zernagt hatte, waren auf die Sargpuppe gemalet und kamen mit ihren beiden Urbildern unter die Erde – der kinderlose Vater stützte sich mit Hand und Kopf an die Pyramide und hörte hinter seinen verhüllten Augen jede Erdscholle wie den Flug eines niederbohrenden Pfeiles – der kalte Nachtwind kam vom Totenberg zu Gustav herüber – Zugvögel eilten wie schwarze Punkte über sein Haupt davon, und der Naturtrieb, nicht die Länderkunde führte sie durch *kalte Wolken* und *Nächte* zu einer wärmern Sonne – der Mond arbeitete sich aus einem

Blutmeere von Dünsten ohne Strahlen herauf – endlich verließen die Lebendigen den Berg und den Toten – bloß Gustav blieb auf dem andern Hügel bei ihm, die Nacht ruhte schwer hingestreckt um beide ... Genug!

Schenkt mir diese Totengräberszene! Ihr wisset nicht, welche herbst-liche Erinnerungen dabei mein Blut so leichen-langsam machen wie meine Feder: ach in diese Geschichte schreib' ich ohnehin ein Blatt, ein Trauerblatt, dessen breiter schwarzer Rand kaum den Zügen und Klagen mit Tränen eine weiße enge Stelle lässet – ich schenk' euch diese Szene auch; denn ich weiß auch nicht, Leser mit dem schönern Herzen, wen ihr schon verloren habt, ich weiß nicht, welche liebe dahingegangne Gestalt, deren Grab schon so eingesunken ist als sie selber, ich gleich einem Traume wieder auf ihrer Grabplatte in die Höhe richte und eueren tränenden Augen von neuem zeige, und an wie viel Tote ein einziges Grab erinnere!

Verschwundner Amandus! in dem großen breiten Heer, welches das Leben dem feindlichen Tod von Jahrhundert zu Jahrhundert entgegen-schickt, gingest du wenige Schritte mit, er verwundete dich oft und bald; deine Kriegkameraden legten Erde auf deine großen Wunden und auf dein Angesicht – sie kämpfen fort, sie werden dich von Jahr zu Jahr unter ihrem Kriege mehr vergessen – in ihre Augen werden Tränen kommen, aber um dich keine mehr, sondern um Tote, die erst begraben werden – und wenn deine Lilien-Mumie sich auseinander gebröckelt hat, so denkt man nicht mehr an dich; bloß der Traum lieset noch deine in den Erdball gemengte Pastell-Gestalt zusammen und schmücket mit ihr im graugewordnen Kopfe deines Gustavs seine hinter dem Leben ruhenden Jugend-Auen, die wie der Venusstern am Himmel des Leben-Morgens der *Morgenstern* und am Himmel des Leben-Abends der *Abendstern* sind und flimmern und zittern und die Sonne ersetzen ... Ich mag nicht zu deiner Seelen-Scheide, zum Leichnam, sagen: Amandus! liege sanft. Du lagst in ihr nicht sanft; o noch jetzo dauert mich dein unsterbliches Ich, daß es mehr in seinem knappen Nervengebäude als im weiten Weltgebäude leben mußte, daß es den edeln Blick nicht zu Sonnenkugeln aufheben, sondern auf seine quälenden Blutkügelchen einkrümmen und für die große Harmonie des Makrokosmus seltner Wallungen fühlen als für die Mißlaute seines Mikrokosmus! – Die Kette der Notwendigkeit schnitt tief in dich ein, nicht bloß ihr *Zug,* auch ihr *Druck* führte dich Narben zu ... So jämmerlich ist der Lebendige! Wie können von ihm die Toten ein Andenken verlangen, da er schon, indem er darüber redet, ermattet ...

Als nun Gustav zu Hause war, setzte er einen Brief an den Doktor auf; der ringende Kummer, worin dieser sich an die Pyramide gelehnt und gehalten hatte, bewegte ihn unaussprechlich; und er fiel im Briefe ihm an diese zersplitterte wunde Brust und mehrte ihre Schmerzen durch seinen Liebedruck, indem er ihn bat, ihn zum Sohne anzunehmen und sein väterlicher Freund zu werden.

Mit der hohen Flut der Traurigkeit entschuldige man es, daß Gustav, der bisher immer die Paroxysmen seiner Empfindungen zum Besten des andern versteckte, sie hier auf Kosten eines andern hervorbrechen ließ. Sein Schmerz ging so weit, daß er vom Vater den Alltagrock und Hut des Seligen statt seines Kniestückes begehrte; er fühlte wie ich, daß Alltagkleider die besten Schattenrisse, Gipsabgüsse und Pasten eines Menschen sind, den man lieb gehabt und der aus ihnen und dem Körper heraus ist. – Die Antwort des Doktors lautet so:

»Ich habe mich oft an die Polster meines medizinischen Wagens gelehnt und mir vorgestellt und vorgenommen, wenn ich einmal graue Augenbrauen und Kopfhaare oder gar keine mehr habe – wenn mir alle Jahrzeiten immer kürzer und alle Nächte darin immer länger vorkommen, welches vor der Annäherung der längsten vorausgeht – wenn ich dann in den ersten Frühlingtagen ins stille Land hinausgehe, um meinen kalten interpolierten Körper zu sonnen – wenn ich dann außen die klebenden treibenden Knospen sehe, unter denen ein ganzer Sommer steckt, und in mir innen das ewige Abblättern und Umbeugen, das kein Erdenfrühling heilt – wenn ich mich dann doch an meine eigne Jugend erinnere, an meine Spazier-Gallopaden um Scheerau, an die in Pavia und an die Leute, die mit mir gingen – wenn ich mich dann natürlicherweise nach denen umsehe, die mir vom gefallnen Tempel meiner Jugend noch als hohe Ruinen stehen geblieben – und wenn mich dann, weil ich mich umdrehe, um zu schauen, ob keiner aus Wäldern, über Wiesen, von Bergen an einem so schönen Tage zu mir gegangen kommt, der Gedanke wie Herzklopfen anfällt, daß nach allen vier Welt-Ecken, wohin ich mich gedrehet, Gottesäcker und Kirchen liegen, in denen die, die mich jetzo trösten und begleiten sollen, unter der undurchsichtigen Erdrinde und ihrem Blumenwerk mit geraden Armen versteckt und gefangen liegen, und daß bloß ich allein außen geblieben und den Herbst in meiner Brust hier im Frühling herumtrage: so werd' ich gar nicht ins stille Land gehen, sondern einsam nach Hause gehen und mich einschließen und meinen Kopf auf den Arm mit den Augen legen und wünschen, daß mir das Herz breche, so gut wie meinen Bekannten; ich werde sagen, ich wollt', es wäre vorbei. Dann, geliebter Sohn, geliebter Freund (der du als der Jüngste meiner Freunde mich schon überleben wirst), wird deine Gestalt vor meine satten müden Augen treten, dann werde ich sie auswischen und mich an alles erinnern, und deine Hand wird mich doch ins stille Land hinausführen, ich werde den Frühling der Erde so lange genießen, als ich ihn besehen kann, und ich werde dir mit drückender Hand ins Gesicht sagen: es tut mir heute recht wohl, daß ich dich vor vielen Jahren zum Sohne angenommen ...

Morgen will ich kommen, um meinen Freund zu einer Reise auf die nächsten Tage mitzunehmen, damit wir den vergangnen aus dem Wege gehen.« – Am andern Morgen geschahs.

Zweiunddreißigster oder 16. November-Sektor

Schwindsucht – Leichenrede in der Kirche des stillen Landes – Ottomar

Es wäre mir vielleicht auch besser, ich suchte beiden weniger mit der Feder nachzukommen als zu Fuß. Die Lesewelt kann jetzt an meinen Sachen kosten und naschen, indes ich der Ostermesse entgegenhuste, weil ich mir an jenen Sachen und am Schreibtisch, woran ich mich niederkrümme, eine hübsche vollständige Hektik in die zwei Lungenflügel geschrieben. Das sämtliche Publikum sagt nicht »hab Dank« zu mir, daß ich mich um meinen gesunden Atem und um meine sedes gedacht und empfunden: es ist fast alles an mir *zu,* und es kann wegen der doppelten *Sperrordnung* nach entgegengesetzten Richtungen wenig durch mich *passieren.* Ich wandele daher hinter den Pflugscharen aller Auenthaler, um den Broden der Furchen – wie die besten britischen Hektiker tun[1] – einzuziehen als Mittel gegen meine Luftsperre und andere *Sperre.*

1   Die drei Kuren, die ich oben im Texte gegen meine Lungensucht gebrauche, hab' ich von drei Völkern: das Nachspazieren in frisch gepflügten Furchen raten die Engländer – das Stärken durch eine Hunde-Schlafgenos-

Gleichwohl würde mich das einfältige Publikum, in dessen Dienst ich mich so elend gemacht, auslachen, wenn es mich den Pflug-Ochsen wie eine Krähe nachschreiten sähe. Ist das Rechtschaffenheit? – Muß ich nicht ohnehin alle Nacht zwischen den Armen von zwei Pudeln schlafen, die ich mit meiner Lungensucht anstecken will, wie ein Ehemann von Stande? Bin ich aber dann, wenn ich die zwei Beischläfer durch Nacht- und Morgengabe mit meinem Übel dotiert habe, des Malums selber los, oder sagt nicht vielmehr Herr Nadan de la Richebaudière, neue Hunde müßt' ich kaufen und infizieren, weil eine halbe Hunde-Menagerie zum Auslader eines einzigen Menschen nötig ist? So kann ich mein Honorar bloß in Hunden vertun. Ich will den Schaden sogar verschmerzen, den meine Rechtschaffenheit dabei leidet, weil ich mich gegen die armen einsaugenden Hunde, deren Lungenflügel ich lähmen und beschneiden will, so freundlich wie Große gegen die Opfer ihrer Rettung stellen muß.

289

Inzwischen ist doch das noch das verdrüßlichste Skandal, daß ich gegenwärtig im – Viehstall schreibe; denn dieser soll auch (nach neuern schwedischen Büchern) eine Apotheke und einen Seehafen gegen kurzen Atem abgeben. Meiner wollte sich indes noch nicht verlängern, ob ich gleich schon drei Trinitatis hier sitze und drei lange Sektores (gleichsam Josephs-Kinder) am Geburtorte viel dümmerer Wesen in die Welt setze. Man muß selber an einem solchen Orte der Hektik wegen im juristischen oder ästhetischen Fache (weil ich beides Belletrist und Rechtskonsulent bin) gearbeitet haben, um aus Erfahrung zu wissen: daß da oft die erträglichsten Einfälle viel stärkere *Stimmen* als die der literarischen und juristischen Richter gegen sich haben und dadurch zum Henker gehen.

Während Fenk und Gustav mehr Traurigkeit als Geld verreiseten, ob sie gleich nicht so lange ausblieben wie alle meine inrotulierten Akten: so ging auch Oefel weiter, nämlich in seinem romantischen Großsultan, und tockierte mit dem größten Vergnügen den Kummer seines Freundes hinein. Oefel dankte Gott für jedes Unglück, das in einen Vers ging, und er wünschte zum Flor der schönen Wissenschaften, Pest, Hungernot und andre Gräßlichkeiten wären öfter in der Natur, damit der Dichter nach diesen Modellen arbeiten und größere Illusion daraus erzielen könnte, wie schon den Malern, welche geköpfte Leute oder aufgesprengte Schiffe malen wollten, mit den Urbildern dazu beigesprungen wurde.

senschaft rät ein Franzos (de la Richebaudière) – das Atmen der Luft in Vieh-Ställen wird schwedischen Hektikern vorgeschrieben.

So aber mußt' er oft aus Mangel an Akademien selber seine sein und war einmal einen ganzen Tag genötigt, tugendhafte Regungen zu haben, weil dergleichen in seinem Werk zu schildern waren – ja oft mußt' er eines einzigen Kapitels wegen mehre Male ins B-- gehen, welches ihn verdroß.

Es geht andern Leuten auch so: der Gegenstand der Wissenschaft bleibt kein Gegenstand der Empfindung mehr. Die Injurien, bei denen der Mann von Ehre flutet und kocht, sind dem Juristen ein Beleg, eine Glosse, eine Illustration zu dem Pandekten-Titel von den Injurien. Der Hospital-Arzt repetiert am Bette des Kranken, über welchen die Fieber-flammen zusammenschlagen, ruhig die wenigen Abschnitte aus seiner Klinik, die herpassen. Der Offizier, der auf dem Schlachtfeld – dem Fleischhacker-Stock der Menschheit – über die zerbrochnen Menschen wegschreitet, denkt bloß an die Evolutionen und Viertel-Schwenkungen seiner Kadettenschule, die nötig waren, ganze Generationen in physiognomische Fragmente auszuschneiden. Der Bataillenmaler, der hinter ihm geht, denkt und sieht zwar auf die zerlegten Menschen und auf jede daliegende Wunde; aber er will alles für die Düsseldorfer Galerie nach-kopieren, und das reine Menschen-Gefühl dieses Jammers weckt er erst durch sein Schlachtstück bei andern und wohl auch bei – sich. – So zieht jede Erkenntnis eine Stein-Kruste über unser Herz, die philosophi-sche nicht allein. –

Beata opferte fast ihre Augen dem Anteil auf, den sie an niemand anderem (wie sie dachte) nahm als an dem Hingeschiednen. Ihre schweren Blicke waren oft nach dem Eremitenberg gerichtet; abends besuchte sie ihn selbst und brachte dem Schlafenden das Letzte, was die Freundschaft dann noch zu geben hat, im Übermaß. So dringen also die Griffe des Unglücks in weiche Herzen am tiefsten; so sind die Trä-nen, die der Mensch vergießet, desto größer und schneller, je weniger ihm die Erde geben kann und je höher er von ihr steht, wie *die* Wolke, die *höher* als andre von der Erde sich entfernt, die *größten* Tropfen wirft. Nichts richtete Beaten auf als die Verdopplung des Almosens, das sie gewissen Armen wöchentlich oder nach jeder Freude gab; und der einsame Umgang mit der Residentin, mit ihrer Laura und den beiden Gärtners-Kindern.

Die zwei Reisenden waren besser daran. Da der Doktor Fenk die Ärzte des Landes ex officio visitierte, welche Arzneien machten, nebst den Apothekern, die Repressalien gebrauchten und *Rezepte* machten:

so ärgerte er sich zum Glück so oft, daß er keine rechte Stunde hatte, sich zu betrüben; auf diese Weise brachten Landphysici, die immer auf dem Lande waren (es müßten denn gerade Seuchen grassieret haben), und Hebammen, die in der Nottaufe die Wiedergeburt junger Nichtchristen noch besser besorgen als deren Geburt, und welche Pharao hätte haben sollen, diese brachten den bekümmerten Pestilenziarius wieder etwas auf die Beine. Zorn ist ein so herrliches Abführmittel der Betrübnis, daß Gerichtpersonen, die bei Witwen und Waisen versiegeln und inventieren, diese nicht genug ärgern können; daher legier' ich künftig meinen Erben, die mein Tod zu sehr kränkt, nichts testamentarisch als das Mittel dagegen, Erbosung über den Seligen.

Beide kehrten endlich unter entgegengesetztem Herzklopfen wieder zurück, und ihr Weg führte sie vor Ruhestatt, dem Rittersitze Ottomars, und neben dem verwaiseten Tempel des Parks vorbei. Der Tempel war aber erleuchtet; es war weit in die Nacht; um den Tempel hing ein summender Bienenschwarm von Jagdkleidern, in denen der halbe Hof steckte. Fenk und Gustav drängten sich also durch immer größere Herren und Pferde hindurch, gingen wie Kometen vor einem Stern nach dem andern vorbei und in die Kirche hinein: darin waren ein oder zwei unerwartete Dinge – der Fürst und ein Toter; denn das hinten am Altar fechtende Ding war kein unerwartetes, sondern der Pastor. Gustav und Fenk hatten sich in den Beichtstuhl gestopft. Gustav konnte sein Auge kaum vom Fürsten reißen, der mit jenem edeln gleichgültigen Gesicht, das Leuten von Ton oder aus großen Städten und Leichenbittern selten mangelt, über den Toten wegstreifte – der Fürst hatte jenes Herz der Großen, das ein Petrefakt im guten Sinne und unter ihren *festen Teilen* der erste ist und das recht schön verrät, daß sie sich an die Unsterblichkeit der Seele halten und daß sie, wenn sie einen von den Ihrigen begraben lassen, nicht zu Hause sind.

Auf einmal legte sich der Doktor auf das Pult des Beichtstuhls nieder und bedeckte das Gesicht; er stand wieder auf und sah mit einem Auge, das er nicht abtrocknen konnte, nach dem aufgedeckten Leichnam hin und suchte vergeblich zu sehen. Gustav schauete auch hin, und die Gestalt war ihm bekannt, aber kein Name, um welchen er vergeblich den sprachlosen Doktor fragte – endlich nannte der Leichenredner den Namen. Ich brauch' es nicht erst in Doppelfraktur zu sagen, daß der Tote, auf dem jetzo so viele harte Augen und ein Paar trostlose ruhten, so aussah wie der Schauspieler *Reinecke,* dessen edle Bildung nun auch der schwere Grabstein auseinanderdrückt – ich hab' es nicht nötig, dem Pastor den Namen *Ottomar* nachzusprechen. Der arme Doktor schien seit einiger Zeit bestimmt zu sein, daß der Schmerz seine Nerven zu einem *Nerven-Präparat* herauslösete und sich daran übte. Sonderbar wars, daß Gustav nicht am gestorbenen, sondern bloß am traurenden Freunde Anteil nahm.

Der gute Medizinalrat knüllte das Gesangbuch, das unter seiner Hand lag, gewaltsam zusammen; er hörte nicht das Abreiten des Fürsten, der nur drei Minuten dagewesen, um sich den Totenschein zu holen, aber jedes Wort des Pastors vernahm er, um von der neuesten Krankheitgeschichte seines Freundes etwas zu erfahren; allein er erfuhr nichts als seine Todesart (hitziges Fieber). Endlich war alles vorbei, und er ging stumm und zwischen die Trauerkerzen hineinstarrend auf die Bahre zu, schob, ohne Blick und Laut, was ihn hindern konnte, weg mit der linken Hand und zuckte hin nach des Schläfers seiner mit der rechten. Als er endlich die Hand, welche Alpen und Jahre von seiner abgerissen hatten, wieder damit umschlossen hielt, ohne doch dem näher zu sein, nach dem er sich so lange gesehnet, und ohne die Freude des Wiederfindens: so war sein Schmerz noch dicht, dunkel und warf sich schwer über seine ganze Seele her, ohne eine Gestalt zu haben. – Aber als er in jener Hand zwei Warzen wiederfand, die er sonst bei ihrem Druck so oft gefühlet hatte: so nahm der Schmerz die Schleiergestalt der Vergangenheit an; Mailand ging mit den Blüten seiner Weinberge und mit den Gipfeln seiner Kastanien und mit den schönen Tagen unter beiden vorüber und sah traurig die zwei Menschen an, die nichts mehr hatten – Hier wär' er mit den zwei gießenden Augen auf die zwei ewig trocknen gefallen, wenn nicht der Leichenmarschall gesagt hätte: »Das tut man nicht gern, es ist nicht gut.« Bloß eine Locke gab ihm das Grab vom ganzen geraubten Freunde zurück, eine Locke, die für das Auge so wenig und für den fühlenden Finger so viel ist. Er schlichtete die Hand, die den letzten Brief so traurig geschlossen, sanft wieder über die unberührte und verließ seinen Ottomar auf lange.

Er hatte nicht bemerkt, daß des Verstorbnen Spitzhund und zwei *tonsurierte* fremde Menschen da waren, wovon der eine sechs Finger hatte. – Außer der Kirche auf dem Wege, dessen eine Richtung nach dem Ottomarschen Schloß und dessen andre um den Eremitenberg lief, sahen Gustav und Fenk einander mit einer stummen trostlosen Frage an – sie antworteten einander durch den Abschied. Der Doktor kehrte

293

um und setzte seine Reise fort – Gustav ging in den Park und dachte unten am Fuße des Eremitenberges dem Schicksale – nicht seines Freundes noch seinem eignen, sondern dem – aller Menschen nach …

Und wann schreib' ich dies? Heute, am 16. November, wo der Namentag des eingesargten Ottomars ist. –

Dreiunddreißigster oder XXV. Trinitatis-Sektor

Große Aloe-Blüten der Liebe: oder das Grab – der Traum – die Orgel nebst meinem Schlagfluß, Pelzstiefel und Eis-Liripipium

In Gustav rückten die höchsten Lichter aus des Freundes Bild langsam in das der Geliebten über. Jetzt trat erst ihr Gesicht, das am Totenbette ewige Strahlen in ihn geworfen hatte, aus dem Zypressen-Schatten vor. Die einsame Pyramide stand erhaben als Wach-Engel neben dem Begrabnen. Er trug sich hinauf, mit Schmerzen, aber mit sanftern; er hatte nun doch den unbeschreiblich süßen Trost, den Menschen in der Erde nie gekränkt, und ihm oft verziehen zu haben; er wünschte, Amandus hätte seine Verzeihung noch öfter veranlasset; sogar dies deckte seinen wunden Busen mit warmem Troste zu, daß er jetzt ihn so liebe, so betraure, ungesehen, unbelohnet.

Oben trat er noch in einige Leidens-Dornen, worüber man laut aufschreiet; aber bald flogen seine Augen sehnend auf der Licht-Brücke, die von einer Lampe aus Beatens Zimmer über den Garten zum Berg hinüberlief, gleich andern Phalänen ihren hellen Fenstern nach. Er sah nichts als bald das Licht, bald einen Kopf, der es verbauete; aber diesen Kopf schmückte er im seinigen schöner aus als irgendeine Frau den ihrigen. Er legte und lehnte sich, halb kniend und halb stehend, mit dem Blick gegen den langen Lichtstrom zugewandt, an das Postement der Pyramide an. Müdigkeit und schlaflose Nächte hatten seine Tränen-Drüsen mit jenen drückenden und doch reizenden Tränen gefüllt, die oft ohne Anlaß und so bitter und so süß kurz vor Krankheiten oder nach Ermattungen ausströmen. – Dieselben Ursachen breiteten zwischen ihn und die äußere Welt gleichsam einen dunkeln Nebeltag oder Heerrauch; seine innere Welt hingegen wurde aus einer *Federzeichnung* ohne seine Anstrengung ein gleißendes *Ölgemälde*, dann ein *musivisches*, endlich eines in *erhobner Arbeit* – Welten und Szenen bewegten sich vor ihm auf und ab – endlich schloß der *Traum* die ganze nächtliche Außenwelt mit seinen Augenlidern zu und machte hinter ihnen eine neu geschaffne paradiesische auf; gleich einem Toten lag sein schlummernder Körper neben einem Grabmal und sein Geist in einer über den ganzen Abgrund hinüberreichenden Himmel-Au. Ich werde den Traum und sein Ende sogleich erzählen, wenn ich dem Leser die Person gezeigt habe, die den Traum zugleich verlängerte und endigte.

Nämlich Beata – kam. Sie konnte weder seine Wiederkunft noch seine letzte Station wissen. Die Nähe des Ottomarschen Leichenbegängnisses, die Entfernung Gustavs, dessen Bild seit dem letzten Auftritt tief *in* und gleichsam *durch* ihr Herz gepresset war, und die Entfernung des Sommers, der sein buntes blühendes Gemälde täglich um einige Zoll wieder zusammenrollte, alles das hatte sich in Beatens Brust zu einem drückenden Seufzer gesammelt, den das laute Jagdschloß mit seinen Dunstkreisen einklemmte und mit dem sie reinere Ätherkreise suchte, um ihn an einem Grabe auszuhauchen und aus ihm den Stoff zu neuen einzuatmen. – Schwärmerisches Herz! du treibest mit deinen fieberhaften Schlägen freilich dein Blut zu reißend um und spülest mit deinen Güssen Ufer, Blumen und Leben fort; aber dein Fehler ist doch schöner, als wenn du mit phlegmatischem Getriebe aus dem stehenden Wasser des Blutes bloßen Fett-Schlamm anlegtest!

Die Nachtwandlerin fuhr zusammen, da sie den schönen Schläfer sah; sie hatte im ganzen Garten, den sie in diesen stillen Minuten durchstrichen hatte, niemand vermutet und gefunden. Er lag auf einem Knie sanft zusammengesunken; sein blasses Gesicht wurde von einem schönen Traum, vom aufgehenden Monde und von Beatens Auge angestrahlt. Ihr fiel nicht ein, daß er sich vielleicht nur schlafend stelle; sie zitterte also um einen halben Schritt näher, um erstlich gewiß zu sein, wers wäre, und um zweitens mit vollem Auge auf der Gestalt zu ruhen, vor der sie bisher nur vorüberstreichen durfte. Unter dem Anschauen wußte sie nicht recht, wann sie es eigentlich endigen sollte. Endlich wandte sie ihrem Paradiese den Rücken, nachdem sie noch einmal ganz an ihn getreten war; aber unter dem trägen Rückwärtsgehen fiel ihr (*ohne* Schrecken) ein: »Er wird doch nicht gar tot sein?« Sie kehrte also wieder um und behorchte seine wachsenden Atemzüge. Neben ihm lagen zwei spitze Steinchen, so groß wie mein Dintenfaß; sie bückte sich *zweimal neben* ihm nieder (sie wollt' es nicht auf einmal oder auch mit dem Fuße tun), um sie wegzunehmen, damit er nicht in ihre Spitzen hineinfiele …

Wahrhaftig ein Alphabet oder 23 Bogen sollt' ich mit diesem Auftritt vollzumachen haben; zum Glück geht er erst recht an, wenn er erwacht, und der Leser ist heute der glücklichste Mann …

Sie war nun schon wie ein Veteran vertrauter mit der Gefahr und war so gewiß, er würde nicht erwachen, daß sie aufhörte, es zu befürchten, und beinahe anfing, es zu wünschen. Denn es fiel ihr ein: »die Nachtluft könnt' ihm schädlich sein.« – Es fiel ihr ferner ein, wie beide Freunde so erhaben nebeneinander ruhten; und ihr blaues Auge befreite sich von einem Tautropfen, von welchem ich nicht weiß, ging er für das außer der Erde pochende oder für das in ihr stillstehende Herz herab. Endlich machte sie ernsthafte Anstalten abzugehen, um überhaupt in der Entfernung ihn durch ein Geräusch zu wecken und um ihren Rührungen ohne Furcht seines Erwachens nachzuhängen. Sie wollte bloß noch bei ihm vorbeigehen (denn $4^{1}/_{2}$ Schritte stand sie ab), weil sie auf der andern Seite des Berges hinunter *mußte* (sie hätte denn umkehren *wollen).* Sein Lächeln verkündigte immer größere Entzückungen, und sie war freilich begierig, wie es noch auf seinem Gesichte ablaufen würde, aber sie mußte den lächelnden Träumer verlassen. Da sie also zwei zögernde Schritte sich ihm genähert hatte, um sich mehre von ihm zu entfernen: so fing auf einmal die Orgel der einsamen Kirche von Ruhestatt, wo heute Ottomar begraben worden, mitten in der Nacht so ernst und klagend zu gehen an, als wenn der Tod sie spielte; und Gustavs Angesicht wurde plötzlich vom Widerschein eines innern Elysiums verklärt; und er richtete sich mit zugeschloßnen Augen auf, erhaschte schnell die Hand der erstarrenden Beata und sagte schlaftrunken zu ihr: »O nimm mich ganz, glückliche Seele, nun hab' ich dich, geliebte Beata, auch ich bin tot.«

Der Traum, der mit diesen Worten ausging, war der gewesen: Er sank in eine unabsehliche Aue nieder, die über schöne, aneinander gestellte Erden hinüberlief. Ein Regenbogen von Sonnen, die wie zu einer Perlenschnur aneinander gereihet waren, faßte die Erden ein und drehte sich um sie. Der Sonnenkreis sank untergehend dem Horizonte zu und auf dem Rande der großen runden Flur stand ein Brillanten-Gürtel von tausend roten Sonnen und tierliebende Himmel hatte tausend milde Augen aufgetan. – Haine und Alleen von Riesen-Blumen, die so hoch wie Bäume waren, durchzogen im durchsichtigen Zickzack die

Aue; die hochstämmige Rose bewarf diese mit einem goldroten Schatten, die Hyazinthe mit einem blauen, und die zusammenrinnenden Schatten von allen bereiften sie mit Silberfarbe. Ein magischer Abendschimmer wallete wie ein freudiges Erröten zwischen den Schattenufern und durch die Blumenstämme über die Flur, und Gustav fühlte, das sei der Abend der Ewigkeit und die Wonne der Ewigkeit. – Beglückte Seelen tauchten sich, weit von ihm und näher den weggleitenden Sonnen, in die zusammengehenden Abendstrahlen und ein gedämpftes Jauchzen stand verhallend wie eine Abendglocke über dem himmlischen Arkadien; – nur Gustav lag verlassen im Silberschatten der Blumen und sehnte sich unendlich, aber keine jauchzende Seele kam herüber. Endlich dufteten in der Luft zwei Leiber in eine dünne Abendwolke auseinander und das fallende Gewölk entblößte zwei Geister, Beata und Amandus – dieser wollte jene in Gustavs Arme führen, aber er konnte nicht in den Silberschatten hinein – Gustav wollte ihr in die ihrigen entgegenfallen, aber er konnte nicht aus dem Silberschatten hinaus. – »Ach, du bist nur noch nicht gestorben«, rief Amandus' Seele, »aber wenn die letzte Sonne 297 hinunter ist: so wird dein Silberschatten über alles fließen und deine Erde von dir flattern und du wirst an deine Freundin sinken« – eine Sonne um die andre zerging – Beata breitete ihre Arme hernieder – die letzte Sonne versank – ein Orgelton, der Welten und ihre Särge zerzittern konnte, klang wie ein fliegender Himmel herüber und lösete durch sein weites Beben die Faser-Hülle von ihm ab und über den ausgebreiteten Silberschatten wehte ein Entzücken und hob ihn empor und er nahm –– die wahre Hand von Beata und sagte, indem er wachte und träumte und nicht sah, die Worte zu ihr: »O nimm mich ganz, glückliche Seele, nun hab' ich dich, geliebte Beata, auch ich bin tot.« Ihre Hand hielt er so fest wie der Gute die Tugend. Ihr versuchtes Loswinden zog ihn endlich aus seinem Eden und Traum; seine glücklichen Augen gingen auf und vertauschten die Himmel; vor ihnen stand erhaben der weiße, vom Monde überschwemmte Grund und die Aue des Parks und die tausend zu Sternen verkleinerten Sonnen und die geliebte Seele, die er vor dem Untergange aller Sonnen nicht erreichen konnte. – Gustav mußte denken, der Traum sei aus seinem Schlafe ins Leben übergezogen und er habe nicht geschlafen; sein Geist konnte die großen steilen Ideen vor ihm nicht bewegen und nicht vereinigen. »In welcher Welt sind wir?« fragte er Beata, aber in einem erhabnen Tone, der beinahe die Frage beantwortete. Seine Hand war mit ihrer ziehenden fest verwachsen.

»Sie sind noch im Traume«, sagte sie sanft und bebend. Dieses *Sie* und die Stimme stieß auf einmal seinen Traum in den Hintergrund aus der Gegenwart zurück; aber der Traum hatte ihm die Gestalt, die an seiner Hand kämpfte, lieber und vertrauter gemacht und die geträumte Unterredung wirkte in ihm wie eine wahre und sein Geist war noch eine erhaben-fortbebende Saite, in die ein Engel seine Entzückung gerissen – und da jetzt drüben im öden Tempel die Orgel durch neues Ertönen die Szene über den irdischen Boden erhob, wo beide Seelen noch waren; da Beatens Stellung schwankte, ihre Lippe zitterte, ihr Auge brach: – so war ihm wieder, als würde der Traum wahr, als zögen die großen Töne ihn und sie aus der Erde weg ins Land der Umarmung hinauf, sein Wesen kam an alle seine Grenzen – »Beata«, sagt' er zu der schönen, an bekämpfenden Empfindungen dahinsterbenden Gestalt, »Beata, wir sterben jetzt – und wenn wir tot sind, so sag' ich dir meine Liebe und umarme dich – der Tote neben uns ist mir im Traum erschienen und hat mir wieder deine Hand gegeben.« … Sie suchte auf das Grab desselben aufzusinken – aber er hielt den fallenden Engel in seinen Armen auf – er ließ ihr entschlummertes Haupt unter seines fallen und unter ihrem stockenden Herzen glühten die Schläge des seinigen – es war eine erhabne Minute, als er, die Arme um eine schlummernde Seligkeit gelegt, einsam ansah die auf der Erde schlafende Nacht, einsam anhörte die allein redende Orgel, einsam wachte im Kreise des Schlafs …

Die erhabne Minute verging, die seligste fing an: Beata erhob ihr Haupt und zeigte Gustav und dem Himmel auf dem zurückgebognen Angesicht das irre überweinte Auge, die erschöpfte Seele, die verklärten Züge und alles, was die Liebe und die Tugend und die Schönheit in *einen* Himmel dieser Erde drängen können. – – Da kam der überirdische durch tausend Himmel auf die Erde fallende Augenblick hier unten an, der Augenblick, wo das menschliche Herz sich zur höchsten Liebe erhebt und für zwei Seelen und zwei Welten schlägt – der Augenblick vereinigte auf ewig die Lippen, auf denen alle Erdenworte erloschen, die Herzen, die mit der schweren Wonne kämpften, die verwandten Seelen, die wie zwei hohe Flammen ineinanderschlugen …

– Begehrt kein Landschaftstück der blühenden Welten von mir, über welche sie in jenem Augenblicke hinzogen, den kaum die Empfindung, geschweige die Sprache fasset. Ich könnte ebensogut einen Schattenriß, von der Sonne geben. – Nach jenem Augenblicke suchte Beata, deren Körper schon unter einer großen Träne wie ein Blümchen unter einem

Gewittertropfen umsank, sich aufs Grab zu setzen; sie bog ihn sanft mit der einen Hand von sich, indem sie ihm die andre ließ. Hier schloß er seine weite Seele auf und sagte ihr alles, seine Geschichte und seinen Traum und seine Kämpfe. Nie war ein Mensch aufrichtiger in der Stunde seines Glücks als er; nie war die Liebe blöder nach der Minute der Umarmung als hier. Bei Beaten schwamm, wie allemal, das Freudenöl dünn auf dem Tränenwasser; ein vor ihr stehendes Leiden sah sie mit trocknen festen Blicken an, aber kein erinnertes und keine vor ihr stehende Freude. Sie hatte jetzo kaum den Mut zu reden, kaum den Mut, sich zu erinnern, kaum den Mut, entzückt zu sein. Zu ihm hob sie das scheue Auge nur hinauf, wenn der Mond, der über eine durchbrochne Treppe von Wolken stieg, hinter einem weißen Wölkchen verschattet stand. Aber als eine dickere Wolke den Mond-Torso begrub: so endigten beide den schönsten Tag ihres Lebens, und unter ihrer Trennung fühlten sie, daß es für sie keine andre gebe. –

Im einsamen Zimmer konnte Beata nicht denken, nicht empfinden, nicht sich erinnern; sie erfuhr, was Freudentränen sind; sie ließ sie strömen, und als sie sie endlich stillen wollte, konnte sie nicht, und als der Schlaf kam, ihre Augen zu verschließen, lagen sie schon unter himmlischen Tropfen bedeckt. – –

Ihr unschuldigen Seelen, zu euch kann ich besser wie zu Verstorbnen sagen: schlaft sanft! Gemeiniglich gefallen uns, nämlich mir und dem Leser, die Bravour- und Force-Rollen der Romanen-Liebhaber schlecht, weil entweder die eine Person nicht würdig ist, solche Lichtwolkenbrüche der Freude zu genießen, oder die andere, sie zu veranlassen; hier aber haben wir beide gegen nichts etwas … Wollte nur der Himmel, ihr Liebenden, euer lahmer Lebensbeschreiber könnte seine Feder zu einem Blanchards-Flügel machen und euch damit aus den Grubenzimmerungen und Grubenwettern des Hofes in irgendeine freie Pappelinsel tragen, sie sei im Süd- oder im Mittelmeer! – Da ichs nicht kann, so denk' ich mirs doch; und sooft ich nach Auenthal oder Scheerau gehe, so zeichne ich mir es aus, wie viel ich euch schenkte, wenn ihr in jenem Pappel- und Rosental, das ich in Wasser gefasset hätte, ohne den deutschen Winter, unter ewigen Blüten, ohne die Schneide-Gesichter der moralischen Febrikanten, ohne ein gefährlicheres Murmeln als das der Bäche, ohne festere Verstrickungen als die in verwachsenen Blumen und ohne den Einfluß härterer Sterne als der friedlichen am Himmel, in schuldloser

299

Wonne und Ruhe Atem holen dürftet – nicht zwar immerfort, aber doch die paar Blumenmonate eurer ersten Liebe hindurch.

Das ist aber unmenschlich schwer, und ich bin am wenigsten der Mann dazu. Ein solches Glück ist schwer zu steigern und eben darum schwer zu halten. Werde lieber hier ein Wort vom Glücke eines schreibseligen Kränklings vorzubringen erlaubt, der doch auch eines haben will und der eben der Beschreiber der vorigen Seligkeit selber ist, ich meine nämlich ein Wort von meiner kranken Persönlichkeit. Vom Kuhstall bin ich wieder herauf und von der Lungensucht glücklich genesen; nur der Schlagfluß setzet mir seitdem mit Symptomen zu und will mich erschlagen wie einen Maulwurf, gerade indem ich, wie letzter seinen Hügel, so den *babylonischen Turm* meines gelehrten Ruhms aufwerfe. Zum Glück geb' ich mich gerade mit Hallers großer und kleiner Physiologie ab und mit Nikolais *materia medica* und mit allem Medizinischen, was ich geborgt bekomme, und kann also mit meinen medizinischen Kenntnissen auf den Schlagfluß ein tüchtiges *Kartätschen-feuer* geben. Das Feuer mach' ich an meinen Füßen, indem ich das lange Bein in einen großen Pelzstiefel wie eine Vorhölle setze, und das zusammengegangne in ein Pelz-Schnürstiefelchen: ich habe die ältesten Mond-Doktores und Pestilenziarien auf meiner Seite, wenn ich mir einbilde, daß ich gleich einem Demokraten durch diese Stiefel – und ein breites Senfpflaster, womit ich wie mehre Gelehrte meine Füße be-sohle – die materia peccans aus den obern Teilen in die niedern herun-tertreiben könne. Gleichwohl geh' ich weiter, wenns gefriert. Ich schabe und kerbe mir nämlich eine hohe Eismütze[1] aus und denke unter der gefrornen Schlafmütze: alsdann wirds kein Wunder sein, wenn die Apoplexie und ihre Halbschwester, die Hemiplexie – durch mich ange-fallen von oben und unten, am einen Pol durch den heißen Fuß-Sokkus, am andern durch den Eis-Knauf oder die gefrorne Marterer-Krone – hingeht, wo sie herkam, und mich der Erde schenkt, deren einer Pol gleichfalls unten Sommer hat, wenn der andre oben Winter … Der Leser werfe aber einmal von guten Büchern ein philanthropinisches Auge auf uns, deren Verfasser: wir Verfasser strengen uns an und verfertigen Fi-
beln, Mordpredigten, periodische Blätter oder Reinigungen, Ausschnitte und andern aufklärenden Henker; aber unsern Madensack zerzausen

---

1   Ausgehöhltes Eis wird bekanntlich auf den Kopf gelegt, wenn Kopfschmer-zen, Schwindel, Tollheit darin sind.

und schaben wir ja darüber entsetzlich ab – und doch meints kein Teufel ehrlich mit uns. So steh' ich und die ganze schreibende Innung aufrecht da und verschießen gern lange Strahlen über die ganze Halbkugel (denn mehr ist auf einmal von Welt- und andern Kugeln nicht zu beleuchten, und dem ganzen Amerika fehlen unsre Kiele), indes wir doch den ersten Christen gleichen, die das *Licht,* womit sie, in Pech und Leinwand eingeklemmt, als lebendige Pechfackeln über Neros Gärten schienen, zugleich mit ihrem Fett und Leben von sich gaben …

»Und hier« – sagen Romanen-Manufakturisten – »erfolgte ein Auftritt, den der Leser sich denken, ich aber nicht beschreiben kann.« Das kommt mir viel zu dumm vor. Ich kann es auch nicht beschreiben, beschreib' es aber doch. Haben denn solche Autoren so wenig Rechtschaffenheit, daß sie bei einer Szene, nach der die Leser schon im voraus geblättert haben, z.B. bei einem Todesfall, auf den alle, Eltern und Kinder, lauern wie auf einen Lehnfall oder Hängtag, vom Sessel aufspringen und sagen: das macht selber? Es ist so, als wenn die Schikanedrische Truppe vor den verzerrendsten Auftritten des Lears an die Theater-Küste ginge und das Publikum ersuchte, es möchte sich Lears Gesicht nur denken, sie ihres Orts könnte es unmöglich nachmachen. – Wahrhaftig was der Leser denken kann, das kann ja der Autor – beim vollen Puls aller seiner Kräfte – sich noch leichter denken und es mithin schildern; auch wird des Lesers Phantasie, in deren Speichen einmal die vorhergehenden Auftritte eingegriffen und die sie in Bewegung gesetzt, leicht in die stärkste durch jede Beschreibung des letzten Auftritts hineinzureißen sein – außer durch die jämmerliche nicht, daß er nicht zu beschreiben sei.

Von mir hingegen sei man versichert, ich mache mich an alles. Ich redete es daher schon auf der Ostermesse mit meinem Verleger ab, er sollte sich um einige Pfund Gedankenstriche, um ein Pfund Frage- und Ausrufungszeichen mehr umtun, damit die heftigsten Szenen zu setzen wären, weil ich dabei um meinen apoplektischen Kopf mich so viel wie nichts bekümmern würde.

302

Vierunddreißigster oder I. Advent-Sektor

Ottomar – Kirche – Orgel

Am andern Morgen war ein Lärm im Schlosse über eine Sache, die der Doktor Fenk um eine Woche später durch einen Brief von – Ottomar erfuhr.

– Nie hab' ich einen Sektor oder Sonntag so traurig angefangen als heute; mein vergehender Körper und der folgende Brief an Fenk hängen wie ein Hutflor an mir. Ich wollt', ich verstände den Brief nicht – ach es wäre dann eine unvergeßliche Novemberstunde nie in mein Leben getreten, die, nachdem so viele andre Stunden bei mir vorübergegangen, bei mir stehen bleibt und mich immerfort ansieht. – Dunkle Stunde! du streckest deinen Schatten über ganze Jahre aus, du stellest dich so vor mich, daß ich den phosphoreszierenden Nimbus der Erde hinter dir nicht flimmern und rauchen sehen kann, die 80 menschlichen Jahre sehen in deinem Schatten wie der Ruck des Sekundenweisers aus – ach nimm mir nicht so viel! ... Ottomar hatte dieselbe Stunde *nach* seinem Begräbnis und beschreibt sie dem Doktor so:

*

»Ich bin seitdem lebendig begraben worden. Ich habe mit dem Tode geredet, und er hat mich versichert, es gebe weiter nichts als ihn. – Als ich aus meinem Sarg heraus war, so hat er die ganze Erde dafür hineingelegt und mein bißchen Freude oben darauf ... Ach guter Fenk! wie bin ich verändert! Komm nur bald zurück! Seitdem stehen vor mir alle Stunden wie leere Gräber hin, die mich oder meine Freunde auffangen! Ich hab' es wohl gehört, wer meine Hand noch einmal am Sarge gedrückt ... komm recht bald, Teurer!

Weißt du nicht mehr, wie ich mich von jeher vor dem lebendigen Begräbnis gefürchtet? Mitten im Einschlafen fuhr ich oft auf, weil mir einfiel, ich könnte ohnmächtig und so beerdigt werden und meine aufwollenden Arme triebe dann der Sargdeckel nieder. Auf Reisen drohte ich überall, wo ich kränklich wurde, ich wollte ihnen, wenn sie mich innerhalb acht Tagen beisetzten, als Gespenst erscheinen und auflasten. Diese Furcht war mein Glück: sonst hätte mich mein Sarg getötet.

303

Vor Wochen kam meine alte Krankheit wieder zu mir, das hitzige Fieber. Ich eilte mit ihr nach meinem *Ruhestatt,* und mein erstes Wort zu meinem Hausverwalter – da ich dich nicht haben konnte – war, mich *sogleich,* als ich ohne Leben wäre, zu beerdigen, weil die Gewölbluft leichter erweckt, aber nichts zuzusperren, weder Sarg noch Erbgruft – die einsame Kirche am Park steht ohnehin offen. Auch sagt' ich ihm, meinen Spitzhund, der nicht von mir bleibt, überall mitzulassen. Noch in der Nacht nahm das Fieber zu; aber beim Blutlassen bricht meine Zurückerinnerung ab. Ich weiß bloß noch, daß ich das Blut mit einigem Schauder um meinen Arm sich krümmen sah; und daß ich dachte: ›Das ist das Menschenblut, das uns heilig ist, welches das Kartenhaus und das Sparrwerk unsers Ichs ausküttet und in welchem die unsichtbaren Räder unsers Lebens und unserer Triebe gehen.‹ Dieses Blut sprützte nachher an alle Phantasien meiner Fiebernächte; das eingetauchte All stieg blutrot daraus herauf, und alle Menschen schienen mir an einem langen Ufer einen Strom zusammenzubluten, der über die Erde hinaus in eine saufende Tiefe hinabsprang – Gedanken, häßliche Gedanken rückten vor mir grinsend vorüber, die kein Gesunder kennt, keiner nachschafft, keiner erträgt, und die bloß liegende Krankenseelen anbellen. Wäre kein Schöpfer: so müßt' ich vor den verborgnen Angst-Saiten erzittern, die im Menschen aufgezogen sind und an denen ein feindseliges Wesen reißen könnte. Aber nein! du allgütiges Wesen! du hältst deine Hand über unsre Anlage zur Qual und legest das Erden-Herz, worüber diese Saiten aufgewunden sind, auseinander, wenn sie zu heftig beben! …

Der Kampf meiner Natur wurde endlich zu einem ohnmächtigen Schlummer, aus dem so viele bloß erwachen, um unter der Erde zu sterben. Darin trug man mich in die einsam stehende Kirche. Der Fürst und mein Spitz waren mit dabei; aber bloß der erste ging wieder fort. Ich lag vielleicht die halbe Nacht, bis das Leben durch mich zuckte. Mein erster Gedanke riß die Seele immer auseinander. Von ungefähr trat der Hund auf mein Gesicht; plötzlich senkte sich eine Beklemmung, wie wenn eine Riesenhand meine Brust böge, tief auf mich herein, und ein Sargdeckel schien mir wie ein aufgehobnes Rad über mir zu stehen … Schon die Beschreibung schmerzt mich, weil die Möglichkeit der Wiederholung mich ängstigt … Ich stieg aus der sechseckigen Brutzelle des zweiten Lebens, der Tod streckte sich vor mir weit hin mit seinen tausend Gliedern, den Köpfen und Knochen. Ich schien mir unten im

304

chaotischen Abgrund zu stehen, und oben weit über mir zog die Erde mit ihren Lebendigen. Mich ekelte Leben und Tod. Auf das, was neben mir lag, sogar auf meine Mutter sah ich starr und kalt wie das Auge des Todes, wenn er ein Leben zerblickt. Ein rundes Eisengitter in der Kirchenmauer schnitt aus dem ganzen Himmel nichts heraus als die schimmernde zerbrochne Scheibe des Mondes, der als ein himmlisches Sarglicht auf den Sarg, der die Erde heißet, herunterhing. Die öde Kirche, dieser vorige Markt des redenden Gewimmels, stand ausgestorben und untergraben von Toten da – die langen Kirchenfenster legten sich, vom Mond abgeschattet, über die Gitterstühle hinüber – an der Sakristei richtete sich das schwarze Toten-Kreuz auf, das Ordenkreuz des Todes – die Degen und Sporen der Ritter erinnerten an die zerbröckelten Glieder, die sie und sich nicht mehr bewegten, und der Totenkranz des Säuglings mit falschen Blumen hatte den armen Säugling hieher begleitet, dem der Tod die Hand abgebrochen, eh' sie wahre pflücken konnte – steinerne Mönche und Ritter machten das längst verstummte Gebet an der Mauer mit verwitternden Händen nach – nichts Lebendiges sprach in der Kirche als der eiserne Gang des Perpendikels der Turmuhr, und mir war, als hört' ich, wie die Zeit mit schweren Füßen über die Welt schritt und Gräber austrat als Fußstapfen …

Ich setzte mich auf eine Altarstufe, um mich lag das Mondlicht mit trübenden eilenden Wolkenschatten; mein Geist stand hoch: ich redete das Ich an, das ich noch war: ›Was bist du? was sitzt hier und erinnert sich und hat Qual? – Du, ich, etwas – wo ist denn das hin, das gefärbte Gewölk, das seit dreißig Jahren an diesem Ich vorüberzog und das ich Kindheit, Jugend, Leben hieß? – Mein Ich zog durch diesen bemalten Nebel hindurch – ich konnt' ihn aber nicht erfassen – weit von mir schien er etwas Festes, an mir versickernde Dufttropfen oder sogenannte Augenblicke – Leben heißet also von einem Augenblick (diesem Dunstkügelchen der Zeit) in den andern tropfen … Wenn ich nun wäre tot geblieben: so wär' also das, was ich jetzo bin, der Zweck gewesen, weswegen ich für diese lichtervolle Erde und sie für mich gebauet war? – Das wäre das Ende der Szenen? – und über dem Ende hinaus? – Freude ist vielleicht dort – hier ist keine, weil eine *vergangne keine ist*, und unsre *Augenblicke* verdünnen jede *gegenwärtige* in tausend *vergangne* – Tugend ist eher hier; sie ist *über die Zeit* – Unter mir schläft alles; aber ich werd' es auch tun, und wenn ich mir noch dreißig Jahre weismache, daß ich lebe, dann legen sie mich doch wieder hieher – die heutige Nacht kommt wieder – ich bleibe aber in meinem Sarg: und dann? ... Wenn ich nun drei Augenblicke hätte, einen zur Geburt, einen zum Leben, einen zum Sterben: zu was hätt' ich sie denn? würd' ich sagen – Alles aber, was zwischen der Zukunft und Vergangenheit steht, ist ein Augenblick – wir haben alle nur drei.‹ ... Großes Urwesen – fing ich an und wollte beten – – du hast die Ewigkeit, ... aber unter dem Gedanken an den, der nichts als Gegenwart ist, erhält sich kein menschlicher Geist aufrecht, sondern beugt sich an seine Erde wieder, – ›O ihr abgeschiedenen Lieben‹, dacht' ich, ›ihr wäret mir nicht zu groß, erscheinet mir, hebt das Gefühl der Nichtigkeit von meinem Herzen ab und zeigt mir die ewige Brust, die ich lieben, die mich wärmen kann.‹ Von ungefähr sah ich meinen armen Hund, der mich anschauete; und dieser rührte mich mit seinem noch kürzern, noch dumpfern Leben so, daß ich bis zu Tränen weich wurde und mich nach etwas sehnte, womit ich sie vermehrte und stillte.

Das war die Orgel über mir. Ich ging zu ihr wie zu einer löschenden Quelle hinauf. Und als ich mit ihren großen Tönen die nächtliche Kirche und die tauben Toten erschütterte und als der alte Staub um mich flog, der auf ihren stummen Lippen bisher gelegen war: so zogen alle vergängliche Menschen, die ich geliebt hatte, nebst ihren vergänglichen Szenen vorüber, du kamest und Mailand und das stille Land; ich erzählte ihnen mit Orgeltönen, was zu einer bloßen Erzählung geworden war, ich liebte sie alle im Fluge des Lebens noch einmal und wollte vor Liebe an ihnen sterben und in ihre Hand meine Seele drücken – aber nur Holztasten waren unter meiner drückenden Hand. – Ich schlug immer wenigere Töne an, die um mich wie ein ziehender Strudel gingen – endlich legt' ich das Choralbuch auf einen tiefen Ton und zog die Bälge in einem fort, um nicht den stummen Zwischenraum zwischen den Tönen auszustehen – ein summender Ton strömte fort, wie wenn er hinter den Flügeln der Zeit nachginge, er trug alle meine Erinnerungen und Hoffnungen und in seinen Wellen schwamm mein schlagendes Herz ... Von jeher machte ein fortbebender Ton mich traurig.

Ich verließ meine Auferstehungstätte und sah nach der weißen Pyramide des Eremitenberges, wo nichts auferstand und wo das Leben fester schlief; die Pyramide stand in Mondschimmer getaucht, und mit mir wandelte ein langer Wolkenschatten. Blätter und Bäume krümmte der Herbst; über die stachlichten Wiesenstoppeln wiegte sich die Blume nicht mehr, die im Maule des Viehs verging; die Schnecke sargte sich in ihr Haus und Bett mit Geifer ein; und als am Morgen sich die Erde mit vollgebluteten fleckigen Wolken gegen die matte Sonne drehte: so fühlt' ich, daß ich meine vorige frohe Erde nicht mehr hatte, sondern daß ich sie auf immer in der Gruft gelassen, und die Menschen, die ich wiederfand, schienen mir Leichname, die der Tod hergeliehen und die das Leben aufrichtet und schiebt, um mit diesen Figuren zu agieren in Europa, Asia, Afrika und Amerika …

So denk' ich noch. Ich werde auch zeitlebens den Trauer-Eindruck von dieser Gewißheit herumtragen, daß ich sterben muß. Denn das weiß ich erst seit acht Tagen; ob ich mir gleich vorher recht viel auf meine Empfindsamkeit an Sterbebetten, an Theatern und Leichenkanzeln einbildete. Das Kind begreift keinen Tod, jede Minute seines spielenden Daseins stellet sich mit ihrem Flimmern vor sein kleines Grab. Geschäft- und Freuden-Menschen begreifen ihn ebensowenig, und es ist unbegreiflich, mit welcher Kälte tausend Menschen sagen können: das Leben ist kurz. Es ist unbegreiflich, daß man dem betäubten Haufen, dessen Reden artikuliertes Schnarchen ist, das dicke Augenlid nicht aufziehen kann, wenn man von ihm verlangt: sieh doch durch deine paar Lebenjahre hindurch bis ans Bett, worin du erliegst – sieh dich mit der hängenden plumpen Toten-Hand, mit dem bergigen Kranken-Gesicht, mit dem weißen Marmor-Auge, höre in deine jetzige Stunde die zankenden Phantasien der letzten Nacht herüber – diese große Nacht, die immer auf dich zuschreitet und die in jeder Stunde eine Stunde zurücklegt und dich Ephemere, du magst dich nun im Strahl der Abendsonne oder in dem der Abend-Dämmerung herumschwingen, gewiß niederschlägt. Aber die beiden Ewigkeiten türmen sich auf beiden Seiten unsrer Erde in die Höhe, und wir kriechen und graben in unserem tiefen Hohlweg fort, dumm, blind, taub, käuend, zappelnd, ohne einen größern Gang zu sehen, als den wir mit Käferköpfen in unsern Kot ackern.

Aber seitdem ists auch mit meinen Planen ein Ende: man kann hienieden nichts vollenden. Das Leben ist mir so wenig, daß es fast das Kleinste ist, was ich für ein Vaterland hingeben kann; ich treffe und steige bloß mit einem größern oder kleinern Gefolge von Jahren in den Gottesacker ein. Mit der Freude ists aber auch vorbei; meine starre Hand, die einmal den Tod wie einen Zitteraal berührt hat, reibet den bunten Schmetterlingstaub zu leicht von ihren vier Flügeln, und ich lasse sie bloß um mich flattern, ohne sie zu greifen. Bloß *Unglück* und *Arbeit* sind *undurchsichtig* genug, daß sie die Zukunft verbauen; und ihr sollt mir willkommen in meinem Hause sein, zumal wenn ihr aus einem andern ausziehet, wo der Mietherr die Freude lieber hineinhat. – O euch, ihr armen bleichen, aus Erdfarben gemachten Bilder, ihr Menschen, lieb' und duld' ich nun doppelt; denn wer anders als die Liebe zieht uns durch das Gefühl der Unvergänglichkeit wieder aus der Todesasche heraus? Wer sollt' euch euere zwei Dezembertage, die ihr 80 Jahre nennt, noch kälter und kürzer machen? Ach wir sind nur zitternde Schatten! Und doch will ein Schatten den andern zerreißen? –

Jetzo begreif' ich, warum ein Mensch, ein König in seinen alten Tagen ins Kloster geht: was will er an einem Hofe oder auf einer Börse machen, wenn die Sinnenwelt vor ihm zurückweicht und alles aussieht wie ein ausgespannter großer Flor, indes bloß die höhere zweite Welt mit ihren Strahlen in dieses Schwarz hereinhängt? So leget der Himmel, wenn man ihn auf hohen Bergen besieht, sein Blau ab und wird schwarz, weil jenes nicht seine, sondern unsrer Atmosphäre Farbe ist; aber die Sonne ist dann wie ein brennendes Siegel des Lebens in diese Nacht gedrückt und flammt fort ...

Ich schauete gerade zum Sternenhimmel auf; aber er erhellet meine Seele nicht mehr wie sonst: seine Sonnen und Erden verwittern ja ebenso wie die, worein ich zerfalle. Ob eine Minute den Maden-Zahn, oder ein Jahrtausend den Haifisch-Zahn an eine Welt setze: das ist einerlei, zermalmt wird sie doch. Nicht bloß diese Erde ist eitel, sondern alles, das neben ihr durch den Himmel flieht und das sich nur in der Größe von ihr trennt. Und du holde Sonne selber, die du wie eine Mutter, wenn das Kind gute Nacht nimmt, uns so zärtlich ansiehest, wenn uns die Erde wegträgt und den Vorhang der Nacht um unsre Betten zieht, auch du fällest einmal in deine Nacht und in dein Bette und brauchst eine Sonne, um Strahlen zu haben! –

Es ist also sonderbar, daß man höhere Sterne oder gar die Planeten und ihre Tochterländer zu Blumenkübeln macht, in die uns der Tod steckt, wie etwa der Amerikaner nach dem Tode nach Europa zu fahren hofft. Die Europäer würden seinen Wahn erwidern und Amerika für die Walhalla der Abgeschiednen halten, wenn nur unsre zweite Halbkugel statt 1000 Meilen etwa 60000, wie die bekannte des Mondes, entfernt von uns hinge. O mein Geist begehrt etwas anders als eine aufgewärmte, neu aufgelegte Erde, eine andre Sättigung, als auf irgendeinem Kot- oder Feuer-Klumpen des Himmels wächset, ein längeres Leben, als ein zerbröckelnder Wandelstern trägt; aber ich begreife nichts davon ...

Komm nur recht bald zu meinem Kopfe, dem du die eine Locke genommen: solange ich lebe, soll *die* Seite, an der du den Lockenraub begangen, zum Andenken, was ich war und werde, ohne Zierde bleiben. etc.

Ottomar.«

*

Dichtende Genies sind in der Jugend die Renegaten und Verfolger des Geschmacks, später aber Proselyten und Apostel desselben, und den verzerrenden, mikroskopischen und makroskopischen Hohlspiegel schleift das Alter zu einem ebnen ab, der die Natur bloß verdoppelt, indem er sie malt. So werden die *handelnden* und *empfindenden* Genies aus Feinden der Grundsätze und aus Stürmern der Tugend größere Freunde von beiden, als fehlerlose Menschen niemals werden. Ottomar wird einmal die übertreffen, die ihn jetzo tadeln können. Übrigens werd' ich ihn im Verfolge dieser Viel-Lebensbeschreibung nicht schelmisch behandeln, sondern ehrlich, ob ers gleich nicht hofft; denn vor seiner Reise, wo ich einigemal in den heißen Brennpunkt seiner Fehler geriet, zerfielen wir ein wenig miteinander: – seitdem glaubt er, ich hass' ihn von Herzen; allein ich glaube, ich lieb' ihn von Herzen, hab' aber, wie hundert andre, eine besondre Freude an meiner verheimlichten leidenden Liebe.

Fünfunddreißigster oder Andreas-Sektor

Tage der Liebe – Oefels Liebe – Ottomars Schloß und die Wachsfiguren

Ich tunke heute schon wieder in mein biographisches Dintenfaß, weil ich nunmehr mit meinem Gebäude bald an die Gegenwart stoße – am heiligen Weihnachtfeste hoff' ich nach zu sein –; ferner weil heute Andreastag ist und weil mein Hausherr unter dem Geschrei seiner Kinder einen Birkenbaum in die Stube und in einen alten Topf eingestellt hat, damit er zu Weihnachten die silbernen Früchte trage, die man ihm anbindet. Über so etwas vergess' ich Gerichttage und Termine.

Gustav wachte am Morgen nach der Liebeerklärung, nicht aus seinem Schlafe – denn darein konnte nach diesem *Königschuß* im Menschenleben nur ein menschlicher Dachs oder eine Dächsin fallen –, sondern aus seinem brausenden Freuden-*Ohrenklingen* auf. Entzückungen zogen im Ringeltanz um sein inneres Auge, und sein Bewußtsein langte kaum zu seinem Genießen zu; welcher Morgen! In einem solchen Brautschmuck trat die Erde nie vor ihn. Es gefiel ihm alles, sogar Oefel, sogar das Oefelsche Prahlen mit Beatens Liebe. Das Schicksal hatte heute – den Verlust seiner Liebe ausgenommen – keine giftige Spitze, keinen eiternden Splitter, den er nicht gleichgültig in seine von der ganzen Seligkeit bewohnte und gespannte Brust eingelassen hätte. So ersetzt oft die höchste Wärme die höchste Kälte oder Apathie; und unter der Täucherglocke einer heftigen Idee – sei es eine fixe oder eine leidenschaftliche oder eine wissenschaftliche – stecken wir beschirmt vor dem ganzen äußern Ozean.

Beaten gings ebenso. Diese sanfte fortvibrierende Freude war ein zweites Herz, das ihre Adern füllte, ihre Nerven beseelte und ihre Wangen übermalte. Denn die Liebe steht – indes andre Leidenschaften nur wie Erdstöße, wie Blitze an uns fahren – wie ein stiller durchsichtiger Nachsommertag mit ihrem ganzen Himmel in der Seele unverrückt. Sie gibt uns einen Vorschmack von der Seligkeit des Dichters, dessen Brust ein fortblühendes, tönendes, schimmerndes Paradies umfängt und der hineinsteigen kann, indes sein äußerer Körper das Eden und sich über polnischen Kot, holländischen Sumpf und siberische Steppen trägt. –

O ihr Wollüstlinge in Residenzstädten! wo reicht euch die *Gegenwart* nur *eine* solche Minute, als hier die *Vergangenheit* meinem Paare ganze Tage vorsetzt; euch, deren harte Herzen vom höchsten Feuer der Liebe, wie der Demant vom Brennspiegel, nur *verflüchtigt*, aber nicht *geschmolzen* werden?

Aber wie Abendrot am Himmel so umherfließet, daß es die Wolken des Morgenrots besäumt: so war auf Beatens Wangen neben dem Rot der Freude auch das der Schamhaftigkeit – wiewohl nicht länger, als bis des Geliebten Gestalt, wie ein Engel, durch ihren Himmel flog. – Beide sehnten sich, einander zu sehen; beide fürchteten sich, von der Residentin gesehen zu werden; die Entdeckung und noch mehr die Beurteilung ihrer Empfindungen hätten sie gern gemieden. Es gibt einen gewissen stechenden Blick, der weiche Empfindungen (wie der Sonnenblick das Alpen-Tierchen Sure) zersetzt und umbringt; die schönste Liebe schlägt ihre Blumenblätter zusammen vor dem Gegenstande selber; wie sollte sie den sengenden Hofblick ausdauern?

Mit Einsicht ergreift hier der Lebensbeschreiber diese Gelegenheit, die Ehen der Großen mit zwei Worten zu loben; denn er kann sie mit den unschuldigen Blumen vergleichen. Wie Florens bunte Kinder bedecken Große ihre Liebe mit nichts – wie sie gatten sie sich, ohne sich zu kennen oder zu lieben – wie Blumen sorgen sie für ihre Kinder nicht – sondern brüten ihre Nachkommen mit der Teilnahme aus, womit es ein Brütofen in Ägypten tut. Ihre Liebe ist sogar eine dem Fenster angefrorne Blume, die in der Wärme zerrinnt. Unter allen chymischen und physiologischen Vereinigungen hat also bloß eine unter Großen das Gute, daß die Personen, die miteinander aufbrausen und Ringe wechseln, eine entsetzliche Kälte verbreiten: so findet man die nämliche Merkwürdigkeit und Kälte bloß bei der Vereinigung des mineralischen Laugensalzes und der Salpetersäure, und Herr de Morveau sagt aus Einfalt, es fall' auf. – –

Da Beata sich so sehr sehnte, ihren und meinen Helden zu sehen: so – ging sie, um ihren Wunsch zu verfehlen, einige Tage nach Maußenbach zu ihrer Mutter. Ich will ihr Schirmvogt sein und für sie reden. Sie tat es, weil sie ihm niemals anders aufstoßen wollte als von ungefähr; bei der Residentin aber wärs' allemal mit Absicht gewesen. Sie tat es, weil sie sich gern selber kränkte und wie Sokrates den Becher der Freude erst weggoß, eh' sie ihn ansetzte. Sie tat es, weswegen es selten eine täte – um ihrer Mutter um den Hals zu fallen und ihr alles zu sagen. Endlich tat sie es auch, um zu Hause das Porträt Gustavs, das der Alte versteigert hatte, aufzusuchen.

Ich erfuhr alles schon am Tage ihrer Rückreise, da ich in Maußenbach als eine ganze adlige Rota anlangte, um eine arme Wirtin weniger zu bestrafen als zu befragen, weil sie – wie man in der Pariser Oper für wichtige Rollen die Spieler doppelt und dreifach in Bereitschaft hält – die erhebliche Rolle ihres Ehemannes anstatt mit einem Double sogar mit zwölf Leuten aus der Gegend vorsichtig besetzt hatte, damit fortgespielet würde, sooft er selber nicht da wäre. Und hier war es, wo ich abnehmen konnte, wie wenig mein Herr Gerichtprinzipal zum Ehebruch geneigt sei, sondern vielmehr zur Tugend; er war ordentlich froh, daß das ganze Flöz von eingepfarrten Ehebrechern gerade vor *seinem* Ufer vorbeikam und daß er das Werkzeug wurde, womit die Gerechtigkeit diese *geheime Gesellschaft* heimsuchte und auswichste. Daher suchte er in der Wirtin wie in Jöchers Gelehrten-Lexikon mit Lust nach den Namen wichtiger *Autoren,* und sie war seinem tugendhaften Ohr ein Ho-

312

mer, der die verwundeten *Helden* sämtlich bei Namen absingt; daher schenkte er ihr aus Mitleiden, weil sie gar nichts hatte, seine Geldstrafe ganz; aber die ehebrechende Union und Truppe wurde unter die Stampfmühle und in die Kelter gebracht, oder ihr Saugwerke und Pumpenstiefel angelegt. –

Also in Maußenbach beim Auspressen des ehebrechenden Personale erzählte mir die Gerichtprinzipalin, was ihr die Tochter erzählet – um mich zu bitten, daß ich als voriger Mentor des Liebhabers das Paar auseinanderlenken sollte, weil ihr Mann die Liebe nicht litte. Ich konnte ihr nicht sagen, daß ich über der Biographie vom Paare und ihrer eignen wäre und daß die Liebe das Heftpflaster und der Tischlerleim sei, der die ganze Lebensbeschreibung und das Paar verkittete, und ohne welchen mein ganzes Buch in Stücken zerfiele, daß ich also die Jenaer Rezensenten beleidigen würde, wenn ich ihm seine Liebe nehmen wollte. – Aber so viel konnt' ich ihr wohl sagen, es sei unmöglich, denn die Liebe eines solchen Paars sei feuerfest und wasserdicht. Ich kam ihr mit meinem Gefühl ein wenig einfältig vor; denn sie dachte an ihre eigne Erfahrung. Ich fügte verschlagnerweise hinzu: »das Falkenbergische Haus hebe sich seit einigen Jahren und tue hübsche Kapitalien aus.« Sie antwortete mir bloß darauf: »zum Glück erfahr' es ihr Mann nie« (denn eine Menge Geheimnisse sagte sie allen Menschen, aber nicht ihrem Manne) – »denn der habe ihrer Beata schon eine ganz andre Partie zugedacht.« Mehr konnt' ich nicht erforschen.

– Aber eine hübsche Suppe wird da für den Helden nicht bloß, sondern auch für den Lebensbeschreiber eingebrockt; denn letzter hat am Ende doch das meiste wegen der Schilderung heftiger Auftritte auszubaden und muß oft an solchen Sturm-Sektoren ganze Wochen verhusten. Ich wills dem Leser nur aufrichtig vorausgestehen: ein solcher Schwaden und Sturmwind ist schon am vorigen Freitag über das neue Schloß gesauset und am Sonnabend durch Auenthal und meine Stube gefahren, wo Gustav zerstöret zu mir kam und bei mir Nachricht einzog, ob die Rittmeisterin von Falkenberg, die mit ihrer Mitteltinten-Katze meinen ersten Sektor einnimmt und die bekanntlich Gustavs Mutter ist, ob die – sie wirklich sei ... Inzwischen wird doch mutig fortgeschritten; denn ich weiß auch, daß, wenn ich mein biographisches Eskurial und Louvre ausgebauet und endlich auf dem Dache mit der Baurede sitze, ich etwas in die Bücherschränke geliefert habe, dergleichen die Welt nicht oft habhaft wird und was freilich vorübergehende Rezensenten reizen muß,

313

zu sagen: »Tag und Nacht, Sommer und Winter, auch an Werkeltagen sollte ein solcher *Mann* schreiben; wer kann aber wissen, obs keine Dame ist?«

Nun fället also auf allen nächsten Blättern das Wetterglas von einem Grad zum andern, eh' der gedrohte Sturmwind emporfährt. Wie Gustav die abwesende Beata liebte, errät jeder, der empfunden hat, wie die Liebe nie zärtlicher, nie uneigennütziger ist, als während der Abwesenheit des Gegenstandes. Täglich ging er zum Grabe des Freundes wie zum heiligen Grabe, an den Geburtort seines Glücks, mit einem seligen Beben aller Fibern; täglich tat ers um eine halbe Stunde später, weil der Mond, das einzige offne Auge bei seiner Seelen-Vermählung, täglich um eine halbe später kam. Der Mond war und wird ewig die Sonne der Liebenden sein, dieser sanfte Dekorationmaler ihrer Szenen: er schwellet ihre Empfindungen wie die Meere an und hebt auch in ihren Augen eine Flut. – Herr von Oefel warf den Blick des Beobachters auf Gustav und sagte: »Die Residentin hat aus Ihnen gemacht, was ich aus dem Fräulein von Röper.« Hier rechnete er meinem Helden die ganze Pathognomik der Liebe vor, das Trauern, Schweigen, Zerstreuetsein, das er an Beaten wahrgenommen und woraus er folgerte, ihr Herz sei nicht mehr leer – er sitze drin, merk' er. Mit Oefeln mochte eine umgehen, wie sie wollte, so schloß er doch, sie lieb' ihn sterblich. – Gab sie sich scherzend, erlaubend, zutraulich mit ihm ab, so sagte er ohnehin: »Es ist nichts gewisser, aber sie sollte mehr an sich halten«; – bediente sie sich des andern Extrems, würdigte sie ihn keines Blicks, keines Befehls, höchstens ihres Spottes und versagte sie ihm sogar Kleinigkeiten, so schwor er. »unter 100 Mann woll' er den herausziehen, den eine liebe: es sei der, den sie allein nicht ansehe.« – Schlug eine die Mittelstraße der Gleichgültigkeit ein, so bemerkter: »die Weiber wüßten sich so gut zu verstellen, daß sie nur der Satan oder die Liebe erraten könnte.« Es war ihm unmöglich, so viele Weiber, die in die *Rotunda* seines Herzens wollten, darin unterzubringen; daher steckt' er den Überschuß sozusagen in den *Herzbeutel*, worin das Herz auch hängt, wie in einen Verschlag hinein – mit andern Worten, er verlegte den Schauplatz der Liebe vom Herzen aufs Papier und erfand eine dem Brief- und Papier-Adel ähnliche *Brief-* und *Papier-Liebe.* Ich habe viele solche chiromantische Temperamentblätter von ihm in Händen gehabt, wo er wie Schmetterlinge bloß auf – poetischen Blumen Liebe treibt – ganze Rotuln von solchen Madrigalen und anakreontischen Gedichten an Damen, welche (die Madrigale, nicht die

Damen) sowohl die *Süßigkeit* als die *Kälte* der Geleen haben. So ist der Herr von Oefel und fast die ganze belletristische Kompagnie.

Da man nur vor Leuten, vor denen man nicht rot wird, sich selber lobt, vor gemeinen, vor Bedienten, vor Weib und Kindern; und da ers gegen Gustav im Punkte der Liebe tat: so war seine Eitelkeit einer lauteren Rache wert, als Gustav an ihm nahm; dieser malte sich bloß im stillen vor, wie glücklich er sei, daß er, indes andre sich täuschten oder sich bestrebten, das Herz seiner Geliebten zu haben, zu sich zuversichtlich sagen könne: »Sie hat dirs geschenkt.« Aber diese außergerichtliche Schenkung dem Nebenbuhler und Botschafter zu notifizieren, oder überhaupt jemanden, das verbot ihm nicht bloß seine Lage, sondern auch sein Charakter; nicht einmal mir eröffnete er sie eher, als bis er mir ganz andre Dinge zu eröffnen und zu verbergen hatte. – Ich weiß recht gut, daß diese Diskretion ein Fehler ist, dem neuere Romane nicht ungeschickt entgegenarbeiten; hat darin ein Romanheld oder Romanschreiber ein Herz bei einer Romanheldin erstanden (und das gibt sie so leicht her, als säß' es vorn wie ein Kropf daran): so zwingt der Held oder Schreiber (die meistens einer sind) die Heldin, das Herz heraus- und hineinzutun wie der Stockfisch seinen Magen – ja der Held holet selber das Herz aus der verhüllenden Brust und weiset den eroberten Globus über zwanzig Personen, wie der Operateur ein geschnittenes Gewächs – handhabt den Ball wie eine Lorenzodose – führt ihn ab wie einen Stockknopf und versteckt das fremde Herz so wenig wie das eigne. Ich gesteh' es, daß die Züge solcher *Göttinnen* von den Schreibern aus keinen schlechtern Modellen zusammengetragen sein können, als die waren, wornach die griechischen Künstler ihre Göttinnen oder die römischen Maler ihre Madonnen zusammenschufen, und man müßte wenig Weltkenntnis haben, wenn man nicht sähe, daß die Fürstinnen, Herzoginnen etc. in unsern Romanen sicher nicht so gut getroffen wären, wenn nicht dem Autor an ihrer Stelle Stuben- und noch andere Mädchen gesessen hätten; und so, indem sich der Verfasser zum Herzog und sein Mädchen zur Fürstin machte, war der Roman fertig und seine Liebe verewigt, wie die der Spinnen, die man gleichfalls in Bernstein gepaaret und verewigt antrifft. Ich sage dies alles, nicht um meinen Gustav zu rechtfertigen, sondern nur zu entschuldigen; denn diese Romanschreiber sollten doch auch bedenken, daß die angenehme Sittenroheit, deren Mangel ich an ihm vergeblich zu bedecken suche, auch bei ihnen fehlen

würde, wenn sie so wie er mehr durch Erziehung, Umgang, zu feines
Ehrgefühl und Lektüre (z.B. Richardsons) wären verdorben worden.

Ich schäme mich, daß Gustav eine solche Ignoranz in der Liebe hatte,
daß er in einigen der besten Romanen nachsehen wollte, ob er jetzt einen
Liebebrief an Beata zu schreiben habe – ja daß *ihre* Abwesenheit ihn
in Sorgen wegen ihrer Gesinnung und in Verlegenheit über sein Betragen
setzte. Aber die *Stärke* der Gefühle macht so gut die Zunge arm und
schwer als der *Mangel* derselben. Zum Glück hüpfte ihm oft die kleine
Laura – nicht im Park (denn nichts macht mehr Dinten- und Kaffee-
kleckse auf eine schöne Haut als die schöne Natur), sondern unter vier
Mauern – entgegen, und die Schülerin ersetzte die Lehrerin.

Aber eine auferstandene höhere Gestalt betrat jetzo das Land seiner
Liebe. Ottomar, von dessen beidlebigem Körper – als Amphibium
zweier Welten – bisher so viel Redens in Vorzimmern gewesen, trat
damit selber im Zimmer der Residentin auf. Sein erstes Wort zu dieser
war: »sie mög' ihm verzeihen, daß er nicht eher in ihrem Vorzimmer
erschienen – er wäre beerdigt worden und hätte nicht eher gekonnt.
Aber er sei der erste, der nach dem Tode so bald ins Elysium« (hier
sah er schmeichelhaft an den Landschaftstücken der Tapeten herum)
»und zu den Göttern käme.« Das war bloß satirische Bosheit. Bekanntlich
ists schon ein bewährter Paragraph in der Ästhetik aller Elegants, daß
sie – und ist mein Bruder in Lyon anders? – den Schmeicheleien, die
sie den Weibern sagen müssen, den Ton und die Miene der Aufrichtigkeit völlig zu benehmen haben, womit die antiken Stutzer sonst ihre
Fleuretten versahen. In diese Spott-Schmeicheleien kleidete er seinen
Unmut über Weiber und Höfe. Die Weiber brachten ihn auf, weil sie
– wie er glaubte – in der Liebe nichts suchten als die Liebe[1], indes der
Mann damit noch höhere, religiöse, ehrgeizige Empfindungen zu ver-
schmelzen wisse – weil ihre Regungen nur Eilboten und jede weibliche
Hitze nur eine fliegende wäre und weil sie, wenn Christus selber vor
ihnen dozierte, mitten aus den größten Rührungen auf seine Weste und
seine Strümpfe gucken würden. Die Höfe erzürnten ihn durch ihre
Gefühllosigkeit, durch seinen Bruder, durch den Volkdruck, dessen

---

1 Desto schöner, antwortet ihm die Note zur zweiten Auflage, daß sie sich
die Empfindung der Liebe rein und dadurch allmächtig erhalten; andere
Empfindungen schwimmen darin, aber aufgelöst und undurchsichtig; bei
den Männern stehen jene bloß *neben* ihr und selbständig.

Anblick ihn mit unüberwindlichen Schmerzen erfüllte. Daher war seine Reisebeschreibung anderer Länder eine Satire seines eignen, und wie die französischen Schriftsteller unter den Sultanen und Bonzen des Orients einige Zeit die des Okzidents abmalten und abstraften: so war in seinen Erzählungen der Süden der Lehnträger und Pasquino des Nordens. Die sanfte Menschen-Duldung, die er sich in seinem letzten Briefe vorgesetzt, hielt er nicht länger, als bis er ihn gestippt und gesiegelt hatte – oder solang' er spazieren ging – oder während der sanften Nerven-Herabschraubung nach einem Weinrausch. Auch war ihm wenig daran gelegen, von denen geachtet zu werden, die er selber nicht achtete; mitten unter großen philosophischen, republikanischen Ideen oder Idealen wurden ihm die Kleinigkeiten der Gegenwart unsichtbar und verächtlich, jetzt zumal, wo die künftige Welt oder die künftigen Welten die dünne verfinsterte, auf der er nach jenen hinsah, wie man durch das geschwärzte Sehrohr keinen Gegenstand erblickt als die Sonne. So brachte er z.B. fünf groteske Minuten bei der Residentin damit zu, daß er – da den eigentlichen Körper der Seele nur Gehirn und Rückenmark und Nerven ausmachen – den vernünftigsten Hofdamen und den schönsten Hofherrn die Haut abschund in Gedanken, ihnen ferner die Knochen herauszog und das wenige Fleisch und Gedärm, was sie umlag, wegdachte, bis nichts mehr auf der Ottomane saß als ein Mark-Schwanz mit einem Gehirn-Knauf oben dran. Darauf ließ er diese umgekehrten Klöppel oder aufgerichteten Schwänze gegeneinander anlaufen und agieren und Fleuretten sagen und lachte innerlich über die gescheitesten Leute von Geburt, die er selber skalpiert und abgeschuppet hatte. Das nennen viele das philosophische Pasquill.

Aus dem neuen Schloß eilt' er ins alte zu Gustav, der ihn zu fliehen schien. Aber auf welche Art er mit Gustav schon längst bekannt geworden, wie er ihm den ersten Brief geben können, warum er wie Gustav (noch jetzt) sich an einen unbekannten Ort regelmäßig verfügte, warum er von ihm geflohen wurde, und was sie miteinander im alten Schlosse für ein dreistündiges Gespräch gehalten, das sich mit der wärmsten Liebe in beiden Herzen schloß – darüber deckt sich noch ein langer Schleier, den meine Mutmaßungen nicht aufheben können; denn ich habe allerdings verschiedene, aber sie klingen so außerordentlich, daß ichs nicht wage, sie dem Publikum eher vorzulegen, als bis ich sie besser rechtfertigen kann. Jede Ader, jeder Gedanke und Herz und Auge wurden in Gustav weiter und vergrößerten sich für eine neue Welt, da er mit dem genialen Menschen sprach. O was sind die Stunden der seelenverwandtesten Lektüre, selbst die Stunden der einsamen Emporhebung, gegen eine Stunde, wo eine große Seele lebendig auf dich wirkt und durch ihre Gegenwart deine Seele und deine Ideale verdoppelt und deine Gedanken verkörpert? –

Gustav nahm sich vor, sich aus dem Schlosse zu Ottomar zu begeben, um es zu vergessen, wer noch weiter darin fehle. Es war ein stummer ausgewölkter Abend, ein Schatte nicht des schon weit weggezognen Sommers, sondern des Nachsommers, als Gustav aufbrach, nachdem er vergeblich auf die Rückkehr und Gesellschaft des Doktors gewartet hatte. In der leeren Luft, durch die keine gefiederte Töne, keine klopfende Herzen mehr flogen, zeigte sich nichts Lebendiges als die ewige Sonne, die kein Erdenherbst bleicht und fället und die ewig offen unsern Erdball immerfort ansieht, indes unter ihr tausend Augen sich öffnen und tausend sich schließen. An einem solchen Abend springt der Verband von alten Wunden auf, die wir in uns tragen. Gustav kam still im Dorfe an; am Eingange des Gartens, der das Ottomarsche Schloß halb umlief, stand ein Knabe, der die erhabene Melodie eines erhabenen Lieds[2] auf einer Drehorgel dem Gehör eines Kanarienvogels vordrehte, der sie singen lernen sollte. »Ich krieg' schon viel, wenn ers pfeifen kann«, sagte der winzige Organist. An einen Baum gelehnt stand Ottomar der weiten Abendröte und diesen Abendtönen gegenüber; die Sonne außer ihm ging, hinter einer bleifarbenen großen Wolke in ihm, unter. Gustav mußte, eh' er ihn erreichte, vor einer dichten Nische und einem alten Gärtner darin vorbei, an welchem ihn zweierlei wunderte, daß er ihm erstlich mit keinem Worte für seinen Gutenabend dankte, und zweitens, daß so ein alter vernünftiger Mann ein Kindergärtchen auf dem Schoße hatte und besah. Durch die Laube nahm er an einer Sonnenuhr eine Erhöhung wie ein Kindergrab und einen Regenbogen von Blumen wahr, der es umblühte und überlaubte; auf der Erhöhung lagen die Kleider eines Kindes so geordnet, als wär' etwas darin und hätte sie an. Ottomar empfing ihn mit einer Sanftheit, die man nur in heftigen Charakteren in so unwiderstehlichem Grade findet, und sagte mit leiser Stimme: »er feiere den Todestag aller Jahrszeiten, und heute

2   »Jüngling, den Bach der Zeit hinab schau' ich, in das Wellengrab des Lebens, hier versank es etc.« Der Anfang heißet eigentlich: »Traurig ein Wanderer saß am Bach, sah den fliehenden Wellen nach.« Volkslieder.

wäre des Nachsommers seiner.« Sie kamen, indem sie ins Schloß gingen, vor dem Gärtner vorbei, und er nahm den Hut nicht ab – ferner vor 319 dem leeren Kleid auf dem Grab, und es lag noch unter den Blumen, und vor dem Klavieristen, der noch das Lied spielte: »Jüngling, den Bach der Zeit etc.« Da wir das Feierliche nur in Büchern, selten im Leben finden: so wirkt es im letzten nachher desto stärker.

Man muß noch merken, daß in Ottomar der Ausdruck der stärksten Gefühle durch eine gewisse Sanftheit, womit sein Weltumgang und sein Alter sie brach, unwiderstehlich in den stillen Strudel zog. Er öffnete – Kinder waren die Lakaien – ein Zimmer des dritten Stockwerks. Die Hauptsache waren nicht darin die Gemälde mit schwarzen Gründen und weißen Särgen, oder die Worte über den Särgen: »Darin ist mein Vater, darin meine Mutter, darin meine Frühlinge«, – auch der sehr große gemalte Sarg nicht, worüber stand: »Darin liegen sechs Jahrtausende mit allen ihren Menschen.« – Sondern das Wichtigste war das Ungemalte, wovor sich Gustav tief bückte: eine schöne Frau, die sich zu einem unserm Gustav fast ähnlichen Kinde herabneigte, weil es ihr etwas leise sagen wollte; ferner bückt' er sich vor einem alten Offizier in Uniform, der eine zerrissene Landkarte, und vor einem schönen jungen Italiener, der ein fliegendes Stammbuch hielt. Das Kind hatte einen Vergißmeinnicht-Strauß auf der Brust, die Frau und die zwei Männer hatten einen schwarzen Strauß. Aber was noch mehr ihn überraschte, war der Doktor Fenk am Fenster, mit einer Rose an der Brust. – –

Gustav eilte ihm zu; aber Ottomar hielt ihn. »Es ist alles von Wachs«, sagt' er, nicht mit einem kalten, gegen das Schicksal erbitterten Ton, sondern mit einem ergebenen. »Alles, was mir in meinem Leben Liebe und Freude gab, steht und bleibt in diesem Zimmer – wer gestorben ist, dem gab ich schwarze Blumen – bei meinem verlornen Kinde weiß ichs noch nicht, und seine Kleider liegen draußen im Garten … O wem Gott Ruhe in den Busen schickt, daß sie das nackte Herz umwickele und seine Zuckungen besänftige, dem ist so wohl wie denen, die er betrauert – er tut sanft und fest sein Auge auf, wenn ihm das Schicksal holde Gestalten zuschickt, und wenn sie wieder gehen und gräßliche heranfahren, so schließt ers ruhig wieder zu.« – – 320

O Ottomar! das kannst du nicht, bevor deine wogenden Kräfte am Alter sich gebrochen haben! Mach immer dein Herz drei Tage lang für die Ruhe weit; am vierten zieht es der Krampf der Freude oder des Schmerzens zusammen und drückt sie tot!

Manche Menschen können ohne Schauder keine Wachsfiguren sehen: Gustav gehörte darunter; er nahm Ottomars Hand, um sich gleichsam ans Leben zu klammern gegen so viel Spiele und Nachäffungen des Todes ... Plötzlich lärmt etwas durch das stille Schloß ... die Treppen herauf, ins Zimmer hinein ... an Ottomars Hals hinan ... Fenk wars, der ihn hier nach der Auferstehung von Toten zum ersten Male umfing und dem unter der engen Umarmung keine Entfernung von dem, zwischen welchem und ihm sich Länder und Jahre und Tod gelegt hatten, klein genug zu sein vermochte. Gustav, noch an der Hand Ottomars, wurde in den Bund der Liebe mit hineingeschlungen, und wäre der Tod selber vorbeigegangen, er hätte seine kalte Sichel nicht durch drei eng, sprachlos und warm verknüpfte Herzen gedrängt. – »Rede, Ottomar«, sagte der Doktor, »das letztemal warst du stumm.« – – Ottomars Ruhe war nun zergangen: »Auch *die* (die Wachsfiguren) reden ewig nimmer« (sagt' er mit zerdrückter Stimme) – »sie sind nicht einmal bei uns – wir selber sind nicht beisammen – Fleisch- und Bein-Gitter stehen zwischen den Menschen-Seelen, und doch kann der Mensch wähnen, es gebe auf der Erde eine Umarmung, da nur Gitter zusammenstoßen und hinter ihnen die eine Seele die andre nur *denkt?*«

Alle wurden still – die Abendglocke sprach über das schweigende Dorf hinüber und tönte klagend auf und nieder – Ottomar hatte wieder seine erschreckliche Vernichtung-Minute, wie er sie nennt – er trat zur wächsernen Frau und nahm das schwarze Todes-Bouquet und steckt' es über sein Herz – er besah sich und seine zwei Freunde und sagte kalt und eintönig: »Sonach leben wir drei – das ist das sogenannte Existieren, was wir jetzt tun – wie still ists hier, überall, um die ganze Erde – eine recht stumme Nacht steht um die Erde herum, und oben bei den Fixsternen wills nicht einmal Lichter werden.« – – Zum Glück trabte und waldhornierte der Fürst und seine Jagd-Genossenschaft durch das Dorf und verscheuchte die Nacht aus drei Menschen: so sehr hängen wir vom Gehör ab, so sehr gibt die äußere Welt unsrer innern Lichter und Farben. – –

Ich habe von allem, was sie nachher in andern Zimmern *taten*, keine Merkwürdigkeit, und von allem, was sie darin *sahen*, nur dreie einzurücken – die, daß Ottomar fast lauter Kinder zu Bedienten, lauter ganz junges Vieh und lauter Blumen um sich hatte: denn heftige Charaktere hängen sich gern ans Sanfte. –

Das Schulmeisterlein Wutz tritt eben in meine Stube herein und sagt, er für seine Person habe noch an keinem Andreastage so viel geschrieben. Nun, so soll denn aufgehört werden.

Sechsunddreißigster oder II. Advent-Sektor

Kegelschnitte aus vornehmen Körpern – Geburttag-Drama – Rendezvous (oder, wie Campe sich ausdrückt, Stell dich ein) im Spiegel

Auf dem Steindamm nach dem neuen Schlosse fürchtete Beata sich, in diesem ihren Gustav zu finden; im Schlosse selber wünschte sie das Gegenteil, sobald sie hörte, er sei in Ruhestatt. Ihre Mutter hatte ihr, indem sie mit ihr die Regimenter der Roben, Mäntel etc. teils reduzierte, teils überkomplett machte, so viel bewiesen, Beata werde von ihrer *eignen* Empfindung getäuscht und das Paradies ihrer unschuldigsten Liebe sei nach ihrer *mütterlichen* Empfindung blutschlecht und wirklich ein pontinischer Sumpf – die Blütenbäume darin seien Giftbäume – der Blumenflor bestehe teils aus giftigen Kupfer-, teils aus falschen Porzellan-Blumen – auf den Grasbänken darin sitze man sich Schnupfen an und das sanfte Wiegen des magischen Bodens sei eine Erd-Erschütterung. Diese Eidesverwarnung *nach* dem Eide der Liebe ließ sich noch hören; aber daß sie noch Beatens Jugend einwandte – die gewöhnlichste, einfältigste, unwirksamste und am meisten aufbringende Einwendung gegen eine lebendige Empfindung –, das begann den kleinen Eindruck ihrer Wochenpredigt zu schwächen, den die Nutzanwendung gar weglöschte: daß ihr Vater ihr schon den Gegenstand ihrer Liebe halb und halb gewählt … Meine Gerichtprinzipalin war recht gescheit; aber, meinem Gerichtprinzipal zuliebe, auch oft recht dumm.

Beata brachte also dem Gustav ein durch dieses Zersetzen äußerst weiches und zärtliches Herz über den Steindamm mit – und er kam auch mit einem solchen wunden an, um welches kein Blättchen eines Kallus mehr hing. Ottomars salomonische Predigten über und gegen das Leben hatten seine Puls- und Blutadern mit einer unendlichen Sehnsucht gefüllet, die armen zerfallenden Menschen zu lieben und mit seinen zwei Armen, eh' sie auf die Erde fielen, das schönste Herz an sich zu ziehen und zu pressen, eh' es unter die Erdschollen niedersänke. Die Liebe heftet ihre Schmarotzerpflanzen-Wurzeln an alle andre Empfindungen.

Es war Zeit, daß sie kamen, des Herrn von Oefels wegen. Denn am Hofe vermißte man sie, wie überhaupt *jeden,* gar wenig. Ein russischer Fürst von *** – ein Mulatte und Deponens von Hofmann und Vieh, dessen sichtbare Extremen sich in die unsichtbaren Extreme von Kultur und Wildheit endigten – war samt einem Rudel von Franzosen und Italienern dagewesen, die sämtlich wie ihr Altmeister die für die große Welt alltägliche Sonderbarkeit hatten, daß sie – nicht *ganz* waren; – für einen Weltmann ist heutzutage nichts schwerer, als aus seinem Körper nicht das zu machen, was ich mit Recht aus meiner Lebensbeschreibung mache – einen Sektor oder Ausschnitt. In der Tat sah diese fragmentarische Division wie ein Phalanx von Krüppeln aus, der zu einem Wundertäter reiset. Der meisten Glieder, die wir bei der Auferstehung nicht wiederkriegen, z.B. Haare, Magen, Fleisch, H-- und andre[1] – daher freilich der große Connor leicht verfechten kann, ein auferstandner Christ falle nicht größer aus wie eine Stechfliege – solcher Glieder hatte sich die amputierte Junta schon vor der Auferstehung entladen oder doch viel davon weggetan.

Ich hab' oft darüber nachgedacht, warum tuns die Großen und machen sich zu Kleinen im physischen Sinn; aber ich war zu unwissend, andre Gründe zu erraten als folgende: der Sitz des Zorns (wofür nach Winckelmann die Griechen die menschliche Nase hielten) kann nicht bald genug ausgerottet werden, weil weder ein Hofmann noch ein Christ Zorn beweisen soll. – Zweitens: verkleinerte Körper sind wenig von bucklichten, auch in der Größe, verschieden; diese aber, wie wir an Äsop, Pope, Scarron, Lichtenberg und Mendelssohn sehen, haben viel Witz. Nun zieht der Weltmann aus den starken Fässern unserer Vorfahren geschickt den *Spiritus* auf kleine Körper-Flaschen, und solche Einschnitte und optische Verkürzungen und *Kuren* des Leibes machen

---

1   Nach den ältern Theologen (z.B. Gerhard loc. theol. T. VIII. p. 1161) stehen wir ohne Haare, Magen, Milchgefäße etc. auf. Nach Origenes stehen wir auch ohne Fingernägel und ohne das, was er selber schon in diesem Leben verloren, auf. Nach Connor. med. mystic. art. 13 kommen wir mit nicht mehr Materie aus dem Grabe, als wir bei der Geburt oder Zeugung umhatten.

unfähig, etwas anders zu werden als witzig oder höchstens stupid: so kann eine Flöte, in die *Risse* kamen, keine andre Töne von sich geben als *feine* und *hohe*. Witz wird aber bekanntlich in der großen Welt, wenn nicht mehr, doch ebensoviel geschätzt wie Unmoralität. – Drittens: wie die alten Patriarchen darum ein *langes* Leben bekamen, um die Erde zu bevölkern, so haben sich viele Kosmopoliten in der nämlichen Absicht ein *kurzes* vorgenommen und gern das Leben von andern Menschen mit einem Curtius-Sturz in den tödlichen Schlund erkauft. Es ist aber noch die Frage, ob ich recht habe. – Die vierte Ursache kenn' ich aus geheimen mystischen Gesellschaften, wo eben jene Menschen-Segmente sie kennen lernten. Heutiges Tages muß jede Seele von – Stand *desorganisiert* und *entkörpert* werden. Hier hat man nun nicht mehr als zwei ganz verschiedne Operationen. Die kürzeste und schlechteste meines Erachtens ist die, daß sich der Mensch – aufhenkt und daß so die Seele den Körper von sich wie eine Warze *abbindet*. Ich wurde keinen Großen deshalb tadeln, wenn ich nicht wüßte, daß er die weit bessere und sanftere Operation vor sich habe, wodurch er seinen Leib gleichsam als die *Form,* worein die geistige Statue gegossen ist, bloß gliedweise ablösen kann. Ich will hier nicht in den Fehler der Kürze, sondern lieber in den entgegengesetzten fallen. Also: der Körper ist nach Philosophen, die auch eine Seele haben, bloß ein Werkzeug, ihre und unsre auszubilden und sie an die Entbehrung dieses Werkzeugs zu gewöhnen. Die Seele muß alle Fäden, die sie an den Klumpen schnüren, nach und nach zerfressen und abbeißen. Er ist ihr das, was den Kindern, die schwimmen lernen, der korkene Küraß[2] ist: täglich muß sie diesen Küraß zu verkleinern suchen, um endlich ohne ihn zu schwimmen. Der philosophische Mann von Welt und das Mitglied geheimer *desorganisierender Unionen* schafft also von diesem Schwimm-Panzer anfangs nur das Fleisch an Beinen und Backenknochen beiseite. Das ist noch wenig. Darauf brennt er durch *Glühfeuer* Gehirn, Nerven und anders Zeug weg, weil sie das *Küchenfeuer* aushielten. Die Haare oder das menschliche Rauchwerk bringt jeder ohne Mühe weg. Der wichtigste Schritt bei dieser Küraß-Sektion ist der, daß man ohne das Barbiermesser des *Origenes* so viel bewerkstellige – nur sanfter – wie er. Ist das vorbei: so hat man zu jener

324

---

2   *Zückert* in seiner Diätetik schlägt einen korknen Küraß vor, der über dem Wasser aufrecht erhält und den man, so wie die Fertigkeit, oben zu schweben, wachse, beschneiden könne.

y

w

völligen Ertötung nicht mehr weit, wo der ganze Küraß rein herunter ist und wo die Seele im Meere des Seins endlich schwimmen gelernt hat, ohne von ihrem Schwimmkleid nur so viel, als man zum Verkorken einer Flasche bedarf, noch um sich zu haben. Nachher wird man beerdigt. So wenigstens trägt man in geheimen Gesellschaften von Ton die menschliche Entkörperung vor.

Diese zerbrochne Gesellschaft deckte unsern und jeden Hof so schön wie zerbrochne Porzellan-Gefäße holländische Beete; zweitens hatte sie die höflichste Art von der Welt, grob zu sein. Wäre unter diesen Leuten ein gewisses je ne sais quoi nicht der Unterschied zwischen Laune und Grobheit, zwischen Feinheit und Beleidigung: so fehlte er.

Ich sagte oben, es war Zeit, daß unser Paar ankam, des Herrn von Oefels wegen. Denn das Geburtfest der Residentin rückte heran, gleichwohl hatte noch kein Mensch eine Seite von seiner Rolle memoriert. Die Leser haben noch ebensowenig vom Geburttag-Drama im Kopfe als die Spieler; daher soll ihnen hier ein dünner Absud dieser Oefelschen Pflanze vorgesetzt werden.

*

Dekokt aus dem Geburttag-Drama

In einem französischen Dorfe waren zwei Schwestern so gut, daß jede verdiente, das Rosenmädchen zu werden, und so uneigennützig, daß jede wollte, die andre würd' es. Marie hieß die eine und Jeanne die andre. Am Tage vor der Austeilung der Preismedaille von Rosen stritten sie sich darüber, wer sie – ausschlagen sollte: denn sie wußten von recht guter Hand, daß bloß auf eine von ihnen die Rosenkrone fallen würde. Jeanne – von der Ministerin gespielt – wischte durch den schönen Einfall unter der Laubkrone hinweg, daß sie ihren Liebhaber Perrin – Oefel stellte *den* vor – öfter und öffentlicher um sich hatte, als eine Rosen-Kompetentin soll. Marie (die Rolle von Beata) konnte also die Krönung nicht von sich, wie es schien, abwenden – indessen bat sie ihren Bruder Henri (Gustav wars), der sie besonders liebte und der seit seiner Kindheit aus ihrem Hause durch seine Reisen weggewesen, diesen bat sie um Sieg in diesem uneigennützigen Wettstreite. Er suchte sie zum entgegengesetzten Siege zu bereden; endlich aber, da er die Unerbittlichkeit ihrer schwesterlichen Liebe so entschieden sah, versprach er, für eine rechte Belohnung ihr die ihrige zu ersparen. »Aber du mußt noch größere Liebe für mich haben«, sagt' er; – »die schwesterliche«, sagt sie; – »eine noch stärkere«, sagte er; – »die freundschaftlichste«, sagte sie; – »eine noch viel stärkere«, sagt' er; – »weiter gibts keine größere«, sagte sie; – »o doch! ich bin ja dein Bruder nicht«, sagt' er und fiel mit liebetrunknen Augen vor ihr nieder und gab ihr ein Papier, das sie aus ihrem bisherigen Irrtum zog und sie dafür in eine kleine Freuden-Ohnmacht stürzte. Sie erschienen alle vier vor dem Gutsherrn und Kranz-Kollator (der Fürst spielte diese Rolle sogar auf dem – Theater), und jede kam seiner Wahl durch eine Bitte und Lobrede für ihre Schwester und durch feine Invektiven auf sich selber zuvor. Der kokettierende Wicht Perrin quästionierte: sollte die Liebe andre Rosen brauchen als ihre eigne? – Marie gab eine fliegende Schilderung von den Vorzügen, denen eine solche Bekrönung gebühre und die zum Teil feine Züge aus Bousens Bilde waren. Der Gutsherr sagte: diese schwesterliche Unparteilichkeit, die so sehr zu bewundern sei wie die Verdienste, die sie zu belohnen suche, verdiene zwei Rosenkronen, eine, um belohnt zu werden, und eine, um selber zu belohnen; (niemand, fiel der scheinbar den Damen und wirklich dem Fürsten schmeichelnde Oefel ein, teilt Kronen schöner aus, als wer sie selber trägt;) und sie würden sich von ihm in nichts als in der *Unparteilichkeit* und Schönheit unterscheiden, wenn sie an seiner Statt vielleicht wie er wählten, wem der Rosenkranz, eh' der Schmetterling von ihm flöge – einer von Brillanten war mit einer Zitternadel in die größte Rose gesteckt –, aufzusetzen sei … »Unserer Rosen-Königin!« riefen die Schwestern und brachten den Kranz der Residentin hin.

326

*

So weit das Drama. Oefel war nichts lieber und glücklicher als die schmeichelnde Folie des andern. Übrigens sah sein Stück wie eine Idylle von Fontenelle aus. *Die* Phantasie, die den von der Kultur dünn geschliffnen Leuten gefallen will, muß schimmern, aber nicht brennen, muß das Herz kitzeln, aber nicht bewegen; die Äste einer solchen Phantasie werden nicht von schweren gedrängten *Früchten,* sondern von *Schneelast* niedergebogen. An solchen Hof-Poeten und an *Ohrwürmern* sind die Flügel gleichsam unsichtbar und winzig, aber beide finden leichter die Wege zum *Ohr.* An deutschen Gedichten ist nichts; hingegen die meisten französischen riechen nicht nach der Studier- und Sparlampe, sondern eher nach parfümierten Strumpfbändern, Handschuhen u.s.w., und je weniger sie haben, was den Menschen interessiert, desto mehr haben sie, was den Weltmann reizt, weil sie nicht mehr die Natur und Himmel und Hölle, sondern ein paar Besuchzimmer abmalen und so nicht ungeschickt in immer engere Windungen des Schneckenhauses sich zurückdrängen.

Oefel war zugleich Theater-Dichter, Spieler und Rollen-Schreiber. Er zog aus dem Drama die Rolle Beatens heraus, die er mit den feinsten Anspielungen auf ihr gegenseitiges Liebeverständnis (dacht' er) oder auf ihr einseitiges (denk' ich) in die Welt gesetzet hatte. Die zärtlichsten Winke hatt' er in *den* Stellen, wo er mit Beata zusammen spielte, hinein versteckt. Er zog deswegen unter manche feine Liebeerklärung und Empfindung bei dem Abschreiben eine exegetische Linie und *bezifferte* verständig seinen *Generalbaß.* »Über tausendmal wird die Schalkhafte das überlesen«, sagt' er zu sich.

Darauf überreichte er ihr bald nach ihrer Ankunft ihre Rolle mit weit mehr scheuer Ehrfurcht, als er selber wußte. Zum Unglück für unsern guten dramatisierenden Hasen fiel Beata in zwei Fehler auf einmal aus einer Ursache. Die Ursache war bloß, der Amor hatte in ihrem Herzen sein Laboratorium aufgerichtet und hatte seine chemischen Ofen und alles hineingesetzt: daraus mußte ihr erster Fehler entstehen, daß sie schöner aussah als sonst ohne diese Wärme; denn jede Empfindung und jede innere Streitigkeit nahm auf ihrem Gesicht die Gestalt eines Reizes an. Von der Liebe kam auch ihr zweiter Verstoß, daß sie sich gegen Oefel heute weit zutraulicher und freimütiger betrug als sonst; denn ein liebendes Mädchen hat von allen übrigen Gegenständen (d.h. von den eignen Empfindungen für sie) nichts mehr zu befahren. Herr von Oefel aber addierte auf seiner Rechenhaut ein ganz andres Fazit heraus; er nahm alles für Freude, daß er nun wieder – zu haben sei. Er ging folglich mit einem Herzen fort, das der Amor so mit lilliputischen Pfeilen vollgeschossen hatte wie ein Nähkissen mit Nadeln.

Er sagte noch an jenem Tage: »Ist das Herz einer Frau einmal so weit, so braucht man nichts zu tun, als daß man sie tun lässet.« Das war ihm herzlich lieb; denn es ersparte ihm die – Bedenklichkeit, sie zu verführen. Sooft er Lovelacens oder des Chevaliers[3] Briefe las: so

3   In den Liaisons dangereuses.

wünschte er, sein einfältiges Gewissen ließ' ihm zu, ein ganz unschuldiges widerstrebendes Mädchen nach einem feinen Plane zu verführen. Aber sein Gewissen nahm keine Vernunft an, und er mußte sein ganzes Kaper-Vergnügen auf die Verführung solcher unschuldigen Personen, die er in seinem Kopfe oder in seinem Roman agieren ließ, einschränken: so sehr herrschet im schwachen Menschen die Empfindung über die Entschließungen der Vernunft, sogar in philosophischen Damen. Mithin blieben der Weiberkenntnis Oefels statt der Fangeisen für die Unschuld nur die für die Schuld zu legen übrig, und das einzige, wo er noch mit Ruhm arbeiten konnte, war das, der Verführer von Verführerinnen zu sein. 328

Man erlaube mir, eine scharfsinnige Bemerkung zu machen. Der Unterschied zwischen *Lovelace* und dem *Chevalier* ist der moralische Unterschied zwischen den Nationen und Jahrzehnden von beiden. Der Chevalier ist mit einer solchen philosophischen Kälte ein Teufel, daß er bloß unter die Klopstockschen Teufel gehört, die nie zu bekehren sind. Lovelace hingegen ist ein ganz anderer Mann, bloß ein eitler Alcibiades, der durch einen Staats- oder Ehe-Posten halb zu bessern wäre. Sogar dann, wo seine Unerbittlichkeit gegen die bittende, kämpfende, weinende, kniende Unschuld ihn mehr den Modellen aus der Hölle zu nähern scheint, mildert er seine gleißende Schwärze durch einen Kunstgriff, der seinem Gewissen einige und dem Genie des Dichters die größte Ehre macht und welcher der ist, – daß er, um seine Unerbittlichkeit zu beschönigen, den wirklichen Gegenstand des Mitleidens, die kniende etc. Klarisse, für ein theatralisches, malerisches Kunstwerk ansieht und, um nicht gerührt zu werden, nur die Schönheit, nicht die Bitterkeit ihrer Tränen, nur die malerische, nicht die jammernde Stellung bemerken will. Auf diesem Wege kann man sich gern gegen alles verhärten; daher schöne Geister, Maler und ihre Kenner bloß oft darum für das *wirkliche* Unglück keine oder zu viele Tränen haben, weil sie es für *artistisches* halten.

Ich muß aber schneller zum Festtage der Residentin eilen, dessen Gewebe unsern Gustav mit Fäden so vieler Art berührt und ankittet.

Er brachte mit dem größten Vergnügen seine Rolle im Drama, wovon noch viel wird gesprochen werden, seinem Gedächtnis bei und wünschte nichts, als er könnte sie noch nicht auswendig. Beata macht' es auch mit der ihrigen so: der Grund war, ihre Rollen waren auf dem Theater aneinander gerichtet, mithin waren es jetzt ihre Gedanken auch;

und für die scheue Beata war es besonders süß, daß sie zarte Gedanken der Liebe für ihn, die sie kaum zu haben und nicht zu äußern wagte, mit gutem Gewissen memorieren konnte. Um nicht immer an ihn zu denken, zerstreute sie sich oft durch das Geschäft des Auswendiglernens der besagten Rolle. Gute Seele! suche dich immer zu täuschen; es ist besser, es zu wollen, als garnichts darnach zu fragen! – Ihr Adoptiv-Bruder konnte bisher durchaus kein Mittel finden, ihr zu begegnen; die Residentin hatte ihn und dadurch dieses Mittel über den russischen Sektor und Torso vergessen; er selber hatte nicht Zudringlichkeit genug, noch weniger den Anstand, der sie schön und pikant macht – bis ihm Herr von Oefel mit einer feinen Miene sagte, die Residentin woll' ihm einige Gemälde, die der Knäse dagelassen, zu sehen geben. »Ich wollt' ohnehin schon lange das Kopieren im Kabinett anfangen«, sagt' er und täuschte weniger jenen als sich. Über seine errötende Verwirrung sagte Oefel zu sich. »Ich weiß alles, mein lieber Mensch!«

Endlich führte ein schöner Vormittag die zwei Seelen, die sich leichter als ihre Körper fanden, bei der Residentin zusammen. Das Taglicht, die bisherige Trennung, die neue Lage und die Liebe machten an beiden alle Reize neu, alle Züge schöner und ihren Himmel größer als ihre Erwartungen – aber schauet euch weder zu viel noch zu wenig an, man blickt auf euer Anblicken! Oder tut es nur: einer Bouse verbirgst du es doch nicht, Gustav, daß dein Auge, das der Scharfsinn nicht zusammen-zieht, sondern die Liebe aufschließet, immer nur bei benachbarten Ge-genständen sich aufhält, um ein Streiflicht von ihr wegzufangen; – es hilft auch dir nichts, Beata, daß du es mehr wie sonst vermeidest, ihm nahe zu stehen und ihn zu veranlassen, daß seine Stimme und seine Wangen seine Verräter werden! Es half dir, wie du selber sahest, nichts, daß du der Wiederholung des »Idolo del mio cuore« bei seiner Ankunft auszuweichen suchtest; denn bat ihn nicht die Residentin, deiner Stimme auf dem Klaviere mit den Fingern nachzufließen und seinen innern Freuden-Sturm durch den Schimmer des Auges und durch den Druck der Tasten und durch die Sünden gegen den Takt zu offenbaren? – Diejenigen meiner Leser, die die Residentin frisiert oder bedient oder gesprochen oder gar geliebt haben, können mir es gegen andre Leser bezeugen, daß unter anderen Kaminverzierungen ihres Toilettenzimmers – weil die Großen nichts als Zieraten essen, bewohnen, anziehen, besitzen und beschlafen etc. mögen – auch Schweizerszenen waren und unter diesen eine tragantene Kopie des Eremitenberges: auf diesen Freuden-

Olymp stiegen vor den Augen Gustavs Beatens ihre nicht mehr, sooft diese auch vorher den Berg beschienen hatten – endlich befeuchteten sich auch beider Augen, wenn Amandus' Name beide durchtönte, mit einer süßern lebhaftern Rührung, als die über einen Dahingegangnen ist. – – Kurz sie würden sich wie alle Liebende weniger verraten haben, wenn sie sich weniger verborgen hätten. Die Residentin schien heute, was sie allemal schien: sie hatte eine stille, *denkende*, nicht *leidenschaftliche* Verstellung in ihrer Gewalt, und auf ihrem Gesicht sah man nicht die falschen Mienen die aufrichtigen erst verjagen. – Das schönste Gemälde aus dem Nachlasse des Russen war nicht zu Hause, sondern unter dem Kopierpapiere des Fürsten. –

So stumm und doch so nahe muß Gustav der Geliebten gegenüber bleiben; nur mit drei Worten, nur mit einem Druck der ziehenden Hand wenn er seine von Empfindungen elektrisierte Seele zu entladen wüßte! – Warum wollen alle unsere Empfindungen aus unserem Herzen in ein fremdes hinüber? – Und warum hat das Wörterbuch des Schmerzens so viele Alphabete und das der Entzückung und der Liebe so wenige Blätter? – Bloß eine Träne, eine drückende Hand und eine Singstimme gab der Welt-Genius der Liebe und der Entzückung und sagte. »Sprecht damit!« – Aber hatte Gustavs Liebe eine Zunge, als er (bei einem Abwenden der Residentin auf 7 Sekunden) im Spiegel, dem er am Klavier gegenübersaß, mit seinen dürstenden Augen das darin flatternde Bild seiner teuren Sängerin küßte – und als das Bild ihn ansah – und als das blöde Bild vor dem Feuerstrom seines Auges das Augenlid niederschlug – und als er sich plötzlich nach dem nahen Urbild des wegblickenden Farben-Schattens umdrehte und sitzend in das gesenkte Auge der stehenden Freundin mit seiner Liebe eindrang und als er in einem Augenblicke, den Sprachen nicht malen, sich nicht einmal in *eine,* nicht einmal in *einen* Laut ergießen durfte? – Denn es gibt Augenblicke, wo der tief aus der fremden Seele emporgehobne Schatz wieder zurücksinkt und im Innersten verschwindet, wenn man redet – ja wo das zarte, bewegliche, schwimmende, brennende Gemälde der ganzen Seele sich kaum *in* oder *unter* dem durchsichtigen Auge wie das zerstiebende Pastellgebilde unter dem Glase beschützt ...

Deswegen wars meiner Einsicht nach recht wohl getan, daß er zu Hause sofort einen Liebebrief verfaßte. Durch einen solchen Assekuranzbrief des Herzens verbriefte der Lebensbeschreiber von jeher seine Liebe im eigentlichen Sinne. Aber als ihn Gustav fertig hatte, wußt' er nicht, *wie* er zu insinuieren sei, auf welcher Penny-Post. Er trug ihn so lange herum, bis er ihm nicht mehr gefiel – dann schrieb er einen neuen bessern und trug ihn wieder so lange bei sich, bis er den besten schrieb, den ich im nächsten Sektor hereinschreiben will. Bei dieser Gelegenheit kündige ich dem Publikum auf Ostern meinen »expediten und allzeitfertigen Liebebrief-Steller« an, den alle Eltern ihren Kindern bescheren sollten.

Apropos! Der Pelz-Kurierstiefel und der Beschlag mit Senf und die Eis-Krone haben glücklich mein Blut in die Füße gefüllet und dem Kopfe nicht mehr davon gelassen, als er haben muß, um für ein deutsches Publikum anmutige Ab- oder Ausschnitte aufzusetzen.

Siebenunddreißigster oder heil. Weihnacht-Sektor

Liebebrief – Comédie – Souper – bal paré – zwei gefährliche Mitternachtszenen – Nutzanwendung

Ich habe in dieser fröhlichen Zeit keinen recht fröhlichen Sinn: vielleicht weil mein auseinander wollender Körper so wenig wie eine Längen- und Seeuhr richtig geht – vielleicht liegt mir auch der Inhalt dieses Sektors im Kopfe – vielleicht schleicht auch, beim Anblick der allgemeinen Kinderfreude, das Blut so traurig fort zwischen dem Wintergrün und Herbstflor jener Erinnerung, wie es sonst war, wie die Freuden des Menschen dahinrollen, wie sie ihre Entfernung von uns durch einen aus fernen Ufern herüberblinkenden Widerschein bezeichnen und wie unsre längsten Tage uns selten so viel geben, als dem Kind der kürzeste oder die Christnacht im Genießen oder Hoffen gibt. – –

Von Gustavs herzlichem Brief hätte ich vor vierzehn Tagen nicht so leichtsinnig reden sollen, als ich tat. Er heißt so:

*

»Eh' ich dieses schrieb, gingen Sie, unaussprechlich Teuere, mit Lauren den Park hinauf, um die ermattende Sonne, die zwischen zwei großen Wolken herabschien, noch ein wenig zu genießen; zu Ihren Seiten flogen Wolkenschatten dahin, aber mit Ihnen ging der Sonnenschein. Ich dankte dem Laube, daß es zu Ihren Füßen lag und mir Sie nicht verdecken konnte; aber ich hätte alle dornichte Blätter von der Stechpalme pflücken wollen, hinter denen Sie verschwanden und von mir gingen. ›O könnt' ich ihr‹ – dacht' ich – ›den herbstlichen Weg mit jungen Blumen und Schmetterlingen bestreuen, könnt' ich sie mit Blüten und Nachtigallen umzingeln und vor ihr die Berge und die Wälder mit dem Frühling überdecken: ach! wenn sie dann vor Freude bebte und mich ansehen und mir danken müßte ...‹ Aber diese Blüten, diese Nachtigallen, diesen Frühling haben Sie mir gegeben; Sie haben über mein Leben einen ewigen Mai gesandt und aus einem Menschen-Auge Freudentränen gepresset – allein was vermag ich zu geben? – Ach, Beata, was hab' ich Ihnen zu geben für dieses ganze Elysium, womit Sie das schwarze Erdreich meines Lebens durchwinden und überblümen, und für Ihr ganzes, ganzes Herz? – – Meines – – das hatten Sie ja schon ohne das, und weiter hab' ich nichts; für alle schöne Stunden, für alle Ihre Reize, für alle Ihre Liebe, für alles, was Sie geben, hab' ich nichts als nur dieses treue, glückliche, warme Herz ...

Ja, ich habe nur dieses; aber wenn der göttliche Funke der höchsten Liebe im Menschen-Herzen glühen kann, so ruht er in meinem und brennt für die, die ich nur lieben, aber nicht belohnen kann. – Du höherer Funke wirst in meinem Herzen für sie fortglimmen, wenn es Tränen überschwemmen, oder Unglück zusammendrückt, oder der Tod einäschert ... Beata! auf der Erde kann kein Mensch dem andern sagen, wie er ihn liebe. Die Freundschaft und die Liebe gehen mit verschlossenen Lippen über diese Kugel, und der innere Mensch hat keine Zunge. – Ach, wenn der Mensch draußen im ewigen Tempel, der sich bis an 333 die Unendlichkeit hinaufwölbt, mitten im Kreise von singenden Chören, heiligen Stätten, opfernden Altären, vor einem Altare betäubt niederfallen und beten will: o so sinkt er ja so gut wie seine Träne zu Boden und redet nicht! – Aber die gute Seele weiß, wer sie liebt und schweigt, sie übersieht das stille Auge nicht, das sie begleitet, sie vergisset das Herz nicht, das stärker klopft und doch nicht reden kann, und den Seufzer nicht, der sich verbergen will. – Aber, Beata, doch! – wenn einmal dieses Auge und dieses Herz ihr Schweigen geendigt, wenn sie in der seligsten Stunde mit allen Kräften der liebenden Natur zur geliebten Seele haben sagen dürfen: ›Ich liebe dich‹: so ists hart und schwer, wieder stumm zu werden, es tut so wehe, das emporgehobne flammende drängende Herz wieder in eine enge kalte Brust zurückzudrücken – dann will im Innersten die stille Freude in stillen Kummer zerrinnen und schimmert traurig in diesen, wie der Mond in den Regenbogen, den die Nacht aufrichtet … Beata! ich kann keine Bitten haben und keine wagen; ich kann mir das Eden malen, das mir Beatens Blicke und Worte geben können, aber ich darf es nicht begehren; ich muß ans Ufer des Silberschattens, der uns schon im Traum und jetzo wie ein breiter Strom im Leben scheidet, mich mit allen meinen Wünschen heften; aber, Teuere, wenn ichs nicht zuweilen höre, wem das kostbarste Herz sich geschenket hat, wie soll ich den Mut behalten, es zu glauben? – Wenn ich dieses holde Herz unter so viel guten und erhöhten Menschen erblicke und dann zu mir sagen muß: ach ihr alle verdient es gleichwohl nicht: so sinkt ein freudiges Staunen auf mich, daß es meiner Seele sich gegeben, und ich glaub' es kaum. Geliebte! tausend waren Deiner würdiger; aber keiner wäre durch Dich glücklicher geworden, als ich es bin!«

*

Das Schwerste war jetzt, den Brief auf andern Flügeln als unter denen einer Brieftaube – Venus hing wahrscheinlich einen Postzug Brieftauben ihrer Gondel vor – an Ort und Stelle zu schaffen. Zu so etwas sah er keine Möglichkeit, weil er unter allen Möglichkeiten solche am schwersten sieht. – Meine Schwester sieht solche am leichtesten.

– Es gab sich alles in der Komödienprobe.

Ordentliche Komödien werden nämlich nicht, wie ihre Schwestern, die politischen, aufgeführt, ohne probiert zu sein. Ich will gern zwischen der Komödienprobe und der Komödie einen so schmalen papiernen Zwischenraum als möglich lassen; aber der Leser muß seines Orts auch behend zublättern und nicht sowohl die Hände in den Schoß legen als das Buch. Die Probe war im alten Schlosse – Oefel machte seine Sache gut genug – Beata noch besser – und Gustav am aller- schlechtesten. Denn die Gesichter des Fürsten und der Ohnmächtigen setzten wie Salpetersäure und Salz sein Herz fast zu einem Eiskegel um; vor manchen Menschen ist man schlaff und unfähig, begeisterte Gefühle zu haben. – Sonderbar! nur die seinigen, aber nicht Beatens ihre wurden von dieser durchs Theater streichenden Nordluft erkältet. Es ist aber doch nicht sonderbar; denn die Liebe wirft den Jüngling aus seinem Ich hinaus unter andre Ich, das Mädchen aber aus fremden in das ihrige hinein. Kaum oder wenig nahm Beata die Approchen des regierenden Akteurs oder agierenden Regenten wahr – Oefel aber sah es und dachte seinem Siege über den hohen Nebenbuhler nach –, welcher sich ihr in einer nicht sehr großen Schneckenlinie näher drehte, was er an Hofdamen gewohnt war, die nur in der Jugend ihre Tugend à la minutta weggeben, im Alter hingegen einen größern Handel damit in grosso treiben. Ich sagte eben etwas von einer Schneckenlinie, weil ich einen Einfall im Kopfe hatte, der so heißet: daß Weiber von Welt und die Sonne die Planeten unter dem Schein, sie in einem *Kreise* um ihre Strahlen herumzulenken, in der Tat in einer feinen *Schneckenlinie* zu ihrer brennenden Oberfläche hinanreißen.

Mitten im Probe-Drama, gerade als Gustav oder Henri der Marie das leere Papier als ein Diplom hinreichte, das ihre Verwandtschaft für null erklärte, fiel ihm das als Henri ein, was einem andern längst als Gustav eingefallen wäre, daß auf dem leeren Papier etwas könnte geschrieben stehen, und zwar das beste Etwas, sein Liebebrief, den wir schon längst gelesen haben. Kurz er nahm sich vor, seinen Brief in der Gestalt jenes Diploms ihr im Drama zuzustecken, wenns nicht anders zu machen wäre. Sogar das Romantische des Entschlusses, seine theatralische Rolle in seine wirkliche hineinzuziehen und so vielen Zuschauern eine andre Täuschung zu machen als eine poetische, hielt ihn nicht ab, sondern trieb ihn an. Ich will es nur gestehen, lieber Gustav – und fiele mein Geständnis selber in deine Hände –, auf deine himmlische Bescheidenheit war der Honigtau des Beifalls, den du an einem solchen Orte nicht einmal für Schmeichelei, sondern bloß für eine Façon zu reden berechtigt warest anzusehen, zerstörend gefallen! Unter allen Dingen ist menschliche Bescheidenheit am leichtesten totgeräuchert oder totgeschwefelt, und manches Lob ist so schädlich wie eine Verleumdung. Im Narrenhause sehen wir, daß der Mensch andern aufs Wort glaubt, er sei närrisch[1], und in Palästen sehen wir, daß er ihnen aufs Wort glaubt, er sei weise. – Überhaupt war Gustav – denn ein Mann ist oft an einem Abend bestimmt, nicht nur lauter schlechte Spiele hintereinander zu machen,

335

---

1   Denn man könnte einen Menschen durch die Versicherung närrisch machen, er sei närrisch. Die Freunde vom jüngern Crebillon beredeten sich einmal, an einem geselligen frohen Abende über keinen Einfall von ihm zu lachen, sondern nur mitleidig zu schweigen, als hab' er nun allen Witz verloren. Und die Sache wurd' ihm auch glaublich gemacht. Wieder andere Schriftsteller werden durch ihre Freunde gerade mit dem umgekehrten Irrtum noch lebhafter getäuscht, daß sie glauben, Witz zu haben.

sondern auch oft lauter unbedachtsame Streiche – am Komödienabend fast zu letztem ausersehen.

... Endlich ist Bousens Geburtfest da ... Mein Gustav! – Noch heute weinen deine Augen nach!

Das Fest zerspällt sich in drei Gänge – Comédie – Souper – und bal paré. Im Grunde ist noch ein vierter Gang: ein Fall.

Am Tage des Drama leerte sich das neue Schloß in das fürstliche zu Oberscheerau aus. Gustav dachte unterwegs (im Wagen Oefels) an seinen Brief, den er übergeben wollte, und an den guten Doktor Fenk ein wenig; aber die abgekürzten Tage gaben ihm zu Besuchen keine Muße. Sein Fehler war, daß die Gegenwart vor ihm allemal wie ein Wasserfall alle ferne Laute überrauschte, – und er wäre vielleicht nicht einmal zu mir gekommen, wenn mich mein beschwerter juristischer Arbeittisch in die Stadt gelassen hätte.

Er sah seine Marie – zehnmal hunderttausend neue Reize ... ich will aber über mich herrschen: so viel ist psychologisch wahr, daß ein bekanntes Mädchen uns an einem fremden Orte auch fremd, aber nur desto schöner wird. Dieses hatte Beata mit der strahlenden Residentin gemein, aber ein gewisser Hauch von bescheidner Furchtsamkeit verschönerte sie mit seinem Schleier allein. Warum war Gustav diesesmal von ihr verschieden? Darum: die männliche Blödigkeit liegt bloß in der Erziehung und in Verhältnissen; die weibliche tief in der Natur – der Mann hat innerlichen Mut und bloß oft äußerliche Unbehülflichkeit; die Frau hat diese nicht und ist dennoch scheu – jener drückt seine Ehrfurcht durch Hinzutreten, diese durch Zurückweichen aus.

Die Ohnmächtige, die sogenannte Défaillante, oder die Ministerin heute ausgenommen! Ihr Winken und Blinken, ihr Lispeln und Zappeln, ihr Witzeln und Kitzeln, ihr Fürchten und Wagen, ihr Kokettieren und Persiflieren – wie soll das der einbeinige Jean Paul biographisch kopieren in gemeiner schlechter Prose? – Gleichwohl ists gar nicht anders zu machen, und er muß. Wenn die bunten *Köpfe* der Weiber im großen Garten der Natur die blauen, roten *Glaskugeln* auf lackierten Stativen vorzustellen hätten (welches unter hundert Männern nicht einer glaubt): so würd' ich in meiner Schilderung so fortfahren: der Ministerin ihrer war nicht übel, sondern bunt; dieser Kopf war ein kurzer pragmatischer Auszug aus zehn andern Köpfen, die nämlich Haare, Zähne, Federn dazu zusammenschossen.

Sie war eine Antike von großer Schönheit, die aber nach den Verwüstungen der Jahre und Menschen nicht mehr unbeschädigt zu haben war; sie mußte also durch geschickte Bildhauer mit neuen Gliedern – z.B. Busen, Zähnen – ergänzet werden.

Auf den Wangen war die *Legierung* mit *Rot*, die tiefere Nachbarschaft wurde mit *Weiß*[2] legiert.

Diejenigen Zähne, die den Menschen in die Reihe der grasfressenden Tiere setzen, die Schneidezähne, waren um so mehr so weiß wie Elfenbein, weil sie selber eines waren, und waren aus dem Munde eines grasfressenden Tieres; – ich mag nun darunter einen Elefanten oder einen gemeinen Mann verstehen, der die Zähne, die er als Ableger einem edlern Stamm einimpfet, selten in etwas anders als Vegetabilien setzet: so ist doch so viel gewiß, daß kein andrer Nachsatz dieses Periodens herpasset als der: sie hatte noch einmal so viel Zähne als andre Christinnen, und zwei Goldfäden dazu, weil der Zahnarzt die einen allemal im Hause und unter der Bürste hatte, während die andern die Dental-Buchstaben aussprachen.

Da man nach den neuesten Lehrbüchern die Trigonometrie und die Busen bloß in *ebene* und *sphärische* einteilen kann, und da sie ganz die scheinbare Wahl vor sich hatte: so zog ihr meßkünstlicher Geist diejenigen Größen, die dem Meßkünstler die meiste Anstrengung und das meiste Vergnügen geben, vor – die sphärischen.

Der Anzug selber suchte, von den Schuhrosetten bis zu den Hutrosetten, seinen Wert in der Form weit weniger als in der Materie und konnte mithin weniger mit den Augen als auf Juwelier-Waagen geschätzet werden, weniger nach Schönheitlinien als nach Karats – es blieb also zwischen ihr und ihrer gesetzgebenden Puppe immer ein Unterschied; übrigens mußte sie sich nach dieser so gut wie jede andre tragen. Ich will nur ein Wort zu seiner Zeit über die Puppen sagen.

*

2   Legierung des Goldes mit Kupfer heißet die mit *Rot*, die mit Silber heißt die mit *Weiß*.

Das Wort über die Puppen

Diese Hölzer haben bekanntlich die gesetzgebende Macht über den schönern Teil der weiblichen Welt in Händen; denn sie sind die Legaten und Vizeköniginnen, welche aus Paris von der im Putz regierenden Linie abgeschickt werden, damit sie die weiblichen deutschen Kreise regieren – und diese hölzernen Plenipotentiare senden wieder ihre *Köpfe* (Haubenköpfe) als missi regii weiter herunter, damit diese die gemeinem Honoratiorinnen beherrschen. Können diese regierenden Häupter von Holz nicht selber kommen: so schicken sie – wie lebende Fürsten im geheimen Rate ihre Stelle durch ihr *Porträt* versehen lassen – ihre *Gesetze* und ihre *Bildnisse* in Schmaußens Corpus aller Reichsabschiede der Mode, welches Corpus wir alle unter dem Namen *Modejournal* in Händen haben. Bei solchen Umständen – da ein Holz dem andern in die Hände arbeitet, aber uneigennütziger als ganze Kollegien, da ferner jährlich neue wie die Prokonsule gewählt werden – wunder' ich mich nicht, daß es mit dem Regimentwesen an den Toiletten gut bestellet ist, und daß das ganze weibliche gemeine Wesen, das Männer nicht beherrschen können, von den in Baßgeigenfutteralen geschickten Wahlregentinnen, die in dieser Aristokratie von Petersburg bis nach Lissabon stehen und lenken, vortrefflich in Ordnung und unter Gesetzen erhalten wird. --

Ich bin der Mann nicht, dem man es erst zu sagen braucht, daß die Puppen, auch die hölzernen, überkleidete Statuen sind, die man verdienten Frauen (in Rücksicht des Anzugs) setzet; – vielmehr bin ich überzeugt, daß diese öffentlichen Denkmäler, die man dem ankleidenden Verdienste errichtet, schon recht viele zur Nacheiferung angefrischet haben und hoffentlich noch mehre anfrischen werden, da ein großer Mann selten so viel Gutes wirkt als seine Statue, die man verehrt; aber ein Hauptpunkt, ohne den sonst alles hinkt, ist offenbar der, daß die Statuen zu – sehen sein müssen. Ohne *den* geb' ich keinen Deut für alles. Was Sokrates an der Philosophie tat, möcht' ich an den besten Puppen tun und sie vom Himmel der Großen auf die Erde des Pöbels ziehen. Ich meine, daß, wenn man die *Marienbilder* oder auch selber Apostel und Heilige, die man in katholischen Kirchen bisher ohne den geringsten Nutzen und Geschmack aus- und anzog, vernünftiger und zweckmäßiger ankleidete, nämlich so wie die französischen Puppen –

wenn die Kirche sich allemal jedes Monat des Modejournals kommen ließe und nach dessen farbigen Vorbildern die Marien (als Damen) und die Apostel (als Herrn) umkleidete und um die Altäre stellte: so würden diese Leute mit mehr Lust *nachgeahmet* und verehrt werden, und man wüßte doch, weswegen man in die Kirche ginge und was sie gerade in Paris oder Versailles anhaben; – man würde die Moden zu rechter Zeit erfahren, und selbst der Pöbel würde etwas Vernünftigeres umlegen, die Apostel würden die Flügelmänner des Anzugs und die Marie die wahre Himmel-Königin der Weiber werden. So müssen kirchliche Vorurteile zu Staats-Vorteilen genützet werden; ebenso wendete der Dominikaner-Mönch Rocco in Neapel (nach *Münter*) die Verschwendung, am Altar der Maria auf der Straße Lampen zu brennen, zur Vermehrung dieser Gassen-Altäre und zur – Straßen-Erleuchtung an.

Ende des Worts über die Puppen

Ich bin dem Leser noch die Ursache schuldig, aus der die Ministerin sich zur Jeannen-Rolle drängte – es war, weil ihre Rolle ihr einen kürzern Rock erlaubte, – oder mit andern Worten, weil sie alsdann ihre lilliputischen Grazien-Füße leichter spielen lassen konnte. An ihrer Schönheit waren sie das einzige Unsterbliche, wie am Achilles das einzige Sterbliche; in der Tat hätten sie, wie des Damhirschchen seine, zu Tabakstopfern getaugt.

Wie viel besser nahm sich Oefel aus! Der ist ein Narr geradezu, aber in gehörigem Maße. Die Residentin überholte jene in jeder Biegung des Arms, den ein Maler, und in jeder Hebung des Fußes, den eine Göttin zu bewegen schien; sogar im Auflegen des Rots, woran die Bouse ihre Wangen bei einer Fürstin angewöhnen mußte, welche von allen ihren Hofdamen diese flüchtige Fleischgebung zu fodern pflegte – ihr Rot bestreifte, wie der Widerschein eines roten Sonnenschirms, sie nur mit einer leisen Mitteltinte … In Rücksicht der Schönheit unterschied sich die ihrige von der ministeriellen, wie die Tugend von der Heuchelei …

Das Drama wurde von den fünf Spielern nicht im Operhause, sondern in einem Saale des Schlosses, der die Krönung der Residentin begünstigte, in die Welt geboren. Ich war nicht dabei; aber man hinterbrachte mir alles. Die gute Marie, Beata, hatte zu viele Empfindung, um sie zu zeigen; sie fühlte, daß sie die Wiederholung ihres Schicksals dramatisiere, und sie besaß zu viele von den guten Grundzügen des weiblichen Charakters, um sie vor so vielen Augen zu entblößen. Ihre beste Rolle spielte sie also innerlich. Henri, Gustav, spielte außer der innerlichen auch die äußerliche gut, aus der nämlichen Ursache. Nebst der Musik isolierte und hob ihn gerade die Menge, die ihn umsaß, aus der Menge; und das Feierliche gab seinen innern Wellen die Stärke und Höhe, um die äußern zu überwältigen. Der Brief, den er überreichen wollte, verwirrte seine Rolle mit seiner Geschichte, die ich schreibe; und das falsche Lob, das die Ministerin seiner neulichen Proberolle aus eben der unüberzeugten Affektation gegeben hatte, woraus sie die ihrige überspannte, half ihm wahres ernten. – Der blödeste Mensch ist, wenn viel Phantasie unter seinen Taten glimmt, der herzhafteste, wenn sie emporlodert. –

Es wäre lächerlich, wenn mein Lob von der Wärme seines Spiels bis zur Feinheit desselben ginge; aber die Zuschauer vergaben ihm gern, weil die Armut an letzter[3] sich mit dem Reichtum an erster verband, um sie in die Täuschung zu ziehen, er sei von – Lande und bloß Henri. –

Dieses Feuer gehörte dazu, um seiner geliebten Marie Beata an der Stelle, wo er ihr die Brüderschaft aufkündigt, den wahren Liebebrief zu geben – sie faltete ihn zufolge ihrer Rolle auf – unendlich schön hatt' er die sein ganzes Leben umschlingende Worte gesagt: »O doch, ich bin ja dein Bruder nicht« – sie blickte auf seinen Namen darin – sie erriet es schon halb aus der Art der Übergabe (denn sicher mankierte noch kein Mädchen einer männlichen List, die es zu vollenden hatte) – aber es war ihr unmöglich, in eine verstellte Ohnmacht zu fallen – denn eine wahre befiel sie – die Ohnmacht überschritt die Rolle ein wenig – Gustav hielt alles für Spaß, die Ministerin auch und beneidete ihr die Gabe der Täuschung. – Henri weckte sie bloß mit Mitteln, die ihm sein Rollen-Papier vorschrieb, wieder auf, und sie spielte in einer Verwirrung, die der Kampf aller Empfindungen, der Liebe, der Bestürzung und der Anstrengung, gebar, und in einer andern als theatralischen Verschönerung bis zu Ende Henris Geliebte, um nicht Gustavs seine zu spielen. Nach dem Spiele mußte sie allen übrigen Lustigkeiten des heutigen Abends entsagen und in einem Zimmer, das ihr der Fürst so wie der Doktor mit vielem empressement aufdrang, Ruhe für ihre nachzitternden

---

3   Nämlich bloß an konventioneller; denn es gibt eine gewisse bessere, von der nicht allemal jene, aber wohl allemal gebildete Güte des Herzens und Kopfes begleitet wird.

Nerven und im Briefe Unruhe für ihren schlagenden Busen suchen. Ich hebe, Teure, den Vorhang immer höher auf, der damals noch das verhüllte, was jetzt deinen Nerven und deiner Brust die Ruhe nimmt!

Gustav sah nichts; an der Tafel, woran er sie vermißte, hatt' er nicht den Mut, seine fremden Nachbarinnen um sie zu fragen. Andre Dinge fragt' er kühner heute; nicht bloß der heutige Beifall war eine Eisen- und Stahlkur für seinen Mut gewesen, sondern auch der Wein, den er nicht trank, sondern aß an den närrischen Olla Potridas der Großen. Dieses gegessene Getränk feuerte ihn an, die Bonmots wirklich zu offenbaren, die er sich sonst nur innerlich sagte. Und hier bezeug' ich öffentlich, daß es mich noch bis auf diese Minute kränkt, daß ich sonst bei meinem Eintritte in die große Welt ein ähnlicher Narr war und Dinge dachte, die ich hätte sagen sollen. – Besonders bereu' ich dies, daß ich zu einer Tranchee-Majorin, die ihr kleines Mädchen an der Hand und eine Rose, aus deren Mitte eine kleine gesprosset war, am Busen hatte, nicht gesagt habe: Vous voilà! und daß ich nicht auf die Rose gewiesen, ob ich gleich das ganze Bonmot schon fertig gegossen im Kopfe liegen hatte. Ich führte nachher die Saillie lange in den Gehirnkammern herum und paßte auf, brennte sie aber zuletzt doch auf eine recht dumme Weise los und darf die Person hier nicht einmal nennen.

Da eine Winterlandschaft mit einem künstlichen Reife, der in der Wärme des Zimmers zerfloß und einen belaubten Frühling aufdeckte, unter den Schau-Gerichten, den optischen Prunk-Gerichten der Großen, mit stand: so hatte Gustav einen hübschen Einfall darüber, den man mir nicht mehr sagen konnte. Gleichwohl ob er gleich unter dem schönsten Deckenstücke und auf dem niedlichsten Stuhle aß: so nahm er doch, als ein bloßer Hof-Anhänger, an allem Anteil, was er sagte, und an jedem, mit dem er sprach; dir war noch, du Seliger, keine Wahrheit und kein Mensch gleichgültig. Aber er steht dir noch bevor, jener herbe Übergang von Haß und Liebe zur Gleichgültigkeit, welchen alle auszustehen haben, die mit vielen Menschen oder mit vielen Sätzen, für die sie kalt bleiben müssen, sich abgeben!

342

Die Residentin zog seine scheuen Talente heute mehr als sonst ans Licht und beschönigte den Anteil, den sie an ihm nahm, leicht mit seinen Theater-Verdiensten um sie. – Endlich fing das dritte Schauspiel an, worin mehre als in den beiden andern glänzen konnten; denn es wurde nur mit den Füßen gespielt – der *Ball* kam. Tanzen ist der weiblichen Welt das, was das Spielen der großen ist – eine schöne Vakanzzeit der

Zungen, die oft unbeholfen, oft gefährlich werden. Für einen Kopf wie der Gustavische, der so viele Bestürmungen seiner Sinne heute zum ersten Male erfahren, war ein Tanzsaal ein neues Jerusalem. – In der Tat ein Tanzsaal ist etwas; sehet in *den* hinein, wo Gustav springt! Jedes Saiten- und Blasinstrument wird zum Hebebaum, der die Herzen aus dem kargen mißtrauischen Alltagleben aufhebt: – die Tänze mengen die Menschen wie Karten in- und auseinander, und die tönende Atmosphäre um sie fasset die trunkne Masse in *eines* ein – so viele Menschen und zu einem so freudigen Zwecke verknüpft, durch umringende Helldämmerung, geblendet, durch ihre klopfenden Herzen begeistert, müssen den Freudenbecher wenigstens kredenzen, welchen Gustav gar austrank; denn ihn, dem jede Dame eine Dogaressa[4] ist, begeisterte jede Hand-Berührung, und der Tumult von außen weckte seinen ganzen innern so auf, daß die Musik, wie zurückprallend, ihren äußern Geburtort verließ und nur in seinem Innern unter und neben seinen Gedanken zu entspringen und herauszutönen schien … Wahrhaftig wenn man seine Ideen um einen lodernden Kronleuchter herumträgt, so werfen sie ein ganz anderes Licht zurück, als wenn man damit vor einer ökonomischen Lampe hockt! In phantasiereichen Menschen liegen, wie in heißen Ländern oder auf hohen Bergen, alle Extreme enger aneinander: bei Gustav wollte jeden Augenblick die Entzückung zur Wehmut werden und die Freude zur Liebe, und alle die Empfindungen, die ihm die Tänzerinnen einflößten, wollt' er seiner Einzigen bringen, die einsam wegstand. Gleichwohl war ihm, als würde sie durch diese alle nicht sowohl als durch die Residentin ersetzt. Sogar durch das Drama, das mit dieser sich geschlossen und worin er für ihre Krönung gespielet, wurde sie ihm lieber; ja ihr heutiger Geburttag selber war einer ihrer Reize in seinen Augen. Anders oder vernünftiger *empfindet* der Mensch nie. Kurz die Residentin gewann bei allem, wessen ihn heute das Wegsein seiner Beata beraubte. Er hatte heute zum ersten Male von der Residentin, die er außerordentlich achtete, mehr angefasset als einen Handschuh – mehr, nämlich ihre Arm- und Rückenschienen, mit andern Worten ihr Kleid darüber: an Arm und Rücken, obwohl nicht an Händen, ist Bekleidung so viel wie keine. Gustav! philosophiere und schlafe lieber …

4   Frau des Doge.

Aus ist der bal paré – aber der Teufel geht erst an. Oefels Wagen fuhr hinter dem Bousischen; am letzten entzündet sich eine versäumte Radachse unter der unnützen Eiligkeit. Freilich wars Zufall, aber gewisse Menschen kennen keinen schlimmen, und ihre Absichten legen sich um jeden an. Oefel mußt' ihr seinen anbieten. Die gute Beata war in ihrem Krankenzimmer mit einer kleinen weiblichen Dienerschaft gelassen. Er nahm ein Pferd von dem Wagen der Residentin; ihr ließ er (ich weiß nicht, ob aus Galanterie gegen ihr Geschlecht oder aus Scharfsinn und Freundschaft für seines und für seinen Roman) meinen und ihren Helden. Ich wollt' es vor einem akademischen Senat ausführen, daß es für einen, der erst ein Engel werden will, nichts Fataleres gibt als mit einer, die er schon für einen hält, nachts aus einem Tanzsaale nach Hause zu fahren – dennoch wurde meinem Helden kein Haar gekrümmt, und er krümmte auch keines.

Aber verliebter wurd' er, ohne zu wissen in wen.

Beata hatte keine ebenso gefährliche Mitternacht oder Nachmitternacht; aber ich will erst seine abfertigen. Er kam mit der Residentin in ihrem – Zimmer an. Er konnte und wollte von seinen heutigen Szenen gar nicht los. Dieses Zimmer stellte ihm alle die vergangnen dar, und in den Saiten des Klaviers verbarg sich eine ferne geliebte Stimme und hinter der Folie des Spiegels eine ferne geliebte Gestalt. Sehnsucht reihete sich wie eine dunkle Blume unter den bunten Freuden-Strauß; die Residentin gewann auch bei dieser dunkeln Blume. Sie war keine von den Koketten, welche die Sinne früher zu bewegen suchen als das Herz; sie fiel erst in dieses mit dem ganzen Heer ihrer Reize ein und führte nachher aus diesem, gleichsam in Feindes Land, den Krieg gegen *jene*. Sie selber war nicht anders zu erobern, als sie bekriegte. Wenn die Weiber der höhern Klasse, wie die Epigrammen, in solche, die *Witz*, und in andre, die *Empfindung* haben, einzuteilen sind: so glich sie mehr dem griechischen als dem gallischen Sinngedicht, wiewohl die griechische Ähnlichkeit täglich kleiner wurde. Die Maienluft ihres frühern Lebens hatte einmal eine weiße Blüte edler Liebe an ihr Herz geweht, wie oft ein Blütenblatt zwischen die gebeizten Federn oder Brillanten-Blumen des Damenhuts herunterzittert – aber ihr Stand formte bald ihren Busen zu einem Potpourri um, auf dem gemalte Blumen der Liebe und in welchem ein faulender Blüten-Schober ist. Alle ihre Verirrungen blieben jedoch in den engern und schönern Grenzen, an denen eine unsichtbare Hand eines *unauslöschlichen* Gefühles sie anhielt. Die Ministerin hatte

344

dieses Gefühl nie gehabt, und ihre Herzens-Schreibtafel wurde immer schmutziger, je mehr sie hineinschrieb und herauswischte. Diese konnte durchaus keinen edlen Menschen blenden; jene konnt' es.

Jetzo nach dieser Abschweifung kann der Leser nicht mehr irre werden, wenn Bousens Betragen gegen Gustav weder aufrichtig noch verstellt, sondern beides ist. Sie zeigte ihm das Nachtstück, das der russische Fürst dagelassen und das sie der richtigern Beleuchtung wegen in ihrem *Kabinette* aufgehangen hatte. Es stellte bloß eine Nacht, einen aufgehenden Mond, eine Indianerin, die ihm auf einem Berge entgegenbetet, und einen Jüngling vor, der auch Gebet und Arme an den Mond, die Augen aber auf die geliebte Beterin an seiner Seite richtete; im Hintergrund beleuchtete noch ein Johanniswürmchen eine mondlose Stelle. Sie blieben im Kabinett, die Residentin verlor sich in die gemalte Nacht, Gustav sprach darüber; endlich erwachte sie schnell aus ihrem Schauen und Schweigen mit den schlaftrunknen Worten: »Meine Geburtfeste machen mich allemal betrübt.« Sie zeichnete ihm zum Beweise fast alle dunklern Partien ihrer Lebensgeschichte vor; das Trauer-Gemälde nahm seine Farben von ihrem Auge und ihrer Lippe, und seine Seele von ihrem Ton, und sie endigte damit. »*Hier* leidet jeder *allein.*« Er ergriff in mitfühlender Begeisterung ihre Hand und widerlegte sie vielleicht durch einen leisen Druck.

Sie ließ ihm die Hand mit der unachtsamsten Miene; schien aber bald eine Laute neben ihnen, die sie ergriff, zum Vorwand zu nehmen, um die schöne Hand zurückzuführen. »Ich war nie unglücklich«, fuhr sie bewegt fort, »solange mein Bruder noch lebte.« Sie nahm nun das Bild desselben, das sie auf ihrem schwesterlichen Busen trug, nach einer leichten, aber notwendigen Enthüllung hervor und teilte es karg seinen Augen mit, und freigebig den ihrigen. Ob Gustav bei der Enthüllung so verschiedner Geheimnisse bloß auf das *gemalte* Brustbild hingesehen – das beurteilt mein Konrektor und sein Fuchspelzrock am vernünftigsten, welcher glaubt, es gebe keine schönere *Ründe* als der Perioden ihre, und keine neuern *Evas-Äpfel* als die im Alten Bunde. Mein Pelz-Konrektor hat gut vordozieren; aber Gustav, der der trauernden Residentin gegenübersitzt, welche sonst bloß die *Form,* nie die *Farbe* jener umlaubten verbotnen Frucht erraten ließ, hat schwer lernen.

Die wenigsten wären, wie ich und der Konrektor, imstande gewesen, ihr das Bild eigenhändig wieder einzuhändigen.

»Dieses Kabinett«, sagte sie, »lieb' ich, wenn ich traurig bin. Hier überraschte mich mein *Alban* (Name des Bruders), da er aus London kam – hier schrieb er seine Briefe – hier wollt' er sterben, aber der Arzt ließ ihn nicht aus seinem Zimmer.« Sie ließ unbewußt einen in die Luft versinkenden Akkord aus ihrer Laute schlüpfen. Sie blickte Gustav träumerisch an, ihr Auge umzog sich mit immer feuchterem Schimmer. »Ihre Schwester ist noch glücklich!« sagte sie mit einem Trauerton, der allmächtig ist, wenn man ihn das *erstemal* von schönen und sonst lachenden Lippen hört. »Ach ich wollte«, (sagte er mit sympathetischem Kummer) »ich hätte eine Schwester.« – Sie sah ihn mit einer kleinen forschenden Verwunderung an und sagte. »Auf dem Theater machten Sie heute gerade die umgekehrte Rolle gegen die nämliche Person.« Dort nämlich gäb' er sich fälschlich für einen Bruder der Beata, hier fälschlich für keinen aus, oder vielmehr, hier kündige er ihr seine Liebe auf. Sein fragendes Erstaunen hing an ihrem Munde und schwebte ängstlich zwischen seiner Zunge und seinem Ohre. Sie fuhr gleichgültig fort: »Freilich sagt man, daß leibliche Brüder und Schwestern sich selten lieben; aber ich bin die erste Ausnahme; Sie werden die zweite sein.« Sein Erstaunen wurde Erstarren …

Es würde dem Publikum auch so gehen, wenn ich nicht einen Absatz machte und es belehrte, daß die Residentin gar wohl die Lüge geglaubt haben kann (im Grunde muß), die sie ihm sagte. – Leute ihres Standes, denen das Furioso der Lustbarkeiten-Konzerts immer in die Ohren reißet, hören *unebenbürtige* Neuigkeiten nur mit tauben oder gar halben – sie kann mithin noch leichter als der Leser (und wer steht mir für *den?*) den verlornen Sohn der Röperin und des Falkenbergs mit dem gegenwärtigen der Rittmeisterin und des Falkenbergs vermengt haben. – Ihr bisheriges Betragen ist so wenig wider meine Vermutung, als das bisherige des angeblichen Geschwisterpaars gegen ihre war; gleichwohl kann ich mich verrechnen.

Dieses Verrechnen wird aber durch ihr weiteres Betragen ganz unwahrscheinlich. Seine Verlegenheit gebar ihre; sie bedauerte ihre Voreiligkeit, ein Geschwisterpaar für glücklich und liebend gepriesen zu haben, das sich meide und ungern von seinen Verhältnissen spreche. Sie *verbarg* mit ihren Mienen ihre Absicht nicht, das Gespräch abzulenken, sondern *zeigte* sie mit Fleiß; aber zu ihrem Kummer, keinen Bruder zu haben, gesellete sich der Kummer, daß Gustav zwar eine Schwester habe, aber nicht liebe, und sie drückte ihre Sympathie mit dem ähnlichen Unglück auf ihrer Laute immer schöner und leiser aus. Gustavs getäuschte Seele, auf der noch das heutige Fest mit seinem Glanze stand, überzogen die heftigsten und unähnlichsten Wogen – Mißtrauen kam nie in sein Herz, ob er gleich in seinem Kopfe genug davon zu haben meinte – jetzt hatt' er die Wahl zwischen dem Throne und dem Grabe seiner heutigen Freude.

Denn starke Seelen kennen zwischen *Himmel* und *Hölle* nichts – kein *Fegefeuer,* keinen limbus infantum.

Die Residentin entschied sein Schwanken. Sie nahm sein Mienen-Chaos (– oder schien es, weil ich nicht das Herz habe, der Schöppenstuhl und die letzte Instanz so vieler tausend Leser zu sein –) für die doppelte Verlegenheit und Betrübnis über die Kälte, womit seine (angebliche) Schwester ihn behandle, und über seine Familiengeschichte. Sie hatte bisher in seinen Augen ein Sehnen gefunden, das schönere Reize suchte als die übrigen Hof-Augen – sie hatte den Morgen, wo er Amandus' Grab erbat, und die Augen voll Liebe, die er vor ihr trocknete, in ihrem gefühlvollen Herzen aufbewahrt – folglich goß sie den zärtlichsten Blick auf seinen heißen – zog die zärtlichste Stimme ihrer sympathetischen Brust aus ihren Lauten-Saiten – wollte zuhüllen ihr pochendes Herz – und konnte nicht einmal sein Schlagen verstecken – und fiel, als er die Bewegung des heftigsten Affektes machte, verloren, hingerissen, mit zitterndem Auge, mit überwältigtem Herzen, mit irrender Seele und mit dem einzigen großen langsamen, tief heraufgeseufzten Laute: »Bruder!!« an – ihn.

Er an sie! ... Sie fühlte das erstemal in ihrem Hofleben eine *solche* Umarmung; er das erstemal eine *empfangne;* denn an Beatens reinem Herzen hatt' er ihre Arme nie gefühlt. O Bouse! hättest du ihr doch geglichen und wärest eine Schwester geblieben! Aber – – du *gabest* mehr, als du *bekamest,* und reizetest zum *Nehmen* – du rissest ihn und dich in einen verfinsternden Gefühl-Orkan – an deinem Busen verlor er dein Gesicht – dein Herz – sein eignes – und als alle Sinne mit ihren ersten Kräften stürmten, alles, alles ...

Schutzgeist meines Gustavs! Du kannst ihn nicht mehr retten; aber heil ihn, wenn er verloren ist, wenn er verloren hat, alles, seine Tugend und seine Beata! Ziehe, wie ich, den traurigen Vorhang um seinen Fall und sage sogar zur Seele, die so gut ist wie seine: »Sei besser!«

Ehe wir zur Seele gehen, der ers sagt, zu Beata, wollen wir wenigstens einen einzigen Verteidiger für den armen Gustav vernehmen, damit man ihn nicht zu tief verdamme. Der Verteidiger gibt bloß dieses zu bedenken: wenn die Weiber so leicht zu besiegen sind, so ist es, weil in allen Krieg-Verhältnissen der angreifende Teil die Vorteile vor dem angegriffenen voraushat; kehret sich aber einmal der Fall um, und tritt eine Versucherin statt eines Versuchers auf: so wird derselbe Versuchte, der nie eine Unschuld angefeindet hätte, die seinige verlieren in der ungewöhnlichen Umkehrung der Verhältnisse, und zwar um so leichter, je mehr die weibliche Versuchung zärter, feiner und durchdringender ist als die männliche. Daher verführen zwar Männer; aber Jünglinge werden gewöhnlich anfangs verführt – und eine Versucherin bildet zehn Versucher.

Verzeihe, reine Beata, uns allen den Übergang zu dir! – Du hütest in dieser Spätnacht ein Zimmer des fürstlichen Schlosses ganz einsam, aber mit Freuden an Freuden; denn du hattest Gustavs Brief an dich in der Hand und an der Brust; und im ganzen Palast war heute die kränklichste Seele die glücklichste; denn der Brief, den sie einsam lesen, küssen, ohne innere und äußere Stürme ausgenießen konnte, leuchtete ihrem zarten Auge milder als die Gegenwart des Gegenstandes, dessen Glühfeuer erst durch eine Entfernung zur wehenden Wärme fiel; seine Gegenwart überhäufte sie mit Genuß zu sehr, und sie umarmte da jeden Augenblick den Genius ihrer Tugend, wenn sie glaubte, bloß ihren Freund zu umfassen. – In dieser Lenz-Entzückung, als sie in der einen Hand den Brief und in der andern den Genius der Tugend hatte, störte sie der scheerauische – Fürst. So schiebt sich auf dem Bauch eine Kröte in ein Blumenbeet.

Einer Frau wird ihr Betragen in solchem Fall nur dann schwer, wenn sie noch unentschlossen zwischen Gleichgültigkeit und Liebe schwankt; oder auch wenn sie trotz aller Kälte aus Eitelkeit doch gerade so viel bewilligen möchte, daß die Tugend nichts verlöre und die Liebe nichts gewönne; – hingegen im Fall der vollendeten tugendhaften Entschlossenheit kann sie sich frei der innern Tugend überlassen, die für sie kämpft, und sie braucht kaum über Zunge und Mienen zu wachen, weil diese schon verdächtig sind, wenn sie eine Wache begehren. – Die Art, wie Beata den Brief einsteckte, war der einzige kleine Halbton in dieser vollen Harmonie einer gerüsteten Tugend. Der scheerauische Thron-Insaß entschuldigte seine Erscheinung mit seiner Sorgfalt für ihre Gesundheit. Er setzte sein folgendes Gespräch aus der französischen Sprache – der besten, wenn man mit Weibern und mit Witzigen sprechen will – und aus jenen Wendungen zusammen, mit denen man alles sagen kann, was man will, ohne sich und den andern zu genieren, die alles nur halb und von dieser Hälfte wieder ein Viertel im Scherze und alles mehr verbindlich als schmeichelnd und mehr kühn als aufrichtig vortragen.

»So hab' ich Sie« – sagt' er mit einer verbindlichen Verwunderung – »heute den ganzen Abend in meinem Kopfe abgemalt gesehen; meine Phantasie hat Ihnen nichts genommen, außer die Gegenwart. – Wenn das Schicksal mit sich reden ließe: so hätt' ich auf dem ganzen Ball mit ihm gezankt, daß es gerade der Person, die uns heute so viel Vergnügen gab, das ihrige nahm.«

»O« – sagte sie – »das gute Schicksal gab mir heute mehr Vergnügen, als ich geben konnte.« Obgleich der Fürst unter *die* Personen gehört, mit denen man über nichts sprechen mag: so sagte sie dieses doch mit Empfindung, die aber nichts als ein Dank ans Schicksal für die vorherige frohe Lese-Stunde war.

»Sie sind« (sagt' er mit einer feinen Miene, die einen andern Sinn in Beatens Rede legen sollte) »ein wenig Egoistin. – Das ist Ihr Talent nicht – Ihres muß sein, nicht allein zu sein. Sie verbargen bisher Ihr Gesicht wie Ihr Herz; glauben Sie, daß an meinem Hofe niemand wert ist, beide zu bewundern und zu sehen?« – Für Beata, die glaubte, sie hätte nicht nötig bescheiden zu sein, sondern demütig, war ein solches Lob so groß, daß sie gar nicht daran dachte, es zu widerlegen. Sein Blick sah nach einer Antwort; aber sie gab ihm überhaupt so selten als möglich eine, weil jeder Schritt die alte Schlinge mit in die neue trägt. Er hatte ihre Hand anfangs mit der Miene gesucht, womit man sie einem Kranken nimmt: sie hatte sie ihm gleichgültig gelassen; aber wie einen toten Handschuh hatte sie ihre in seine gebettet – alle seine Gefühlspitzen konnten nicht das geringste Regsame an ihr aushorchen; sie zog sie weder langsam noch hurtig bei der nächsten Erweiterung aus der rostigen Scheide heraus.

Der Tanz, der Tag, die Nacht, die Stille gaben seinen Worten heute mehr Feuer, als sonst darin lag. »Die Lose« – sagt' er und spielte pikiert mit einer Münze der Westentasche, um die geflohene Hand zu ersetzen – »sind unglücklich gefallen. Die Personen, die das Talent haben, Empfindungen einzuflößen, haben zum Unglück oft das feindselige, selber keine zu erwidern.« Er heftete seinen Blick plötzlich auf ihre Hemdnadel, an der eine Perle und das Wort »l'amitié« glänzte; er sah wieder auf seine bolognesische Münze, auf der wie auf allen bolognesischen das Wort »libertas« (Freiheit) stand. »Sie gehen mit der Freundschaft wie Bologna mit der Freiheit um – beide tragen das als Legende, was sie nicht haben.« – Die edleren Menschen können die Worte »*Freundschaft, Empfindung, Tugend*« auch von den unedelsten nicht hören, ohne bei diesen Worten das Große zu denken, wozu ihr Herz fähig ist. Beata bedeckte einen Seufzer mit ihrer steigenden Brust, der es nur gar zu deutlich sagen wollte, was Empfindung und Freundschaft ihr für Freuden und für Schmerzen gäben; aber den Fürsten ging er nichts an.

Sein haschender Blick, den er nicht seinem *Geschlecht,* sondern seinem *Stande* verdankte, erwischte den Seufzer, den er nicht hörte. Er machte auf einmal wider die Natur der Appellation und der Natur einen dialogischen Sprung: »Verstehen Sie mich nicht?« sagt' er mit einem Tone voll hoffender Ehrerbietung. Sie sagte kälter, als der Seufzer versprach, sie könne heute mit ihrem kranken Kopfe nichts tun, als ihn auf den – Arm stützen, und bloß der mache ihr es schwer, die Ehrfurcht einer Untertanin und die Verschiedenheit ihrer Meinungen von den seinigen mit gleicher Stärke auszudrücken. – Gleich Raubtieren haschte er, wenn Schleichen zu nichts führte, durch Sprünge. »O doch!« (sagt' er und machte Henris Liebeerklärung zur seinigen) »Marie! ich bin ja Ihr Bruder nicht.« Eine Frau gewinnt, wenn sie zu lange gewisse Erklärungen nicht verstehen will, nichts als – die deutlichsten. Er lag noch dazu in Henris Attitüde vor ihr. »Erlassen Sie mir«, antwortete sie, »die Wahl, es für Scherz oder für Ernst zu halten – außer dem Theater bin ich unfähiger, den Rosen-Preis zu verdienen oder zu vernachlässigen; aber Sie sinds, die Sie ihn überall bloß geben müssen.« – »Wem aber?« (sagt' er, und man sieht daraus, daß gegen solche Leute keine Gründe helfen) – »ich vergesse über die Schönen alle Häßlichen und über die Schönste alle Schönen – ich gebe Ihnen den Preis der Tugend, geben Sie mir den der Empfindung – oder darf ich mir ihn geben?« und hastig zuckten seine Lippen nach ihren Wangen, auf denen bisher mehr Tränen als Küsse waren; allein sie wich ihm mit einem kalten Erstaunen, das er an allen Weibern wärmer gefunden hatte, weder um einen Zoll zu viel noch zu wenig aus und reichte bei ihm in einem Tone, in dem man zugleich die Ehrfurcht einer Untertanin, die Ruhe einer Tugendhaften und die Kälte einer Unerbittlichen fand, kurz in einem Tone, als hätte ihre Bitte mit dem Vorgegangnen gar keine Verbindung, auf diese Art reiche sie ihre untertänige Supplik ein, er möchte allergnädigst sich, da ihr der Doktor gesagt hätte, sie könne heute nichts Schlimmers tun als wachen, sich – wie ich mich ausgedrückt haben würde – zum Henker scheren. Eh' er so weit ging: badinierte er noch einige Minuten, kam darüber beinahe wieder in den alten Ton, legte seine Inhäsiv-Pro-Reprotestationen ein und zog ab.

Nichts als die Ruhe, die sie aus den Händen der Tugend und der – *Liebe* und des Gustavischen Briefes hatte, gab ihr das Glück, daß dieser Jakob oder Jack sich an diesem Engel eine Hüfte ausrenkte; – was freilich den matten Jaques um so mehr verdroß, je mehr der Engel sich unter dem Ringen verschönerte, da jede weibliche Unruhe bekanntlich ein augenblickliches Schmink- und Schönheitmittel wird.

In euerem ganzen Leben, Gustav und Beata, schluget ihr eure Augen nie mit so verschiednem Gefühl vor einem Morgen auf als an dem, wo sich Beata nichts und Gustav alles vorzuwerfen hatte. Über den ganzen versunkenen Frühling seines Lebens schlichtete sich ein langer Winter; er hatte außer sich keine Freude, in sich keinen Trost und vor sich statt der Hoffnung Reue.

Er riß sich mit so vieler Schonung, als seine Verzweiflung zuließ, von den Gegenständen seines Jammers los und jagte sein sprudelndes Blut nach Auenthal zu Wutz – in meine Stube. Ich sah an nichts mehr, daß er noch Gefühl und Leben hatte, als am Gewitterregen seiner Augen. – Er fing vergeblich an; unter Blut, Ideen und Tränen sanken seine Worte unter – endlich wandte er sich, hochaufglühend, von mir gegen das Fenster und erzählte mir, auf *einen* Ort blickend, seinen Fall, den er von sich selbst heruntergetan. – Darauf, um sich an sich selber durch seine Beschämung zu rächen, ließ er sich ansehen, hielt es aber nicht länger aus, als bis er zum Namen Beata kam: hier, wo er mich zum ersten Male vor den gewichnen Blumengarten seiner ersten Liebe führte, mußt' er sich das Gesicht zuhüllen und sagte: »O ich war gar zu glücklich und bin gar zu unglücklich.«

Die Täuschung der Residentin, welche ihn für den Bruder Beatens gehalten, konnt' ich ihm leicht aus der Ähnlichkeit der Bildnisse von ihm und dem ersten Sohne ihrer Mutter erklären. – Zuerst sucht' ich ihm den wichtigsten Kredit wieder zu geben – den, den man bei sich selber finden muß: wer sich keine moralische Stärke zutrauet, büßet sie am Ende wirklich ein. Sein Fall kam bloß von seiner *neuen Lage;* an einer Versuchung ist nichts so gefährlich als ihre *Neuheit;* die Menschen und die Pendul-Uhren gehen bloß in einerlei *Temperatur* am richtigsten. – Übrigens bitt' ich die Romanenschreiber, die es noch leichter finden, als das Gefühl und die Erfahrung es bestätigen, daß *zwei* ganz reine seelenvolle Seelen ihre Liebe in einen Fall verwandeln, nicht meinen Helden zum Beweise zu nehmen; denn hier mangelte die *zweite* reine Seele; hingegen die Vereinigung aller Farben von *zwei* schönen Seelen (Gustavs und Beatens) wird immer nur die *weiße* der Unschuld geben.

Sein Entschluß war der, von Beaten sich auf immer in einem Briefe abzureißen – das Schloß mit allen Gegenständen, die ihn an seine schönen Tage oder an seinen unglücklichen erinnerten, zu verlassen – den Winter bei seinen Eltern, die ihn allemal in der Stadt zubrachten, zu verleben oder zu verseufzen und dann im Sommer mit Oefel die Karten zum Spiel des Lebens von neuem zu mischen, um zu sehen, was es noch, wenn die Seelenruhe verloren ist, zu gewinnen oder einzubüßen gäbe … Schöner Unglücklicher! warum legt gerade jetzt deine gegenwärtige Geschichte, da ich mit ihr meine geschriebne zusammenführen könnte, Flöre um? Warum fallen gerade deine kurzen trüben Tage in die kurzen trüben des Kalenders hinein? O in diesem Trauer-Winter 353 wird mich keine Himmelleiter des Enthusiasmus mehr in die Höhe richten, um die Blüten-Landschaft deines Lebens zu überschauen und abzuzeichnen, und ich werde wenig von dir schreiben, um dich öfter in meine Arme zu nehmen!

Und ihr entsetzlichen Seelen, die ihr einen Fehltritt, an dem Gustav sterben will, unter eure Vorzüge und eure Freuden rechnet, die ihr die Unschuld nicht, wie er, selber verliert, sondern fremde mordet, darf ich ihn durch eure Nachbarschaft auf dem Papier besudeln? – Was werdet ihr noch aus unserem Jahrhundert machen? – Ihr gekrönten, gestirnten, turnierfähigen, infulierten Hämlinge! Davon ist die Rede nicht und ich hab' es nie getadelt, daß ihr aus euren Ständen die sogenannte Tugend (d.h. den Schein davon), die ein so spröder Zusatz in euren weiblichen Metallen ist, mit so viel Glasfeuer, als ihr zusammenbringen könnt, herausbrennt und niederschlagt – denn in euren Ständen hat Verführung keinen Namen mehr, keine Bedeutung, keine schlimme Folgen, und ihr schadet da wenig oder nicht – aber in unsere *mittleren* Stände, auf unsere Lämmer schießet, ihr Greif- und Lämmergeier, nicht herab! Bei uns seid ihr noch eine Epidemie (ich falle, wie ihr, in eine Vermischung, aber nur der Metaphern), die mehr wegreißet, weil sie neuer ist. Raubet und tötet da lieber alles andre als eine weibliche Tugend! – Nur in einem

Jahrhundert wie unsers, wo man alle schönen Gefühle stärkt, nur *das der Ehre nicht,* kann man die weibliche, die bloß in Keuschheit besteht, mit Füßen treten und wie der Wilde einen Baum auf immer umhauen, um ihm seine ersten und letzten Früchte zu nehmen. Der Raub einer weiblichen Ehre ist so viel als der Raub einer männlichen, d.h. du zerschlägst das Wappen eines höhern Adels, zerknickst den Degen, nimmst die Sporen ab, zerreißest den Adelbrief und Stammbaum; das, was der Scharfrichter am Manne tut, vollstreckest du an einem armen Geschöpfe, das diesen Henker liebt und bloß seine unverhältnismäßige Phantasie nicht bändigen kann. Abscheulich! – Und solcher Opfer, welche die männlichen Hände mit einem ewigen Halseisen an die Unehre befestigt haben, stehen in den Gassen Wiens zweitausend, in den Gassen von Paris dreißigtausend, in den Gassen von London funfzigtausend. – –

Entsetzlich! Todes-Engel der Rache! zähle die Tränen nicht, die unser Geschlecht aus dem weiblichen Auge ausdrückt und brennend aufs schwache weibliche Herz rinnen läßt! Miß die Seufzer und die Qualen nicht, unter denen die *Freuden-Mädchen* verscheiden und an denen den eisernen Freuden-Mann nichts dauert, als daß er sich an ein andres Bett, das kein Sterbebette ist, begeben muß!

Sanftes, treues, aber schwaches Geschlecht! Warum sind alle Kräfte deiner Seele so glänzend und groß, daß deine Besonnenheit zu bleich und klein dagegen ist? Warum beweget sich in deinem Herzen eine angeborne Achtung für ein Geschlecht, das die deinige nicht schont? Je mehr ihr eure Seelen schmücket, je mehr Grazien ihr aus euren Gliedern machet, je mehr Liebe in eurem Herzen wallet und durch eure Augen bricht, je mehr ihr euch zu Engeln umzaubert: desto mehr suchen wir diese Engel aus ihrem Himmel zu werfen, und gerade im Jahrhundert eurer Verschönerung vereinigen sich alle, Schriftsteller, Künstler und Große, zu einem Wald von Giftbäumen, unter denen ihr sterben sollt, und wir schätzen einander nach den meisten Brunnen- und Kelchvergiftungen für eure Lippen!

Achtunddreißigster oder Neujahr-Sektor

Nachtmusik – Abschiedbrief – mein Zanken und Kranken

Ich hatte auf heute vor, Spaß zu machen, meine Biographie einen gedruckten Neujahrwunsch an den Leser zu nennen und statt der Wünsche
scherzhafte Neujahr-Flüche zu tun und dergleichen mehr. Aber ich kann
nicht und werd' es überhaupt bald gar nicht mehr können. Welches
plumpe ausgebrannte Herz müssen *die* Menschen haben, welche im
Angesichte des ersten Tages, der sie unter 364 andre gebückte, ernste,
klagende und zerrinnende hineinführet, die tobende schreiende Freude
der Tiere dem weichen stillen und ans Weinen grenzenden Vergnügen
des Menschen vorzuziehen imstande sind! Ihr müsset nicht wissen, was
die Wörter »erster« und »letzter« sagen, wenn ihr nicht darüber, sie
mögen einem Tage oder einem Buche oder einem Menschen gegeben
werden, tiefern Atem zieht; ihr müsset noch weniger wissen, was der
Mensch vor dem Tiere voraushat, wenn in euch der Zwischenraum
zwischen Freude und Sehnsucht so groß ist und wenn nicht beide in
euch *eine* Träne vereinigt! – Du Himmel und Erde, eure jetzige Gestalt
ist ein Bild (wie eine Mutter) einer solchen Vereinigung: die in unser
frierendes Auge tröstend hineinblickende Lichtwelt, die Sonne, verwandelt den blauen Äther um sich in eine blaue Nacht, die sich über den
blitzenden Grund der beschneiten Erde noch tiefer schattiert, und der
Mensch sieht sehnend an seinem Himmel eine herübergezogene Nacht
und *eine* Licht-Ritze: die tiefe Öffnung und Straße gegen hellere Welten
hin ...

Die vergangne Nacht führt noch meine Feder. Es ist nämlich in Auenthal wie an vielen Orten Sitte, daß in der letzten feierlichen Nacht
des Jahrs auf dem Turm aus Waldhörnern gleichsam ein Nachhall der
verklungnen Tage oder eine Leichenmusik des umgesunknen Jahrs er-
tönt. Als ich meinen guten Wutz nebst einigen Gehülfen in der untern
Stube einiges Geräusch und einige Probe-Töne machen hörte, stand ich
auf und ging mit meiner längst wachen Schwester ans enge Fenster. In
der stillen Nacht hörte man den Hinauftritt der Leute auf den Turm.
Über unser Fenster lag jener Balken, unter dem man in prophetischen
Nächten hinaushorchen muß, um die Wolkengestalten der Zukunft zu
sehen und zu hören. Und wahrhaftig, ich sah im eigentlichen Sinn, was

der Aberglaube sehen will – ich sah wie er Särge auf Dächern und Lei-
chengefolge an der einen Türe und Hochzeitgäste und Brautkranz an
der andern, und das Menschen-Jahr zog durch das Dorf und hielt an
seiner rechten Mutterbrust die kleinen Freuden, die mit dem Menschen
spielen, und an seiner linken die Schmerzen, die ihn anbellen; es wollte
beide nähren, aber sie fielen sterbend ab, und sooft ein Schmerz oder
eine Freude abwelkte, so oft schlug einer von den zwei Klöppeln zum
Zeichen an die Turmglocken an … Ich sah nach dem weißen Wald
hinüber, hinter welchem die Wohnungen meiner Freunde liegen. O
junges Jahr, sagt' ich, zieh zu meinen Freunden hin und leg ihnen in
ihre Arme die Freuden aus deinen und nimm die zurückgebliebnen
zähen Schmerzen des alten mit, die nicht sterben wollen! Geh in alle
vier Weltstraßen und verteile die Säuglinge deiner rechten Brust und
mir lasse nur einen – die Gesundheit! – –

Die Töne des Turms verströmten in die weite mondlose Nacht hin,
die ein großer, mit Sternblüten übersäeter Wipfel war. Bist du glücklich
oder unglücklich, kleiner Schulmeister Wutz, daß du auf deinem Turm
der weißen Mauer und einem weißen Stein des Auenthaler Gottesackers
entgegen stehst und doch nicht daran denkest, wen Mauer und Stein
verschließen, denselben nämlich, der sonst an deinem Platze in dieser
Stille auch wie du das neue Jahr begrüßte, deinen Vater, der wieder
ebenso ruhig wie du über die verwesenden Ohren des seinigen hinüber-
blies? … Ruhiger bist du freilich, der du am neuen Jahre an kein anderes
Abnehmen als an das der Nächte denkst; aber lieber ist mir meine
Philippine, die hier neben mir ihr Leben von neuem überlebt und gewiß
ernsthafter als das erstemal, und in deren Brust das Herz nicht bloß
Frauenzimmer-Arbeit tut, sondern auch zuweilen zum Gefühl anschwillt,
wie *wenig* der Mensch ist, wie *viel* er wird und wie sehr die Erde eine
Kirchhof-Mauer und der Mensch der verpuffende Salpeter ist, der an
dieser Mauer anschießet! Gute weinende Schwester, in dieser Minute
fragt dein Bruder nichts darnach, daß du morgen – nicht viel darnach
fragest; in dieser Minute verzeihet er dirs und deinem ganzen Geschlechte, daß eure Herzen so oft Edelsteinen gleichen, in denen die schönsten
Farben und eine – Mücke oder ein Moos nebeneinander wohnen; denn
was kann der Mensch, der dieses verwitternde Leben und seine verwitternden Menschen besieht und beseufzet, mitten in diesem Gefühle
Bessers tun, als sie recht herzlich lieben, recht dulden, recht … Laß dich

umarmen, Philippine, und wenn ich einmal dir nicht verzeihen will, so erinnere mich an diese Umarmung! ...

Meine Lebensbeschreibung sollte jetzo weiterrücken; aber ich kann meinen Kopf und meine Hand unmöglich dazu leihen, wenn ich nicht auf der Stelle mich aus der gelehrten Welt in die zweite schreiben will. Es ist besser, wenn ich bloß den Setzer dieser Geschichte mache und 357 den schmerzhaften Brief abschreibe, den Gustav seiner verscherzten Freundin schickte.

»Treue tugendhafte Seele! Die jetzige dunkle Minute, die nur ich verdienet habe, aber nicht du, quäle dich nicht lange und verziehe sich bald! O! zum Glück kannst du doch nicht mein Auge, nicht meinen von Schmerzen zitternden Mund und mein zertrümmertes Herz erblicken, womit ich nun allen meinen schönen Tagen ein Ende mache. – Wenn du mich hier schreiben sähest: so würde die weichste Seele, die noch auf der Erde getröstet hat, sich zwischen mich und meinen schlagenden Kummer stellen und mich bedecken wollen; sie würde mich heilend anblicken und fragen, was mich quäle ... Ach, gutes treues Herz! frage mich es nicht; ich müßte antworten: meine Qual, meine unsterbliche Folter, meine Vipern-Wunde heißet verlorne Unschuld ... Dann würde sich deine ewige Unschuld erschrocken wegwenden und mich nicht trösten; ich würde einsam liegen bleiben, und der Schmerz stände aufrecht mit der Geißel bei mir; ach ich würde nicht einmal das Haupt aufheben, um allen guten Stunden, die sich in deiner Gestalt von mir wegbegeben, verlassen nachzusehen. – Ach es ist schon so, und du bist ja schon gegangen! – Amandus! trennt dich der Himmel ganz von mir, und kannst du, der du mir die Lilien-Hand Beatens gegeben, nicht meine befleckte sehen, die nicht mehr für die reinste gehört? – Ach, wenn du noch lebtest, so hätt' ich ja dich auch verloren ... O daß es doch Stunden hienieden geben kann, die den vollen Freudenbecher des ganzen Lebens tragen und ihn mit einem Fall zersplittern und die Labung aller, aller Jahre verschütten dürfen!

Beata! nun gehen wir auseinander; du verdienst ein treueres Herz, als meines war, ich verdiente deines nicht – ich habe nichts mehr, was du lieben könntest – mein Bild in deinem Herzen muß zerrissen werden – deines steht ewig in meinem fest, aber es sieht mich nicht mehr mit dem Auge der Liebe, sondern mit einem zugesunknen an, das über den Ort weint, wo es steht ... Ach, Beata, ich kann meinen Brief kaum endigen; sobald seine letzte Zeile steht, so sind wir auseinander gerissen und hören uns nie mehr und kennen uns nimmer. – – O Gott! wie wenig hilft die Reue und das Beweinen! Niemand stellet das heiße Herz des Menschen her, wenn nichts in ihm mehr ist als der harte große Kummer, den es, wie ein Vulkan ein Felsenstück, empor- und heraus- zuwerfen sucht und der immer wieder in den lodernden Kessel zurück- stürzt; nichts heilt uns, nichts gibt dem entblätterten Menschen das ge- fallne Laub wieder; Ottomar behält recht, daß das Leben des Menschen, wie ein Vollmond, über lauter Nächte ziehe ...

Ach es muß doch sein! Lebe nur wohl, Freundin! Gustav war der Stunde, die du haben wirst, nicht wert. Dein heiliges Herz, dem er Wunden gegeben, verbinde ein Engel, und im Bande der Freundschaft trage du es still! Meinen letzten freudigen Brief, wo ich mich nicht mit meinem überschwenglichen Glück begnügte, leg in diesen trostlosen, in dem ich nichts mehr habe, und verbrenne sie miteinander! Kein Voreiliger sage dir künftig nach vielen Jahren, daß ich noch lebe, daß ich den langen Schmerz, mit dem ich mein versunknes Glück abbüße, wie Dornen in meine verlassene Brust gedrückt und daß in meinem trüben Lebenstage die Nacht früher komme, die zwischen zwei Welten liegt! Wenn einmal dein Bruder mit einem schöneren Herzen an deines sinkt: so sag es ihm nicht, so sag es dir selber nicht, wer ihm ähnlich sah – und wenn einmal dein Tränen-Auge auf die weiße Pyramide fällt: so wend es ab und vergiß, daß ich dort so glücklich war. – Ach! aber ich vergess' es nicht, ich wende das Auge nicht ab, und könnte der Mensch sterben an der Erinnerung, ich ginge zu Amandus' Grabe und stürbe – Beata, Beata, an keiner Menschenbrust wirst du stärkere Liebe finden, als meine war, wiewohl stärkere Tugend leicht – aber wenn du einmal diese Tugend gefunden hast, so erinnere dich meiner nicht, meines Falles nicht, bereue unsre kurze Liebe nicht und tue dem, der einmal unter dem Sternen-Himmel an deiner edlen Seele lag, nicht un- recht ... O du meine, meine Beata! in der *jetzigen* Minute gehörest du ja noch mir zu, weil du mich noch nicht kennest; in der jetzigen Minute darf noch mein Geist, mit der Hand auf seinen Wunden und Flecken, vor deinen treten und um ihn fallen und mit erstickten Seufzern zu dir sagen: liebe mich! ... Nach dieser Minute nicht mehr – – nach dieser Minute bin ich *allein* und ohne Liebe und ohne Trost – das lange Leben liegt weit und leer vor mir hin, und du bist nicht darin – – – aber dieses Menschen-Leben und seine Fehltritte werden vorübergehen, der Tod wird mir seine Hand geben und mich wegführen – die Tage jenseits der Erde werden mich heiligen für die Tugend und dich – – – dann komm, Beata, dann wird dir, wenn dich ein Engel durch dein irdisches Abendrot in die zweite Welt getragen, dann wird dir ein hienieden gebrochnes, dort geheiligtes Herz zuerst entgegengehen und an dich sinken und doch nicht an seiner Wonne sterben, und ich werde wieder sagen: ›Nimm mich wieder, geliebte Seele, auch ich bin selig‹ – alle irdischen Wunden werden verschwinden, der Zirkel der Ewigkeit wird uns umfassen und verbinden! … Ach, wir müssen uns ja erst trennen, und dieses Leben währet noch – – lebe länger als ich, weine weniger als ich und – vergiß mich doch nicht gänzlich. – Ach hast du mich denn sehr geliebt, du Teure, du Verscherzte? …

Gustav F.«

*

Abends unter dem Zusiegeln des Briefs fuhr Beata zum Schloß-Tor hinein. Als er ihre Lichtgestalt, die bald mit so vielen Tränen sollte bedeckt werden, heraussteigen sah: prallte er zurück, schrieb die Aufschrift, ging zu Bette und zog die Vorhänge zu, um recht sanft – zu weinen. Dem Romanen-Steinmetz Oefel eilte er vorzüglich aus dem Wege, weil seine Mienen und Laute nichts als unedle Triumphe seines weissagenden Blickes waren; und sogar Gustavs Niedergeschlagenheit rechnete er noch unedler zu seinen Triumphen …

Im Grunde wollt' ich, der Henker holte alle Weltteile und sich dazu; denn mich hat er halb. Wenige wissen, daß er mich diese Biographie nicht zu Ende führen lässet. Ich bin nun überzeugt, daß ich nicht am Schlage (wie ich mir neulich unter meinem gefrornen Kopfzeug einbildete) noch an der Lungensucht (welches eine wahre Grille war) sterben kann; aber bürgt mir dieses dafür, daß ich nicht an einem *Herzpolypen* scheitern werde, wofür alle menschliche Wahrscheinlichkeit ist? – Zum Glück bin ich nicht so hartnäckig wie *Musäus* in Weimar, der das Dasein des seinigen, den er so gut wie ich den meinigen mit kaltem Kaffee groß geätzet, nicht eher glaubte, als bis der Polype sein schönes Herz verstopft und ihm alle Wiegenfeste und alle Wünsche für die seiner Gattin genommen hatte. Ich sage, ich merke besser auf Vorboten von Herzpolypen: ich verberge mir es nicht, was hinter dem aussetzenden Pulse steckt, nämlich eben ein wirklicher Herzpolype, der Zündpfropf

360

des Todes. Die fatale literarische Ferne, der Rezensenten-Bund, schleicht mit Stricken um uns gutwillige Narren herum, die wir schreiben und gleich Schmetterlingen an der Umarmung der Musen sterben – aber keine Kreuzer-Piece, nicht eine Zeile sollten wir edieren für solche gewissenlose Stoßvögel: wer dankt mirs, daß ich Szenen aufstelle, die den Prospektmaler beinahe umbringen, und biographische Seiten schreibe, die auf mich nicht viel besser wirken als vergiftete Briefe? Wer weiß es – nach Scheerau komm’ ich jetzo selten – als meine Schwester, daß ich in diesem biographischen Lustschloß, das mein Mausoleum werden wird, oft Zimmer und Wände übermale, die mir Puls und Atem dergestalt benehmen, daß man mich einmal tot neben meiner Malerei liegen finden muß? Muß ich nicht, wenn ich so in die Schlagweite des Todes gerate, aufspringen, durch die Stube zirkulieren und mitten in den zärtlichsten oder erhabensten Stellen abschnappen und die Stiefel an meinen Beinen wichsen, oder Hut und Hosen auskehren, damit es mir nur den Atem nicht versetzt, und doch wieder mich daran machen und so auf eine verdammte Art zwischen Empfindsamkeit und Stiefelwichsen wechseln? – Ihr verdammten Kunstrichter allzumal!

Dazu gesellen sich noch tausend Plackereien, die mich seit einiger Zeit viel öfter zwicken, weil sie etwa merken, daß der Polype mir bald den Garaus versetzen und sie mich nicht lange mehr haben werden. Meinen Maußenbacher Hummer, der mich immer zwischen seine gerichtherrlichen Scheren nimmt und der glaubt, ein armer Gerichthalter müsse an nichts anderm sterben als an Arbeiten ex officio, diesen ägyptischen Fronvogt will ich überspringen; auch meine Schwester und Wutzen unter mir, die beide wider alles Maß lustig sind und mich fast tot singen. Aber was mich drückt, ist der Druck der Untertanen, das metallene Druckwerk, das man unsern Fürsten nennt.

Ich hätte mich beinahe neulich in einer Exzeptionschrift in einen ehrenvollen Festungarrest hineingeschrieben. Hier aber auf dem biographischen Papiere kann ich schon eher meine Orangen ohne Karzer-Gefahr an den gekrönten Kopf werfen. Pfui! bist du darum Fürst, um eine Wasserhose zu sein, die alles, worüber sie rückt, in ihren Krater hinaufschlingt? Und wenn du uns einmal bestehlen willst, tu es mit keinen andern Händen als mit deinen eignen, fahre terminierend vor allen Häusern durch das Land und erhebe selber die ordentlichen Steuern in deinen Wagen: aber so wie bisher, langen unsre Abgaben nach dem Transitozoll, den sie den Händen aller deiner Kassenbedienten geben müssen, so mager wie weitgereisete Heringe oben in deiner Schatulle an, daß du im Grunde von beschwerlichen Summen nicht mehr bekommst als bequeme *Logarithmen*. Die Fürsten haben, wie die ostindischen Krebse, eine Riesen-Schere zum Nehmen, und eine Zwerg-Schere, den Fang an den Mund zu bringen.

Und so ist die ganze Hauptstadt, wo jeder sich für regierendes Mitglied ansieht und doch jeder darüber schreiet, daß der andre sich ins Regieren mengt und daß die Kinder unter den Hermelin wie unter den väterlichen Schlafrock kriechen und vereinigt den Vater nachmachen – wo die Paläste der Großen aus Höllensteinen gemauert sind, die wie aussätzige Häuser kleinere zernagen – wo der Minister den Fürsten auf seiner unempfindlichen Hand, wie der Falkonier den Falken auf der beschuhten, trägt – wo man die Laster des Volks für die Renten ihrer Obern ansieht und alles moralische Aas, wie die Bienen ihr physisches, bloß mit Wachs umklebt, anstatt es aus dem Bienenkorb zu tragen, d.h. wo die Polizei die Moral ersetzen will – wo, wie an einem jeden Hofe, eine *moralische* Figur so unausstehlich und so steif gefunden wird als in der *Malerei* eine *geometrische* – wo der Teufel völlig los und der heilige Geist in der Wüste ist und wo man Leuten, die in Auenthal oder sonst krumme Sonden in den Händen halten und damit die fremden Körper und Splitter aus den Wunden des Staates heben wollen, ins Gesicht sagt: sie wären nicht recht gescheit ...

Ich wollt', es wär' wahr: so wär' ich wenigstens recht gesund. Nach einem solchen Klumpen von Ich, woraus ein Staatskörper wie aus Monaden besteht, ist das meinige zu winzig, um vorgenommen und besehen zu werden. Sonst könnt' ich jetzo nach den Besorgnissen um den Staat die um mich selber erzählen.

– Und doch will ich dem Leser meine Qualen oder Sieben Worte am Kreuze sagen, wiewohl er selber mich an das Kreuz, unter welchem er mich bedauern will, hat schlagen helfen. Im Grunde fragt kein Teufel viel nach meinem Siechtum. Ich sitze hier und stelle mir aus unvergoltener Liebe zum Leser den ganzen Tag vor, daß Feuer kann geschrien werden, das gleich einem Autodafé alle meine biographischen Papiere in Asche legt und vielleicht auch den Verfasser. – Ich stelle mir ferner vor und martere mich, daß dieses Buch auf dem Postwagen oder in der Druckerei so verdorben werden kann, daß das Publikum um das ganze Werk so gut wie gebracht ist, und daß es auch nach dem Druck in ein Hetzhaus und eine Marterkammer geraten kann, wo ein kritischer

362

Brotherr und Kunstrichter-Ordengeneral seine Rezensenten mit ihren langen Zähnen sitzen hat, die meiner zarten Beata und ihrem Amanten Fleisch und Kleider abreißen und deren Stube jener Stube voll Spinnen gleicht, die ein gewisser Pariser hielt und die bei seinem Eintritt allemal auf seine ausgezognen blutigen *Taubenfedern* zum Saugen von der Decke niederfuhren und aus deren Fabrikaten er mit Mühe jährlich einen seidnen Strumpf erzielte ... Alle diese Martern tu' ich mir selber an, bloß des Lesers wegen, der am meisten verlöre, wenn er mich nicht zu lesen bekäme; aber es ist diesem harten Menschen einerlei, was *die* ausstehen, die ihn ergötzen. – Hab' ich endlich meine Hand von diesen Nägeln des Kreuzes losgemacht: so ekelt mich das Leben selber an als ein so elendes langweiliges Ding von Monochord, daß jedem Angst werden muß, ders ausrechnet, wie oft er noch Atem holen und die Brust auf- und niederheben muß, bis sie erstarret, oder wie oft er sich bis zu seinem Tode noch auf den Stiefelknecht oder vor den Rasierspiegel werde heben müssen. – – Ich betrachte oft die größte Armseligkeit im ganzen Leben, welche die wäre, wenn einer alle in dasselbe zerstreuet umhergesäete Rasuren, Frisuren, Ankleidungen, Sedes hintereinander abtun müßte. – Der dunkelste Nachtgedanke, der sich über meine etwa noch grünenden Prospekte lagert, ist der, daß der Tod in diesem nächtlichen Leben, wo das Dasein und die Freunde wie weit abgeteilte Lichter im finstern Bergwerk gehen, mir meine teure Geliebten aus den ohnmächtigen Händen ziehe und auf immer in verschüttete Särge einsperre, zu denen kein Sterblicher, sondern bloß die größte und unsichtbarste Hand den Schlüssel hat ... Hast du mir denn nicht schon so viel weggerissen? Würd' ich von Kummer oder von Eitelkeit des Lebens reden, wenn der bunte Jugend-Kreis noch nicht zerstückt, wenn das Farbenband der Freundschaft, das die Erde und ihren Schmelz noch an den Menschen heftet, noch nicht voneinander gesägt wäre bis auf ein oder zwei Fäden? – O du, den ich jetzo aus einer weiten Entfernung weinen höre, du bist nicht unglücklich, an dessen Brust ein geliebtes Herz erkaltet ist, sondern du bists, der ists, der an das verwesende denkt, wenn er sich über die Liebe des lebendigen Freundes freuen will, und der in der seligsten Umarmung sich fragt: »Wie lange werden wir einander noch fühlen?« ...

Neununddreißigster oder 1ter Epiphaniä-Sektor

Erst jetzt ists toll: die Krankheit hat mir zugleich die juristische und die biographische Feder aus der Hand gezogen, und ich kann trotz allen Ostermessen und Fatalien in nichts eintunken .....

Vierzigster oder 2ter Epiphaniä-Sektor

Mich wird, wie es scheint, nebenbei auch der schwarze Star befallen; denn Funken und Flocken und Spinnweben tanzen stundenlang um meine Augen; und damit – sagen Plempius und Ritter Zimmermann – meldet sich stets besagter Star an. Schielen – sagt Richter, der Starstecher, nicht der Starinhaber, in seiner Wundarzeneikunst (B. III, S 426) – läuft untrüglich dem Stare voraus. Wie sehr ich schiele, sieht jeder, weil ich immer rechts und links zugleich nach allem blicke und ziele. – Werd' ich denn wirklich so stockblind wie ein Maulwurf: so ists ohnehin um mein bißchen Lebensbeschreiben getan ...

364

Einundvierzigster oder 3ter Epiphaniä-Sektor

Ich besitze ein paar Fieber auf einmal, die bei andern glücklichern Menschen sonst einander nicht leiden können: das dreitägige Fieber – das Quartanfieber – und noch ein Herbst- oder Frühlingfieber im allgemeinen. – Indessen will ich, solang' ich noch nicht eingesargt bin, dem Publikum alle Sonntage *schreiben* und es etwa zu zwei oder drei Zeilen *treiben*. Auch der Stil sogar wird jämmerlich; hier wollen sich die zwei Verba reimen ...

Zweiundvierzigster oder 4ter Epiphaniä-Sektor

O ihr schönen biographischen Sonntage! ich erlebe keinen wieder. Zu den Übeln, die ich schon bekannt gemacht habe, stößet noch eine lebendige Eidechse, die sich in meinem Magen aufhält und deren Laich ich im vorigen Sommer aus einem unglücklichen Durst muß eingeschluckt haben ...

Dreiundvierzigster oder 5ter und 6ter Epiphaniä-Sektor

Von Kirschkernen, die im Magen aufgekeimt, wie von Erbsen im Ohre hat man Beispiele. Noch aber hab' ich nicht gelesen, daß der Same von Stachelbeeren, den man gewöhnlich mit einschluckt, in den Gedärmen getrieben hätte, wenn diese durch Verstopfung etwa zu wahren Lohbeeten des gedachten Staudengewächses gediehen wären. – O guter Himmel, was wird endlich meine Krankheit sein, deren unsichtbare Tatze meine Nerven ergreift, erdrückt, ausdehnt, entzweischlitzt ...

365

Vierundvierzigster oder Septuagesimä-Sektor

Wenns eine Krankheit gibt, die aus allen Krankheiten, aus allen Kapiteln der Pathologie auf einmal kompiliert ist: so hat sie niemand als ich. Apoplexie – Hektik – Magenkrampf oder eine Eidechse – dreierlei Fieber – Herzpolypus – aufgehende Stachelbeerstauden: – – das sind die wenigen *sichtbaren* Bestandteile und Ingredienzien, die ich bisher an meinem Übel auskundschaften können; eine vernünftige tiefere Sektion meines armen Leibes wird auch gar die *unsichtbaren,* wenn ihn beide Bestandteile erlegt haben, noch dazu gesellen ...

Fünfundvierzigster oder Sexagesimä-Sektor

Eine bedenkliche Pleuresie – wenn man anders der ganzen Semiotik und den harten Pulsschlägen und Bruststichen glauben kann – umarmt und hält mich seit vorgestern und ist willens, mein gemißhandeltes Leben und diese Lebensbeschreibung zu schließen – es müßte denn durch eine glückliche Kur der Tod in ein Empyema gemildert werden – oder in eine Phthisis – oder Vomica – oder in einen Scirrhus oder auch in einen Ulkus. – – Nach dieser Heilung braucht man bloß meine Brust anzubohren, um aus ihr, aus der einmal ein Buch voll Menschenliebe kam, das Leben und die Krankheitmaterie miteinander herauszuziehen ...

Sechsundvierzigster oder Esto Mihi-Sektor

Ihr guten Leser! die ihr mit eurem vergebenden Auge vom Schachbrett des ersten Sektors an bis zum Sterbelager des letzten mir nachgezogen seid, meine Bahn und unsre Bekanntschaft haben ein Ende – das Leben mög' euch niemals drücken – euer Geschäftblick möge nie über das kleine Feld das große vergessen, über das erste Leben das zweite, über die Menschen euch – euer Leben mögen Träume bekränzen, und euer Sterben mögen keine erschrecken ... Meine Schwester soll alles beschlie- 366 ßen ... Lebt froh und entschlaft froh! ...

Siebenundvierzigster oder Invokavit-Sektor

Mein guter und gemarterter Bruder will haben, daß ich dieses Buch ausmache. Ach, seine Schwester würd' es ja vor Schmerzen nicht vermö- gen, wenns so wäre. Ich hoff' aber zum Himmel, daß mein Bruder nicht so kränklich ist, als er meint. – Nach dem Essen denkt ers wohl. – Und ich muß ihn, wenn wir beide Friede haben sollen, darin bestärken und ihn für ebenso krank ausgeben, wie er sich selber. Gestern mußt' ihm der Schulmeister an die Brust klopfen, damit er hörte, ob sie hallete, weil ein gewisser *Avenbrügger* in Wien geschrieben hatte, dieses Hallen zeige eine gute Lunge an. Zum Unglück hallete sie wenig; und er gibt sich deshalb auf; ich will aber ohne sein Wissen an den Herrn Doktor Fenk schreiben, damit er seine Qualen stille. – – Ich soll noch berichten, daß der junge Herr von Falkenberg krank in Oberscheerau bei seinen Eltern ist und daß meine Freundin Beata auch kränklich bei den ihrigen ist ... Es ist für uns alle ein finstrer Winter. Der Frühling heile jedes Herz und gebe mir und den Lesern dieses Buchs meinen lieben Bruder wieder!

Achtundvierzigster oder Mai-Sektor

Der hämmernde Vetter – Kur – Bade-Karawane

– – Er ist wieder zu haben, der Bruder und Biograph! Frei und froh tret' ich wieder vor; der Winter und meine Narrheit sind vorüber, und lauter Freude wohnt in jeder Sekunde, auf jedem Oktavblatt, in jedem Dintentropfen.

Es ging so. Eine jede eingebildete Krankheit setzt eine wahre voraus; aber eingebildete Krankheitursachen gibts dennoch. Mein Wechsel zwischen Gesund- und Siechsein, zwischen Froh- und Traurig-, zwischen Weich- und Hartsein war mit seiner Schnelligkeit und seinen Abstichen aufs höchste gekommen: ich konnte vor Mangel an Atem kein Protokoll mehr diktieren, und die Szenen dieser Lebensbeschreibung durft' ich mir nicht einmal mehr denken: als ich an einem rotglühenden Winterabend durch den rotgeschminkten Schnee draußen herumschritt und in diesem Schnee das Wort »heureusement« antraf.

Ich werde an dieses Wort der Schnee-Wachstafel immer denken; es war mit einem Bambusrohr lapidarisch schön hineingezeichnet. »Fenk!« rief ich mechanisch. »Weit kannst du nicht weg sein«, dacht' ich; denn da jeder Europäer (sogar auf seinen Plantagen) den Schnitt seiner Feder an einem eignen Worte prüfet und da der Doktor schon ganze Bogen mit dem Probierlaut »heureusement« als erstem Abdrucke seiner Feder vollgemacht: so wußt' ich sogleich, wie es war.

– Und bei mir saß er; und lachte (sicher mehr über die Krankheithistorie von meiner Schwester als über meine Invaliden-Gestalt) mich solange aus, daß ich, da ich nicht wußte, sollt' ich lachen oder zürnen, am besten eines um das andre tat. – Aber bald kam er in meinen Fall und mußte auch eines um das andre tun – bei einer Historie, die uns, nämlich dem ganzen hypochondrischen Wohlfahrtausschusse, zur Schande gereicht und die ich doch erzähle.

Es befand nämlich ein naher Vetter von mir, Fedderlein genannt, sich auch in der Stube, der beides ein Scheerauer Schuster und Türmer ist; er sorgt für die Stiefel und für die Sicherheit der Stadt und hat mit Leder und Chronologie (wegen des Läutens) zu tun. Mein naher Vetter war kohlschwarz und betrübt, nicht über meine Krankheit, sondern über die seiner Frau, weil sie daran verstorben war. Diesen Krankheit-

und Totenfall wollt' er mir und dem Doktor auch hinterbringen, um den letzten zu belehren und den ersten zu rühren. Es wäre auch gegangen, hätt' er nicht zum Unglück ein Trennmesser meiner Philippine erwischt und damit, während seiner eignen Aufmerksamkeit auf die Todespost, sehr auf den Tisch gehämmert. Ich setzte mirs sogleich vor, es nicht zu leiden. Meine Hand kroch daher – meine Augen hielten seine fest – dem gedachten Hammer näher, um ihn zu hindern.

Aber des Vetters Hand wich ihr höflich aus und klopfte fort. Ich hätte mich gern tief gerührt, denn er kam den letzten Stunden meiner seligen Base immer näher – aber ich konnte meine Ohren vom Messer-Hammerwerk nicht wegbringen. Zum Glück sah ich den kleinen Wutz dort stehen und lieh eiligst dem Klopfer das unglückliche Trennmesser ab und schnitt dem Kinde damit ein paar halbe – Fastnachtbrezeln vor in der Angst.

Nun stand ich gerettet da und hatte selber das Messer. Aber er begann jetzt auf der Klaviatur des Tisches mit den entwaffneten Fingern zu spielen und versah in seiner Novelle seine Frau mit dem heiligen Abendmahl. Ich wollte mich und meine Ohren überwinden; aber da mich teils der innere Krieg, teils meine horchende Aufmerksamkeit auf seine trommelnden Finger, die ich nur mit der größten Mühe vernehmen konnte, gänzlich von meiner guten Base wegzogen, die gewiß eine Frau und Türmerin war wie wenige, so hatt' ichs satt und fing nach seiner orgelnden Qual-Hand, legte sie in Arrest und brach aus: »O mein lieber Herr Vetter Fedderlein!« Er mutmaßte, ich sei gerührt; und wurd' es selber immer mehr, vergaß sich und schnipsete mit den linken, noch arrestfreien Fingern zu stark an den Tisch.

Ich wollte mir wie ein Stoiker auf dieser neuen Unglück-Station von innen heraus helfen und stellte mir während des äußern Schnipsens hinter mir meine gute Base und ihr Totenlager vor: »Und so« (sagt' ich beredt zu mir selber) »liegst du arme Abgeblühte denn drunten und bist steif und unbeweglich und sozusagen tot!« – Er schnipsete jetzo ganz toll. – Ich konnte mir nicht helfen, sondern ich zog auch die linke Hand des Historikers gefänglich ein und drückte sie halb aus Rührung. »Sie können beide denken«, (sagt' er) »wie mir erst war, als fiele der Turm auf mich, da sie einer wie einen Sack auf den Rücken fassen mußte und sie die sieben Treppen so heruntertrug.« – Ich war außer mir, erstlich darüber und zweitens weil ich in meiner Hand die Anstrengung der seinigen zu neuem Schnipsen verspürte; überwältigt sagt' ich:

»Ums Himmels willen, mein teurer Herr Vetter, um der guten Seligen willen, wenn Er seinen eignen Vetter lieb hat ...«

»Ich will schon aufhören«, sagt' er, »wenn Sie's so angreift.« –

»Nein«, sagt' ich, »schnips' Er mir nur nicht so! – Aber so eine *Base* bekommen *wir beide* schwerlich so bald wieder!« Denn ich besann mich nicht mehr.

Und doch besteht das Leben wie ein Miniaturgemälde aus solchen Punkten, aus solchen Augenblicken. Der Stoizismus hält oft die Keule der Stunde, aber nicht den Mückenstachel der Sekunde ab.

Mein Doktor nahm mich ernsthaft (unter dem unbefangnen Fragen meines Vetters: »Wie wollte mein Herr Vetter?«) aus der Stube hinaus und sagte: »Du bist, lieber Jean Paul, mein wahrer Freund, ein Regierungadvokat, eine Maußenbacher Audienza, ein Schriftsteller im lebensbeschreibenden Fache – aber ein Narr bist du doch, ich meine ein *Hypochondrist.*«

Abends tat er mir beides dar. O an jenem Abend zogest du mich, guter Fenk, aus dem Rachen und aus den Giftzähnen der Hypochondrie heraus, die ihren beißenden Saft auf alle Minuten sprützen! Deine ganze Apotheke lag auf deiner Zunge! Deine Rezepte waren Satiren und deine Kur Belehrung!

»Setz in deine Biographie«, – fing er an und steckte seine Hände in seinen Muff – »daß es bei dir keine Nachahmung des Herrn Thümmels und seines Doktors und ihres medizinischen Kollegiums ist, das halb aus dem Patienten, halb aus dem Arzte bestand – daß ich dich auch ausfilze; denn ich will es in der Tat tun. – Sag mir, wo hast du bisher deine Vernunft, ja nur deine Einbildkraft gehabt, daß du des Henkers lebendig warest? Antworte mir nicht, daß die Gelehrten hier zu verschiedner Meinung wären – daß *Willis* die Einbildkraft in die Hirnschwiele verlegte – *Posidonius* hingegen in die Vorderkammer, wie auch *Aetius* – und *Glaser* ins eiförmige Zentrum. Die Sach' ist nur eine lebhafte Redensart; weil du mich aber damit irre machst: so will ich dich anders angreifen. Sag mir – oder sagen Sie mir, liebe Philippine, wie konnten Sie zulassen, daß der Patient bisher so viel erhabne, rührende und poetische Empfindungen hatte und niederschrieb für andre Menschen? Hätten Sie ihm nicht das Dintenfaß oder den Kaffeetopf umwerfen können oder den ganzen Schreibtisch? Die Anstrengung der empfindenden Phantasie ist unter allen geistigen die entnervendste; ein Algebraist überlebt allemal einen Tragödiensteller.«

»Und auch«, sagt' ich, »einen Physiologen: Hallers verdammte und doch vortreffliche Physiologie hätte mich beinahe niedergearbeitet, die acht Bände hier.« – –

»Eben darum«, – fuhr er fort – »diese anatomische Oktapla spannt die Phantasie, die sonst nur über fließende poetische Auen zu schweben pflegte, auf scharf *abgeschnittene* und noch dazu *kleine* Gegenstände an; daher ...«

»Zum Glück« – unterbrach ich ihn – »richtete ich mich und meine Phantasie ziemlich durch braunes Bier[1] wieder auf, das ich (wenn ich Atem holen wollte) so lange nehmen mußte, als ich über dem Herrn von Haller saß. In diesem Vehikel und in dieser Verdünnung bracht' ich diese Arznei des Geistes, die Physiologie, leichter hinein. Ich kann also, wenn ich nicht der größte Trinker werden will, unmöglich der größte Physiolog werden.«

»Es ist gut«, – sagt' er ungeduldig und zog aus seinem Muff den Schwanz heraus – »aber so wird nichts. Ich und du stehen hier in lauter Ausschweif-Reden, anstatt in vernünftigen Paragraphen; die Rezensenten deiner Biographie müssen glauben, ich wäre wenig systematisch.

Ich will jetzt reden wie ein Buch oder wie eine Doktordisputation; ich sollte ohnehin eine für einen Doktoranden mit der Doktorsucht schreiben und wollte darin entweder den nervus ischiaticus oder den nervus sympatheticus durchgehen; ich wills bleiben lassen und hier und in der Disputation von schwachen Nerven überhaupt reden.

Jeder Arzt muß eine Favorit-Krankheit haben, die er öfters sieht als eine andre – die meinige ist Nervenschwäche. Reizbare, schwache, überspannte Nerven, hysterische Umstände und deine Hypochondrie – sind viele Taufnamen meiner einzigen Lieblingkrankheit.

Man kann sie so zeitig wie den Erbadel bekommen – der Erbadel selber, fast die höhern Weiber und höchsten Kinder haben sie aus dieser ersten Hand – dann kann sie durch alle Doktor-Hüte gleich den ewigen Höllenstrafen nicht weggenommen, sondern nur gelindert werden.

---

1   Da keine Leser weniger Ernst verstehen als die, die keinen Spaß verstehen: so merk' ich für diese Klasse hier unten an, daß die Sache oben wirklich so ist und daß ich (als gleich unmäßiger Wasser- und Kaffeetrinker) kein andres nervenstärkendes Mittel gegen aussetzenden Puls und Atem und andre Schwächen, die mir alle innere Anstrengung verbitterten, von solcher Wirkung fand als – Hopfen-Bier.

Du aber hast sie dir wie den Kaufadel durch Verdienste erworben.«

--

»Sie ist vielmehr selber ein Verdienst«, – sagt' ich – »und ein Hypo-chondrist ist der Milchbruder eines Gelehrten, wenn er nicht gar selber dieser ist; so wie die Blattern, die den Affen so gut wie uns befallen, auf seine Verwandtschaft mit dem Menschen das Siegel drücken.« –

»Aber dein Verdienst« – fuhr er fort – »ist viel leichter zu kurieren. Wenn man dir dreierlei, nämlich deine pathologischen *Fieberbilder* – deine *Arzneigläser* – und deine *Bücher* nimmt: so wird die Krankheit mit dreingegeben. Ich vergesse immerfort, daß ich wie eine Disputation reden will. Also die Fieberbilder! – Die jämmerlichste Semiotik ist si-cherlich nicht die sinesische, sondern die hypochondrische. Deine Krankheit und eine stoische Tugend gleichen sich darin, daß, wer eine hat, alle hat. Du standest als eine tragende *Pfänderstatue* da, der die Pathologie alle ihre Insignien und Schilde aufpackte und umsteckte – jämmerlich schrittest du herum unter deinem medizinischen Gewehrtra-gen und deiner semiotischen Landfracht von Herzpolypus, mazerierten Lungenflügel, Magen-Insassen u.s.w.«

»Ah!« versetzte ich, »alles ist abgeladen, und ich trage bloß noch auf der Gehirnkugel ein Kapillar- oder Haarnetz von geschwollnen Blutadern, oder so eine Art Täucherkappe des Todes, welche die Leute sehr gemein einen Schlagfluß benamsen.«

»Eine Narrenkappe hast du innen auf; denn die Sache ist nicht anders als so: im Hypochondristen sind zwar alle Nerven schwach, aber *die* am schwächsten, die er am meisten gemißbraucht. Da man sich diese Schwäche meistens ersitzt, erstudiert und erschreibt und mithin gerade dem Unterleib, der doch der Moloch dieser Geisteskinder sein soll, alle die Bewegung nimmt, die man den Fingern gibt: so vermengt man den siechen Unterleib mit siechen Nerven und hofft, Kämpfs Viszeral-Sprütze sei zugleich eine Doppelflinte gegen jenen und gegen diese. Glaub es aber nicht; es kann ein hypochondrisches Bruststück auf einem rüstigen Unterleib sitzen. Nicht deine Lungenflügel sind zerknickt, wenn sie zuweilen erschlaffen, sondern deine Lungennerven sind entseelt, von denen sie gehoben werden sollten, oder auch deine Zwerchfellnerven. Spannen sich deine Magennerven ab, so hast du so viel Schwindel und Ekel, als läge wirklich diätetischer Bodensatz im Magen oder irgendeine Aderflut im Kopfe. Sogar der schwache Magen ist nicht immer im Ge-folge schwacher Nerven; sieh nur zu, wie ein matter Hektiker frißt und verdaut eine halbe Stunde vor seinem Sterben. – Daher hat deine gelbe Herbstfarbengebung, deine fleischlose Knochen-Versteinerung, dein aufhörender Puls, sogar deine Ohnmachten haben – nichts zu sagen, mein lieber Paul.«

»Ei! den Henker!« sagte der Patient.

»Denn«, sagte der Doktor, »da alles durch Nerven, wovon oft Gelehrte nicht einmal die Definition wissen, worunter ich gehöre, ausgeführt wird: so müssen die periodischen und wandernden, aber flüchtigen Krämpfe und Ermattungen der Nerven nach und nach die ganze Semiotik durchlaufen, aber nicht die ganze Pathologie. Jetzt tritt mein zweiter Paragraph in der umgoldeten Disputation hervor.« –

»Wo war denn der erste?« fragt' ich.

»Schon da gewesen! Daher wirft der zweite alle Arzneigläser auf die Gasse, bläset alle Pulver in die Luft, legt mit Bannstrahlen alle verdammte Magen-Arzneien in Asche, gießet sogar warme und oft kalte Badewannen aus und schiebt Kämpfs Klistier-Maschinen weit unter das Krankenbett und tobt sehr … Denn die Nerven werden so wenig in einer Woche (es sei die beste Eisenkur da) gestärkt, als in einer Woche (es sei die größte Ausschweifung da) entmannt; ihre Stärke kehret mit so langsamen Schritten zurück, als sie sich entfernte. Die Arzneien müssen sich also in Speisen und – da dieses schadet – mithin die Speisen sich in Arzneien verwandeln.«

»Ich esse vom Wenigsten.«

»Das ist die unangenehmste Unmäßigkeit; und der Magen treibt alsdann nach seinen Kräften eine Art von Skeptizismus oder Fohismus oder doch Apathie. Kehre lieber die literarische Regel (multum, non multa) um und esse *vielerlei,* aber nicht *viel.* Die Diätetik hat in Essen, Trinken, Schlafen etc. nichts über die *Art,* aber alles über den *Grad* zu befehlen. Höchstens hat jeder seinen eignen Regenbogen, seinen eignen Glauben, seinen eignen Magen und seine eigne – Diätetik. Und doch ist das alles nicht mein dritter Doktoranden-Paragraph, sondern erst dieses: bloß *Bewegung* des Körpers ist erster Unterarzt gegen Hypochondrie; – und – da ich schon Hypochondrie und Bewegung vereinigt im beweglichen tiers état gesehen – bloß Mangel aller Bewegung der Seele ist der erste Leibarzt gegen den ganzen Teufel. Leidenschaften sind so ungesund wie ihr Feind, das Denken, oder ihr Freund, das Dichten; bloß ihre sämtliche Koalition ist noch giftiger.«

»Unter den Leidenschaften« – fuhr er fort – »löset Kummer wie Tauwetter alle Kräfte auf – so wie Vergnügen unter allen Nerven-Hebmitteln das stärkste ist. – Jetzo will ich alle deine medizinischen Schnitzer und Waldfrevel auf *einen* Haufen bringen, damit du nur hörest, was du bist.« …

»Ich höre nicht darauf«, sagt' ich.

»Du hast aber doch, wie alle Hypochondristen und alle lecke Weiber, fatal gehandelt und bald den Magen, bald die Lunge, d.h. bald das Kammrad, bald das Hebrad, bald das Zifferblattrad ölend eingeschmiert, indes der treibende Gewicht-Stein abgerissen oder abgelaufen auf der Erde lag. Du sogest dich, wie die einbeinige Muschel, an deinen Studierfelsen an; und – dies war im Grunde das einzige Schlimme – drücktest dich mit der brennenden und matten Brust einer Bruthenne auf deine biographischen Eier und Sektores und wolltest den Lebenden nachkommen. Wo blieb dein Gewissen, deine Schwester, dein gelehrter Ruhm, dein Magen?« …

»Wedele nicht so heftig, Fenk, mit dem Muff-Schwanz und wirf ihn lieber ins Bett!«

»Meine Doktor-Disputation und deine Krankheit sind auch aus, wenn deine Tätigkeit sich, wie in einem Staate, von oben herab vermindert; – den Kopf untätig, das Herz in heiteren Schlägen, die Füße im Laufe, und dann komme der März nur heran.« …

Ich tats einige Monate *hintereinander,* um den armen Leib wieder in integrum zu restituieren – und als ich mich so des gelben Ratzenpulvers und Mehltaues für die Nerven, nämlich des Kaffees und des Witzes enthielt und statt zu beiden zu braunem Bier und zu meinem *Wutze* griff, so wurde einmal plötzlich die Stube hell, Auenthal und der Himmel flammend, die Menschen legten ihre Fehler ab, alle Flächen grünten, alle Kehlen schlugen, alle Herzen lächelten, ich niesete vor Licht und Wonne und dachte: entweder eine Göttin ist gekommen oder der Frühling – – es war gar beides, und die Göttin war die Gesundheit.

Und bloß auf deinem Altar will ich meine biographischen Blätter weiterschreiben! – der Pestilenziar leidet es nicht anders; seine Schlüsse und Rezepte sind die: »Ich würde« – sagt' er – »in meiner Biographie, gleich der heißen Zone, den ganzen Winter mit allen seinen Tatsachen überspringen, da er ohnehin nur, wie der in jener Zone, im Regnen (der Augen) besteht. Ich würde, wenn ich an deiner Stelle säße, sagen, der Doktor Fenk wills nicht haben, nicht leiden, nicht lesen, sondern

ich soll, statt in einer Entfernung von 365 Stunden der vorausschreiten-
den säenden Geschichte keuchend mit der Feder nachzueggen, lieber
hart hinter der Gegenwart halten und sie ans Silhouettenbrett andrücken
und sogleich abreißen. Ich würde« (fuhr Fenk fort) »dem Leser raten,
bloß den Doktor Fenk anzupacken, der allein schuld sei, daß ich vom
ganzen Winter nur folgenden schlechten Extrakt gäbe: Der gute Gustav
verschmerzte den Winter in des Professor Hoppedizels Hause bei seinen
Eltern, welche da ihr gewöhnliches Winterquartier hatten – er mattete
seinen Kopf ab, um sein Herz abzumatten und ein anderes zu vergessen;
bereuete seinen Fehler, aber auch seinen voreiligen Abschiedbrief; setzte
seine Wunden dem philosophischen Nordwind des Professors aus, der
auf einem zarten Instrument, wie Gustav, wie auf einem Pedal mit den
Füßen orgelt; und zehrte durch Einsperren, Denken und Sehnen seine
Lebenblüten ab, die kaum der Frühling wieder nachtreiben oder über-
malen kann«.

Beata würde zu Hause – denn ihr weibliches Auge fand wahrscheinlich
die Parze ihrer Freuden leicht heraus, von der sie sich unter dem ihr
verdankten Vorwand der Kränklichkeit ohne Mühe geschieden hatte –
noch mehr sich entblättert und umgebogen haben, wäre mein romanti-
scher Kollege Oefel nicht gewesen: der ärgerte sie hinlänglich und
mischte ihrem Kummer die Erfrischungen des Zornes bei, indem er
immer kam und im schönsten gebrochnen eingeschleierten Auge der
verlornen Liebe seine eigne aufsuchte und herausforderte. Jetzt trinkt
sie, auf Fenks Treiben, den Brunnen in *Lilienbad* und lebt allein mit
einem Kammermädchen – – der Mai hebe die gesenkte Blumen-Knospe
deines Geistes empor, den dein Flockenleib, wie Blumen neu gefallner
Schnee, umlegt und drückt und aus dessen aufgerissenen Blumen-Blät-
tern die Schnee-Rinde erst unter der Frühlingsonne des entfernten
zweiten Himmels rinnen wird! –

Ottomar hat den Winter verzankt und verstritten; hat viele Korrespon-
denz; advoziert wie ich, aber gegen jeden giftigen Stammbaum und
Hundstern auf dem Rock, am meisten gegen den Fürstenhut seines
Bruders, der damit Untertanen wie Schmetterlinge erwirft und fängt.
Er glaubt, ein Advokat sei der einzige Volktribun gegen die Regierung;
nur sei das bisherige *Lesen* der Advokaten schlimmer gewesen als selbst
das *Buchstabieren,* das der selige Heinecke für schlimmer ausschrie als
Erbsünde und Pest. Ich möchte ihn fast für den Verfasser einer Satire
über den Fürsten halten, die im Winter vor den Thron kam und die

der Patenbrief eines Räubers mit der Bitte war, der Fürst möchte dem kleinen Diebs-Dauphin seinen *Namen* geben, wie einem Minister, und sich seiner annehmen, wenn die Eltern gehenkt wären. Am meisten fielen mir einige pasquillantische Züge auf, die eine feinere Hand verraten; z.B. der Staat sei eine Menschenpyramide, wie sie oft die Seiltänzer formieren, und die Spitze derselben schließe sich mit einem Knaben – Das Volk sei zähe und biegsam wie das Gras, werde vom Fußtritt nicht zerknickt, wachse wieder nach, es möge abgebissen oder abgeschnitten werden, und die schönste Höhe desselben für ein monarchisches Auge sei die glattgeschorne des Park-Grases – Diebe und Räuber würden für Separatisten und Dissenters im Staate gehalten und lebten unter einem noch ärgern Druck als die Juden, ohne alle bürgerliche Ehre, von Ämtern ausgeschlossen, in Höhlen wie die ersten Christen und ebensolchen Verfolgungen ausgesetzt; gleichwohl fahre man solchen Staatsbürgern, die den Luxus und Geld-Umtrieb und Handel stärker beförderten als irgendein Gesandter, bloß darum so hart mit, weil diese Religionsekte besondere Meinungen über das siebente Gebot hegte, die im Grunde nur im Ausdruck sich von denen anderer Sekten unterschieden etc. –

Der Verfasser kann aber auch ein wirkliches Mitglied dieser geheimen Gesellschaft sein, die überhaupt weit humoristischer und unschädlicher stiehlt als jede andre. Neulich hielten sie den Postwagen an und nahmen ihm nichts als ein Grafen-Diplom, das jemand zugefahren wurde, der kaum die Emballage desselben verdiente – ferner sie forderten einmal, wie ein höherer Gerichtstand, dem Beiwagen gewisse wichtige Akten ab, über die ich hier nichts sagen darf – und vor vierzehn Tagen hielten ihre Kaper-Schiffe vor den Schränken der Theater- und der Redouten-Garderobe und warfen ihre Zuggarne über die darin hängenden Charaktere aus; es waren nachher keine Kleider zum Agieren und Maskieren da als bäuerische. - Ich halte sie für dieselben, die, wie der Leser weiß, vorlängst den leidtragenden Kanzeln und Altären die schwarzen Flügeldecken abgelöset haben.

So wäre also der biographische Winter abgetan und weggeschmolzen. – »Hast du so viel geschrieben«, – sagte Fenk – »so reise nach *Lilienbad* und gebrauche den Brunnen und den Brunnen-Doktor, welches ich bin, und den Brunnen-Gast, welches Gustav ist: denn dieser heilet ohne das Lilien-Wasser und ohne die Lilien-Gegend dort nicht aus; ich muß ihn hinbereden, es mag dort schon sein, wer will. Freue dich, wir gehen einem Paradies entgegen, und du bist der erste Autor im Paradiese, nicht Adam.«

»Das schönste Beet« – sagt' ich – »ist in diesem Eden das, daß mein Werk kein Roman ist: die Kunstrichter ließen sonst fünf solche Personen auf einmal wie uns nimmermehr ins Bad, sie würden vorschützen, es wäre nicht wahrscheinlich, daß wir kämen und uns in einem solchen Himmel zusammenfänden. Aber so hab' ich das wahre Glück, daß ich bloß eine Lebensbeschreibung setze und daß ich und die andern sämtlich wirklich existieren, auch außer meinem Kopfe.« ...

– – Jetzt kann der Leser den Geburttag dieses Sektors erfahren: – – er ist gerade einen Tag jünger als unser Glück – kurz morgen reisen wir, ich und Philippine, und heute schreib' ich an ihm. Gustav wird bloß durch einen Strom von freundschaftlichen und medizinischen Vorstellungen mit fortgeführt und morgen von uns fortgezogen. – Die Fortuna hat diesesmal keine Vapeurs und keine einseitigen Kopfschmerzen; alles glückt uns; eingepackt ist alles – meine Fristgesuche sind geschrieben – aus Maußenbach darf mich niemand stören – der Himmel ist himmlisch blau, und ich brauche nicht meinen Augen, sondern dem *Cyanometer*[2] des Herrn von Saussure zu glauben – ich sehe wie der Frühling und seine gaukelnden Schmetterlinge aus und blühe – kurz: meinem Glück fehlte nichts, als daß gar der heutige Sektor glücklich geschrieben war, den ich bis heute hinausspielte, um die ganze Vergangenheit hinter mir zu haben und morgen nichts beschreiben zu müssen als morgen ...

Und da der nun auch fertig ist: so – blauer Mai – breite deine Liebe-Arme aus, schlage deine himmelblauen Augen auf, decke dein Jungfrauen-Angesicht auf und betrete die Erde, damit alle Wesen wonnetrunken an deine Wangen, in deine Arme, zu deinen Füßen fallen und der Lebensbeschreiber auch wo liege!

---

2   Ein Blau-Messer, um die Grade des Himmelblaues abzumessen.

Neunundvierzigster oder 1ter Freuden-Sektor

Der Nebel – Lilienbad

Nimm uns in dein Blumen-Eden auf, eingehülltes Lilienbad, mich, Gustav und meine Schwester, gib unsern Träumen einen irdischen Boden, damit sie vor uns spielen, und sei so dämmernd schön wie eine Vergangenheit!

378 Heute zogen wir ein, und unser Vorreiter war ein spielender Schmetterling, den wir vor uns von einer Blumen-Station auf die andre trieben. – Und der Weg meiner Feder soll auch über nichts anders gehen.

Der heutige Morgen hatte die ganze Auenthaler Gegend unter ein Nebel-Meer gesetzt. Der Wolkenhimmel ruhte auf unsern tiefen Blumen aus. Wir brachen auf und gingen in diesen fließenden Himmel hinein, in welchen uns sonst nur die Alpen heben. An dieser Dunst-Kugel oben zeichnete sich die Sonne wie eine erblassende Nebensonne hinein; endlich verlief sich der weiße Ozean in lange Ströme – auf den Wäldern lagen hangende Berge, jede Tiefe deckten glimmende Wolken zu, über uns lief der blaue Himmelzirkel immer weiter auseinander, bis endlich die Erde dem Himmel seinen zitternden Schleier abnahm und ihm froh ins große ewige Angesicht schauete – das zusammengelegte Weißzeug des Himmels (wie meine Schwester sagte) flatterte noch an den Bäumen, und die Nebelflocken verhingen noch Blüten und wogten als Blonden um Blumen – endlich wurde die Landschaft mit den glimmenden Goldkörnern des Taues besprengt, und die Fluren waren wie mit vergrößerten Schmetterlingflügeln überlegt. Eine gereinigte hebende Maienluft kühlte mit Eis den Trank der Lunge, die Sonne sah fröhlich auf unsern funkelnden Frühling nieder und schaute und glänzte in alle Taukügelchen, wie Gott in alle Seelen … O wenn ich heute an diesem Morgen, wo uns alles zu umfassen schien und wo wir alles zu umfassen suchten, mir nicht antworten konnte, da ich mich fragte: »War je deine Tugend so rein wie dein Vergnügen, und für welche Stunden will dich *diese* belohnen?« so kann ich jetzo noch weniger antworten, da ich sehe, daß der Mensch seine Freuden, aber nicht seine Verdienste durch die Erinnerung erneuern kann, und daß unsre Gehirn-Fibern die Saiten einer Äolsharfe sind, die unter dem Anwehen einer längst vergangnen

Stunde zu spielen beginnen. Der große Weltgeist konnte nicht die ganze spröde Chaos-Masse zu Blumen für uns umgestalten; aber unserem Geist gab er die Macht, aus dem zweiten, aber biegsamern Chaos, aus der Gehirn-Kugel, nichts als Rosen-Gefilde und Sonnen-Gestalten zu machen. Glücklicherer Rousseau, als du selber wußtest! Dein jetziger erkämpfter Himmel wird sich von dem, den du hier in deiner Phantasie anlegtest, in nichts als darin unterscheiden, daß du ihn nicht allein bewohnest ...

Aber das macht eben den unendlichen Unterschied; und wo hätt' ich ihn süßer fühlen können als an der Seite meiner Schwester, deren Mienen der Widerschein unsers Himmels, deren Seufzer das Echo unserer verschwisterten Harmonie gewesen. Sei nur immer so, teure Geliebte, die du vom Kranken so viel littest als ich von der Krankheit! Ich weiß ohnehin nicht, was ich öfter von dir zurücknehme, meinen Tadel oder mein Lob!

Wir langten unter sprachlosen Gedanken in Unterscheerau an und fanden unsern bleichen Reisegenossen schon bereit, meinen Gustav. Er schwieg viel, und seine Worte lagen unter dem Drucke seiner Gedanken; der äußere Sonnenschein erblich zu innerem Mondschein, denn kein Mensch ist fröhlich, wenn er das Beste sucht oder zu finden hofft, was hienieden zu verlieren ist – Gesundheit und Liebe. Da in solchen Fällen die Saiten der Seele sich nur unter den leichtesten Fingern nicht verstimmen, d.h. unter den weiblichen: so ließ ich meine ruhen und weibliche spielen, die meiner Schwester.

Als wir endlich manchen Strom von Wohlgeruch durchschnitten hatten – denn man geht oft draußen vor Blumen-Lüftchen vorbei, von denen man nicht weiß, woher sie wehen –; und als alle Freuden-Dünste des heutigen Tages im Auge zum Abendtau zusammenflossen und mit der Sonne sanken; als *der* Teil des Himmels, den die Sonne überflammte, weiß zu glühen anfing, eh' er rot zu glühen begann, indes der östliche Teil im dunkeln Blau nun der Nacht entgegenkam; als wir jedem Vogel und Schmetterling und Wanderer, der nach Lilienbad seine Richtung nahm, mit den Augen nachgezogen waren: – so schloß uns endlich das schöne Tal, in das wir so viele Hoffnungen als Samen künftiger Freuden mitbrachten, seinen Busen auf. – Unser Eingang war am östlichen Ende; am westlichen sah uns die zur Erde herabgegangene Sonne an und zerfloß gleichsam aus Entzücken über ihren angewandten Tag in eine Abendröte, die durch das ganze Tal schwamm und bis an die Laub-

Gipfel stieg. Nie sah ich so eine; sie lag wie herabgetropfet in dem Gebüsch, auf dem Grase und Laube und malte Himmel und Erde zu *einem* Rosen-Kelch. Einzelne, zuweilen gepaarte Hütten hüllten sich mit Bäumen zu; lebendige Jalousie-Fenster aus Zweigen preßten sich an die Aussichten der Zimmer und bedeckten den Glücklichen, der heraus nach diesen Gemälden der Wonne sah, mit Schatten, Düften, Blüten und Früchten. Die Sonne war hinabgerückt, das Tal legte wie eine verwittibte Fürstin einen Schleier von weißen Düften an und schwieg mit tausend Kehlen. Alles war still – still kamen wir an – still war es um Beatens Hütte, an deren Fenster ein Blumentopf mit einem einzigen Vergißmeinnicht noch vom Begießen tröpfelte – still wählten wir unsere gepaarte Hütten, und unsre Herzen zergingen uns vor ruhiger Wonne über diesen heiligen Abend unsrer künftigen Festtage, über diese schöne Erde und ihren schönen Himmel, die beide zuweilen wie eine Mutter sich nicht regen, damit das an sie gesunkene Kind nicht aus seinem Schlummer wanke. –

O sollten einmal unsre Tage in Lilienbad auf Dornen sterben, sollt' ich statt der Freuden-Sektores einen Jammer-Sektor schreiben müssen – wenns einmal ist: so sieht es der Leser daran voraus, daß ich das Wort »Freude« vom Sektor weglasse und statt der Überschrift nur Kreuze mache. Es ist aber unmöglich; ich kann meinen Bogen ruhig beschließen. – Beata haucht noch ein leises Abendlied in ihr mit Saiten überzognes Echo; wenn beide ausgetönet, so wird der Schlaf das Sinnenlicht der Menschen in Lilienbad auslöschen und das *Nachtstück* des Traums in den dämmernden Seelen ausbreiten …

Funfzigster oder 2ter Freuden-Sektor

Der Brunnen – die Klagen der Liebe

Ich bin im ersten Himmel eingeschlafen und im dritten aufgewacht. Man sollte an keinen Orten aufwachen als an fremden – in keinen Zimmern als denen, in welche die Morgensonne ihre ersten Flammen wirft – vor keinen Fenstern als denen, wo das Schattengrün wie ein Namenzug im himmlischen Feuerwerk brennt und wo der Vogel zwischen den durchhüpften Blättern schreiet …

Ich wollte, mein künftiger Rezensent lebte mit mir auf der Stube zu Lilienbad; er würde nicht (wie er tut) über meine Freuden-Sektores den ästhetischen Stab brechen, sondern einen Eichenzweig, um den Vater derselben zu bekränzen ...

Dieser Vater ist jetzt ein Damenschneider, aber bloß in folgendem Sinn: in der Mitte von Lilienbad steht der medizinische Springbrunnen, aus dem man die aus der Erde quellende Apotheke schöpft; von diesem Brunnen entfernen sich in regelloser Symmetrie die Kunst-Bauerhütten, die die Badgäste bewohnen; jede dieser kleinen Hütten putzt sich scherzhaft mit dem heraushängenden Malzeichen oder der Signatur irgendeines Handwerks. Mein Häuschen hält eine Schere als eine technische Insignie heraus, um kundzutun, wer darin wohne (welches ich tue), treibe das Damenschneider-Handwerk. Meine Schwester ist (nach dem Exponenten eines hölzernen Strumpfs zu urteilen) ein Strumpfwirker; neben ihr schwankt ein hölzerner Stiefel oder ein hölzernes Bein (wer kanns wissen?) und saget uns so gut wie ein Handwerkgruß den darin seßhaften Schuster an, welches niemand als mein Gustav ist.

Auf Beatens Hütte, die wie jetzige Damen einen Hut oder ein Dach von Stroh aufhat, liegt eine lange Leiter hinauf und kündigt die schöne Bäuerin darin an und ist die Himmelleiter, unter der man wenigstens *einen* Engel sieht.

Es ist auch auswärts bekannt, daß unser Fürstentum so gut seinen Gesundbrunnen hat und haben muß als irgendeines auf der Fürstenbank – (denn jedes muß eine solche pharmazeutische Quelle wie einen Flakon bei sich führen, um gegen kameralistische Ohnmacht daran zu riechen) – ferner kann es bekannt sein, daß sonst viele Gäste hierher kamen und jetzt keine Katze – und daß daran nicht der Brunnen, sondern die Kammer schuld ist, die zu viel hineinbauete und zu viel heraushaben will und die so teuer anfing, als der Seltersbrunnen endigte – daß mithin unser Brunnen so wohlfeil endigen will, als jener anfing – und daß unser Lilienbad bei allen medizinischen Kräften doch die wichtigere nicht hat, einen wenigstens nur so krank zu machen, als eine Kammerjungfer ist – – ich sagte, das wär' alles bekannt genug, und ich hätt' es also gar nicht zu sagen gebraucht.

Freilich ists nicht das Verdienst der andern Gesundbrunnen, wenn sie angenehme Krankheitbrunnen sind, um die sich die ganze große und reiche Welt als Priester stellet; – hätten wir nur hier in Lilienbad auch solche weibliche Engel wie in andern Bädern, die den Teich von

Bethesda erschüttern und ihm eine medizinische Kraft mitteilen, die der des biblischen Teiches *entgegengesetzt* ist; hätten wir Spieler, die zum Sitzen, Brunnenärzte, die zum Brunnensaufen (nicht Brunnentrinken) zwingen: so würde unsere Quelle so gut wie jede andre deutsche fähig sein, die Zechgäste instand zu setzen, daß sie jedes Jahr – wiederkämen. Aber so wird unsere Brunneninspektion ewig sehen müssen, wie die kranke Phalanx der großen Welt vor uns vorbeirollt und um andre Brunnen sich drängt, wie die wilden Tiere um einen in Afrika; und wenn Plinius[1] aus diesen Tierkonventen das Sprichwort in der Note erklärt: so wollt' ich auch ähnliche Neuigkeiten aus den Brunnenkongressen erklären.

Die Kammer ist am Ende am meisten zu bedauern, daß in unserem Josaphats-Tale bloß Natur, Seligkeit, Mäßigkeit und Auferstehung wohnt.

Heute tranken wir alle am Wasser-Baquet das über Eisen abgezogne Wasser unter dem Lärm der Vögel und Blätter und schlangen das daraus schimmernde Sonnenbild und zugleich ihr Feuer mit hinein. Der Kummer-Winter hat um die Augenlider der Beata und um ihren Mund die unaussprechlich-holden Buchstaben ihres verblichnen Schmerzes gezogen; ihr großes Auge ist ein sonnenheller Himmel, dem glänzende Tropfen entfallen. Da ein Mädchen die Pfauenspiegel ihrer Reize leichter an einem andern Mädchen als an einer Mannsperson entfalten kann: so gewann sie sehr durch das Spiel mit meiner Schwester. – Gustav – war unsichtbar; er trank seinen Brunnen nach und verirrte sich in die Reize der Gegend, um eigentlich den größern Reizen ihrer Bewohnerin zu entkommen. Das Glück ausgenommen, sie zu sehen, kannt' er kein größeres als das, sie nicht zu sehen. Sie spricht nicht von ihm, er nicht von ihr; seine herauswollenden Gedanken an sie werden nicht zu Worten, sondern zu Erötungen. Wollte der Himmel, ich faßte statt einer Lebensbeschreibung einen Roman ab: so führt' ich euch, schöne Seelen, einander näher und konstruierte unsern freundschaftlichen Zirkel aus seinen Segmenten wieder; dann bekämen wir hier einen solchen Himmel, daß, wenn der Tod vorbeiginge und uns suchte, dieser ehrliche Mann

---

1   Nach den Alten versammelten die seltnen Brunnen alle wilde Tiere um sich; und diese Zusammentreffungen gaben – wie die in Redouten – zu noch sonderbarern und zum Sprichwort »Afrika bringt immer etwas Neues« oder zu Mißgeburten Gelegenheit.

nicht wüßte, ob wir schon darin säßen oder von ihm erst hineinzuschaffen wären …

Ich habe verständig und delikat zugleich gehandelt, daß ich einen gewissen Aufsatz, den Beata im Winter machte und zu dem ich auf eine ebenso ehrliche als feine Weise kam, vor Gustav so gut brachte wie vor meine Leser hier. Er ist an das Bild ihres wahren Bruders gerichtet und besteht in Fragen. Der Schmerz liegt auf den weiblichen Herzen, die geduldig unter ihm sich drücken lassen, mit größerer Last als auf den männlichen auf, die sich durch Schlagen und Pochen unter ihm wegarbeiten; wie den *unbeweglichen* Tannengipfel aller Schnee belastet, indes auf den tiefern Zweigen, die sich immer regen, keiner bleibt.

An das Bild meines Bruders

»Warum blickst du mich so lächelnd an, du teures Bild? Warum bleibt dein Farbenauge ewig trocken, da meines so voll Tränen vor dir steht? O wie wollt’ ich dich lieben, wärest du traurig gemalt!

Ach Bruder! sehnest du dich nach keiner Schwester, saget dirs dein Herz gar nicht, daß es in der öden Erde noch ein zweites gibt, das dich so unaussprechlich liebt? – Ach hätt’ ich dich nur *einmal* in meine Augen, in meine Arme gefasset – – wir könnten uns nie vergessen! Aber so … wenn du auch verlassen bist wie deine Schwester, wenn du auch, wie sie, unter einem Regen-Himmel und durch eine leere Erde gehest und keinen Freund in den Stunden des Kummers findest – ach, du hast alsdann nicht einmal ein verschwistertes Bild, vor dem dein Herz ausblutet! – O Bruder, wenn du gut und unglücklich bist: so komm zu deiner Schwester und nimm ihr ganzes Herz – es ist zerrissen, aber nicht zerteilt und blutet nur! O es würde dich so sehr lieben! Warum sehnest du dich nach keiner Schwester? O du Ungesehener, wenn dich die Fremden auch verlassen, auch täuschen, auch vergessen, warum sehnest du dich nach keiner treuen Schwester? – Wann kann ich dirs sagen, wie oft ich dein stummes Bild an mich gepresset, wie oft ich es stundenlang angeblicket und mir Tränen in seine gemalten Augen gedacht habe, bis ich selber darüber in strömende ausgebrochen bin? – Verweile nicht so lange, bis deine Schwester mit dem ermüdeten Herzen unter der Leichendecke ausruhet und mit allem ihren vergeblichen Sehnen, mit ihren vergeblichen Tränen, mit ihrer vergeblichen Liebe in kalte vergessene Erde zerfällt! Verweile auch nicht so lange, bis unsere Jugend-Auen abgemähet und eingeschneiet sind, bis das Herz steifer und der Jahre und Leiden zu viele geworden sind. – Es wird auf einmal meinem Innern so wehe, so bitter … Bist du vielleicht schon gestorben, Teurer? – Ach, das betäubt mein Herz – wende dein Auge, wenn du selig bist, von der verwaiseten Schwester und erblick' ihre Schmerzen nicht – ach ich frage mich schwer im blutenden Innern: *was hab' ich noch, das mich liebt?* und ich antworte nicht …«

*

Die Leser haben den Mut, daraus mehr zu Gustavs Vorteil zu erraten als er selber. Ihm als Helden dieses Buchs muß dieses Blatt willkommen sein; aber ich als sein bloßer Geschichtschreiber hab' nichts davon als ein paar schwere Szenen mehr, die ich jedoch aus wahrer Liebe gegen den Leser gern verfertige – Billionen wollt' ich deren ihm zu Gefallen ausarbeiten. Nur tut es meiner ganzen Biographie Schaden, daß die Personen, die ich hier in Handlung setze, zugleich mich in Handlung setzen und daß der Geschicht- oder Protokollschreiber selber unter die Helden und Parteien gehört. Ich wäre vielleicht auch unparteiischer, wenn ich diese Geschichte ein paar Jahrzehende oder Jahrhunderte nach ihrer Geburt aufsetzte, wie die, die künftig aus mir schöpfen werden, tun müssen. Die Maler befehlen dem Porträtmaler, dreimal so weit vom Urbilde abzusitzen, als es groß ist – und da Fürsten so groß sind und da sie folglich nur von Autoren gezeichnet werden können, die in einer dieser Größe gleichen Entfernung des Orts oder der Zeit von ihnen wegsitzen: so wäre zu wünschen, ich stände nicht neben unserem Fürsten, damit ich ihn nicht so vorteilhaft abmalte, als ich tue …

385

Einundfunfzigster oder 3ter Freuden-Sektor

Sonntagmorgen – offne Tafel – Gewitter – Liebe

Welch ein Sonntag! – Heut ist Montag. Ich weiß kein Mittel, mich, der ich (wie wir alle durch unser Isolieren) ein Freuden-Elektrophor geworden, auszuladen als durch Schreiben, ich müßte denn tanzen. Gustav hör' ich herüber: der hat zum Auslader einen Flügel und spielt ihn. Der

Flügel wird mir diesen Sektor sehr erleichtern und mir manchen funkelnden Gedanken zuwerfen. Ich hab' mir oft gewünscht, nur so reich zu werden, daß ich mir (wie die Griechen taten) einen eignen Kerl halten könnte, der so lange musizierte, als ich schriebe. – Himmel! welche opera omnia sprössen heraus! Die Welt erlebte doch das Vergnügen, daß, da bisher so viele poetische Flickwerke (z.B. die Medea) der Anlaß zu musikalischen Meisterwerken waren, sich der Fall umkehrte und daß musikalische Nieten poetische Treffer gäben. –

Vor Tags machten wir uns gestern aus dem Bette, ich und mein musikalischer Souffleur. »Wir müssen«, sagt' ich zu ihm, »vier volle Stunden draußen herumjagen, eh' wir in die Kirche gehen« – nämlich nach *Ruhestatt,* wo der vortreffliche Herr *Bürger* aus Großenhayn[1] als Gastprediger auftreten sollte. Alles geschah. Bis diese Stunde weiß ich nicht, zieh' ich eine laue Sommernacht oder einen kalten Sommermorgen vor: in jener rinnt das zerschmolzene Herz in Sehnen auseinander; dieser härtet das glühende zur Freude zusammen und stählet sein Schlagen. Unsere vier Stunden zu palingenesieren – müßte man aus hundert Lust- und Jagdschlössern die Minuten dazu zusammentragen, und es hinkte doch. Die Morgendämmerung ist für den Tag, was der Frühling für den Sommer ist, wie die Abenddämmerung für die Nacht, was der Herbst für den Winter. Wir sahen und hörten und rochen und fühlten, wie allmählich ein Stückchen vom Tag nach dem andern aufwachte – wie der Morgen über Fluren und Gärten zog und sie wie vornehme Morgenzimmer mit Blüten und Blumen räucherte – wie er sozusagen alle Fenster öffnete, damit ein kühlender Luftzug den ganzen Schauplatz durchstriche – wie jede Kehle die andre weckte und sie in die Lüfte und Höhen zog, um mit trunkner Brust der steigenden vertieften Sonne entgegenzufliegen und entgegenzusingen – wie der bewegliche Himmel tausend Farben rieb und verschmolz und den Faltenwurf seiner Wolken versuchte und färbte … So weit war der Morgen, da wir noch im tauenden Tale gingen. Aber als wir aus seiner östlichen Pforte hinaustraten in eine unabsehliche, mit wachsenden Girlanden und regem Laubwerk musivisch ausgelegte Aue, deren sanfte Wellenlinie in Tiefen fiel und auf Höhen floß, um ihre Reize und Blumen auf und nieder zu bewegen; als wir davor standen: so erhob sich der Sturm der Wonne

---

1   Seine vor einem Jahre gedruckten Predigten werden nach dem Geschmack eines jeden sein, der meinen hat.

und des lebenden Tages und der Ostwind ging neben ihm und die große Sonne stand und schlug wie ein Herz am Himmel und trieb alle Ströme und Tropfen des Lebens um sich herum. – –

Gustav spielt eben sanfter, und seine Töne halten meinen noch immer leicht in hypochondrische Heftigkeit übergehenden Atem auf. –

Als jetzt die Mühle der Schöpfung mit allen Rädern und Strömen rauschte und stürmte: wollten wir in süßer Betäubung kaum gehen, es war uns überall wohl; wir waren Lichtstrahlen, die jedes Medium aus ihrem Wege brach; wir zogen mit der Biene und Ameise und verfolgten jeden Wohlgeruch bis zu seiner Quelle und gingen um jeden Baum; jedes Geschöpf war ein Pol, der unsere Nadel zu Abbeugungen und Einbeugungen lenkte. Wir standen in einem Kreis von Dörfern, deren Wege alle mit fröhlichen Kirchgängern zurückkamen und deren Glocken die geistige Messe einläuteten. Endlich zogen wir auch der wallfahrtenden Andacht nach und zur Kirchtür der kühlen Ruhestätter Kirche hinein.

Wenn ein Maitre de plaisirs einem Fürsten eine Operndekoration vorschlüge, die aus einer aufziehenden Sonne, tausend Leipziger Lerchen, zwanzig läutenden Glocken, ganzen Fluren und Floren von seidnen Blumen bestände: so würde der Fürst sagen, es kostete zu viel – aber der Freudenmeister sollte versetzen: einen Spaziergang kostets – oder eine Krone, sag' ich, weil zu einem solchen Genuß nicht der Fürst, sondern der Mensch zulangt.

In der Kirche ließ ich mich auf dem Orgelstuhl nieder, um die plumpe Orgel zu kartätschen zum Erstaunen der meisten Seelen. Als Gustav in eine adelige Loge trat, saß in der gegenüberstehenden – Beata; denn eine Predigt war ihr so lieb als einer andern ein Tanz. Gustav bückte sich mit niederfallenden Augen und aufströmender Röte vor ihr und war tief gerührt über die blasse gekränkte Gestalt, die sonst vor ihm geglüht hatte – sie wars gleichfalls von der seinigen, auf der sie alle traurige Erinnerungen las, die in ihre oder seine Seele geschrieben waren. Ihre vier Augen zogen sich vom Gegenstand der Liebe zu dem der Aufmerksamkeit zurück, auf Herrn Bürger aus Großenhayn. Er fing an; ich hatte als zeitiger Organist vor, gar nicht auf ihn acht zu geben – ein Kantor macht sich aus einer Predigt so wenig wie ein Mann von *Ton* –; allein Herr Bürger predigte mir mit den ersten Worten das Choralbuch aus der Hand, worin ich lesen wollte. Er trug die Vergebung der menschlichen Fehler vor – wie hart die Menschen auf der einen, und wie zerbrechlich sie auf der andern Seite wären; wie sehr jeder

Fehler sich ohnehin am Menschen blutig räche und gleich einem Nervenwurme den durchfresse, den er bewohne, und wie wenig also ein anderer das Richteramt der Unversöhnlichkeit zu verwalten habe; wie wenig es Verdienst habe, Unvorsichtigkeiten, kleine oder zu entschuldigende Fehler zu vergeben, und wie sehr alles Verdienst auf Übersehung solcher Fehler, die uns mit Recht erbitterten, ankomme etc. Da er endlich 388 auf das Glück der Menschenliebe zeigte: so ruhte das brennende und strömende Auge Gustavs unbewußt auf Beatens Antlitz aus; und als endlich ihre Augen sich, dem Pfarrer zugekehrt, mit der wahren Kummer- und Freuden-Auflösung anfüllten und als sie unter dem Abtrocknen sie auf Gustav wandte: so öffneten sie sich einander ihre Augen und ihr Innerstes; die zwei entkörperten Seelen schaueten groß ineinander hinein, und ein vorüberfliegender Augenblick des zärtlichsten Enthusiasmus zauberte sie an den Augen zusammen … Aber plötzlich suchten sie wieder den alten Ort, und Beata blieb mit ihren an der Kanzel.

Ich kanns nicht behaupten, ob er, Herr Bürger, diese nützliche Predigt schon unter seine gedruckten getan oder nicht; gleichwohl soll mich dieses Lob nicht hindern zu gestehen, daß seinen an sich guten Predigten eigentliche Kraft einzuschläfern vielleicht fehle, ein Fehler, den man sowohl beim Lesen als beim Hören wahrnimmt. Hier will ich zum Besten andrer Geistlichen einige Extraseiten über die falsche Bauart der Kirchen einschichten.

Extraseiten über die falsche Bauart der Kirchen

Ich hab' es schon dem Konsistorium und der Bauinspektion vorgetragen; aber es verfängt nichts. Wir und sie wissen es alle, daß jede Kirche, eine Kathedral-Kirche so gut als ein Filial, für den Kopf oder das *Gehirn* der Diözes zu sorgen habe, d.h. für den *Schlaf* derselben, weil nach *Brinkmann* jenes nichts so stärkt als dieser. Es wäre lächerlich, wenn ich mich hersetzen und erst lange ausführen wollte, daß dieser desorganisierende Schlaf auf eine wohlfeilere Art und für weniger Pfennige und Opium als bei den Türken zu erregen steht; denn unser Opium wird wie Quecksilber äußerlich eingerieben und hauptsächlich an den *Ohren* angelegt. Nun ist niemand so gut wie mir bekannt, was man in der ganzen Sache schon getan. Wie man in Konstantinopel (nach *de Tott*) besondere

Buden und Sitze für die Opiumesser, aber nur *neben* den *Moscheen* hat: so sind sie bei uns *darin* und heißen Kirchenstühle. – Ferner brennen ordentliche *Nachtlichter* auf dem Altar. Die Fensterscheiben haben in katholischen Tempeln Glasgemälde, die so gut wie Fenstervorhänge Schatten geben. Zuweilen sind die Pfeiler so geordnet oder vervielfältigt, daß sie zur kirchlichen Dunkelheit mithelfen, die der Zweck des Schlafens so sehr begehrt. Da die Schlafzimmer in Frankreich lauter matte glanzlose Farben haben: so ist in dem großen kanonischen Schlafzimmer wenigstens insofern für den Schlaf gesorgt worden, daß doch die Teile der Kirche, auf die das Auge sich am meisten richtet, Altar, Pfarrer, Kantor und Kanzel, schwarz angestrichen sind. Man sieht, ich unterdrücke keinen Vorzug, und es ist nicht Tadelsucht, wenn ich tadele. –

Aber es fehlet einem Tempel noch viel zu einem wahren Dormitorium. Ich stand (ich könnt' auch sagen: ich lag) in Italien und auch in Paris in mehren Theaterlogen, die vernünftig eingerichtet und möbliert waren: man konnte darin (weil alles dazu da war) *schlafen,* spielen, pissen, essen und mehr ... Man hatte seine Freundinnen mit. Das haben nun die Großen gewohnt; wie will man ihnen ansinnen, sie sollen in die Kirche fahren und darin schlafen, da ihnen ihr Geld eher alle Freuden als den Schlaf verschafft? – Beim tiers état, beim Bauer und Bürger, selber beim Bürgermeister-Kollegium, das sich die ganze Woche matt votiert, ists kein Wunder, sondern freilich leicht dahin zu bringen, daß sie leicht auf jedem Stuhl, auf jeder Empor entschlafen; ich leugn' es nicht; aber der Libertin, der Schläfer auf Eiderdunen, wird euch (und predigte ein Konsistorialrat) auf keinem bloßen Sessel schlafen; er geht daher lieber in keine Kirche. Für solche Leute von Ton müssen daher ordentliche Kirchenbetten in den Logen aufgeschlagen werden, damit es geht; so wie auch Spieltische, Eßtische, Ottomanen, *Freundinnen* u. dergl. in einer Hofkirche so unentbehrliche Dinge sind, daß sie besser an jedem andern Orte mangeln könnten als da.

Man kann es also, ohne mich und die Wahrheit zu beleidigen, kein Schmeicheln nennen, wenn ich verfechte, daß bloß die dumme Kirchen-Architektur und der Mangel alles Haus- und Kirchengeräts, aller Betten etc. daran schuld sind, nicht aber die gut und philosophisch oder mystisch ausgearbeiteten Predigten geschickter Hof-, Universität-, Kasernen- und Vesper-Prediger, wenn die Leute von Stand weit weniger darin schlafen können, als man sich verspricht.

Ende der Extraseiten

Nach der Kirche trafen wir alle an der Sakristei zusammen. Ich gehe über Kleinigkeiten hinweg und komme sogleich dazu, daß wir sämtlich abzogen und daß Gustav unserer schönen Dauphine den Arm gab und nahm. Es war ein ruhiges Wandeln unter der festlichen Sonne und unter den Blüten der Gebüsche hinweg. Der Putz, die getäfelte Stirn, die wie Fiedelbogen-Haare hinübergespannten Stirn-Haare, die wie Zwiebelhäute übereinander liegenden Röcke des weiblichen Bauerstandes malten samt dessen anlachendem Angesicht uns den Sonntag heller vor, als alle halbe und ganze Parüren der Städterinnen können. Auch find' ich am Sonntage viel schönere Gesichter als an den sechs Werkeltagen, die alles im Schmutz vermummen.

Das Gespräch mußte gleichgültig bleiben – ich denke, selbst beim Vergißmeinnicht. Beata sah nämlich eines im Grase liegen und eilte hinzu und – da wars von Seide. »O ein falsches«, sagte sie. »Nur ein gestorbnes«, sagte Gustav, »aber ein dauerhaftes.« Unter Personen von einer gewissen Feinheit wird leicht alles zur Anspielung! Wohlwollen ist ihnen daher unentbehrlich, damit sie an keine andern Anspielungen als an gutmütige glauben. – Ich labte mich unter dem ganzen Wege am meisten daran, daß ich der Hintergrund und der Rückenwind war, der hintennach ging; denn wär' ich vorausgezogen, so hätt' ich den schönsten Gang nicht gesehen, in dem sich noch die schönste weibliche Seele durch ihren Körper zeichnete – Beatens ihren. Nichts ist charakteristischer als der weibliche Gang, zumal wenn er beschleunigt werden soll.

Im Tal fanden wir außer dem Schatten und Mittage noch etwas Schöneres, den Doktor Fenk. Er hatte ein kleines Speise-Concert spirituel unter den Bäumen angeordnet, wo wir alle wie Fürsten und Schauspieler offne Tafel, aber vor lauter satten musikalischen Zuschauern, vor den Vögeln, hielten. Wir hatten nichts darwider, daß zuweilen eine Blüte in den Tunknapf, oder in das Essiggestell ein Blättchen flatterte, oder daß ein Lüftchen das Zuckergestöber aus der Zuckerdose seitwärts wegblies; dafür lag der größte plat de ménage, die Natur, um unsern freudigen Tisch herum, und wir waren selber ein Teil des Schaugerichts. Fenk sagte und spielte mit einem herabgezognen Aste: »unser Tisch hätte wenigstens den Vorzug vor den Tischen in der großen Welt, daß die Gäste an unserem einander kennten; die Großen aber, z.B. in Scheerau oder Italien, speiseten mehr Menschen, als sie kennen lernten;

wie im Fette des Tieres, das von den Juden so sehr verabscheuet und nachgeahmet würde, Mäuse lebten, ohne daß das Tier es merkte.«

Ein Arzt sei noch so delikat im Ausdruck: er ists doch nur für Ärzte.

Unter dem Kaffee behauptete mein lieber Pestilenziar, alle Kannen – Kaffee-, Schokolade-, Teekannen –, Krüge etc. hätten eine Physiognomie, die man viel zu wenig studiere; und wenn Melanchthon der Missionär und Kabinettprediger der Töpfe gewesen, so fehle noch ein Lavater derselben. Er habe einmal in Holland eine Kaffeekanne gekannt, deren Nase so matt, deren Profil so schal und holländisch gewesen wäre, daß er zum Schiffarzt, der mitgetrunken, gesagt, in dieser Kanne säße gewiß eine ebenso schlechte Seele, oder alle Physiognomik sei Wind: – da er eingeschenkt hatte, so war das Gesöff nicht zum Trinken. Er sagte, in seinem Hause werde kein Milchtopf gekauft, den er nicht vorher, wie Pythagoras seine Schüler, in physiognomischen Augenschein nehme.

»Wem haben wirs zuzuschreiben«, fuhr er in humoristischem Enthusiasmus fort, »daß um unsere Gesichter und Taillen nicht so viele Schönheitlinien als um die griechischen beschrieben sind, als bloß den verdammten Tee- und Kaffeetöpfen, die oft kaum menschliche Bildung haben und die doch unsere Weiber die ganze Woche ansehen und dadurch kopieren in ihren Kindern? – Die Griechinnen hingegen wurden von lauter schönen Statuen bewacht, ja die Sparterinnen hatten die *Bildnisse* schöner Jünglinge sogar in ihren Schlafzimmern aufgehangen.«

--

Ich muß aber zur Rechtfertigung von vielen hundert Damen sagen, daß sie dafür ja das nämliche mit den *Originalen* tun und daß damit auch schon etwas zu machen ist. –

Da ich in diesem Familien-Schauspiel für keine Göttin Achtung habe als für die der Wahrheit: so kann ich sie auch meiner Schwester nicht aufopfern, obgleich ihr Geschlecht und ihre Jugend sie noch unter die Göttinnen stellen. Es ärgert mich, daß sie zu wenig Stolz und zu viel Eitelkeit ernährt. Es ärgert mich, daß es sie nicht ärgern wird, sich hier *gedruckt* und *getadelt* zu lesen, weil ihr mehr am Gewinst der Eitelkeit durch den Druck als am Verlust des Stolzes durch den Tadel gelegen ist.

Stolz ist in unserem kriegslistigen Jahrhundert der treuste Schutzheilige und Lehns-Vormund der weiblichen Tugend. Niemand wird zwar von mir fodern, *die* Damen von meiner Bekanntschaft öffentlich zu nennen, die gewiß wie Mailand 40 mal (nach *Keißler*) wären belagert und 20 mal erobert worden, wären sie nicht brav stolz gewesen, ja wäre nicht eine davon an *einem* Abende voll Tanz zweiundeinhalbmal stolz gewesen; aber nennen könnt' ich sie, wollt' ich sonst.

Du lehrest mich, liebe Philippine, daß die edelsten Gefühle nicht immer die Gefallsucht ausschließen und daß ich außer dem Geschäfte, dich zu lieben, kein besseres haben kann als das, dich zu schelten – und deinen Medizinalrat Fenk auch, der gegen dich seiner sorgenlosen Laune zu weit nachhängt: zum Glück ist sie noch im Alter, wo Mädchen allemal den lieben, den sie am längsten gesprochen, und wo ihr Herz wie ein Magnet das alte Eisen fallen lässet, wenn man ein neues daran bringt.

Beata und Gustav berührten einander die wunden Stellen wie zwei Schneeflocken; sogar in der Stimme und der Bewegung schilderte sich zärtliches, schonendes, ehrliebendes, aufopferndes Ansichhalten. O wenn die Weigerungen der Koketterie schon so viel geben: wie viel müssen erst die gegenwärtigen der Tugend geben!

Der Nachmittag war auf den Flügeln der Schmetterlinge, die neben uns ihre *tiefern* Blumen suchten, davongeeilet; die Gespräche nahmen wie die Augen an Interesse zu, und wir schlenterten (oder schreibt mans mit einem weichen D?) auf der Allee-Terrasse hin, die den Berg wie ein Gürtel umwindet und auf der das Auge über die Einzäunungen des Tales in die Fluren hinübergehen kann. Gegen Westen rückte ein Gewitter mit seinem Donner-Tritt über den Himmel und hing sein Bahrtuch von schwarzem Gewölk über die Sonne. Die Gegend sah wie das Leben eines großen, aber nicht glücklichen Menschen aus; der eine Berg glühte vom Flammenblick der Sonne, der andre verdunkelte sich unter der niederfallenden Nacht einer Wolke – – drüben in der Abendgegend brauste im Himmel statt des *Vogelgesangs* das himmlische Pedal, der Donner, und in Reihen von weißen Wassersäulen riß sich der wärmende Regen vom Himmel los und füllte seine Blumenkelche und Gipfel wieder, aus denen er gestiegen war – es war der Seele so feierlich, als würde ein Thron für Gott errichtet, und alles wartete, daß er darauf niederstiege.

Gustav und Beata gingen, in den Himmel versunken, auf der Terrasse voraus; der Doktor, meine Schwester und ich in einer kleinen Ferne hinter ihnen. Endlich platzten auf dem Laube der Allee einzelne Regentropfen, die aus dem Saume der breiten Wetterwolke über uns flogen und fielen; – so bestreift ein donnerndes niederblitzendes Unglück der

Nachbarschaft die entlegnen Länder nur mit einigen Tränen, die aus dem Auge des Mitleids entwischen. – Wir stellten uns alle unter die nächsten Bäume. Gustav und Beata standen seit vielen Monaten zum ersten Male wieder einsam nebeneinander, ohne Ohrenzeugen, obwohl neben Augenzeugen. Sie waren gegen Abend gekehrt und schwiegen. Es gibt Lagen, wo der Mensch sich zu groß fühlt, ein Gespräch heranzulenken, oder fein zu sein, oder Anspielungen zu machen. Beide verstummten fort, bis Gustav in der heißesten Sonnenwende seiner Empfindungen sich von der überschwemmten Abendgegend umkehrte zu Beatens Augen hin – ihre hoben sich langsam und unverhüllt zu seinen auf und der Mund unter ihnen blieb ruhig und ihre Seele war bei niemand als bei Gott und der Tugend.

Die Wolke war verronnen und verzogen. Der Doktor hatte heimzueilen. Niemand konnte aus seinem genießenden Schweigen heraus. So
stumm waren wir alle die Terrasse hinunter gekommen– und jedes war auch schon von seinem belaubten Regenschirme hinweg –, als auf einmal die tiefe Sonne die schwarze Wolkendecke durchbrannte und entzweiriß und den Leichenschleier des Gewitters weit zurückschlug und uns überstrahlte und die glimmenden Gesträuche und jeden feurigen Busch … Alle Vögel schrien, alle Menschen verstummten – die Erde wurde eine Sonne – der Himmel zitterte weinend über der Erde vor Freude und umarmte sie mit heißen unermeßlichen Lichtstrahlen. –

Die Gegend brannte im himmlischen Feuerregen um uns; aber unsere Augen sahen sie nicht und hingen blind an der großen Sonne. Im Drang, das Herz von Blut und Freude loszumachen, versank Gustavs Hand in Beatens ihre – er wußte nicht, was er nahm – sie wußte nicht, was sie gab, und ihre gegenwärtigen Gefühle erhoben sich weit über geringfügige Versagungen. Endlich legte sich die umdonnerte Sonne wie ein Weiser ruhig unter die kühle Erde, ihr Abendrot ruhte glühend unter dem blitzenden Wetter, sie schien wie eine Seele zu Gott gegangen zu sein, und ein Donnerschlag fiel in den Himmel nach ihrem Tode …

Es dämmerte … die Natur war ein stummes Gebet … Der Mensch stand erhabener wie eine Sonne darin; denn sein Herz faßte die Sprache Gottes … aber wenn in das Herz diese Sprache kommt und es zu groß wird für seine Brust und seine Welt: so hauchet der große Genius, den es denkt und liebt, die stillende Liebe zu den Menschen in den stürmenden Busen, und der Unendliche lässet sich von uns sanft an den Endlichen lieben …

Gustav empfand die Hand, die in seiner pulsierte und aus ihr heraus-
strebte – er hielt sie schwächer und sah in das schönste Auge zurück –
seines bat Beaten unendlich rührend um Vergebung der vergangnen
Tage und schien zu sagen: »O! nimm in dieser seligen Stunde auch
meinen letzten Kummer weg!« – Als er nun leise mit einem Tone, der
so viel war wie eine gute Tat, fragte: »Beata?« und als er nicht weiter-
sprechen konnte und sie das errötende Angesicht zur Erde wandte und
aufhörte, ihre Hand aus seiner zu ziehen, und tief gerührt wieder aufsah
und ihm die Träne zeigte, die zu ihm sagte: »Ich will dir vergeben«: so
wurden aus zwei Seelen, die noch größer waren als die Natur um sie,
zwei Engel, und sie fühlten den Himmel der Engel – sie standen und
schwiegen, in unendliche Dankbarkeit und Entzückung verloren – er
nahm endlich, zitternd vor hochachtender Freude, ihren bebenden Arm
und erreichte uns.

Den Sabbat schlossen stille Gedanken, stille Entzückungen, stille Erinnerungen und ein stiller Regen aus *allen* entladenen Gewittern.

Vierter Freuden-Sektor

Der Traum vom Himmel – Brief Fenks

Seitdem ich neben meinem lebenbeschreibenden Handwerk noch das
eines Damenschneiders betreibe, wächst ein ganz neues Leben in mir
auf. Gleichwohl muß man dem künftigen Schröckh, der in sein Bilderkabinett berühmter Männer mich auch als einen hineinhängen will, den
Rat geben, daß er sich mäßige und aus meiner Schneiderei nicht alles
ableite, sondern etwas aus meiner Phantasie. Die letzte hat sich im vorigen Winter und Herbst durch das Malen so vieler Naturszenen so
gestärkt, daß der gegenwärtige Frühling an mir ganz andre Augen und
Ohren findet als die vorigen alle. Das hätten wir alle, ich und Leser,
eher bedenken sollen. Wenn der Reiz gewisser Laster durch die täglich
wachsenden Anstrengungen der Phantasie unbezwinglich wird: warum
geben wir ihrem hinreißenden Pinsel nicht würdige Gegenstände?
Warum richten wir sie nicht im Winter ab, den Frühling aufzufassen
oder vielmehr auszuschaffen? Denn man genießet an der Natur nicht,
was man sieht (sonst genösse der Förster und der Dichter draußen ei-

nerlei), sondern was man ans Gesehene andichtet, und das Gefühl für die Natur ist im Grunde die Phantasie für dieselbe.

In keinem Kopfe aber kristallisierten sich holdere Traum- und Phantasiegestalten als im Gustavischen. Seine Gesundheit und sein Glück sind zurückgekommen: das zeigen seine Nächte an, worin die Träume wie Violen wieder ihre Lenzkelche auseinandertun. Ein solcher Edenduft
wallet um folgenden Traum:

Er starb (kam ihm vor) und sollte den Zwischenraum bis zu seiner neuen Verkörperung in lauter Träumen verspielen. Er versank in ein schlagendes Blüten-Meer, das der zusammengeflossene Sternen-Himmel war; auf der Unendlichkeit blühten alle Sterne weiß und nachbarliche Blütenblätter schlugen aneinander. Warum berauschte aber dieses von der Erde bis an den Himmel wachsende Blumenfeld mit dem rauchenden Geiste von tausend Kelchen alle Seelen, die darüberflogen und in betäubender Wonne niederfielen, warum mischte ein gaukelnder Wind unter einem Schneegestöber von Funken und bunten Feuerflocken Seelen mit Seelen und Blumen zusammen, warum wölkte die verstorbnen Menschen ein so süßer und so spielender Totentraum ein? – O darum: die nagenden Wunden des Lebens sollte der Balsamhauch dieses unermeßlichen Frühlings verschließen und der von den Stößen der vorigen Erde noch blutende Mensch sollte unter den Blumen zuheilen für den künftigen Himmel, wo die größere Tugend und Kenntnis eine genesene Seele begehrt. – Denn ach! die Seele leidet ja hier gar zu viel! – Wenn auf jenem Schneegefilde eine Seele die andre umfaßte: so schmolzen sie aus Liebe in *einen* glühenden Tautropfen ein; er zitterte dann an einer Blume herab und sie hauchte ihn wieder entzweigeteilt als heiligen Weihrauch empor. – Hoch über dem Blütenfeld stand Gottes Paradies, aus dem das Echo seiner himmlischen Töne in Gestalt eines Bachs in die Ebene herniederwallete; sein Wohllaut durchkreuzte in allen Krümmungen das Unter-Paradies und die trunknen Seelen stürzten sich aus Wonne von den Ufer-Blumen in den Flötenstrom; im Nachhall des Paradieses erstarben ihnen alle Sinne und die zu endliche Seele ging, in eine helle Freuden-Träne aufgelöset, auf der laufenden Welle weiter. – Dieses Blumengefilde stieg unaufhaltsam empor, dem erhöheten Paradiese entgegen, und die durcheilte Himmelluft schwang sich von oben herab und ihr Niederwehen faltete alle Blumen auseinander und bog sie nicht. – Aber oft ging Gott in der dunkelsten Höhe weit über der wehenden Aue hinweg; wenn der Unendliche dann oben seine Unendlichkeit in zwei Wolken verhüllte, in eine blitzende, oder die ewige Wahrheit, und in eine warm auf alles niederträufelnde und weinende, oder die ewige Liebe: alsdann stand gehalten die steigende Au, der sinkende Äther, der nachhallende Bach, das rege Blumenblatt; alsdann gab Gott das Zeichen, daß er vorübergehe, und eine unermeßliche Liebe zwang alle Seelen, in dieser hohen Stille sich zu umarmen und keine sank an eine, sondern alle an alle – ein Wonne-Schlummer fiel wie ein Tau auf die Umarmung. Wenn sie dann wieder auseinander erwachten, so gingen aus dem ganzen Blumenfelde Blitze, so rauchten alle Blüten, so sanken alle Blätter unter den Tropfen der warmen Wolke, so klangen alle Krümmungen des tönenden Baches zusammen, es wetterleuchtete das ganze Paradies über ihnen und nichts verstummte als die liebenden Seelen, die zu selig waren …

Gustav erwachte in eine nähere Welt, die ein schönes Gegenspiel seiner geträumten war; die Sonne war in einen einzigen glühenden Strahl verwandelt, und dieser Strahl knickte auch an der Erde ab; die Wolke der Dämmerung zog herum, Blumen und Vögel hingen ihre schlafenden Häupter in den Tau hin und bloß der Abendwind kramte noch in den Blättern umher und blieb die ganze Nacht auf …

So schleichen unsere grünen Stunden durch unser unbesuchtes Tal, sie gleiten mit einem ungehörten Schmetterling-Fittich durch unsern Luftkreis, nicht mit der schnurrenden Käfer-Flügeldecke – die Freude legt sich leise wie ein Abendtau an und prasselt nicht wie ein Gewitterguß herab. Unsere glückliche Badzeit wird uns zum Mut, zu Geschäften, zum Erdulden auf lange, auf immer erfrischen; das grüne Lilienbad wird in unserer Phantasie eine grüne Rasenstelle bleiben, auf der, wenn einmal die Jahre alle elysische Felder, die ganze Gegend unserer Freude tief überschneiet haben, unter ihrem warmen Hauche aller Schnee zergeht und die uns immer angrünet, damit wir auf ihr, wie Maler auf grünem Tuche, unsere alten Augen erquicken … Ich wünsch' euch, meine Leser, für euer Alter recht viele solche offen bleibende Stellen und jedem Kranken sein Lilienbad.

Tät' ichs nicht dem deutschen Publikum zu Gefallen: so würd' ich schwerlich vor Freude zur Beschreibung derselben gelangen. Und doch werd' ich keinen neuen Freuden-Sektor anfangen vor dem Geburttage

Beatens. Dieser wird auf der kleinen Molukke *Teidor* begangen, dahin sind wir vom Doktor eingeladen; der hat sein Landhaus auf dieser Insel; das Wetter wird auch schön verbleiben. – – Ich kann so viel ohne großes prophetisches Talent leicht voraussehen, daß der Geburttags- oder Teidors-Sektor alles Schöne, was je in der Alexandrinischen Bibliothek verbrannt oder in Ratbibliotheken vermodert oder in andern erhalten worden, nicht sowohl vereinigen als völlig überbieten werde.

Im nämlichen Brief, der uns nach der molukkischen Insel lockt, schreibt mir der Doktor eine Neuigkeit, die insofern hier einen Platz verdient, weil einer da ist und ich den Sektor gern voll haben möchte, indem ich bloß abschreibe.

»Der Professor Hoppedizel, der außer dem Philosophieren und Prügeln nichts so liebt als Spaßmachen, will, sobald der Mond wieder später aufgeht, den machen, daß er ein Spitzbube ist. Ich traf ihn vor einigen Tagen an, daß er sich einen langen Bart zurechtsott, ferner Brecheisen versteckte und Masken wählte. Ich fragte ihn, auf welcher Redoute er stehlen wolle. Er sagte, in der Maußenbachschen – kurz er will deinen Gerichtprinzipal dadurch, daß er mit der kleinen Bande einbricht und statt Beute Spaß macht, in einen theatralischen Kunst-Schrecken jagen. Zu wünschen wäre, dieser artistische und satirische Räuberhauptmann würde für einen wahren genommen und mit seinem Brech-Apparat auf einen Arrestanten-Wagen gebracht und öffentlich hereingefahren – nicht etwa, damit der gute Hoppedizel dabei versehret würde – sondern nur damit dieser korsarische Stoiker auf die Folter käme und dadurch drei Menschen auf einmal ins Licht setzte: erstlich sich, indem er weniger das Verbrechen als seine stoischen Grundsätze bekennte – zweitens den Pestilenziar oder mich, indem ich bei der Tortur (wie wir bei allen Schmerzen tun) die Rücksichten auf seine Gesundheit vorschriebe – drittens den Justitiar oder dich, der du zeigen könntest, daß du deine akademischen Kriminalhefte schon noch im Koffer hättest.«

Ich glaube, es wird dem Leser auch so gehen wie mir, daß uns auf dem Blumengestade unter den Wohllauten der Natur dieses Seetreffen des großen Weltmeers und dieses Schießen desselben eine schreiende Dissonanz zu machen scheint.

Dreiundfunfzigster oder der größte Freuden-Sektor

oder der Geburttags- oder Teidors-Sektor

Der Morgen – der Abend – die Nacht

Heute ist Beatens Fest und wird immer schöner – mein Schreibepult ist neun Millionen Quadratmeilen breit, nämlich die Erde – die Sonne ist meine Epiktets-Lampe, und statt der Handbibliothek rauschen die Blätter des ganzen Naturbuchs vor mir … Aber von vornen an! Übrigens lieg' ich jetzt auf der Insel *Teidor*.

Die Tage vor schlechtem Wetter sind auch meteorologisch die schönsten. Da wir heute als die friedlichste Quadrupel-Allianz, die es gibt, durch unser singendes Tal, eh' noch die Morgenstrahlen hereingestiegen waren, hinausgingen, um noch vor neun Uhr recht gemächlich auf der kleinen Molukke Teidor anzukommen: so streckte sich ein ganzer kristallener quellenheller Tag auf den weiten Fluren vor uns hin – wir waren bisher an schöne gewöhnt, aber an den schönsten nicht. – Die Erdkugel schien eine helle, aus Dünsten und Lüften herausgehobene Mondkugel zu sein – die Berg- und Waldspitzen standen nackt im tiefen Blau, sozusagen ungepudert von Nebeln – alle Aussichten waren uns näher gerückt und der Dunst war vom Glase, wodurch wir sahen, abgewischt – die Luft war nicht schwül, aber sie ruhte auf den Gewürz-Fluren unbeweglich aus und das Blatt nickte, aber nicht der Zweig, und die hängende Blume wankte ein wenige aber bloß unter zwei kämpfenden Schmetterlingen … Es war der Ruhetag der Elemente, die Sieste der Natur. Ein solcher Tag, wo schon der Morgen die Natur eines schwärmerischen Abends hat und wo schon er uns an unsere Hoffnungen, an unsre Vergangenheit und an unser Sehnen erinnert, kommt nicht oft, kommt für nicht viele, darf für die wenigen, in deren schwellendes Herz er leuchtet, nicht oft kommen, weil er die armen Menschen, die ihm ihre Herzen wie Blumenblätter auftun, zu sehr erfreuet, sie vom kameralistischen Feudalboden, wo man mehr Blumen mähen als beriechen muß, zu weit ins magische Arkadien verschlägt. – Aber ihr Finanziers und Ökonomen und Pächter, wenn fast alle Jahrzeiten der Haut und dem Magen dienen: warum soll nicht *ein* Tag – zumal für Brunnengäste – bloß dem zu weichen Herzen zugehören? Wenn man euch Härte vergibt: warum wollt ihr keine Weichheit vergeben? – O ihr beleidigt ohnehin genug, ihr gefühllosen Seelen; die schönere feinere ist euch bloß unbedeutend und lächerlich; aber ihr seid ihr quälend und verwundet sie. – Sonderbar ists, daß man andern zuweilen die Vorzüglichkeit der *Talente,* aber nie die Vorzüglichkeit der *Empfindungen* zugesteht und daß man seiner eignen Vernunft, aber nicht seinem eignen Geschmack Irrtümer zutraut.

Ein durchsichtiges Dockengeländer von Waldbäumen stand bloß noch zwischen uns und dem indischen Ozean, worin Teidor grünte, als uns der Steig durch das hohe Gras, das über ihn hereinschlug, an einer Einöde oder einem isolierten Hause vorübertrug, das zu entzückend in diesem Blumen-Ozean lag, als daß man hätte vorbeigehen oder -reiten können. Wir lagerten uns auf einer *abgemähten* Rasenstelle, zur rechten Seite des Hauses, zur linken eines runden Gärtchens, das sich mitten in die Wiese versteckte. Im armen Gärtchen waren und nährten sich (wie in einem toleranten Staate) auf dem nämlichen Beete Bohnen und Erbsen und Salat und Kohlrüben; und doch hatte im Zwerg-Garten ein Kind noch sein Infusions-Gärtchen. Im blendenden und roten Vogelhäuschen betrieb eine flinke Frau gerade ihre wohlriechende Feldbäckerei; und zwei Kinderhemdchen hingen am Gartenzaun, und zwei standen an der Haustür, in welchen letzten zwei braune Kinder spielten und uns beobachteten – ihnen tat am heutigen Morgen nichts wohl als ihren entblößten Füßen die Sonne. O Natur! o Seligkeit! du suchest wie die Wohltätigkeit gern die Armut und das Verborgne auf!

Das Klügste, was ich heute gesagt habe und vermutlich sagen werde, ist gewiß die Gras-Rede am Morgen neben dem Häuschen. Als ich so den stehenden Himmel, die Wind- und Blätterstille betrachtete, in der der steilrechte Flügel des Schmetterlings und das Härchen der Raupe unverbogen blieb: so sagt' ich: »Wir und dieses Räupchen stehen unter und in drei allmächtigen Meeren, unter dem Luftmeer, unter dem Wassermeer und unter dem elektrischen Meere; gleichwohl sind die brausenden Wogen dieser Ozeane, diese Meilen-Wellen, die ein Land zerreißen können, so geglättet, so bezähmet, daß der heutige Sabbat-Tag herauskommt, wo den breiten Flügel des Schmetterlings kein Lüftchen ergreift oder um ein gefiedertes Stäubchen berupft und wo das Kind so ruhig zwischen den Elementen-Leviathans tändelt und lächelt. – Wenn dies kein unendlicher Genius bezwungen hat, wenn wir diesem

Genius keine Zusammenordnung unsers künftigen Schicksals und unserer künftigen Welt zutrauen »– ...

O unendlicher Genius der Erde! an deinen Busen wollen wir unsre kindlichen Augen schmiegen, wenn sich der Sturm von der Kette losreißet – – an dein allmächtiges heißes Herz wollen wir zurücksinken, wenn uns der eiserne Tod einschläfert, indem er vorbeigeht! –

So wandelten wir unschuldig-zufrieden, ohne Hastigkeit und Heftigkeit den Wellen zu, die an Fenks Landhaus spülten. Sonderbar ists, es gibt Tage, wo wir freiwillig unser stilles fort-vibrierendes Vergnügen von den *äußern* Gegenständen uns zureichen lassen (wodurch wir ungewöhnlich gegen echten Stoizismus verstoßen); – noch sonderbarer ists, daß manche Tage dieses wirklich tun. – – Ich meine das: ein gewisses leises wellen-glattes Zufriedensein – nicht verdient durch Tugend, nicht erkämpft durch Nachdenken – wird uns zuweilen von dem Tage, von der Stunde beschert, wo alle die jämmerlichen Kleinigkeiten und Fransen, woraus unser ebenso kleinliches als kleines Leben zusammengenäht ist, mit unsern Pulsen einstimmen und unserem Blute nicht entgegenfließen – z.B. wo (wie heute geschah) der Himmel unbewölkt, der Wind im Schlaf, der Fährmann, der nach Teidor bringt, bei der Hand, der Herr des Landhauses, Doktor Fenk, schon vor einer Stunde gegenwärtig, das Wasser eben, das Boot trocken, der Anlandung-Hafen tief und alles recht ist ... Wahrhaftig wir sind alle auf einen so närrischen Fuß gesetzt, daß es zu den *Menschenfreuden*, worüber der Zerbster Konsistorialrat *Sintenis* zwei Bändchen abgefasset, mit gerechnet werden kann – in Deutschland; aber in Italien und Polen weit weniger –, zuweilen einen oder den andern Floh zu greifen ... Will man also einen solchen paradiesischen Tag erleben: so muß nicht einmal eine Kleinigkeit, über die man in stoisch-energischen Stunden wegschreitet, im Wege liegen; so wie sich über die Sonne, wenn ein Brennspiegel sie herunterholen will, nicht das dünnste Wölkchen schieben darf ... Ich bin jetzt im Feuer und versichere, ich kann mir unmöglich etwas Närrischeres denken als unser Leben, unsere Erde, uns Menschen und unsre Bemerkung dieser Narrheit ...

Der indische Ozean war ein lärmender Marktplatz wie ein sinesischer Strom, überall bewegte sich auf ihm Freude, Leben und Glanz, von seiner Oberfläche bis zu seinem Grunde, wo die zweite Halbkugel des Himmels mit ihrer Sonne zitterte. Im Landhause waren die Wände weiß, weil für einen Menschen (sagte Fenk), welcher aus der in lauter

Feuer und Lichtern stehenden Natur in eine enge Klause tritt, kein Kolorit dieser Klause hell genug sein könne, um einen traurigen beschränkten Eindruck abzuwenden.

Alsdann ruhten wir aus, indem wir von einer beschatteten Grasbank der Insel zur andern gingen, von Birkenblättern und indischen Wellen angefächelt – dann musizierten – dann dinierten wir, erstlich am Tische eines Wirtes, der auf eine lustige Art fein und delikat zu sein weiß, zweitens vor den in alle Weltgegenden aufgeschlossenen Fenstern, die uns noch mehr in alle Strudel der freudigen Natur hineindrehten, als wären wir draußen gewesen, und drittens jeder von uns mit einer Hand, welche die weiche Beere des Vergnügens abzunehmen weiß, ohne sie entzweizudrücken. – Ottomar kommt abends – die zwei Mädchen haben unter Blumen und der glückliche Gustav unter Schatten sich verloren – der Lebensbeschreiber liegt hier wie der Jurist Bartolus auf dem hebenden Grase und schildert alles – Fenk ordnet auf Abend an. – Erst abends tritt das Vollicht unserer heutigen Freude ein; und ich danke dem Himmel, daß ich jetzt mit meiner biographischen Feder nachgekommen bin und niemals mehr weiß, als ich eben berichte: anstatt daß ich bisher immer mehr wußte und mir den biographischen Genuß der freudigsten Szenen durch die Kenntnis der traurigen Zukunft versalzte. So aber könnt' in der nächsten Viertelstunde uns alle das Weltmeer ersäufen: in der jetzigen lächelten wir in dasselbe hinein.

Da ich so ruhig bin und nicht spazieren gehen mag: so will ich über das Spazierengehen, das so oft in meinem Werke vorkommt, nicht ohne Scharfsinn reden. Ein Mann von Verstand und Logik würde meines Bedünkens alle Spazierer, wie die Ostindier, in *vier* Kasten zerwerfen.

In der I. Kaste laufen die jämmerlichsten, die es aus Eitelkeit und Mode tun und entweder ihr Gefühl oder ihre Kleidung oder ihren Gang zeigen wollen.

In der II. Kaste rennen die Gelehrten und Fetten, um sich eine Motion zu machen, und weniger, um zu genießen, als um zu verdauen, was sie schon genossen habe; in dieses passive unschuldige Fach sind auch die zu werfen, die es tun ohne Ursache und ohne Genuß, oder als Begleiter, oder aus einem tierischen Wohlbehagen am schönen Wetter.

Die III. Kaste nehmen diejenigen ein, in deren Kopfe die Augen des Landschaftmalers stehen, in deren Herz die großen Umrisse des Weltall dringen, und die der unermeßlichen Schönheitlinie nachblicken, welche mit Efeufasern um alle Wesen fließet und welche die Sonne und den

Bluttropfen und die Erbse ründet und alle Blätter und Früchte zu Zirkeln ausschneidet. – O wie wenig solcher Augen ruhen auf den Gebirgen und auf der sinkenden Sonne und auf der sinkenden Blume!

Eine IV. bessere Kaste, dächte man, könnt' es nach der dritten gar nicht geben: aber es gibt Menschen, die nicht bloß ein artistisches, sondern ein heiliges Auge auf die Schöpfung fallen lassen – die in diese blühende Welt die zweite verpflanzen und unter die Geschöpfe den Schöpfer – die unter dem Rauschen und Brausen des tausendzweigigen, dicht eingelaubten Lebensbaums niederknien und mit dem darin wehenden Genius reden wollen, da sie selber nur geregte Blätter daran sind – die den tiefen Tempel der Natur nicht als eine Villa voll Gemälde und Statuen, sondern als eine heilige Stätte der Andacht brauchen – kurz, die nicht bloß mit dem Auge, sondern auch mit dem Herzen spazieren gehen ...

Ich weiß kein größeres Lob, als daß ich von solchen Menschen leicht auf unser liebendes Paar hinübergleiten kann – die Liebe desselben ist ein solcher Spaziergang, das Leben der hohen Menschen ist auch ein solcher. – Ich will nur noch, eh' ich mich vom erdrückten Gras aufrichte, so viel bemerken, daß Gustavs Liebe ganz in die Realdefinition einpasset, die von ihr in einer schwärmerischen Sommer-Mitternacht zu machen ist – Die edelste Liebe (kann man definieren) ist bloß die zarteste, tiefste, festeste Achtung, die sich weniger durch Tun als durch Unterlassen offenbaret, die sich wechselseitig errät, die auf beide Seelen (bis zum Erstaunen) die nämlichen Saiten zieht, die die edelsten Empfindungen mit einem neuen Feuer höher trägt, die immer aufopfern, nie bekommen will, die der Liebe gegen das ganze Geschlecht nichts nimmt, sondern alles gibt durch das Einzelwesen; diese Liebe ist eine Achtung, in welcher der Druck der Hände und der Lippen sehr entbehrliche Bestandteile sind und gute Handlungen sehr wesentliche; kurz eine Achtung, die vom größern Teile der Menschen ausgehöhnet und vom kleinsten tief geehret werden muß. Eine solche herzerhöhende Achtung war Gustavs Liebe, welche edle Augenzeugen nicht nur vertrug, sondern auch erfreuete und wärmte, weil sie ohne jenes unschuldig-sinnliche Getändel mit Lippen und Händen war, woran der Zuschauer gerade so viel Anteil wie an rollenmäßigen theatralischen Viktualien der Schauspieler nehmen kann. – Ein Zeichen der tugendhaften Achtung oder Liebe ist dies, wenn der Zuschauer desto mehr Anteil daran nimmt, je größer sie ist. Gustavs Liebe hatte – seit seinem Petrus-Falle und noch mehr seit der Vergebung dieses Falls (denn viele Fehler fühlt man erst am tiefsten, wenn sie verziehen sind) – einen solchen Zusatz von Zartheit, von Zurückhaltung, von Bewußtsein des fremden Werts gewonnen, daß er sich mehre Herzen gewann als das weichste, und andre Augen beherrschte als die schönsten an Beaten, vor denen seine Blicke, wie Schneeflocken unter der nackten Sonne im Blauen, rein, schimmernd, zitternd und zerrinnend niederfielen. – –

– Eben langt alles an, Ottomar und die andern.– –

Meine Uhr schlägt zwei Uhr nach Mitternacht, und noch ist Beatens und des Paradieses Wiegenfest nicht beschlossen: denn ich setze mich jetzt her, es zu beschreiben; wenn ich anders auf dem Stuhl bleibe und nicht wieder in das blaue Gewölbe, das über so viele heutige Freuden seine Sternenstrahlen warf, hinausirre.

Gegen Abend flog Ottomar über das Wasser her über. Er sieht immer aus wie ein Mann, der an etwas Weites denkt, der jetzt nur ausruhet, der die hereinhängende Blume der Freude abbricht, weil ihn seine fliehende Gondel vor ihr vorüberreißet, nicht weil er daran denkt. Er hat noch seine erhaben-leise Sprache und sein Auge, das den Tod gesehen. Immer noch ist er ein Zahuri[1], der durch alles Blumengeniste und alle Graspartien der Erde durchschauet und zu den unbeweglichen Toten hinabsieht, die unter ihr liegen. So sanft und stürmisch, so humoristisch und melancholisch, so verbindlich und unbefangen und frei! Er behauptete, die meisten Laster kämen von der Flucht vor Lastern – aus Furcht, schlimm zu handeln, täten wir nichts und hätten zu nichts Großem mehr Mut – wir hätten alle so viel Menschenliebe, daß wir keine Ehre mehr hätten – aus Menschen-Schonung und Liebe hätten wir keine Aufrichtigkeit, keine Gerechtigkeit, wir stürzten keinen Betrüger, keinen Tyrannen etc.

Ihn wunderte Beata, die nicht den gewöhnlich erzwungenen, sondern steigenden Anteil an unsern Reden nahm; denn er glaubt, mit einer Frau könne man von Himmel und Hölle, von Gott und Vaterland sprechen, so denke sie doch unter dem ganzen Hören an nichts als an ihre Gestalt, ihr Stehen, ihren Anzug. »Ich nehme«, sagte Fenk, »erstlich

---

1 Die Zahuri in Spanien sehen durch die verschlossene Erde hindurch bis zu ihren Schätzen hinab, zu ihren Toten, zu ihren Metallen etc.

alles aus, und zweitens auch die Physiognomik; auf diese horchen alle, weil sie alle sie sogleich gebrauchen können.«

Der magische Abend trieb immer mehr Schatten vor sich voraus; er nahm endlich alle Wesen auf seinen wiegenden Schoß und legte sie an sich, um sie ruhig, sanft und froh zu machen. Wir fünf Eiländer wurden 406 es auch. Wir gingen sämtlich hinaus auf eine kleine künstliche Anhöhe, um die Sonne bis zur Treppe zu begleiten, eh' sie über Ozeane nach Amerika hinabschifft. Plötzlich ertönten drüben in einer andern Insel fünf Alphörner und gingen ihre einfachen Töne ziehend auf und ab. Die Lage wirkt mehr auf die Musik, als die Musik auf die Lage. In unserer Lage – wo man mit dem Ohr schon an der Alpenquelle, mit dem Auge auf der am Abend übergoldeten Gletscherspitze ist und um die Sennenhütte Arkadien und Tempe und Jugend-Auen lagert, und wo wir diese Phantasien vor der untergehenden Sonne und nach dem schönsten Tage fliegen ließen – da folgt das Herz einem Alphorn mit größern Schlägen als einem Konzertsaale voll geputzter Zuhörer. – O das Einlaßblatt zur Freude ist ein gutes, und dann ein ruhiges Herz! – Die *dunkeln* wolkigen durchschimmerten *Begriffe,* die der Weltweise von allen Empfindungen verlangt, müssen langsam über die Seele ziehen oder gänzlich stehen, wenn sie sich vergnügen soll; so wie Wolken, die langsam gehen, schönes Wetter, und fliegende schlimmes bedeuten. »Es gibt«, sagte Beata, »tugendhafte Tage, wo man alles verzeiht und alles über sich vermag, wo die Freude gleichsam im Herzen kniet und betet, daß sie länger dableiben und wo alles in uns ausgeheitert und beleuchtet ist; – wenn man dann vor Vergnügen darüber weint: so wird dieses so groß, daß alles wieder vorbei ist.«

»Ich«, sagte Ottomar, »werfe mich lieber in die schaukelnden Arme des Sturms. Wir genießen nur blinkende, glühende Augenblicke; diese Kohle muß heftig herumgeschleudert werden, damit der brennende Kreis der Entzückung erscheine.«

»Und doch«, sagt' er, »bin ich heute so froh vor dir, untersinkende Sonne! ... Je froher ich in einer Stunde, in einer Woche war, desto mehr stürmte dann die folgende – Wie Blumen ist der Mensch: je heftiger das Gewitter werden wird, desto mehr Wohlgerüche verhauchen sie vorher.«

»Sie müssen uns nicht mehr einladen, Herr Doktor«, sagte lächelnd Beata, aber ihr Auge schwamm doch in etwas mehr als in Freude.

Unter dem Rotauflegen des Himmels trat die Sonne auf ihre letzte Stufe, von farbigen Wolken umlagert. Die Alphörner und sie verschwanden im nämlichen Nu. Eine Wolke um die andere erblaßte, und die höchste hing noch durchglühet herab. Beata und meine Schwester scherzten weiblich darüber, was diese illuminierten Nebel wohl sein könnten – Die eine machte daraus Weihnachtschäfchen mit rosenroten Bändern, eine rote Himmelschärpe – die andre feurige Augen oder Wangen unter einem Schleier – rote und weiße Nebel-Rosen – einen roten Sonnenhut u.s.w. ...

Punsch, denk' ich, wurde endlich für die Herren gebracht, von denen einer ihn in solcher Mäßigkeit zu sich nahm, daß er noch um $2^1/_2$ Uhr seinen Sektor setzen kann. Wir wandelten dann unter dem kühlenden rauschenden Baum des Himmels, dessen Blüten Sonnen und dessen Früchte Welten sind, hin und her. Das Vergnügen führte uns bald auseinander, bald zueinander, und jeder war gleich sehr fähig, ohne und durch Gesellschaft zu genießen. Beata und Gustav vergaßen aus Schonung über die fremde Liebe und Freude ihre besondere und waren unter lauter Freunden sich auch nur Freunde. O predigt doch bloß die Traurigkeit, die das Herz so dick wie das Blut macht, aber nicht die Freude aus der Welt, die in ihrem Taumeltanz die Arme nicht bloß nach einem *Mittänzer,* sondern auch nach einem wankenden Elenden ausstreckt und aus dem Jammer-Auge, das ihr zusieht, vorüberfliehend die Träne nimmt! – Heute wollten wir einander alles verzeihen, ob wir gleich nichts zu verzeihen fanden. Es war nichts zu vergeben da, sag' ich; denn als ein Stern um den andern aus der schattierten Tiefe herausquoll und als ich und Ottomar vor einer schlagenden Nachtigall umgekehrt waren, um durch die Entfernung den gedämpften Lautenzug ihrer Klagen anzuhören, und als wir einsam, von lauter Tönen und Gestalten der Liebe umgeben, nebeneinander standen und als ich mich nicht mehr halten konnte, sondern unter dem großen jetzigen und künftigen Himmel mein Herz dem zeigte, dessen seines ich längst gesehen und geliebt: so war so etwas kein Verzeihen und Versöhnen, sondern ... Davon übermorgen!

In veränderlichen Gruppen – bald die zwei Mädchen allein, bald mit einem dritten, bald wir alle – betraten wir die in Gras umgekleideten Blumen und gingen zwischen zwei nebenbuhlerischen Nachtigallen, wovon die eine unsre Insel, die andre die nächste Insel besang und begeisterte. In diesem musikalischen Potpourri hatten die Blumenblätter die wohlriechenden Potpourri zugedeckt, aber alle Birkenblätter hatten die ihrigen aufgetan, und wir teilten uns mit Absicht auseinander, um nicht eilig aus unserem zauberischen Otaheiti abschiffen zu können. –

Endlich gerieten wir zufällig unter einer Silberpappel zusammen, deren beschneiete Blätter durch den Glanz im Abend uns um sie versammelt hatten. »Wir haben hohe Zeit zum Fortgehen!« sagte Beata. Allein da wirs wollten oder wollen mußten: so ging der Mond auf; hinter einem gegitterten Fächer von Bäumen schlug er so bescheiden, als er still über die blinde Nacht wegfließet, seine Wolken-Augenlider auf, und sein Auge strömte, und er sah uns an wie die Aufrichtigkeit, und die Aufrichtigkeit sah auch ihn an. »Wollen wir nur« – sagte Ottomar, in dessen heißer Freundschaft-Hand man gern jede weibliche entriet – »bleiben, bis es auf dem Wasser lichter wird und der Mond in die Täler hereinleuchten kann – wer weiß, wann wirs wieder so haben?« Endlich füge er hinzu: »Ich und Gustav verreisen ohnehin morgen früh, und das Wetter hält nicht mehr lange.« Es ist das siebenwöchentliche unbekannte Verreisen, von dem ich alle Mutmaßungen, die es bisher so wichtig und rätselhaft vorstellten, gern hier zurücknehme.

Wir blieben wieder; das Gespräch wurde einsilbiger, der Gedanke vielsilbiger und das Herz zu voll, so wie uns der abnehmende Mond an der Aufgangschwelle auch *voll* vorkam. Wenn einmal eine Gesellschaft die Hand vom Türdrücker, woran sie sie schon hatte, wieder wegtut: so erregt dieser Aufschub die Erwartung größerer Vergnügungen, und diese Erwartung erregt Verlegenheit; – wir aber wurden bloß um einander stiller, verbargen unsere Seufzer über die Falkenflügel fröhlicher Stunden, und vielleicht brachte manches weggewandte Auge dem Monde das Opfer, das ihm der traurigste und der freudigste Mensch so schwer versagen kann …

Gerade jetzt drängte ich mich wieder hinaus in seine Strahlen und komme wieder an meinen Schreibtisch und danke dem Schleier der Nacht, der um das Universum doppelt herumreicht, daß er auch über den größten Schmerzen und Freuden der Menschen sich faltet … Wir waren also auf unserer Insel so schwermütig stumm, wie an einer Pforte der fröhlichen Ewigkeit; der länderbreite Frühling zog mit seiner Herrlichkeit – mit seinem gesunknen lauen Monde – mit seinem schillernden Venusstern – mit seiner erhabnen Mitternachtröte – mit seinen himmlischen Nachtigallen vor fünf Menschen vorüber; er warf und häufte in diese fünf Überglückliche seine Knospen und seine Blüten und seine dämmernden Aussichten und Hoffnungen und seine tausend Himmel und nahm ihnen nichts dafür weg als ihre *Sprache*. O Frühling! o du Erde Gottes! o du unumspannter Himmel! ach! regte sich heute doch in allen Menschen auf dir das Herz in freudigen Schlägen, damit wir alle nebeneinander unter den Sternen niederfielen und den heißen Atem in *eine* Jubel-Stimme ergössen und alle Freuden in Gebete, und das hohe Herz nach dem hohen Himmelblau richteten und in der Entzückung nicht Kummer-, sondern Wonne-Seufzer abschickten, deren Weg so lang zum Himmel wie unserer zum Sarge ist! ... Du bitterer Gedanke, oft unter lauter Unglücklichen der Fröhliche zu sein! – du süßerer, unter lauter Glücklichen der Betrübte zu sein!

Endlich flossen vom Silberblick des steigenden Mondes die trübenden Schlacken hinweg; er stand wie eine unaussprechliche Entzückung höher in der Nacht des Himmels, aus dessen Hintergrund in den Vorgrund gemalt. Die Frösche durchschlugen wie eine Mühle die Nacht, und ihr forttönender vielstimmiger Lärm hatte die Wirkung eines Schweigens. – O welcher Mensch, den der Tod zu einem über die Erde fliegenden Engel gemacht hätte, wäre nicht auf sie niedergefallen und hätte unter irdischem Laub und auf der irdischen, vom Monde übersilberten Erde (wie von der Sonne übergoldeten) nicht an seinen verlassenen Himmel gedacht und an seine alten Menschen-Auen, seine alten Frühlinge hienieden und an seine vorigen Hoffnungen unter den Blüten? –

Ihr Rezensenten! vergebt mir nur heute und lasset mich fortfahren!

Endlich stiegen wir in die Gondel wie in einen Charons-Nachen ein, wir räumten entzückt und unwillig das buschige Ufer und den aus dem Wasser an seine Blätter aufgestrahlten Widerschein. Das größte Vergnügen, der größte Dank treiben nicht *waagrechte*, sondern *senkrechte*, ins Herz greifende versteckte Wurzeln; wir konnten also zu Fenk nicht viel sagen, der von der Freudenstätte heute nacht nicht weggeht. – Du Freund! der mir teurer als allen andern ist, vielleicht wenn alles stiller und der Mond höher und reiner und die Nacht *ewiger* ist, gegen Morgen hin, wirst du zu weinen anfangen über beides, was die Erde dir gegeben, was sie dir genommen. – Geliebter! wenn du es jetzt in dieser Minute tust: so tu' ich es ja auch! – ...

Mit unserem ersten Tritt ins Boot durchdrangen (wahrscheinlich auf Fenks Anordnung) die Alphörner wieder die Nacht; jeder Ton klang in ihr wie eine Vergangenheit, jeder Akkord wie ein Seufzer nach einem Frühling der andern Welt; der Nacht-Nebel spielte und rauchte über

Wäldern und Gebirgen und zog sich wie die Grenze des Menschen, wie Morgenwolken der künftigen Welt um unsere Frühlingerde. Die Alphörner verhallten wie die Stimme der ersten Liebe an unseren Ohren und wurden lauter in unsern Seelen; das Ruder und das Boot schnitt das Wasser in eine glimmende Milchstraße entzwei; jede Welle war ein zitternder Stern, das wankende Wasser spiegelte den Mond zitternd nach, den wir lieber vertausendfältigt als verdoppelt hätten und dessen sanftes Lilienantlitz unter der Welle noch blasser und holder blühte. – Umzingelt von vier Himmeln – dem oben im Blauen, auf der Erde, im Wasser und in uns – schifften wir durch schwimmende Blüten hin. Beata saß am einen Ende des Bootes entgegengerichtet dem andern, dem Monde und dem Freund ihrer zarten Seele – ihr Blick glitt leicht zwischen dem Monde und ihm hinab und hinauf – er dachte an seine morgendliche Reise und an seine längere Gesandtschaftreise und bat uns alle um schriftliche Denkmäler, damit er immer gut bleibe wie jetzt unter uns, und erinnerte Beata an ihr Versprechen, ihm auch eines zu geben. – Sie hatt' es schon geschrieben und gab es ihm heute beim Abschied. Der frohe Tag, der frohe Abend, die himmlische Nacht füllte ihre Augen mit tausend Seelen und mit zwei Tränen, die stehen blieben. Sie deckte und trocknete das eine Auge mit dem weißen Tuche und sah Gustav mit dem zweiten rein und strömend an wie ein Spiegelbild … Du gute Seele dachtest, du verbärgest auch das zweite Auge! –

Endlich – o du ewiges unaufhörliches Endlich! – brach auch unsere silberne Wellen-Fahrt an ihrem Ufer. Das gegenüberliegende lag öde und überschattet dort. Ottomar riß sich in der wehmütigsten Begeisterung los, und unter dem Verklingen der Schweizer-Töne sagte mein erneuerter Freund: »Es ist wieder vorüber – alle Töne verhallen – alle Wellen versinken – die schönsten Stunden schlagen aus, und das Leben verrinnt – Es gibt doch gar nichts, du weiter Himmel über uns, was uns füllet oder beglückt! – Lebt wohl! ich werde von euch Abschied nehmen auf meinem ganzen Weg hindurch.«

Die Alpen-Echos klangen in die weite Nacht zurück und fielen zu einem tönenden Hauche, der nicht der Erinnerung aus der Jugend, sondern aus der tiefen Kindheit glich. Wir schwankten, ausgefüllt vom Genuß, durch tauende Gesträuche und umgebückte schlaf- und tautrunkne Fluren, aus denen wir entschlummerte Blumen rissen, um morgen ihre zugefaltete Schlafgestalt zu sehen. Wir dachten an die sonnenlosen Pfade des heutigen Morgens; wir gingen ohne Laut vor dem zwerghaften

Gärtchen und Häuschen vorüber, und die Kinder und die brotbackende Frau wurden von den Todesarmen des Schlummers gedrückt und umflochten. Die Zeit hatte den Mond, wie einen Sisyphusstein, auf den Gipfel des Himmels gewälzet und ließ ihn wieder sinken. In Osten stiegen Sterne, in Westen sanken Sterne, mitten im Himmel zersprangen kleine von der Erde abgesandte Sternchen – aber die Ewigkeit stand stumm und groß neben Gott und alles verging vor ihr und alles entstand vor ihm. Das Feld des Lebens und der Unendlichkeit hing nahe und tief über uns, wie *ein* Blitz, herein, und alles Große, alles Überirdische, alle Verstorbne und alle Engel hoben unsern Geist in ihren blauen Kreis und sanken ihm entgegen ...

Wir traten endlich, ich an der Hand meiner Schwester, Gustav an Beatens Hand, stiller, voller, heiliger in unser kleines Lilienbad, als wir es am Morgen verlassen hatten. Gustav schied zuerst von mir und sagte: »In fünf Tagen sehen wir uns wieder.« Beaten führt' er ihrer Hütte zu, die in Lunens Silberflammen loderte. Die weiße Spitze der Pyramide auf dem Eremitenberge schimmerte tief entfernt über den langen grünenden Weg zum Tal und durch die Nacht herüber. – Neben dieser Pyramide hatten sich die zwei Glücklichen ihre Herzen zuerst gegeben, neben ihr ruhte ein Freund von seinem Leben aus, und ihre weiße Spitze zeigte den Ort, wo sein Frühling schöner ist. – Sie hörten die Blätter der Terrasse lispeln und den Lebensbaum, unter welchem sie nach dem Untergang der Sonne sich zum zweiten Mal ihre Seelen gegeben hatten ... O ihr zwei Überseligen und Guten! Jetzo schöpft ein guter Seraph für euch eine Silber-Minute aus dem Freuden-Meere, das in einer schönern Erde liegt – auf diesem eilenden Tropfen blinkt die ganze Perspektive des Edens, worin der Engel ist; die Minute wird zu euch herunterrinnen, aber ach, so schnell wird sie vorübergehen! –

Beata gab Gustav, als Wink zum Abschied, das begehrte Blatt – er drückte die Hand, aus der es kam, an seinen stillen Mund – er konnte weder Dank noch Lebewohl sagen – er nahm ihre zweite Hand, und alles rief und wiederholte in ihm: »Sie ist ja wieder dein und bleibt es ewig«, und er mußte weinen über seine Seligkeit. Beata sah ihm in sein überströmendes Herz und ihres floß in eine Träne über und sie wußt' es noch nicht; aber als die Träne des heiligsten Auges auf die Rosenwange glitt und an diesem Rosenblatte mit erzitterndem Schimmer hing – als seine fesselnde und ihre gefesselte Hände sie nicht trocknen konnten – als er mit seinem flammenden Angesicht, mit seiner überseligen zerspringenden Brust die Zähre nehmen wollte und sich nach dem Schönsten auf der Erde wie eine Entzückung nach der Tugend neigte und mit seinem Gesicht das ihrige berührte: dann führte der Engel, der die Erde liebt, die zwei frömmsten Lippen zu einem unauslöschlichen Kusse zusammen – dann versanken alle Bäume, vergingen alle Sonnen, verflogen alle Himmel, und Himmel und Erde hielt Gustav in einem einzigen Herz an seiner Brust; – dann gingest du, Seraph, in die schlagenden Herzen und gabest ihnen die Flammen der überirdischen Liebe – und du hörtest fliehen von Gustavs heißen Lippen die gehauchten Laute: »O du Teure! Unverdiente! und so Gute! so Gute!«

Es sei genug – die hohe Minute ist vorübergeflossen – der Erdentag schickt sein Morgenrot schon an den Himmel – mein Herz komme zur Ruhe, und jedes andre auch!

Vierundfunfzigster oder 6ter Freuden-Sektor

Tag nach dieser Nacht – Beatens Blatt – Merkwürdigkeit

Ich bitte die Kritik um Verzeihung, wenn ich diese Nacht zu viele Metaphern und zu viel Feuer und Lärm gemacht: ein Freuden-Sektor (so wie die Kritik darüber) muß sich dergleichen gefallen lassen, sobald einmal der Verfasser sich eine ähnliche Überfracht von Zitronensäure, Teeblüte, Zuckerrohr und Arrak gefallen lässet, wie ich tat.

Ich legte mich heute gar nicht nieder: die Vögel fingen schon wieder zu singen an, und als der Traum kaum das vergangne Schauspiel einige 40mal wieder vor den zugesunknen Augen aufgeführt hatte, macht' ich sie wieder auf, weil die Sonne mich umflammte.

Eine durchwachte und durchfreuete Nacht lässet einen Morgen zurück, wo man in einer süßen Abspannung weniger empfindet als phantasieret, wo die nächtlichen Töne und Tänze unsere innern Ohren immerfort anklingen, wo die Personen, mit denen wir sie verbrachten, in einem schönen Dämmerlichte, das unsre Herzen zieht, vor unsern innern Augen schweben. In der Tat, man liebt nie eine Frau mehr als nach einer solchen Nacht, morgens eh' man gefrühstückt.

Ich dachte heute tausendmal an meinen Gustav, der vor Tage seine fünftägige Reise angetreten, und an meinen festen Ottomar, der mit ihm geht. Möchtet ihr an keine Dornen kommen als solche, die unter die Rose gesteckt sind, unter keine Wolke treten als die, die euch den ganzen blauen Himmel lässet und bloß die Glut-Scheibe nimmt, und möchte euren Freuden keine fehlen als die, daß ihr sie uns noch nicht erzählen könnet!

Alles Sonnenlicht umzauberte und überwallte mir bloß wie erhöhtes Mondenlicht alle Schattengänge von Lilienbad; die vorige Nacht schien mir in den heutigen Tag herüberzulangen, und ich kann nicht sagen, wie mir der Mond, der noch mit seinem abgewischten Schimmer wie eine Schneeflocke tief gegen Abend herhing, so willkommen und lieb wurde. O blasser Freund der Not und der Nacht! ich denke schon noch an dein elysisches Schimmern, an deine abgekühlten Strahlen, womit du uns an Bächen und in Laubgängen begleitest und womit du die traurige Nacht in einen von weiten gesehenen Tag umkleidest! Magischer Prospektmaler der künftigen Welt, für die wir brennen und weinen, wie ein Gestorbner sich verschönert, so malest du jene auf unsre irdische, wenn sie mit allen ihren Blumen und Menschen schläft oder schweigend dir zusieht! –

Ich gäbe heute die vornehmste Visite darum, wenn ich eine bei den Glücklichen des gestrigen Tages machen könnte; es ist aber nicht zu tun. Sogar Beata hat heute eine von ihrer Mutter; und mein Auge konnte noch nichts von ihr habhaft werden als die fünf weißen Finger, womit sie einen Blumentopf an ihrem Fenster aus dem Schatten eines Zweiges wegdrehte. O wenn unser altes Leben und unsre Wandelgänge wieder anheben und alles wieder beisammenlebt: was soll da die Gelehrten-Republik nicht zu lesen bekommen!

Heute reich' ich ihr nichts mehr als Beatens Geleitbrief an Gustav, weil ich ihn nur abzuschreiben brauche. Ich schlüpfe dann wieder ins Freie, beschiffe nach der Seekarte meines Kopfes den gestrigen Weg noch einmal, und indem ich die verzettelten Blumen, die gestern unsre vollen Hände fallen ließen, als Nachflor auflese, find' ich die höhern auch. – Man wird einige Stellen im folgenden Aufsatze Beaten verzeihen, wenn ich voraussage, daß sie – vielleicht durch ihr Herz so gut wie durch ihren Vater überlistet, der nur ein äußerlicher Renegat des Katholizismus war – von den Engeln und ihrer Anbetung mehr glaubte, als *Nicolai* und die *Schmalkaldischen* (Waren-)Artikel einer Lutheranerin
verstatten können. Denn das schwache und so oft hülflose Weib, das nicht weit über diese Erde zu steigen wagt, legt in der Stunde der Not so gern ihre Bitten und ihre Seufzer vor einer Marie, vor einer Seligen,

vor einem Engel nieder; aber der festere Mann wird nachsichtig einen Wahn nicht rügen, der so trösten kann. –

Wünsche für meinen Freund

»Es ist kein Wahn, daß Engel um den bedrohten Menschen mitten in ihren Freuden wachen, wie die Mutter unter ihren Freuden und Geschäften ihre Kinder hütet. O! ihr unbekannten Unsterblichen! schließet euch ein einziger Himmel ein? – Dauert euch nie der wehrlose Erdensohn? – Solltet ihr größere Tränen abzutrocknen haben als unsre? – Ach, wenn der Schöpfer seine Liebe so in euch wie in uns gelegt hat, so sinkt ihr gewiß auf diese Erde und tröstet das umstürmte Herz unter dem Monde, fliegt um die gedrückte Seele, deckt eure Hand auf die versiegende Wunde und denkt an die armen Menschen!

Und wenn hienieden ein Geist geht, der euch einmal gleichen wird, könnt ihr euren Bruder vergessen? – Engel der Freude! sei mit meinem und deinem *Freunde,* wenn die Sonne kommt, und laß Ihn schöne fromme Morgen angrünen! Sei mit Ihm, wenn sie höher geht und wenn Ihn die Arbeit drückt! – O nimm den entfernten Seufzer einer Freundin und kühle damit Seinen! Sei mit Ihm, wenn die Sonne weicht, und richte Sein Auge auf den im weißen Trauergewand aufsteigenden Mond und auf den weiten Himmel, worin der Mond und du gehen! –

Engel der Tränen und der Geduld! Du, der du öfter um den Menschen bist! Ach, vergesse mein Herz und mein Auge und laß sie bluten – sie tun es doch gern –; aber stille, wie der Tod, das Herz und das Auge meines Freundes und zeig ihnen auf der Erde nichts als den Himmel jenseits der Erde. – Ach, Engel der Tränen und der Geduld! Du kennst das Auge und das Herz, das sich für Ihn ergießet, du wirst Seine Seele vor sie bringen, wie man Blumen in den Sommerregen stellet! Aber tu es nicht, wenn es Ihn zu traurig macht! O Engel der Geduld! ich liebe dich, ich kenne dich! ich werde in deinen Armen sterben!

Engel der *Freundschaft!* – vielleicht bist du der vorige Engel? ... ach! ... Dein himmlischer Flügel hülle Sein Herz ein und wärm' es schöner, als die Menschen können – ach, du würdest auf einer andern Erde und ich auf dieser weinen, wenn an einem kalten Herzen Sein heißes, wie am gefrierenden Eisen die warme Hand, anklebte und blutig abrisse!

416

... O bedeck Ihn; aber wenn du es nicht kannst, so sag mir Seinen Jammer nicht!

O ihr immer Glücklichen in andern Welten! euch stirbt nichts, ihr verliert nichts und habt alles! – Was ihr liebt, drückt ihr an eine ewige Brust, was ihr habt, haltet ihr in ewigen Händen. – Könnt ihrs denn fühlen in euren glänzenden Höhen droben, in eurem ewigen Seelenbunde, daß die Menschen hienieden getrennt werden, daß wir einander nur aus Särgen, eh' sie untersinken, die Hände reichen, ach, daß der Tod nicht das einzige, nicht das Schmerzhafteste ist, was Menschen scheidet? – Eh' er uns auseinandernimmt, so drängt sich noch manche kältere Hand herein und spaltet Seele von Seele – – dann fließet ja auch das Auge, und das Herz fällt klagend zu, ebensogut als hätte der Tod zertrennt, wie in der völligen *Sonnenfinsternis* so gut wie in der längern *Nacht* der Tau sinkt, die Nachtigall klagt, die Blume zuquillt!

– Alles Gute, alles Schöne, alles, was den Menschen beglückt und erhebt, sei mit meinem Freunde; und alle meine Wünsche vereinigt mein stilles Gebet.

*

Ich tue sie alle mit, nicht bloß für Gustav, sondern für jeden Guten, den ich kenne, und für die andern auch.«

**

Ob es gleich schon eilf Uhr nachts ist: so muß ich dem Leser doch etwas Melancholisch-Schönes melden, das eben vorüberzog. Ein singendes Wesen schwebte durch unser Tal, aber von Blättern und Dämmerung verdeckt, weil der Mond noch nicht auf war. Es sang schöner, als ich noch hörte:

– – Niemand, nirgends, nie.
– – Die Träne, die fällt.
– – Der Engel, der leuchtet.
– – Es schweigt.
– – Es leidet.
– – Es hofft.
– – Ich und Du!

Offenbar fehlet jeder Zeile die Hälfte, und jeder Antwort die Frage. Es fiel mir schon einige Male ein, daß der Genius, der unsern Freund unter der Erde erzog, ihm beim Abschiede Fragen und Dissonanzen dagelassen, deren Antworten und Auflösungen er mitgenommen; ich denk', ich hab' es dem Leser auch gesagt. Ich wollte, Gustav wäre da. Aber ich habe nicht den Mut, mir die Freude auszudenken, daß auch der Genius sich in unsre Freuden-Girlande zu Lilienbad eindränge! – Ich höre noch immer die gezognen Flötentöne aus diesem unbekannten Busen hinter den Blüten klagen; aber sie machen mich traurig. Hier liegen die ewig schlafenden Blumen, die ich heute auf dem Steige unsrer letzten Nacht zusammentrug, neben aufgefalteten wachenden, die ich erst ausriß – sie machen mich auch traurig. – Es gibt für mich und meine Leser nichts Nötigeres, als jetzt einen neuen Freuden-Sektor an-zuheben, damit wir unser altes Leben fortsetzen ...

O Lilienbad! du bist nur einmal in der Welt; und wenn du noch einmal vorhanden bist, so heißest du V–zka.

Letzter Sektor

††††††††††

Wir unglücklichen Brunnengäste! Es ist vorbei mit den Freuden in Lili-enbad. – Die obige Überschrift konnte noch mein Bruder machen, eh' er nach Maußenbach forteilte! Denn Gustav liegt da im *Gefängnis*. Es ist alles unbegreiflich. Meine Freundin Beata unterliegt den Nachrichten, die wir haben und die im folgenden Briefe vom Herrn Doktor Fenk an meinen Bruder heute ankamen. Es ist schmerzhaft für eine Schwester, daß sie allzeit bloß in Trauerfällen die Feder für den Bruder nehmen muß. Wahrscheinlich wird die folgende Hiobspost dieses ganze Buch so wie unsere bisherigen schönen Tage beschließen.

»Ich will dich, mein teurer Freund, nicht wie ein Weib schonen, sondern dir auf einmal den ganzen außerordentlichen Schlag erzählen, der unsere glücklichen Stunden getroffen hat und am meisten die unserer beiden Freunde.

Drei Tage nach unserer schönen Nacht – erinnerst du dich noch an eine gewisse Bemerkung von Ottomar über die Gefährlichkeit der Ent-zückungen? – will der Professor Hoppedizel seinen unbesonnenen Spaß

418

ausführen, im Maußenbachschen Schlosse einzubrechen. Der pfiffige Jäger Robisch war gerade nicht zu Hause, sondern mit deinem Vorfahrer, dem Regierungrat Kolb, auf einer Streiferei nach Diebgesindel, bei der sie aus Lust mitzogen. Bemerke, eine Menge Umstände und Personen verknüpfen sich hier, die schwerlich der Zufall zusammengeleitet hat.

Der Professor kommt mit sechs Kameraden und hat eine Leiter mit, um sie an dem seit Jahren zerbrochnen Fenster, das nach Auenthal hinübersieht, anzulegen. Aber als er unter das Fenster tritt: steht schon eine daran. Er nimmts für den besten Zufall, und sie steigen sämtlich, beinahe hintereinander, hinauf. Oben langt eine Hand eine silberne Degenkuppel heraus und will sie geben – der Professor ergreift beide und springt über das Fenster hinein. Darin war, was er schien, ein Dieb, welcher Handlanger auf der Leiter erwartete. Der diebische Realist fällt den Nominalisten mit wütender Verzweiflung an – die Galerie auf der Leiter stürzet gar nach und vermehrt das fechtende Gewimmel. Die Stöße auf dem Fußboden lärmen den horchenden Röper weniger aus seinem Schlafe als Bette auf – er sein ganzes Haus, und dieses seinen Gerichtdiener – es kurz zu sagen: in wenigen Minuten hatt' er mit der Wut, womit der Geizige seine Güter rettet und hält, die spaßhaften Diebe und den ernsthaften zu Gefangnen gemacht, der wahre Dieb mochte noch so sehr um sich schlagen und der Professor noch so sehr disputieren. Jetzo sitzt alles fest und wartet auf dich.

– Ach! hältst du es aus – wenn ich dir alles sage? Die Streifer Kolb und Robisch finden um Maußenbach die Bundgenossen des ertappten Diebs – dringen in den Wald – gehen einer Höhle zu, als wüßten sie, daß sie zu etwas führe – finden eine unterirdische Menschenwelt – O! daß gerade du zu deinem Unglück da getroffen werden mußtest, du Unschuldiger und Unglücklicher! nun schlägt dein sanftes Herz auch an der Kerkerwand! – soll ich dir deinen Freund Gustav nennen? – – Eile, eile, damit es sich anders wende!

Sieh! nicht bloß auf deine, auch auf meine Brust hat dieser Tag sich heftig geworfen. Hältst du es aus, wenn ich noch mehr sage? – daß es nur ein Zufall ist, daß Ottomar noch lebt. – – Ich brachte ihm die Nachricht unseres Unglücks. Mit einem schrecklichen Sträuben seiner Natur, in der jede Fiber mit einem andern Schauer kämpfte, hört' er mir zu und fragte mich, ob keiner mit *sechs* Fingern gefangen genommen worden. ›Ich habe in jener Waldhöhle‹ (sagt' er) ›einen schweren Eid getan, unsere unterirdische Verbindung niemand zu offenbaren, ausgenommen eine Stunde vor meinem Tode. Fenk, ich will dir jetzo die ganze Verbindung offenbaren.‹ – Mein Sträuben und Flehen half nichts: er offenbarte mir alles. ›Gustav muß gerechtfertiget werden‹, sagt' er. – Aber diese Geschichte ist nirgends sicher, kaum im getreuesten Busen, geschweige auf diesem Papier. Ottomar wurde von seiner sogenannten Vernicht-Minute angefallen. Ich ließ seine Hand nicht aus meiner, damit er über seine Stunde hinauslebte und seinen Eid bräche. – Es gibt nichts Höheres als einen Menschen, der das Leben verachtet; und in dieser Hoheit stand mein Freund vor mir, der in seiner Höhle mehr gewagt und besser gelebt hatte als alle Scheerauer. – Ich sah es ihm an, daß er sterben wollte. Es war Nacht. Wir waren in der Stube, wo die wächsernen Mumien mit schwarzen Sträußern stehen, die den Menschen erinnern, wie wenig er war, wie wenig er ist. ›Beuge‹, sagt' er (denn ich kettete mich an ihn), ›deinen Kopf weg, daß ich in den Sirius sehe – daß ich in den unendlichen Himmel hinaussehe und einen Trost habe – daß ich mich hinwegsetze über eine Erde mehr oder weniger. O mache mir, Freund, das Sterben nicht so sauer – und zürne und traure nicht. – O schau, wie der ganze Himmel von einer Unendlichkeit zur andern schimmert und lebt und nichts droben tot ist; – die Menschen aller dieser Wachs-Leichname wohnen darin in jenem Blau – O ihr Abge- schiednen, heute zieh' ich auch zu euch, in welche Sonne auch mein menschlicher Lichtfunke springen möge, wenn der Körper von ihm niederschmilzt: ich find' euch wieder.‹ –

420

Das Ausschlagen jeder Viertelstunde hatte bisher mein Herz durch- stochen; aber die letzte Viertelstunde tönte mich wie eine Leichenglocke an; ich bewachte ängstlich seine Hände und Schritte; er fiel um mich. ›Nein! nein!‹ sagt' ich, ›hier ist kein Abschied – ich hasse dich bis ins Grab hinein, wenn du etwas im Sinne hast – umarme mich nicht.‹ – Er hatt' es schon getan; sein ganzes Wesen war ein schlagendes Herz; er wollte in der Empfindung der Freundschaft vergehen; er preßte seine Brust an meine, und seine Seele an meine: ›Ich umarme dich‹ (sagt' er) ›auf der Erde – in welche Welt auch der Tod mich werfe: ich vergesse deiner nicht; ich werde dort nach der Erde sehen und meine Arme ausbreiten nach dem irdischen Freunde, und nichts soll meine Arme füllen als die getreue, die belastete Brust derer, die mit mir hier gelitten, die mit mir hier die Erde getragen haben ... Sieh! du weinst und wolltest mich doch nicht umarmen! o Geliebter! – an dir fühl' ich die Eitelkeit der Erde nicht – – du wirst ja auch sterben! ... Großes Wesen über der

Erde ›... – Hier riß er sich von mir und stürzte auf seine Knie und betete. ›Zerstör mich nicht, bestraf mich nicht! – ich gehe weg von dieser Erde; du weißt, wo der Mensch ankommt; du weißt, was das Erdenleben und das Erdentun ist – Aber, o Gott, der Mensch hat ein zweites Herz, eine zweite Seele, seinen Freund! Gib mir den Freund wieder mit meinem Leben – wenn einmal alle Menschenherzen stocken und alles Menschenblut in Gräbern verfault: o gütiges, liebendes Wesen! hauch dann über die Menschen und zeige der Ewigkeit ihre Liebe!‹ Ein Aufsprung – ein Flug an mich – eine umarmende Zerdrückung – ein Schlag an die Wand – ein Schuß aus ihr –

Er lebt aber noch.

Fenk.«

Leben des vergnügten Schulmeisterlein Maria Wutz

in Auenthal

Eine Art Idylle

Wie war dein Leben und Sterben so sanft und meerstille, du vergnügtes Schulmeisterlein Wutz! Der stille laue Himmel eines Nachsommers ging nicht mit Gewölk, sondern mit Duft um dein Leben herum: deine Epochen waren die Schwankungen und dein Sterben war das Umlegen einer Lilie, deren Blätter auf stehende Blumen flattern – und schon außer dem Grabe schliefest du sanft!

Jetzt aber, meine Freunde, müssen vor allen Dingen die Stühle um den Ofen, der Schenktisch mit dem Trinkwasser an unsre Knie gerückt und die Vorhänge zugezogen und die Schlafmützen aufgesetzt werden, und an die grand monde über der Gasse drüben und ans Palais royal muß keiner von uns denken, bloß weil ich die ruhige Geschichte des vergnügten Schulmeisterlein erzähle – und du, mein lieber Christian, der du eine einatmende Brust für die einzigen feuerbeständigen Freuden des Lebens, für die häuslichen, hast, setze dich auf den Arm des Groß-vaterstuhls, aus dem ich heraus erzähle, und lehne dich zuweilen ein wenig an mich! Du machst mich gar nicht irre.

Seit der Schwedenzeit waren die Wutze Schulmeister in Auenthal, und ich glaube nicht, daß einer vom Pfarrer oder von seiner Gemeinde verklagt wurde. Allemal acht oder neun Jahre nach der Hochzeit versahen Wutz und Sohn das Amt mit Verstand – unser Maria Wutz dozierte unter seinem Vater schon in der Woche das Abc, in der er das Buchstabieren erlernte, das nichts taugt. Der Charakter unsers Wutz hatte, wie der Unterricht anderer Schulleute, etwas Spielendes und Kindisches; aber nicht im Kummer, sondern in der Freude.

Schon in der Kindheit war er ein wenig kindisch. Denn es gibt zweierlei Kinderspiele, kindische und ernsthafte – die ernsthaften sind Nachahmungen der Erwachsenen, das Kaufmann-, Soldaten-, Handwer-ker-Spielen – die kindischen sind Nachäffungen der Tiere. Wutz war beim Spielen nie etwas anders als ein Hase, eine Turteltaube oder das Junge derselben, ein Bär, ein Pferd oder gar der Wagen daran. Glaubt mir! ein Seraph findet auch in unsern Kollegien und Hörsälen keine

Geschäfte, sondern nur Spiele und, wenn ers hoch treibt, jene zweierlei Spiele.

Indes hatt' er auch, wie alle Philosophen, seine ernsthaftesten Geschäfte und Stunden. Setzte er nicht schon längst – ehe die brandenburgischen erwachsenen Geistlichen nur fünf Fäden von buntem Überzug umtaten – sich dadurch über große Vorurteile weg, daß er eine blaue Schürze, die seltner der geistliche Ornat als der in ein Amt tragende Dr. Fausts-Mantel guter Kandidaten ist, vormittags über sich warf und in diesem himmelfarbigen Meßgewand der Magd seines Vaters die vielen Sünden vorhielt, die sie um Himmel und Hölle bringen konnten? – Ja er griff seinen eignen Vater an, aber nachmittags; denn wenn er diesem *Cobers* Kabinettprediger vorlas, wars seine innige Freude, dann und wann zwei, drei Worte oder gar Zeilen aus eignen Ideen einzuschalten und diese Interpolation mit wegzulesen, als spräche Herr Cober selbst mit seinem Vater. Ich denke, ich werfe durch diese Personalie vieles Licht auf ihn und einen Spaß, den er später auf der Kanzel trieb, als er auch nachmittags den Kirchgängern die Postille an Pfarrers Statt vorlas, aber mit so viel hineingespielten eignen Verlagartikeln und Fabrikaten, daß er dem Teufel Schaden tat und dessen Diener rührte. »Justel«, sagt' er nachher um 4 Uhr zu seiner Frau, »was weißt du unten in deinem Stuhl, wie prächtig es einem oben ist, zumal unter dem Kanzelliede!«

Wir könnens leicht bei seinen ältern Jahren erfragen, wie er in seinen Flegeljahren war. Im Dezember von jenen ließ er allemal das Licht eine Stunde später bringen, weil er in dieser Stunde seine Kindheit – jeden Tag nahm er einen andern Tag vor – rekapitulierte. Indem der Wind seine Fenster mit Schnee-Vorhängen verfinsterte und indem ihn aus den Ofen-Fugen das Feuer anblinkte: drückte er die Augen zu und ließ auf die gefrornen Wiesen den längst vermoderten Frühling niedertauen; da bauete er sich mit der Schwester in den Heuschober ein und fuhr auf dem architektonisch gewölbten Heu-Gebirge des Wagens heim und riet droben mit geschlossenen Augen, wo sie wohl nun führen. In der Abendkühle, unter dem Schwalben-Scharmuzieren über sich, schoß er, froh über die untere Entkleidung und das Deshabillé der Beine, als schreiende Schwalbe herum und mauerte sich für sein Junges – ein hölzerner Weihnachthahn mit angepichten Federn wars – eine Kot-Rotunda mit einem Schnabel von Holz und trug hernach Bettstroh und Bettfedern zu Nest. Für eine andere palingenesierende Winter-Abendstunde wurde ein prächtiger Trinitatis (ich wollt', es gäbe 365 Trinitatis) aufgehoben, wo er am Morgen, im tönenden Lenz um ihn und in ihm, mit läutendem Schlüssel-Bund durch das Dorf in den Garten stolzierte, sich im Tau abkühlte und das glühende Gesicht durch die tropfende Johannisbeer-Staude drängte, sich mit dem hochstämmigen Grase maß und mit zwei schwachen Fingern die Rosen für den Herrn Senior und sein Kanzelpult abdrehte. An eben diesem Trinitatis – das war die zweite Schüssel an dem nämlichen Dezember-Abend – quetschete er, mit dem Sonnenschein auf dem Rücken, den Orgeltasten den Choral »Gott in der Höh' sei Ehr'« ein oder ab (mehr kann er noch nicht) und streckte die kurzen Beine mit vergeblichen Näherungen zur Parterre-Tastatur hinunter, und der Vater riß für ihn die richtigen Register heraus. – Er würde die ungleichartigsten Dinge zusammenschütten, wenn er sich in den gedachten beiden Abendstunden erinnerte, was er im Kindheit-Dezember vornahm; aber er war so klug, daß er sich erst in einer dritten darauf besann, wie er sonst abends sich aufs Zuketten der Fensterläden freuete, weil er nun ganz gesichert vor allem in der lichten Stube hockte, daher er nicht gern lange in die von abspiegelnden Fensterscheiben über die Läden hinausgelagerte Stube hineinsah; wie er und seine Geschwister die abendliche Kocherei der Mutter ausspionierten, unterstützten und unterbrachen, und wie er und sie mit zugedrückten Augen und zwischen den Brustwehr-Schenkeln des Vaters auf das Blenden des kommenden Talglichts sich spitzten, und wie sie in dem aus dem unabsehlichen Gewölbe des Universums herausgeschnittenen oder hineingebauten Closet ihrer Stube so beschirmet waren, so warm, so satt, so wohl ... Und alle Jahre, sooft er diese Retourfuhre seiner Kindheit und des Wolfmonats darin veranstaltete, vergaß und erstaunt' er – sobald das Licht angezündet wurde –, daß in der Stube, die er sich wie ein Loretto-Häuschen aus dem Kindheit-Kanaan herüberholte, er ja gerade jetzt säße. – So beschreibt er wenigstens selber diese Erinnerung-*hohen*-Opern in seinen *Rousseauischen Spaziergängen,* die ich da vor mich lege, um nicht zu lügen ...

Allein ich schnüre mir den Fuß mit lauter Wurzelngeflecht und Dickicht ein, wenn ichs nicht dadurch wegreiße, daß ich einen gewissen äußerst wichtigen Umstand aus seinem männlichen Alter herausschneide und sogleich jetzo aufsetze; nachher aber soll ordentlich a priori angefangen und mit dem Schulmeisterlein langsam in den drei *aufsteigenden Zeichen* der Altersstufen hinauf und auf der andern Seite in den drei *niedersteigenden* wieder hinab gegangen werden – bis Wutz am Fuß der tiefsten Stufe vor uns ins Grab fällt.

Ich wollte, ich hätte dieses Gleichnis nicht genommen. Sooft ich in Lavaters Fragmenten oder in Comenii orbis pictus oder an einer Wand das Blut- und Trauergerüste der sieben Lebens-Stationen besah – sooft ich zuschauete, wie das gemalte Geschöpf, sich verlängernd und ausstreckend, die Ameisen-Pyramide aufklettert, drei Minuten droben sich umblickt und einkriechend auf der andern Seite niederfährt und abgekürzt umkugelt auf die um diese Schädelstätte liegende Vorwelt – und sooft ich vor das atmende Rosengesicht voll Frühlinge und voll Durst, einen Himmel auszutrinken, trete und bedenke, daß nicht Jahrtausende, sondern Jahrzehende dieses Gesicht in das zusammengeronnene zerknüllte Gesicht voll überlebter Hoffnungen ausgedorret haben ... Aber indem ich über andre mich betrübe, heben und senken mich die Stufen selber, und wir wollen einander nicht so ernsthaft machen!

Der wichtige Umstand, bei dem uns, wie man behauptet, so viel daran gelegen ist, ihn voraus zu hören, ist nämlich der, daß Wutz eine ganze Bibliothek – wie hätte der Mann sich eine kaufen können? – sich eigenhändig schrieb. Sein Schreibzeug war seine Taschendruckerei; jedes neue Meßprodukt, dessen Titel das Meisterlein ansichtig wurde, war nun so gut als geschrieben oder gekauft: denn es setzte sich sogleich hin und machte das Produkt und schenkt' es seiner ansehnlichen Büchersammlung, die, wie die heidnischen, aus lauter Handschriften bestand. Z.B. kaum waren die physiognomischen Fragmente von Lavater da: so ließ Wutz diesem fruchtbaren Kopfe dadurch wenig voraus, daß er sein Konzeptpapier in Quarto brach und drei Wochen lang nicht vom Sessel wegging, sondern an seinem eignen Kopfe so lange zog, bis er den physiognomischen Fötus herausgebracht (- er bettete den Fötus aufs Bücherbrett hin -) und bis er sich dem Schweizer nachgeschrieben hatte. Diese Wutzische Fragmente übertitelte er die Lavaterschen und merkte an: »er hätte nichts gegen die gedruckten; aber seine Hand sei hoffentlich ebenso leserlich, wenn nicht besser als irgendein Mittel-Fraktur-Druck.« Er war kein verdammter Nachdrucker, der das Original hinlegt und oft das meiste daraus abdruckt: sondern er nahm gar keines zur Hand. Daraus sind zwei Tatsachen vortrefflich zu erklären: erstlich die, daß es manchmal mit ihm haperte und daß er z.B. im ganzen Federschen Traktat über Raum und Zeit von nichts handelte als vom Schiffs-*Raum* und der *Zeit,* die man bei Weibern Menses nennt. Die zweite Tatsache ist seine Glaubenssache: da er einige Jahre sein Bücherbrett auf diese Art voll geschrieben und durchstudieret hatte, so nahm er die Meinung an, seine Schreibbücher wären eigentlich die kanonischen Urkunden, und die gedruckten wären bloße Nachstiche seiner geschriebnen; nur das, klagt' er, könn' er – und böten die Leute ihm Balleien dafür an – nicht herauskriegen, wienach und warum der Buchführer das Gedruckte allzeit so sehr verfälsche und umsetze, daß man wahrhaftig schwören sollte, das Gedruckte und das Geschriebne hätten doppelte Verfasser, wüßte man es nicht sonst.

Es war einfältig, wenn etwa ihm zum Possen ein Autor sein Werk gründlich schrieb, nämlich in Querfolio – oder witzig, nämlich in Sedez: denn sein Mitmeister Wutz sprang den Augenblick herbei und legte seinen Bogen in die Quere hin, oder krempte ihn in Sedezimo ein.

Nur *ein* Buch ließ er in sein Haus, den Meßkatalog; denn die besten Inventarienstücke desselben mußte der Senior am Rande mit einer schwarzen Hand bestempeln, damit er sie hurtig genug schreiben konnte, um das Ostermeß-Heu in die Panse des Bücherschranks hineinzumähen, eh' das Michaelis-Grummet herausschoß. Ich möchte seine Meisterstücke nicht schreiben. Den größten Schaden hatte der Mann davon – Verstopfung zu halben Wochen und Schnupfen auf der andern Seite –, wenn der Senior (sein Friedrich Nicolai) zu viel Gutes, das er zu schreiben hatte, anstrich und seine Hand durch die gemalte anspornte; und sein Sohn klagte oft, daß in manchen Jahren sein Vater vor literarischer Geburtarbeit kaum niesen konnte, weil er auf einmal Sturms Betrachtungen, die verbesserte Auflage, Schillers Räuber und Kants Kritik der reinen Vernunft der Welt zu schenken hatte. Das geschah bei Tage; abends aber mußte der gute Mann nach dem Abendessen noch gar um den Südpol rudern und konnte auf seiner Cookischen Reise kaum drei gescheite Worte zum Sohne nach Deutschland hinaufreden. Denn da unser Enzyklopädist nie das innere Afrika oder nur einen spanischen Maulesel-Stall betreten, oder die Einwohner von beiden gesprochen hatte: so hatt' er desto mehr Zeit und Fähigkeit, von beiden und allen Ländern reichhaltige Reisebeschreibungen zu liefern – ich meine solche, worauf der Statistiker, der Menschheit-Geschichtschreiber und ich selber fußen können – erstlich deswegen, weil auch andre Reisejournalisten häufig ihre Beschreibungen ohne die Reise machen – zweitens auch, weil Reisebeschreibungen überhaupt unmöglich auf eine andre Art zu machen sind, angesehen noch kein Reisebeschreiber

426

wirklich vor oder in dem Lande stand, das er silhouettierte: denn so viel hat auch der Dümmste noch aus Leibnizens vorherbestimmten Harmonie im Kopfe, daß die Seele, z.B. die Seelen eines Forsters, Brydone, Björnstähls – insgesamt seßhaft auf dem Isolierschemel der versteinerten Zirbeldrüse – ja nichts anders von Südindien oder Europa beschreiben können, als was jede sich davon selber erdenkt und was sie, beim gänzlichen Mangel äußerer Eindrücke, aus ihren *fünf Kanker-Spinnwarzen* vorspinnt und abzwirnt. Wutz zerrete sein Reisejournal auch aus niemand anders als aus sich.

Er schreibt über alles, und wenn die gelehrte Welt sich darüber wundert, daß er fünf Wochen nach dem Abdruck der Wertherschen Leiden einen alten Flederwisch nahm und sich eine harte Spule auszog und damit stehendes Fußes sie schrieb, die Leiden – ganz Deutschland ahmte nachher seine Leiden nach –: so wundert sich niemand weniger über die gelehrte Welt als ich; denn wie kann sie Rousseaus Bekenntnisse gesehen und gelesen haben, die Wutz schrieb und die dato noch unter seinen Papieren liegen? In diesen spricht aber J.J. Rousseau oder Wutz (das ist einerlei) so von sich, allein mit andern Einkleid-Worten: »er würde wahrhaftig nicht so dumm sein, daß er Federn nähme und die besten Werke machte, wenn er nichts brauchte, als bloß den Beutel aufzubinden und sie zu erhandeln. Allein er habe nichts darin als zwei schwarze Hemdknöpfe und einen kotigen Kreuzer. Woll' er mithin etwas Gescheites lesen, z.B. aus der praktischen Arzneikunde und aus der Kranken-Universalhistorie: so müss' er sich an seinen triefenden Fensterstock setzen und den Bettel ersinnen. An wen woll' er sich wenden, um den Hintergrund des Freimäurer-Geheimnisses auszuhorchen, an welches Dionysius-Ohr, mein' er, als an seine zwei eignen? Auf diese an seinen eignen Kopf angeöhrten hör' er sehr, und indem er die Freimäurer-Reden, die er schreibe, genau durchlese und zu verstehen trachte: so merk' er zuletzt allerhand Wunderdinge und komme weit und rieche im ganzen genommen Lunten. Da er von Chemie und Alchemie so viel wisse wie Adam nach dem Fall, als er alles vergessen hatte: so sei ihm ein rechter Gefallen geschehen, daß er sich den Annulus Platonis geschmiedet, diesen silbernen Ring um den Blei-Saturn, diesen Gyges-Ring, der so vielerlei unsichtbar mache, Gehirne und Metalle; denn aus diesem Buche dürft' er, sollt' ers nur einmal ordentlich begreifen, frappant wissen, wo Bartel Most hole.« – Jetzt wollen wir wieder in seine Kindheit zurück.

Im zehnten Jahre verpuppte er sich in einen mulattenfarbigen Alumnus und obern Quintaner der Stadt Scheerau. Sein Examinator muß mein Zeuge sein, daß es keine weiße Schminke ist, die ich meinem Helden anstreiche, wenn ichs zu berichten wage, daß er nur noch ein Blatt bis zur vierten Deklination zurückzulegen hatte und daß er die ganze Geschlecht-Ausnahme thorax caudex pulexque vor der Quinta wie ein Wecker abrollte – bloß die Regel wußt' er nicht. Unter allen Nischen des Alumneums war nur eine so gescheuert und geordnet, gleich der Prunkküche einer Nürnbergerin: das war seine; denn zufriedene Menschen sind die ordentlichsten. Er kaufte sich aus seinem Beutel für zwei Kreuzer Nägel und beschlug seine Zelle damit, um für alle Effekten besondere Nägel zu haben – er schlichtete seine Schreibbücher so lange, bis ihre Rücken so bleirecht aufeinander lagen wie eine preußische Fronte, und er ging beim Mondschein aus dem Bette und visierte so lange um seine Schuhe herum, bis sie parallel nebeneinander standen. – War alles metrisch: so rieb er die Hände, riß die Achseln über die Ohren hinauf, sprang empor, schüttelte sich fast den Kopf herab und lachte ungemein.

Eh' ich von ihm weiter beweise, daß er im Alumneum glücklich war: will ich beweisen, daß dergleichen kein Spaß war, sondern eine herkulische Arbeit. Hundert ägyptische Plagen hält man für keine, bloß weil sie uns nur in der Jugend heimsuchen, wo moralische Wunden und komplizierte Frakturen so hurtig zuheilen wie physische – grünendes Holz bricht nicht so leicht wie dürres entzwei. Alle Einrichtungen legen es dar, daß ein Alumneum seiner ältesten Bestimmung nach ein protestantisches *Knaben-Kloster* sein soll; aber dabei sollte man es lassen, man sollte ein solches Präservations-Zuchthaus in kein Lustschloß, ein solches Misanthropin in kein Philanthropin verwandeln wollen. Müssen nicht die glücklichen Inhaftaten einer solchen Fürstenschule die drei Klostergelübde ablegen? Erstlich das des *Gehorsams,* da der Schüler-Guardian und Novizenmeister seinen schwarzen Novizen das Spornrad der häufigsten, widrigsten Befehle und Ertötungen in die Seite sticht. Zweitens das der *Armut,* da sie nicht Kruditäten und übrige Brocken, sondern Hunger von einem Tage zum andern aufheben und übertragen; und *Carminati* vermochte ganze Invalidenhäuser mit dem Supernumerär-Magensaft der Konviktorien und Alumneen auszuheilen. Das Gelübde der *Keuschheit* tut sich nachher von selbst, sobald ein Mensch den ganzen Tag zu laufen und zu fasten hat und keine andern Bewegungen

entbehrt als die peristaltischen. Zu wichtigen Ämtern muß der Staats-
bürger erst gehänselt werden. Verdient denn aber bloß der katholische
Novize zum Mönch geprügelt, oder ein elender Ladenjunge in Bremen
zum Kaufmannsdiener geräuchert, oder ein sittenloser Südamerikaner
zum Kaziken durch beides und durch mehre, in meinen Exzerpten stehende Qualen appretiert und sublimiert zu werden? Ist ein lutherischer
Pfarrer nicht ebenso wichtig, und sind seiner künftigen Bestimmung
nicht ebensogut solche übende Martern nötig? Zum Glück hat er sie;
vielleicht mauerte die Vorwelt die Schulpforten, deren Konklavisten
insgesamt wahre Knechte der Knechte sind, bloß seinetwegen auf: denn
andern Fakultäten ist mit dieser Kreuzigung und Radbrechung des
Fleisches und Geistes zu wenig gedient. – Daher ist auch das so oft ge-
tadelte Chor-, Gassen- und Leichensingen der Alumnen ein recht gutes
Mittel, protestantische Klosterleute aus ihnen zu ziehen – und selbst
ihr schwarzer Überzug und die kanonische Mohren-Enveloppe des
Mantels ist etwas Ähnliches von der Mönchkutte. Daher schießen in
Leipzig um die Thomasschüler, da doch einmal die Geistlichen die Pe-
rücken-Wammen anhängen müssen, wenigstens die Herzblätter eines
aufkapfenden Perückchens herum, das wie ein Pultdach oder wie halbe
Flügeldecken sich auf dem Kopfe umsieht. In den alten Klöstern war
die Gelehrsamkeit Strafe; nur Schuldige mußten da lateinische Psalmen
auswendig lernen oder Autores abschreiben; – in guten armen Schulen
wird dieses Strafen nicht vernachlässigt, und sparsamer Unterricht wird
da stets als ein unschuldiges Mittel angeordnet, den armen Schüler damit
zu züchtigen und zu mortifizieren …

Bloß dem Schulmeisterlein hatte diese Kreuzschule wenig an; den
ganzen Tag freuete er sich auf oder über etwas. »Vor dem Aufstehen«,
sagt' er, »freu' ich mich auf das Frühstück, den ganzen Vormittag aufs
Mittagessen, zur Vesperzeit aufs Vesperbrot und abends aufs Nachtbrot
– und so hat der Alumnus Wutz sich stets auf etwas zu spitzen.« Trank
er tief, so sagt' er: »Das hat meinem Wutz geschmeckt« und strich sich
den Magen. Nieste er, so sagte er: »Helf dir Gott, Wutz!« – Im fieber-
frostigen Novemberwetter letzte er sich auf der Gasse mit der Vormalung
des warmen Ofens und mit der närrischen Freude, daß er eine Hand
um die andre unter seinem Mantel wie zu Hause stecken hatte. War
der Tag gar zu toll und windig – es gibt für uns Wichte solche Hatztage,
wo die ganze Erde ein Hatzhaus ist und wo die Plagen wie spaßhaft
gehende Wasserkünste uns bei jedem Schritte ansprützen und einfeuch-

ten –, so war das Meisterlein so pfiffig, daß es sich unter das Wetter hinsetzte und sich nichts darum schor; es war nicht Ergebung, die das *unvermeidliche* Übel aufnimmt, nicht Abhärtung, die das *ungefühlte* trägt, nicht Philosophie, die das *verdünnte* verdauet, oder Religion, die das *belohnte* verwindet: sondern der Gedanke ans warme Bett wars. »Abends«, dacht' er, »lieg' ich auf alle Fälle, sie mögen mich den ganzen Tag zwicken und hetzen, wie sie wollen, unter meiner warmen Zudeck und drücke die Nase ruhig ans Kopfkissen, acht Stunden lang.« – Und kroch er endlich in der letzten Stunde eines solchen Leidentages unter sein Oberbett: so schüttelte er sich darin, krempte sich mit den Knien bis an den Nabel zusammen und sagte zu sich: »Siehst du, Wutz, es ist doch vorbei.«

Ein andrer Paragraph aus der Wutzischen Kunst, stets fröhlich zu sein, war sein zweiter Pfiff, stets fröhlich aufzuwachen – und um dies zu können, bedient' er sich eines dritten und hob immer vom Tage vorher etwas Angenehmes für den Morgen auf, entweder gebackne Klöße oder ebensoviel äußerst gefährliche Blätter aus dem Robinson, der ihm lieber war als Homer – oder auch junge Vögel oder junge Pflanzen, an denen er am Morgen nachzusehen hatte, wie nachts Federn und Blätter gewachsen.

Den dritten und vielleicht durchdachtesten Paragraphen seiner Kunst, fröhlich zu sein, arbeitete er erst aus, da er Sekundaner ward:

er wurde verliebt. –

Eine solche Ausarbeitung wäre meine Sache ... Aber da ich hier zum ersten Male in meinem Leben mich mit meiner Reißkohle an das Blumenstück gemalter Liebe mache: so muß auf der Stelle abgebrochen werden, damit fortgerissen werde morgen um 6 Uhr mit weniger niedergebranntem Feuer. –

Wenn Venedig, Rom und Wien und die ganze Luststädte-Bank sich zusammentäten und mich mit einem solchen Karneval beschenken wollten, das dem beikäme, welches mitten in der schwarzen Kantors-Stube in Joditz war, wo wir Kinder von 8 Uhr bis 11 forttanzten (so lange währte unsre Faschingzeit, in der wir den Appetit zur Fastnacht-Hirse versprangen): so machten sich jene Residenzstädte zwar an etwas Unmögliches und Lächerliches – aber doch an nichts so Unmögliches, wie dies wäre, wenn sie dem Alumnus Wutz den Fastnachtmorgen mit seinen Karnevallustbarkeiten wiedergeben wollten, als er, als unterer Sekundaner auf Besuch, in der Tanz- und Schulstube seines Vaters am Morgen gegen 10 Uhr ordentlich verliebt wurde. Eine solche Faschinglustbarkeit – trautes Schulmeisterlein, wo denkst du hin? – Aber er dachte an nichts hin als zu Justina, die ich selten oder niemals wie die Auenthaler Justel nennen werde. Da der Alumnus unter dem Tanzen (wenige Gymnasiasten hätten mitgetanzt, aber Wutz war nie stolz und immer eitel) den Augenblick weghatte, was – ihn nicht einmal eingerechnet – an der Justel wäre, daß sie ein hübsches gelenkiges Ding und schon im Briefschreiben und in der Regeldetri in Brüchen und die Patin der Frau Seniorin und in einem Alter von 15 Jahren und nur als eine Gast-Tänzerin mit in der Stube sei: so tat der Gast-Tänzer seines Orts, was in solchen Fällen zu tun ist; er wurde, wie gesagt, verliebt – schon beim ersten Schleifer flogs wie Fieberhitze an ihn – unter dem Ordnen zum zweiten, wo er stillstehend die warme Inlage seiner rechten Hand bedachte und befühlte, stiegs unverhältnismäßig – er tanzte sich augenscheinlich in die Liebe und in ihre Garne hinein. – Als sie noch dazu die roten Haubenbänder auseinanderfallen und sie ungemein nachlässig um den nackten Hals zurückflattern ließ: so vernahm er die Baßgeige nicht mehr – und als sie endlich gar mit einem roten Schnupftuch sich Kühlung vorwedelte und es hinter und vor ihm fliegen ließ: so war ihm nicht mehr zu helfen, und hätten die vier großen und die zwölf kleinen Propheten zum Fenster hineingepredigt. Denn einem Schnupftuch in einer weiblichen Hand erlag er stets auf der Stelle ohne weitere Gegenwehr, wie der Löwe dem gedrehten Wagenrade und der Elefant der Maus. Dorfkoketten machen sich aus dem Schnupftuch die nämliche Feldschlange und Kriegmaschine, die sich die Stadtkoketten aus dem Fächer machen; aber die Wellen eines Tuchs sind gefälliger als das knackende Truthahns-Radschlagen der bunten Streitkolbe des Fächers.

Auf alle Fälle kann unser Wutz sich damit entschuldigen, daß seines Wissens die Örter öffentlicher Freude das Herz für alle Empfindungen, die viel Platz bedürfen, für Aufopferung, für Mut und auch für Liebe, weiter machen; – freilich in den engen Amt- und Arbeitstuben, auf Rathäusern, in geheimen Kabinetten liegen unsre Herzen wie auf ebenso vielen *Welkboden* und *Darrofen* und runzeln ein.

Wutz trug seinen mit dem Gas der Liebe aufgefüllten und emporgetriebnen Herzballon freudig ins Alumneum zurück, ohne jemand eine Silbe zu melden, am wenigsten der Schnupftuch-Fahnenjunkerin selber

– nicht aus Scheu, sondern weil er nie mehr begehrte als die Gegenwart; er war nur froh, daß er selber verliebt war, und dachte an weiter nichts …

Warum ließ der Himmel gerade in die Jugend das Lustrum der Liebe fallen? Vielleicht weil man gerade da in Alumneen, Schreibstuben und andern Gifthütten keucht: da steigt die Liebe wie aufblühendes Gesträuch an den Fenstern jener Marterkammern empor und zeigt in schwankenden Schatten den großen Frühling von außen. Denn Er und ich, mein Herr Präfektus, und auch Sie, verdiente Schuldiener des Alumneums, wir wollen miteinander wetten, Sie sollen über den vergnügten Wutz ein Härenhemd ziehen (im Grund hat er eines an) – Sie sollen ihn Ixions Rad und Sisyphus' Stein der Weisen und den Laufwagen Ihres Kindes bewegen lassen – Sie sollen ihn halb tot hungern oder prügeln lassen – Sie sollen einer so elenden Wette wegen (welches ich Ihnen nicht zugetrauet hätte) gegen ihn ganz des Teufels sein: Wutz bleibt doch Wutz und praktiziert sich immer sein bißchen verliebter Freude ins Herz, vollends in den Hundtagen! –

Seine Kanikularferien sind aber vielleicht nirgends deutlicher beschrieben als in seinen »*Werthers Freuden*«, die seine Lebensbeschreiber fast nur abzuschreiben brauchen. – Er ging da sonntags nach der Abendkirche heim nach Auenthal und hatte mit den Leuten in allen Gassen Mitleiden, daß sie dableiben mußten. Draußen dehnte sich seine Brust mit dem aufgebaueten Himmel vor ihm aus, und halbtrunken im Konzertsaal aller Vögel horcht' er doppelselig bald auf die gefiederten Sopranisten, bald auf seine Phantasien. Um nur seine über die Ufer schlagende Lebenskräfte abzuleiten, galoppierte er oft eine halbe Viertelstunde lang. Da er immer kurz vor und nach Sonnen-Untergang ein gewisses wollüstiges trunknes Sehnen empfunden hatte – die Nacht aber macht wie ein längerer Tod den Menschen erhaben und nimmt ihm die Erde –: so zauderte er mit seiner Landung in Auenthal so lang', bis die zerfließende Sonne durch die letzten Kornfelder vor dem Dorfe mit Goldfäden, die sie gerade über die Ähren zog, sein blaues Röckchen stickte und bis sein Schatten an den Berg über den Fluß wie ein Riese wandelte. Dann schwankte er unter dem wie aus der Vergangenheit herüberklingenden Abendläuten ins Dorf hinein und war allen Menschen gut, selbst dem Präfektus. Ging er dann um seines Vaters Haus und sah am obern Kappfenster den Widerschein des Monds und durch ein Parterre-Fenster seine Justina, die da alle Sonntage einen ordentlichen Brief setzen lernte

... o wenn er dann in dieser paradiesischen Viertelstunde seines Lebens auf funfzig Schritte die Stube und die Briefe und das Dorf von sich hätte wegsprengen und um sich und um die Briefstellerin bloß ein einsames dämmerndes Tempe-Tal hätte ziehen können – wenn er in diesem Tale mit seiner trunknen Seele, die unterweges um alle Wesen ihre Arme schlug, auch an sein schönstes Wesen hätte fallen dürfen und er und sie und Himmel und Erde zurückgesunken und zerflossen wären vor einem flammenden Augenblick und Brennpunkte menschlicher Entzückung ...

Indessen tat ers wenigstens nachts um eilf Uhr; und vorher gings auch nicht schlecht. Er erzählte dem Vater, aber im Grunde Justinen seinen Studienplan und seinen politischen Einfluß; er setzte sich dem Tadel, womit sein Vater ihre Briefe korrigierte, mit demjenigen Gewicht entgegen, das ein solcher Kunstrichter hat, und er war, da er gerade warm aus der Stadt kam, mehr als einmal mit Witz bei der Hand – kurz, unter dem Einschlafen hörte er in seiner tanzenden taumelnden Phantasie nichts als Sphären-Musik.

– Freilich du, mein Wutz, kannst Werthers Freuden aufsetzen, da allemal deine äußere und deine innere Welt sich wie zwei Muschelschalen aneinander löten und dich als ihr Schaltier einfassen; aber bei uns armen Schelmen, die wir hier am Ofen sitzen, ist die Außenwelt selten der Ripienist und Chorist unsrer innern fröhlichen Stimmung; – höchstens dann, wenn an uns der ganze Stimmstock umgefallen und wir knarren und brummen; oder in einer andern Metapher: wenn wir eine verstopfte Nase haben, so setzt sich ein ganzes mit Blumen überwölbtes Eden vor uns hin, und wir mögen nicht hineinriechen.

Mit jedem Besuche machte das Schulmeisterlein seiner Johanna-Therese-Charlotte-Mariana-Klarissa-Heloise-Justel auch ein Geschenk mit einem Pfefferkuchen und einem Potentaten; ich will über beide ganz befriedigend sein.

Die Potentaten hatt' er in seinem eignen Verlage; aber wenn die Reichshofrats-Kanzlei ihre Fürsten und Grafen aus ein wenig Dinte, Pergament und Wachs macht: so verfertigte er seine Potentaten viel kostbarer, aus Ruß, Fett und zwanzig Farben. Im Alumneum wurde nämlich mit den Rahmen einer Menge Potentaten eingeheizet, die er sämtlich mit gedachten Materialien so zu kopieren und zu repräsentieren wußte, als wär' er ihr Gesandter. Er überschmierte ein Quartblatt mit einem Endchen Licht und nachher mit Ofenruß – dieses legte er mit

der schwarzen Seite auf ein andres mit weißen Seiten – oben auf beide
Blätter tat er irgendein fürstliches Porträt – dann nahm er eine abge-
brochne Gabel und fuhr mit ihrer drückenden Spitze auf dem Gesichte
und Leibe des regierenden Herrn herum – – dieser Druck verdoppelte
den Potentaten, der sich vom schwarzen Blatt aufs weiße überfärbte. So
nahm er von allem, was unter einer europäischen Krone saß, recht
kluge Kopien; allein ich habe niemals verhehlet, daß seine Okulier-Gabel
die russische Kaiserin (die vorige) und eine Menge Kronprinzen dermaßen aufkratzte und durchschnitt, daß sie zu nichts mehr zu brauchen
waren als dazu, den Weg ihrer Rahmen zu gehen. Gleichwohl war das
rußige Quartblatt nur die Bruttafel und Ätz-Wiege glorwürdiger Regenten, oder auch der Streich- oder *Laichteich* derselben – ihr *Streckteich*
aber oder die Appretur-Maschine der Potentaten war sein Farbkästchen;
mit diesem illuminierte er ganze regierende Linien, und alle Muscheln
kleideten einen einzigen Großfürsten an, und die Kronprinzessinnen
zogen aus derselben Farbmuschel Wangenröte, Schamröte und
Schminke. – – Mit diesen regierenden Schönen beschenkte er die, die
ihn regierte und die nicht wußte, was sie mit dem historischen Bilder-
saale machen sollte.

Aber mit dem Pfefferkuchen wußte sie es in dem Grade, daß sie ihn
aß. Ich halt' es für schwer, einer Geliebten einen Pfefferkuchen zu
schenken, weil man ihn oft kurz vor der Schenkung selber verzehrt.
Hatte nicht Wutz die drei Kreuzer für den ersten schon bezahlt? Hatt'
er nicht das braune Rektangulum schon in der Tasche und war damit
schon bis auf eine Stunde vor Auenthal und vor dem Adjudikationtermin
gereiset? Ja wurde die süße *Votiv-Tafel* nicht alle Viertelstunde aus der
Tasche gehoben, um zu sehen, ob sie noch viereckig sei? Dies war eben
das Unglück; denn bei diesem Beweis durch Augenschein, den er führte,
brach er immer wenige und unbedeutende Mandeln aus dem Kuchen;
– dergleichen tat er öfters – darauf machte er sich (statt an die Quadra-
tur des Zirkels) an das Problem, den gevierteten Zirkel wieder rein
herzustellen, und biß sauber die vier rechten Winkel ab und machte
ein Acht-Eck, ein Sechzehn-Eck – denn ein Zirkel ist ein unendliches
Viel-Eck – darauf war nach diesen mathematischen Ausarbeitungen das
Viel-Eck vor keinem Mädchen mehr zu produzieren – darauf tat Wutz
einen Sprung und sagte: »Ach! ich fress' ihn selber«, und heraus war
der Seufzer und hinein die geometrische Figur. – Es werden wenige
schottische Meister, akademische Senate und Magistranden leben, denen

nicht ein wahrer Gefallen geschähe, wenn man ihnen zu hören gäbe, durch welchen Maschinen-Gott sich Wutz aus der Sache zog – – durch einen zweiten Pfefferkuchen tat ers, den er allemal als einen Wand- und Taschen-Nachbar des ersten mit einsteckte. Indem er den einen aß, landete der andre ohne Läsionen an, weil er mit dem Zwilling wie mit Brandmauer und Kronwache den andern beschützte. Das aber sah er in der Folge selber ein, daß er – um nicht einen bloßen Torso oder Atom nach Auenthal zu transportieren – die Krontruppen oder Pfefferkuchen von Woche zu Woche vermehren müsse.

Er wäre Primaner geworden, wäre nicht sein Vater aus unserem Planeten in einen andern oder in einen Trabanten gerückt. Daher dacht' er die Melioration seines Vaters nachzumachen und wollte von der Sekundanerbank auf den Lehrstuhl rutschen. Der Kirchenpatron, Herr von Ebern, drängte sich zwischen beide Gerüste und hielt seinen ausgedienten Koch an der Hand, um ihn in ein Amt einzusetzen, dem er gewachsen war, weil es in diesem ebensogut wie in seinem vorigen Spanferkel[1] tot zu peitschen und zu appretieren, obwohl nicht zu essen gab. Ich hab' es schon in der Revision des Schulwesens in einer Note erinnert und Herrn Gedikens Beifall davongetragen, daß in jedem Bauerjungen ein unausgewachsener Schulmeister stecke, der von ein paar Kirchenjahren groß zu paraphrasieren sei – daß nicht bloß das alte Rom Welt-Konsule, sondern auch heutige Dörfer Schul-Konsule vom Pfluge und aus der Furche ziehen könnten – daß man ebensogut von Leuten seines Standes hier *unterrichtet,* als in England *gerichtet* werden könne, und daß gerade der, dem jeder das meiste Scibile verdanke, ihm am ähnlichsten sei, nämlich jeder selber – daß, wenn eine ganze Stadt (Norcia an dem appenninischen Gebirg) nur von vier ungelehrten Magistratgliedern (li quatri illiterati) sich beherrschen lassen will, doch eine Dorfjugend von einem einzigen ungelehrten Mann werde zu regieren und zu prügeln sein – und daß man nur bedenken möchte, was ich oben im Texte sagte. Da aber die Note selber der Text ist, so will ich nur sagen, daß ich sagte: ein Dorfschule sei hinlänglich besetzt. Es ist da 1) der Gymnasiarch oder Pastor, der von Winter zu Winter den Priesterrock umhänge und das Schulhaus besucht und erschreckt – 2) steht in der Stube das Rektorat, Konrektorat und Subrektorat, das der Schulhalter allein ausmacht – 3) als Lehrer der untern Klassen sind

---

1 Die bekanntlich besser schmecken, wenn man sie mit Rutenstreichen tötet.

darin angestellt die Schulmeisterin, der, wenn irgendeinem Menschen,
die Kallipädie der Töchterschule anvertrauet werden kann, ihr Sohn als
Tertius und Lümmel zugleich, dem seine Zöglinge allerhand legieren
und spendieren müssen, damit er sie ihre Lektion nicht aufsagen lässet,
und der, wenn der Regent nicht zu Hause ist, oft das Reichsvikariat des
ganzen protestantischen Schulkreises auf den Achseln hat – 4) endlich
ein ganzes Raupennest Kollaboratores, nämlich Schuljungen selber, weil
daselbst, wie im Hallischen Waisenhause, die Schüler der obern Klasse
schon zu Lehrern der untern groß gewachsen sind. – Da man bisher
aus so vielen Studierstuben heraus nach Realschulen schrie: so hörten
es *Gemeinden* und *Schulhalter* und taten das Ihrige gern. Die *Gemeinden*
lasen für ihre Lehrstühle lauter solche pädagogische Steiße aus, die schon
auf Weber-, Schneider-, Schuster-Schemeln seßhaft waren und von denen
also etwas zu erwarten war – und allerdings setzen solche Männer, indem
sie vor dem aufmerksamen Institute Röcke, Stiefel, Fischreusen und alles
machen, die Nominalschule leicht in eine Realschule um, wo man Fa-
brikate kennen lernt. Der *Schulmeister* treibts noch weiter und sinnt
Tag und Nacht auf Real-Schulhalten; es gibt wenige Arbeiten eines erwachsenen Hausvaters oder seines Gesindes, in denen er seine Dorf-
Stoa nicht beschäftigt und übt, und den ganzen Morgen sieht man das
expedierende Seminarium hinaus- und hineinjagen, Holz spalten und
Wasser tragen u.s.w., so daß er außer der Realschule fast gar keine
andre hält und sich sein bißchen Brot sauer im Schweiße seines –
Schulhauses verdient … Man braucht mir nicht zu sagen, daß es auch
schlechte und versäumte Landschulen gebe; genug wenn nur die größere
Zahl alle die Vorzüge wirklich aufweiset, die ich ihr jetzt zugeschrieben.

Ich mag meine Fixstern-Abirrung mit keinem Wort entschuldigen,
das eine neue wäre. Herr von Ebern hätte seinen Koch zum Schulmeister
investieret, wenn ein geschickter Nachfahrer des Kochs wäre zu haben
gewesen; es war aber keiner aufzutreiben, und da der Gutsherr dachte,
es sei vielleicht gar eine Neuerung, wenn er die Küche und die Schule
durch *ein* Subjekt versehen ließe – wiewohl vielmehr die Trennung und
Verdopplung der Schul- und der Herrendiener eine viel größere und
ältere war; denn im neunten Säkulum mußte sogar der Pfarrer der Pa-
tronatkirche zugleich dem Kirchenschiff-Patron als Bedienter aufwarten
und satteln etc.[2], und beide Ämter wurden erst nachher, wie mehre,

2   Langens geistliches Recht S. 534.

voneinander abgerissen –, so behielt er den Koch und vozierte den Alumnus, der bisher so gescheit gewesen, daß er verliebt geblieben.

Ich steuere mich ganz auf die rühmlichen Zeugnisse, die ich in Händen habe und die Wutz vom Superintendenten auswirkte, weil sein Examen vielleicht eines der rigorosesten und glücklichsten war, wovon ich in neueren Zeiten noch gehöret. Mußte nicht Wutz das griechische Vaterunser vorbeten, indes das Examination-Kollegium seine samtnen Hosen mit einer Glasbürste auskämmte; – und hernach das lateinische Symbolum Athanasii? Konnte der Examinandus nicht die Bücher der Bibel richtig und Mann für Mann vorzählen, ohne über die gemalten Blumen und Tassen auf dem Kaffeebrette seines frühstückenden Examinators zu stolpern? Mußt' er nicht einen Betteljungen, der bloß auf einen Pfennig aufsah, herumkatechesieren, obgleich der Junge gar nicht wie sein Unter-Examinator bestand, sondern wie ein wahres Stückchen Vieh? Mußt' er nicht seine Fingerspitzen in fünf Töpfe warmes Wasser tunken und *den* Topf aussuchen, dessen Wasser warm und kalt genug für den Kopf eines Täuflings war? Und mußt' er nicht zuletzt drei Gulden und 36 Kreuzer erlegen?

Am 13ten Mai ging er als Alumnus aus dem Alumneum heraus und als öffentlicher Lehrer in sein Haus hinein, und aus der zersprengten schwarzen Alumnus-Puppe brach ein bunter Schmetterling von Kantor ins Freie hinaus.

Am 9ten Julius stand er vor dem Auenthaler Altar und wurde kopuliert mit der Justel.

Aber der elysäische Zwischenraum zwischen dem 13ten Mai und dem 9ten Julius! – Für keinen Sterblichen fällt ein solches goldnes Alter von acht Wochen wieder vom Himmel, bloß für das Meisterlein funkelte der ganze niedergetauete Himmel auf *gestirnten* Auen der Erde. – Du wiegtest im Äther dich und sahest durch die durchsichtige Erde dich rund mit Himmel und Sonnen umzogen und hattest keine Schwere mehr; aber uns Alumnen der Natur fallen nie acht solche Wochen zu, nicht eine, kaum *ein* ganzer Tag, wo der Himmel *über* und *in* uns sein reines Blau mit nichts bemalt als mit Abend- und Morgenrot – wo wir über das Leben wegfliegen und alles uns hebt wie ein freudiger Traum – wo der unbändige stürzende Strom der Dinge uns nicht auf seinen Katarakten und Strudeln zerstößet und schüttelt und rädert, sondern auf blinkenden Wellen uns wiegt und unter hineingebognen Blumen vorüberträgt – ein Tag, zu dem wir den Bruder vergeblich unter den verlebten suchen und von dem wir am Ende jedes andern klagen: seit ihm war keiner wieder so.

Es wird uns allen sanft tun, wenn ich diese acht Wonne-Wochen oder zwei Wonne-Monate weitläuftig beschreibe. Sie bestanden aus lauter ähnlichen Tagen. Keine einzige Wolke zog hinter den Häusern herauf. Die ganze Nacht stand die rückende Abendröte unten am Himmel, an welchem die untergehende Sonne allemal wie eine Rose glühend abgeblühet hatte. Um 1 Uhr schlugen schon die Lerchen, und die Natur spielte und phantasierte die ganze Nacht auf der Nachtigallen-Harmonika. In seine Träume tönten die äußern Melodien hinein, und in ihnen flog er über 2 Blüten-Bäume, denen die wahren vor seinem offnen Fenster ihren Blumen-Atem liehen. Der *tagende* Traum rückte ihn sanft, wie die lispelnde Mutter das Kind, aus dem Schlaf ins Erwachen über, und er trat mit trinkender Brust in den Lärm der Natur hinaus, wo die Sonne die Erde von neuem erschuf und wo beide sich zu einem brausenden Wollust-Weltmeer ineinander ergossen. Aus dieser Morgen-Flut des Lebens und Freuens kehrte er in sein schwarzes Stübchen zurück und suchte die Kräfte in kleinern Freuden wieder. Er war da über alles froh, über jedes beschienene und unbeschienene Fenster, über die ausgefegte Stube, über das Frühstück, das mit seinen Amt-Revenuen bestritten wurde, über 7 Uhr, weil er nicht in die Sekunda mußte, über seine Mutter, die alle Morgen froh war, daß er Schulmeister geworden und sie nicht aus dem vertrauten Hause fort gemußt.

Unter dem Kaffee schnitt er sich, außer den Semmeln, die Federn zur Messiade, die er damals, die drei letzten Gesänge ausgenommen, gar aussang. Seine größte Sorgfalt verwandte er darauf, daß er die epischen Federn falsch schnitt, entweder wie Pfähle oder ohne Spalt oder mit einem zweiten Extraspalt, der hinausniesete; denn da alles in Hexametern, und zwar in solchen, die nicht zu verstehen waren, verfasset sein sollte: so mußte der Dichter, da ers durch keine Bemühung zur geringsten Unverständlichkeit bringen konnte – er fassete allemal den Augenblick jede Zeile und jeden Fuß und pes –, aus Not zum Einfall greifen, daß er die Hexameter ganz *unleserlich* schrieb, was auch gut war. Durch diese poetische Freiheit bog er dem Verstehen ungezwungen vor.

440

Um eilf Uhr deckte er für seine Vögel, und dann für sich und seine Mutter den Tisch mit vier Schubladen, *in* welchem mehr war als *auf* ihm. Er schnitt das Brot, und seiner Mutter die weiße Rinde vor, ob er gleich die schwarze nicht gern aß. O meine Freunde, warum kann man denn im Hôtel de Bavière und auf dem Römer nicht so vergnügt speisen als am Wutzischen Ladentisch? – Sogleich nach dem Essen machte er nicht Hexameter, sondern Kochlöffel, und meine Schwester hat selber ein Dutzend von ihm. Während seine Mutter das wusch, was er schnitzte, ließen beide ihre Seelen nicht ohne Kost; sie erzählte ihm die Personalien von sich und seinem Vater vor, von deren Kenntnis ihn seine akademische Laufbahn zu entfernt gehalten – und er schlug den Operationplan und Bauriß seiner künftigen Haushaltung bescheiden vor ihr auf, weil er sich an dem Gedanken, ein Hausvater zu sein, gar nicht satt käuen konnte. »Ich richte mir« – sagte er – »mein Haushalten ganz vernünftig ein – ich stell' mir ein Saugschweinchen ein auf die heiligen Feiertage, es fallen so viel Kartoffeln- und Rüben-Schalen ab, daß mans mit fett macht, man weiß kaum wie – und auf den Winter muß mir der Schwiegervater ein Füderchen Büschel (Reisholz) einfahren, und die Stubentür muß total gefüttert und gepolstert werden – denn, Mutter! unsereins hat seine pädagogischen Arbeiten im Winter, und man hält da keine Kälte aus.« – Am 29ten Mai war noch dazu nach diesen Gesprächen eine Kindtaufe – es war seine erste – sie war seine erste Revenue, und ein großes Einnahmebuch hatte er sich schon auf dem Alumneum dazu geheftet – er besah und zählte die paar Groschen zwanzig Mal, als wären sie andere. – Am Taufstein stand er in ganzer Parüre, und die Zuschauer standen auf der Empor und in der herrschaftlichen Loge im Alltag-Schmutz. – »Es ist mein saurer Schweiß«, sagt' er eine halbe Stunde nach dem Aktus und trank vom Gelde zur ungewöhnlichen Stunde ein Nößel Bier. – Ich erwarte von seinem künftigen Lebensbeschreiber ein paar pragmatische Fingerzeige, warum Wutz bloß ein Einnahme- und kein Ausgabe-Buch sich nähte und warum er in jenem oben Louisd'or, Groschen, Pfennige setzte, ob er gleich nie die erste Münzsorte unter seinen Schul-Gefällen hatte.

Nach dem Aktus und nach der Verdauung ließ er sich den Tisch hinaus unter den Weichselbaum tragen und setzte sich nieder und bossierte noch einige unleserliche Hexameter in seiner Messiade. Sogar während er seinen Schinkenknochen als sein Abendessen abnagte und abfeilte, befeilt' er noch einen und den andern epischen Fuß, und ich weiß recht gut, daß des Fettes wegen mancher Gesang ein wenig geölet aussiehet. Sobald er den Sonnenschein nicht mehr auf der Straße, sondern an den Häusern liegen sah: so gab er der Mutter die nötigen Gelder zum Haushalten und lief ins Freie, um sich es ruhig auszumalen, wie ers künftig haben werde im Herbst, im Winter, an den drei heiligen Festen, unter den Schulkindern und unter seinen eignen. –

Und doch sind das bloß Wochentage; der Sonntag aber brennt in einer Glorie, die kaum auf ein Altarblatt geht. – Überhaupt steht in keinen Seelen dieses Jahrhunderts ein so großer Begriff von einem Sonntage, als in denen, welche in Kantoren und Schulmeistern hausen; mich wundert es gar nicht, wenn sie an einem solchen Courtage nicht vermögen, bescheiden zu verbleiben. Selber unser Wutz konnte sichs nicht verstecken, was es sagen will, unter tausend Menschen allein zu orgeln – ein wahres Erb-Amt zu versehen und den geistlichen Krönung-Mantel dem Senior überzuhenken und sein Valet de fantaisie und Kammermohr zu sein – über ein ganzes von der Sonne beleuchtetes Chor Territorial-Herrschaft zu exerzieren, als amtierender Chor-Maire auf seinem Orgel-Fürstenstuhl die Poesie eines Kirchsprengels noch besser zu beherrschen, als der Pfarrer die Prose desselben kommandiert – und nach der Predigt über das Geländer hinab völlige fürstliche Befehle sans façon mit lauter Stimme weniger zu geben als abzulesen … Wahrhaftig, man sollte denken, hier oder nirgends tät' es not, daß ich meinem Wutz zuriefe: »Bedenke, was du vor wenig Monaten warest! Überlege, daß nicht alle Menschen Kantores werden können, und mache dir die vorteilhafte Ungleichheit der Stände zunutze, ohne sie zu mißbrauchen und ohne darum mich und meine Zuhörer am Ofen zu verachten.« – – Aber nein! auf meine Ehre, das gutartige Meisterlein denkt ohnehin nicht daran; die Bauern hätten nur so gescheit sein sollen, daß sie dir schnakischem, lächelndem, trippelndem, händereibendem Dinge ins gallenlose überzuckerte Herz hineingesehen hätten: was hätten sie da ertappt? Freude in deinen zwei Herz-Kammern, Freude in deinen zwei Herz-Ohren. Du numeriertest bloß oben im Chore, gutes Ding! das ich je länger je lieber gewinne, deine künftigen Schulbuben und Schulmädchen in den Kirchstühlen zusammen und setztest sie sämtlich voraus in deine Schulstube und um seine winzige Nase herum und nahmest dir vor, mit der letzten täglich vormittags und nachmittags einmal zu niesen und vorher zu schnupfen, nur damit dein ganzes Institut wie besessen aufführe und zuriefe: Helf Gott, Herr Kantner! Die Bauern hätten ferner in deinem Herzen die Freude angetroffen, die du hattest, ein Setzer von Folioziffern zu sein, so lang wie die am Zifferblatt der Turmuhr, indem du jeden Sonntag an der schwarzen Liedertafel in öffentlichen Druck gabst, auf welcher Pagina das nächste Lied zu suchen sei – wir Autores treten mit schlechterem Zeuge im Drucke auf –; ferner die Freude hätte man gefunden, deinem Schwiegervater und deiner Braut im Singen vorzureiten; und endlich deine Hoffnung, den Bodensatz des Kommunion-Weins einsam auszusaufen, der sauer schmeckte. Ein höheres Wesen muß dir so herzlich gut gewesen sein wie das referierende, da es gerade in deinem achtwöchentlichen Eden-Lustrum deinen gnädigen Kirchenpatron kommunizieren hieß: denn der hatte doch so viel Einsicht, daß er an die Stelle des Kommunion-Weins, der Christi *Trank* am Kreuz nicht unglücklich nachbildete, Christi *Tränen* aus seinem Keller setzte; aber welche Himmel dann nach dem Trank des Bodensatzes in alle deine Glieder zogen … Wahrlich jedesmal will ich wieder in Ausrufungen verfallen; – aber warum macht doch mir und vielleicht euch dieses schulmeisterlich vergnügte Herz so viel Freude? – Ach, liegt es vielleicht daran, daß wir selber sie nie so voll bekommen, weil der Gedanke der Erden-Eitelkeit auf uns liegt und unsern Atem drückt und weil wir die schwarze Gottesacker-Erde unter den Rasen- und Blumenstücken schon gesehen haben, auf denen das Meisterlein sein Leben verhüpft? –

Der gedachte Kommunion-Wein moussierte noch abends in seinen Adern; und diese letzte Tagzeit seines Sabbats hab' ich noch abzuschildern. Nur am Sonntag durft' er mit seiner Justine spazieren gehen. Vorher nahm er das Abendessen beim Schwiegervater ein, aber mit schlechtem Nutzen; schon unter dem Tischgebet wurde sein Hundshunger matt und unter den Allotriis darauf gar unsichtbar. Wenn ich es lesen könnte: so könnt' ich das ganze Konterfei dieses Abends aus seiner Messiade haben, in die er ihn, ganz wie er war, im sechsten Gesang hineingeflochten, so wie alle große Skribenten ihren Lebenslauf, ihre Weiber, Kinder, Äcker, Vieh in ihre opera omnia stricken. Er dachte, in der gedruckten Messiade stehe der Abend auch. In seiner wird es episch ausgeführt sein, daß die Bauern auf den Rainen wateten und den Schuß der Halme maßen und ihn über das Wasser herüber als ihren neuen wohlverordneten Kantor grüßten – daß die Kinder auf Blättern schalmeiten und in Batzen-Flöten stießen und daß alle Büsche und Blumen- und Blütenkelche vollstimmig besetzte Orchester waren, aus denen allen etwas heraus sang oder sumsete oder schnurrte – und daß alles zuletzt so feierlich wurde, als hätte die Erde selber einen Sonntag, indem die Höhen und Wälder um diesen Zauberkreis rauchten und indem die Sonne gen Mitternacht durch einen illuminierten Triumphbogen hinunter-, und der Mond gen Mittag durch einen blassen Triumphbogen heraufzog. O du Vater des Lichts! mit wie viel Farben und Strahlen und Leuchtkugeln fassest du deine bleiche Erde ein! – Die Sonne kroch jetzt ein zu einem einzigen roten Strahle, der mit dem 444 Widerscheine der Abendröte auf dem Gesichte der Braut zusammenkam; und diese, nur mit stummen Gefühlen bekannt, sagte zu Wutz, daß sie in ihrer Kindheit sich oft gesehnet hätte, auf den roten Bergen der Abendröte zu stehen und von ihnen mit der Sonne in die schönen rotgemalten Länder hinunterzusteigen, die hinter der Abendröte lägen. Unter dem Gebetläuten seiner Mutter legt' er seinen Hut auf die Knie und sah, ohne die Hände zu falten, an die rote Stelle am Himmel, wo die Sonne zuletzt gestanden, und hinab in den ziehenden Strom, der tiefe Schatten trug; und es war ihm, als läutete die Abendglocke die Welt und noch einmal seinen Vater zur Ruhe – zum ersten und letzten Male in seinem Leben stieg sein Herz über die irdische Szene hinaus – und es rief, schien ihm, etwas aus den Abendtönen herunter, er werde jetzo vor Vergnügen sterben ... Heftig und verzückt umschlang er seine Braut und sagte: »Wie lieb hab' ich dich, wie ewig lieb!« Vom Flusse klang es herab wie Flötengetön und Menschengesang und zog näher; außer sich drückt' er sich an sie an und wollte vereinigt vergehen und glaubte, die Himmeltöne hauchten ihre beiden Seelen aus der Erde weg und dufteten sie wie Taufunken auf den Auen Edens nieder. Es sang:

O wie schön ist Gottes Erde
Und wert, darauf vergnügt zu sein!
Drum will ich, bis ich Asche werde,
Mich dieser schönen Erde freun.

Es war aus der Stadt eine Gondel mit einigen Flöten und singenden Jünglingen. Er und Justine wanderten am Ufer mit der ziehenden Gondel und hielten ihre Hände gefaßt und Justine suchte leise nachzusingen; mehre Himmel gingen neben ihnen. Als die Gondel um eine Erdzunge voll Bäume herumschiffte: hielt Justine ihn sanft an, damit sie nicht nachkämen, und da das Fahrzeug dahinter verschwunden war, fiel sie ihm mit dem ersten erötenden Kusse um den Hals ... O unvergeßlicher erster Junius! schreibt er. – Sie begleiteten und belauschten von weitem die schiffenden Töne; und Träume spielten um beide, bis

sie sagte: »Es ist spät, und die Abendröte hat sich schon weit herumge-
zogen, und es ist alles im Dorfe still.« Sie gingen nach Hause; er öffnete
die Fenster seiner mondhellen Stube und schlich mit einem leisen Gu-
tenacht bei seiner Mutter vorüber, die schon schlief. –

Jeden Morgen schien ihn der Gedanke wie Tageslicht an, daß er dem
Hochzeittage, dem 8ten Junius, sich um eine Nacht näher geschlafen;
und am Tage lief die Freude mit ihm herum, daß er durch die paradiesischen Tage, die sich zwischen ihn und sein Hochzeitbett gestellet,
noch nicht durchwäre. So hielt er, wie der metaphysische Esel, den Kopf
zwischen beiden Heubündeln, zwischen der Gegenwart und Zukunft;
aber er war kein Esel oder Scholastiker, sondern grasete und rupfte an
beiden Bündeln auf einmal … Wahrhaftig die Menschen sollten niemals
Esel sein, weder indifferentistische, noch hölzerne, noch bileamische,
und ich habe meine Gründe dazu … Ich breche hier ab, weil ich noch
überlegen will, ob ich seinen Hochzeittag abzeichne oder nicht. Musiv-
stifte hab' ich übrigens dazu ganze Bündel. –

Aber wahrhaftig ich bin weder seinem Ehrentage beigewohnet, noch
einem eignen; ich will ihn also bestens beschreiben und mir – ich hätte
sonst gar nichts - eine Lustpartie zusammen machen.

Ich weiß überhaupt keinen schicklichern Ort oder Bogen als diesen
dazu, daß die Leser bedenken, was ich ausstehe: die magischen Schwei-
zergegenden, in denen ich mich lagere - die Apollos- und Venusgestal-
ten, denen sich mein Auge ansaugt - das erhabne Vaterland, für das
ich das Leben hingebe, das es vorher geadelt hat - das Brautbett, in das
ich einsteige, alles das ist von fremden oder eignen Fingern bloß - gemalt mit Dinte oder Druckerschwärze; und wenn nur du, du Himmlische, der ich treu bleibe, die mir treu bleibt, mit der ich in arkadischen
Julius-Nächten spazieren gehe, mit der ich vor der untergehenden
Sonne und vor dem aufsteigenden Monde stehe und um derenwillen
ich alle deine Schwestern liebe, wenn nur du – wärest; aber du bist ein
Altarblatt, und ich finde dich nicht.

Dem Nil, dem Herkules und andern Göttern brachte man zwar auch,
wie mir, nur nachbossierte Mädchen dar; aber vorher bekamen sie doch
reelle.

Wir müssen schon am Sonnabend ins Schul- und Hochzeithaus
gucken, um die Prämissen dieses Rüsttags zum Hochzeittag ein wenig
vorher wegzuhaben: am Sonntag haben wir keine Zeit dazu; so ging
auch die Schöpfung der Welt (nach den ältern Theologen) darum in

sechs Tagwerken und nicht in *einer* Minute vor, damit die Engel das Naturbuch, wenn es allmählich aufgeblättert würde, leichter zu übersehen hätten. Am Sonnabend rennt der Bräutigam auffallend in zwei corporibus piis aus und ein, im Pfarr- und im Schulhaus, um vier Sessel aus jenem in dieses zu schaffen. Er borgte diese Gestelle dem Senior ab, um den Kommodator selbst darauf zu weisen als seinen Fürstbischof und die Seniorin als Frau Patin der Braut und den Subpräfektus aus dem Alumneum und die Braut selbst. Ich weiß so gut als andre, inwieweit dieser mietende Luxus des Bräutigams nicht in Schutz zu nehmen ist; allerdings papillotierten die gigantischen Mietstühle (Menschen und Sessel schrumpfen jetzt ein) ihre falschen Rindhaar-Touren an Lehne und Sitz mit blauem Tuche, Milchstraßen von gelben Nägeln sprangen auf gelben Schnüren als Blitze herum, und es bleibt gewiß, daß man so weich auf den *Rändern* dieser Stühle aufsaß, als trüge man einen Doppelsteiß – wie gesagt, diesen Steiß-Luxus des Gläubigers und Schuldners hab' ich niemals zum Muster angepriesen; aber auf der andern Seite muß doch jeder, der in den »*Schulz von Paris*« hineingesehen, bekennen, daß die Verschwendung im Palais royal und an allen Höfen offenbar größer ist. Wie werd' ich vollends solche Methodisten von der strengen Observanz auf die Seite des Großvater- oder Sorgestuhls Wutzens bringen, der mit vier hölzernen Löwentatzen die Erde ergreift, welche mit vier Querhölzern – den Sitz-Konsolen munterer Finken und Gimpel – gesponselt sind, dessen Haar-Chignon sich mit einer geblümten ledernen Schwarte mehr als zu prächtig besohlet, und welcher zwei hölzerne behaarte Arme, die das Alter, wie menschliche, dürrer gemacht, nach einem Insaß ausstreckt? … Dieses Fragzeichen kann manchen, weil er den langen Perioden vergessen, frappieren.

Das zinnene Tafel-Service- das der Bräutigam noch von seinem Fürstbischof holte, kann das Publikum beim Auktionproklamator, wenn es anders versteigert wird, besser kennen lernen als bei mir: so viel wissen die Hochzeitgäste, die Salatiere, die Sauciere, die Assiette zu Käse und die Senfdose war ein einziger Teller, der aber vor jeder Rolle einmal abgescheuert wurde.

Ein ganzer Nil und Alpheus schoß über jedes Stubenbrett, wovon gute Gartenerde wegzuspülen war, an jede Bettpfoste und an den Fensterstock hinan und ließ den gewöhnlichen Bodensatz der Flut zurück – *Sand.* Die Gesetze des Romans würden verlangen, daß das Schulmeisterlein sich anzöge und sich auf eine Wiese unter ein wogendes Zudeck

447

von Gras und Blumen streckte und da durch einen Traum der Liebe nach dem andern hindurch sänk' und bräche – allein er rupfte Hühner und Enten ab, spaltete Kaffee- und Bratenholz und die Braten selbst, kredenzte am Sonnabend den Sonntag und dekretierte und vollzog in der blauen Schürze seiner Schwiegermutter funfzig Küchen-Verordnungen und sprang, den Kopf mit Papilloten gehörnt und das Haar wie einen Eichhörnchenschwanz emporgebunden, hinten und vornen und überall herum: »denn ich mache nicht alle Sonntage Hochzeit«, sagt' er.

Nichts ist widriger, als hundert Vorläufer und Vorreiter zu einer winzigen Lust zu sehen und zu hören; nichts ist aber süßer, als selber mit vorzureiten und vorzulaufen; die Geschäftigkeit, die wir nicht bloß sehen, sondern teilen, macht nachher das Vergnügen zu einer von uns selbst gesäeten, besprengten und ausgezognen Frucht; und obendrein befällt uns das Herzgespann des Passens nicht.

Aber, lieber Himmel, ich brauchte einen ganzen Sonnabend, um diesen nur zu rapportieren: denn ich tat nur einen vorbeifliegenden Blick in die Wutzische Küche – was da zappelt! was da raucht! – Warum ist sich Mord und Hochzeit so nahe wie die zwei Gebote, die davon reden? Warum ist nicht bloß eine fürstliche Vermählung oft für Menschen, warum ist auch eine bürgerliche für Geflügel eine Parisische Bluthochzeit?

Niemand brachte aber im Hochzeithaus diese zwei Freudentage mißvergnügter und fataler zu als zwei Stechfinken und drei Gimpel: diese inhaftierte der reinliche und vogelfreundliche Bräutigam sämtlich – vermittelst eines Treibjagens mit Schürzen und geworfnen Nachtmützen – und nötigte sie, aus ihrem Tanz-Saale in ein paar Draht-Kartausen zu fahren und an der Wand, in Mansarden springend, herabzuhängen.

Wutz berichtet sowohl in seiner »Wutzischen Urgeschichte« als in seinem »Lesebuch für Kinder mittlern Alters«, daß abends um 7 Uhr, da der Schneider dem Hymen neue Hosen und Gilet und Rock anprobierte, schon alles blank und metrisch und neugeboren war, ihn selber ausgenommen. Eine unbeschreibliche Ruhe sitzt auf jedem Stuhl und Tisch eines neugestellten brillantierten Zimmers! In einem chaotischen denkt man, man müsse noch diesen Morgen ausziehen aus dem aufgekündigten Logement.

Über seine Nacht (so wie über die folgende) fliegen ich und die Sonne hinüber, und wir begegnen ihm, wenn er am Sonntage, gerötet und elektrisiert vom Gedanken des heutigen Himmels, die Treppe herabläuft in die anlachende Hochzeitstube hinein, die wir alle gestern mit so vieler Mühe und Dinte aufgeschmückt haben vermittelst Schönheitwasser – mouchoir de Venus und Schminklappen (Waschlappen) – Puderkasten (Topf mit Sand) und anderem Toiletten-Schiff und Geschirr. Er war in der Nacht siebenmal aufgewacht, um sich siebenmal auf den Tag zu freuen; und zwei Stunden früher aufgestanden, um beide Minute für Minute aufzuessen. Es ist mir, als ging' ich mit dem Schulmeister zur Tür hinein, vor dem die Minuten des Tages hinstehn wie Honigzellen – er schöpfet eine um die andre aus, und jede Minute trägt einen weitern Honigkelch. Für eine Pension auf Lebenlang ist dennoch der Kantor nicht vermögend, sich auf der ganzen Erde ein Haus zu denken, in dem jetzo nicht Sonntag, Sonnenschein und Freude wäre; nein! – Das zweite, was er unten nach der Türe auftat, war ein Oberfenster, um einen auf- und niederwallenden Schmetterling – einen schwimmenden Silberflitter, eine Blumen-Folie und *Amors* Ebenbild – aus *Hymens* Stube fortzulassen. Dann fütterte er seine Vogel-Kapelle in den Bauern zum voraus auf den lärmenden Tag und fiedelte auf der väterlichen Geige die Schleifer zum Fenster hinaus, an denen er sich aus der Fastnacht an die Hochzeitnacht herangetanzt. Es schlägt erst 5 Uhr, mein Trauter, wir haben uns nicht zu übereilen! Wir wollen die zwei Ellen lange Halsbinde (die du dir ebenfalls, wie früher die Braut, antanzest, indem die Mutter das andre Ende hält) und das Zopfband glatt umhaben, noch zwei völlige Stunden vor dem Läuten. Gern gäb' ich den Großvaterstuhl und den Ofen, dessen Assessor ich bin, dafür, wenn ich mich und meine Zuhörerschaft jetzt zu transparenten Sylphiden zu verdünnen wüßte; damit unsere ganze Brüderschaft dem zappelnden Bräutigam ohne Störung seiner stillen Freude in den Garten nachflöge, wo er für ein weibliches Herz, das weder ein diamantnes noch ein welsches ist, auch keine Blumen, die es sind, abschneidet, sondern lebende – wo er die blitzenden Käfer und Tautropfen aus den Blumenblättern schüttelt und gern auf den Bienenrüssel wartet, den zum letzten Male der mütterliche Blumenbusen säuget – wo er an seine Knaben-Sonntagmorgen denkt und an den zu engen Schritt über die Beete und an das kalte Kanzelpult, auf welches der Senior seinen Strauß auflegte. Gehe nach Haus, Sohn deines Vorfahrers, und schaue am achten Junius dich nicht gegen Abend um, wo der stumme, sechs Fuß dicke Gottesacker über manchen Freunden liegt, sondern gegen Morgen, wo du die Sonne, die Pfarrtüre und deine hineinschlüpfende Justine sehen kannst, welche die Frau Patin nett ausfrisieren und einschnüren will. Ich merk' es leicht, daß meine Zuhörer wieder in Sylphiden verflüchtigt werden wollen, um die Braut zu umflattern; aber sie siehts nicht gern.

Endlich lag der himmelblaue Rock – die Livreefarbe der Müller und Schulmeister – mit geschwärzten Knopflöchern und die plättende Hand seiner Mutter, die alle Brüche hob, am Leibe des Schulmeisterleins, und es darf nur Hut und Gesangbuch nehmen. Und jetzt – ich weiß gewiß auch, was Pracht ist, fürstliche bei fürstlichen Vermählungen, das Kanonieren, Illuminieren, Exerzieren und Frisieren dabei; aber mit der Wutzischen Vermählung stell' ich doch dergleichen nie zusammen: sehet nur dem Mann hintennach, der den Sonnen- und Himmelweg zu seiner Braut geht und auf den andern Weg drüben nach dem Alumneum schauet und denkt: »wer hätt's vor vier Jahren gedacht«; ich sage, sehet ihm nach! Tut es nicht auch die Auenthaler Pfarrmagd, ob sie gleich Wasser trägt, und henkt einen solchen prächtigen vollen Anzug bis auf jede Franse in ihren Gehirn- und Kleiderkammern auf? Hat er nicht eine gepuderte Nasen- und Schuhspitze? Sind nicht die roten Torflügel seines Schwiegervaters aufgedreht, und schreitet er nicht durch diese ein, indes die von der Haarkräuslerin abgefertigte Verlobte durch das Hoftürchen schleicht? Und stoßen sie nicht so möbliert und überpudert aufeinander, daß sie das Herz nicht haben, sich Guten Morgen zu bieten? Denn haben beide in ihrem Leben etwas Prächtigers und Vornehmeres gesehen als sich einander heute? Ist in dieser verzeihlichen Verlegenheit nicht der lange Span ein Glück, den der kleine Bruder zugeschnitzt und den er der Schwester hinreckt, damit sie darum wie um einen Weinpfahl die Blumen-Staude und Geruch-Quaste für des Kantors Knopfloch winde und gürte? Werden neidsüchtige Damen meine Freunde bleiben, wenn ich meinen Pinsel eintunke und ihnen damit vorfärbe die Parüre der Braut, das zitternde Gold statt der Zitternadel im Haar, die drei goldnen Medaillons auf der Brust mit den Miniaturbildern der deutschen Kaiser[3] und tiefer die in Knöpfe zergossenen Silberbarren? ... Ich könnt' aber den Pinsel fast jemand an den Kopf werfen, wenn mir beifällt, mein Wutz und seine gute Braut werden mir, wenns abgedruckt ist, von den Koketten und anderem Teufelszeuge gar ausgelacht: glaubt ihr

3   In manchen deutschen Gegenden tragen die Mädchen drei Dukaten am Halse.

denn aber, ihr städtischen destillierten und tätowierten Seelenverkäufe-
rinnen, die ihr alles an Mannspersonen messet und liebt, ihr Herz ausgenommen, daß ich oder meine meisten Herren Leser dabei gleichgültig
bleiben könnten, oder daß wir nicht alle eure gespannten Wangen, eure
zuckenden Lippen, eure mit Witz und Begierde sengenden Augen und
eure jedem Zufall gefügigen Arme und selber euere empfindsamen De-
klamatorien mit Spaß hingäben für einen einzigen Auftritt, wo die Liebe
ihre Strahlen in dem Morgenrot des Schämens bricht, wo die unschuldige Seele sich vor jedem Aug' entkleidet, ihr eignes ausgenommen,
und wo hundert innere Kämpfe das durchsichtige Angesicht beseelen,
und kurz worin mein Brautpaar selbst agierte, da der alte lustige Kauz   451
von Schwiegervater beider gekräuselten und weißblühenden Köpfe
habhaft wurde und sie gescheit zu einem Kuß zusammenlenkte? Dein
freudiges Erröten, lieber Wutz! – und dein verschämtes, liebe Justine!
–

Wer wird überhaupt diesen und dergleichen Sachen kurz vor seinen
Sponsalien schärfer nachdenken und nachher delikater spielen als gegenwärtiger Lebensbeschreiber selber?

Der Lärm der Kinder und Büttner auf der Gasse und der Rezensenten
in Leipzig hindern ihn hier, alles ausführlich herzusetzen, die prächtigen
Eckenbeschläge und dreifachen Manschetten, womit der Bräutigam auf
der Orgel jede Zeile des Chorals versah – den hölzernen Engelfittich,
woran er seinen Kurhut zum Chor hinausling – den Namen Justine
an den Pedalpfeifen – seinen Spaß und seine Lust, da sie einander vor
der Kirchenagende (der Goldnen Bulle und dem Reichsgrundgesetze
des Eheregiments) die rechten Hände gaben und da er mit seinem
Ringfinger ihre hohle Hand gleichsam hinter einem Bettschirm neckte
– und den Eintritt in die Hochzeitstube, wo vielleicht die größten und
vornehmsten Leute und Gerichte des Dorfs einander begegneten, ein
Pfarrer, eine Pfarrerin, ein Subpräfektus und eine Braut. Es wird aber
Beifall finden, daß ich meine Beine auseinander setze und damit über
die ganze Hochzeittafel und Hochzeittrift und über den Nachmittag
wegschreite, um zu hören, was sie abends angeben – einen und den
andern Tanz gibt der Subpräfektus an. Es ist im Grunde schon alles
außer sich – Ein Tobak-Heerrauch und ein Suppen-Dampfbad woget
um drei Lichter und scheidet einen vom andern durch Nebelbänke –
Der Violoncellist und der Violinist streichen fremdes Gedärm weniger,
als sie eignes füllen – Auf der Fensterbrüstung guckt das ganze Auenthal

als Galerie zappelnd herein, und die Dorfjugend tanzt draußen, dreißig Schritte von dem Orchester entfernt, im ganzen recht hübsch – Die alte Dorf-La Bonne schreiet ihre wichtigsten Personalien der Seniorin vor, und diese nieset und hustet die ihrigen los, jede will ihre historische Notdurft früher verrichten und sieht ungern die andre auf dem Stuhle seßhaft – Der Senior sieht wie ein Schoßjünger des Schoßjüngers Johannes aus, welchen die Maler mit einem Becher in der Hand abmalen, und lacht lauter, als er predigt – Der Präfektus schießet als Elegant herum und ist von niemand zu erreichen – Mein Maria plätschert und fährt unter in allen vier Flüssen des Paradieses, und des Freuden-Meers Wogen heben und schaukeln ihn allmächtig. – Bloß die eine Brautführerin (mit einer zu zarten Haut und Seele für ihren schwielenvollen Stand) hört die Freuden-Trommel wie von einem Echo gedämpft und wie bei einer Königleiche mit Flor bezogen, und die stille Entzückung spannt in Gestalt eines Seufzers die einsame Brust. – Mein Schulmeister (er darf zweimal im Küchenstück herumstehen) tritt mit seiner Trauunghälfte unter die Haustür, deren dessus de porte ein Schwalben-Globus ist, und schauet auf zu dem schweigenden glimmenden Himmel über ihm und denkt, jede große Sonne gucke herunter wie ein Auenthaler und zu seinem Fenster hinein ... Schiffe fröhlich über deinen verdünstenden Tropfen Zeit, du kannst es; aber wir könnens nicht alle: die eine Brautführerin kanns auch nicht – Ach, wär' ich wie du an einem Hochzeitmorgen dem ängstlichen, den Blumen abgefangnen Schmetterling begegnet, wie du der Biene im Blütenkelch, wie du der um 7 Uhr abgelaufnen Turmuhr, wie du dem stummen Himmel oben und dem lauten unten: so hätt' ich ja daran denken müssen, daß nicht auf dieser stürmenden Kugel, wo die Winde sich in unsre kleinen Blumen wühlen, die Ruhestätte zu suchen sei, auf der uns ihre Düfte ruhig umfließen, oder ein Auge ohne Staub zu finden, ein Auge ohne *Regentropfen,* die jene Stürme an uns werfen – und wäre die blitzende Göttin der Freude so nahe an meinem Busen gestanden: so hätt' ich doch auf jene Aschenhäufchen hinübergesehen, zu denen sie mit ihrer Umarmung, aus der Sonne gebürtig und nicht aus unsern Eiszonen, schon die armen Menschen verkalkte; – und o wenn mich schon die vorige Beschreibung eines großen Vergnügens so traurig zurückließ: so müßt' ich, wenn erst du, aus ungemessenen Höhen in die tiefe Erde hereinreichende Hand! mir eines, wie eine Blume auf einer Sonne gewachsen, herniederbrächtest, auf diese Vaterhand die Tropfen der Freude fallen lassen und mich mit dem zu schwachen Auge von den Menschen wegwenden ...

Jetzt, da ich dieses sage, ist Wutzens Hochzeit längst vorbei, seine Justine ist alt und er selber auf dem Gottesacker; der Strom der Zeit hat ihn und alle diese schimmernden Tage unter vier-, fünffache Schichten Bodensatz gedrückt und begraben; – auch an uns steigt dieser beerdigende Niederschlag immer höher auf; in drei Minuten erreicht er das Herz und überschlichtet mich und euch.

In dieser Stimmung sinne mir keiner an, die vielen Freuden des Schulmeisters aus seinem Freuden-Manuale mitzuteilen, besonders seine Weihnacht-, Kirchweih- und Schulfreuden – es kann vielleicht noch geschehen in einem Posthumus von Postskript, das ich nachliefere, aber heute nicht! Heute ists besser, wir sehen den vergnügten Wutz zum letzten Mal lebendig und tot und gehen dann weg.

Ich hätte überhaupt – ob ich gleich dreißigmal vor seiner Haustür vorübergegangen war – wenig vom ganzen Manne gewußt, wenn nicht am 12ten Mai vorigen Jahrs die alte Justine unter ihr gestanden wäre und mich, da sie mich im Gehen meine Schreibtafel vollarbeiten sah, angeschrien hätte: ob ich nicht auch ein Büchermacher wäre. – »Was sonst, Liebe?« – versetzt' ich – »jährlich mach' ich dergleichen und schenke alles nachher dem Publiko.« – So möcht' ich dann, fuhr sie fort, mich auf ein Stündchen zu ihrem Alten hineinbemühen, der auch ein Buchmacher sei, mit dem es aber elend aussehe.

Der Schlag hatte dem Alten, vielleicht weil er eine Flechte talersgroß am Nacken hineingeheilet, oder vor Alter, die linke Seite gelähmt. Er saß im Bette an einer Lehne von Kopfkissen und hatte ein ganzes Warenlager, das ich sogleich spezifizieren werde, auf dem Deckbette vor sich. Ein Kranker tut wie ein Reisender – und was ist er anders? – sogleich mit jedem bekannt; so nahe mit dem Fuße und Auge an erhabnern Welten, macht man in dieser räudigen keine Umstände mehr. Er klagte, es hätte sich seine Alte schon seit drei Tagen nach einem Bücherschreiber umschauen müssen, hätt' aber keinen ertappt, außer eben; »er müss' aber einen haben, der seine Bibliothek übernehme, ordne und inventiere und der an seine Lebensbeschreibung, die in der ganzen Bibliothek wäre, seine letzten Stunden, falls er sie jetzt hätte, zur Komplettierung gar hinanstieße; denn seine Alte wäre keine Gelehrtin und seinen Sohn hätt' er auf drei – Wochen auf die Universität Heidelberg gelassen.«

Seine Aussaat von Blattern und Runzeln gab seinem runden kleinen Gesichtchen äußerst fröhliche Lichter; jede schien ein lächelnder Mund: aber es gefiel mir und meiner Semiotik nicht, daß seine Augen so blitzten, seine Augenbrauen und Mund-Ecken so zuckten und seine Lippen so zitterten.

Ich will mein Versprechen der Spezifikation halten: Auf dem Deckbette lag eine grüntaftne Kinderhaube, wovon das eine Band abgerissen war, eine mit abgegriffnen Goldflitterchen überpichte Kinderpeitsche, ein Fingerring von Zinn, eine Schachtel mit Zwerg-Büchelchen in 128-Format, eine Wanduhr, ein beschmutztes Schreibbuch und ein Finkenkloben fingerlang. Es waren die Rudera und Spätlinge seiner verspielten Kindheit. Die Kunstkammer dieser seiner *griechischen Altertümer* war von jeher unter der Treppe gewesen – denn in einem Haus, das der Blumenkübel und Treibkasten eines einzigen Stammbaums ist, bleiben die Sachen jahrfunfziglang in ihrer Stelle ungerückt –; und da es von seiner Kindheit an ein Reichsgrundgesetz bei ihm war, alle seine Spielwaren in geschichtlicher Ordnung aufzuheben, und da kein Mensch das ganze Jahr unter die Treppe guckte als er: so konnt' er noch am Rüsttage vor seinem Todestage diese Urnenkrüge eines schon gestorbenen Lebens um sich stellen und sich zurückfreuen, da er sich nicht mehr vorauszufreuen vermochte. Du konntest freilich, kleiner Maria, in keinen *Antikentempel* zu Sanssouci oder zu Dresden eintreten und darin vor dem *Weltgeiste der schönen Natur der Kunst* niederfallen; aber du konntest doch in deine Kindheit-Antiken-*Stiftshütte* unter der finstern Treppe gucken, und die Strahlen der auferstehenden Kindheit spielten, wie des gemalten Jesuskindes seine im Stall, an den düstern Winkeln! O wenn größere Seelen als du aus der ganzen Orangerie der Natur so viel süße Säfte und Düfte sögen als du aus dem zackigen grünen Blatte, an das dich das Schicksal gehangen: so würden nicht Blätter, sondern Gärten genossen, und die bessern und doch glücklichern Seelen verwunderten sich nicht mehr, daß es *vergnügte* Meisterlein geben kann.

Wutz sagte und bog den Kopf gegen das Bücherbrett hin: »Wenn ich mich an meinen ernsthaften Werken matt gelesen und korrigiert: so schau' ich stundenlang diese Schnurrpfeifereien an, und das wird hoffentlich einem Bücherschreiber keine Schande sein.«

Ich wüßt' aber nicht, womit der Welt in dieser Minute mehr gedient ist, als wenn ich ihr den räsonierenden Katalog dieser Kunststücke und Schnurrpfeifereien zuwende, den mir der Patient zuwandte. Den zinnenen Ring hatt' ihm die vierjährige Mamsell des vorigen Pastors, da sie miteinander von einem Spielkameraden ehrlich und ordentlich kopuliert wurden, als Ehepfand angesteckt – das elende Zinn lötete ihn fester an sie als edlere Metalle edlere Leute, und ihre Ehe brachten sie auf vierundfunfzig Minuten. Oft wenn er nachher als geschwärzter Alumnus sie mit nickenden Federn-Standarten am dünnen Arme eines gesprenkelten Elegant spazieren gehen sah, dachte er an den Ring und an die alte Zeit. Überhaupt hab' ich bisher mir unnütze Mühe gegeben, es zu verstecken, daß er in alles sich verliebte, was wie eine Frau aussah; alle Fröhliche seiner Art tun dasselbe; und vielleicht können sie es, weil ihre Liebe sich zwischen den beiden Extremen von Liebe aufhält und beiden abborgt, so wie der Busen Band und Kreole der platonischen und der epikurischen Reize ist. – Da er seinem Vater die Turmuhr aufziehen half, wie vorzeiten die Kronprinzen mit den Vätern in die Sitzungen gingen: so konnte so eine kleine Sache ihm einen Wink geben, ein lackiertes Kästchen zu durchlöchern und eine Wanduhr daraus zu schnitzen, die niemals ging; inzwischen hatte sie doch, wie mehre Staatkörper, ihre langen Gewichte und ihre eingezackten Räder, die man dem Gestelle nürnbergischer Pferde abgehoben und so zu etwas Besserem verbraucht hatte. – Die grüne Kinderhaube, mit Spitzen gerändert, das einzige Überbleibsel seines vorigen vierjährigen Kopfes, war seine Büste und sein Gipsabdruck vom kleinen Wutz, der jetzt zu einem großen ausgefahren war. Alltags-Kleider stellen das Bild eines toten Menschen weit inniger dar als sein Porträt; – daher besah Wutz das Grün mit 456 sehnsüchtiger Wollust, und es war ihm, als schimmere aus dem Eis des Alters eine grüne Rasenstelle der längst überschneiten Kindheit vor; »Nur meinen Unterrock von Flanell«, sagte er, »sollt' ich gar haben, der mir allemal unter den Achseln umgebunden wurde!« – Mir ist sowohl das erste Schreibbuch des Königs von Preußen als das des Schulmeisters Wutz bekannt, und da ich beide in Händen gehabt: so kann ich urteilen, daß der König als Mann und das Meisterlein als Kind schlechter geschrieben. »Mutter«, sagt' er zu seiner Frau, »betracht doch, wie dein Mann hier (im Schreibbuch) und wie er dort (in seinem kalligraphischen Meisterstück von einem Lehnbrief, den er an die Wand genagelt) geschrieben: ich fress' mich aber noch vor Liebe, Mutter!« Er prahlte vor niemand als vor seiner Frau; und ich schätze den Vorteil so hoch, als er wert ist, den die Ehe hat, daß der Ehemann durch sie noch ein zweites Ich bekommt, vor welchem er sich ohne Bedenken recht herzlich loben kann. Wahrhaftig das deutsche Publikum sollte ein solches zweites Ich von uns Autoren abgeben! – Die Schachtel war ein Bücherschrank der lilliputischen Traktätchen in Fingerkalender-Format, die er in seiner Kindheit dadurch herausgab, daß er einen Vers aus der Bibel abschrieb, es heftete und bloß sagte: »Abermals einen recht hübschen *Cober*[4] gemacht!« Andre Autores vermögen dergleichen auch, aber erst wenn sie herangewachsen sind. Als er mir seine jugendliche Schriftstellerei referierte, bemerkte er: »Als ein Kind ist man ein wahrer Narr; es stach aber doch schon damals der Schriftstellertrieb hervor, nur freilich noch in einer unreifen und lächerlichen Gestalt« und belächelte zufrieden die jetzige. – Und so gings mit dem Finkenkloben ebenfalls: war nicht der fingerlange Finkenkloben, den er mit Bier bestrich und auf dem er die Fliegen an den Beinen fing, der Vorläufer des armlangen Finkenkloben, *hinter* dem er im Spätherbst seine schönsten Stunden zubrachte, wie *auf* ihm die Finken ihre häßlichsten? Das Vogelstellen will durchaus ein in sich selber vergnügtes stilles Ding von Seele haben.

Es ist leicht begreiflich, daß seine größte Krankenlabung ein alter Kalender war und die abscheulichen 12 Monatkupfer desselben. In jedem Monat des Jahrs machte er sich, ohne vor einem Galerieinspektor den Hut abzunehmen oder an ein Bilderkabinett zu klopfen, mehr malerische und artistische Lust als andre Deutsche, die abnehmen und anklopfen. Er durchwanderte nämlich die 11 Monat-Vignetten – die des Monats, worin er wanderte, ließ er weg – und phantasierte in die Holzschnitt-Auftritte alles hinein, was er und sie nötig hatten. Es mußte ihn freilich in gesunden und in kranken Tagen letzen, wenn er im Jenner-Winterstück auf dem abgerupften schwarzen Baum herumstieg und sich (mit der Phantasie) unter den an der Erde aufdrückenden Wolkenhimmel stellte, der über den Winterschlaf der Wiesen und Felder wie ein Betthimmel sich hinüberkrümmte. – Der ganze Junius zog sich mit seinen langen Tagen und langen Gräsern um ihn herum, wenn er seine Einbildung den Junius-Landschaft-Holzschnitt ausbrüten ließ, auf welchem kleine Kreuzchen, die nichts als Vögel sein sollten, durch das graue Druckpapier flogen und auf dem der Holzschneider das fette Laubwerk zu Blättergerippen mazerierte. Allein wer Phantasie hat, macht sich aus jedem Abschnitzel eine wundertätige Reliquie, aus jedem Eselkinnbacken

4 Cobers Kabinettsprediger – in dem mehr Geist steckt (freilich oft ein närrischer) als in zwanzig jetzigen ausgelaugten Predigthaufen.

eine Quelle; die fünf Sinne reichen ihr nur die Kartons, nur die Grundstriche des Vergnügens oder Mißvergnügens.

Den Mai überblätterte der Patient, weil der ohnehin um das Haus draußen stand. Die Kirschblüten, womit der Wonnemond sein grünes Haar besteckt, die Maiblümchen, die als Vorsteckrosen über seinem Busen duften, beroch er nicht – der Geruch war weg –, aber er besah sie und hatte einige in einer Schüssel neben seinem Krankenbette.

Ich habe meine Absicht klug erreicht, mich und meine Zuhörer fünf oder sechs Seiten von der traurigen Minute wegzuführen, in der vor unser aller Augen der Tod vor das Bett unsers kranken Freundes tritt und langsam mit eiskalten Händen in seine warme Brust hineindringt und das vergnügt schlagende Herz erschreckt, fängt und auf immer anhält. Freilich am Ende kommt die Minute und ihr Begleiter doch. 458

Ich blieb den ganzen Tag da und sagte abends, ich könnte in der Nacht wachen. Sein lebhaftes Gehirn und sein zuckendes Gesicht hatten mich fest überzeugt, in der Nacht würde der Schlag sich wiederholen; es geschah aber nicht, welches mir und dem Schulmeisterlein ein wesentlicher Gefallen war. Denn es hatte mir gesagt – auch in seinem letzten Traktätchen stehts –, nichts wäre schöner und leichter, als an einem heitern Tage zu sterben: die Seele sähe durch die geschlossenen Augen die hohe Sonne noch, und sie stiege aus dem vertrockneten Leib in das weite blaue Lichtmeer draußen; hingegen in einer finstern brüllenden Nacht aus dem warmen Leibe zu müssen, den langen Fall ins Grab so einsam zu tun, wenn die ganze Natur selber dasäße und die Augen sterbend zuhätte – das wäre ein zu harter Tod.

Um 11$^1/_2$ Uhr nachts kamen Wutzens zwei besten *Jugendfreunde* noch einmal vor sein Bette, der Schlaf und der Traum, um von ihm gleichsam Abschied zu nehmen. Oder bleibt ihr länger, und seid ihr zwei Menschenfreunde es vielleicht, die ihr den ermordeten Menschen aus den blutigen Händen des Todes holet und auf eueren wiegenden Armen durch die kalten unterirdischen Höhlungen mütterlich traget ins helle Land hin, wo ihn eine neue Morgensonne und neue Morgenblumen in waches Leben hauchen? –

Ich war allein in der Stube – Ich hörte nichts als den Atemzug des Kranken und den Schlag meiner Uhr, die sein kurzes Leben wegmaß – Der gelbe Vollmond hingt tief und groß in Süden und bereifte mit seinem Totenlichte die Maiblümchen des Mannes und die stockende Wanduhr und die grüne Haube des Kindes – Der leise Kirschbaum vor dem Fenster malte auf dem Grund von Mondlicht aus Schatten einen bebenden Baumschlag in die Stube – Am stillen Himmel wurde zuweilen eine fackelnde Sternschnuppe niedergeworfen, und sie verging wie ein Mensch – Es fiel mir bei, die nämliche Stube, die jetzt der schwarz ausgeschlagene Vorsaal des Grabes war, wurde morgen vor 43 Jahren, am 13ten Mai, vom Kranken bezogen, an welchem Tage seine elysischen Achtwochen angegangen – Ich sah, daß der, dem damals dieser Kirschbaum Wohlgeruch und Träume gab, dort im drückenden Traume geruchlos liege und vielleicht noch heute aus dieser Stube ausziehe und daß alles, alles vorüber sei und niemals wiederkomme ... und in dieser Minute fing Wutz mit dem ungelähmten Arme nach etwas, als wollt' er einen entfallenden Himmel erfassen – – und in dieser zitternden Minute knisterte der Monatzeiger meiner Uhr und fuhr, weils 12 Uhr war, vom 12ten Mai zum 13ten über ... Der Tod schien mir meine Uhr zu stellen, ich hörte ihn den Menschen und seine Freuden käuen, und die Welt und die Zeit schien in einem Strom von Moder sich in den Abgrund hinabzubröckeln! ...

Ich denke an diese Minute bei jedem mitternächtlichen Überspringen meines Monatzeigers; aber sie trete nie mehr unter die Reihe meiner übrigen Minuten!

Der Sterbende – er wird kaum diesen Namen lange mehr haben – schlug zwei lodernde Augen auf und sah mich lange an, um mich zu kennen. Ihm hatte geträumt, er schwankte als ein Kind sich auf einem Lilienbeete, das unter ihm aufgewallet – dieses wäre zu einer emporgehobnen Rosen-Wolke zusammengeflossen, die mit ihm durch goldne Morgenröten und über rauchende Blumenfelder weggezogen – die Sonne hätte mit einem weißen Mädchen-Angesicht ihn angelächelt und angeleuchtet und wäre endlich in Gestalt eines von Strahlen umflognen Mädchens seiner Wolke zugesunken und er hätte sich geängstigt, daß er den linken gelähmten Arm nicht um und an sie bringen können.–
– Darüber wurd' er wach aus seinem letzten oder vielmehr vorletzten Traum; denn auf den langen Traum des Lebens sind die kleinen bunten Träume der Nacht wie Phantasieblumen gestickt und gezeichnet.

Der Lebensstrom nach seinem Kopfe wurde immer schneller und breiter: er glaubte immer wieder, verjüngt zu sein; den Mond hielt er für die bewölkte Sonne; es kam ihm vor, er sei ein fliegender Taufengel, unter einem Regenbogen an eine Dotterblumen-Kette aufgehangen, im unendlichen Bogen auf- und niederwogend, von der vierjährigen Ring-

geberin über Abgründe zur Sonne aufgeschaukelt ... Gegen 4 Uhr
morgens konnte er uns nicht mehr sehen, obgleich die Morgenröte
schon in der Stube war – die Augen blickten versteinert vor sich hin –
eine Gesichtzuckung kam auf die andre – den Mund zog eine Entzückung immer lächelnder auseinander – Frühling-Phantasien, die weder
dieses Leben erfahren, noch jenes haben wird, spielten mit der sinkenden
Seele – endlich stürzte der Todesengel den blassen Leichenschleier auf
sein Angesicht und hob hinter ihm die blühende Seele mit ihren tiefsten
Wurzeln aus dem körperlichen Treibkasten voll organisierter Erde ...
Das Sterben ist erhaben; hinter schwarzen Vorhängen tut der einsame
Tod das stille Wunder und arbeitet für die andre Welt, und die Sterblichen stehen da mit nassen, aber stumpfen Augen neben der überirdischen Szene ...

»Du guter Vater«, sagte seine Witwe, »wenn dirs jemand vor 43 Jahren
hätte sagen sollen, daß man dich am 13ten Mai, wo deine Achtwochen
angingen, hinaustragen würde!« – »Seine Achtwochen«, sagt' ich, »gehen
wieder an, dauern aber länger.«

Als ich um 11 Uhr fortging, war mir die Erde gleichsam heilig, und
Tote schienen mir neben mir zu gehen; ich sah auf zum Himmel, als
könnt' ich im endlosen Äther nur in *einer* Richtung den Gestorbnen
suchen; und als ich oben auf dem Berge, wo man nach Auenthal hinein-
schauet, mich noch einmal nach dem Leidenstheater umsah und als ich
unter den rauchenden Häusern bloß das Trauerhaus unbewölket dastehen und den Totengräber oben auf dem Gottesacker das Grab aushauen
sah, und als ich das Leichenläuten seinetwegen hörte und daran dachte,
wie die Witwe im stummen Kirchturm mit rinnenden Augen das Seil
unten reiße: so fühlt' ich unser aller Nichts und schwur, ein so unbedeu-
tendes Leben zu verachten, zu verdienen und zu genießen. –

Wohl dir, lieber Wutz, daß ich – wenn ich nach Auenthal gehe und
dein verrasetes Grab aussuche und mich darüber kümmere, daß die in
dein Grab beerdigte Puppe des Nachtschmetterlings mit Flügeln daraus
kriecht, daß dein Grab ein Lustlager bohrender Regenwürmer, rückender
Schnecken, wirbelnder Ameisen und nagender Räupchen ist, indes du
tief unter allen diesen mit unverrücktem Haupte auf deinen Hobelspänen
liegst und keine liebkosende Sonne durch deine Bretter und deine mit
Leinwand zugeleimten Augen bricht – wohl dir, daß ich dann sagen
kann: »Als er noch das Leben hatte, genoß ers fröhlicher wie wir alle.«

Es ist genug, meine Freunde – es ist 12 Uhr, der Monatzeiger sprang auf einen neuen Tag und erinnerte uns an den doppelten Schlaf, an den Schlaf der kurzen und an den Schlaf der langen Nacht …

462

Ausläuten oder Sieben Letzte Worte an die Leser der Lebensbeschreibung und der Idylle

Am 21ten Junius oder längsten Tage

Heute wird also meine kleine Rolle, wenigstens für den ersten Auftritt, aus; sobald ich die sieben Worte gar geschrieben habe: so gehen ich und die Leser auseinander. Aber ich trete trauriger weg als sie. Ein Mensch, der den Weg zu einem weiten Ziel vollendet hat, wendet sich an diesem um und sieht unbefriedigt und voll neuer Wünsche über die zurücklaufende Straße hin, die seine schmalen Stunden wegmaß und die er, wie eine Medea, mit Gliedern des Lebens überstreuete. Eh' es heute Nacht wurde, hab' ich alle die Papierspäne, die von diesem Buche fielen, eingesargt, aber nicht, wie andre Schreiber, eingeäschert – ich habe zugleich alle Briefe *der* Freunde, die mir keine neue mehr schreiben *können,* als Akten der in der Erden-Instanz geschlossenen Prozesse inrotuliert und hingelegt. – So etwas sollte der Mensch stets deponieren und alle Freudenblumen aufkleben, trotz ihrer Vertrocknung, in einem Kräuterbuche; nicht einmal seine alten Fracks, Pikeschen und Bratenröcke (die übrigen Kleiderstücke charakterisieren wenig) sollte er verschenken oder versteigern, sondern hinhenken sollt' er sie als Hülsen seiner ausgekernten Stunden, als Puppengehäuse der ausgeflognen Freuden, als Gewandfall oder tote Hand, die der Erinnerung heimfällt von den gestorbenen Jahren ...

– – Sobald ich heute am Tage, der so lang war als dieses Buch, mit dieser Leichenbestattung fertig war: so ging ich in die Nacht heraus, die so kurz ist wie die des Lebens ... und hier steh' ich unter dem Himmel und fühl' es wieder wie allemal, daß jede überstiegne Treppe hienieden sich zur Staffel einer höhern verkürzt und daß jeder erkletterte Thron zum Fußschemel eines neuen einschrumpft. – Die Menschen bewohnen und bewegen das große Tretrad des Schicksals und glauben darin, sie *steigen,* wenn sie *gehen* ... Warum will ich schon wieder ein neues Buch schreiben und in diesem die Ruhe erwarten, die ich im alten nicht fand?

–– Ein buschichter Felsen, der sich über einen Steinbruch bückt, hält mich hier mit meiner Schreibtafel, in der ich dieses Buch zu Ende führen will, in der Nacht des Junius empor, den die Maler, wie den Tod, mit einer Sense malen. – – Es ist über 11 Uhr; auf dem erloschnen blauen Himmels-Ozean über mir glimmt nur hier und da ein zitterndes Pünktchen – der Arkturus wirft aus Westen seine kleinen Blitze auf seine Erden und auf meine – der große Bär blinkt aus Norden, und die Andromeda aus Osten – der breite Mond liegt unter der Erde neben dem Mittage der neuen Welt – aber die eingesunkne Abendröte (dieser bunte Sonnen-Schatte) beugt den Tagschimmer der neuen Welt gemildert in die alte herein und wirft ihn über zehn überlaubte Dörfer um mich und über den schwarzen, allein fortredenden Strom, diese lange Wasser-uhr der Zeit, die damit ein Jahrtausend ums andre misset. – –

So jämmerlich ist der enge Mensch; wenn er ein Buch hinaus hat, so blickt er zu allen entlegnen Sonnen auf, ob sie ihm nicht zusehen; – bescheidner wäre es, er dächte, er werde bloß von Europa und dessen indischen Besitzungen bemerkt. – – Ich wünsche nicht, daß mich hier ein Cherub, ein Seraph oder nur ein Berggeist mit meiner Schreibtafel und meinen Narrheiten gewahr werde. Mich sehe lieber ein Mensch stehen und schreiben: der wird mild sein und von seinem eignen Herzen lernen, die Schwächen eines fremden tragen; der gebrechliche Mensch wird es fühlen und vergeben, daß jeder das Nest, worin er sitzt und quiekt und welches das einzige ist, worüber er mit Schnabel und H-hinaussticht, für den Fokus des Universums hält, für eine Frontloge und Rotunda, die sämtlichen Nester aber auf den andern Bäumen für die Wirtschaftgebäude seines Fokalnestes … O ihr guten Menschen! warum ist es möglich, daß wir uns untereinander auch nur eine halbe Stunde kränken? – Ach, in dieser gefährlichen Dezember-Nacht dieses Lebens, mitten in diesem Chaos unbekannter Wesen, welche die Höhe oder Tiefe von uns entfernt, in dieser verhüllten Welt, in diesen beben-den Abenden, die sich um unser zerstäubendes Erdchen legen, wie ist es da möglich, daß der verlassene Mensch nicht die einzige warme Brust umschlinge, in der ein Herz liegt wie seines und zu der er sagen kann: »Mein Bruder, du bist wie ich und leidest wie ich, und wir können uns lieben«? – Unbegreiflicher Mensch! du sammelst lieber Dolche auf und treibest sie, mitten in deiner Mitternacht, in die ähnliche Brust, womit der gute Himmel deine wärmen und beschirmen wollte! … Ach, ich schaue über die beschatteten Blumengründe hin und sage mir, daß hier sechstausend Jahre mit ihren schönen hohen Menschen vorübergezogen sind, die keiner von uns an seinen Busen drücken konnte – daß noch viele Jahrtausende über diese Stätte gehen und darüber himmlische, vielleicht betrübte Menschen führen werden, die uns nie begegnen, sondern höchstens unsern Urnen, und die wir so gern lieben würden – und daß bloß ein paar arme Jahrzehende uns einige fliehende Gestalten vorführen, die ihr Auge auf uns wenden und in denen das verschwisterte Herz für uns ist, nach dem wir uns sehnen. – Umfasset diese eilenden Gestalten; aber bloß aus euren Tränen werdet ihr wissen, daß ihr seid geliebet worden ...

– Und eben dieses, daß die Hand eines Menschen über so wenige Jahre hinausreicht und daß die so wenige gute Hände fassen kann, das muß ihn entschuldigen, wenn er ein Buch macht: seine Stimme reicht weiter als seine Hand, sein enger Kreis der Liebe zerfließet in weitere Zirkel, und wenn er selber nicht mehr ist, so wehen seine nachtönenden Gedanken in dem papiernen Laube noch fort und spielen, wie andre zerstiebende Träume, durch ihr Geflüster und ihren Schatten von manchem fernen Herzen eine schwere Stunde hinweg. – Dieses ist auch mein Wunsch, aber nicht meine Hoffnung. Wenn es aber eine schöne weiche Seele gibt, die so voll ihres Innern, ihrer Erinnerung und ihrer Phantasien ist, daß sie sogar bei meinen schwachen überschwillt – wenn sie sich und ein volles Auge, das sie nicht bezwingen kann, mit dieser Geschichte verbirgt, weil sie darin ihre eigne, ihre verschwundnen Freunde, ihre vorübergezognen Tage und ihre versiegten Tränen wieder-findet: o dann, geliebte Seele, hab' ich an dich darin gedacht, ob ich dich gleich nicht kannte, und ich bin dein Freund, wiewohl nicht dein Bekannter gewesen. Noch bessere Menschen werden dir beides sein, wenn du den schlimmern verbirgst, was du jenen zeigst, wenn das Göttliche in dir, gleich Gott, in einer hohen Unsichtbarkeit bleibet, und wenn du sogar deine Tränen verschleierst – weil harte Hände sich aus-strecken, die gern sie mit dem Auge zerdrücken, wie man nach dem Regen alle grünen Spitzen des englischen Gartens niederschleift, damit sie nicht weiterkeimen ...

– Der helle Stern oder Tautropfe in der Ähre der Jungfrau fällt jetzt unter den Horizont. – Ich stehe noch hier auf meiner blumichten Erde und denke: noch trägst du auf deinen Blumen, alte gute Erde, deine Menschenkinder an die Sonne, wie die Mutter den Säugling ans Licht – noch bist du ganz von deinen Kindern umschlungen, behangen, be-deckt, und indes Geflügel auf deinen Schultern flattert, Tiermassen um deine Füße schreiten, geflügelte Goldpunkte um deine Locken schweifen, führest du das aufgerichtete hohe Menschengeschlecht an deiner Hand durch den Himmel, zeigest uns allen deine Morgenröten, deine Blumen und das ganze lichtervolle Haus des unendlichen Vaters und erzählest deinen Kindern von ihm, die ihn noch nicht gesehen haben. – – Aber, gute Mutter Erde, es wird ein Jahrtausend aufgehen, wo alle deine Kinder dir werden gestorben sein, wo der feurige Sonnen-Strudel dich in zu nahe verzehrende Kreise an sich wird gewirbelt haben: dann wirst du, verwaiset, mit Stummen im Schoß, mit Todesasche bestreuet, öde und stumm um deine Sonne ziehen, es wird das Morgenrot kommen, es wird der Abendstern schimmern, aber die Menschen alle werden tief schlafen auf deinen vier Welt-Armen und nichts mehr sehen … *Alle* werden es? – Ach, dann lege eine höhere tröstende Hand unserem Mitbruder, der *zuletzt* entschläft, den letzten Schleier ohne Zögern über das einsame Auge …

… Das Abendrot schimmert schon in Norden – auch in meiner Seele ist die Sonne hinunter und am Rande zucket rotes Licht und mein Ich wird finster – die Welt vor mir liegt in einem festen Schlafe und hört und redet nicht – es setzet sich in mir zusammen eine bleiche Welt aus Totengebeinen – die alten Stunden stäuben sich ab, es brauset, wie wenn an den Grenzen der Erde eine Vernichtung anfinge und ich herüberhörte das Zerbrechen einer Sonne – der Strom stockt und alles ist stille – ein schwarzer Regenbogen krümmt sich aus Gewittern zusammen über diese hülflose Erde.

– – Siehe! es tritt eine Gestalt unter den schwarzen Bogen, es schreitet über die Junius-Blumen ungehört ein unermeßliches Skelett und geht zu meinem Berge heran – es verschlingt Sonnen, erquetscht Erden, tritt einen Mond aus und ragt hoch hinein in das Nichts – das hohe weiße Gebein durchschneidet die Nacht, hält zwei Menschen an den Händen, blickt mich an und sagt: »Ich bin der Tod – ich habe an jeder Hand einen Freund von dir, aber sie sind unkenntlich.«

Mein Mund lag auf die Erde gestürzt, mein Herz schwamm im Gifte des Todes – aber ich hörte noch sterbend ihn reden.

»Ich töte dich jetzt auch, du hast meinen Namen oft genennt und ich habe dich gehört – ich habe schon eine Ewigkeit zerbröckelt und greife in alle Welten hinein und erdrücke; ich steige aus den Sonnen in euren dumpfen, finstern Winkel nieder, wo der Menschen-Salpeter an-schießet, und streich' ihn ab … Lebst du noch, Sterblicher?« …

Da zerging mein verblutetes Herz in eine Träne über die Qualen des Menschen – ich richtete mich gebrochen auf und schauete nicht auf dieses Skelett und auf das, was es führte – ich blickte auf zu dem Sirius und rief mit der letzten Angst: »Verhüllter Vater, lässest du mich vernichten? Sind *diese* auch vernichtet? Endigt das gequälte Leben in eine Zerschmetterung? Ach, konnten die Herzen, die zertrümmert werden, dich nur so kurz lieben?«

Siehe! da entfiel droben dem nachtblauen Himmel ein heller Tropfe, so groß wie eine Träne, und sank wachsend neben einer Welt nach der andern vorbei – Als er groß und mit tausend Farbenblitzen durch den schwarzen Bogen drang: so grünte und blühte dieser wie ein Regenbogen und unter ihm waren keine Gestalten mehr – und als der Tropfen großglimmend wie eine Sonne auf fünf Blumen lag: so überfloß ein irrendes Feuer die grüne Fläche und erhellete einen schwarzen Flor, der ungesehen die Erde umfasset hatte. Der Flor zog sich schwellend auf zu einem unendlichen Zelte und riß von der Welt ab und fiel zu einem Leichenschleier zusammen und blieb in einem Grabe. – Da ward die Erde ein tagender Himmel, aus den Sternen stäubte ein warmer Regen von lichten Pünktchen nieder, am Horizont standen weiße Säulen *aufgepflanzt* – von Westen her walleten kleine Wolken herüber, perlen-hell, grünlichspielend, rot-glühend, und auf jeder Wolke schlief ein Jüngling und sein Atem-Zephyr spielte mit dem rinnenden Dufte wie mit weichen Blüten und wiegte seine Wolke – die Wogen eines lauen Abendwindes spülten an die Wolken an und führten sie. – Und als eine Welle in meinen Atem floß, so wollt' in ihr meine Seele dahingegeben in ewige Ruhe auseinanderrinnen – weit gegen Westen erschütterte eine dunkle Kugel sich unter einem Gewitterguß und Sturm – von Osten her war auf meinen Boden ein Zodiakallicht wie ein Schatten hingeworfen …

Ich wandte mich nach Osten, und ein ruhig-großer, in Tugend seliger, wie ein Mond aufgehender Engel lächelte mich an und fragte. »Kennst du mich? – Ich bin der Engel des Friedens und der Ruhe, und in deinem Sterben wirst du mich wiedersehen. Ich liebe und tröste euch Menschen und bin bei eurem großen Kummer. – Wenn er zu groß wird, wenn ihr euch auf dem harten Leben wundgelegen: so nehm' ich die Seele mit ihren Wunden an mein Herz und trage sie aus eurer Kugel, die dort in Westen kämpft, und lege sie schlummernd auf die weiche Wolke des Todes nieder.«

Ach! ich kenne einige schlafende Gestalten auf diesen Wolken! …

»Alle diese Wolken ziehen mit ihren Schläfern nach Morgen – und sobald der große gute Gott aufgeht in der Gestalt der Sonne: so wachen sie alle auf und leben und jauchzen ewig.«

O siehe! die Wolken gen Osten glühen höher und drängen sich in ein Glut-Meer zusammen – die steigende Sonne nahet sich – alle Schlummernden lächeln lebendiger aus dem seligen Traum dem Wachen entgegen –

O ihr ewig geliebten kenntlichen Gestalten! wenn ich in eure großen himmeltrunknen Augen wieder werde schauen können ...

468

Ein Sonnenblitz schlug empor – Gott ruhte flammend vor der zweiten Welt – alle geschlossene Augen fuhren auf – –

Ach! auch meine; nur die Erdensonne ging auf – ich klebte noch auf der streitenden Abend-Kugel – die kürzeste Nacht war über meinen Schlummer vorübergeeilet, als wäre sie die letzte des Lebens gewesen.

Es sei! Aber heute richtet sich mein Geist auf mit seinen irdischen Kräften – ich erhebe meine Augen in die unendliche Welt über diesem Leben – mein an ein reineres Vaterland geknüpftes Erdenherz schlägt gegen deinen Sternenhimmel empor, Unendlicher, gegen das *Sternenbild* deiner grenzenlosen Gestalt, und ich werde groß und ewig durch deine Stimme in meinem edelsten Innern: du wirst nie vergehen. – –

Und so wer mit mir sich einer Stunde erinnert, wo ihm der Engel des Friedens erschien und ihm teuere Seelen aus der irdischen Umarmung zog; ach, wer sich einer erinnert, wo er zu viel verlor – der bezwinge das Sehnen und sehe mit mir fest zu den Wolken auf und sage: Ruhet immerhin auf eurem Gewölke aus, ihr entrückten Geliebten! Ihr zählt die Jahrhunderte nicht, die zwischen eurem Abend und eurem Morgen verfließen, kein Stein liegt mehr auf eurem bedeckten Herzen als der Leichenstein, und dieser drücket nicht, und euer Ruhen störet nicht einmal ein Gedanke an uns ...

Tief im Menschen ruht etwas Unbezwingliches, das der Schmerz nur betäubt, nicht besiegt. – Darum dauert er ein Leben aus, wo der beste nur Laub statt Früchte trägt, darum wacht er fest die Nächte dieser westlichen Kugel hinaus, wo geliebte Menschen über die liebende Brust in ein weit entlegenes Leben wegziehen und dem jetzigen bloß das Nachtönen der Erinnerung hinterlassen, wie durch Islands schwarze Nächte Schwanen als Zugvögel mit den Tönen von Violinen fliegen–

– Du aber, den die zwei schlafenden Gestalten geliebt und in dem sie mir ihren und meinen Freund zurückgelassen, du mein mit ewiger Hochachtung geliebter Christian Otto, bleibe hienieden bei mir! 469

Biographie

1763 *21. März:* Johann Paul Friedrich Richter wird in Wunsiedel (Fichtelgebirge) geboren. Er ist der erste Sohn des Lehrers, Organisten und Hilfsgeistlichen Johann Christian Christoph Richter und seiner Frau Sophia Rosina, geb. Kuhn.

1765 *August:* Der Vater wird Pfarrer in Joditz an der Saale und beginnt den erst zweijährigen Jean Paul durch bloßes Memorieren in Latein und im Katechismus zu unterrichten.

1776 *Januar:* Übersiedlung nach Schwarzenbach an der Saale, wo der Vater Pfarrer wird.

1778 Erste Exzerpthefte.

1779 *Februar:* Jean Paul besucht das Gymnasium in Hof. Er lebt bei den Großeltern.
April: Der Vater stirbt.
Oktober: Schulrede »Über den Nutzen des frühen Studiums der Philosophie«.
Fraundschaft mit Lorenz Adam von Oerthel, Johann Bernhard Hermann und Georg Christian Otto.

1780 Tod des Großvaters. Durch Erbauseinandersetzungen gerät die Familie Richter in finanzielle Not.
Die »Übungen im Denken« entstehen (bis 1781).

1781 »Abelard und Heloise«, ein Roman in Briefen, entsteht.
Mai: Beginn des Studiums der Theologie, später der Philosophie in Leipzig. Jean Paul finanziert seinen Lebensunterhalt durch Privatunterricht.
Entstehung von »Lob der Dummheit« (bis 1782).

1783 Die »Grönländischen Prozesse oder Satirische Skizzen« (2 Bände) erscheinen.
Kurzfristiges Verlöbnis mit Sophia Ellrodt.

1784 Wegen völliger Mittellosigkeit muß Jean Paul das Studium aufgeben und zieht auf der Flucht vor den Gläubigern zu seiner Mutter nach Hof (bis 1786).

1786 Einige Aufsätze Jean Pauls und seiner Freunde erscheinen anonym in der von Pfarrer J. S. Völkel aus Schwarzenbach herausgegebenen Aufsatz- und Satirensammlung »Mixturen für Menschenkinder aus allen Ständen«.

Oktober: Tod des Freundes L. A. von Oerthel

1787   *Januar:* Jean Paul wird Hauslehrer des jüngeren Bruders seines
        verstorbenen Freundes Oerthel in Töpen bei Hof.

1789   *April:* Freitod von Jean Pauls Bruder Heinrich.
        Juni: Rückkehr nach Hof.
        Unter dem Pseudonym J. P. F. Hasus erscheint die bereits 1786
        geschriebene Satirensammlung »Auswahl aus des Teufels Papie-
        ren«.

1790   *Februar:* Tod Johann Bernhard Hermanns.
        Jean Paul gründet eine Elementarschule in Schwarzenbach, deren
        Leiter er bis 1794 ist.

1792   *Juni:* Beginn des Briefwechsels mit Karl Philipp Moritz.
        Beginn der Arbeiten am »Hesperus« und am »Titan«.

1793   *Sommer:* Reise nach Bayreuth, Neustadt an der Aisch und Er-
        langen.
        Verlobung mit der 15jährigen Karoline Herold.
        Unter dem Pseudonym Jean Paul erscheint das erste größere
        Werk, der Erziehungsroman »Die unsichtbare Loge« (2 Bände).

1794   *Mai:* Umzug zur Mutter. Jean Paul wird Erzieher und Schrift-
        steller in Hof.
        September: Erneute Reise nach Bayreuth.
        Trennung von Karoline Herold.

1795   Beginn der Arbeit an den »Flegeljahren«.
        Ein weiterer, unter dem Einfluß von Sterne, Fielding und Wie-
        land entstandener Erziehungsroman, »Hesperus oder 45
        Hundsposttage« (3 Bände), erscheint.
        September: Beginn der Arbeit am »Siebenkäs« (bis Juni 1796).
        Dezember: Beginn des Briefwechsels mit Friedrich von Oerthel.

1796   Jean Paul veröffentlicht den Roman »Quintus Fixlein«, der als
        fiktive Biographie des Lehrers Fixlein ein Gegengewicht zum
        »Hesperus« darstellt.
        Der humoristische Roman »Siebenkäs« (3 Bände, 1796–97) er-
        scheint.
        Juni: Auf Einladung Charlotte von Kalbs Besuch in Weimar
        und kurzer Aufenthalt in Jena. Freundschaft mit Johann Gott-
        fried Herder.
        Bekanntschaft mit Karl Ludwig von Knebel, Christoph Martin
        Wieland und der Herzogin Anna Amalia. Goethe und Schiller

halten sich auf Distanz.

1797   *25. Juli:* Die Mutter stirbt.

November: Übersiedlung nach Leipzig. Beziehung zu Emilie von Berlepsch und Freundschaft mit Friedrich von Oerthel.

1798   *Januar:* Verlobung mit Emilie von Berlepsch, die bereits Ende Februar wieder gelöst wird.

Mai: Jean Paul reist nach Dresden, wo er die Antikensammlung und die Gemäldegalerie besucht. Bekanntschaft mit Karoline Schlegel.

Juli: In Halberstadt Begegnung mit Johann Wilhelm Ludwig Gleim.

August: Erneute Reise nach Weimar und Jena, wo Jean Paul mit Herder, Wieland und Johann Gottlieb Fichte zusammentrifft.

Oktober: Jean Paul zieht nach Weimar um, wo er engen Kontakt zu Herder pflegt.

Briefwechsel mit Friedrich Heinrich Jacobi.

1799   *August:* Jean Paul erhält den Titel eines herzoglichen Legationsrats.

Oktober: Verlobung mit Karoline von Feuchtersleben (bis Mai 1800).

November: Erstes Treffen mit Ludwig Tieck und Novalis.

1800   *Mai-Juni:* Reise nach Berlin. Bekanntschaft mit Josephine von Sydow, Henriette von Schlabrendorff und Rahel Levin.

Königin Luise lädt Jean Paul nach Potsdam ein.

Jean Pauls Hauptwerk »Titan« (4, Bände, 1800–03) beginnt zu erscheinen.

Oktober: Übersiedlung nach Berlin. Verlobung mit Karoline Mayer. Begegnung mit Fichte, Schleiermacher, Friedrich Schlegel, Tieck, Bernhardi.

1801   *27. Mai:* Heirat mit Karoline Mayer.

Juni: Besuch in Weimar.

Beginn der Niederschrift der »Flegeljahre«.

Jean Paul siedelt nach Meinigen über, wo er freundschafliche Beziehungen zu Herzog Georg I. von Sachsen-Meiningen pflegt.

1802   Juli: Reise nach Weimar.

20. September: Geburt des ersten Kindes Emma.

1803   *Juni:* Übersiedlung nach Coburg.

9. November: Geburt des Sohnes Maximilian.

18. November: Herder stirbt.

Dezember: Tod Herzog Georg I. von Sachsen-Meiningens.

1804 *Mai:* Reise nach Bamberg und Erlangen.

August: Jean Paul siedelt nach Bayreuth über.

Die in Coburg von Herbst 1803 bis Sommer 1804 geschriebene dichtungstheoretische Abhandlung »Vorschule der Ästhetik« erscheint.

Der Roman »Flegeljahre« (4 Bände, 1804–05) wird veröffentlicht.

9. November: Das dritte Kind Odilie wird geboren.

1805 *Mai:* Besuch Fichtes.

Juni: Jeans Pauls »Wechselgesang der Oreaden« wird aufgeführt.

August: Herzog Paul von Württemberg besucht Jean Paul.

Wegen zunehmender materieller Probleme Gesuch um eine Staatspension an Friedrich Wilhelm III. von Preußen, das jedoch abgelehnt wird.

Mitarbeit am »Morgenblatt für gebildete Stände« (bis 1824).

1807 Die Erziehungslehre »Levana« (2 Bände) erscheint.

1808 »Friedenspredigt an Deutschland«.

1809 *April:* Jean Paul wird Ehrenmitglied des Frankfurter »Museums« und erhält von nun an ein Jahresgehalt von Fürstprimas Karl Theodor von Dalberg, ab 1815 von der bayerischen Regierung.

»Dr. Katzenbergers Badereise« (Roman, 2 Bände).

»Des Feldpredigers Schmelzle Reise nach Flätz« (Erzählung).

1810 »Herbst-Blumine, oder gesammelte Werkchen aus Zeitschriften« (3 Bände, 1810–20).

August: Jean Paul reist nach Bamberg und begegnet dort E. T. A. Hoffmann.

1811 *Juni:* Reise nach Erlangen und Nürnberg.

1812 »Leben Fibels, des Verfassers der Bienrodischen Fibel« (Erzählung).

Mit Cotta Verhandlungen über eine Ausgabe der sämtlichen Werke.

Juni: Reise nach Nürnberg. Begegnung mit Friedrich Heinrich Jacobi und Hegel.

1814 »Mars' und Phöbus' Thronwechsel im Jahre 1814. Eine scherzhafte Flugschrift«.

1816 Jean Paul wird korrespondierendes Mitglied der Berlinischen Gesellschaft für deutsche Sprache.

August: Auf Einladung Dalbergs Reise nach Regensburg.

1817 *Juli-August:* Reise nach Heidelberg, Mannheim und Frankfurt am Main. Freundschaft mit Heinrich Voß d. J. Zusammentreffen mit Tieck, Hegel und Uhland.
Beziehungen zu Sophie Paulus.
Die Universität Heidelberg verleiht Jean Paul die Ehrendoktorwürde.

1818 *Juni:* Reise nach Frankfurt am Main und Heidelberg. Zusammentreffen mit Friedrich und August Wilhelm Schlegel.
Jean Paul verfaßt die autobiographische »Selbsterlebensbeschreibung«, die Fragment bleibt.

1819 *Juni-Juli:* Reise nach Stuttgart.
September: Auf Einladung der Herzogin Dorothea von Kurland Aufenthalt in Löbichau.

1820 »Der Komet« (Roman, 3 Bände, 1820–22).
Juni-Juli: Jean Paul besucht seinen in München studierenden Sohn Maximilian.
Audienz bei König Maximilian I. Joseph. Jean Paul wird Ehrenmitglied der Bayerischen Akademie der Wissenschaften.

1821 *April:* Reise nach Bamberg.
September: Tod des Sohnes Maximilian.

1822 *Mai-Juni:* Aufenthalt in Dresden.
Oktober: August Voß stirbt.

1823 *April:* Beginn der Augenkrankheit grauer Star.
Arbeit an dem letzten, unvollendet gebliebenen Werk »Selina oder die Unsterblichkeit«.

1824 Zunehmende Erblindung.

1825 Jean Paul stellt die ersten fünf Kapitel von »Selina« (2 Bände, postum 1827) fertig.
September: Reise nach Nürnberg.
Oktober: Der Verleger Georg Andreas Reimer in Berlin macht ein Angebot für eine Gesamtausgabe. Noch im gleichen Monat beginnt Jean Paul mit den Vorbereitungen.
14. November: Jean Paul stirbt in Bayreuth.

Dekadente Erzählungen

Im kulturellen Verfall des Fin de siècle wendet sich die Dekadenz ab von der Natur und dem realen Leben, hin zu raffinierten ästhetischen Empfindungen zwischen ausschweifender Lebenslust und fatalem Überdruss. Gegen Moral und Bürgertum frönt sie mit überfeinen Sinnen einem subtilen Schönheitskult, der die Kunst nichts anderem als ihr selbst verpflichtet sieht.

Rainer Maria Rilke Die Aufzeichnungen des Malte Laurids Brigge **Joris-Karl Huysmans** Gegen den Strich **Hermann Bahr** Die gute Schule **Hugo von Hofmannsthal** Das Märchen der 672. Nacht **Rainer Maria Rilke** Die Weise von Liebe und Tod des Cornets Christoph Rilke

ISBN 978-3-8430-1881-4, 412 Seiten, 29,80 €

Erzählungen aus dem Sturm und Drang

Zwischen 1765 und 1785 geht ein Ruck durch die deutsche Literatur. Sehr junge Autoren lehnen sich auf gegen den belehrenden Charakter der - die damalige Geisteskultur beherrschenden - Aufklärung. Mit Fantasie und Gemütskraft stürmen und drängen sie gegen die Moralvorstellungen des Feudalsystems, setzen Gefühl vor Verstand und fordern die Selbstständigkeit des Originalgenies.

Jakob Michael Reinhold Lenz Zerbin oder Die neuere Philosophie **Johann Karl Wezel** Silvans Bibliothek oder die gelehrten Abenteuer **Karl Philipp Moritz** Andreas Hartknopf. Eine Allegorie **Friedrich Schiller** Der Geisterseher **Johann Wolfgang Goethe** Die Leiden des jungen Werther **Friedrich Maximilian Klinger** Fausts Leben, Taten und Höllenfahrt

ISBN 978-3-8430-1882-1, 476 Seiten, 29,80 €

Erzählungen aus dem Sturm und Drang II

Johann Karl Wezel Kakerlak oder die Geschichte eines Rosenkreuzers **Gottfried August Bürger** Münchhausen **Friedrich Schiller** Der Verbrecher aus verlorener Ehre **Karl Philipp Moritz** Andreas Hartknopfs Predigerjahre **Jakob Michael Reinhold Lenz** Der Waldbruder **Friedrich Maximilian Klinger** Geschichte eines Teutschen der neusten Zeit

ISBN 978-3-8430-1883-8, 436 Seiten, 29,80 €